J. D. Robb

So böse sein Ende

J.D. Robb

So böse sein Ende

Roman

Deutsch von Uta Hege

blanvalet

Die Originalausgabe erschien 2019 unter dem Titel
»Connections in Death« bei St. Martin's Press, New York.
Dieser Roman ist im Juni 2024 bei Weltbild erschienen.

FSC
www.fsc.org
MIX
Papier | Fördert gute Waldnutzung
FSC® C014496

Penguin Random House Verlagsgruppe FSC® N001967

1. Auflage 2024

Redaktion: Renate Kirtschig
Umschlaggestaltung: © buerosued.de
Umschlagmotiv: © Magdalena Wasiczek/Arcangel Images
BSt · Herstellung: DiMo
Satz: Buch-Werkstatt GmbH, Bad Aibling
Druck und Bindung: GGP Media GmbH, Pößneck
Printed in Germany
ISBN 978-3-7341-1326-0
www.blanvalet.de

Alle Menschen sind in einem
unentrinnbaren Netzwerk der Gegenseitigkeit
gefangen und in ein einziges
Schicksalsgewand gehüllt.

Martin Luther King Jr.

Welche Wiedergutmachung gibt es auf Erden
für vergossenes Blut?

Aischylos

1

Die Qualen des gesellschaftlichen Umgangs und der Zwang, sich dafür auch noch extra schick zu machen, waren fast so etwas wie ein Mordversuch.

So hätte Eve Dallas es ausgedrückt, und schließlich wusste sie als Mordermittlerin in eleganten, hochhackigen Schuhen auf dem Weg zu einer Schickimicki-Party ganz genau, wovon sie sprach.

Man hätte den Erfinder dieser meterhohen, nadeldünnen Absätze, in denen kein normaler Mensch vernünftig gehen konnte, längst verhaften und derselben Folter, die er unschuldigen Frauen aufzwang, unterziehen sollen.

Vor allem hätten diese blöden Knöchelbrecher in den USA schon lange vor dem Frühjahr 2061 zertrümmert, verbrannt und offiziell verboten werden sollen.

Nur leider war das nicht passiert, weshalb sie jetzt in diesen lächerlichen Dingern und dazu noch in einem eng geschnittenen jadegrünen Kleid, das ihre schlanke, hochgewachsene Gestalt und die Kette mit dem fetten, tränengleich geschliffenen Diamanten vorteilhaft zur Geltung brachte, aus der Limousine ihres Mannes stieg. Auch ihre Ohren unter den kurzen braunen Haaren waren diamantgeschmückt, doch Eves zusammengekniffene bernsteinbraune Augen machten deutlich, dass sie von dem Outfit und dem Anlass, für den sie sich so in Schale werfen musste, alles andere als begeistert war.

Auch der Erfinder langweiliger Cocktailpartys gehörte eingesperrt, wobei sie keine Ahnung hatte, wer zur Hölle irgendwann einmal auf die Idee gekommen war, es wäre toll, nach einem anstrengenden Arbeitstag mit einem Drink in einer Hand und einem Teller voll kleiner, oft bis zur Unkenntlichkeit verzierter Häppchen in der anderen irgendwo herumzustehen und mit Leuten, die genauso unbeholfen mit dem Zeug in den Händen balancierten, Nichtigkeiten auszutauschen, statt zu Hause gemütlich auf der Couch zu liegen und in Ruhe einen Actionfilm zu sehen.

Genau, auch der Erfinder dieser stumpfsinnigen Plauderei gehörte in den Knast.

Und wenn sie schon dabei war, alle einzusperren, sollte sie sich noch den kranken Bastard krallen, der auf die dämliche Idee gekommen war, Geschenke mitzubringen, sobald man irgendwo auf andere Leute traf.

Normale Menschen hatten keine Lust, darüber nachzudenken, was zum Teufel sie am besten mitnahmen, wenn sie irgendwohin zu einer blöden Party eingeladen waren. Normale Menschen wollten am Ende eines Arbeitstags gar nicht erst zu einer blöden Party eingeladen sein, auf der sie dann gezwungen wären, in dämlichen High Heels mit Tellern voll bizarrem Fingerfood zu balancieren und nichtige Gespräche mit den anderen Jongleuren zu führen.

Normale Menschen wollten sich nach der Arbeit in bequemen Sachen mit einem Bier und einer Pizza auf die Couch legen.

»Fertig?«

Eve wandte sich an ihren fast schon übertrieben attraktiven Mann, der an dem Kleid, den gottverdammten Schuhen, die sie an den Füßen trug, und den vielen Diamanten schuld war, und nahm das amüsierte Blitzen seiner blauen Killeraugen und das Lächeln des perfekt geschwungenen Mundes wahr.

Roarke hatte nicht nur Spaß an den bevorstehenden Qualen, sondern hätte all die schwachsinnigen Regeln, die dort galten, selbst erlassen können, wenn nicht vor ihm jemand anderes darauf gekommen wäre. Bei diesem Gedanken hätte sie ihm liebend gerne eine reingehauen.

»Brauchst du noch einen Augenblick für deinen inneren Monolog?«, erkundigte er sich und wieder einmal nahm Eve den Hauch von Irland in der melodiösen Stimme ihres Gatten wahr.

»Wahrscheinlich werde ich den ganzen Abend lang kein anderes auch nur annähernd so vernünftiges Gespräch mehr führen«, klärte sie ihn knurrend auf.

»Wie kannst du so was sagen?«, fragte er gespielt empört. »Denn schließlich werden auf der ersten Party, die Nadine in ihrer neuen Wohnung schmeißt, zahlreiche kluge, interessante Leute sein, mit denen du zu allem Überfluss auch noch befreundet bist.«

»Wirklich kluge Leute säßen jetzt mit einem Bier zu Hause auf der Couch, um sich im Fernsehen anzusehen, wie die Knicks den Kings zeigen, was eine Harke ist.«

»Es wird noch jede Menge anderer Spiele geben.« Tröstend tätschelte Roarke ihr das Hinterteil, bevor er vor die Tür von Nadines Penthouse trat. »Vor allem hat Nadine die Party ja wohl eindeutig verdient.«

Da hatte er wahrscheinlich recht, denn Nadine Furst, Reporterinnenass und Bestsellerautorin, hatte schließlich gerade einen Oscar eingeheimst. Genauso hätte aber Eve als Lieutenant der New Yorker Polizei es verdient, der Party dadurch zu entgehen, dass sie im letzten Augenblick noch einen heißen Fall hereinbekam.

Das müsste Nadine als Gerichts- und Polizeireporterin auf jeden Fall verstehen.

In ihren hochhackigen Schuhen wandte Eve sich abermals an Roarke. Mit dem von zartfühlenden Engeln fein gemeißelten Gesicht und dem Haar wie schwarze Seide hätte er auch ohne seinen teuren Maßanzug die Eleganz verströmt, die sie nur dank des teuren Kleids, der mörderischen Knöchelbrecher und der Diamanten in den Ohren besaß.

»Warum kann eine Party nicht aus Pizza, Bier und einem Footballspiel im Fernsehen bestehen?«

»Das kann sie ja«, gab er zurück und glitt mit den Lippen über ihren Mund. »Nur dass das heute Abend eben eine andere Art von Party ist.«

Dann ging die Tür der Wohnung auf und Nadines junge Praktikantin Quilla nahm sie in Empfang. Sie trug ein schwarzes Kleid mit einer Silberschnalle vor dem Bauch, knallrote Boots mit kurzen Absätzen und hatte sich das Haar mit violetten Glitzersträhnen aufgepeppt.

»Hallo. Ich soll die Leute in Empfang nehmen. Und fragen, ob ich ihre Mäntel aufhängen soll, nein, darf«, verbesserte sie sich mit einem genervten Augenrollen.

»Und woher weißt du, dass wir keine Partykiller sind?«

»Abgesehen davon, dass ich Sie kenne?«

»Ja, genau.«

»Der Wachdienst unten im Foyer hat eine Gästeliste, und wenn Sie nicht eingeladen wären, stünden Sie nicht vor der Tür. Falls es Ihnen gelungen wäre, sich trotzdem heimlich hier heraufzuschleichen, oder falls Sie hier ein Apartment hätten und deshalb ins Haus gekommen wären, haben wir genügend Bullen in der Wohnung, um Sie rauszuschmeißen oder festzunehmen oder so.«

»In Ordnung«, meinte Eve, während ihr Gatte Quilla die Mäntel überließ.

»Du siehst bezaubernd aus, Quilla.«

Quilla wurde rot. »Tja nun, jetzt soll ich Ihnen sagen, dass Sie einfach reingehen und einen wundervollen Abend haben sollen. Im Esszimmer gibt's eine Bar und ein Büfett, außerdem laufen auch noch Ober mit Tabletts voll Essen und Getränken rum.«

Roarke lächelte sie an. »Das hast du sehr gut gemacht.«

»Ist schließlich heute Abend nicht das erste Mal. Nadine kennt wirklich einen Haufen, das heißt jede Menge Leute.«

»Es ist echt ein Haufen«, stimmte Eve ihr zu und riss entsetzt die Augen auf, als sie den Wohnbereich betrat und merkte, dass sie selbst mit den meisten dieser Leute gut bekannt oder befreundet war.

Das konnte doch nicht sein.

»Ein tolles Kleid haben Sie da an, Dallas. Die Farbe ist der Hit.«

»Es ist ein ganz normales Grün.«

»Das nennt man Jade«, korrigierte Quilla sie.

»Genau«, stimmte Roarke ihr mit einem vergnügten Augenzwinkern zu.

»Wie dem auch sei, ich kann Ihr Geschenk nehmen,

wenn Sie es Nadine nicht selbst übergeben wollen. Wir haben nämlich einen Geschenketisch im Frühstückszimmer.«

»Frühstückszimmer?«

»Keine Ahnung, warum das so heißt«, erklärte Quilla Eve. »Auf alle Fälle legen wir dort die Geschenke, die die Leute mitbringen, auf den Tisch.«

»Sehr gut.« Eve drückte Quilla eine Tüte in die Hand.

»In Ordnung. Und jetzt lassen Sie es krachen.«

»Krachen?«

»Sie meint damit, dass wir uns amüsieren sollen«, erklärte Roarke und zog mit seinen Fingern die Konturen von Eves Wirbelsäule nach. »Und dafür holen wir uns jetzt erst mal einen Drink.«

»Am besten gehen wir direkt an die Bar und kippen uns dort ein Glas nach dem anderen rein.«

Nur dank der Ober, die sich durchs Gedränge schoben und den anderen so den Weg versperrten, und der schnellen Reaktionen ihres Mannes blieben ihr Gespräche vor dem ersten Glas Champagner mit den vielen Leuten erspart, die ihr auf dem Weg zur Bar begegneten. Als beispielsweise eine Rechercheurin von Nadine sie anhielt, um sie vollzuquatschen, meinte Roarke: »Da vorne ist Nadine. Entschuldigen Sie uns. Wir haben uns schließlich noch gar nicht für die nette Einladung bedankt.«

Mit der Hand in ihrem Rücken schob er Eve durch das Gedränge zu Nadine, die von der Terrasse kam. Anscheinend hatte Trina ihr das Haar gemacht, denn die wilden, blond gesträhnten Locken waren völlig anders als die eleganten, glatt geföhnten Strähnen, mit denen sie im Fernsehen zu sehen war. Diese Locken passten ausgezeichnet zu dem engen, trägerlosen Kleid und den roten Knöchelbrechern, die sie trug.

Nadine blickte sich mit ihren grünen Katzenaugen um, und als sie Eve und Roarke entdeckte, kam sie auf sie zu und küsste Roarke begeistert auf den Mund.

»Ich würde sagen, dies ist der Beweis dafür, dass unsere Wohnung auch für den Empfang von Gästen wunderbar geeignet ist.«

»Unsere Wohnung?«, fragte Eve.

»Tja nun, die Wohnung liegt in einem Haus von Roarke und schließlich sind auch Ihre Leute alle hier. Sie sind auf der Terrasse, denn dort gibt es noch ein Büfett und eine zweite kleine Bar.«

Obwohl Freundschaften ihr ein Rätsel waren, wusste Eve, was sich gehörte, deshalb meinte sie: »Jetzt zeigen Sie das Ding schon her.«

Die Journalistin klapperte mit den Augenlidern, fuhr sich mit der Hand durchs Haar und fragte gespielt verständnislos: »Was für ein Ding?«

»In Ordnung, wenn Sie keine Lust haben, damit anzugeben …«

»Oh doch, natürlich will ich das.« Sie nahm Eves Hand und kämpfte sich entschlossen wie ein Runningback beim Football durch die Menschenmenge bis zur elegant geschwungenen Treppe in das obere Geschoss, in dem ihr mindestens genauso elegantes Arbeitszimmer lag.

Die beiden klassisch blauen Sofas, die Sessel aus dem gleichen blauen Stoff mit den weißen Kissen, die schiefergrauen Beistelltische und der T-förmige Schreibtisch in derselben Farbe standen so, dass sich von jedem Platz aus ein phänomenaler Blick auf New York City bot.

Auf dem viereckigen Kamin an einer Wand stand eine kleine goldene Männerstatue. Eve schaute sie sich aus der Nähe an und fand, sie sähe ziemlich seltsam aus, doch das, was zählte, war das kleine Schild, auf dem der Name ihrer Freundin stand.

Obwohl sie nicht verstand, weshalb sie diesem armen kleinen goldenen Kerl nicht eine Hose angezogen hatten, um auf diese Weise zu vertuschen, dass er keinen Schwanz besaß.

»Sehr schön.« Sie nahm den Oscar in die Hand. »Ziemlich schwer. Das passende Gerät, um jemandem den Schädel einzuschlagen.«

»Auf so was kommen auch nur Sie.« Kopfschüttelnd legte Nadine Furst den Arm um Eve. »Ich habe meine Dankesrede übrigens vollkommen ernst gemeint.«

»Was haben Sie denn gesagt?«

Jetzt stieß Nadine sie mit der Hüfte an und lachend stellte Eve den Oscar wieder fort.

»Den Oscar haben Sie sich rechtschaffen verdient.«

»Das hätte ich alleine nie geschafft, doch jetzt steht er hier und ich kann ihn mir täglich ansehen. Also.« Sie ergriff Roarkes Hand. »Lassen Sie uns wieder runtergehen und jede Menge Schampus trinken, ja?«

Bevor sie gehen konnten, erschien Jake Kincade und sagte lässig: »Hi.«

Der Rockstar, der mit Nadine Furst zusammen war, trug keinen Anzug, sondern schwarze Jeans mit einem Nietengürtel unter einem schwarzen Hemd und über schwarzen Boots, die sehr robust und wunderbar bequem aussahen, sowie einen lässigen Dreitagebart.

Noch während Eve sich fragte, warum Jake sich wie

ein echter Mensch anziehen durfte, gab er Roarke die Hand. »Wie geht's? Sie sehen super aus, Dallas. Haben Sie schon einen Blick auf unseren Goldjungen geworfen und sich dabei auch gefragt, warum der Arme weder Genitalien noch eine Hose hat? Was meiner Meinung nach ein bisschen traurig ist.«

»Mein Gott«, murmelte Roarke.

»Das hätte ich vielleicht nicht sagen sollen.«

»Schon gut. Aber ich kenne eben meine Frau und bin mir sicher, dass auch ihr der Gedanke bereits durch den Kopf gegangen ist.«

»Natürlich. Mehr oder weniger. Es ist ja wohl normal, dass man sich diese Frage stellt.«

»Zumindest hat Jake sich das Ding nicht angesehen und überlegt, ob es als Mordwaffe geeignet ist.«

Ein Grinsen huschte über Jakes Gesicht. »Vielleicht ja doch. Mehr oder weniger. Doch deswegen bin ich nicht hier. Du solltest langsam wieder runtergehen, denn gerade trifft die nächste Gästewelle ein. Ich frage mich, wie jemand so viele Leute kennen kann.«

Jetzt lachte Roarke. »Allmählich bin ich wirklich froh, dass ich der guten Eve zuerst begegnet bin.«

»Nadine hat jede Menge Bullen eingeladen«, meinte Jake. »So viele Bullen auf einem Haufen habe ich zum letzten Mal gesehen, als ich …« Jake wandte sich an Eve. »Ich sollte Ihnen wahrscheinlich nicht erzählen, dass ich mit sechzehn einmal mit einem falschen Ausweis unterwegs war und es eine Razzia in dem Club gab, in dem ich abgehangen hatte.«

»Haben Sie dort irgendwen ermordet?«

»Nein.«

»Das geht mich dann nichts an.«

»Da wir gerade beim Thema Bullen sind. Haben Sie gewusst, wie gut Santiago auf dem Keyboard ist?«

»Santiago ... spielt Klavier?«

»Und zwar echt gut«, bestätigte Jake ihr. »Renn hat sein Keyboard mitgebracht – die ganze Band ist hier –, und diese junge Schnecke hat gesagt, sie würde besser röhren, als er spielt.«

»Er meint Carmichael«, übersetzte Roarke für Eve. »Die echt gut singen kann. Morris hat auf meine Bitte hin sein Saxofon dabei.«

»Auf dem er wirklich göttlich spielt«, erklärte Jake. »Und da kommt noch jemand, der mit uns jammen wird.«

Eve folgte seinem Blick und sah, dass Mavis, dieses Mal mit einer Woge weißlich blauer Haare, einem pinkfarbenen Rüschenkleid mit Minirock und hochhackigen Schuhen mit Absätzen aus jeweils drei glänzenden Silberkugeln, durch die Tür des Wohnzimmers getänzelt kam und sich sofort mit einer kleinen Gruppe Leute unterhielt.

Ihr Liebster, Leonardo, wirkte in der weiten Weste, die zwei Töne dunkler als die Kupferhaut von seinen nackten Armen war, und mit den Hunderten von dünnen Zöpfen, die ihm auf die Schultern fielen, wie der Priester eines alten Kults. Feeney, Chef der elektronischen Ermittler, war dagegen in dem abgewetzten braunen Anzug erschienen, den er auch zur Arbeit trug. An seiner Seite balancierte Bebe Hewitt, Nadines Chefin, einen Teller Kanapees und ein Glas perlenden Champagner, der hervorragend zu ihrer Hose mit dem eleganten

Silberschimmer und der langen roten Jacke passte, und sprach angeregt mit dem zwei Meter großen Crack, der eine offene Lederweste trug, die einen freien Blick auf seine Tätowierungen und Muskeln bot, die für die Arbeit als Betreiber eines Sexclubs unerlässlich waren.

Die unbekannte Frau an seiner Seite folgte lächelnd dem Gespräch. Sie trug das klassische New Yorker Schwarz und sah mit ihren schwerlidrigen Augen und den messerscharfen Wangenknochen irgendwie exotisch aus.

»Die Kleine ist ein bisschen jung für eine Cocktailparty, findet ihr nicht auch?«, bemerkte Eve, als sie Quilla bei der Gruppe stehen sah.

»Man ist niemals zu jung, um sich von anderen abzugucken, wie man eine Party schmeißt oder sich dort benimmt«, erklärte Nadine ihr, als sie die letzten Stufen nahm, und wandte sich dann Mavis zu.

»Die Kleine ist okay«, bemerkte Jake. »Und sie weiß wirklich, was sie will.«

»Ach ja?«

»Allerdings. Sie wollte heute Abend unbedingt dabei sein, und sie hat Nadine damit geködert, dass sie einen dreiminütigen Bericht über die Sause machen wird. Sie hat's echt drauf und hat mir schon so oft von Ihrem An-Didean-Projekt erzählt, dass ich mich dort auf alle Fälle engagieren möchte, Roarke. Vielleicht haben Sie ja Zeit für ein Gespräch.«

»Auf jeden Fall.«

»Hi, Dallas.« Mavis kam auf ihren Silberkugeln angetänzelt und schlang Eve die Arme um den Hals. »Die Party ist der Hit.« Sie drückte Roarke und Jake und stellte grinsend fest: »Ich habe alle meine Lieblingsleute hier, es gibt etwas zu essen und zu trinken und auf der Terrasse wird angeblich schon gejammt. Darf ich da mitmachen?«

»Auf jeden Fall«, erklärte Jake. »Warum gehen wir nicht raus und hören uns schon mal die anderen an?«

»Oh ja.«

»Dann kümmere ich mich um die Drinks«, bot Leonardo an und strahlend blickte Mavis zu ihm auf.

»Das wäre super, Honigbär. Bis dann.«

»Dann folge ich jetzt auch der Musik«, erklärte Feeney und stieß Eve mit seinem Zeigefinger an. »Hast du gewusst, dass Santiago Keyboard spielen kann?«

»Das hat Jake mir eben erzählt.«

»Santiago soll sein Licht nicht immer so unter den Scheffel stellen.« Kopfschüttelnd schlurfte Feeney los.

»Worunter soll er was nicht stellen?«, wunderte sich Eve.

»Das erkläre ich dir später«, meinte Roarke. »Schön, Sie zu sehen, Bebe.«

Lächelnd wandte Nadines Chefin sich an Eve. »Ich bin Ihnen sehr dankbar für die Arbeit, die Ihr Team bei den Ermittlungen im Fall Larinda Mars geleistet hat, Lieutenant.«

»Wir haben nur unseren Job gemacht.«

Bebe sah in ihr Glas. »Wir machen eben jede unseren Job. Bitte entschuldigen Sie mich.«

Nadine sah ihrer Vorgesetzten hinterher und stellte leise fest: »Sie gibt sich selbst die Schuld an dieser Angelegenheit.«

»Sie konnte nichts dafür.«

»Das stimmt. Aber sie ist nun mal der Boss. Ich gehe ihr kurz nach und sage einem von den Kellnern, dass er Ihre Gläser noch mal auffüllen soll.«

Crack schaute ihr mit hochgezogenen Brauen hinterher. »Sobald ihr Bullen auftaucht, geht die Partystimmung flöten.«

»Wilson!« Eine Eve unbekannte Schönheit stieß ihn unsanft mit dem Ellenbogen an, er aber lachte unbekümmert auf und wandte sich erneut an Eve.

»Für eine dürre weiße Polizistin bist du überraschend nett.«

»Und du bist andersherum für einen schwarzen Muskelprotz, der eine Absteige betreibt, erstaunlich nett.«

»Ich bitte dich. Das Down 'n Dirty ist viel mehr als das. Hi, Roarke. Darf ich Ihnen die wunderschöne Frau an meiner Seite vorstellen? Das hier ist Rochelle Pickering.«

Rochelle gab Eve und danach Roarke die Hand. »Es freut mich sehr, dass ich Sie beide kennenlernen darf, denn ich verfolge mit Interesse Ihre Arbeit, Lieutenant, und auch die von Ihrem Mann. Vor allem in Bezug auf Dochas und An Didean.«

»Rochelle ist Seelenklempnerin«, mischte Quilla sich ein und Crack grinste sie an.

»Für Kinder«, warnte er. »Pass also auf, Kleine, wenn sie nicht auch an dir herumschrauben soll.«

»Als ob's da was zu schrauben gäbe«, schnaubte Quilla, tauchte aber vorsichtshalber erst mal in der Menge ab.

»Wilson«, schalt Rochelle ihn augenrollend. »Ich bin Kinderpsychologin, doch ich schraube nicht an Kindern herum. Das habe ich auch nicht getan, als ich vorübergehend bei Dochas tätig war.«

»Ich weiß, dass Sie dort einmal als Therapeutin beschäftigt waren«, erklärte Roarke und Rochelle blinzelte verwirrt.

»Ich … hätte nicht gedacht, dass Ihnen mein Name etwas sagt.«

»Unsere leitende Psychologin dort hat Sie in den höchsten Tönen gelobt.«

»Sie ist ein wundervoller Mensch und leistet Unglaubliches.«

Bevor sie weitersprechen konnte, kam der von Nadine versprochene Kellner mit den nächsten Drinks.

»Ich muss mich erst einmal sammeln«, fuhr Rochelle nach der kurzen Unterbrechung fort. »Ich kann kaum glauben, dass ich tatsächlich in dieser tollen Wohnung stehe, und nachdem ich Nadine Furst und Jake Kincade und, meine Güte, Mavis Freestone, die genauso toll ist, wie ich dachte, und den einfach nur genialen Leonardo, dessen Arbeit ich bewundere, kennenlernen durfte, auch noch Ihnen beiden hier begegnet bin. Mit einem Glas Champagner in der Hand.«

»Wenn du dich weiter an mich hältst, steht dir der Himmel offen«, meinte Crack.

Eve hatte jede Menge Fragen, wie zum Beispiel, warum dieses Mädchen Crack mit dem Namen Wilson ansprach, obwohl außer seiner Mutter sicher kaum jemand wusste, wie er richtig hieß. Was machte eine Kinderpsychologin in Gesellschaft des gewieften, aber sicherlich nicht übertrieben kultivierten Eigners eines Striplokals? Und seit wann war der taffe Crack derart in eine Frau verknallt?

Okay, Rochelle war gut gebaut und wunderschön, wer aber war sie überhaupt?

Eve sah sich suchend um, denn wenn jemand ihr etwas über diese junge Seelenklempnerin erzählen könnte, dann am ehesten eine andere Seelenklempnerin.

Sie ging zu Dr. Charlotte Mira, die auf der Lehne eines Sofas saß, und als die Psychologin sich erhob und sie mit einem Wangenkuss begrüßte, fiel der Spitzensaum des dunkelroten Kleides, das sie trug, auf ihre Knie. Auch die dreiviertellangen Ärmel hatten einen solchen Saum, und passend zu dem Outfit hatte Starfrisörin Trina, der Eve selbst bisher erfolgreich aus dem Weg gegangen war, ihr Haar mit einigen dezenten kupferroten Strähnen aufgepeppt.

»Nadine hat dieses Penthouse zu etwas völlig Eigenem gemacht. Sie hat verschiedene Stilrichtungen so gemischt, dass es zwar elegant, doch gleichzeitig auch urgemütlich ist, und sie sieht rundum glücklich aus.«

»Ich schätze, dass der goldene Eunuch in ihrem Arbeitszimmer und der Rockstar draußen dabei durchaus eine Rolle spielen.«

»Auf jeden Fall. Ich mag ihn – auch den Oscar, doch vor allem Jake. Er scheint ein wirklich netter Mensch zu sein.«

Eve sah durch die Terrassentür zu Jake, der mit Mavis sang und seine Finger über die Gitarrensaiten fliegen ließ.

»Er passt zu ihr. Und da wir gerade davon reden, kennen Sie die junge Frau, die nicht mehr von Cracks Seite weicht?«

»Sie meinen Rochelle Pickering? Ich kenne sie nicht wirklich gut. Gibt's ein Problem mit ihr?«

»Ich hatte eigentlich gehofft, das könnten Sie mir sagen.«

»Von Problemen ist mir nichts bekannt. Ich helfe ab und zu bei Dochas aus und kenne sie, weil wir vor ein paar Monaten mal gleichzeitig dort waren. Sie hat stabil und engagiert auf mich gewirkt, und mir kam es so vor, als nähme sie die Arbeit dort sehr ernst.«

»Was macht so jemand mit einem Typ wie Crack?«

Mira sah auf die Terrasse, denn dort wiegten sich die beiden zu den Klängen der Musik begeistert hin und her. »Anscheinend amüsiert sie sich mit ihm. Das hier ist eine Party, Eve. Auf Partys haben die Leute ihren Spaß. Da kommt Dennis, um genau das zu beweisen.«

Dennis Mira kam mit einem Teller voller Häppchen auf sie zu.

Er trug ein blütenweißes Hemd zu einem schwarzen Anzug, aber der gestreifte Schlips saß etwas schief und seine grauen Haare waren so zerzaust wie eh und je. Er lächelte Eve an, und als sie seine sanften grünen Augen sah, schmolz ihr das Herz.

»Die müssen Sie einmal probieren«, meinte er und hielt ihr eine Winzigkeit von seinem Teller vor den Mund. Es wirkte wie ein Häuflein klein geschnippeltes Gemüse, das auf einer dickeren Zucchinischeibe lag, und das war etwas, was sie für gewöhnlich nicht mal in die Nähe ihres Mundes ließ, doch angesichts von Dennis Miras sanften, süßen grünen Augen blieb ihr gar nichts anderes übrig, als das zu tun, worum er bat.

»Köstlich, nicht wahr?«

Sie murmelte ein halbwegs zustimmendes »Hm« und sagte sich, wenn alle Menschen einen Dennis Mira hätten, würden sie nie irgendwelche Straftaten begehen und sie wäre arbeitslos.

»Lassen Sie mich Ihnen einen Teller holen.«

Kopfschüttelnd schluckte sie das ihr zärtlich aufgezwungene Kanapee und sagte sich, auf diese Weise wäre ihr Bedarf an Grünzeug für die nächste Zeit gedeckt. »Ich möchte nichts.« Sie war ein bisschen traurig, als ihr väterlicher Freund sich von der mütterlichen Freundin die Krawatte geraderücken ließ.

»Was für ein fröhliches und schönes Fest«, fuhr Dennis Mira fort. »Es sind derart viele interessante und verschiedene Leute hier. Genau wie auf den Festen, die Sie selbst und Roarke veranstalten. Doch schließlich muss man auch ein interessanter Mensch sein, wenn man interessante Menschen um sich scharen will.« Noch einmal sah er Eve mit seinem ganz besonderen sanften Lächeln an. »Sie sehen bezaubernd aus, nicht wahr, Charlie?«

Wenn Eve die Fähigkeit besessen hätte zu erröten, hätte sie die jetzt genutzt.

Dann tauchte Roarke bei ihnen auf, sie plauderten noch kurz und wandten sich dann der Terrasse zu. Eve hatte diesen Ort bisher gemieden, weil sie Trina aus dem Weg gehen wollte, aber um sich nicht den ganzen Abend zu verstecken und dann vor sich selbst wie ein Feigling dazustehen, trat sie hocherhobenen Hauptes mit den anderen durch die Tür.

Die Band beschallte ganz New York. Falls irgendjemand wegen Lärmbelästigung die Polizei riefe, träfen die Kollegen hier auf der Terrasse Eves gesamtes Dezernat, den einen oder anderen elektronischen Ermittler und selbst den Commander an.

Tatsächlich tanzte Whitney gerade hüftwackelnd mit Staatsanwältin Reo, und Eves Partnerin, Detective Delia Peabody, vollführte einen wilden Lindy Hop mit ihrem Schatz und Elektronikass McNab.

Baxter flirtete mit der robusten Trina, aber schließlich baggerte Detective Lüstling alle Frauen an, und Jenkinson und Reineke grölten zwar nicht schön, doch voller Inbrunst den Refrain des Mädchenlieds mit, das Mavis und Carmichael sangen.

Carmichaels wirklich tolle Stimme lenkte wie Santiagos überraschend gutes Keyboardspiel zumindest kurzfristig von Jenkinsons Krawatte mit den neongelben Monden ab. Wer hätte ihnen das zugetraut?

Trueheart, Baxters ernster junger Partner, saß mit seiner Freundin Feeney gegenüber, der begeistert zusah, wie der Drummer von Jakes Band Avenue A die Stöcke auf das Schlagzeug krachen ließ.

Chefpathologe Morris spielte dazu Saxofon, während seine gute Freundin, die forensische Anthropologin Garnet DeWinter, sich mit Anna Whitney unterhielt.

Mit einem lauten »Los!« schnappte sich McNabs Kollegin Callendar Charles und zog ihn auf die Tanzfläche. Er hatte jahrelang sein Geld als gut bezahlter Gigolo verdient, weswegen er ein wirklich guter Tänzer war, und lachend wandte seine Frau, Dr. Louise Dimatto, sich an Eve.

»Ich würde sagen, dieses Haus ist richtig heiß.«

»Das überrascht mich nicht, denn schließlich haben sie jede Menge Heizstrahler hier draußen aufgestellt.«

»Das wollte ich damit nicht sagen.« Lachend prostete Louise ihr zu. »Ich spreche von dem Housewarming. Sie wissen doch, die Einweihung von einer neuen Wohnung oder einem neuen Haus mit einem Fest. Dieses Haus ist jetzt eindeutig heiß eingeweiht. Also, wer ist die attraktive junge Frau bei Crack?«

»Das habe ich mich auch schon gefragt. Sie ist Kinderpsychologin, aber das ist schon alles, was ich weiß.«

»Tatsächlich? Ich bin hin und weg von ihrem Lippenstift. Ich selbst würde mit der Farbe wie ein Zombie aussehen. Ist das … Carmichael, die mit Mavis singt?«

Eve nickte knapp und stellte anerkennend fest: »Sie hat es wirklich drauf.«

»Auf jeden Fall. Tja nun, nachdem mir Callendar den Mann gestohlen hat, stehle ich mir jetzt einfach einen anderen.« Sie sah sich suchend um, und als ihr Blick auf Feeney fiel, marschierte sie entschlossen los.

Roarke brachte Eve den nächsten Drink, mit dem sich der Geschmack des Grünzeugs, das ihr Dennis Mira in den Mund geschoben hatte, herunterspülen ließ. Dann wurde ein langsameres Lied gespielt und er zog sie an seine Brust und wiegte sich mit ihr im Mondlicht hin und her.

Oh ja, ging es ihr durch den Kopf, das Haus war ordentlich heiß.

Was machte es da schon, dass sie im Fond der Limousine auf dem Weg nach Hause ihren Handcomputer aus der Tasche zog?

Da sie sich heute fahren ließen, streckte Roarke genüsslich seine Beine aus und sah sie fragend an. »Was machst du da, Lieutenant?«

»Ich überprüfe nur schnell etwas.«

»Ich hoffe, es geht dabei nicht um Rochelle Pickering.«

»Tja nun.«

»Ich bitte dich. Crack ist ein großer Junge und kann selbst auf sich aufpassen.«

»Uh-huh.«

Roarke legte seine Hand auf ihren Arm. »Du kannst dir diese Arbeit sparen, denn ich habe sie schon durchgecheckt.«

»Aber du bist kein Polizist und sie …«

»… ist nicht verdächtig, oder? Aber vielleicht hätte ich sie gern bei An Didean.«

»Ich dachte, dass du dort schon eine andere Psychologin vorgesehen hast.«

»Das stimmt. Doch letzte Woche hat mir Dr. Po erklärt, sie zöge aus privaten Gründen nach East Washington zu ihrem Sohn. Das heißt, ich brauche jemand anderen für die Position, und als ich mich für Dr. Po entschieden habe, hatte ich auch Dr. Pickering schon im Visier.«

»Weiß sie das bereits?«

»Ich glaube nicht, aber ich kann dir sagen, sie ist hoch qualifiziert, erfahren, engagiert, hat die besten Empfehlungen und keine Vorstrafen.«

»Von denen du etwas weißt. Okay, okay«, murmelte Eve, als sie die ausdruckslose Miene ihres Mannes sah.

»Wenn sie welche hätte, hättest du das herausgefunden«, gab sie achselzuckend zu. »Das heißt, dass ich mir diese Arbeit sparen kann.«

»Sie hat drei Brüder, einer älter und die beiden anderen jünger als sie selbst. Ihr Vater wurde wegen Drogen und tätlichen Angriffs zu zwei Haftstrafen verurteilt, auch von dem jüngeren Bruder weiß ich, dass er zweimal wegen Diebstahls und Besitzes verbotener Substanzen saß und bei den Bangers war.«

»Das klingt nicht gut. Zwar hat sich ihr Revier verkleinert, aber mit den Typen ist noch immer nicht zu spaßen.«

»Wie mit den meisten Gangs hier in New York. Nach der Entlassung vor zwei Jahren hat der Bruder eine Reha abgeschlossen, er ist jetzt angeblich clean und hat mit dieser Gang nichts mehr zu tun.«

Eve würde ihn sich trotzdem später noch einmal genauer ansehen. Auch wenn die Bangers längst nicht mehr so groß und übel waren wie früher, ließen sie normalerweise niemanden, der einmal Mitglied bei ihnen war, so einfach gehen.

»Ihr Vater starb bei einer Schlägerei im Knast, als Rochelle fünfzehn war, und nach dem Selbstmord ihrer Mutter hat die Großmutter sie aufgenommen, die anscheinend auch schon vorher meistens für sie da war. Aufgewachsen sind sie in der Bowery«, erklärte Roarke. »Und zwar im schlimmsten Teil.«

»Auf dem Gebiet der Bangers.«

»Ja. Der ältere Bruder hat nach dem Besuch der Handelsschule eine eigene Firma in Tribeca aufgemacht, für Heizung und Sanitär. Er ist verheiratet, hat eine dreijährige Tochter und das zweite Kind ist unterwegs. Der jüngste Bruder ist mit einem Stipendium an der Uni von Columbia und studiert dort Jura, der mittlere hat einen Job als Koch im Casa del Sol, das in der Lower West Side liegt. Die Kochlehre hat er im Knast gemacht, und seit seiner Entlassung meldet er sich regelmäßig bei seinem

Bewährungshelfer, geht zu Treffen bei der Drogenhilfe und hilft alle vierzehn Tage ehrenamtlich in einem Obdachlosenheim.«

»Aber die Bangers lassen niemanden so einfach gehen.«

»Die Bangers haben ihr Territorium in der Bowery. Rochelle und dieser Bruder haben eine kleine Wohnung in der Lower West Side, also außerhalb ihres Gebiets. Sie hatte eine schwere Kindheit – damit kennen du und ich uns aus. Sie hat etwas aus sich gemacht, und es ist ganz bestimmt kein Zufall, dass sie sich beruflich jetzt für Kinder engagiert, die Probleme haben.«

Sie kannte diesen Ton. Und kannte Roarke.

»Du wirst sie einstellen.«

»Es kommt mir wie ein Wink des Schicksals vor, dass wir ihr heute Abend auf dem Fest begegnet sind. Ich wollte sowieso am Montag einen Gesprächstermin mit ihr vereinbaren. Wenn das Gespräch zufriedenstellend verläuft und sie Interesse hat, werde ich ihr den Posten anbieten, das stimmt.«

Er glitt mit einem Finger über die Vertiefung in der Mitte ihres Kinns. »Solange du mir keinen guten Grund nennst, mich nach jemand anderem umzusehen.«

Sie atmete geräuschvoll aus. »Das kann ich nicht. Ich werde ihr das Leben ganz bestimmt nicht schwermachen, weil einer ihrer Brüder und ihr Vater blöde Ärsche waren.«

Auch wenn sie sich deshalb ein wenig Sorgen machte, hatte Roarke natürlich recht. Crack war ein großer Junge und er würde ganz bestimmt auch ohne ihre Hilfe klarkommen.

2

Um sich von der Party, all den Menschen, dem Small Talk und den hochhackigen Schuhen zu erholen und da sie gerade keinen frischen Mordfall hatte, schlief Eve am Sonntag erst einmal aus, aß nach dem morgendlichen Sex mit ihrem Gatten süße Crêpes, lief drei Meilen an einem virtuellen Strand, stemmte Gewichte, bis die Muskeln ihrer Arme schrien, zog nach einer Stunde mit dem Meister im hauseigenen Dojo ein paar Bahnen durch den Pool, genoss dort neuerlichen Sex mit ihrem Mann und machte anschließend ein Nickerchen mit ihrem Kater Galahad.

Im Anschluss amüsierte sie sich eine Stunde auf dem Schießstand, und wenn sie sich dort beim nächsten Mal mit ihrem Gatten messen würde, würde sie ihm ordentlich das straffe Hinterteil versohlen. Nach dem Abendessen am Kamin pflanzte sie ihren eigenen Hintern neben seinen auf die Couch und schaute sich mit ihm zusammen und mit einer Schüssel Popcorn, das in Butter schwamm, einen anständigen Actionfilm im Fernsehen an.

Zum feierlichen Abschluss eines Sonntags, an dem die Zentrale sie nicht angerufen hatte, hatte sie noch einmal energiegeladenen Sex mit ihrem Mann und schlief dann wie ein Baby ein.

Erfrischt und etwas schuldbewusst, weil sie, statt den Papierkram für die Arbeit durchzugehen, einen sonntäglichen Mittagsschlaf genossen hatte, fuhr sie am Montagmorgen zeitig aufs Revier.

Sie war nicht früh genug, um dem Berufsverkehr und all den unfähigen Fahrern, die aufgrund des Regens, den der frische Märzwind gegen ihre Windschutzscheiben peitschte, ihre auch schon vorher eher bescheidenen Fahrkünste endgültig eingebüßt hatten, zu entgehen. Doch dieses Elend war aus ihrer Sicht der passende Beginn für den Arbeitstag eines Mitglieds der New Yorker Polizei.

Wenigstens die Werbeflieger waren aufgrund des starken Windes noch nicht unterwegs, und sie genoss es, durch die Stadt zu fahren, ohne sich das dämliche Geblöke über die Rabatte für die letzten Kreuzfahrten des Winters oder irgendwelche unnötigen ersten Frühjahrsschnäppchen anzuhören.

Was hatten sie jetzt überhaupt für eine Jahreszeit? Weswegen schwankte der verdammte März zwischen dem späten Winter und dem zeitigen Frühjahr hin und her?

Sie könnte optimistisch sein und sagen, dass der Frühling angefangen hatte, weil es nicht mehr schneite und auch keine Eisschicht Gehwege und Straßen überzog. Der Wind war jedoch bitterkalt, und wie der Himmel aussah, würde es womöglich doch noch einmal zu schneien anfangen.

Vor allem wurden optimistische Menschen allzu oft enttäuscht.

Sie würde also besser davon ausgehen, dass der verfluchte Winter doch noch nicht vorbei war, überlegte sie, bevor sie in der Tiefgarage des Reviers aus ihrem Wagen stieg.

Der Schichtwechsel fand erst in einer Stunde statt, deswegen nahm sie statt des Gleitbands den fast leeren Fahrstuhl und kam schneller als erwartet oben an.

In ihrem Dezernat saß nur Santiago hinter seinem Schreibtisch und sie sah ihn fragend an.

»Haben Sie was reinbekommen?«

Er nickte knapp und blickte sie aus müden Polizistenaugen an. »Carmichael holt uns gerade etwas von dem widerlichen Kaffee aus dem Pausenraum. Eine Bordsteinschwalbe ist mit einem Freier, dem sie einen blasen wollte, in einen Hauseingang unweit der Canal Street gegangen, dort lag ein Toter. Der Freier hat sich sofort aus dem Staub gemacht, aber die Bordsteinschwalbe hat brav ihre Bürgerinnenpflicht erfüllt und sich nach einem Streifenpolizisten umgesehen, dem sie den Fund gemeldet hat.«

»Wer war der Tote?«

»Irgend so ein kleiner Drogendealer, der anscheinend selbst sein bester Kunde war. Die Bordsteinschwalbe kannte ihn vom Sehen und hatte mitbekommen, wie er sich vielleicht eine Stunde vorher, als sie selbst aus der Bude kam, in der sie anspruchsvollere Dienste leistet, mit einem der Junkies aus der Gegend dort gestritten hat. Auf alle Fälle haben wir den Junkie erst mal einkassiert.«

Er wandte sich Carmichael zu, die mit den beiden Bechern dampfend heißen Kaffees kam. »Du bist meine Lebensretterin«, erklärte er und riss ihr einen der Becher aus der Hand. »Bei unserer Ankunft hatten sich noch ein paar andere Bordsteinschwalben in die Sache eingemischt. Sie haben herumgeschrien, bis eine einen Namen fallen lassen hat. Sie meinte, dass sie sich fast sicher wäre, dass die erste Bordsteinschwalbe mit dem Junkie Dobber meint. Ein echter Loser, der zwei Monate zuvor in das Gebäude eingezogen war, vor dem die Leiche lag.«

Auf Santiagos Zeichen fuhr Carmichael fort.

»Also haben wir den Droiden von der Streife und den zweiten, den wir kommen lassen hatten, für den Toten und die Zeugin abgestellt und selbst bei diesem Dobber angeklopft. Er war in seiner Bude und war total high von all den Pillen, die er dem Dealer abgenommen hatte, nachdem er mit einem Messer auf ihn losgegangen war. Das Messer hatte er noch bei sich, als wir zu ihm in die Wohnung kamen«, fügte sie hinzu.

»Dann ist er mit diesem Messer auf Carmichael losgegangen«, ergriff Santiago abermals das Wort. »Das kommt noch zu den anderen Anklagepunkten dazu, obwohl er während des versuchten Angriffs auf Carmichael einfach umgefallen ist.«

»Er hat sich selbst ein Bein gestellt. Das Blut an diesem Messer passt zu dem des Opfers, und als wir ihn erst mal im Verhörraum hatten, hat der blöde Wichser innerhalb von zehn Minuten zugegeben, dass er seinen Dealer abgestochen hat. Er hat erklärt, es wäre ums Prinzip gegangen und er hätte wegen dessen überhöhter Preise keine andere Wahl gehabt.«

»Das heißt, dass der Fall abgeschlossen ist.«

»Und er ist wirklich wasserdicht«, stimmte Carmichael ihrer Chefin zu. »Vor allem, weil der Kerl ein ellenlanges Vorstrafenregister hat. Im Grunde kam er direkt aus dem Knast, wo er wegen tätlichen Angriffs saß. Das heißt, dass er jetzt lebenslänglich kriegen wird.«

»Das haben Sie gut gemacht.«

»Wobei die Bordsteinschwalbe uns den größten Teil der Arbeit abgenommen hat. Weswegen sind Sie selbst jetzt schon hier? Steht was Besonderes an?«

»Papierkram«, meinte Eve und wandte sich zum Gehen, doch dann blieb sie noch einmal stehen und blickte Santiago stirnrunzelnd an. »Ich dachte, dass Sie Baseball spielen statt …«, sie tat, als spielte sie auf einem unsichtbaren Klavier.

»Sowohl als auch. Als Junge hätte ich mein Leben dafür hingegeben, Baseball spielen zu dürfen. Also haben meine Eltern mir gesagt, ich könnte Baseball spielen, so viel ich wollte, wenn ich keinen Ärger mache, gute Noten in der Schule habe und ein Jahr Klavierstunden bei meiner Tante nehme, die echt ätzend ist. Dass ich mich darauf eingelassen habe, zeigt, wie wichtig mir das Baseballspielen war. Dann stellte sich heraus, dass mir auch die Musik gefällt, deswegen habe ich den Unterricht nach einem Jahr freiwillig fortgesetzt.«

»Und jetzt sind Sie ein Cop.«

»Ein Baseball und Klavier spielender Cop, der mit Avenue A gejammt hat«, fügte er hinzu.

»Und Sie können singen«, wandte Eve sich der Kollegin zu.

»Ich liebe Karaoke, aber dass ich jemals ein Duett mit Jake oder mit Mavis singen würde, hätte ich mir nicht einmal in meinen kühnsten Träumen vorgestellt. Das war ein wirklich großer Abend, stimmt's, Partner?«

Santiago prostete ihr zustimmend mit seinem Becher zu. »Wir sollten eine Cop-Band gründen und sie dann *Die Bullen* oder so nennen.«

Eve trat den Rückzug an und in der Ruhe ihres eigenen Büros nahm sie mit einem echten Kaffee aus dem AutoChef an ihrem Schreibtisch Platz.

Da Polizeiarbeit nicht nur darin bestand, elende Junkies festzunehmen, die bereit waren, wegen irgendwelcher bunten Pillen ihre Dealer abzustechen, nahm sie sich die Dienstpläne, Bedarfsmeldungen, Berichte und Etats ihrer Abteilung vor. Für den Etat hätte sie einen zweiten Becher Kaffee gebraucht, doch sie hatte auch schon so den größten Teil der Arbeit hinter sich gebracht, als lautes Trampeln vor der Tür verriet, dass ihre Partnerin im Anmarsch war.

»Santiago hat gesagt, Sie wären schon da«, bemerkte Peabody, als sie sie hinter ihrem Schreibtisch sitzen sah.

»Papierkram«, meinte Eve.

»Ich schreibe selbst noch den Bericht über den Doppelmord, der Freitag von uns abgeschlossen worden ist. Oh Mann, ich bin echt froh, dass das vor Nadines Fest erledigt war. Ein Wahnsinnsabend, finden Sie nicht auch?« Statt ihres kurzen Glitzerkleids mit eingenähtem Push-up-Büstenhalter wie an jenem Wahnsinnsabend trug sie jetzt eine feste Hose unter einer fast dezenten Jacke, und das am Freitagabend offene, weich gelockte dunkle Haar war jetzt in einem kurzen Pferdeschwanz zusammengebunden. »Ich hatte kaum Gelegenheit, mit Ihnen zu reden«, fügte sie hinzu.

»Wie hätten Sie das auch machen sollen, während Sie die ganze Zeit mit Arschwackeln beschäftigt waren?«

»Je mehr man mit dem Hintern wackelt, umso lockerer sitzt danach die Hose, und vor allem hat das Tanzen wirklich Spaß gemacht!«

In diesem Augenblick rief die Zentrale auf Eves Smartphone an und nüchtern meinte sie: »Jetzt hat sich's erst mal ausgespaßt.«

Nur eine gute Viertelstunde später beugten sich die beiden Frauen über einen Toten, der im zweiten Stock einer alten Lagerhalle lag, die in eine Reihe von Apartments unterteilt war. Das Haus war recht gepflegt, doch schlecht gesichert, aber schließlich war dies eine arme Gegend, wo es kaum etwas zu stehlen gab.

Die Nachbarn identifizierten ihren toten Mann als Stuart Adler aus Apartment 305, und während die Kollegen von der Trachtengruppe die Bewohner auf Distanz zur Leiche hielten, identifizierte Eve ihn noch einmal zusätzlich mit ihrem dafür vorgesehenen Pad.

»Stuart Adler, achtunddreißig, wohnhaft hier im Haus. Alleinstehend, geschieden, kinderlos. Ein paarmal wegen Trunkenheit und Ruhestörung vorbestraft, aber die zwei Rehas, die er machen musste, haben anscheinend nichts gebracht, denn schließlich ist es nicht mal neun und trotzdem riecht er schon nach Alkohol.«

Als sie den Toten untersuchte, blickte er aus wässrig blauen Augen mit geplatzten Adern zu ihr auf. »Der Kopfwunde, den Blutspritzern und dem gebrochenen Genick zufolge wirkt es wie ein Treppensturz. Und obendrein hat irgendjemand ihm ein Messer in den Bauch gerammt.«

»Wahrscheinlich hat der Täter zugestochen und ihm danach einen Stoß versetzt«, schlug Peabody Eve vor. »Außer …«

»Ja, genau. Das Messer, das in seinem Bauch steckt, ist ein Taschenmesser, und anscheinend hat er es erst in den Bauch gerammt bekommen, als er schon hier unten lag. Die Bauchwunde hat kaum geblutet und sieht eigentlich eher harmlos aus.«

»Das war Gary!«, brüllte jemand über ihnen.

»Was? Bist du jetzt völlig durchgedreht?«

Eve richtete sich auf. »Sie bleiben hier und gucken, ob noch jemand anderes als der Tote dieses Messer in der Hand gehalten hat«, bat sie die Partnerin. »Und tüten Sie den Apfel ein, der in der Ecke liegt.«

Sie nahm die Treppe in den nächsten Stock, in dem ein halbes Dutzend Leute stand und sich anschrie.

»Aufhören!« Sie sah die Gruppe drohend an und wandte sich an eine Frau mit wildem Blick und einem Helm aus Haaren, der wahrscheinlich nicht einmal bei dem starken Märzwind in Bewegung käme. »Wer ist Gary?«

»Das bin ich«, erklärte ihr ein Mann mit wirrem braunem Haar mit goldenen Spitzen und einem kleinen Ziegenbart. Er trug ein ordentliches Tweedjackett, doch die Krawatte hatte er gelockert und dazu die ersten beiden Knöpfe seines Hemdes aufgemacht. »Ich heiße Gary Phizer und ich wohne in Apartment 304. Ich wohne … Stuart direkt gegenüber, und ich war es, der die Polizei verständigt hat. Ich habe Sie gerufen, als ich ihn dort liegen sah. Ich arbeite als Lehrer und ich wollte gerade in die Schule fahren. Da sah ich ihn dort liegen und bin sofort hingelaufen, doch es war nicht zu übersehen, dass er …«

»Ihr habt euch gestern Abend noch gestritten!«, hielt die Haarhelmträgerin ihm vor. »Du hast gesagt, du würdest ihm den Hals umdrehen.«

»Ich habe ihm damit gedroht, dass ich die gottverdammte Glotze aus dem Fenster werfe, wenn er nicht die Lautstärke ein bisschen herunterdreht. Er war mal wieder sturzbetrunken«, wandte Gary sich an Eve. »Er hat einen Film angeguckt, in dem die ganze Zeit geschrien wurde oder irgendwelche Sachen in die Luft gegangen sind. Ich wohne direkt gegenüber, und nachdem ich auch schon vorher zweimal bei ihm drüben war, hat's mir um zwei Uhr endgültig gereicht. Ich habe bei dem Lärm kein Auge zugekriegt.«

»Das heißt, Sie beide hatten Streit.«

Er trat nervös von einem auf den anderen Fuß. »Tja nun … ich schätze, dass man das so sagen kann. Der Kerl ist auf mich losgegangen, aber er hat dabei derart geschwankt, dass er fast umgefallen ist. Und ja, okay, ich hätte ihm fast eine reingehauen, dabei hatte ich bisher in meinem ganzen Leben keine Schlägerei. Aber er war betrunken und ganz einfach ein Idiot. Ich gebe zu, dass ich echt sauer war. Ich habe ihm gesagt, wenn er den Fernseher nicht leiser machen würde, würde ich mit einem Hammer wiederkommen und das Ding zertrümmern, damit endlich Ruhe ist.«

»Und Sie sind nicht auf die Idee gekommen, wegen des Lärms die Polizei zu rufen?«

»Das habe ich schon häufiger getan und andere auch. Aber was macht die Polizei? Sie sagen ihm, dass er die

Glotze leiser stellen soll, manchmal hält die Ruhe dann tatsächlich ein paar Tage an. Bis er wieder zu viel trinkt und dann dreht er die Kiste wieder auf.«

»Das stimmt«, mischte sich eine Frau im Schlafanzug mit einem Baby in den Armen ein. »Mein Mann und ich wohnen in Apartment 303 und haben uns am Ende einen Schallschutz für die Wand zu seiner Wohnung zugelegt. Wenn Stu betrunken war – und das kam regelmäßig vor –, konnte er ziemlich ätzend sein. Aber Gary hat ihn ganz bestimmt nicht umgebracht, das weißt du auch, Mildred. Genauso wenig wie mein Rolo, und der hat sich, ehe wir den Schallschutz hatten, permanent mit Stu wegen des lauten Fernsehens angelegt.«

Sie fuchtelte mit ihrer freien Hand vor Mildred mit dem Helm aus Haar herum. »Genau wie du, Mildred, und alle anderen im Haus. Genau wie die Familie unter ihm, weil er, wenn er besoffen war, die halbe Nacht in seiner Wohnung herumgetrampelt ist, wenn er nicht gerade irgendwelche Sachen umgeworfen hat. Musstest du nicht selbst erst letzten Monat einen Krankenwagen rufen, als du ihn im Flur gefunden hast? Er war gefallen«, wandte sich die Frau an Eve. »Sie mussten seine Nase richten, die er sich dabei gebrochen hat. Wobei wir keine Ahnung haben, ob er das Bewusstsein durch den Sturz verloren hatte oder weil er wieder einmal total betrunken war.«

Mildred verschränkte trotzig ihre Arme vor der ausladenden Brust. »Ich würde nie behaupten, dass er kein besoffener Idiot war, aber er hat sich ganz bestimmt nicht selbst ein Messer in den Bauch gerammt.«

»Vielleicht ja doch«, gab Eve zurück. »Zeigen Sie uns den Apfel, Peabody.«

Die Partnerin hielt eine Plastiktüte hoch, und alle sahen den halb geschälten Apfel, an dem noch die abgelöste Schale hing.

»Mochte Stuart Äpfel?«

Mildreds Augen füllten sich mit Tränen. »Ein Apfel pro Tag, hat er immer gesagt. Er hat seine Äpfel gern geschält und jedes Mal versucht, es zu schaffen, dass die Schale an einem Stück geblieben ist. Er hat gesagt, das brächte Glück.«

»Und womit hat er sie geschält?«

»Mit seinem Taschenmesser, glaube ich. Aber Gary …«

»Haben Sie an dem Griff des Taschenmessers Fingerabdrücke gefunden, Peabody?«

»Ja, Ma'am. Die von dem Toten, aber sonst keine.«

»Wir haben die Ermittlungen zwar noch nicht abgeschlossen, aber den Indizien und den Aussagen zufolge handelt es sich hier wohl kaum um einen Mord. Bisher sieht es nach einem Unfall aus. Mr. Adler war betrunken und wollte auf dem Weg nach unten einen Apfel schälen. Der Fahrstuhl ist kaputt, nicht wahr?«

»Schon seit vier Tagen«, klärte Mildred sie verbittert auf. »Unser Vermieter …«

»Bitte, Ma'am, ersparen Sie uns das«, bat Eve. »Er stolpert, gerät aus dem Gleichgewicht und stürzt. Als er unten aufkommt, bricht er sich beim Aufprall das Genick und vielleicht auch den Schädel und hat obendrein das Pech, dass er noch in sein eigenes aufgeklapptes Taschenmesser fällt.«

»Das wäre typisch Stuart«, murmelte die Frau mit Kind.

»Am besten gehen Sie jetzt zurück in Ihre Wohnungen und wir fahren hier mit unserer Arbeit fort.«

»Ich bin nur froh, dass ich ihm keine reingehauen habe«, stellte Gary leise fest. »Es tut mir leid, dass ich ihn letzte Nacht als blöden Arsch bezeichnet habe, aber ich bin froh, dass ich nicht auf ihn losgegangen bin.«

Ob es ein Unfall war oder nicht, musste in einem Todesfall ermittelt werden, also sammelten sie weitere Beweise, nahmen die Aussagen der Zeuginnen und Zeugen auf und kehrten erst am späten Vormittag auf das Revier zurück. Bis Eve dort abermals an ihrem Schreibtisch saß, um den Bericht zu schreiben, wurde Rochelle Pickering in Roarkes Büro geführt.

Sie gab sich alle Mühe, nicht die Augen aufzureißen, aber ein so großes, elegantes Arbeitszimmer hatte sie noch nie gesehen. Als sich der Besitzer des Büros hinter dem großen Schreibtisch vor der breiten Fensterfront, durch die man eine unglaubliche Aussicht auf die Wolkenkratzer von New York genoss, erhob und über einen dicken Teppich auf sie zukam, stellte sie mit einem atemlosen Lachen fest: »Ich hätte nie gedacht, dass ich Sie jemals kennenlernen würde, und jetzt treffe ich Sie innerhalb von ein paar Tagen schon zum zweiten Mal.«

»Ich weiß es zu schätzen, dass Sie so schnell kommen konnten.«

»Neugier ist ein großer Motivator«, gab sie unumwunden zu.

»Wie wäre es mit einem Kaffee? Oder Tee?«

»Ich nehme das, was Sie nehmen. Vielen Dank.«

»Das übernehme ich«, bot seine Sekretärin Caro, die

sie in den Raum geleitet hatte, an. Mit ihrem Haar wie frisch gefallener Schnee und ihrem maßgeschneiderten Kostüm sah sie genauso elegant wie die Umgebung aus, und plötzlich kam Rochelle sich in dem Anzug, den sie selbst schon seit drei Jahren besaß, richtiggehend schäbig vor.

»Nehmen Sie Platz.« Roarke führte sie zu einem Sofa, das genauso luxuriös wie alles andere war.

Wilson hatte ihr versichert, dass man sich mit Roarke wie mit jedem anderen ganz normalen Menschen unterhalten könnte, aber dies war Roarke! Ein Multimilliardär, ein Philanthrop und Visionär. Außerdem sah er noch fantastisch aus.

Seine Augen waren tatsächlich so blau, wie sie ihr im Fernsehen vorgekommen waren.

»Ich nehme an, die Party bei Nadine hat Ihnen Spaß gemacht.«

»Und wie! Ich war einmal auf einem Avenue-A-Konzert, als ich noch auf dem College war. Ich hatte einen billigen Platz, doch es war wirklich toll. Genauso toll wie das Konzert am Freitagabend, in das ganz spontan auch noch die anderen einbezogen worden sind. Im Grunde weiß ich gar nicht, was ich sagen soll. Ich war auch schon einmal bei einem Konzert von Mavis und jetzt habe ich sie in einem völlig anderen Zusammenhang erlebt.«

»Sie scheinen Musik zu mögen.«

»Unbedingt.« Sie hob den Kopf, als Caro mit einem Tablett mit Kanne und zwei Tassen, Zucker sowie einem Kännchen Sahne hereinkam. »Ich danke Ihnen vielmals.«

»Es ist mir ein Vergnügen. Wie nehmen Sie Ihren Kaffee?«

»Mit einem Schuss Milch und einem Stückchen Zucker.« Auch wenn es in ihrer Welt nur die Ersatzprodukte gab.

»Danke, Caro«, meinte Roarke, als auch er seine Tasse hingestellt bekam.

Als die Bürotür wieder hinter Caro zugefallen war, hob Rochelle ihre Tasse an den Mund. »Ich nehme an, Sie wollen …« Sie trank den ersten Schluck und riss die Augen auf. »Mein Gott. Ich habe das Gefühl, als wäre mein gesamtes Innenleben aufgesprungen, um zu applaudieren. Im Buch und Film über den Icove-Fall wird dieser Kaffee ab und zu erwähnt, und jetzt ist mir klar, dass er tatsächlich etwas ganz Besonderes ist.«

»Ich denke oft, dass ich es diesem Kaffee zu verdanken habe, dass Eve meine Frau geworden ist.«

»Ich kann mir vorstellen, dass er dabei eine Rolle spielte, aber sicher haben Sie mich nicht eingeladen, um mir eine Tasse Ihres wunderbaren Kaffees anzubieten, sondern wegen meiner Tätigkeit bei Dochas, da Sie sich dort aktiv engagieren.«

»Die Arbeit, die Sie dort geleistet haben, könnte durchaus eine Rolle spielen«, griff er lächelnd ihre Worte auf. »Sie haben doch sicher von dem Haus gehört, das wir gerade in Hell's Kitchen fertigstellen.«

»Natürlich, glauben Sie tatsächlich, dass dort schon im Mai die ersten Schülerinnen und Schüler aufgenommen werden können?«

Es sprach für sie, dass sie von Schülerinnen und Schülern statt von Jugendlichen mit Problemen sprach, fand

Roarke. »Wir hoffen es. Sie engagieren sich seit fünf Jahren auch im Familienberatungszentrum in der Innenstadt.«

»Das stimmt.«

»Dann haben Sie also nicht den Ehrgeiz, eine eigene Praxis aufzumachen?«

»Dafür fehlen mir die finanziellen Mittel«, räumte sie mit einem offenen Lächeln ein. »Aber vor allem bin ich lieber Teil eines Teams. In einem Team bringen alle ihre jeweiligen Stärken ein, wodurch man den Patienten besser helfen kann. Und so, wie ich's verstanden habe, haben Sie das auch im An Didean so geplant. Sie wollen dort therapieren, rehabilitieren, bieten Struktur und Sicherheit und nicht zuletzt eine Gemeinschaft für die jungen Menschen, gemeinsam mit Erwachsenen, die ihnen den Weg zu einem guten, produktiven und gesunden Leben ebnen wollen.«

»Genau. Wir haben uns in den letzten Monaten nicht nur auf das Gebäude selbst konzentriert, sondern auch Personal gesucht, das die erforderliche Ausbildung und das Engagement, den Zweck des Hauses zu erfüllen, besitzt und selbst an die Ziele dieses Hauses glaubt. Meiner Meinung nach trifft all das auch auf Sie zu.«

Sie runzelte verwirrt die Stirn. »Sie wollen, dass ich dort wie bei Dochas ehrenamtlich helfe?«

»Tatsächlich hatte ich gehofft, dass ich Sie für die Leitung unseres Psychologenteams gewinnen kann.«

»Ich … ich … es tut mir leid.« Da ihre Tasse auf der Untertasse klirrte, stellte sie sie auf den Tisch. »Ich hatte angenommen, Sie hätten Dr. Susann Po für diesen Posten vorgesehen. Mr. Roarke …«

»Nur Roarke.«

»Ich habe riesigen Respekt vor Dr. Po, und zwar beruflich und privat, und obwohl ich Ihr Angebot zu schätzen weiß und sehr geschmeichelt bin, wollte oder könnte ich jemanden mit ihren Fähigkeiten und mit ihrem Ruf niemals von seinem Platz verdrängen.«

»Weil ich Dr. Po ebenfalls umfänglich respektiere, hab ich ihr diese Stelle angeboten, aber unglücklicherweise zieht sie wegen eines familiären Notfalls nach East Washington und weiß nicht, ob sie überhaupt noch einmal wiederkommen wird. Deshalb hat sie mein Angebot vergangene Woche mit Bedauern abgelehnt.«

»Ich verstehe. Davon habe ich noch nichts gehört. Das tut mir wirklich leid. Ich …« Wieder hob sie ihre Tasse an den Mund und atmete tief durch.

»Ich arbeite seit knapp zehn Jahren in diesem Job, wogegen Dr. Po inzwischen seit fast dreißig Jahren als Jugendpsychologin tätig ist. Wahrscheinlich klingt das ziemlich undankbar, doch ich möchte wissen, ob das Angebot etwas damit zu tun hat, dass ich Wilsons Freundin bin.«

»Als ich Dr. Po für eine Schlüsselposition in dem Projekt gewinnen wollte, das mir selbst und meiner Frau persönlich sehr am Herzen liegt, wollte ich sie aufgrund ihrer Erfahrung, ihres Rufs und einer Reihe anderer Gründe haben. Doch auf der Liste standen neben ihrem noch die Namen von vier anderen hoch qualifizierten Leuten, die infrage gekommen wären. Das war im Herbst und Sie standen auf der Liste gleich hinter Dr. Po.«

»Oh.«

»Ich glaube nicht, dass Sie zu der Zeit schon mit ihm bekannt waren.«

»Nein, das war ich nicht. Ich kenne ihn erst seit Dezember und auch da hat es nicht gleich … gefunkt. Das heißt, dass sich die Sache zwischen uns erst im Lauf der Zeit entwickelt hat.«

»Ich wusste gar nicht, dass Sie beide sich kennen, und war am Samstag ziemlich überrascht, als ich Sie auf der Party von Nadine mit Wilson sah, denn schließlich hatte ich mir erst am Morgen vorgenommen, Sie einzuladen und zu fragen, ob ich Sie für diese Position gewinnen kann.«

»Das freut mich sehr zu hören, und mir tut es leid, dass ich mich nicht ein bisschen besser vorbereitet habe, aber mir war nicht bewusst, dass es um eine so wichtige Stelle geht.«

»Im Grunde war's das schon mit dem Gespräch«, gab Roarke zurück und lächelte sie an. »Seit Samstagabend und dem Kaffee hier ist mir bewusst, dass ich Sie wirklich haben will. Die meisten Dinge, die ich wissen muss, weiß ich bereits seit letztem Herbst, als es um die Erstellung meiner Kandidatenliste ging. Ich weiß, was Sie studiert haben, kenne Ihre Arbeit und den guten Ruf, den Sie genießen, weiß, dass Sie bei Dochas und in dem Beratungszentrum ehrenamtlich tätig sind, und entweder ich selbst oder Caro haben bei Kolleginnen und Kollegen von Ihnen, Ihren Vorgesetzten, den Dozenten, die Sie an der Uni hatten, und verschiedenen anderen Leute Infos eingeholt. Wie bei allen anderen Personen, die wir für An Didean gewinnen wollen, ist die letzte Phase des Verfahrens ein persönliches Gespräch, wie wir es gerade führen.«

Ihr Magen flatterte derart, dass es sie überraschte, dass es nicht zu sehen war. »Ein Mann mit Ihren … Beziehungen … hat doch sicher auch herausgefunden, dass mein Vater im Gefängnis umgekommen ist. Er war ein Junkie und ein bösartiger und brutaler Mann. Meine Mutter war zum einen abhängig von ihm und zum anderen von dem Zeug, das er sie hat nehmen lassen hat, und sie hat sich umgebracht, als er nicht mehr zurückgekommen ist.«

»Das ist mir bekannt. Doch jeder Mensch entscheidet selbst, ob er das Elend seiner Jugend überwinden oder weiterhin darin verharren und es fortführen will. Obwohl ich kein Psychologe bin, ist mir bewusst, dass Ihr Verlangen, den Wehrlosen, Verletzlichen zu helfen, Ihrer eigenen Vergangenheit entspringt. Was meiner Meinung nach ein weiterer Pluspunkt ist, der für Sie spricht.«

Er sah sie fragend an. »Noch einen Kaffee?«

»Tatsächlich könnte ich jetzt ein Glas Wasser brauchen«, stieß Rochelle mit rauer Stimme aus.

»Natürlich.« Er nahm eine Flasche Wasser aus dem Kühlschrank, der in einer Ecke stand, und schenkte etwas davon in ein Glas. »Falls Sie Interesse an der Stelle haben, können wir noch über Einzelheiten reden wie die Jobbeschreibung, die Struktur, das Gehalt, das Sie bekämen, und so weiter.«

»Das wäre …« Vorsichtig hob sie das Glas an ihren Mund. »Das ist eine wichtige, lebensverändernde Entscheidung, deshalb sollte ich in Ruhe alles überdenken, ehe wir …«

Entschlossen stellte sie das Wasser auf den Tisch und wandte sich ihm zu. »Bin ich verrückt? Oh nein, das bin ich nicht. Und ich bin auch nicht dumm.« Mit einem perlenden Lachen fügte sie hinzu: »Natürlich bin ich an der Stelle interessiert. Ich bin geschmeichelt, überrascht, und mir ist richtiggehend schwindelig, obwohl ich selbstverständlich möglichst würdevoll und ernsthaft rüberkommen will.«

Roarke lächelte sie an und lachend griff sie sich ans Herz.

»Und ja, ich wüsste gern die Einzelheiten dieses unglaublichen Angebots. Vor allem würde ich mir gerne mal das Haus ansehen. Ich würde gerne sehen, wo die Kinder leben sollen und wie die Räume für die Freizeit, den Unterricht und für die Einzel- und die Gruppentherapien gestaltet sind. Ich würde gerne alles sehen.«

»Natürlich«, sagte er auch dieses Mal und sah sie fragend an. »Haben Sie noch etwas Zeit?«

Sie riss die Augen auf und blinzelte verwirrt. »Jetzt ... gleich?«

»Die Einzelheiten können wir besprechen, während Sie sich alles anschauen. Ich wüsste gern, was Sie von unseren Plänen halten.«

Abermals griff sie nach ihrem Glas und diesmal trank sie einen möglichst großen Schluck. »Okay.«

Nach der Führung und dem Handschlag zur Besiegelung des Vertrags fuhr Roarke allein in sein Büro zurück.

»Bitte lassen Sie ihr den Vertrag zukommen, Caro«, wies er seine Assistentin an.

»Das werde ich mit Freuden tun. Sie ist extrem qualifiziert und brennt für ihren Beruf. Obwohl es Ihnen leidtut, dass Sie jemanden wie Dr. Po verloren haben, könnte Rochelle Pickerings Jugend dort von Vorteil sein. Vor allem habe ich einfach ein sehr gutes Gefühl bei ihr.«

»Ach ja?«

»Sie war vollkommen überwältigt und hat sich bemüht, es nicht zu zeigen, doch sie hatte kein Problem damit, sich anmerken zu lassen, dass Sie Ihnen für die Chance, die Sie ihr bieten, wirklich dankbar ist. Die Mischung hat mir zugesagt.«

»Mir auch. Und jetzt kann ich die Meetings nachholen, die Sie heute früh verschoben haben.«

»Bis zu der Videokonferenz mit Hitch in San Francisco und mit Castors Team in Baltimore, die ich verschoben habe, als die Textnachricht von Ihnen kam, haben Sie ...« Sie sah auf ihre Uhr. »... noch acht Minuten Zeit.«

»Wie käme ich nur ohne Sie zurecht?«

»Das frage ich mich auch. Ich habe nämlich auch das Mittagsmeeting in den Speisesaal hier im Haus verlegt. Sie haben wahrscheinlich keine große Lust, bei diesem Wetter noch einmal aus dem Haus zu gehen, und sparen obendrein die Zeit, die Sie verloren haben, als Sie mit Dr. Pickering auf Tour waren.«

»Perfekt. Was meinen Sie? Steht langsam wieder mal eine Gehaltserhöhung an?«

»Auf jeden Fall«, stimmte sie augenklimpernd zu und lachend ging Roarke weiter in sein eigenes Büro.

Bis er am Abend heimkam, regnete es nicht mehr ganz so stark, auch der Wind war abgeflaut und nur noch hin und wieder bliesen ihm wilde Böen ins Gesicht. Auf seinem Weg zur Haustür ließ so eine Böe seinen heiß geliebten, von Eve geschenkten Mantel und die beinah schulterlangen Haare wehen, weshalb er dankbar für die Wärme in der Eingangshalle war.

Der stets bereite Summerset nahm ihm den Mantel ab, während sich Galahad an seinen Beinen rieb.

»Ein Abend, wie gemacht für einen Whiskey am Kamin«, stellte sein Majordomus fest.

»Da haben Sie recht.« Er hatte noch zu tun, doch dafür wäre später auch noch Zeit. »Wie wäre es jetzt damit?«

Sie gingen in den Salon, und während Roarke dort Feuer machte, schenkte Summerset den Whiskey ein.

Er liebte diesen Raum mit seinen warmen Farben, alten Möbeln und von ihm persönlich ausgewählten Bildern an den Wänden, und als eine frische Böe pfeifend durchs Geäst der Bäume vor den Fenstern strich, nahm er in einem der bequemen Sessel Platz.

Summerset, der wie ein Vater für ihn war und seinen Haushalt ebenso im Griff hatte wie Caro sein Büro, setzte sich ebenfalls. Er hatte dichtes zinnfarbenes Haar, einen durchdringenden Blick, ein schmales, kantiges Gesicht mit eingefallenen Wangen, das ihn laut Eve wie einen leichenfressenden Dämon aussehen ließ, und hatte einst in Dublin einen abgerissenen jungen Burschen vor dem Leben in der Gosse und wahrscheinlich Schlimmerem bewahrt.

Roarke prostete ihm zu. »*Sláinte*. Wie war Ihr Tag?«

»Beim Einkauf heute Morgen war es ziemlich nass. Aber dafür haben ich und unser Freund hier«, meinte er und wies auf Galahad, der seinem Herrchen auf den Schoß gesprungen war, »einen sehr angenehmen Nachmittag in unserer Küche zugebracht. Mir stand der Sinn nach frischer Pasta, denn die habe ich schon eine Ewigkeit nicht mehr gemacht.«

Auf Roarkes verwirrten Blick hin klärte er ihn seufzend auf. »Die Nudeln selbst herstellen, mein Junge. Capellini in einer pikanten Sauce, die dem Lieutenant sicher schmecken wird.«

»Dann werden wir davon heute Abend kosten.«

»Apropos Lieutenant – dieses Sweatshirt von der Polizeiakademie oder das bisschen, was davon noch übrig ist …«

»… hat sich wahrscheinlich bei der letzten Wäsche vollends aufgelöst.«

»Das nicht, aber es ist der reinste Fetzen.«

»An dem sie nun einmal hängt. Wir alle brauchen unsere Glücksbringer, nicht wahr?« Roarke streichelte den Kater, nippte vorsichtig an seinem Whiskey, dachte an den grauen Knopf, den er seit Jahren immer bei sich trug, und wandte sich dann einem anderen Thema zu. »Ich hatte heute Morgen ein Gespräch mit Dr. Pickering und habe eine Tour durch An Didean mit ihr gemacht. Sie nimmt die Stelle an.«

»Nach allem, was ich über sie gelesen habe, scheint sie dafür die geeignete Person zu sein. Und wie geht's auf der Baustelle voran?«

»Alles verläuft nach Plan. Die Hauptküche ist fertig und die Lernküche und Bäder sind inzwischen fast so weit. Im Grunde geht's jetzt nur noch um Kosmetik, also haben wir noch über einen Monat, um die Möbel aufzubauen und alles zu besorgen, was wir sonst so brauchen, damit unser Zentrum rechtzeitig im Mai eröffnet werden kann.«

»Ich freue mich schon für die Kinder, die dort ein Zuhause finden werden.«

»Ich mich auch.« Roarke schob den Kater neben sich, stellte sein Glas weg und stand auf. »Ich habe noch ein bisschen Arbeit, bevor Eve nach Hause kommt.«

»Wann das auch immer sein wird.«

»Ja, genau. Trinken Sie in Ruhe Ihren Whiskey aus und schon mal danke für die selbst gemachten Nudeln, die es heute Abend geben wird.«

Als Roarke den Raum verließ, erwog der Kater die verschiedenen Optionen, die er hatte, und nahm auf dem Schoß des Butlers Platz.

Wie zuvor Roarke hob Summerset sein Glas an den Mund und kraulte Galahad mit seiner anderen Hand den Bauch.

»Was meinst du, kommt sie heute Abend ohne blutverschmierte Kleider heim? Ich hoffe es.«

3

Tatsächlich tauchte Eve mit sauberen Kleidern, aber wehem Schädel auf. Warum hatte sie den Tag nur beendet, wie sie ihn begonnen hatte? Mit Papierkram, Zahlen und dem Bericht zu ihrem morgendlichen Fall, der gar kein Fall gewesen war.

Die Selbstzufriedenheit, die sie erfüllte, wenn sie endlich alles fertig hatte, würde schließlich höchstens vierundzwanzig Stunden anhalten, bis sie den nächsten meterhohen Aktenstapel vorgelegt bekam.

Sie flüchtete sich vor dem Wind ins Haus, wo Summerset wie jeden Abend bereits auf der Lauer lag.

»Weder spät noch blutig.« Er hob gespielt verblüfft die Brauen an. »Das hätte einen Tusch verdient.«

Eve fragte sich, von was für einem Tusch er sprach, doch ihr war klar, dass er sich die Spitze sorgfältig zurechtgelegt hatte. Allerdings war sie auch nicht auf den Mund gefallen, und als sie sich aus ihrem Mantel schälte und der Kater ihr wie immer zur Begrüßung um die Beine strich, erkundigte sie sich: »Waren Sie heute draußen unterwegs?«

»Ich war kurz auf dem Markt.«

»Dann weiß ich jetzt, wie es zu den Meldungen von dem wandelnden Gerippe kam.« Sie ließ den Mantel auf den Treppenpfosten fallen und nahm mit dem Gedanken, dass es unentschieden stand, gefolgt von Galahad, die Treppe in den ersten Stock.

Sie überlegte, ob sie sich erst umziehen sollte, bevor sie gewohnheitsmäßig direkt in ihr Arbeitszimmer ging. Auch Roarke saß offenbar in seinem Büro, wo er mal wieder über irgendwelche Zahlen sprach. Weswegen musste es die ganze Zeit um Zahlen gehen? Zumindest brauchte sie die Zahlen, über die er sich mit wem auch immer unterhielt, nicht zu verstehen.

Er hatte schon ein Feuer im Kamin gemacht, weshalb es wohlig warm in ihrem Arbeitszimmer war. Jetzt fehlte zu ihrem Glück nur noch ein Gläschen Wein.

Sie machte eine Flasche auf, doch plötzlich merkte sie, dass ihr der Wein nicht schmecken würde, wenn sie ihn alleine trank. Was vielleicht daran lag, dass sie sich, als sie noch allein getrunken hatte, nur den Billigfusel leisten konnte, der einen Geschmack wie Pferdepisse auf der Zunge hinterließ.

Also füllte sie zwei Gläser mit dem Rotwein aus Italien, den sie selbst und Roarke am liebsten zu den von ihr für den Abend vorgesehenen Spaghetti bolognese tranken, und trat durch die Tür seines Büros. Sie wollte ihm das Glas nur auf den Schreibtisch stellen und ihn seine Arbeit weitermachen lassen, aber er bedeutete ihr, kurz zu warten, bis er fertig war.

Er unterhielt sich weiter mit den beiden Leuten, die sie auf dem Bildschirm sah. Es waren ein Mann und eine Frau, und alle sprachen über Zahlen und Gewinnspannen und andere Sachen, die sie nicht verstand. Also trank sie einen ersten Schluck von ihrem Wein – der nicht nach Pferdepisse schmeckte –, trat ans Fenster und sah auf die Bäume, die um diese Jahreszeit noch nackt und knochig waren wie Summerset. Sie bogen sich im Wind, und durch die kahlen Äste konnte sie die Großstadtlichter sehen, die aus der Ferne fast noch märchenhafter wirkten als ihr eigenes Haus.

Eben noch war sie mittendrin gewesen, hatte sich durch den Berufsverkehr gekämpft und an den Kreuzungen Meere von Passanten auf die Straße schwappen sehen. Jeder einzelne der Menschen hastete in Richtung irgendeines Ziels.

Sie selbst hatte ihr Ziel erreicht und genoss nach dem Lärm und dem Gedränge jetzt die Ruhe ihres Heims. Und einen Abend, an dem endlich einmal kein Mord an ihren Gedanken fraß.

Sie könnte sich mit einem alten, ungeklärten Fall befassen, denn mit einem frischen Blick aus einer neuen Perspektive würde sie vielleicht herausfinden, wie es gelaufen war.

»In Ordnung«, meinte Roarke. »Dann gehe ich den überarbeiteten Vorschlag morgen noch einmal durch. Ich wünsche Ihnen einen schönen Abend, auch wenn Sie noch alle Hände voll zu tun haben werden, wenn aus dieser Sache etwas werden soll.« Er legte auf und wartete, bis Eve ihn ansah, ehe er nach seinem eigenen Weinglas griff. »Ich danke dir. Anscheinend kannst du Gedanken lesen.«

»Nein. Ich wollte selbst ein Glas Wein, weil mir der Schädel von den ganzen Zahlen und Berichten brummt, die ich heute auf dem Schreibtisch hatte. Während du etwas zur Feier all der Zahlenspiele trinkst, die du heute absolviert hast.«

»Ist es nicht wunderbar, dass man in beiden Fällen einen feinen Rotwein trinken kann? Nachdem du heute jede Menge Zeit für deine eigenen Zahlenspiele hattest, hast du offenbar noch keinen neuen Fall.«

»Ich habe einen reinbekommen und sofort abgeschlossen.«

»Weil du einfach eine clevere Polizistin bist.« Er drehte sich mit seinem Stuhl zu ihr herum und klopfte sich aufs Knie. »Komm her, und lass mich hören, worum es ging.«

Sie runzelte die Stirn und lehnte sich, wie er es oft in ihrem Arbeitszimmer machte, an den Schreibtisch. »Ein Betrunkener ist in seinem Apartmenthaus im Treppenhaus gestürzt, während er gleichzeitig mit seinem Taschenmesser einen Apfel schälen wollte. Dabei hat er sich das Genick gebrochen und sich selbst das Messer in den Bauch gerammt. Dem Pathologen nach praktisch zur selben Zeit. Er hatte zu dem Zeitpunkt zwei Promille. Zu dem Sturz kam es um neun, das heißt, er hatte sich bereits am frühen Morgen jede Menge Billigfusel reingekippt.«

»Wie traurig«, meinte Roarke. »Mein eigener Morgen war wesentlich erfreulicher. Ich hatte ein Gespräch mit Rochelle Pickering. Ich habe ihr die Stelle angeboten und nach einer Führung durch An Didean hat sie zugesagt.«

»Na, das ging aber schnell. Bist du dir sicher …«

»Ja. Aber du darfst dir gerne vor dem Abendessen ihre Akte ansehen, wenn du willst, und wenn du einverstanden bist, bekommt sie morgen die Kopie des unterschriebenen Vertrags geschickt.«

Das ging tatsächlich überraschend schnell, fand Eve

und sah ihn fragend an. »Du hast ihn bereits unterschrieben?«

»Ja. Genau wie sie, nachdem sie ihn erst hat durchsehen lassen. Doch bisher haben wir ihn ihr nicht zugeschickt, das heißt, bisher es ist nicht offiziell.«

Er trank den nächsten Schluck von seinem Wein und sah von seiner Polizistin auf das Bild von ihnen an ihrem Hochzeitstag, das sie ihm geschenkt hatte.

»Da dir An Didean ebenso am Herzen liegt wie mir, wollte ich mich erst vergewissern, dass du einverstanden bist.«

»Ich werde nicht … ach, Quatsch. Du hast sie bereits eingehend überprüft.«

»Lies ihre Akte trotzdem«, bat er sie und klopfte wieder auf sein Knie.

»Das ist doch nur ein Trick, um mich auf deinen Schoß zu kriegen«, stellte sie mit dumpfer Stimme fest.

»Wenn ich nicht hin und wieder in die Trickkiste gegriffen hätte, wären wir beide jetzt nicht hier.«

Da hatte er natürlich recht. Und da sie keinen Grund hatte, auch weiterhin auf stur zu schalten, schwang sie sich auf seinen Schoß und er rief den Bericht über Rochelle Pickering auf dem Computer auf.

Nach weniger als einer Viertelstunde war ihr klar, dass ihre Ängste unbegründet waren. »Okay, okay. Sie passt genau, denn du brauchst eine richtig gute Psychologin, und die Kinder haben jemanden verdient, dem wirklich etwas an ihnen liegt.«

»Das haben sie. Und vielleicht freut es dich zu hören, dass sie mir und Caro ungemein sympathisch war.«

Eve wusste, dass die beiden eine ausgezeichnete Menschenkenntnis hatten und bisher so gut wie nie auf irgendwelchen Schwachsinn, den jemand erzählte, hereingefallen waren.

»Ich wüsste trotzdem gerne, woher diese super Kinderpsychologin den Betreiber eines Striplokals kennt, der eher für seine Muskelkraft als für seinen Intellekt bekannt ist.«

»Das habe ich sie heute ebenfalls gefragt. Interessanterweise kennen sich die zwei genau wie wir beide uns von einer Beerdigung.«

»Von jemandem, den sie behandelt hat?«

»Es war die Freundin eines Jungen, den sie zu der Zeit behandelt hat. Es war Selbstmord, was bei einem Kind von nicht einmal sechzehn ganz besonders tragisch ist. Rochelle war mit dem Jungen dort, Crack war mit den Eltern des Mädchens und zugleich auch mit dem Jungen und dessen Eltern gut bekannt. Es war ein paar Tage vor Weihnachten.«

»Die Selbstmordwoche«, stellte Eve mit rauer Stimme fest.

»Was ebenfalls sehr traurig ist. Rochelle fiel auf, wie gut der Junge sich mit Crack verstand, und wollte deshalb von ihm wissen, ob er sich als Mentor für sozial benachteiligte junge Menschen engagieren will.«

»Er wüsste sicher gut, wie er mit ihnen umgehen muss.«

»Das fand sie auch. Erst hat er Nein gesagt, dann aber hat er es sich noch mal anders überlegt, und sie haben sich getroffen, um die Einzelheiten zu besprechen, da hat es gleich auf verschiedenen Ebenen klick gemacht. Sie sprach ganz offen von den Schwierigkeiten ihres Bruders und geht davon aus, dass Crack, obwohl er nicht sein Mentor ist, einen ausgleichenden Einfluss auf ihn hat. Also?«

»Am besten schickst du den Vertrag noch heute Abend ab, damit sie nicht die ganze Nacht aus Angst, dass vielleicht doch nichts daraus wird, durch ihre Wohnung läuft. Schick das Ding los und danach trinken wir das nächste Glas von diesem Wein und schaufeln uns Spaghetti bolognese rein.«

Er küsste ihren Nacken, schickte Rochelle den Vertrag und stellte fest: »Ich hatte ebenfalls fürs Abendessen Nudeln eingeplant, denn Summerset hat heute welche frisch gemacht.«

»Sauce bolognese?«

»Nein, Nudeln.«

»Man kann Nudeln selbst herstellen? Aber weshalb sollte man das tun?«

»Ich habe keine Ahnung, aber offenbar hat es ihm Spaß gemacht. Es gibt pikante Capellini.«

»Und was soll das sein?«

»Das finden wir gleich heraus.«

Während Eve statt Hackfleisch wieder einmal Zucchini aß, entfuhr Rochelle in ihrem Schlafzimmer, wo seit dem Einzug ihres Bruders auch ihr Schreibtisch stand, ein lauter Freudenschrei.

Mit einem mindestens genauso lauten Schrei fuhr sie herum, als Lyle mit sorgenvoller Miene angelaufen kam.

»Verdammt, was ist passiert, Ro?«

»Oh! Ich wusste nicht, dass du zu Hause bist.«

»Ich komme gerade heim und dachte schon, dass du überfallen wurdest.«

»Oh nein.« Sie winkte lachend ab. »Ich habe ganz vergessen, dass du heute deinen freien Abend hast.«

»Zum ersten Mal seit einer Woche«, meinte er und runzelte, verwirrt von ihrer Schreierei, die Stirn.

Er hatte das Gewicht, das er infolge der Drogen und in seiner Zeit in Haft verloren hatte, wieder zugelegt und sah gesund und energiegeladen aus. Obwohl sie es mochte, wenn er frisch rasiert war, sah er mit dem leichten Bartwuchs und den kurzen Dreadlocks immer noch gepflegt, doch gleichzeitig verwegen aus.

Wobei das Allerschönste seine endlich wieder klaren Augen waren. Sein Blick war vielleicht etwas müde, aber seine Augen waren völlig klar.

»Ich kann dir was zu essen machen, wenn du willst«, bot sie ihm lächelnd an.

»Du hast dich schick gemacht.«

»Nicht wirklich schick.« Sie trug das hübsche blaue Kleid mit den verzierten Manschetten, doch wirklich elegant war es nach all der Zeit, in der sie es schon besaß, längst nicht mehr. »Ich will mit Wilson essen gehen, aber kann dir gerne vorher noch was machen, falls du Hunger hast.«

»Hast du vergessen, dass ich selbst kochen kann?«

Natürlich. Schließlich war er Koch und das war wunderbar.

»Du bist ein Koch, der endlich einmal einen freien Abend hat. Du hast mir an den letzten Abenden gefehlt«, erklärte sie und schlang ihm ihre Arme um den Hals. Es hatte eine Zeit gegeben, da er die Umarmung nicht erwidert hätte, doch jetzt tat er es und hob sie dabei sogar hoch.

»Warum hast du eben geschrien?«

»Das war ein – oh, ich kann es einfach nicht für mich behalten, aber weshalb sollte ich das auch? Es ist …«

Als ihre Augen sich mit Tränen füllten, schüttelte er sie leicht durch. »Was ist passiert, Ro? Sag es mir. Sofort.«

»Es geht mir gut. Es geht mir sogar wunderbar. Sieh mich doch an. Ich bin unendlich glücklich, deshalb habe ich geschrien und kurz vergessen, dass du heute deinen freien Abend hast. Vor lauter Glück kenne ich kaum noch meinen eigenen Namen, doch Gott sei Dank steht er auf dem Vertrag.«

Er blickte auf den Minibildschirm, der auf ihrem Schreibtisch stand. »Auf was für einem Vertrag?«

»Für meinen neuen Job. Für meinen Traumjob. Gott, jetzt geht's schon wieder los.« Sie schrie noch einmal vor Freude auf und tanzte aufgeregt mit ihrem Bruder durch den Raum.

»Aber du hast doch eine Arbeit, die du wirklich gerne machst. Was soll das also heißen, dass du einen Vertrag für deinen Traumjob hast?«

»Sie wollen mich im An Didean. Als Leiterin des Psychologenteams. Der Schule und des Heims.«

»Ich habe von dem Zentrum schon gehört. Seltsamer Name, findest du nicht auch? Moment. Ist das nicht ein Projekt von Roarke? Du wirst für Roarke und dieses Bullenmädchen arbeiten?«

Mit einem breiten Grinsen pikste Rochelle ihrem Bruder mit dem Zeigefinger in die Brust. »Für die Bezeichnung würde sie dir Saures geben, aber ja. Ich hoffe, das ist kein Problem für dich?«

»Weswegen sollte es das sein? Ich meine, Roarke macht selbst aus Scheiße Gold, und wenn du diese Stelle übernimmst, muss es ein wirklich tolles Zentrum sein.«

»Das wird's auf jeden Fall. Es wird ein richtig guter Ort. Sie wollen im Mai eröffnen und bis dahin muss ich bestens vorbereitet sein!«

»Moment. Noch mal von vorn. Sie wollen dich für die Leitung ihres Psychologenteams? Das heißt, du wirst die Chefin dort? Die Nummer eins?«

»Mit einem Stab von acht Beratern, Therapeuten und dazu noch einem Assistenten fürs Büro.« Sie legte eine Hand hinter ihr Ohr. »Hörst du es auch, Lyle? Ich bekomme einen eigenen Stab!«

Er begann zu strahlen. »Meine Güte, Ro. Das ist echt eine Riesensache. Riesenriesengroß.«

»Ich bin total aufgeregt. Deswegen will ich mit Wilson heute Abend essen gehen. Ich will es ihm, so schnell es geht, erzählen. Aber weißt du was? Ich sage ihm, dass er zu uns nach Hause kommen soll, und dann bestellen wir einfach etwas und feiern hier zu dritt.«

»Auf keinen Fall. Du schwingst jetzt deinen hübschen Hintern in ein Restaurant und machst dir eine schöne Zeit mit deinem Kerl. Ich wollte sowieso noch duschen, dann zu einem meiner Treffen und danach noch kurz bei Gram und bei den Jungs vorbeisehen. Ich war schon seit zwei Wochen nicht mehr dort, und wenn ich mich nicht langsam wieder einmal bei ihr blicken lasse, zieht sie mir die Hammelbeine lang. Ich werde zwar zu spät zum Essen kommen, aber sie hat immer irgendwelche Reste, und die reichen mir. Danach penne ich einfach dort oder bei Martin«, bot er an.

Wie rücksichtsvoll er war. Er wollte ihr die Chance geben, Wilson, wenn er sie nach Hause bringen würde, noch mit heraufzubitten, ohne dass er hier auf ihren kleinen Bruder traf.

»Darf ich es ihr erzählen?«

»Auf jeden Fall. Und ich rufe sie selbst morgen an. Oh, Lyle, du sollest dieses Zentrum sehen. Der Boss hat mich dort heute höchstpersönlich herumgeführt! Es ist unglaublich, wie viel Überlegung und vor allem Liebe in den Bau und in die Einrichtung des Hauses fließen. Wir werden Leben retten und verändern, genau das wollte ich schon immer machen.«

»Mit meinem Leben hast du das bereits geschafft.«

»Oh nein, das hast du ganz …«

»Du bist ein gottverdammtes Wunder, Ro. Ich bin echt stolz auf dich.«

»Und ich auf dich.« Sie legte ihm die Hände ans Gesicht und lächelte ihn an.

»Jetzt hau endlich ab und richte Crack von deinem Bruder aus, dass er nach eurem Essen mit dir tanzen gehen soll. Und falls ihr morgen Mittag zu mir ins Lokal kommt, setze ich euch etwas ganz Besonderes vor.«

»Das mache ich.« Sie zog sich ihren Mantel an. »Ab jetzt geht es für uns nur noch bergauf. Sag Gram, dass sie für deinen nächsten freien Abend ein Familienessen planen soll. Wir werden feiern bis zum Umfallen.«

»Verflixt. Wenn ich mich nicht beeile, komme ich zu spät.« Sie schnappte sich noch einen Schal und ihre Tasche und lief los. »Ich liebe dich, Lyle.«

»Nicht so wie ich dich, Ro«, gab er ihr mit auf den Weg und sah ihr lächelnd hinterher.

Während des gesamten Essens redete sie wie ein Wasserfall. Crack konnte nicht mehr aufhören zu grinsen, als sie vom Besuch bei Roarke, der Führung durch das Zentrum, seinem Angebot, der zukünftigen Stelle und den unzähligen Plänen, die sie bereits für die neue Arbeit hatte, sprach.

Das war eins der Dinge, die er an ihr liebte. Dass sie für die Zukunft plante, auch wenn sie die Gegenwart genoss und keine Mühe hatte, sich auf den Moment und auf den Menschen, dem sie gegenübersaß, zu konzentrieren.

Sie sah die Dinge, wie sie waren, und sie sah, was sich daraus machen ließ.

»Ich wäre am Samstagabend, als ich Roarke zum ersten Mal begegnet bin, ganz sicher nicht auf die Idee gekommen, einmal für ihn zu arbeiten. Ich glaube, Nicci hat so was geahnt. Meine Supervisorin, Wilson. Meiner Meinung nach hat sie so was geahnt. Auf jeden Fall hat sie gesagt, sie hätte sich das schon gedacht. Ich hatte das Gefühl, dass ich ihr sagen müsste, dass ich diese Stelle gerne hätte und jetzt nur noch darauf warte, dass ich den Vertrag geschickt bekomme, und sie hat sich echt für mich gefreut.«

»Natürlich hat sie das. Sie ist schließlich nicht dumm.«

»Die Arbeit mit den anderen wird mir fehlen, aber ich kriege dort ein neues Team, und mit dem vielen Geld, das uns dort zur Verfügung steht, und all dem Personal …« Sie lachte auf. »Du musst mir sagen, dass ich endlich aufhören soll, denn von alleine schaffe ich das nicht.«

»Niemals.« Er deckte ihre Hand mit einer seiner Pranken zu. »Wer hätte je gedacht, dass meine Dr. Ro einmal die Leitung über all die anderen Seelenklempner in dem neuen Zentrum übernimmt? Ich würde dieses Haus allmählich gerne einmal mit eigenen Augen sehen.«

»Das solltest du auf jeden Fall, denn es ist ganz hervorragend geplant, ist inklusiv und es hat jede Menge Herz. Kannst du dich noch erinnern, Wilson, dass dort lauter tote Mädchen eingemauert waren, als sie mit der Arbeit angefangen haben?«

»Oh ja, das weiß ich noch.«

»Jetzt haben sie einen Garten auf dem Dach, in dem die Schülerinnen und Schüler etwas pflanzen und in dem sie sitzen können. Sie haben dort ein Mahnmal für die armen Mädchen aufgestellt. Das ist zwar traurig, aber irgendwie auch schön, denn ihre Leben waren nicht bedeutungslos, und dadurch bleiben sie uns in Erinnerung.«

»Ich habe dir schon vor der Party bei Nadine gesagt, dass dort die besten Leute sein würden, die mir je begegnet sind. Ich weiß nicht, wie ich ohne ihre Hilfe hätte weiterleben sollen, nachdem meine kleine Schwester von diesem irren Psychoschwein ermordet worden war.«

Rochelle zog seine große Hand an ihre Wange und hielt sie dort fest.

»Als ich zusammengeklappt bin, war das dünne weiße Mädchen für mich da. Sie hat der Kleinen Gerechtigkeit verschafft und danach haben sie und Roarke im Park noch einen Baum für sie gepflanzt. Das war das Netteste, was jemals irgendwer für mich getan hat.«

Widerstrebend zog er seine Hand zurück und griff nach seinem Bier. »Und jetzt sind sie so schlau, die Beste, die es gibt, für diesen Job zu engagieren. Du bist die Beste, Ro, ich bewundere und liebe dich.«

»Ach, Wilson, ich dich auch.« Mit ihm zusammen fühlte sich ihr Leben hell und richtig an. »Wobei es seltsam ist, nicht wahr? Wir haben uns in einem furchtbar traurigen Moment getroffen und jetzt bauen wir uns zusammen etwas derart Schönes auf. Ich habe das Gefühl, als würde ich an einem Wendepunkt in meinem Leben stehen. Erst hat sich Lyle wiedergefunden, dann kamst du und jetzt noch der Vertrag für diesen Job. Ich kann mich genau daran erinnern und kann auch noch fühlen, wie hart, beängstigend und steinig vorher alles war. Und jetzt all das Glück. Ich fühle mich gesegnet, Wilson.«

»Diese Segnung hast du verdient.«

Mit einem verführerischen Lächeln beugte sie sich zu ihm vor. »Weswegen überspringen wir den Nachtisch nicht?«

»Der Vorschlag von dir? Obwohl du so ein Leckermäulchen bist?«

»Lyle hat gesagt, dass er bei Martin übernachten will, das heißt, wir haben die Wohnung ganz für uns.«

»Dann werde ich jetzt mal bezahlen.«

Kichernd nahm Rochelle die Treppe, vor ihrer Wohnung drehte sie sich zu ihm um und presste ihm die Lippen auf den Mund. Sie liebte seinen harten, durchtrainierten Körper, und obwohl sie selbst nicht klein war, kam sie sich in seinen Armen winzig und zerbrechlich vor.

Sie suchte mit dem Schlüssel nach dem Loch im teuren Schloss, das sie sich für die Tür geleistet hatte, und war froh, dass sie in eine bessere Wohnung irgendwo in einer besseren Gegend ziehen könnte, sobald sie mit ihrem neuen Job begann.

Da sie das Schlüsselloch nicht traf, nahm Crack ihr kurzerhand den Schlüssel aus der Hand und öffnete die Tür. Dann schob er sie in den Flur, entschlossen, sie von innen gegen die geschlossene Tür zu drücken und erneut zu küssen.

Doch vorher sahen sie Lyle, der in dem kleinen Wohnzimmer in einem Sessel hing. Mit frisch Erbrochenem auf dem Sweatshirt, starrem Blick und einer leeren Spritze auf dem Schoß.

»Nein!« Sie machte einen Satz nach vorn, doch Crack riss sie zurück und hielt sie fest.

»Du darfst ihn nicht berühren, Ro. Du darfst hier nichts berühren.«

»Lass mich los! Mein Bruder! Lyle! Oh Gott! Verdammt, Crack, lass mich los!«

Sie fluchte und sie trommelte verzweifelt mit den Fäusten auf ihn ein, er aber hielt sie weiter fest. Als ihre Beine sie nicht mehr trugen, setzte er sich mit ihr auf den Boden und zog sie an seine Brust.

»Nein, nein, nein. Lyle. Bitte, bitte. Vielleicht ist er …«

»Baby, Baby, er ist tot. Es tut mir leid. Es tut mir so unendlich leid.«

»Das hätte er niemals getan. Er hat nichts mehr genommen, das schwöre ich. Das hätte er niemals getan. Er hätte sich niemals etwas gespritzt.«

»Ich glaube dir, aber jetzt sieh mich an. Dreh deinen Kopf und sieh mich an.« Sie sah aus tränennassen Augen zu ihm auf und er wiegte sie sanft im Arm. »Am besten rufen wir die Polizei. Am besten jemanden, dem du vertrauen kannst. Am besten rufe ich bei Dallas an.«

Da Roarke mit einem kleinen Wettkampf auf dem hauseigenen Schießstand einverstanden war, versuchte Eve, das Schrillen ihres Telefons zu ignorieren.

Sie wollte es ihm zeigen, aber als sie sah, von wem der Anruf kam, griff sie nach dem Apparat. Sie kannte Crack seit Jahren, und da er sie in all der Zeit nur einmal angerufen hatte, war anscheinend irgendetwas passiert.

»Hi, Crack.«

Roarke, der gerade im Begriff gewesen war, das Hemd von seiner Arbeit gegen ein bequemes Sweatshirt auszutauschen, hörte, wie im nächsten Satz die Polizistin aus ihr sprach.

»Rührt ja nichts an, und lasst die Leiche, wie sie ist. Verlasst die Wohnung und schließt sie von außen ab. Dann wartet ihr auf mich. Ich bin schon unterwegs.«

Roarke hatte sich das Hemd inzwischen wieder zugeknöpft und hielt ihr jetzt das zuvor abgelegte Waffenholster hin. »Wer ist gestorben?«

»Der Bruder von Rochelle Pickering. In ihrer Wohnung. Sieht nach einer Überdosis aus.«

»Mein Gott.« Er dachte an die Frau, die sich begeistert in An Didean umgesehen hatte, und verspürte größtes Mitgefühl mit ihr. »Ich habe die Adresse und ich fahre dich.«

»Hat sie von ihm gesprochen, als sie heute bei dir war?«, erkundigte sich Eve auf ihrem Weg ins Erdgeschoss.

»Das hat sie, ja.« Er drückte auf den Knopf der Fernbedienung, die den Wagen vorfahren ließ. »Sie war ganz offen und hat mir von seinen Schwierigkeiten, seiner Zeit im Knast und allem anderen erzählt.«

Er holte die von Summerset in einen Schrank gehängten Mäntel, zog sich seinen an und hielt Eve ihren hin. »Nach seiner Reha hat er sie gefragt, ob sie ihm helfen würde, clean zu bleiben, und ob er vorübergehend bei ihr einziehen kann.«

Als sie das Haus verließen, fuhr der Wagen vor.

»Sie hat erzählt, er hätte einen Job und hätte dort bisher nicht einen Tag gefehlt. Tatsächlich haben sie letzten Monat sogar sein Gehalt erhöht. Er hat keinerlei Verbindung zu den Bangers mehr, geht regelmäßig zu den Treffen bei der Drogenhilfe und hat sich mit seinen Brüdern und mit den alten Freunden ausgesöhnt, die er früher einmal hatte.«

Das könnte sie natürlich auf der Fahrt zum Tatort überprüfen, aber selbstverständlich hatte Roarke all diese Dinge längst schon selbst recherchiert, deswegen würde sie sich erst einmal auf das verlassen, was er herausgefunden hatte.

»Und wie hat dieser Lyle auf dich gewirkt?«

Roarke gab die Anschrift in das Navi ein. »Falls ich mich recht entsinne, war er sechsundzwanzig Jahre alt. In seiner Teeniezeit fingen die Schwierigkeiten an. Von da an hat er öfter in der Schule blaugemacht, im Supermarkt geklaut und die Fassaden irgendwelcher Häuser in der Stadt mit Graffitis verziert. Dann kamen die Drogen und die Gang dazu. Er war noch minderjährig, als er erstmals wegen der Beschädigung von fremdem Eigentum und Drogenbesitzes hochgenommen worden ist. Dafür gab's eine kurze Jugendstrafe, eine Reha und Sozialstunden. Danach hat er zwei Jahre irgendwo in einer Absteige der Gang gelebt. Ich schätze, dass er bei der Drogenfahndung eine ziemlich dicke Akte hat.«

»Okay.« Am besten würde sie sich bei den Kollegen nach dem Burschen umhören.

»Beim letzten Mal ging es um einen Kampf mit einem rivalisierenden Gangmitglied. Die Messer von den beiden waren länger als erlaubt, und dazu hatte er noch Zeus, Erotica und anderes Zeug mit einem Straßenverkaufswert von sechs Riesen in den Taschen, als die Polizei ihn festgenommen hat.«

»Wahrscheinlich sind die beiden deshalb aufeinander losgegangen.«

»Für die Geschichte ist er länger eingefahren und diese Zeit im Knast hat ihn anscheinend wieder auf die rechte Spur gebracht. Er hat sich dort freiwillig einer Reha unterzogen und außerdem eine Kochlehre gemacht. Dann kam er unter der Bedingung, dass seine Schwester ihn aufnimmt, er sich eine Arbeit sucht und clean bleibt, auf Bewährung raus. Seither hat er sich an die Auflagen gehalten, alle vorgeschriebenen Drogentests gemacht und trifft sich freiwillig einmal mit Monat mit seinem Gefängnistherapeuten auf einen Kaffee.«

»Dann sieht es also auf den ersten Blick nach einer vorbildlichen Rehabilitierung aus. Da frage ich mich schon, warum er jetzt mit vollgekotztem Hemd und einer leeren Spritze tot im Sessel hängt.«

»Dann denkt also der Cop in dir, dass sich ein Junkie niemals ändern kann?«

»Meine beste Freundin hat ihr Geld mit Trickdiebstählen verdient und zu der Zeit auch durchaus gern gekifft«, rief Eve ihm in Erinnerung. »Das heißt, ich weiß, dass sich ein Mensch auch ändern kann. Nur leider kommt das ziemlich selten vor. Vor allem muss ich erst die Leiche und den Fundort sehen, bevor ich etwas Konkretes sagen kann.«

»Du hast Peabody nicht Bescheid gegeben.«

»Falls ich nach der Untersuchung dieser Leiche und des Fundorts denke, dass er rückfällig geworden ist und dieser Tod die Folge einer Überdosis ist, komme ich auch alleine klar. Wenn nicht, werde ich ihr den Abend so verderben, wie er mir verdorben worden ist.«

»Das sieht nach einer ziemlich rauen Gegend aus«, bemerkte sie, als sie die dunklen Straßen mit den Sexclubs und Tattoostudios in eilig nach den Innerstädtischen Revolten hochgezogenen Fertighäusern sah.

»Das stimmt. Zusammen haben die Geschwister gar nicht mal so schlecht verdient, aber sie haben eben ziemlich hohe Ausgaben. Der jüngste Bruder kriegt zwar ein Stipendium und jobbt noch nebenher, aber trotzdem zahlen Rochelle und der älteste der Brüder einen Teil der Studiengebühren, die beachtlich sind.«

Eve entdeckte Crack, der wegen seiner Größe nicht zu übersehen war, und seine Liebste vor dem fünfstöckigen Haus, in dem ihre Wohnung lag. Roarke quetschte seinen Wagen zwischen zwei der Klapperkisten, die am Rand der Straße standen, weil die Leute hier in dieser Gegend sich nichts anderes leisten konnten, als mit einer solchen Kiste oder mit dem Bus zu fahren.

Wobei den meisten wahrscheinlich selbst so eine Schrottkiste noch zu teuer war.

Crack öffnete die Wagentür und reichte ihr die Hand. »Danke, dass ihr gleich vorbeigekommen seid.«

Sie blickte in sein unglückliches Gesicht und nickte knapp.

Roarke wandte sich sofort an Rochelle und legte, wie es seine Art war, tröstend einen Arm um sie. »Es tut mir leid. Es tut mir wirklich leid.«

Sie brach in jämmerliches Schluchzen aus. »Das hätte er niemals getan, das hätte er sich selbst und der Familie niemals angetan. Er hätte nie …«

Entsprechend ihrer eigenen Art bemerkte Eve: »Ich weiß, das ist nicht leicht für Sie, doch ich muss Ihnen ein paar Fragen stellen. Wann haben Sie Lyle zum letzten Mal gesehen?«

»Direkt bevor ich heute Abend losgegangen bin. Ich war mit Wilson essen und habe mich, gleich nachdem ich den Vertrag bekommen hatte, auf den Weg gemacht. Ich schätze, das war gegen sieben.«

»Stimmt. Ich habe den Vertrag um sieben Uhr geschickt«, bestätigte Roarke ihr.

»Er hatte heute Mittagsschicht und danach noch die Happy Hour, doch den Abend hatte er dann frei. Es war sein erster freier Abend seit acht Tagen, und obwohl er ziemlich müde wirkte, hat er sich total für mich gefreut, als er von dem Vertrag erfuhr. Er meinte, er würde duschen, dann zu einem Treffen seiner Gruppe gehen und danach würde er zu Gram fahren. Dort würde er etwas essen und anschließend bei Martin übernachten. Ich habe wirklich keine Ahnung, weshalb er jetzt tot im Sessel sitzt. Er hätte sich niemals etwas gespritzt.«

»Okay, Sie müssen warten, bis ich oben fertig bin.

Crack, du wohnst hier in der Nähe, warum also geht ihr nicht erst mal zu dir?«

»Nein, bitte. Ich muss hierbleiben, bei Lyle.«

»Sie müssen irgendwo ins Warme und dort warten, bis ich fertig bin. Ich kümmere mich um Ihren Bruder. Er wird nicht alleine sein.«

»Vertrau ihr, Ro. Komm mit zu mir, dann kommt sie später hinterher. Ich habe noch die Schlüssel«, sagte er zu Eve und drückte sie ihr in die Hand.

Sie hatte einen Generalschlüssel, mit dem sie auch ins Haus gekommen wäre, aber trotzdem steckte sie die Schlüssel ein.

»Ich muss mit meinen Brüdern sprechen und mit meiner Gram.«

»Weswegen warten Sie damit nicht, bis ich Ihnen etwas Genaues sagen kann?«

Rochelle riss sich zusammen, dann aber stellte sie mit Nachdruck fest: »Ich weiß genau, was ich den anderen sagen werde. Nämlich, dass er nicht noch einmal rückfällig geworden ist. Ich weiß nämlich, wie jemand sich verhält, der vor einem Rückfall steht. Die Leute sind dann depressiv, sie weichen einem aus, sie ziehen sich zurück, sind aggressiv oder nervös. Ich habe meinen Bruder jeden Tag erlebt und weiß genau, dass er nichts genommen hat. Also wagen Sie es ja nicht, hinaufzugehen und ihn wie einen Loser anzusehen. Wagen Sie das nicht.«

»Er ist ein Opfer, ganz egal, wie es gelaufen ist. Ich bin für ihn zuständig und werde für ihn tun, was möglich ist.«

»Na komm, Ro, lass uns ein paar Schritte gehen. Es

wird dir guttun, jetzt ein Stück zu gehen.« Crack legte einen Arm um ihre Taille und sie liefen langsam los.

Aufatmend holte Eve den Untersuchungsbeutel aus dem Kofferraum. »Egal, was ich dort oben finde, wird es ganz bestimmt nicht leicht für sie.«

»Du wirst die Wahrheit herausfinden, und das ist alles, was sie noch erwarten kann.«

Sie sah sich das verfallene Gebäude an. Es gab nicht eine Kamera, die Haustür war mit einem jämmerlichen Schloss versehen, und da man einfach nur klingeln musste, damit einer der Bewohner einen einließ, hätte man die Tür auch einfach offen stehen lassen können, dachte sie.

Durch die Fenster in der Kellerwohnung sah man auf den Müll, der auf dem dunklen Gehweg lag, der der perfekte Ort für irgendwelche kriminellen Taten war.

Ein Stückchen weiter quatschte eine Hure einen Freier an, und in der anderen Richtung stand ein Typ in einem Hauseingang, der selbst aus der Entfernung mühelos als Drogendealer zu erkennen war.

Zwei junge Burschen mit Kapuzen schlenderten mit den Händen in den Taschen direkt auf den Dealer zu, doch wenn sie schon mal hier war, wollte sie zumindest diesem Typen das Geschäft kaputt machen.

»He, ihr! Bleibt stehen! Polizei!«

Die beiden nahmen ihre Beine in die Hand und gleichzeitig verschmolz der Dealer mit der Dunkelheit.

»Du weißt, dass sie in einer Stunde wieder hier sein werden«, meinte Roarke.

»Ja, sicher«, stimmte sie ihm achselzuckend zu. »Doch vorher haben sie noch die Möglichkeit, aus ihren vollgepissten Hosen rauszukommen und sich was Trockenes anzuziehen.«

Sie schüttelte den Kopf, als sie die Schlösser an der Haustür sah. »Warum haben sie sich das Geld für diesen Schrott nicht gespart?«

Bevor sie einen der drei Schlüssel ausprobieren konnte, hielt ihr Mann ein kleines Werkzeug in der Hand und brach die Schlösser innerhalb von wenigen Sekunden damit auf.

Durch einen kleinen, dunklen, nach Urin stinkenden Flur gelangte man zu einer Treppe und zu einem Lift, der, wenn man nach der altersschwachen Kette vor der schmalen Tür ging, schon am ersten Tag kaputtgegangen und dann niemals wieder in Betrieb genommen worden war.

»Die Wohnung liegt im zweiten Stock«, erklärte Roarke und nahm die Treppe, die genauso schmuddelig und dunkel wie der Eingang war.

Zumindest hatte jemand sich bemüht, die Wände mit verschiedenen Graffitis ein wenig zu verschönern, und der ätzende Geruch von Bleiche zeigte, dass jemand – wenn auch vergeblich – gegen die Bakterien, die hier florierten, vorgegangen war.

Im ersten Stock drangen Musik, erregte Stimmen und die Geräusche einer Quizshow durch die Türen.

Im zweiten lachte irgendwer vergnügt und irgendwelche Leute unterhielten sich.

Sie schaute sich die Schlösser an der Tür von Rochelles Wohnung an.

»Nicht übel«, stellte sie fest und schaltete der Ordnung halber ihren Rekorder ein. »Lieutenant Eve Dallas und Roarke betreten mit Genehmigung von Rochelle Pickering die Wohnung dieser Frau, nachdem ihr Freund uns einen Todesfall gemeldet hat.«

Ebenfalls der Ordnung halber schloss sie mit dem ihr von Crack gegebenen Schlüssel auf und öffnete die Tür.

Es roch in dem Apartment nach Zitronenscheuermittel und nach Tod.

In allen Räumen brannte Licht. Im Wohnraum standen eine kleine Couch, zwei Sessel und zwei Tische, ein paar Fotos und diverse Staubfänger. Danach kam eine winzig kleine Essecke, die in die Küche überging.

In einem der Sessel hing Lyle Pickering. In seinem Schoß lag eine Spritze, und er hatte einen selbst gemachten Stauschlauch um den linken Arm gebunden, über dem der Ärmel seines Sweatshirts hochgeschoben war.

Das Sweatshirt mit dem angetrockneten Erbrochenen wies ihn als Knicks-Fan aus. Darunter trug er eine Cargohose über knöchelhohen Turnschuhen, die zwar ausgelatscht, doch überraschend sauber waren.

Sie blickte noch einmal auf die Schlösser an der Wohnungstür. »Sieht nicht nach einem Einbruch aus und es gibt keine Spuren eines Kampfs.«

Sie sprühte sich die Hände und die Stiefel ein und gab die Dose Roarke.

»Och nö.«

»Oh doch. Während ich mich um die Leiche kümmere, guck dich schon mal in der Küche und den anderen Zimmern um.«

Als Erstes nutzte sie das Identifizierungspad. »Das Opfer ist Lyle Pickering, sechsundzwanzig, wohnhaft unter dieser Anschrift.«

»Auf der Arbeitsplatte in der Küche wurde ein Glas

Wasser umgekippt«, erklärte Roarke. »Auf dem Boden liegt ein Smartphone, das wahrscheinlich Lyle gehört.«

»Interessant. Genauso wie die schwachen blauen Flecken an den Handgelenken und der kleine Schnitt an seinem Hals.«

»Soll ich Peabody für dich einbestellen?«

Auf dem Oberarm des Toten prangten noch die Reste eines Gang-Tattoos – eine geballte Faust, um die herum die Buchstaben des Namen *Bangers* angeordnet waren. Eve setzte ihre Mikrobrille auf, um sich den Arm genauer anzuschauen, und entdeckte eine winzig kleine frische Einstichstelle auf einem der Knöchel und auf dem Daumen derselben Faust den runden Abdruck, der dort von der Spritze hinterlassen worden war.

»Okay. Bestell sie ein.«

Sie richtete sich auf den Fersen auf. »Wie bringt man einen Ex-Junkie um, wenn man nicht dumm, aber auch nicht besonders helle ist?«

Roarke bedachte Lyle mit einem mitleidigen Blick. »Indem man es wie eine selbst gespritzte Überdosis aussehen lässt.«

»Genau. Schlauer wäre es gewesen, Rochelles Bruder auf der Straße abzupassen und es dann nach einem Überfall, nach einem Racheakt von einer Gang oder so aussehen zu lassen, als ob er zur falschen Zeit am falschen Ort gewesen wäre und ein reines Zufallsopfer ist. Ihn hier in seiner eigenen Wohnung anzugreifen und ihm diese Spritze zu verpassen, damit ihn die Schwester findet, ist zwar auch nicht völlig dämlich, aber eben auch nicht wirklich schlau. Vor allem weiß ich jetzt, dass es bei diesem Mord um etwas Persönliches geht.«

Nickend griff sie nach dem nächsten Instrument, um mit der Untersuchung ihres Opfers fortzufahren. »Das heißt, ich brauche Peabody auf jeden Fall. Nachdem es heute früh um einen angeblichen Mord ging, der am Schluss ein Unfall war, geht es bei dieser angeblichen Überdosis eindeutig um Mord.«

4

Nach dem Anruf bei Eves Partnerin schaute sich Roarke das kleine Bad sowie die Zimmer der Geschwister an.

Das von Rochelle erkannte er an der geblümten Tagesdecke auf dem ordentlich gemachten Bett, dem Rüschenvorhang vor dem Fenster und dem kleinen Schreibtisch, der in einer Ecke stand. Nach einem kurzen Blick wandte er sich dem zweiten Zimmer zu.

Auf dem nicht ganz so ordentlich gemachten Bett lag eine dünne graue Decke und die Kleider lagen teilweise in einem Plastikkorb und waren zum anderen Teil ein bisschen schief an einer Stange aufgehängt. Auf der Kommode standen eine leere Spardose sowie ein Bilderrahmen mit dem Gelassenheitsgebet.

Eine der Schubladen war nicht ganz ordentlich geschlossen, und als Roarke sie aufzog, fand er unter einem Stapel von Socken, Boxershorts und Tüchern eine zweite Spritze sowie zwei Ampullen, wie man sie wahrscheinlich bei dem Dealer bekam, den sie in der Dunkelheit hatten verschwinden sehen.

In einer der Ampullen war kaum noch etwas drin, und um nicht irgendwelche Spuren zu vernichten, beließ Roarke die Dinge, wie sie waren, und zog die zweite Lade auf.

T-Shirts, Sportklamotten, Sweatshirts, Jeans.

In der Schublade des Nachtschranks lag ein elektronisches Notizbuch, dessen Inhalt er kurz überflog. Dann legte er es wieder fort und ging ins Bad.

Als er dort fertig war, bestellte Eve gerade die Spurensicherung ein.

»In der Kommode, die in seinem Zimmer steht, sind noch eine Spritze sowie zwei Ampullen mehr schlecht als recht unter den Socken und den Boxershorts versteckt.«

»Das heißt, es soll aussehen, als hätte er die ganze Zeit schon wieder was gespritzt. Oder gerade wieder damit anfangen wollen.«

»In seinem Nachtschrank liegt ein elektronisches Notizbuch. Er hat darin seit zwei Jahren regelmäßig Tagebuch geführt. Dazu Gedichte und Rezepte, seine Schichten in dem Restaurant und so was wie ein Haushaltsbuch, in dem er aufgeschrieben hat, was er verdient und was er für Klamotten und Musik, seinen Anteil an der Miete und am Essen ausgegeben und wie viel er bei den Treffen seiner Gruppe in den Spendentopf geworfen hat. Auf der Kommode stand noch eine Spardose, wahrscheinlich für das Kleingeld, das er in den Hosentaschen hatte, aber die ist leer.«

Sie hörte zu und packte ihre Instrumente und die mit verschiedenen Dingen gefüllten Asservatenbeutel wieder ein.

»Das heißt, sie haben den Toten noch beklaut. In seinen Taschen waren nur ein Halstuch, die Gedenkmünze, die er bekommen hat, als er zwei Jahre clean war, und sein Schlüsselbund. Der Geldbeutel ist weg. Vielleicht haben sie auch noch andere Dinge eingesackt. Am besten sieht Rochelle sich später hier einmal gründlich um.«

»Was siehst du?«, fragte Roarke.

Sie raufte sich die Haare und sah Richtung Wohnungstür. »Er hat jemanden reingelassen, und da er um halb acht bereits tot war, muss die Schwester zu dem Zeitpunkt gerade erst gegangen sein.«

»Also hat irgendwer die Wohnung hier beobachtet.«

»Sieht ganz so aus.« So musste es gewesen sein, denn sicher war der Täter nicht rein zufällig sofort nach dem Verschwinden von Lyles Schwester aufgetaucht. »Er hat ihm aufgemacht. Er hat dem Kerl vertraut, er hatte keine Angst vor ihm, oder womöglich wollte er auch einfach nur kurz mit ihm reden und ihm sagen, dass er Land gewinnen soll. Dann geht er in die Küche, um sich ein Glas Wasser einzuschenken, und zieht dort sein Smartphone aus der Tasche, weil er jemand anderen kontaktieren will. Doch ehe er das kann, stehen sie schon hinter ihm. Ich bin mir sicher, dass es nicht nur einer war. Die blauen Flecken an den Handgelenken sehen danach aus, als hätte jemand ihn gepackt. Jemand, der jede Menge Muskeln hat. Das Smartphone fällt zu Boden und das Wasserglas kippt um. Dann haben sie ihm die Spritze in den Arm gerammt. Man kann die Einstichstelle sehen. Entweder haben sie ihn high gemacht oder betäubt, danach haben sie ihn ins Wohnzimmer und zu dem Sessel hier geschleift, damit's wie eine Überdosis wirkt. Er hat eine kleine Schnittwunde am Hals. Das heißt, sie haben ihm ein Messer an den Hals gehalten, für den Fall, dass er sich wehrt.«

Auch Roarke konnte es deutlich vor sich sehen. »Er hatte keine Chance.«

»Nein, denn es ging alles furchtbar schnell. Minuten später war er tot. Während er im Sterben lag, haben sie die Spritze und die Drogen so versteckt, dass seine Schwester sie auf jeden Fall entdeckt.«

Sie wandte sich erneut der Leiche zu und schob das Sweatshirt hoch, bis sie die blauen Flecken in der Rippengegend sah.

»Er lag bereits im Sterben, trotzdem haben sie ihm noch ein paar reingehauen. Das heißt, es war etwas Persönliches. Auf diese Weise haben sie zusätzliche Spuren hinterlassen. Das war ziemlich dumm.«

Als jemand an die Tür der Wohnung klopfte, ging sie in den kleinen Flur und machte auf.

»Sie kommen genau zur rechten Zeit«, nahm sie Peabody und deren Liebsten, der sie nicht alleine hatte fahren lassen wollen, in Empfang. »Wir haben einen Mord, der aussehen soll, als hätte sich das Opfer selbst zu viel gespritzt.«

»Der Bruder von Rochelle?« Peabody sah an ihr vorbei zu Lyle, der im Sessel hing. »Oh Mann, das ist echt hart.«

»Weder an der Haustür noch hier oben gibt es Kameras. Sie haben zwar schon den Elektronikgott vor Ort, aber ich kann ihm assistieren«, bot McNab Eve an.

»Sie beide könnten bei den Nachbarn klopfen«, meinte Eve. »Ich kann mir zwar nicht vorstellen, dass die Leute hier besonders aufeinander achten, aber vielleicht hat ja irgendjemand was gesehen. Vor allem suche ich nach jemandem, der zwischen sieben und Viertel vor acht ins Haus gekommen oder aus dem Haus gegangen ist.«

»Okay.«

»Und was ist mit Rochelle?«, erkundigte sich Peabody.

»Ich habe Crack gesagt, dass er sie mit zu sich nach Hause nehmen soll. Sie kamen um kurz nach neun vom Essen, haben Lyle gefunden und mich informiert. Die Einzelheiten hören Sie nachher. Die Spusi und den Leichenwagen habe ich bereits bestellt. Wie gesagt, Sie hören sich jetzt erst mal bei den Nachbarn um.«

Noch während sie dies sagte, ging die Tür der Wohnung gegenüber auf und eine Frau von Mitte fünfzig mit zu einem Pferdeschwanz gebundenem, gesträhntem Haar kam in den Flur.

»Ich habe was gesehen.«

Eve zog die Tür von Rochelles Wohnung so weit zu, dass Lyle nicht mehr zu sehen war. »Ma'am.«

»Sie sind doch von der Polizei?«

»Ja, Ma'am«, meinte Eve und wies sich aus.

»Tja nun, ich gebe zu, ich habe an der Tür gelauscht, als die zwei hochgekommen sind.« Sie zeigte mit dem Kopf auf Peabody und deren Schatz. »So viel wie heute Abend ist hier sonst den ganzen Monat lang nicht los.«

Mit einem leisen Seufzer fragte sie: »Ist das dadrin der junge Lyle, mit dem es schlimm geendet hat?«

»Ja. Könnten wir wohl Ihren Namen haben?«

»Stasha-Jean Gregory. Ich sollte vielleicht sagen, dass ich selbst gegen sechs nach Hause kam. Ich habe meine Arbeitskleider gegen andere Sachen ausgetauscht, etwas getrunken und mir dann mein Abendbrot gemacht. Ich hörte, wie der junge Lyle nach Hause kam. Ich habe ihn an seinem Schritt erkannt und außerdem gehört, wie er die Tür hier aufgeschlossen hat. Ich schätze, dass das gegen sieben oder vielleicht etwas früher war. Kurz danach ist seine nette Schwester weggegangen. Sie hatte hochhackige Schuhe an, deswegen dachte ich, wahrscheinlich hat sie ein Date. Lyle war erst zehn Minuten da, als sie gegangen ist.«

»Haben Sie danach noch jemand anderen raufkommen gehört?«

»Ich habe sie gesehen. Ich musste noch den Müll nach unten bringen, denn morgen kommt die Müllabfuhr. Und auf der Treppe kam sie mir entgegen.«

»Sie?«

»Ein Mädchen. Trotz der Kapuze und obwohl sie mir nicht ins Gesicht gesehen hat, war nicht zu übersehen, dass es ein Mädchen war. Sie hatte Brüste und sie hatte pinkfarbene Strähnen. Sie hat geschluchzt und an Lyles Tür geklopft. Sie hat gesagt, sie bräuchte Hilfe, und da ich sie auf dem Weg zurück in meine Wohnung nicht noch einmal gesehen habe, hat er ihr anscheinend aufgemacht.«

»Wann war das?«

»Kurz nachdem Rochelle das Haus verlassen hat.«

»Aber Sie haben das Mädchen nicht erkannt?«

»Vielleicht kannte ich sie aus der Gegend, doch hier im Haus habe ich sie nie zuvor gesehen. Aber wie dem auch sei, kaum war ich wieder oben, kamen noch ein paar andere Typen die Treppe rauf. Ich glaube, es waren drei.« Sie atmete geräuschvoll aus. »Okay, ich weiß, dass sie zu dritt waren, denn ich wollte wissen, wer das ist, und habe durch den Türspion gesehen.«

»Haben Sie die drei erkannt?«

»Sie waren schon an der Tür, deswegen waren die Gesichter nicht zu sehen. Aber es waren große, muskulöse Kerle und sie hatten alle drei Kapuzenpullis an. Das Mädchen hat sie reingelassen. Hat sie reingelassen und ist dann selbst weggerannt.«

Sie fuhr sich mit den Händen durchs Gesicht. »Ich mochte Lyle. Ich hatte letzten Sommer einen verstauchten Knöchel, und er hat immer angeboten, mir die Treppe raufzuhelfen, wenn er mich gesehen hat. Hat meine Einkäufe getragen oder meinen Müll runtergebracht. Dabei habe ich mal zufällig das Gang-Tattoo an seinem Oberarm gesehen. Aber er hat gesagt, die Zeiten wären ein für alle Mal vorbei, und jetzt würde er dafür sparen, dass er es entfernen lassen kann.«

Sie atmete vernehmlich aus. »Ich wusste nicht, dass er in Schwierigkeiten ist. Sonst hätte ich die Polizei gerufen, auch wenn sie mir damals nichts genützt hat, als ich selbst in jungen Jahren mit diesem widerlichen Kerl zusammen war. Trotzdem hätte ich Sie angerufen und gehofft, Sie könnten was für Lyle und seine Schwester tun.«

»Sie helfen ihnen jetzt. Haben Sie auch mitbekommen, wie die drei wieder verschwunden sind?«

»Ich habe sie gehört. Ich habe ferngesehen und sie gehört. Sie sind durchs Treppenhaus getrampelt und sie haben laut gelacht. Sie waren nicht lange in der Wohnung, vielleicht eine Viertelstunde, doch ich bin nicht extra aufgestanden, um noch einmal rauszusehen. Sie haben gelacht«, erklärte sie ein zweites Mal. »Und jetzt erzählen Sie mir, dass es mit Lyle böse geendet hat.«

Sie starrte auf die Wohnungstür. »Ich wünschte mir,

ich wäre noch einmal aufgestanden, um hinauszusehen. Als Nächstes hörte ich, wie Rochelle mit diesem großen, attraktiven Mann, mit dem sie offenbar zusammen ist, nach Hause kam. Ich musste lächeln, denn es klang, als würden sich die beiden prächtig amüsieren. Dann bin ich in mein Schlafzimmer hinübergegangen, um mir meinen Pyjama anzuziehen, deswegen habe ich nicht mitgekriegt, ob sie noch mal gegangen oder dortgeblieben sind. Ist sie in ihrer Wohnung? Ich mache gerne einen Tee für sie.«

»Sie ist im Augenblick nicht da.«

»Das arme Ding.« Sie schüttelte den Kopf. »Das arme Ding. Ich habe mitbekommen, als Sie gekommen sind, und dachte, was zur Hölle ist hier heute Abend los? Deswegen habe ich noch einmal durch den Spion gesehen. Sie haben gesagt, Sie wären von der Polizei, und als Sie dann die Wohnungstür geöffnet haben, konnte ich den armen Jungen sehen. Deswegen bin ich aufgeblieben und habe versucht, zu hören, was dort drüben vor sich geht.«

»Wir wissen es zu schätzen, dass Sie helfen wollen, Miss Gregory. Glauben Sie, dass Sie das Mädchen identifizieren können, wenn Sie es auf einem Foto sehen? Oder, falls wir kein Foto haben, einem unserer Zeichner helfen könnten, ein Phantombild zu erstellen?«

Jetzt blies sie ihre Backen auf. »Ich will eigentlich nichts mit der Polizei zu schaffen haben, aber ich werde mir die Fotos ansehen und die junge Frau beschreiben. Für den jungen Lyle und für Rochelle.«

»Das ist sehr nett von Ihnen«, meinte Eve und wandte sich an ihre Partnerin. »Am besten gehen Sie mit Miss Gregory in deren Wohnung und nehmen die Beschreibung auf. Und Sie, McNab, hören sich währenddessen schon mal bei den anderen Nachbarn um. Vielleicht haben wir ja ein weiteres Mal Glück und noch jemand anderes hat das Mädchen und die Typen hier gesehen.«

»Sie haben diesen armen Jungen umgebracht und sich dann lachend wieder aus dem Staub gemacht, als wäre das ein großer Witz.« Mit einem neuerlichen Kopfschütteln lud Gregory Peabody zu sich ein.

Auf dem Weg zu Crack sagte sich Eve, sie wisse ungefähr, wie Lyles Ermordung abgelaufen war. Die Frau von gegenüber hatte Peabody das Mädchen beschrieben, und im Notfall würden sie sie bitten, aufs Revier zu kommen, um mit Yancy ein Phantombild zu erstellen.

Doch wenn das Mädchen Lyle bekannt gewesen war, hatte Rochelle sie vielleicht ebenfalls gekannt und könnte ihnen sagen, wer sie war.

Als Crack sie einließ, trug er immer noch den schwarzen Pulli und die schwarze Hose aus dem Restaurant. Von den gewohnten Federn, Perlen und Tätowierungen, mit denen er im Down & Dirty für Furore sorgte, war in diesem Aufzug nichts zu sehen.

Er hatte einen Sinn für das Geschäft, und da sein Striplokal florierte, lebte er erheblich komfortabler als Rochelle.

Sie saß mit roten Augen und eingefallenen Wangen inmitten bunter Kunstwerke aus Afrika auf einer riesengroßen Männercouch, jetzt aber sprang sie auf und stieß mit zornbebender Stimme aus: »Das hätte er niemals getan. Egal, was Sie mir gleich erzählen, ich weiß, dass er nicht wieder etwas genommen hat. Vor allem hätte er das Zeug niemals mit heimgebracht.«

»Sie haben recht. Bisher weist alles darauf hin, dass er das Zeug nicht freiwillig genommen hat.«

Rochelles geballte Fäuste gingen auf und müde ließ sie sich zurück aufs Sofa fallen. »Was ist mit ihm passiert?«

»Am besten setzen wir uns erst mal alle hin.« Crack strich mit einer Hand über Rochelles gelocktes Haar und wandte sich an Eve. »Ich habe zwar nicht diesen Kaffee, den du gerne trinkst, aber ich habe Pepsi. Ist die auch okay?«

»Auf jeden Fall.«

»Und Roarke, wie sieht's mit Ihnen aus?«

»Ich nehme auch gern eine Pepsi, vielen Dank.«

»Es tut mir leid.« Rochelle hob eine Faust an ihren Mund. »Ich habe mich bisher noch nicht einmal dafür bedankt, dass Sie so schnell gekommen sind. Es tut mir leid.«

»Schon gut.« Eve nahm ihr gegenüber Platz. »Rochelle, Ihr Bruder hatte eine Spardose auf der Kommode stehen.«

»Das stimmt. Für Kleingeld, das er in den Taschen hatte, wenn er abends von der Arbeit kam.«

»Wie viel Geld war Ihrer Meinung nach in dieser Dose drin?«

»Das weiß ich nicht, aber sie war inzwischen ungefähr halb voll.«

»Als wir sie dort gefunden haben, war sie leer.«

»Das kann nicht sein. Die Tür zum Zimmer meines Bruders stand wie immer offen, weil er mir auf diese Weise zeigen wollte, dass er nichts zu verbergen hat. Deswegen habe ich die Dose heute Abend sicher dort stehen sehen, als ich mich vor dem Essen umziehen gegangen bin. Sie ist aus durchsichtigem Plastik, also konnte ich die Münzen darin sehen.«

»Jetzt ist sie leer und in seiner Kommode lagen eine zweite Spritze und dazu noch zwei Ampullen mit irgendwelchem Zeug, von denen eine angebrochen war.«

Die schwerlidrigen Augen ihres Gegenübers wurden härter als Granit. »Das kann nicht sein. Das glaube ich nicht einen Augenblick.«

»Aber genauso war's. Ich glaube, wer auch immer diese Spardose geleert hat, hat das andere Zeug dort hingelegt. Ich glaube, wer auch immer Ihren Bruder umgebracht hat, wollte, dass wir denken, dass er wieder an der Nadel hing.«

»Er wurde umgebracht? Sie haben ihn umgebracht?«

»Hol erst einmal tief Luft«, wies Crack sie an und stellte die Getränke auf den Tisch. »Hol erst einmal tief Luft.« Er setzte sich zu ihr aufs Sofa und zog sie auf seinen Schoß.

»Ich wusste, dass er nicht ... aber zu hören, dass man ihn ermordet hat ... Sie haben meinen Bruder umgebracht. Ich kann nicht mehr klar denken. Ich muss mich erst einmal beruhigen, und ich will, dass du mich festhältst, Crack.«

»Natürlich, Liebes. Ich bin für dich da.«

Eve griff nach ihrem Glas und wartete, bis Rochelle wieder halbwegs bei sich war.

»Er war so glücklich«, murmelte sie rau. »Er hatte sich gefunden und war wieder ganz der echte Lyle. Für diese Rückverwandlung muss ich dankbar sein und mich darüber freuen, dass ihm diese kurze Zeit vergönnt war. Als ich vorhin gegangen bin, habe ich noch zu ihm gesagt, dass ich ihn liebe, und er hat geantwortet, nicht halb so sehr wie er mich. Das waren unsere letzten Worte, auch dafür muss ich dankbar sein. Oh Gott, wenn ich darauf bestanden hätte, Crack zu mir nach Hause einzuladen und mit ihm und meinem Bruder dort zu feiern …«

»Wären sie ein anderes Mal gekommen«, griff Eve den Faden auf. »Es sieht so aus, als hätten sie gewartet, bis er ganz alleine in der Wohnung war. Wahrscheinlich wussten sie, dass dies sein freier Abend war. Wer wollte Ihrem Bruder etwas antun, Rochelle?«

»Ich weiß es nicht. Das schwöre ich. Noch vor zwei Jahren hätte ich ein Dutzend Namen nennen können, aber dieses Leben lag hinter ihm, mit diesen Typen hatte er nichts mehr zu tun. Er geht zur Arbeit, zu den Treffen seiner Gruppe, besucht Gram und unsere Brüder und hat gerade dafür, dass er seit zwei Jahren sauber ist, die Medaille überreicht bekommen.«

»Wir haben eine Zeugin, die gesehen hat, wie eine junge Frau vor Ihrer Wohnung stand. Kapuzenpulli, Cargohose, Boots, alles in Schwarz. Die Zeugin hat gesagt, sie wäre weiß gewesen, Mitte zwanzig, klein und furchtbar dünn. Sie hat nur einen kurzen Blick auf ihr Gesicht erhascht, aber sie meint, es hätte hart und eingefallen ausgesehen. Und sie hatte rosa Strähnen in den Haaren.«

»Das klingt nach Dinnie.«

»Dinnie?«

»Dinnie Duff. Die beiden haben zusammen in dieser Absteige gehaust. Sie ist eine von den Bangers-Bitches. So nennen sich die Mädchen selbst. Die beiden waren zusammen, bevor mein Bruder festgenommen worden ist. Auch sie saß mal im Knast, aber er hätte sicher nichts mehr mit ihr angefangen und riskiert, dass das Gericht seine Bewährung widerruft.«

»Wir denken, dass er sie freiwillig reingelassen hat.«

»Oh Gott.«

»Die Zeugin hat gesagt, sie hätte schluchzend bei ihm angeklopft und ihm gesagt, sie bräuchte Hilfe.«

»Ja, okay, dann hätte er ihr vielleicht aufgemacht«, bestätigte Rochelle. »Ich glaube, dass er sie noch immer gernhatte, und zum Dank hat sie ihn umgebracht.«

»Anscheinend wurde sie von anderen vorgeschickt, um in die Wohnung reinzukommen. Dann hat sie die anderen hereingelassen und ist selbst wieder abgehauen.«

»Das heißt, dass sie genauso schuldig wie die eigentlichen Mörder ist.«

»Das stimmt. Wenn wir hier fertig sind, holen wir sie wegen Beihilfe zum Mord auf das Revier.«

Rochelle schloss die Augen und lehnte ihren Kopf ermattet an Cracks breite Schulter. »Ich wollte Sie nicht anschnauzen.«

»Das dünne, weiße Mädchen hat ganz sicher kein Problem damit, wenn's mal ein bisschen lauter wird«, erklärte Crack.

»Wenn ich das hätte, hätte ich mir schon vor Jahren einen anderen Job gesucht«, bestätigte Eve ihm. »Und wenn ich sie dann im Verhörraum habe, nehme ich sie in die Zange, bis sie mir die Namen der drei Männer nennt, die nach ihr in der Wohnung waren.«

»Wie haben diese Männer ausgesehen? Womöglich kenne ich sie ja vom Sehen und kann Ihnen sagen, wer sie sind.«

»Ihre Gesichter waren für die Zeugin nicht zu sehen.

Trotzdem werden wir sie finden, das verspreche ich. Wir haben Ihre Wohnung erst einmal versiegelt, also bleiben Sie am besten hier. Ich hole Sie dann morgen ab, damit Sie sich in Ihrer Wohnung umsehen und mir sagen, ob dort irgendetwas fehlt oder verändert ist.«

»In Ordnung, kommen Sie, wann es Ihnen passt. Aber was ist mit Lyle? Ich muss ihn sehen. Du hattest recht, Wilson, du hattest recht, mich davon abzuhalten, zu ihm reinzugehen. Aber jetzt muss ich ihn sehen.«

»Ich mache einen Termin für morgen aus.«

»Sieht Morris ihn sich an?«, erkundigte sich Crack.

Eve nickte. »Ja. Er kümmert sich um Lyle.«

»Bei ihm ist er in guten Händen, Ro. Er wird sich um ihn kümmern, und ich werde dich begleiten, wenn du ihn dir morgen ansiehst.«

»Meine Brüder – Walt und Martin – und vor allem unsere Gram. Ich muss es ihnen sagen. Aber wie?« Sie schmiegte sich an Crack. »Ich muss es ihnen sagen. Und muss ihnen dabei gegenüberstehen. Ich muss es ihnen sagen, während wir zusammen sind.«

»Ich besorge einen Wagen, dann holen wir Walter von der Schule ab und fahren mit ihm zu Martin«, meinte Crack.

»Den Wagen und Chauffeur besorge ich«, erbot sich Roarke.

»Das müssen Sie nicht tun.«

»Papperlapapp. Sie sind für uns Familie, und auch Rochelle gehört zu meinen Leuten, seit sie den Vertrag bekommen hat. Und Eve ist jetzt für ihren Bruder zuständig. Das heißt, dass Ihnen der Wagen und der Fahrer zur Verfügung stehen, solange Sie sie brauchen.«

»Ich weiß gar nicht, wie ich Ihnen dafür danken soll«, meinte Rochelle. »Das Ganze ist vollkommen unwirklich, dann wieder grauenhaft real und danach wieder wie ein schlimmer Traum. Ich muss es meiner Familie sagen, obwohl ihnen das entsetzlich wehtun wird.«

»Ich werde bei dir sein, wenn du es ihnen sagst. Du musst das nicht allein durchstehen«, versicherte Crack ihr.

Als sie zu ihrem eigenen Wagen zurückgingen, guckte Eve, wo Dinnie Duff gemeldet war. »Jetzt geht's auf Bangers-Territorium. Das wird bestimmt ein Riesenspaß«, murmelte sie und gab die Anschrift in das Navi ein. »Zur Vorsicht lasse ich noch zwei Beamte kommen, die sich in der Gegend auskennen.«

»Dann glaubst du also nicht, dass wir das auch alleine schaffen ... dürres weißes Mädchen?«

»Doch natürlich, aber du weißt selbst, dass mit diesen Gangs nun einmal nicht zu spaßen ist. Sie haben drei Typen losgeschickt, um Lyle aus dem Verkehr zu ziehen. Das heißt, dass es dabei um irgendeine große Sache geht. Und Dinnie Duff kennt nicht nur die drei Mörder, sondern sicher auch den Auftraggeber dieses Mords.«

»Die Gang hat doch wahrscheinlich einen Captain.«

»Allerdings.« Eve überließ Roarke das Steuer und dachte über Gangstrukturen nach. »Dazu vielleicht eine Handvoll Lieutenants und dann die, die in der Hackordnung ein Stückchen weiter unten angesiedelt sind. Aber ich nehme an, dass diesen Mord jemand veranlasst hat, der relativ weit oben steht. Der Mord hat sicher etwas mit den Geld-, den Sex- und Drogendeals der Bangers, mit Verhandlungen oder Anschlägen auf andere Gangs, mit Schutzgeld oder so zu tun.«

»So eine Gang ist wie ein Unternehmen«, meinte Roarke.

»Sie nehmen etwas zum Vorwand, um zu töten, zu verletzen, andere zu beklauen und sie in Angst und Schrecken zu versetzen, aber ja, so eine Gang ist etwas wie ein Unternehmen«, stimmte Eve ihm widerstrebend zu. »Aber sie haben Lyle bestimmt nicht umbringen lassen, weil er bei ihnen ausgestiegen ist. Das hat jemand veranlasst, weil er selbst noch eine Rechnung mit ihm offen hatte oder weil der Aussteiger in seinem neuen Leben den Geschäften der Gang auf welche Art auch immer in die Quere kam.«

»Womöglich finden wir ja einen Hinweis in dem Tagebuch.«

»Ich sehe mir das Buch auf jeden Fall noch an, doch wenn das Mädchen während seiner Zeit bei dieser Gang mit ihm zusammen war und jetzt noch immer bei den Bangers ist, weiß sie ganz sicher etwas.«

Sie bahnten sich den Weg bis in das Innerste der Bowery. Zwar hatte man den größten Teil der Gegend nach den Innerstädtischen Revolten revitalisiert und aufgewertet, aber eine Handvoll Häuserblöcke sah auch heute noch total verwahrlost aus.

Verschönerung in dieser Gegend hieß, die Wände der Gebäude mit obszönen Bildern und falsch geschriebenen Hasstiraden auf die Reichen, die Regierung, Frauen, Schwule oder andere Minderheiten zu beschmieren.

Die meisten Anwohner verdienten ihren Lebensunterhalt in den diversen Clubs und anderen Höllenlöchern irgendwo im Untergrund. Diejenigen, die keine Schule abgeschlossen hatten und die trotzdem etwas essen mussten oder Geld für irgendwelche Drogen brauchten, boten ihre Körper dort zur individuellen Nutzung oder auch für Sexspiele in Gruppen an.

Als wäre das nicht schlimm genug, gab's obendrein noch regelmäßig Bandenkriege, denn die Bangers kämpften schon seit Jahren mit den Dragons um die Vorherrschaft in diesem kleinen Teil des Untergrunds.

Auf den Straßen und den Bürgersteigen überfielen sie die Touristen, die so dämlich waren, dort auf der Suche nach der typischen New Yorker Atmosphäre ganz allein herumzuwandern, dealten, schickten junge Mädchen, die aufgrund ihrer Süchte niemals eine Lizenz dafür bekommen hätten, auf die Straße oder legten Feuer in den Läden, deren Besitzer entweder nicht willens oder in der Lage waren, Schutzgeld zu bezahlen.

Soweit Eve wusste, war das einzige Gebäude in der Gegend, um das alle Bangers einen großen Bogen machten, die Erlöserkirche in der Third East. Nicht aus Respekt, weil dort gebetet wurde, sondern weil dort ihre Großmütter und Mütter wöchentlich Gebete für die Seelen ihrer Nachkommen sprachen, obwohl diese Seelen längst dem Teufel überschrieben worden waren.

Eve sah sich auf der Straße um. Die Fenster der Gebäude waren mit Gittern oder Spanplatten gesichert, die Rolltore vor den Türen der Geschäfte waren mit wüsten Graffitis verziert, links und rechts der Fahrbahn rotteten diverse ausgebrannte Autos vor sich hin.

Wegen der Kälte und des Windes wurden die Geschäfte größtenteils im Untergrund betrieben, aber ein paar Rudel junger Männer waren in Hoodies in den Farben ihrer Gang, mit roten oder schwarzen Halstüchern, die aus den Taschen ihrer Hosen hingen, und roten oder schwarzen Bändern um die Arme auf den Bürgersteigen auf der Pirsch.

»Jetzt kann ich nur hoffen, dass du eine Waffe mitgenommen hast«, bemerkte Eve, als Roarke am Rand der Straße hielt.

»Keine Angst.« Er tätschelte ihr aufmunternd die Hand, bevor er aus dem Wagen stieg.

Auch Eve stieg aus und nahm die Blicke der drei Typen und des Mädchens, die drei Meter weiter vor ihnen liefen, wahr. Das Kleeblatt machte kehrt, und als sie auf sie zugelaufen kamen, schlug sie ihren Mantel auf und legte die Hand an die Pistole, die sie wie gewohnt in ihrem Schulterholster trug.

»Ihr solltet besser weitergehen«, schlug sie den Typen und der Tussi lächelnd vor.

Der größte der drei Jungs, ein dürrer, blasser Kerl mit Dutzenden von Aknenarben im Gesicht, grinste zurück. »Na los, Baby. Komm mit, wenn wir es dir anständig besorgen sollen.«

Er griff sich in den Schritt, und aufgeputscht von irgendwelchem Dreck, den sie wahrscheinlich erst vor Kurzem eingeworfen hatten, fingen seine Kumpel zu johlen an.

»Mit diesem kleinen Ding? Da hat ja selbst mein Kater mehr zu bieten. Und jetzt macht die Biege, wenn ich euch nicht wegen der verdammten Pillen, die ihr eingeworfen habt, und wegen Beleidigung einer Polizeibeamtin auf die Wache schleifen soll.«

»Ach ja?«, hakte der breitschultrige schwarze Riese nach. Den Bangers lag anscheinend viel an Multikulti, dachte Eve. »Und wer soll dir dabei zur Hilfe kommen, Bitch?«

Eve wies auf Roarke und wieder brachen die drei Jungs in brüllendes Gelächter aus.

»Der sieht echt lecker aus.« Das Mädchen hatte sich die Haare in den Gangfarben gefärbt, und als sie sich die Lippen leckte, konnte Eve den kleinen Silberknopf in ihrer Zunge sehen. »Den würde ich gerne mal probieren.«

Roarkes blaue Augen waren kälter als der Wind, der ihnen um die Ohren pfiff. »Sind das die Bangers?«

»Oh, es klingt auch lecker, wenn er spricht.«

»In meiner Heimat ist ein Banger eine kleine Wurst. Das heißt, der Name passt. Falls ihr nicht nur so viel Grips wie ein Würstchen habt, schlage ich vor, dass ihr euch jetzt verzieht, wenn ihr nicht mit gebrochenen Nasen einfahren wollt.«

»Ach, fick dich doch, du blöder Britenarsch.« Noch immer grölend, schleuderte der dritte, untersetzte Kerl, der lange, weiß gebleichte Haare hatte, einen Stein aus seiner Tasche auf den Wagen, aus dem Roarke soeben ausgestiegen war.

Er prallte von der bruchsicheren Windschutzscheibe ab und flog dem Mädchen derart schwungvoll ins Gesicht, dass es zu Boden ging.

»Ich bin übrigens Ire«, meinte Roarke und ging in Angriffshaltung, während Eve die schussbereite Waffe aus dem Holster zog.

Dann tauchte unter lautem Heulen der Sirenen der von ihr bestellte Streifenwagen auf.

Verglichen mit den beiden Cops, die ihm entstiegen, nahmen sich die Bangers wie vier Kindergartenkinder aus.

Die Polizistin schulterte ein Luftgewehr, das zwar niemanden töten würde, dem Getroffenen aber Hören und Sehen vergehen ließ.

»Na, machst du mal wieder Ärger, Milchgesicht?«

Die blasse Bohnenstange funkelte sie wütend an. »Wir sind hier einfach herumgelaufen. Und wir können uns, verdammt noch mal, bewegen, wo wir wollen, denn das hier ist, verdammt noch mal, ein freies Land.«

»Dann schnapp dir deine Kumpel, und lauf einfach weiter, wenn wir eure Taschen nicht auf links drehen sollen.«

»Ihr Cops seid alle scheiße.«

Trotzdem bückte sich der schwarze Muskelprotz nach dem benommenen Mädchen, zog es hoch und widerstrebend trotteten sie wieder los.

Der Polizist sah ihnen hinterher. »Die Truppe macht vor allem jede Menge Lärm. Hier laufen noch viel schlimmere Gestalten herum. Weswegen sind Sie hier, Lieutenant?«

»Ich suche Dinnie Duff.« Eve zeigte auf ein viergeschossiges Gebäude, im Vergleich zu dem Rochelles Apartmenthaus der reinste Prachtbau war. »Zuletzt war sie hier gemeldet.«

»Das ist das aktuelle Bangers-Hauptquartier. Sie übernachtet dort die meiste Zeit.« Die Polizistin runzelte die Stirn. »Zusammen mit ein paar der schlimmeren Gestalten, von denen mein Partner eben gesprochen hat. Um diese Zeit ist sie vielleicht im Untergrund, aber da hinunter gehen wir am besten nicht allein.«

»Ich kann Verstärkung rufen«, bot ihr Partner an. »Da unten ist es wirklich alles andere als angenehm.«

»Wir sehen uns erst mal in der Bude um. Sie hatte einen anstrengenden Abend, also hat sie sich ja vielleicht erst mal hingehauen.«

»Dann sichern wir. Was werfen Sie ihr vor?«

»Beihilfe zum Mord.«

Die beiden starrten Eve mit großen Augen an, bevor die Polizistin ihre Stimme wiederfand. »Dinnie? Sie ist eine Schlampe und ein Junkie und so nutzlos wie die Titten eines Bullen, aber so was wie einen Mord hätte ich ihr nicht zugetraut.«

»Wie lange arbeiten Sie schon in dieser Gegend?«, fragte Eve.

»Ich selbst seit acht und Zutter hier seit sieben Jahren.«

»Kennen Sie Lyle Pickering?«

»Na klar. Den haben wir ein-, zweimal hochgenommen. Ein Junkie und ein Arsch und, wenn er wieder mal auf Go war, relativ brutal.«

»Er hat sein Go geliebt«, stimmte Zutter ihr nickend zu. »Aber es heißt, er wäre weg von diesem Zeug. Angeblich ist er clean, vor vielleicht vier Wochen waren wir sogar mal zum Frühstück in dem Laden, wo er kocht. Ich hatte das Gefühl, als ginge es ihm ziemlich gut.«

»Es ging ihm wirklich gut. Er war seit zwei Jahren clean und hatte einen festen Job. Doch heute Abend ist Duff vor seiner Wohnung aufgetaucht, und nachdem er sie hereingelassen hatte, hat sie noch drei anderen, bisher unbekannten Typen aufgemacht, und die haben ihn umgebracht.«

»Dinnie.« Zutter schüttelte den Kopf und blies die Backen auf. »Vollkommen durchgeknallt und dumm wie Brot. Dass Pick jetzt tot ist, tut mir wirklich leid. Verdammt. Tja nun.« Er wandte sich an seine Partnerin. »Bereit, Norton?«

»Ich bin bereits bereit geboren«, gab sie zurück.

Sie traten vor die Tür mit aufgemalter Bangers-Faust.

5

»Sie haben ein geheimes Klopfzeichen«, erklärte Zutter Eve und Roarke.

»Im Ernst?«

»Im Ernst.« Er klopfte mit zwei Pausen dreimal, zweimal, einmal an die Tür.

»Der Code ist wirklich clever«, ätzte Eve und Zutter grinste breit.

»Die Türsteher sind meistens nicht besonders schlau.« Wie um es zu beweisen, öffnete ihnen ein Typ mit einem Nasenring, an dem ein Gegner ganz problemlos ziehen konnte, um ihm ohne Mühe große Schmerzen zuzufügen, mit mehr Fett als Muskeln und mit einem Handcomputer, auf dem er sich seine Zeit mit dem für Kinder ab sechs Jahren zugelassenen *Monster Match* vertrieben hatte.

»Wir brauchen keine Bullen hier im Haus.«

»Slice will bestimmt ein Schwätzchen mit uns halten.«

»Ach ja?«

»Hast du den Drachenatem nicht gerochen? Also bitte, Toro, erst ziehst du die Zombies mit der Axt aus dem Verkehr, danach durchbohrst du das Gekreuch mit deinem Eispickel und schließlich schnappst du dir die Fackel und brennst die Vampire damit ab.«

Er runzelte verwirrt dir Stirn. »Zuerst sind die Zombies dran?«

Er grübelte noch immer, als Zutter ihn kurzerhand beiseiteschob und Richtung Treppe ging. »Monsterjäger«, meinte er im Gehen. »Das spielt mein achtjähriger Sohn. Wie ich schon sagte, ihre Türsteher sind nicht besonders schlau.«

Auch ohne dass Eve einen Bildschirm sah, verrieten ihr die hämmernde Musik, das raue Stöhnen und das übertriebene Keuchen aus der oberen Etage, dass dort irgendjemand einen Porno sah.

Die Treppe führte zu den Wohnquartieren. Dort standen selbst die Türen, die es noch gab, weit offen, und durch eine dieser Türen drangen das Gewummer und das Jaulen der Musik, die diesen Porno untermalte, an ihr Ohr.

»Das ist der Raum von Slice. Er ist der Captain«, wandte Norton sich an Eve. »Der Einzige, den sie noch haben, weil die Rekrutierungszahlen sinken und die Festnahmen in der zweiten Generation der Bangers deutlich zugenommen haben.«

»Wie viele Leute hausen hier?«

»Schwer zu sagen. Vielleicht zwanzig, fünfundzwanzig, doch vor einem Feldzug mühelos das Doppelte. Sie klammern sich an das, was noch von ihrem Territorium übrig ist, und hätten die verlorenen Gebiete gern zurück. Die meisten dieser Typen würden dafür sterben, ein paar von ihnen haben das bereits getan.«

Sie traten in die offene Tür des großen Wohnbereichs, in dem auf einem großen Flachbildschirm der Porno lief. Auf einer Bühne spielte eine Band stark basslastige

Stücke, zu der eine Gruppe von maskierten Leuten sich in einem eleganten Ballsaal die Zeit mit irgendwelchen rauen Sexspielen vertrieb.

Wahrscheinlich waren ein paar Wände herausgerissen worden, um dem Zimmer seine aktuelle Größe zu verleihen. Das Mobiliar bestand vor allem aus flachen roten oder schwarzen Gelsofas, auf denen Pärchen oder Trios die Verrenkungen kopierten, die sie auf dem Bildschirm sahen.

In einem großen Sessel rieben sich zwei aufgeputschte Frauen verführerisch an einem Kerl, der beiläufig mit einer Hand nach ihren Titten oder Ärschen griff, während er in der anderen einen Handcomputer hielt.

Ein mit Erotica versetzter, dichter Zoner-Nebel wehte durch den Raum, und obwohl von dem Dutzend Leute keiner genug Kleider trug, um eine Waffe zu verstecken, richtete Eve ihre eigene Waffe auf den Sessel, auf dem der Captain saß, und klopfte an den Holzrahmen der Tür.

»New Yorker Polizei.«

Die Handvoll Leute, die noch weit genug bei Sinnen war, um ihre Worte zu verstehen, rappelte sich eilig auf. Der Mann im Sessel schubste eine von den Frauen auf den Boden, gab der anderen durch ein Winken zu verstehen, dass sie sich verziehen sollte, und schob lächelnd seinen erigierten Penis wieder in die Hose, die er trug.

Er hatte eine Haut wie Milchkaffee, erschreckend harte, dunkle Augen, eine lange, dünne Narbe auf der linken Wange und die Tätowierung eines bluttriefenden Messers auf der anderen.

Das Haar trug er in roten und in schwarzen Zöpfen, die aus einem Pferdeschwanz auf seinen Rücken fielen, und trotz des langärmligen schwarzen Shirts, das er trug, war auch die lange Narbe, die sich über seinen Hals erstreckte, nicht zu übersehen.

Einer von den nackten Kerlen schob die Hand unter die Couch, doch als er das verräterische Klicken von Nortons Luftgewehr vernahm, zog er sie leer wieder zurück.

»Bleibt cool, okay?«, bat Slice in einem rauen Bariton. »Wir haben Besuch. Ich kenne Sie.« Er wies mit einer langen, an den Knöcheln rauen Hand auf Eve. »Ja sicher. Von da.«

Er wies auf den Bildschirm, auf dem man die Nahaufnahme stark geschwollener Genitalien sah.

»Sie sind dieser berühmte Cop mit dem reichen Mann. Na los, Bulge, zieh dir etwas an, bring uns ein paar Erfrischungen, und sag Toro an der Tür, dass er ein Schwachkopf ist, weil er uns die Gäste nicht gemeldet hat.«

»Am besten bleiben erst mal alle, wo sie sind. Wir suchen Dinnie Duff«, erklärte Eve.

»Was wollt ihr von der kleinen Bitch?«

»Das werde ich ihr selbst sagen.«

»Sie ist zwar eine kleine Nutte, aber sie ist meine Nutte und wir sind hier immer alle füreinander da, nicht wahr?«, wandte sich Slice den anderen zu. »Wollen Sie ihr irgendwelchen Ärger machen?«

»Ist sie hier?«

Mit einem herausfordernden Grinsen meinte Slice: »Sie kehren heute Abend aber echt die taffe Lady raus.«

»Ich bin zwar keine Lady, aber dafür immer taff. Ist sie es wert, das Wagnis einzugehen, dass wir die Bude auf den Kopf stellen? Allein der Zoner in der Luft wäre genug, um jeden Einzelnen von euch auf das Revier zu zerren.«

»Wir wären im Handumdrehen wieder draußen.«

»Ja, vielleicht, doch wenn ich mich hier noch genauer umsehen würde, würde ich ganz sicher noch mehr finden.« Sie sah sich um, und die Gesichter zeigten ihr, dass einigen der Leute klar war, was das für sie hieß. »Also noch mal von vorne. Wo ist Dinnie Duff?«

»Was soll's.« Mit einem gleichmütigen Achselzucken schob er auch die zweite Frau von seinem Schoß. »Sie arbeitet wahrscheinlich gerade im Wet Dreams. Auf alle Fälle habe ich sie heute noch nicht gesehen.«

»Vielleicht ist sie ja trotzdem irgendwo im Haus. Am besten schauen wir uns also doch mal ein bisschen um.«

»Ich fürchte, dass ich Ihnen das nicht einfach so erlauben kann.«

Eve lächelte ihn an. »Ich brauche nur bei einem Richter anzurufen, damit er mir die Erlaubnis dafür schickt. Innerhalb von fünf Minuten kriegt ihr all die Drogen, all die Waffen und die Minderjährigen bestimmt nicht aus dem Haus. Aber ihr könnt es gern versuchen, wenn ihr wollt.«

»Ach, fick dich doch.« Stirnrunzelnd sprang er auf. »Bolt, du hast die Bitch in letzter Zeit am häufigsten gefickt. Weißt du, wo sie gerade steckt?«

»Sie hat gesagt, sie müsste arbeiten, weil sie die Kohle braucht.«

Bolt zog gemächlich seine Hose an und kratzte sich den nackten Bauch, in seinen Augen aber brannte heiße Wut.

Wahrscheinlich war er angefressen, dachte Eve, weil

er ihr mit herabgelassener Hose und dazu noch unbewaffnet gegenüberstand.

Er hatte die gedrungene Gestalt eines Boxers, rote Stachelhaare, trug das Gang-Tattoo über dem Herzen und einen gezackten Blitz auf jedem Arm.

»Wann hast du sie zuletzt gesehen?«

»Ich kette eine Bitch nicht an.« Wie um es zu beweisen, packte er die nackte Brust von einer anderen Bangers-Bitch und drückte so fest zu, dass die vor Schmerzen schrie. »Sie hat gesagt, sie bräuchte Kohle, hätte deswegen zu tun und heute Abend keine Zeit zum Feiern.«

»Wo ist ihr Zimmer?«

»Mann, sie hat kein eigenes Zimmer hier. Ich wüsste also wirklich gern, wofür sie diese Kohle braucht. Sie pennt bei mir, wenn ich sie vögeln will. Verdammt, was soll das alles, Slice? Müssen wir uns diesen Scheiß gefallen lassen? Wir haben schließlich Rechte, oder nicht? Steh also endlich auf, und sag der Tussi, dass sie ihre Klappe halten soll.«

»Halt's Maul«, fuhr Slice ihn an. »Ich lasse mir in unserem eigenen Haus ganz sicher keine Scheiße von den Cops gefallen.«

Eve zückte ihre Dienstmarke und wandte sich an Slice. »Du hast gesagt, dass du mich kennst. Dann weißt du auch, dass ich als Lieutenant bei den Mordermittlern bin. Du bildest dir also doch wohl nicht ein, dass ich Duff für Drogen und für illegale Sexarbeit drankriegen will.«

»Ich habe keine Ahnung, was Sie von ihr wollen.«

»Es geht um einen Mord, und wenn ihr mir nicht endlich sagt, wo ich sie finde, seid ihr alle dran. Also, wo steckt sie?«

Als er einfach lachte, fielen wie auf sein Kommando ein paar andere in das Lachen ein.

»Sie haben anscheinend irgendwelches wirklich gutes Zeug geraucht, wenn Sie der Meinung sind, die Bitch hätte etwas mit einem Mord zu tun. Sie fängt schon an zu kreischen, wenn sie einen wunden Daumen sieht. Sie hat also bestimmt niemanden umgebracht.«

»Das würde euer alter Kumpel Lyle wahrscheinlich anders sehen, doch leider ist er tot.«

Slice starrte sie mit großen Augen an und auch die anderen wurden still. »Sie sagen, Pick ist tot? Sie sagen, er ist tot und Dinnie hat ihn kaltgemacht?«

»Ich sage, er ist tot und dass ich Dinnie sprechen muss. Also, wo ist sie?«

»Aber wie ist er gestorben?«

»Wo ist Dinnie Duff?«

»Sie ist nicht hier und sie hat Pick bestimmt nicht umgebracht. Der Junge war ein Banger und wir Bangers stehen füreinander ein.« Er stieß mit seinem Stiefel eins der Mädchen an, die noch immer auf dem Boden lagen. »He, Loose, weißt du, wo Dinnie steckt? Wenn ja, spuck's aus.«

»Ich schätze, dass sie bei der Arbeit ist. Wie Bolt gesagt hat, meinte sie, sie bräuchte Geld und müsste arbeiten. Sie hat schon eine ganze Weile nichts mehr für die Bude hier bezahlt, und du …«

»Sprich weiter.«

»Du hast ihr gesagt, sie müsste sich was anderes suchen, wenn sie keine Miete zahlen kann, denn nur für

Bolt die Beine breit zu machen, wäre nicht genug. Deswegen meinte sie, sie müsste arbeiten. Mehr weiß ich nicht.«

»Das stimmt, das habe ich zu ihr gesagt.« Er nickte knapp und wandte sich erneut an Eve. »Die Bitches müssen zahlen, so wie jeder andere auch, ein paar Ficks genügen nicht. Wenn Pick ermordet wurde, sehen Sie sich besser bei den Dragons um. Wir Bangers bringen uns nicht gegenseitig um.«

»Aber er war kein Banger mehr.«

»Ach nein?« Das Feuer in Slices Augen sprach von blankem Hass und kalter Wut. »Wenn er sein Leben wie ein langweiliger alter Sack mit einem langweiligen Job und seiner langweiligen Schwester verbringen wollte, war das sein Problem. Aber er hatte einen Eid geschworen, deshalb hat er auch weiterhin zu uns gehört. Selbst diese Nutte Dinnie weiß, wie diese Dinge laufen.«

Eve hätte gerne weiter nachgebohrt, doch vielleicht reichte im Moment ein erster Eindruck von der Gang und dass die Typen aus dem Gleichgewicht geraten waren.

»Ich werde Dinnie finden, und falls ihr bis dahin etwas zustößt, komme ich zurück.«

»Meinetwegen. Schließlich sind Sie nicht mal annähernd so taff wie in dem Film.«

Roarke lachte auf. »Denk das ruhig weiter«, riet er ihm und wandte sich mit Eve der Treppe zu.

Sie traten mit den beiden Streifenpolizisten vor das Haus und Zutter blies die Backen auf. »Ich bin mir sicher, dass er Dinnie suchen lassen wird. Wenn Sie das Mädchen vor den Jungs erwischen wollen, brauchen wir Verstärkung für den Untergrund.«

»Wie gut kennen Sie Slice?«

»Ich habe seinen Weg zum Captain mitverfolgt«, erklärte Norton ihr. »Die Gang ist alles, was er hat.«

»Will er Dinnie nach allem, was ich ihm erzählt habe, aus dem Verkehr ziehen? Was meinen Sie?«

Zutter rieb sich nachdenklich das Kinn, doch Norton schüttelte den Kopf.

»Er würde mit ihr reden und die Informationen aus ihr herausholen, die sie über diese Sache weiß.«

»Falls er den Mord an Lyle in Auftrag gegeben hat, weiß er bereits Bescheid«, bemerkte Eve. »Falls er dahintersteckt, war sie in seinem Auftrag unterwegs. Will er sie deshalb vielleicht aus dem Verkehr ziehen?«

»Wahrscheinlich würde er sie eher verschwinden lassen«, stellte Norton fest. »Vielleicht hat er das ja bereits getan. Vielleicht hat er gesagt, dass sie erst mal verduften soll, bis Gras über die Angelegenheit gewachsen ist.«

»Das heißt, er würde sie auf keinen Fall exekutieren.« Eve stand im Wind und dachte nach. »Wenn er nicht hinter diesem Anschlag steckt und aus ihr herausholt, was sie weiß, befolgt er dann auch weiterhin den Ehrenkodex seiner Gang und ordnet ein Verfahren an?«

»Zumindest hat er bisher immer so getickt. Im Notfall würde er sie selbst umbringen, aber vorher würde sie bei den Bangers vor Gericht gestellt und zum Reden gebracht.«

»Okay. Behalten Sie das Haus im Blick, und geben Sie Bescheid, falls jemand es verlässt, um in den Untergrund zu gehen. Der nächste Eingang liegt zwei Blöcke westlich, stimmt's?«

»Genau.«

»Wie kommt man von diesem Eingang zu Wet Dreams?«

Jetzt schob sich Zutter die Mütze aus der Stirn und kratzte sich am Kopf. »Erster Tunnel rechts und dann der nächste links. Obwohl der Laden ziemlich nah beim Eingang liegt, sollten Sie dort nicht ohne Verstärkung runtergehen, Lieutenant.«

»Es hat mich einfach interessiert, wo dieser Laden liegt. Vielen Dank für Ihre Unterstützung«, antwortete Eve.

»Wir unterstützen unsere Kollegen gern in diesem kleinen Paradies, nicht wahr, Zut?«, stellte Norton fest.

»Auf jeden Fall.«

Abermals nahm Roarke hinter dem Steuer Platz. »Zwei Blöcke westlich?«

»Ja. Und dann gucken wir mal, welcher Natur die feuchten Träume in dem Laden sind.«

»Geliebte Eve, mit feuchten Träumen kenne ich mich aus, seitdem ich dir begegnet bin.«

»Haha.«

Sie dirigierte ihn zu einer Ladezone, und als er dort parkte, schaltete sie kurzerhand das Blaulicht ein. Dann holte sie zwei Messer mit gezackten Klingen aus dem Kofferraum und gab eins davon Roarke.

»Danke, Liebling. Das ist genau meine Größe.«

Ihr war klar, er konnte damit umgehen und er würde Spaß haben an diesem kurzen Ausflug in die Eingeweide von New York.

»Was hast du sonst dabei?«

Er knöpfte seinen Mantel auf und zeigte ihr den Polizei-Stunner, den er in einer Innentasche trug.

»Mein Gott, ich sollte dich verhaften lassen.«

»Warum nimmst du mich nicht fest, wenn wir wieder zu Hause sind?« Er neigte seinen Kopf und gab ihr einen Kuss. »Das wäre sicher furchtbar aufregend.«

Noch einmal knurrte sie »Haha« und fügte hinzu: »Behalt den Stunner griffbereit.«

»Glaubst du, dass er sie vielleicht doch aus dem Verkehr ziehen lassen will?«

»Ich gehe davon aus, dass sie, seit diese Typen wissen, dass wir nach ihr suchen, auf der Abschussliste steht. Ich denke zwar wie die Kollegen, dass sie erst mal nur verschwinden soll, falls sie auf Slices Befehl gehandelt hat, aber …«

»… du weißt nicht, ob er vielleicht selbst hinter diesem Anschlag steckt.«

»Er wirkte ehrlich überrascht, das heißt, dass sie erledigt ist, falls sie ihn hintergangen hat. Aber er hat einen, wenn auch schrägen, Ehrenkodex, deshalb wird er jetzt versuchen, sie zu finden, um sie vor Gericht zu stellen. Und selbst wenn er den Mord befohlen hätte, müsste er jetzt weiterhin so tun, als hielte er sich an den Ehrenkodex der Gang.«

Bevor sie aus dem Wagen stieg, rief Norton bei ihr an.

»Drei seiner Leute sind jetzt unterwegs«, wandte sich Eve an Roarke. »Auf geht's.«

Es roch nach Fäulnis, Exkrementen und Erbrochenem, und im Licht ihrer Taschenlampe konnte Eve die finsteren Gestalten sehen, die verstohlen durch den dunklen Tunnel schlichen. Ein paar der Kreaturen waren derart zugedröhnt, dass sie in irgendwelchen Ecken kauerten, bis der Entzug begann, um dann sofort wieder auf die Suche nach dem nächsten Schuss zu gehen.

Als einer dieser Typen plötzlich einen Satz in ihre Richtung machte, rammte sie ihm den Ellenbogen in den Hals, und während er zusammenbrach, fuhr sie herum und sah, dass Roarke dem nächsten Angreifer den Ellenbogen auf die Nase krachen ließ.

»Er hatte einen Freund«, erklärte er und lächelte sie unbekümmert an.

Oh ja, er hatte wirklich Spaß an ihrem Ausflug in den Untergrund.

»Manchmal tun sie sich hier vorn zusammen und hoffen, dass ein Dummkopf sich von ihnen übertölpeln lässt.«

Sie bog nach links in einen weiteren Tunnel ein und hörte aus der Ferne dröhnende Musik. Im schwachen Licht der Lampen, die ein Stückchen weiter hinten brannten, sah Eve einen Typ, dessen Hose auf den Knöcheln hing. Sein bleicher Hintern war so haarig, dass man denken könnte, dass ein Orang-Utan die mit dem Gesicht zur Wand gedrehte Frau von hinten nahm. Passend dazu wurde jeder seiner wilden Stöße noch von einem rauen Grunzen untermalt.

Doch statt erregt oder entgeistert sah das Mädchen nur gelangweilt aus. Und als ihr Blick auf Roarke fiel, bleckte sie die Überreste ihrer Zähne und bot ihm mit einem schiefen Grinsen an: »Wenn wir hier fertig sind, kriegst du das Doppelte zum halben Preis.«

»Ein solches Angebot kriegt man nicht jeden Tag«, bemerkte er im Weitergehen.

»Die Geschlechtskrankheiten gibt es ganz umsonst dazu.« Eve machte einen großen Schritt, als sie auf eine Pfütze frisch Erbrochenes traf, und bog in einen weiteren

Tunnel ein, in dem es dank der Clubs und der Geschäfte, die dazwischenlagen, etwas heller war.

Im offenen Schaufenster der Bondage World lag eine Frau in einem Lackanzug mit nackten, riesengroßen Brüsten und ließ stöhnend über sich ergehen, wie eine zweite Frau mit umgeschnalltem Penis an der Kette riss, an der ihre Nippelklemmen hingen. Das Publikum war hin und weg, die zwei mit Ganzkörpertattoos geschmückten Schlägertypen, die am Eingang standen, hielten potenzielle Kunden aber davon ab, sich aktiv am Geschehen zu beteiligen.

Als Nächstes kam das Bang-O-Rama, eine Bar, in der man für das Privileg bezahlte, dass man sich vor aller Augen gleich von einer ganzen Gruppe Kerle nehmen ließ. Als Eve und Roarke daran vorüberliefen, schaute eine Gruppe junger Frauen grölend zu, wie ihre nackte Freundin Coco – ihrem Krönchen nach die *zukünftige Braut* – sich von den Sexarbeitern zum Orgasmus bringen ließ.

»Ich hoffe, dass dein Junggesellinnenabschied ein bisschen anders abgelaufen ist«, bemerkte Roarke.

Ein Stückchen weiter schrie sich irgendjemand alles andere als beglückt die Seele aus dem Leib. Das Gelächter, das auf diese Schreie folgte, klang nicht einmal ansatzweise amüsiert.

Eve ignorierte beides, denn inzwischen hatten sie ihr Ziel erreicht.

Wet Dreams war kleiner als die meisten anderen Läden, schlecht beleuchtet, verraucht und mit Musik vom Band. Eve schätzte, dass es in der Kneipe absichtlich so schummrig war, denn offenbar waren hier nur Junkies angestellt, die Geld für ihren nächsten Schuss brauchten.

Wobei anscheinend auch der größte Teil des Publikums auf irgendwelchen Drogen war, auch wenn die Leute vielleicht nur von all dem Zoner-Rauch, der in der Luft hing, so benebelt waren.

Auf einem winzigen Podest, das viel zu klein für die Bezeichnung Bühne war, begrapschten sich zwei Frauen, während eine Dritte wenig elegant an einer Stange hing.

Der Mann hinter der Bar trug Nippelringe aus der Bondage World und schenkte einem Typen eine schlammfarbene Brühe in ein schmuddeliges Glas. Gleichgültig kippte der das Zeug herunter, während er sich gleichzeitig von einem jungen, klapperdürren Sexarbeiter einen runterholen ließ.

Eve fräße ihre Dienstmarke, falls dieser Junge schon achtzehn war.

Dann tauchte eine Frau in einem roten Catsuit auf. Teigiges Fleisch quoll durch die Schnüre an den Seiten und die ganz bestimmt nicht echten Titten wogten aus dem Ausschnitt ihres engen Oberteils.

Sie hatte langes, rabenschwarzes, ebenfalls nicht echtes Haar, das die Verbrennungen auf ihrer linken Wange allerdings nur teilweise verbarg.

»Sucht ihr nur einen Tisch oder ein Zimmer?«, fragte sie mit einer Stimme, die so rauchig und benebelt wie die Luft klang, die sie mit jedem Atemzug in ihre Lunge saugte.

»Weder noch. Wir suchen Dinnie Duff.«

»Da weiß ich jemand Besseren für Sie.«

Eve zückte ihre Dienstmarke. »Wir wollen aber nun mal Dinnie Duff.«

»Packen Sie das Ding weg. Schließlich gehen die Geschäfte, auch schon ohne dass ihr Bullen hier aufkreuzt, schlecht genug. Sie ist nicht da. Sie ist jetzt schon seit zwei, drei Tagen nicht mehr aufgetaucht.«

»Gehört der Laden Ihnen?«

»Scheiße, ja. Ich leite das, was davon übrig ist.«

»Ihr Name?«

»Taffy Pull. Den Namen habe ich mir zugelegt, als ich noch selbst auf der Bühne stand.«

»Okay, Taffy, wann haben Sie Duff zum letzten Mal gesehen? Vor zwei oder vor drei Tagen?«

»Verdammt.« Sie kratzte sich am Kopf. »Am Montag ist hier kaum was los. Verdammt, im Grunde ist hier selten wirklich etwas los, aber an den Wochenenden läuft der Laden halbwegs gut. Da hätte ich sie brauchen können, aber sie hat sich nicht blicken lassen, also schätze ich, dass sie zum letzten Mal ... ich glaube, sie hat Donnerstag und vielleicht auch den Tag davor gearbeitet. Anscheinend hat sie da genug verdient, um ein paar Tage durchzuhalten, oder sie ist irgendwann am Wochenende eingefahren.«

»Angeblich wollte sie heute Abend hier arbeiten.«

»Aber sie ist nicht hier. Hören Sie, es ist mir scheißegal, falls Sie sie hochnehmen. Sie wird bezahlt, wenn sie hier auf der Bühne steht. Wenn sie nichts tut, kriegt jemand anderes das Geld.« Bei ihrem Achselzucken drohten die falschen Brüste vollends aus dem Oberteil herauszufallen. »So laufen diese Dinge hier bei uns.«

»Wie lange arbeitet sie hier schon?«

»Mein Gott, vielleicht drei Jahre oder so. Sie taucht immer wieder einmal auf, doch mindestens genauso oft ist sie nicht da. Wenn Sie sie finden, richten Sie ihr von mir aus, dass jetzt endgültig Feierabend ist. Ich kann es mir nicht leisten, dass die Bullen hier auftauchen. Das ist nicht gut fürs Geschäft.«

Eve sah, dass Bolt zusammen mit zwei anderen Bangers durch den Tunnel kam. »Wenn ich dahinterkomme, dass Sie mich belogen haben, mache ich den Laden dicht.«

Mit einem neuerlichen Achselzucken stellte Taffy fest: »Ich habe keinen Grund, mir wegen eines Junkies, der zu faul ist, seine Schichten hier zu fahren, Ärger mit den Bullen einzuhandeln. Aber selbst wenn Sie den Laden schließen würden, wäre das kein wirklicher Verlust. Sie machen zu und eine Woche später mache ich woanders wieder auf.«

In diesem Augenblick kam Bolt herein und unterzog Eve einer Musterung. »Bullen stoßen hier im Untergrund oft schlimme Dinge zu.«

»Die sind ganz sicher nicht so schlimm wie das, was Leuten widerfährt, die einen Bullen reizen, der mit einem Stunner auf sie zielt.«

»Und dessen Kerl, der ebenfalls bewaffnet ist«, erklärte Roarke.

Als Bolt noch einmal an ihr heruntersah, hielt sie genau wie Roarke die mitgebrachte Waffe in der Hand. Obwohl er feixte, trat er gleichzeitig den Rückzug an.

»Der Typ ist wirklich unhöflich«, bemerkte Roarke.

»Ich schätze, dass er seinen Knigge höchstens überflogen hat. Es tut mir wirklich leid, dass die Beschreibung unserer Zeugin von dem großen Kerl nicht auf ihn passt.«

»Die fehlende Körpergröße macht er dadurch wett, dass er ein Riesenarschloch ist. Doch jetzt zurück zu unserer durch und durch charmanten Wirtin. Meiner Meinung nach weiß sie tatsächlich nicht, wo Dinnie steckt.«

»Wahrscheinlich hast du recht. Genauso wie bei Bolt, denn er ist echt ein Riesenarsch.«

Eve ignorierte das Gejuchze aus dem Bang-O-Rama, als das nächste junge Mädchen aus der Clique von der Bühne kam, genauso wie die Darbietung mit dem Elektroschocker in der Bondage World und das Geheul der Menschen in der selbst gewählten Hölle, bis sie endlich wieder oben auf der Straße stand.

»Tja nun, nach einem wirklich interessanten Abend täte mir jetzt eine lange, heiße Dusche gut.«

»Was für kranke Schweine«, meinte Eve. »Wie krank muss jemand sein, um einem anderen mit einem Elektroschocker ans Gemächt zu gehen?«

»Das darfst du mich nicht fragen«, meinte Roarke und schloss den Wagen auf. »Also, wenn stimmt, was Slice und unsere gute Taffy Pull behaupten, und sie keine Ahnung haben, wo das Mädchen steckt …«

»… ist sie auf Tauchstation gegangen oder tot.«

Zum vierten Mal nahm Roarke hinter dem Steuer Platz. »Vielleicht hat sie sich ja dafür bezahlen lassen, dass sie Lyle verraten hat, und hat sich von der Kohle neuen Stoff und eine andere Unterkunft besorgt.«

»Das könnte sein. Vielleicht hat Slice recht und eine von den anderen Gangs hat sie auf ihren Ex-Freund angesetzt. Vielleicht haben sie sie rekrutiert, sie hat ihnen geholfen, Lyle aus dem Verkehr zu ziehen, und wohnt jetzt dort. Aber …«

»Weshalb sollte eine andere Bande einen Kerl ermorden, der bei den Bangers ausgestiegen ist?«

»Weswegen wollte irgendjemand ihn ermorden? Ich hätte nicht gedacht, dass er eine so große Nummer war. Am besten finde ich erst mal so viel wie möglich über alle Mitspieler heraus.«

Sie zerrte ihren Handcomputer aus der Tasche und gab die verschiedenen Namen ein.

»Sie hat tatsächlich ihren Namen offiziell geändert. Von Rita Razowitz zu Taffy Pull. Früher ist sie selbst in ein paar hochklassigen Striplokalen aufgetreten, und die Handvoll Vorstrafen, die sie kassiert hat, sind nicht der Rede wert. Vor ungefähr zwölf Jahren gab's dann zwischen ihr und einer von den anderen Sexarbeiterinnen eine Auseinandersetzung wegen eines Kerls, bei der die andere ihre Haare angezündet hat.«

»Das nennt man wahre Liebe«, meinte Roarke.

»Außerdem erklärt das die Perücke und die Narben in ihrem Gesicht. Von da an ging's mit ihr bergab, sie hatte sich zu sehr an die verschriebenen Schmerzmittel gewöhnt und wurde wegen Drogen, illegaler Sexarbeit und anderem Zeug verknackt. Den Laden hier führt sie seit ungefähr vier Jahren.«

»Das kann der Kerl unmöglich wert gewesen sein«, schloss Eve. »Sie war nie verheiratet und hatte keine eingetragene Partnerschaft, ist kinderlos und in den letzten Jahren gab es keinen Ärger mit der Polizei.«

»Die traurige Geschichte einer unschuldig gefallenen Frau«, bemerkte Roarke.

Wer wusste schon, aus welchem Grund die Menschen sich entschieden, dass sie ein bestimmtes Leben führen wollten oder sollten, dachte Eve.

»Sie wird ganz sicher nicht für einen Junkie lügen, der

sporadisch bei ihr auf der Bühne steht«, schloss sie das Thema Taffy ab. »Slice heißt mit bürgerlichem Namen Marcus Jones junior. Sieht aus, als ob der Senior mit Straßennamen Rock auch Captain bei den Bangers war. Er hat zu keiner Zeit mit der Familie zusammengelebt und saß mehrmals im Knast, bevor er vor zehn Jahren halb totgeschlagen worden ist.«

»Diese Gefahr besteht, wenn man ein Gangster ist.«

»Er hatte nach der Schlägerei ein schweres Schädel-Hirn-Trauma und lebt seither mit einem Hirnschaden im Pflegeheim. Auch die Mutter saß des Öfteren im Knast, weshalb die Oma mütterlicherseits ihn aufgezogen hat.«

»Das hat er mit Lyle gemein.«

»Das stimmt. Oha. Ein Teil des Hauptquartiers der Bangers gehört ihm. Genauso wie ein Teil des Ladens, wo wir gerade waren, und ein paar andere Unternehmen wie das Tattoo-Studio unten im Haus und wie ein zweites Striplokal. Miteigentümer sind ein Samuel Cohen und eine Eldena Vinn. Sagen die Namen dir etwas?«, fragte sie Roarke.

»Ich fürchte, nein. Aber das ist natürlich interessant.«

»Auf jeden Fall. Am besten sehe ich mir diese beiden mal genauer an. Jones hat entweder Köpfchen, Fähigkeiten oder einfach Glück. Er wurde schon des Öfteren zur Vernehmung aufs Revier geholt, aber nur einmal blieb etwas kleben und nach einer kurzen Haftstrafe mit achtzehn ist er niemals wieder eingefahren.«

»Als schlauer Mensch hätte er die Kneipe dort im Untergrund schon längst verkauft und dann das Geld in das Apartmenthaus gesteckt, damit er richtig Miete einnehmen kann. Das zeigt mir, dass der Kerl das Hirn, das er vielleicht besitzt, vor allem zum Angeben benutzt.«

»Und für Geldwäsche, für Drogenhandel, für Betrug und anderes Zeug.« Während ihr Mann das Auto fuhr, fuhr sie mit der Arbeit fort. »Okay, sein Partner, Cohen, war mal Anwalt.«

»War?«

»Inzwischen ist er nur noch Rechtsberater, seit ihm vor acht Jahren die Zulassung entzogen worden ist. Er ist dreiundvierzig Jahre alt und Eigentümer der von ihm bewohnten Wohnung in der Lower East Side ein paar Häuserblocks, die sehr viel ausmachen, vom Bangers-Hauptquartier entfernt. Er lebt dort mit Eldena Vinn zusammen, fünfundzwanzig Jahre jung und angestellt bei Bump and Bang – dem Striplokal, das ihr zusammen mit Cohen und mit Jones gehört. Sie nennt sich Tänzerin, doch meiner Meinung nach zieht sie sich in dem Laden aus.«

Eve lehnte sich im Sitz zurück, als Roarke in ihre Einfahrt bog und sie die warmen Lichter des Hauses sah.

»Wie werden ein Gangmitglied, ein Anwalt ohne Zulassung und eine Stripperin Geschäftspartner?«

»Das findest du auf jeden Fall heraus.«

»Oh ja, das tue ich. Vielleicht hat es ja nichts mit meinem Fall zu tun, aber ich finde es heraus, denn diese Sache stinkt zum Himmel.«

»Ebenso wie der New Yorker Untergrund, in dem wir gerade waren. Mein Gott, jetzt muss ich wirklich dringend duschen.«

Im Schlafzimmer lag Galahad schon rücklings, alle Pfoten in die Luft gestreckt, auf ihrem breiten Bett.

Genieß es dort, solange du noch kannst, riet ihm Roarke in Gedanken, als er begann, sich auszuziehen.

Auch Eve legte ihr Waffenholster ab und zog die Stiefel aus, doch dabei war ihr deutlich anzusehen, dass die Räder hinter ihrer Stirn noch immer in Bewegung waren.

Es wäre also seine Aufgabe als pflichtbewusster Ehemann, sie von der Arbeit abzulenken, damit sie gleich ihren wohlverdienten Schlaf bekam.

Er wartete, bis sie sich ausgezogen hatte und nach einem Schlafshirt griff. Dann aber zog er sie an seine Brust und trug sie Richtung Bad.

»Was soll das?«

»Du brauchst mindestens so dringend eine Dusche wie ich selbst.«

»Ich weiß genau, was du im Schilde führst, aber ich dusche einfach morgen früh.«

»Vielleicht habe ich mir ja ein neues Spiel, das wir unter der Dusche spielen können, ausgedacht.« Im Badezimmer drehte er die Dusche heißer, als ihm selbst lieb war, trat mit ihr unter den Wasserstrahl und presste ihr die Lippen auf den Mund.

Vielleicht war eine Dusche doch genau das Richtige, erkannte Eve und schlang ihm lächelnd die Arme um den Hals. Der heiße Dampf, der sie umwogte, und das kochend heiße Wasser, das auf ihren Körper prasselte, fühlten sich fast so gut an wie die Hände ihres Ehemanns auf der nackten Haut.

Um selbst nicht untätig zu bleiben, drückte sie ihn mit dem Rücken an die nassen Fliesen und glitt mit ihren Händen und mit ihren Lippen über seinen Leib.

Im Grunde war die Dusche eine ausgezeichnete Idee gewesen, dachte sie, als ihre Lippen seinen Herzschlag spürten, während sie mit den Fingern über die straffen Muskeln fuhr. Sie knabberte an seiner Haut und feuchtes Fleisch rieb sich an feuchtem Fleisch.

Sie füllte ihre Handflächen mit Seife aus dem Spender an der Wand und seifte seine Brust, den festen Bauch, die schmale Taille ein.

Dann glitt sie mit der Hand noch etwas tiefer, doch bevor sie die Gelegenheit bekam, ihn in sich einzuführen, drehte er sie um, schlang einen Arm um ihren Bauch, umfasste ihre Brust und streichelte mit dem Daumen ihren Nippel, während er mit den Lippen über ihren Nacken strich.

Dann schob er seine Hand an ihr herab, während das Blut so kochend wie das Wasser, das auf seinen Körper trommelte, durch seine Adern schoss. Als sie einladend die Hüften kreisen ließ, empfand er das fast übermächtige Bedürfnis, kraftvoll in sie einzudringen, aber nein. Stattdessen glitt er langsam mit den Fingern über ihren Bauch und zog die seidig weichen Innenseiten ihrer starken Schenkel nach.

Stöhnend griff sie hinter sich und schlang erschaudernd einen Arm um seinen Hals.

Sie war bereit und offen und gehörte ihm.

Er strich behutsam über ihren Venushügel und sie bäumte sich begehrlich auf. Dann drang er leicht und langsam mit den Fingern in sie ein und als sie vor Verlangen keuchte, unterdrückte er die eigene Begierde und streichelte sie derart leicht und langsam mit den Fingern, dass sie sich ihrer Freude vollständig ergab.

Mit dem Gefühl, als ob ihr ganzes Skelett aus Butter wäre, ergab sie sich der Süße der Empfindungen, die er in ihr weckte, und trieb willenlos dahin. Dann brachte er sie zum Höhepunkt, und als sie zu erschlaffen drohte, wusste er, dass er ihr dieses Glück ein zweites Mal bescheren könnte und drang schnell und mit Nachdruck in sie ein.

Es gab nichts, was ihn mehr erregte, als wenn seine taffe, coole Polizistin sich ihm willenlos ergab. Genauso wollte er es haben, dachte er, als sie noch einmal kam und ihre Lust ihn selbst erschaudern ließ.

Dann drehte er sie wieder um und presste ihren Rücken an die Fliesen, bevor er sie schnell, hart und gründlich nahm.

Mit einem erlösten Schrei ließ sie den Kopf an seine Schulter fallen. »Oh Gott, oh Gott.«

Benommen und erhitzt rang sie nach Luft, doch er zog sich noch nicht aus ihr zurück.

»Da geht noch mehr«, erklärte er und schaute sie, als sie den Kopf nach hinten drehte, konzentriert aus seinen leuchtend blauen Augen an.

Er sah nur sie, weil es für ihn sonst keinen Menschen gab. Die Liebe war noch größer als die Lust, die er empfand, und dieses Wissen überwältigte sie so, dass sie die Hand in seinem nassen, seidig weichen Haar vergrub und seinen Mund an ihre Lippen zog, um ihn zu küssen, während dieses wilde, herrliche Verlangen, das sie nach ihm verspürte, abermals die Oberhand gewann.

Sie legte ihm die Hände auf die Schultern, bevor sie erneut in diese wundervollen blauen Augen sah. »Ich halte mindestens so lange durch wie du.«

Entschlossen schlang sie ihm die Beine um die Hüften. »Los.«

Jetzt war es endgültig um ihn geschehen. Er tat nicht einmal mehr so, als ob er sich beherrschen könnte, sondern drang abermals mit blindem, fast verzweifeltem Verlangen in sie ein. Und als er immer wieder zustieß und ihr fast brutal die Finger in die Hüften bohrte, schrie sie triumphierend auf.

Jetzt war er es, der verloren, vollkommen erledigt und ihr hilflos ausgeliefert war. Als er kam, durchzuckte es ihn wie ein heißer Blitz.

Er musste sich mit einer Hand an die Fliesen stützen, um nicht umzufallen. Dann aber gab er auf und glitt mit ihr zusammen auf den Boden, wo er laut nach Atem rang.

Noch immer wurden sie von heißem Wasserdampf umwogt und heißes Wasser regnete auf sie herab. Natürlich könnte er die Dusche abdrehen, dachte er, doch dafür hätte er Eve von sich herunterschieben müssen und das hätte er in seinem Zustand nicht geschafft.

»Das ist tatsächlich mal was Neues.«

»Was?«

»Dass du dich nach dem Sex beim Duschen nicht mehr auf den Beinen halten kannst.«

Er lachte leise auf. »Trotzdem sollten wir jetzt langsam wieder aufstehen, um ins Bett zu gehen.«

»Aber es fühlt sich gut an, hier herumzusitzen«, widersprach sie ihm und lehnte ihren Kopf, als wollte sie hier in der Dusche übernachten, an seine Schulter.

»Weißt du, wie man Frösche kocht?«

»Weswegen sollte irgendwer das wollen? Du schon gar nicht, weil du schließlich überhaupt nicht kochst.«

»Man wirft den Frosch in einen Topf mit Wasser und wärmt dieses Wasser langsam auf, damit der unglückliche Frosch nicht merkt, dass man ihn kochen will, und wieder rauskrabbelt.«

Sie runzelte die Stirn. »Heißt das, du hast schon einmal einen Frosch gekocht?«

»Das ist nur ein Vergleich. Im Augenblick sind wir die Frösche, und wenn wir nicht langsam aufstehen, werden wir hier ebenfalls gekocht. Also …«

Er lächelte sie an. »Ich finde, du siehst nass genauso gut wie trocken aus.« Er küsste ihre Stirn. »Trotzdem stelle ich die Dusche jetzt ab.«

Sie rappelten sich mühsam auf, und während Roarke nach einem Handtuch griff, ließ sie die warme Luft des Trockners über ihren Körper wehen. »Wir beide haben wirklich guten Sex, nicht wahr?«

Er blickte auf ihr kurzes Haar, das von der warmen Luft um ihre Wangen geweht wurde. »Das haben wir eben erst bewiesen, oder nicht?«

»Genau.« Sie ging ins Schlafzimmer zurück, und bis er wieder aus dem Badezimmer kam, trug sie bereits ihr Schlafshirt und versuchte, Galahad vom Bett zu schieben, der so tat, als merkte er es nicht.

Am Ende gab sie auf und schob ihn einfach auf die Seite, auf die Roarke sich legen wollte. Der Galahad von seinem Kissen hob und kurzerhand aufs Fußende des Bettes fallen ließ.

Dann legte er sich ebenfalls ins Bett, schlang einen Arm um Eve und zog sie eng an sich heran.

»Wir haben sogar ziemlich aufregenden Sex.«

»Das stimmt. Was geht dir gerade durch den Kopf?«

»Ich denke, Leute können miteinander in der Kiste machen, was sie wollen, solange sie erwachsen, mit diesen Dingen einverstanden sind und niemand dabei stirbt. Aber …«

Sie drehte ihren Kopf und sah ihn an. »Ich werde nie mit einem Elektroschocker deine Eier malträtieren, damit dir einer abgeht.«

»Du weißt gar nicht, wie dankbar ich dir dafür bin.«

»Okay. Und ich will auch nicht, dass du irgendwelches Zeug an meine Nippel klemmst.«

»Das passt, weil ich darauf gerne verzichten kann.«

»Wir sind uns also einig.«

»Mehr als das.« Er gab ihr einen Kuss. »Licht aus.«

»Frösche will ich auch nicht essen.«

»Kein Problem. Jetzt mach deine Augen zu und schlaf.«

Er lächelte und streichelte ihr sanft den Rücken, bis sie schlief. Sie waren auf jeden Fall ein wirklich gutes Team, egal, ob es um Sex oder um andere Dinge ging.

6

Als sie die Augen wieder aufschlug, saß ihr Mann schon auf der Couch und sah sich ohne Ton die Berichte von der Börse an. Der Kater schlummerte vor dem Kamin, und lächelnd dachte sie, dass sie es liebte, morgens wach zu werden, Roarke in einem seiner schicken Anzüge zu sehen und zu hören, wie Galahad gemütlich schnarchte, während ihr der Duft von frisch gebrühtem, echtem Kaffee in die Nase stieg.

Sie rollte sich gemächlich aus dem Bett und ging schnurstracks zum AutoChef, denn nur der Duft des Kaffees reichte nicht.

»Guten Morgen.«

Nach dem ersten Schluck Kaffee sah sie durchs Fenster in den Park. »Es könnte tatsächlich ein guter Morgen werden, weil bisher noch nichts vom Himmel fällt.«

»Sie haben auch keinen Regen oder Schnee vorhergesagt«, erklärte Roarke. »Es soll jetzt wirklich Frühling werden. Der Morgen ist zwar noch recht kühl, aber zum Nachmittag werden es fünfzehn, sechzehn Grad.«

»Juhu.« Das munterte sie fast so wie der Kaffee auf.

»Und da es in den nächsten Tagen immer wärmer werden soll, beginnen heute auch die Aushubarbeiten für unseren Teich.«

»Für unseren Teich?« Sie brauchte einen Augenblick, bevor ihr wieder einfiel, dass sie ein paar Monate zuvor beschlossen hatten, in ihrem Park einen kleinen Teich zu bauen. »Wir kriegen also wirklich einen Teich?«

»Es ist bestimmt sehr nett, wenn man bei schönem Wetter dort spazieren gehen oder sitzen und aufs Wasser gucken kann.«

»Bestimmt. Woher kommt übrigens der Spruch vom März?«

»Was für ein Spruch?«

Sie fuhr mit einem Finger durch die Luft, während sie einen weiteren Schluck von ihrem Kaffee trank. »Der von dem Schaf, das bei dem Löwen liegt.«

»Du meinst den Wolf, der bei den Lämmern liegt.«

»Ein Lamm ist ja wohl auch nichts anderes als ein Schaf, und wenn der Wolf sich zu den Lämmern legt, dann wohl nur, weil er sie fressen will. Aber was hat das mit dem März zu tun?«

»Nicht das Geringste«, meinte Roarke. »Ich glaube, du meinst einen anderen Spruch, in dem es darum geht, dass dieser Monat meistens kalt und nass beginnt und dann am Ende warm und sonnig ist. Der März kommt wie ein Löwe und geht wie ein Schaf, das heißt ein Lamm«, verbesserte er sich und raufte sich das Haar. »Es geht um ein verdammtes Lamm.«

»Wenn es mit einem Löwen abhängt, ist das Lamm auf jeden Fall verdammt.«

Er sah ihr hinterher, als sie ins Badezimmer ging, und sagte sich, dass sie durchaus recht hatte.

Als sie zurückkam, stand bereits das Frühstück auf dem Tisch.

»Dann gibt es heute also keinen Haferbrei?«

»Wir sollten feiern, dass es langsam wärmer wird.«

»Oh ja.«

Tatsächlich hatte er ein Frühstück wie in Irland aufgefahren, weil er keine Ahnung hatte, wann sie während ihres Arbeitstages Zeit für eine anständige Mahlzeit finden würde, und die Blutwurst, die Eve hasste, durch ein leckeres Joghurt-Frucht-Parfait ersetzt.

Begeistert nahm sie Platz und haute rein. »Nach deiner Holokonferenz im Morgengrauen hast du heute sicher auch noch jede Menge anderer Sachen vor.«

»Tatsächlich habe ich den einen oder anderen Termin.«

»Und diesen überarbeiteten Vertrag, um den es gestern Abend ging.«

»Der heute Morgen bereits unterschrieben worden ist. Und du gehst sicher wieder auf die Jagd.«

»Genau.« Sie sah sich neugierig die kleinen Würstchen auf dem Teller an. »Warum nennt ihr die Bangers?«

»Keine Ahnung. Vielleicht wegen der Geräusche, die sie machen, wenn man sie in einer Pfanne brät. Das könnte sein.«

»Aha. Auf alle Fälle sind sie lecker, ganz egal, wie ihr sie nennt.« Sie schob sich eins der Würstchen in den Mund. »Wie dem auch sei, ich kann nur hoffen, dass die Fahndung nach dem Mädchen was ergeben hat. Als Erstes werde ich ins Leichenschauhaus fahren, danach will ich noch zu diesem Ex-Anwalt gehen und mir den Kerl genauer ansehen, mit dem Dinnie in der Kiste war.«

»Bolt«, erinnerte sich Roarke. »Ich finde, er hat einen echten Killerblick.«

»Das stimmt. Am besten rede ich auch noch mit dem Kollegen, der die Bangers-Sachen macht. Natürlich auch mit Lyles Brüdern und mit seiner Gram. Vielleicht hat er ihnen ja irgendwas erzählt, wovon Rochelle nichts weiß.«

Sie biss in ein Stück kross gebratenen Speck. »Wenn er bei diesen Treffen war und die Medaille bekommen hat, hatte er sicher einen Mentor dort. Den spreche ich am besten auch an. Außerdem muss ich meine Tafel auf den neuesten Stand bringen und meinen Bericht schreiben.«

»Das heißt, du bist auf alle Fälle wieder auf der Jagd.«

»Oh ja, und heute muss ich dabei nicht mal durch Regen oder Schnee stapfen.«

Mit dem Gedanken zog sie nach dem Frühstück eine schlichte weiße Bluse aus dem Schrank, denn ein Pullover wäre sicherlich zu warm. Dann aber stand sie vor den unzähligen Hosen, Jacken, Stiefeln, die sie hatte, und versuchte, herauszufinden, welche Sachen passend wären, denn schließlich hatte sie jetzt wochenlang jeden Morgen irgendwelche möglichst warmen Kleider aus dem Schrank gezerrt.

Sie würde Roarke nicht fragen und auch nicht den dämlichen Computer ihres Schranks benutzen, denn wahrscheinlich würde er das hören. Sie wusste schließlich selbst, wie sie sich kleiden musste, nur dass dieser Winter eben ewig lang gewesen war.

Sie griff nach einer braunen Hose. Nicht kackbraun wie Feeneys Anzug, sondern schokoladenbraun. Mit dem Gedanken, dass sie nachsehen müsste, ob der unter einer Platte an der Decke über ihrem Schreibtisch im Büro versteckte Schokoriegel noch dort lag, zog sie auch noch eine dunkelblaue Jacke aus dem Schrank, denn die Manschetten und die Seiten waren mit braunem Leder abgesetzt.

Dann starrte sie auf ihre Stiefel, und wieder war ihr peinlich, wie viel Schuhwerk sie besaß. Vielleicht nicht mehr so peinlich wie zu Anfang, doch begeistert würde sie von dieser Menge sicher nie sein.

Sie griff nach einem braunen Paar, doch ihr war klar, dass zu der blöden Jacke ihre blauen Stiefel mit dem braunen Leder an den Seiten vorgesehen waren, und wenn sie jetzt die schlichten braunen Stiefel nähme, würde Roarke sie sicher noch einmal austauschen.

Da sie ihm die Befriedigung nicht gönnte, zerrte sie die blauen Stiefel aus dem Schrank, stieg in die Hose und ein Tanktop und zog sich die Bluse an.

Bevor ihr Mann erschien, um ihr die Bluse wieder aus- und eine andere weiße Bluse anzuziehen.

»Du nimmst mich auf den Arm.«

»Weswegen sollte ich das tun? Der warme Creme-Ton passt ganz einfach besser als das kalte Weiß.«

»Meinetwegen. Was auch immer.« Grimmig knöpfte sie die Bluse zu, die saß, als ob sie extra für sie angefertigt worden wäre – was sie sicherlich auch war.

Wahrscheinlich hätte es auch keinen Sinn gemacht zu widersprechen, als sie einen dunkelbraunen Gürtel in die Hand gedrückt bekam.

»Weißt du, den mörderischen Schweinehunden, die ich jage, ist total egal, ob meine Sachen farblich aufeinander abgestimmt sind oder nicht.«

Sie trug die Jacke und die Stiefel Richtung Bett.

»Trotzdem schüchtert sie ein starkes, kompetentes Aussehen ein.«

»Vielleicht.« Sie zog ihr Waffenholster an und füllte ihre Taschen mit den Sachen, die sie immer bei sich trug. »Wobei ein anständiger linker Haken meiner Meinung nach die gleiche Wirkung hat.«

»Du kannst ruhig gut gekleidet sein, wenn du den Kerlen eine reinhaust«, meinte Roarke und unterzog sie einer beifälligen Musterung. »So wirkst du stark und kompetent«, bemerkte er noch einmal, trat auf sie zu und gab ihr einen Kuss. »Das passt zu dir. Pass gut auf meine Polizistin auf.«

»Werd bloß nicht sauer, wenn die Sachen heute Abend nicht mehr ganz so sauber sind.«

»Hat mich das je gestört?«

Sie schüttelte den Kopf.»Wir sind eben ein gutes Team«, bemerkte sie im Gehen. »Bis dann.«

Tatsächlich fühlte sich der März, als Eve das Haus verließ, noch immer wie ein Löwe an. Die Luft war schneidend, und es blies ein derart bitterkalter Wind, dass sie so schnell wie möglich in ihr Auto sprang, um dort die Heizung hochzudrehen.

Auf ihrem Weg in Richtung Tor befahl sie Peabody per Sprachnachricht in die Pathologie.

Obwohl die Werbeflieger ihre Botschaften inzwischen wieder wie gewohnt vom dankenswerterweise blauen Himmel blökten, waren die Berge grauen Schneematschs links und rechts der Straßen endlich abgetaut und weder Eis noch Regen schränkte heute früh das Können der anderen Autofahrer ein.

Vielleicht war ja der Löwe tatsächlich bereit, sich auf sein Altenteil zurückzuziehen.

Natürlich herrschte auch bei Trockenheit und Sonnenschein die ganz normale Enge auf den Straßen, und genauso wenig hielt das gute Wetter die erzürnten Fahrer davon ab, die Lärmschutzvorschriften zu brechen und zu hupen, wenn es irgendwo nicht weiterging.

Doch das nahm sie wie jeden Tag in Kauf.

Die Sonne schien so hell, dass sie in der Konsole neben ihrem Sitz nach einer Sonnenbrille grub. Tatsächlich fand sie eine und schob sie sich grinsend ins Gesicht.

Dann kämpfte sie sich weiter Richtung Innenstadt und dachte über Marcus Jones alias Slice, den Bangers-Captain, nach.

Er war auf jeden Fall ein blöder Arsch und würde früher oder später hinter Gittern landen, wenn er nicht schon vorher auf der Straße starb. Doch er war nicht ganz dumm. Zumindest war er schlau und Arsch genug, um es zum Captain seiner Gang zu bringen und sich mit zwielichtigen, doch außerhalb der Gang stehenden Partnern nebenher ein eigenes Wirtschaftsunternehmen aufzubauen.

Doch woher hatte er das Geld für den Erwerb der Läden und der Immobilie, in der das Hauptquartier der Bangers lag?

Die Bande machte Geld mit Drogen, mit Erpressung und Identitätsdiebstahl. Womöglich hatte er ja einen Teil des Geldes eingesackt oder sich nebenher mit ein paar eigenen illegalen Deals etwas dazuverdient.

Am besten spräche sie die Kollegen darauf an. Womöglich könnte ihr Detective Strong ja irgendwas erzählen.

Eins war ihr gestern Abend aufgefallen und ging ihr

seither nicht mehr aus dem Kopf: Slices Reaktion, als er gehört hatte, dass Lyle ermordet worden war.

Im Grunde hatte sie erwartet, dass er feixen oder diese Nachricht achselzuckend abtun würde, doch er war geschockt und erbost gewesen. Natürlich war es möglich, dass er sich so gut verstellte, dass es eines Oscars würdig wäre, aber weshalb hätte er ihr etwas vorspielen sollen?

Und wenn nicht er der Auftraggeber dieses Mords gewesen war, wer dann?

Weshalb hätte überhaupt jemand Lyle Pickering ermorden lassen sollen?

Sie stopfte ihre Sonnenbrille in die Manteltasche, während sie den weiß gefliesten Gang des Leichenschauhauses hinunterlief. Es roch nach abgestandenem Kaffee, dem Burrito, den jemand gefrühstückt hatte, starkem Putzmittel und Tod.

Kurz vor der Tür des Raumes, in dem Morris bei der Arbeit war, vernahm sie das vertraute Trampeln ihrer Partnerin. Statt ihrer rosa Schneestiefel mit weißem Kunstpelzrand trug Peabody die pinkfarbenen Cowboystiefel, die Eve selbst in einem Augenblick der Schwäche während eines Urlaubes für sie erstanden hatte, zu dem pinkfarbenen Zaubermantel, dessen Farbe ebenfalls ein Zeichen von Eves Schwäche war. Auch ihr in Frühlingsgrün gehaltener Schal wies leuchtend pinkfarbene Streifen auf, zumindest die Hose aber war aus einem würdevollen schwarzen Stoff, an dem es auch für Eve nichts auszusetzen gab.

»Guten Morgen!«, juchzte sie. »Der blaue Himmel sieht fantastisch aus, nicht wahr? Im Verlauf des Tages werden's bis zu sechzehn Grad.«

»Ich bin mir sicher, dass der Tote, der da drinnen auf dem Stahltisch liegt, sich mindestens genauso freut wie Sie.«

»Tja nun. Er würde auch nicht mehr lebendig, wenn es regnen würde, und zumindest gehen wir jetzt bei Sonnenschein auf Mörderjagd.«

Das stimmte, dachte Eve und schob die Flügeltüren des Sektionssaals auf.

Unter seinem durchsichtigen Kittel trug Chefpathologe Morris einen Anzug, der ein wenig heller als der strahlend blaue Himmel war, zu einem zwar nicht pink-, doch lachsfarbenen Hemd.

Der Schlips um seinen Hals und auch die Kordel in dem ordentlich zu einem Zopf geflochtenen schwarzen Haar waren ebenfalls hellblau, und trotz des Blutes, das an seinen eingesprühten Händen klebte, als er irgendein Organ – wahrscheinlich eine Niere – auf eine Waage legte, lag ein warmer Glanz in seinen dunklen Augen und er lächelte die beiden Frauen freundlich an.

»Zwei meiner Lieblingsmenschen und die ersten lebenden Besucher, die mich hier an diesem wundervollen Tag beehren.«

Auch die Musik, die er bei seiner Arbeit hörte, klang erschreckend gut gelaunt, und langsam machte Eve sich Sorgen, ob die allgemeine Freude, weil es endlich Frühling wurde, nicht ein bisschen übertrieben war.

Zumindest drehte Morris die Musik jetzt etwas leiser und wusch sich das Blut von seinen Händen ab.

»Sie haben wirklich gute Augen, Dallas, wenn Ihnen die Einstichstelle aufgefallen ist. Unter den Resten seiner Tätowierung war sie praktisch nicht zu sehen. Natürlich hätten wir sie bei der Autopsie entdeckt, aber jetzt haben wir einen kleinen Vorsprung dadurch, dass Sie gestern schon darauf gestoßen sind.«

»Wissen Sie schon, was in der Spritze war?«

»Ich habe extra Druck beim Tox-Bericht gemacht und hoffe, dass es nicht mehr lange dauern wird. Aber ich kann Ihnen jetzt schon sagen, dass es, abgesehen von dieser einen frischen Einstich- und der Druckstelle der Spritze, keine anderen Spuren von Drogenmissbrauch an dem Körper gibt. Der Gesundheit seiner inneren Organe, seinem rosigen Gesicht und anderen Dingen nach würde ich sagen, dass er vor der Überdosis clean gewesen ist.«

»Was ist mit den Hämatomen an seinen Handgelenken?«, fragte Eve.

»Auch da bin ich derselben Auffassung wie Sie. Jemand hat ihn von hinten und mit Kraft gepackt. Und zwar aus diesem Winkel«, fügte er hinzu und rief eine Grafik auf dem Bildschirm auf. »Den Abdrücken der Daumen und der anderen Finger nach müsste er so gepackt und festgehalten worden sein.«

»Dann hat ihn also einer festgehalten und der andere hat ihm die Nadel in den Arm gerammt. Wahrscheinlich haben sie ihn betäubt.«

»Wahrscheinlich«, pflichtete Morris ihr wieder bei. »Und in der Einstichstelle habe ich noch mikroskopisch kleine Stofffasern entdeckt. Sie stammen sicherlich von seinem Sweatshirt, also haben sie ihm die Spritze durch den Ärmel seines Oberteils verpasst.«

»Das heißt, dass sie in Eile waren. Sie haben ihm etwas gespritzt, damit er sich nicht wehren kann, und es dann so gedreht, dass es wie eine Überdosis ausgesehen hat. Der Stauschlauch um den Arm, die Spritze und dazu noch die Ampullen mit den Drogen, die in seinem Zimmer waren.«

»Es sollte aussehen, als hätte wieder mal ein Junkie seinen Kampf verloren«, bemerkte Peabody. »Sie dachten, wenn wir ihn so fänden, würden wir sicher von diesem Szenarium ausgehen.«

»Aber sie sind nun einmal nicht so schlau wie wir, nicht wahr?«

Sie nickte Morris zu. »Nicht einmal annähernd.«

»Sie sind ziemlich schlampig vorgegangen«, meinte Eve. »Auf den ersten Blick waren sie zwar durchaus clever, aber auf den zweiten haben sie die Sache nicht durchdacht. Wenn sie ihn umbringen wollten, hätten sie ihn einfach abends auf der Straße auf dem Weg zu einem seiner Treffen oder auf dem Heimweg von der Arbeit abfangen und zusammenschlagen sollen. Vor allem trauen sie uns Cops anscheinend nicht viel zu. Sie haben sich gesagt, wir Bullen würden uns damit begnügen, wie es ausgesehen hat, weil er ein Junkie war. Genauso war es dämlich, ihm erst ein Betäubungsmittel zu verpassen, aber ohne hätte er sich wahrscheinlich gewehrt. Und diese kleine Schnittwunde an seinem Hals. Sie haben ihm für den Fall der Fälle noch ein Messer an den Hals gehalten, obwohl er schon fast bewusstlos war.«

Sie schob die Hände in die Manteltaschen, wippte auf den Fersen und sah sich den Toten an. »Das ist eine jämmerliche Taktik, und so hätte es ein Typ, der Captain einer Gang ist, sicher nicht gemacht. Lyle in seiner eigenen Wohnung mit dem Zeug zu töten, gegen das er zwei Jahre gekämpft hat, zeigt mir, dass sie schlampig und in Eile waren und dass es irgendwas Persönliches war.«

Als ihr Smartphone schrillte, zog sie es heraus und sah auf das Display. »Das ist die Zentrale. Vielleicht haben sie ja Dinnie Duff erwischt.«

Lieutenant Dallas, am East Broadway in der Unterführung unter der Manhattan Bridge wurde die Leiche der von Ihnen gesuchten Dinnie Duff entdeckt. Kollegen sind bereits vor Ort. Wahrscheinlich handelt es sich um Mord.

»Verstanden. Detective Peabody und ich sind unterwegs. Verdammt«, fügte sie noch hinzu. »Ich schicke Ihnen gleich noch eine zweite Leiche, Morris.«

»Stets zu Diensten.«

»Lassen Sie mich wissen, wenn ich die Familie dieses Opfers kommen lassen kann.«

»Ich kann Rochelle auch selbst kontaktieren, dann können Sie sich den Anruf bei ihr sparen.«

»Das wäre nett. Na los, Peabody, kommen Sie mit.«

»Ich bin schon unterwegs.« Auf ihrem Weg nach draußen drehte sich die Partnerin noch einmal zu Morris um. »Sie haben bei Nadine übrigens wirklich super Saxofon gespielt.«

Er lächelte sie an. »Es freut mich, wenn es Ihnen gefallen hat.« Dann fiel die Tür hinter den Frauen zu und seufzend sah er wieder seine Leiche an. »Dann wollen wir doch mal sehen, was wir noch für dich tun können, Lyle.«

Peabody holte Eve mit Mühe ein und stellte keuchend fest: »Es scheint Sie nicht zu überraschen, dass sie nicht mehr lebt.«

»Das überrascht mich wirklich nicht. Sie war entweder tot oder auf Tauchstation gegangen, wobei ich mir im Grunde bereits dachte, dass sie ebenfalls ermordet worden ist. Ein Junkie ist nicht zuverlässig, und wenn jemand ihn benutzt, um jemand anderen umzubringen, wird er ihn danach besser ebenfalls so schnell wie möglich los, bevor er wieder etwas nimmt und redet, wenn er hochgenommen wird oder weil er sich irgendwas davon verspricht.«

»Das heißt, aus Ihrer Sicht war sie bereits so gut wie tot, als sie Lyles Wohnungstür geöffnet hat.«

»Genau.« Eve nahm hinter dem Lenkrad des Wagens Platz. »Im Grunde war sie einfach nur ein Junkie, der sich für den nächsten Schuss oder ein Bett so ungefähr von jedem hat ficken lassen. Sie haben sie nur benutzt, um über sie an Pickering heranzukommen, weiter nichts.«

Sie kämpfte sich durch den Verkehr. »Wobei sie diesen Typen nur so lange was genützt hat, bis sie in der Wohnung waren. Dann wurde sie zu einem Risiko. Was ebenfalls von keiner wirklich guten Taktik zeugt.«

»Aber warum – Moment.« Peabody dachte mit zusammengekniffenen Augen nach. »Am besten hätten sie sie direkt in der Wohnung umgebracht, zusammen mit Pickering. Dann hätte es so ausgesehen, als hätten sich die beiden gemeinsam was gespritzt und wären dabei zu weit gegangen.«

»Genau. Das heißt, dass wer auch immer hinter diesem Anschlag steckt, nicht davon ausgegangen ist, dass jemand mitbekommt, wie Duff die anderen in die Wohnung lässt. Trotzdem hätte es, wenn sie die beiden dort ermordet hätten, ausgesehen, als hätten sie zusammen einen draufgemacht und sich dabei zu viel gespritzt. Außerdem hätte man die zusätzlichen Drogen und vielleicht noch irgendwelchen Billigfusel bei den Leichen liegen lassen und sie vielleicht wenigstens zum Teil entkleiden sollen, als wollten sie es auch noch miteinander treiben.«

»Das wäre ein echt guter Plan gewesen. Gut, dass Sie auf unserer Seite sind.«

»Der erste Fehler war, ihm das Beruhigungsmittel zu verpassen, und der zweite, dass sie Duff verschwinden lassen haben und gezwungen waren, sie später noch aus dem Verkehr zu ziehen. Am besten finden wir so viel wie möglich über diesen Marcus Jones heraus. Bisher weiß ich nur das.«

Im Weiterfahren erzählte sie der Partnerin, was bei der ersten Überprüfung herausgekommen war, und von ihrem Ausflug in den Untergrund.

»Es tut mir ganz bestimmt nicht leid, dass ich bei diesem Ausflug nicht dabei war. Doch woher hat Jones das Geld für die Beteiligung an diesen Unternehmen und das Haus? Okay, die Gegend, in der er investiert hat, ist nicht unbedingt die beste, aber trotzdem kriegt man auch dort die Immobilien nicht geschenkt.«

»Das stimmt, wobei ich mir bisher nicht sicher bin, dass er hinter dem Anschlag steckt. Um auf die Idee zu kommen, dass man Geld mit Immobilien verdienen kann, und um genügend Geld zu machen, um zusammen mit zwei anderen diese Immobilien zumindest anzuzahlen, braucht man ein Mindestmaß an Grips und muss vor allem in die Zukunft sehen. Aber diese beiden Morde?«

»Hinter denen steckt niemand, der denken kann«, beendete Peabody ihre Ausführung.

Eve bahnte sich den Weg bis zu der Unterführung, über der das Rauschen des Verkehrs zu hören war. Der Tunnel war verfallen, mit Unrat übersät und derart windig, dass sie dankbar für den Mantel über ihrer Jacke war. Sie stellte ihren Wagen ab und wies sich bei den beiden Streifenpolizisten und den beiden Polizeidroiden, die dort Wache hielten, aus. Es war sehr schlau, dass sie zu viert gekommen waren, denn schließlich standen sie hier direkt auf der Grenze zwischen Bangers-Territorium und Dragon-Land.

»Officer Grogan, Lieutenant«, stellte einer der beiden Beamten sich ihr vor.

Sie holte ihren Untersuchungsbeutel aus dem Kofferraum und bückte sich unter der Absperrung hindurch. »Was können Sie mir sagen, Officer?«

»Die irre Nancy hat die Leiche hier im Tunnel liegen sehen. Nancy Tobias, Ma'am, wobei sie hier für alle nur die irre Nancy ist. Sie ist schon ewig obdachlos, durchwühlt den Müll und bettelt oder singt und tanzt, wenn sie ein bisschen Geld für Fusel braucht. Sie kam mit ihrem Einkaufswagen, als wir in der Gegend Streife liefen, und hat sich beschwert, weil sie kein Publikum zusammenkriegt, solange in dem Tunnel dieses tote Mädchen liegt. Wir haben uns von ihr zeigen lassen, wo sie liegt. Sie ist echt übel zugerichtet und sie hat keinen Ausweis bei sich, also haben wir ihren Daumenabdruck ins

System gegeben und gesehen, dass sie zur Fahndung ausgeschrieben ist.«

»Wo ist diese Nancy jetzt?«

»Wir haben ihr ein Sandwich im Café da vorn spendiert, mit dem sie jetzt da drüben auf der Straße sitzt. In das Café kommt sie nicht rein, was ich bei dem Geruch, den sie verströmt, durchaus verstehen kann.«

»Peabody, Sie reden mit der Frau. Finden Sie heraus, was sie gesehen und wo sie gestern übernachtet hat. Sie wissen selbst am besten, wie Sie's angehen sollen.«

Eve lief mit Grogan zu der Toten. »Hier treffen die Gebiete von den Bangers und den Dragons aufeinander, stimmt's?«

»Nicht ganz. Der Tunnel ist nichts wert, deshalb ist er neutral. Sie treffen sich hier ab und zu für irgendwelche Schlägereien, um zu gucken, welche Gang die Nummer eins ist. Sie ist auf alle Fälle nicht die erste Leiche, die wir hier finden«, fügte Grogan noch hinzu.

Eve schaute sich das tote Mädchen an. Vielleicht war sie vor langen Jahren einmal durchaus hübsch gewesen, doch für eine junge Frau von vierundzwanzig Jahren sah sie erschreckend alt und fertig aus.

Selbst die allerletzten Reste ihres einst vielleicht netten Aussehens hatten die Killer ausradiert.

Von Duffs Gesicht war unter all dem Blut, den Schnitten, Schwellungen und blauen Flecken kaum noch etwas zu sehen, auch der hagere nackte Oberkörper war mit Hämatomen übersät.

Auf einem ihrer nackten Füße hatten sie anscheinend herumgetrampelt, denn er hing vollkommen schief. Die Strümpfe mit Herzchen hingen schlaff um ihre Knöchel und der Minirock war bis auf ihren Bauch hinaufgerutscht, weshalb Eve auch die violetten Flecken auf den Innenseiten ihrer Schenkel und die stark geschwollenen Genitalien sah.

»Die haben wir hier ab und zu gesehen«, erklärte Grogan ihr. »Hin und wieder haben wir sie verwarnt, wenn sie gebettelt hat. Und letzten Sommer haben wir sie mit irgendwelchen Pillen hier erwischt. Sie hatte ein beschissenes Leben, aber sogar das haben sie aus ihr herausgeprügelt.«

»So sieht's aus.«

»Das ist eine Verletzung der neutralen Zone«, fuhr er fort. »Wenn das die Dragons waren, bekommen wir hier einen Bandenkrieg.«

Eve bedachte ihn mit einem nachdenklichen Blick. »Würden die Dragons so was tun?«

»Wenn dieses Mädchen eine Grenze überschritten hätte und sie deswegen beschlossen hätten, sie zu vergewaltigen und totzuschlagen, hätten sie die Leiche sicher nicht hier liegen lassen, sondern auf das Bangers-Territorium hinübergeschafft. Sie derart übel zuzurichten und dann auf neutralem Gebiet zurückzulassen, obwohl alle wussten, dass sie eine von den Bangers-Bitches war? Das käme einer Kriegserklärung gleich.«

Interessant, sagte sich Eve und zog den Untersuchungsbeutel auf.

Sie identifizierte ihre Leiche, filmte sie und sprach in den Rekorder: »Dinnie Dunn. Sie wurde mehrfach vergewaltigt, ins Gesicht und in den Bauch geschlagen und der linke Fuß und Knöchel sehen gebrochen aus. Sie hat keinen Ausweis bei sich, keine Schuhe, keine Jacke, keine Bluse, den zerfetzten Ohrläppchen zufolge wurde ihr der Ohrschmuck abgerissen. Dazu hat sie Würgemale rund um den Hals.«

Eve sprühte sich die Hände ein und tastete nach Dinnies Hinterkopf. »Der Schädel wurde eingeschlagen. Sicher haben sie ihn mehrfach auf den Boden hier gehauen.«

»Sie haben sie hierhergelockt. Vielleicht mit irgendwelchem guten Stoff als Lohn dafür, dass sie sie in Lyles Wohnung hereingelassen hat. Dann haben sie angefangen, auf sie einzudreschen, und ihr den Mund den blauen Flecken rund um die Lippen nach vorsorglich zugehalten, damit sie nicht schreien kann. Es waren dieselben drei, von denen auch Lyle Pickering ermordet worden ist. Es waren auf jeden Fall dieselben Kerle wie bei ihm.«

Drei große, muskulöse Männer gegen eine kleine, dünne Frau. Die Bangers konnten wirklich stolz auf diese Typen sein.

Verdammte Arschlöcher.

»Sie haben sie vergewaltigt, geschlagen, getreten und gewürgt. Sie haben ihren Kopf auf den Beton geschlagen und ihr die Schuhe, die Jacke und das Hemd geklaut. Das Hemd war doch bestimmt zerrissen, weshalb also haben sie es eingesteckt? Auch ihr Smartphone haben sie eingesackt, den Schmuck aus den Ohren herausgerissen und sie einfach liegen lassen, als sie mit ihr fertig waren.«

Sie las den Todeszeitpunkt vom Display des Messgerätes ab.

»Kurz vor halb elf. Zu der Zeit waren wir im Bangers-

Hauptquartier. Das heißt, als wir mit Slice gesprochen haben, hatten ihr die Kerle bereits zugesetzt.«

»Denken Sie, dass Slice dahintersteckt?«

Sie richtete sich wieder auf und blickte Grogan fragend an. »Sie nicht?«

»Tja nun, Sie sind beim Mord, aber …«

»Sie gehen hier täglich Streife.«

»Allerdings.«

»Also erzählen Sie mir, weshalb Slice aus Ihrer Sicht als Auftraggeber nicht infrage kommt.«

»Ich kann mir irgendwie nicht vorstellen, dass er einen Bandenkrieg auslösen will, zumindest nicht auf diese Art. Obwohl er sein Gebiet vergrößern will.«

»Die Gangs sind stolz auf ihr Gebiet. Je größer, umso mächtiger sind sie und umso mehr verdienen sie damit.«

»Das stimmt. Aber durch einen solchen Mord gerät das alles in Gefahr. Dann tauchen hier die Bullen auf und stellen jede Menge Fragen, und vor allem verletzt es die Neutralität, dass man sie einfach hier zurückgelassen hat. Slice ist bestimmt kein Menschenfreund, doch wenn er dieses Mädchen hätte umbringen lassen, hätte er auf alle Fälle einen saubereren Weg gewählt.«

Er fuhr sich mit der Hand über den Hals. »Er ist ein Messerfreund, und diese Kerle haben sich Zeit gelassen, als sie sie geschlagen und dann immer wieder vergewaltigt haben. Er hätte dieses Mädchen einfach um die Ecke bringen und dann im Fluss versenken lassen oder etwas Ähnliches. Auf mich wirkt das hier eher wie ein Sexdeal oder Überfall, bei dem etwas schiefgelaufen ist. Vor allem hätte er sie nicht hier liegen lassen, in der Nähe seines Hauptquartiers, denn schließlich hätte er dann davon ausgehen müssen, dass in dem Fall die Cops jede Menge Fragen stellen, so wie Sie es gerade tun.«

»Da haben Sie recht, Grogan. Ich sehe das genau wie Sie. Jetzt gehen Sie mit Ihrem Partner los und gucken, ob es irgendwelche Zeugen gibt. Gestorben ist sie um halb elf, aber es kann nicht schnell gegangen sein. Wir interessieren uns für alles, was irgendjemand hier in der Gegend zwischen neun und elf Uhr abends vielleicht mitbekommen hat. Wissen Sie, ob Dinnie irgendwelche Freunde hatte?«

»Keine Ahnung, Lieutenant, denn ich kannte sie nicht wirklich gut. Sie war verrückt, und zwar auf eine andere Art als unsere irre Nancy, die vollkommen harmlos ist. Sie war verrückt und irgendwie gemein. Ich kann mich nicht erinnern, dass sie hier öfter mit irgendjemandem zusammen abgehangen hat. Sie kam mir vor wie eine Einzelgängerin und hat sich immer an die Typen aus dem inneren Kreis der Bangers drangehängt.«

»Verstehe. Bleiben Sie hier bei der Leiche«, wies sie die Droiden an und rief den Leichenwagen und die Spurensicherung.

7

Als Eve ihr Smartphone wieder in die Tasche steckte, tauchte Peabody mit einem blutigen, zerfetzten Hemd in einem Asservatenbeutel auf.

»Ich gehe ziemlich sicher davon aus, dass das das Hemd des Opfers ist«, erklärte sie. »Nancy hatte es und mir erzählt, es hätte dort herumgelegen und sie wäre sicher, dass sie es für irgendwas brauchen kann. Deswegen habe ich es gegen einen Energieriegel getauscht.«

»Das haben Sie gut gemacht. Zwar sind die Spuren darauf jetzt verwischt, aber wir schicken das Ding trotzdem ins Labor. Hatte sie auch Schuhe, Stiefel, eine Jacke oder so?«

Peabody schüttelte den Kopf. »In ihrem Wagen liegen eine Radkappe, einzelne Socken und verschiedenes kaputtes Zeug, das sie gefunden hat. Aber sie hat gesagt, dass sie das Mädchen mit dem lila Kopf schon öfter hier gesehen hat.«

Sie blickte zu der Leiche. »Sie hat damit das pinkfarbene Haar gemeint, auch wenn der Kopf inzwischen wirklich lila ist. Sie hat das Haar erkannt und sich gesagt, es hätte das gemeine Ding bestimmt zu Recht erwischt. So hat sie Duff genannt, weil sie anscheinend ein gemeines Biest war.«

»Das passt zu dem, was mir der Officer erzählt hat«, meinte Eve.

»Sie hat Nancy beschimpft, wenn sie sie hier gesehen hat. Im Grunde sollte diese arme Frau nicht auf der Straße leben, aber sie will nicht in eine Obdachlosenunterkunft. Sie sagt, sie würde gerne campen, und es scheint sie wirklich nicht zu stören, dass sie statt in einem Zelt in irgendwelchen Hauseingängen schläft.«

»Was haben Sie ihr gegeben?«

»Zwanzig Dollar«, räumte Peabody mit einem Seufzer ein. »Natürlich ist mir klar, dass ihr das eigentlich nicht hilft, aber …«

»Oh doch, das tut's. Das reicht für ein paar anständige Mahlzeiten, und die hat sie auf jeden Fall verdient.« Wenn sie nebenher noch ein Flasche Fusel kaufte, würde es ihr auch nicht schlechter gehen als bisher. »Schreiben Sie einen Beleg, dann kriegen Sie das Geld zurück.«

»Das ist sehr nett, aber die zwanzig gehen auf mich. Ich mag sie. Sie hat gesagt, ich hätte Augen wie ein Welpe, und das fand ich wirklich nett.«

»Vor allem hat sie damit durchaus recht. Doch jetzt genug von netten älteren Frauen und zurück zu aggressiven jungen Kerlen. Das Hauptquartier der Bangers liegt ganz in der Nähe, also reden wir noch einmal mit Jones.«

»Sie haben selbst gesagt, er wäre überrascht gewesen, dass man Pickering ermordet hat«, bemerkte Peabody, während sie neben Eve zum Wagen lief. »Aber halten Sie's für möglich, dass er jetzt den Mord an Dinnie Duff befohlen hat? Als Rache dafür, dass sie an dem Mord an Pickering beteiligt war?«

»Das passt vom Timing her nicht, es sei denn, er hätte es bereits gewusst und einfach überrascht getan, als wir gestern Abend bei ihm waren. Wenn sie im East River treiben würde oder außerhalb des Bangers-Territoriums mit aufgeschlitzter Kehle herumgelegen hätte, könnte ich mir eher vorstellen, dass er dahintersteckt. Der Streifenpolizist hat mir erzählt, die Leiche hätte auf neutralem Gebiet gelegen und dass das gegen die Abmachungen verstößt. Durch solche Dinge werden Bandenkriege ausgelöst.«

Im Wagen meinte Peabody: »Vielleicht ist das genau das, was er will. Er würde gerne sein Gebiet vergrößern und durch Krieg und Blutvergießen würde seine Position als Anführer der Gang noch weiter zementiert.«

»Das stimmt, nur hat er nebenher auch noch Geschäftsinteressen, die darunter leiden würden, wenn die Häuser und Geschäfte in der Gegend angegriffen oder abgefackelt würden, außerdem stehen nach einem Leichenfund im Tunnel jetzt erneut die Cops bei ihnen vor der Tür, was ihn bestimmt nicht freuen wird. Am besten frage ich mal bei Detective Strong, was sie mir über die Geschäfte auf dem Bangers-Territorium erzählen kann.«

»Wenn sie nichts weiß, wird sie anfangen zu graben, denn sie ist echt gut. Womöglich stecken ja die Dragons hinter diesem Mord und hoffen, dass wir denken, irgendwelche Bangers hätten Dinnie auf Geheiß von ihrem Captain umgebracht, denn wenn die Bangers ins Visier der Polizei geraten, untergräbt das ihre Macht. Sie waren gestern Abend schon einmal in deren Hauptquartier, und wenn wir jetzt wieder dort aufkreuzen, geraten sie doch sicher ziemlich unter Druck.«

»Das könnte sein.« Eve stellte ihr Gefährt ein Stückchen unterhalb des Hauptquartiers der Bangers ab. »Nur kommt es mir beim Mord an Pickering so vor, als hätte jemand es persönlich auf ihn abgesehen gehabt. Er hatte seiner Gang den Rücken zugekehrt. Auch wenn sie ihn deshalb vielleicht bedroht oder verprügelt hätten, hätten sie ihn ganz bestimmt nicht umgebracht, denn schließlich hat er brav den Mund gehalten und nicht einen seiner Gangbrüder verraten, als er eingefahren ist. Man sollte meinen, dass das reicht, damit die Bande ihn am Leben lässt.«

Inzwischen hatten sie die Tür erreicht und wie am Abend vorher Zutter klopfte Eve erst dreimal, danach zweimal und am Ende einmal an. Der Kerl, der diesmal reagierte, funkelte sie böse an. »Haben Sie einen Beschluss, um sich hier umzusehen?«

Er war nicht ganz so dämlich wie der Typ am Vorabend, erkannte Eve. Auf seinem kahlrasierten Schädel prangte eine tätowierte Schlange, er besaß mehr Muskelfleisch als Fett und seine harten Augen wirkten durchschnittlich intelligent.

»Sag Slice, dass ich noch einmal mit ihm sprechen muss.«

»Der will heute früh ganz sicher keine blöden Bullenfotzen sehen.«

»Warum sagst du ihm nicht, dass ich ihn sprechen will, und hörst dir an, was er dazu zu sagen hat?«

»Leck mich.«

Als er sie wieder aussperren wollte, warf Eve sich so schwungvoll mit der Schulter gegen die halb offene Tür, dass er zwei Schritte rückwärts taumelte. Doch dieses

Glück hielt sicherlich nicht lange an, deswegen meinte sie: »Okay, dann spreche ich jetzt mit der Staatsanwältin, und bis sie uns den Beschluss schickt, drehen meine Partnerin und ich noch eine Runde um den Block.«

»Ein schöner Tag für einen Spaziergang«, fügte Peabody hinzu.

»Genau. Wenn wir wiederkommen, nehmen wir Marcus Jones – wie Slice mit bürgerlichem Namen heißt – als Hauptverdächtigen in zwei Mordfällen mit aufs Revier.«

»Das ist doch vollkommener Schwachsinn.«

Lächelnd gab sie Reos Nummer in ihr Smartphone ein. Dann schlenderte sie los und sagte mit so lauter Stimme, dass es für den Türsteher zu hören war: »Hallo. Ich brauche einen Durchsuchungsbeschluss und dazu noch einen Haftbefehl.«

»Du wirst schon sehen, was du davon hast, verdammte Bitch«, rief er ihr hinterher.

Jetzt blieb sie stehen und blickte wieder Richtung Tür. »Das heißt, am besten zwei. Den zweiten wegen der Bedrohung einer Polizistin und Behinderung der Polizeiarbeit. Wie heißt du, Arschloch?«

»Leck mich!«

Krachend fiel die Tür ins Schloss.

»Also, Reo …«

»Ich bin gerade bei meiner ersten Tasse Kaffee im Büro«, beschwerte Reo sich. »Und Sie werden schon lautstark angeschrien.«

»Tja nun, ich habe jetzt seit gestern Abend schon die zweite Leiche, war im Untergrund und tausche gerade in der Bowery Beleidigungen mit dem Türsteher der Bangers aus.«

»Okay, Sie haben gewonnen«, gab Reo, eine blonde Schönheit aus dem Süden und entschlossene Verfechterin von Recht und Ordnung, augenrollend zu. »Sie wollen das Bangers-Hauptquartier durchsuchen? Und erwarten eine Auseinandersetzung mit den Typen dort?«

»Dazu könnte es tatsächlich kommen. Aber warten wir es ab. Also, wie geht es Ihnen?«

Die Staatsanwältin starrte sie verwundert an. »Sie fragen, wie's mir geht?«

»Ich muss schließlich die Zeit rumkriegen, bis die blöde Tür aufgeht. Da bietet sich ein bisschen Small Talk an. Ich frage, wie es Ihnen geht, und Sie sagen ›beschissen‹ oder ›gut‹. Dann sage ich ›das tut mir leid‹ oder ›wie schön‹, und danach fragen Sie, wie's mir geht und ich sage – ach, egal«, beendete sie ihren Monolog, als Jones persönlich in der Tür erschien. »Geschafft. Ich rufe Sie nachher noch einmal an.«

Er stand mit nackter Brust, in schwarzer Cargohose und mit bloßen Füßen in der Tür und sah sie übellaunig aus verschlafenen Augen an.

»Verdammt, was wollen Sie jetzt schon wieder?«

»Dinnie Duff ist tot. Wir können hier vor der Tür darüber reden, drinnen oder auf der Wache. Suchen Sie es sich aus. Aber machen Sie schnell.«

»Was heißt das, sie ist tot?«

»Entscheiden Sie sich. Jetzt.«

»Scheiße.« Er fuhr sich mit der Hand durch das Gesicht. »Geben Sie mir fünf Minuten.«

Als die Tür erneut ins Schloss fiel, blickte Eve auf ihre Uhr und bat die Partnerin: »Wenn er die fünf Minuten überzieht, rufen Sie noch einmal bei Reo an, damit sie die Sachen schickt.«

»Ihnen ist klar, dass er wahrscheinlich gerade jetzt die Drogen, Waffen und die anderen fragwürdigen Sachen, die dort lagern, durch die Hintertür verschwinden lässt.«

»Falls er ein Minimum an Grips hat, hat er das schon letzte Nacht nach unserem Gespräch getan. Jetzt muss er sich erst mal anziehen, weil er weder auf der Straße noch dort drinnen über Dinnie sprechen will. Dass ich seinen Hintern auf die Wache schleife, will er noch viel weniger.«

»Wo will er denn dann mit Ihnen reden?«

»Warten wir es ab.«

»Okay.« Peabody schloss den Mund, dann aber fragte sie: »Wie geht es Ihnen?«

Eve lachte gegen ihren Willen auf. »Die fünf Minuten kriegen wir auch anders als mit Small Talk rum. Checken Sie Duff, und gucken Sie, ob sie noch Familie hatte, die man informieren muss. Im zweiten Stock kann ich Bewegungen hinter zwei der Fenster sehen. Das dritte ist mit einer Spanplatte vernagelt, aber ein paar Leute sind inzwischen wach genug, um uns hier draußen stehen zu sehen.«

»Slice geht anscheinend jeden Tag ins Fitnessstudio. Er ist echt durchtrainiert, auch wenn mir diese durchgehenden Arm-Tattoos nicht unbedingt gefallen.«

»Diese Bemerkung zeigt, wie nutzlos und wie nervig Small Talk ist.«

»Nicht ganz, denn während ich die unglaublichen Sixpacks, die er hat, bewundert habe, ist mir aufgefallen, dass sein Gang-Tattoo genau dort sitzt, wo Pickering sein Gang-Tattoo entfernen lassen wollte.«

»Okay. Nicht schlecht.«

»Duffs Mutter lebt in Jersey City, arbeitet als Haushaltshilfe und ist achtundvierzig Jahre alt. Ihr alter Herr sitzt lebenslang in Attica. Die Eltern waren nicht verheiratet. Sie hat noch einen Bruder, der denselben Vater hat. Sechsundzwanzig Jahre, wohnhaft in Atlanta und bei einem Bauunternehmen angestellt.«

»Dann halten wir uns an die Mutter.«

»Sie hat keine Vorstrafen. Der Vater ist ein schlimmer Finger und endgültig wegen Totschlags eingefahren. Der Bruder ist in seiner Jugend ab und zu mit den Gesetzen in Konflikt geraten, aber dann hat er sich offenkundig eingekriegt. Lebt seit acht Jahren in Georgia, ist seit fünf Jahren bei derselben Firma angestellt und hat dort niemals irgendwelche Scherereien gemacht.«

»Bei seiner Schwester sieht es anders aus.«

»Das stimmt. Sie wurde öfter wegen Besitz und Handel mit verschiedenen Drogen, Prostitution und anderem Kleinkram hochgenommen, aber Gewaltdelikte sind nicht dabei.«

»Jetzt ist sie tot, doch wenn sie nicht gestorben wäre, hätten wir sie diesmal wegen Beihilfe zum Mord an ihrem Ex-Freund drangekriegt.«

Nach drei Minuten tauchte Jones mit einem roten Hoodie über einer schwarzen Hose und in ausgelatschten knöchelhohen Turnschuhen wieder auf.

»Ich muss erst einmal frühstücken.«

Er stapfte einfach los und Eve und Peabody marschierten hinterher.

»Eins muss ich Ihnen lassen. Wenn bei mir die Bullen wegen der Ermordung von zwei Leuten, die ich kannte, auf der Matte stehen würden, würde mir erst mal der Appetit vergehen.«

»Ich habe nichts damit zu tun.«

Er führte sie in eine elende Kaschemme mit dem Namen 24 Hours Eats, in der es nach in Fett schwimmendem Fleischersatz, verkochten Zwiebeln und verbranntem Kaffee roch.

Die Wände waren in einem schreienden Orange gestrichen und mit optimistischen Gemälden der hier angebotenen Speisen aufgehübscht. Brandflecken unterbrachen das vergilbte Weiß des Tresens und die Sitzflächen der davor aufgereihten Hocker waren mit Klebeband verziert.

Die Nischen sahen nicht verheißungsvoller aus, doch Jones marschierte zu dem Tisch, der hinten an der Wand stand, schob sich auf die Bank und legte eine Hand auf das vernarbte Laminat, als wäre er der Eigentümer des Lokals.

Der er tatsächlich war.

Eine Serviererin von vielleicht vierzig, deren neongelbe Uniform über ihren ausladenden Brüsten spannte, kam mit einer Kaffeekanne angeschlurft.

»Wie stehen die Aktien, Slice?«

Er drehte einen braunen Becher um und sie schenkte ihm ein. Dann wandte sie sich an die beiden Frauen, Peabody aber schüttelte den Kopf und Eve winkte entschlossen ab.

»Bring mir die Käse-Mais-Grütze, Würstchen, drei Rühreier und Toast, Melba.«

»Sofort.«

Sie schlurfte wieder los und füllte auf dem Weg zurück zum Tresen noch die Becher zweier anderer Männer auf, die, statt den Morgen zu beginnen, nach durchzechter Nacht auf einen Schlummertrunk vor dem Zubettgehen vorbeigekommen waren.

Die Frau hinter der Theke klatschte einer Bordsteinschwalbe einen Teller hin und Jones verrührte drei Päckchen Kunstzucker und drei Döschen Weißmacher in seinem Gebräu.

»Wie ist Dinnie umgekommen?«

»Ich nehme an, der Grund für ihren Tod war, dass sie die drei mörderischen Schweine in Lyles Wohnung hereingelassen hat. Zum Dank sind sie auf ihr herumgetrampelt, haben sie geschlagen, mehrfach vergewaltigt und am Schluss erwürgt. Sie haben ihr außerdem die Ohrringe herausgerissen, ihre Schuhe, ihre Jacke und ihr Smartphone, falls sie eines hatte, mitgehen lassen und sie dann im Tunnel unter der Manhattan Bridge zurückgelassen, wo sie heute früh gefunden worden ist.«

Er hatte keine Reaktion auf die beschriebene Gewalt gezeigt, doch als er hörte, wo sie Dinnie liegen gelassen hatten, blitzte heißer Zorn in seinen Augen auf.

»Diese verdammten Dragons.«

»Ich glaube nicht, dass sie es waren.«

»Sie wissen einen Scheiß.«

»Ich weiß von zwei von deinen Leuten, dass sie Kohle brauchte und deshalb zur Arbeit gehen wollte. Aber da ist sie schon seit Tagen nicht mehr aufgetaucht. Ich weiß, dass sie zu Pickering gegangen ist, damit sie seine Mörder in die Wohnung lassen konnte.«

»Sie mochte Pick.« Er klopfte mit dem Finger auf den Tisch. »Erzählen Sie mir also keinen Scheiß. Sie hätte nie dabei geholfen, ihn aus dem Verkehr zu ziehen.«

»Trotzdem hat sie seinen Mördern die Tür aufgemacht und ein paar Stunden später, während wir uns mit Ihnen unterhalten haben, wurde sie geschlagen und getreten, vergewaltigt und ihr Schädel wurde wiederholt auf den Betonboden geklatscht.«

»Wenn sie geholfen hat, Pick zu ermorden, hat sie das verdient. Wenn sie die Kerle, die ihn abgemurkst haben, wirklich reingelassen hat, heißt das, dass sie zur Dragon-Bitch geworden ist.«

»Nennen Sie mir nur einen Grund, weshalb die Dragons Lyle ermorden sollten und weshalb Duff mit einem Mal auf ihrer Seite stehen sollte.«

»Die Dragons brauchen keinen Grund, um irgendwas zu tun«, erklärte er, und um. Um sich selbst zu überzeugen, fügte er hinzu: »Die Schlitzaugen leben in ihrer eigenen Welt. Warum hören Sie nicht auf, mir auf den Sack zu gehen, und nehmen sich stattdessen diesen Arsch Fan Ho zur Brust?«

»Deinen Rassismus lassen wir jetzt erst mal außer Acht. Also, wer hatte einen Pik auf Pick?«

»Keine Ahnung, gehen Sie zu Fan Ho. Okay, vielleicht fanden nicht alle gut, dass Pick nach der Entlassung aus dem Knast nicht mehr zu uns zurückgekommen ist, aber deswegen bringen wir doch keinen Bruder um. Vielleicht wollte Dinnie ihn ja am Arsch kriegen, weil er zu ihr genauso wenig wie zu uns zurückgekommen ist. Vielleicht war sie ja high und angepisst und hat deswegen ein paar Ärsche auf ihn angesetzt.«

»Du hast mir eben noch erzählt, sie hätte ihn gemocht und sicher nicht geholfen, ihn aus dem Verkehr zu ziehen.«

»Vielleicht hat sie ja nicht gewollt, dass diese Typen so weit gehen«, tat er Eves Einwand achselzuckend ab und trank den ersten Schluck seines Kaffees. »Vielleicht sollten sie ihm einfach zeigen, was er aufgegeben hat. Der Junge hat sein Go geliebt, und vielleicht dachte sie, wenn sie ihn wieder an das Zeug bringt, kriegt sie ihn zurück.« Mit einem neuerlichen Achselzucken fragte er: »Woher, verdammt noch mal, sollte ich wissen, was ihr durch den Kopf gegangen ist?«

Eve ignorierte die Bedienung, die mit einem Teller voll orangefarbener Grütze, wässrig-weichem Ei-Ersatz, den Würstchen, die nach etwas rochen, worin sich die Schweine suhlten, und hauchdünnen Scheiben Toastbrot kam, und beugte sich über den Tisch.

»Ich weiß, verdammt noch mal, dass diese Typen, die sie reingelassen hat, die Absicht hatten, Pickering zu töten.«

»Pick?«, stieß Melba quietschend aus und wandte sich aufgrund des bösen Blickes, mit dem Jones sie maß, mit überraschend schnellem Schritt zum Gehen.

»Sie wissen einen Scheiß.«

»Sie sind von hinten auf ihn losgegangen, haben ihn gepackt und ihm durchs Sweatshirt eine Nadel in den Arm gerammt. Dann haben sie ihn ins Wohnzimmer geschleift und so gesetzt, dass es bei flüchtiger Betrachtung ausgesehen hat, als hätte er sich selbst das Zeug gespritzt, und zusätzlich noch zwei Ampullen Go dort deponiert.«

Dallas fuhr fort: »Duff hat den Typen die Gelegenheit dazu gegeben und jetzt ist sie selbst tot. Und wissen Sie, was bei meinen Ermittlungen herauskommen wird? Dass die drei Typen sie ermordet haben, von denen auch Pickering aus dem Verkehr gezogen worden ist. Damit sie dauerhaft die Klappe hält. Außerdem wird herauskommen, dass die drei Bangers sind.«

»Ein Scheiß wird rauskommen.«

»Reden Sie sich das ruhig ein, wenn es Sie glücklich macht. Wer will, dass es zum Krieg zwischen den Bangers und den Dragons kommt? Wer will diesen Konflikt so unbedingt, dass er in der neutralen Zone dieses Mädchen vergewaltigen und umbringen lassen hat?«

»Das müssen Sie die Dragons fragen. Wenn sie Krieg wollen, kriegen sie ihn auch.«

Eve sah ihm ins Gesicht, während er blassen Ketchup aus der Plastikflasche auf die schlabberigen Eier goss. »In einem Krieg gibt's immer auch Kollateralschäden. Dann trauen sich die Leute nicht mehr aus den Häusern und gehen nicht mehr einkaufen oder ins Restaurant. Niemand will dann mehr in diese Gegend ziehen. Ein Krieg ist schlecht für die Geschäfte, Slice, und Sie haben zahlreiche Geschäftsinteressen hier.«

Er starrte seinen Teller an und schaufelte sich eine erste Gabel Rührei in den Mund. »Meine Geschäfte gehen nur mich was an.«

»Woher haben Sie die Kohle für den Kauf des Bangers-Hauptquartiers? Und für den Kauf von diesem Laden hier und von Wet Dreams?«

»Das geht Sie einen feuchten Kehricht an.« Er schob sich einen zweiten Bissen Ei mit Ketchup in den Mund.

»Bei den Geschäften Ihrer Gang geht's hauptsächlich um Drogen, Sexarbeit, Schutzgeld, Identitätsdiebstahl oder Betrug. Als Captain steht Ihnen jedes Mal ein Anteil zu, aber ich kann mir irgendwie nicht vorstellen, dass er für den Kauf von irgendwelchen Immobilien reicht.«

Er winkte die Bedienung wieder an den Tisch. »Wir sorgen dafür, dass die Gegend sicher ist, nicht wahr, Melba?«

Sie lächelte wie eine Frau, der man ein Messer an die Kehle hielt. »Ja sicher, Slice.«

»Und für die Pferdchen, die wir auf die Straße schicken, haben wir Lizenzen«, fuhr er fort. »Wobei die Mädchen, die in einem unserer Häuser wohnen, selbstverständlich Miete zahlen. Selbst wenn ich eigene Geschäfte mache, bin ich meinen Leuten gegenüber trotzdem durch und durch loyal.«

Er klang bei diesen Sätzen nicht nur wütend, sondern gleichzeitig nervös. Da er es offenbar nicht mochte, dass man über seine Unternehmungen sprach, legte Eve gleich Kohle nach.

»Vielleicht ist es für Sie okay, wenn Sie ein bisschen mehr absahnen, als Sie den anderen erzählen. Doch andere halten das vielleicht nicht wirklich für loyal. Bestimmt hat sich der eine oder andere Ihrer Jungs bereits gefragt, weshalb Sie sich zusammen mit einem zwielichtigen Ex-Anwalt und dessen Freundin Häuser kaufen … und sie dann an Ihre eigene Gang vermieten.«

Sein Angstschweiß roch genauso stark wie die unechten Würstchen, die er aß.

»Es ist ja wohl kein Verbrechen, wenn man Immobilien besitzt. Sie haben selbst gesagt, dass meine Immobilien und Unternehmen unter einer Fehde mit dem Dragons leiden würden, weshalb also sollte ich dann einen Krieg mit ihnen anzetteln?«

»Vielleicht wollen Sie den wirklich nicht, vielleicht aber doch. Denn durch den Krieg würden die Häuserpreise heruntergehen und Sie könnten billig weitere Immobilien kriegen. Man kann diese Sache also aus verschiedenen Perspektiven sehen, Slice.«

»Ach, leck mich doch am Arsch.« Jetzt sah er auf und funkelte sie wütend an. »Das war's mit unserem Gespräch.«

»Denken Sie einfach darüber nach, während Sie sich Ihr Frühstück schmecken lassen. Wenn Sie nicht hinter diesen Morden stecken, hat jemand anderes von den Bangers hinter Ihrem Rücken den Befehl dazu erteilt. Also, wem liegt etwas an einem Bandenkrieg?«, fragte sie ihn ein letztes Mal und schob sich von der Bank, auf der sie saß.

»Denken Sie darüber nach«, wies sie ihn nochmals an und überließ ihn der orangefarbenen Grütze und dem wässrig-blassen Ei.

»Sie glauben nicht, dass er hinter den Morden steckt«, bemerkte Peabody, als sie mit ihr zum Wagen zurücklief.

»Eher nicht, denn beide Morde wurden schlampig ausgeführt, und ich kann mir nicht vorstellen, dass er derart schlampig ist. Er ist ein Killer, und wenn ihm die beiden einen Grund gegeben hätten, hätte er sie selbst umgebracht.«

Sie nahm hinter dem Lenkrad Platz und betrachtete

das Bangers-Hauptquartier. »Wobei die Schlamperei vielleicht auch Absicht war. Vielleicht will er ja noch irgendwelche anderen Häuser kaufen und die Leute so in Angst versetzen, dass sie sie ihm billig überlassen, um woanders hinzuziehen. Man muss schon ziemlich machtgeil sein, damit man es zum Captain bringt. Und Geschäfte macht man, weil man Geld verdienen will. Augenblicklich ist er Captain und macht mit den Häusern und den Unternehmen, die ihm mitgehören, jede Menge Geld.«

Kaum dass sie losgefahren war, schrillte ihr Smartphone und sie nahm den Anruf an. »Dallas.«

»Hier Strong. Ich bin gerade aufs Revier gekommen und habe Ihre Nachricht vorgefunden. Wegen Pickering.«

»Er wurde umgebracht. Genau wie Dinnie Duff, mit der er mal zusammen war. Können Sie mir dazu etwas sagen?«

»Wir müssen dringend reden, am besten komme ich zu Ihnen hinauf.«

Etwas an ihrer Stimme sagte Eve, dass sie besser direkt auf die Wache fahren sollte statt erst noch in das Lokal, in dem Lyle angestellt gewesen war. »Ich bin in einer halben Stunde da.«

»Dann komme ich in einer halben Stunde rauf in Ihr Büro.«

»Ich hätte gern auch Peabody dabei, am besten gehen wir also in den Pausenraum.«

»Kommen Sie in Ihr Büro, Ma'am. Bitte.«

»Meinetwegen. Halbe Stunde«, stimmte Eve ihr zu und wandte sich an ihre Partnerin. »Da ist anscheinend irgendwas im Busch. Fragen Sie erst mal bei den elektronischen Ermittlern nach, ob irgendwas Besonderes auf dem Smartphone unseres ersten Opfers war. Er hatte doch wahrscheinlich einen Mentor in der Gruppe, in der er jede Woche war. Versuchen Sie herauszufinden, wer das war, und bestellen Sie ihn aufs Revier. Ein Ex-Junkie hat doch wahrscheinlich einem anderen Ex-Junkie bestimmte Dinge eher erzählt als seiner eigenen Familie. Wobei ich auch mit der Familie sprechen muss. Sie können auf die Wache kommen oder wir können zu ihnen fahren. Rufen Sie bei den Leuten an und fragen sie, was ihnen lieber ist.«

Während Peabody die Telefongespräche führte, glich Eve gedanklich alles, was sie bisher wusste, mit den Dingen, die sie glaubte, ab. Jonglierte damit hin und her und setzte sie dann neu zusammen, bis sich ein ungefähres Bild ergab.

Dann bog sie in die Tiefgarage des Reviers ein und sagte sich, dass ihr fürs Aufstellen ihrer Tafel und für ihre Aufzeichnungen noch eine knappe Viertelstunde blieb.

»Okay. Die elektronischen Ermittler haben den Inhalten der Telefongespräche und der Textnachrichten nach einen gewissen Matthew Fenster als Lyles Mentor identifiziert. Er ist einundvierzig Jahre alt und arbeitet in einem Rehazentrum und der Wohngruppe, in der Pickering nach seiner Entlassung aufgenommen worden ist.«

»Das heißt, dass die Verbindung zwischen ihnen noch enger als vermutet ist.«

»Er ist geschieden und er hat ein Kind. Wegen Betrugs und des Besitzes von Drogen ist er vorbestraft, wegen des Betrugs hat er auch seinen Job bei einer Investmentbank verloren. Der Sohn war zwei, als er vor neun Jahren eingefahren ist, und als er nach drei Jahren wieder rauskam, hatte seine Frau die Scheidung eingereicht. Danach hat er die vorgeschriebene Reha absolviert und ebenfalls in deren Wohngruppe gelebt. Anscheinend hat er dort dann eine Ausbildung gemacht und ist seit drei Jahren auch dort angestellt.«

Auf ihrem Weg zum Fahrstuhl las sie weiter vor. »Wobei er jetzt nicht einmal annähernd so gut wie in dem alten Job verdient. Seine Bezüge bei der Bank lagen im hohen sechsstelligen Bereich, und dazu gab es noch diverse hübsche Boni jedes Jahr, doch in der Wohngruppe verdient er weniger als ich, weshalb er froh sein kann, dass er eine kleine Wohnung zur Verfügung gestellt bekommt, für die er nichts bezahlen muss. Trotzdem ist er nicht wieder mit den Gesetzen in Konflikt geraten, seit er draußen ist.«

»Rufen Sie bei ihm an, und fragen Sie ihn, ob er vorbeikommen kann. Falls nicht, besuchen wir ihn eben in der Wohngruppe.«

Eve konnte keine Ablenkung gebrauchen, und als zwei Kollegen von der Streife eine Frau mit irrem Blick in Handschellen in den Fahrstuhl führten, stieg sie aus und setzte ihren Weg nach oben auf dem Gleitband fort.

Als sie ihr Dezernat erreichte, wünschte sie, sie hätte die Sonnenbrille auf, denn so bekäme sie vom Anblick der Krawatte, die Detective Jenkinson an diesem Morgen umgebunden hatte – blaue Spermien auf einem plutoniumverseuchten chilipfefferschotenroten Untergrund – wahrscheinlich Augenkrebs.

»Wenn Strong kommt, bringen Sie sie gleich zu mir«, befahl sie ihrer Partnerin und flüchtete in ihr Büro.

Sie zog den Mantel aus, trat vor den AutoChef, und während sie mit einem Kaffee in der Hand die ersten Bilder an die Tafel hängte, dachte sie daran zurück, dass sie am Tag zuvor nichts Wichtigeres zu tun gehabt hatte, als den dämlichen Papierkram durchzugehen, der auf ihrem Schreibtisch herumgelegen hatte.

Keine vierundzwanzig Stunden später hatte sie es jetzt mit zwei Mordfällen und einem vielleicht bevorstehenden Bandenkrieg zu tun.

In dessen Mittelpunkt Lyle Pickering stand, ein Ex-Junkie und Bruder einer Angestellten ihres Mannes. Ein Mann, der noch einmal einen völlig neuen Anfang wagen wollte. Anscheinend hatte das System in seinem Fall tatsächlich funktioniert. Verbrechen, Strafe, Rehabilitierung, Neubeginn.

Damit das System auch weiter für ihn funktionierte, müsste sie jetzt seine Mörder überführen, sodass ihm im Tod Gerechtigkeit widerfuhr.

Genau wie Dinnie Duff. Das Passfoto, das Eve an ihre Tafel hängte, zeigte eine stark geschminkte Frau mit pinkfarbenen Strähnen in den Haaren, die in der blutigen, geschundenen Masse auf den Aufnahmen vom Tatort nicht mehr wiederzuerkennen war.

Für einen Schuss oder ein Bett hatte sie ihren Körper und wahrscheinlich auch den letzten Rest ihrer Seele und ihres Herzens verkauft. Sie hatte wiederholt im Knast gesessen, hatte Sexarbeit im Untergrund geleistet und geholfen, ihren Ex-Freund umzubringen, aber trotzdem würde das System, das sie zu ihren Lebzeiten derart missachtet hatte, dafür sorgen, dass auch ihr nach ihrem Tod Gerechtigkeit widerfuhr.

Marcus »Slice« Jones. Ein übler Bursche, dachte sie, als sie nach seinem Foto griff. Sie wusste nicht, ob er hinter den Morden steckte, doch er war auf jeden Fall ein übler Kerl und hatte ohne jeden Zweifel bereits irgendwelche Menschen töten lassen oder selbst umgebracht.

Obwohl er sicher hin und wieder Zoner rauchte und mehr als das eine oder andere Glas hinunterkippte, schien er von dem Zeug, mit dem er Handel trieb, selbst nicht abhängig zu sein.

Dafür war er zu schlau. Er war durchaus gewieft, und wenn er seinen Verstand im Rahmen der Gesetze nutzen würde, könnte er ein anständiges, halbwegs luxuriöses Leben führen.

Dann kam der Tox-Bericht zu Pickering. Die Menge Go in seinem Blut hätte ihn zweimal umgebracht und dazu hatten sie ihm auch noch eine ordentliche Dosis eines Schlafmittels gespritzt.

Ein halbwegs schlauer Mann, der selbst mit Drogen dealte, hätte doch auf alle Fälle wissen müssen, dass so eine große Menge bei einer Autopsie gefunden würde, oder nicht?

Doch hätte ihn das interessiert? Falls es ihm egal gewesen wäre, hätte er sich doch die Mühe sparen können, es so aussehen zu lassen, als hätte Lyle sich diese Überdosis selbst gespritzt.

Sie hatten bei dem Mord geschlampt, ging es ihr durch den Kopf. Sie hatten bei dem Mord nicht nachgedacht. Das aber hätte Slice aus ihrer Sicht auf jeden Fall getan.

Mit einem zweiten Becher Kaffee nahm sie hinter

ihrem Schreibtisch Platz und hatte kaum mit den Notizen angefangen, als die Tür geöffnet wurde und ihre Partnerin zusammen mit Detective Lilah Strong erschien.

Das Erste, was Eve durch den Kopf ging, war, dass die Kollegin von der Drogenfahndung mit den dunklen Ringen unter ihren Augen ungewohnt erschöpft aussah. Sie hatte ihre Haare etwas wachsen lassen und die toffeebraunen Züge wurden jetzt von einer wilden Lockenpracht umwogt.

Sie trug eine rostfarbene Jacke über ihrem Waffenholster, eine dunkle Hose sowie dicksohlige Stiefel, und ihr grimmiger Gesichtsausdruck verstärkte sich, als sie die Bilder an der Tafel sah.

»Lieutenant.«

»Detective.« Eve stand auf. »Machen Sie die Tür zu, Peabody. Kaffee, Detective Strong?«

»Sehr gern, und zwar so stark und schwarz, wie's geht. Ich hatte eine lange Nacht und habe Ihre Nachricht erst bekommen, als … verdammt, warum hat es jetzt ausgerechnet Lyle erwischt?«

»Sie kannten ihn«, bemerkte Eve und drückte ihr und Peabody die Becher mit dem einmal schwarzen und im Fall der Partnerin mit Milch und Zucker versehenen Kaffee in die Hand. »Sie haben damals mit Zutter und mit Norton die Verhaftung durchgeführt, nach der er eingefahren ist.«

»Das stimmt. Er war vollkommen high und sträflich dumm. Ich war im Undercovereinsatz, und er hat versucht, mir Go und dazu ein Beruhigungsmittel anzudrehen, wenn ich wieder runterkommen will. Als ich meine Handschellen hervorgezogen habe, ist er völlig durchgedreht. Wir haben eine Ewigkeit gebraucht, bis wir den Kerl unter Kontrolle hatten, aber später hat er mir gesagt, es hätte ihm nichts Besseres passieren können, als in den Knast zu gehen.«

Eve hörte der Kollegin das Bedauern und die Trauer deutlich an. »Sie standen also weiter in Kontakt mit ihm?«

»Er hat mir aus dem Knast geschrieben und gefragt, ob ich ihn mal besuchen kann. Ich dachte, dass er vielleicht irgendwelche Infos für mich hätte und sie gegen irgendwelche Privilegien oder eine frühere Entlassung tauschen wollte oder so. Aber in Wahrheit wollte er sich nur bei mir entschuldigen, weil er bei der Verhaftung auf mich losgegangen ist und mich beleidigt hat. Das war einer der zwölf Schritte auf dem Weg zur Läuterung. Ich habe ihm das nicht gleich abgekauft und dachte, dass die Sache sicher irgendeinen Haken hat.«

Sie trank den ersten Schluck ihres Kaffees. »Aber er wollte nichts von mir. Er meinte nur, dass er versuchen würde, clean zu bleiben, auch wenn er natürlich wüsste, dass das alles andere als leicht wird und ihm jede Menge Arbeit abverlangt.« Sie trank einen weiteren Schluck Kaffee.

»Wie dem auch sei, er hat mich neugierig genug gemacht, dass ich auch noch zu seinem Wärter und zu seinem Gefängnispsychologen gegangen bin. Die beiden haben mir bestätigt, dass er dächte, dass er's schaffen könnte, und es unbedingt versuchen will. Aber ich war noch immer nicht vollkommen überzeugt.«

»Und wann haben Sie angefangen, ihm zu glauben?«

»Bei der Anhörung, als es um die Bewährung ging.

Seine Familie war dabei, und seine Schwester hat gesagt, er könnte unter der Bedingung bei ihr einziehen, dass er die Bewährungsauflagen erfüllt, regelmäßig zu den Treffen seiner Gruppe geht, sich eine Arbeit sucht und keinerlei Kontakt mehr mit den Bangers hat. Das heißt, sie war nicht dumm und hat nicht blind darauf vertraut, dass er es schaffen wird. Sie hatte einfach nur die Hoffnung, dass es klappen könnte ... und den Mut, ihm beizustehen«, schloss Strong. »Sie wollte ihren Bruder wiederhaben, und Lyle selbst hat gesagt, wie sehr er sich für sein Verhalten und für seinen alten Lebenswandel schämt, dass er clean bleiben, kochen und durch den Beruf seinen Stolz und die verlorene Selbstachtung zurückerlangen will.«

Strong atmete vernehmlich aus. »Mein Gott, er war echt stolz darauf, dass er im Knast ein guter Koch geworden war. Dann hat er noch etwas anderes gesagt und das hat mich endgültig überzeugt. Er meinte, dass ihm mit der Hilfe seiner Schwester und auch des Gefängnispsychologen aufgegangen wäre, dass die Drogensucht in direktem Zusammenhang mit seiner Sucht nach dieser Gang gestanden hat. Die Drogen waren für ihn so etwas wie eine Flucht vor dem realen Leben, und die Gang war eine Möglichkeit, auf Abstand zu seiner Familie zu gehen, der er furchtbar wehgetan hatte. Und jetzt müsste er täglich daran arbeiten, nicht noch einmal rückfällig zu werden. Was echt überzeugend klang.«

»Und als er dann aus dem Gefängnis kam?«

»... habe ich weiter mitverfolgt, wie es ihm ging. Ich habe mich gefragt, ob er es wirklich schaffen könnte, und als ich in das Lokal fuhr, wo er kochte, kam er während seiner Pause aus der Küche, und ich konnte sehen, dass er noch immer clean war und dass die Bedienung, deren Sohn er hätte sein können, ihn vergöttert hat. Dann hat er noch einmal zu mir gesagt, es hätte ihm nichts Besseres passieren können, als damals festgenommen zu werden und für ein paar Jahre einzufahren.«

Sie rieb sich das Genick. »Verdammt. Er hat gesagt, er hätte seine Familie zurück und einen anständigen Job und manchmal, wenn er traurig oder müde wäre, dächte er, wie einfach es jetzt wäre, sich was zu besorgen, und dass er sich sagen würde, dass er sich ja einfach etwas holen kann ... nachdem er bei dem Treffen seiner Gruppe war. Wenn er nicht gut drauf war, hat er seinen Mentor kontaktiert.«

Strong starrte auf den Kaffeerest, der noch in ihrem Becher schwamm. »Könnte ich noch einen Kaffee haben? Es ist was ganz Besonderes, wenn man etwas von dem echten Zeug bekommt.«

»Ja, sicher.« Eve bedeutete der Partnerin, den Becher noch einmal aufzufüllen.

»Ich habe ihn gefragt, ob irgendwelche Typen von der alten Gang ihm Ärger machen, aber das hat er mit einem Achselzucken abgetan. Er meinte, zweimal wäre jemand ins Lokal gekommen, um mit ihm abzuhängen, was mit ihm zusammen einzuwerfen oder ihn zu fragen, ob er nicht zurückkommen will. Wenn es schwierig für ihn wurde, hat er seinen Mentor oder seinen jüngeren Bruder angerufen oder seine Großmutter besucht.«

Sie nahm Peabody den gefüllten Becher ab und wies damit auf Dinnies Bild, das an der Tafel hing. »Das Mädchen da? Er hat mir irgendwann erzählt, sie käme ab und zu bei ihm vorbei, um mit ihm abzufeiern und ins Bett zu gehen. Davon wollte er zwar nichts wissen, doch er hatte dieses Mädchen gern und das war das Problem. Er hat ihr von der Reha und der Wohngruppe, in der er war und wo sein Mentor arbeitet, erzählt. Er hat versucht, sie dazu zu bewegen, dass sie sich mal mit ihm trifft, und ganz bestimmt hat er ihr ab und zu auch etwas Geld gegeben, wenn sie heulend vor der Tür gestanden hat.«

»Wann haben Sie ihn umgedreht?«, erkundigte sich Eve und Strong stieß einen abgrundtiefen Seufzer aus.

»Ich bin mir immer noch nicht sicher, ob ich ihn erst überreden musste oder ob er sich mir freiwillig angeboten hat. Wahrscheinlich beides, aber seit zehn Monaten war er an Bord, und der Gedanke, dass sein Bild jetzt vielleicht deshalb an der Tafel hängt, macht mich vollkommen krank.«

8

Eve lehnte sich an ihren Schreibtisch. »Ich kann Ihnen noch nicht sagen, weshalb jetzt sein Bild hier an der Tafel hängt. Ich weiß nur, wie es abgelaufen ist. Ich weiß, dass Duff an diesem Mord beteiligt war, aber mir fehlt noch das Motiv.«

»Vielleicht ist ja der Grund, dass er mein Informant war. Ich weiß es nicht.«

»Warum haben Sie ihn an Bord geholt?«

»Er hat mich angerufen und gebeten, mich mit ihm zu treffen. Ungefähr vor einem Jahr. Nicht in dem Laden, wo er arbeitet, sondern in einem dieser billigen Cafés, in das die Ex-Junkies nach ihren Treffen gehen. Es lag ganz in der Nähe von der Wohnung seiner Gram, ein gutes Stück vom Bangers-Territorium und seinem Arbeitsplatz entfernt.«

Eve nickte. »Also wussten Sie, dass niemand, der ihn kannte, ihn mit Ihnen zusammen sehen sollte?«

»Auf jeden Fall sah es so aus. Er wirkte irgendwie gestresst und meinte, dass er, wenn wir fertig wären, zu einem seiner Treffen gehen oder seinen Mentor treffen würde, aber vorher müsste er mir etwas sagen, und wenn er es einfach runterschlucken würde, könnte er nicht mehr zu seiner Arbeit zurückgehen.«

»Warum setzen Sie sich nicht?«, bot Eve ihr an. »Und zwar in meinen Schreibtischsessel, denn der andere Stuhl bringt einen um.«

»Danke.« Strong nahm Platz, atmete durch und fuhr dann fort. »Die ältere Bedienung in dem Restaurant, von der ich Ihnen erzählt habe, hat einen Sohn von sechzehn Jahren, der noch zu Hause lebt, und Lyle hat mir erzählt, er hätte mitbekommen, wie zwei Bangers seinem vierzehnjährigen Cousin etwas verkaufen wollten. Sie haben ihn herumgeschubst und ihm gesagt, wenn er das Zeug nicht kaufen würde, nähmen sie ihm alles weg, was er bei sich hat, selbst die Schuhe, dann stünde er mit leeren Händen da. Also ist der Junge los, um seinem Cousin zu helfen, und hat ihm gesagt, dass er nach Hause gehen soll. Worauf er selbst von den beiden Kerlen krankenhausreif geschlagen wurde. Sie haben ihm furchtbar zugesetzt.«

»Und Lyle kannte den Jungen aus dem Restaurant.«

»Richtig, er kannte auch die beiden Bangers, denn obwohl der Junge nicht den Mut hatte, sie den Polizisten, die die Sache aufgenommen haben, zu beschreiben, hat er Lyle alles erzählt.«

»Und Lyle hat sich dann Ihnen anvertraut.«

»Genau.« Sie trank den nächsten Schluck Kaffee. »Es ist ihm alles andere als leichtgefallen, die beiden Typen zu verpfeifen, aber – er war tatsächlich ein neuer Mensch, Dallas. Sie hatten diesen Jungen zusammengeschlagen, weil er seinem Cousin geholfen hatte, und das konnte Lyle ihnen einfach nicht durchgehen lassen.«

»... weil ihm etwas an diesem Jungen und an dessen Mutter lag.«

»Genau. Und weil es ihm auch wichtig war, das Richtige zu tun. Er hat gesagt, wenn wir die Typen wegen dieser Sache hochnehmen würden, würden sie sich dafür an dem Jungen, dem Cousin und vielleicht an der Mutter rächen, aber vielleicht könnte ich ja trotzdem irgendetwas tun.«

»Also haben Sie etwas getan.«

Strong nickte knapp. »Das war noch zu der Zeit, als Oberman die Drogenfahndung in der Tasche und ich selbst jede Menge Freizeit hatte, weil sie uns im Grunde nur für Tarnzwecke verwendet hat. Diese Freizeit habe ich genutzt, um die beiden Typen zu beobachten, die mir von Lyle beschrieben worden waren. Es dauerte nicht lange und ich habe sie bei einem Deal erwischt. Sie hatten sich auch diesmal einen Minderjährigen geschnappt, denn offenbar waren sie darauf spezialisiert. Also habe ich sie wegen Besitz von Drogen und der Absicht, sie an einen Jugendlichen unweit seiner Schule zu verkaufen, drangekriegt.«

»Wofür er Ihnen dankbar war.«

Strong schaute auf das Bild von Lyle, das an der Tafel hing. »Er hat Cupcakes für mich gemacht, die wirklich lecker waren. Ich habe seine Dankbarkeit für meine Zwecke ausgenutzt, Lieutenant. Ich habe diesen Jungen ausgenutzt.«

»Verdammt.« Sie stellte ihren Kaffeebecher auf den Tisch und presste sich die Finger vor die Augen, denen die Erschöpfung überdeutlich anzusehen war. »Die Angelegenheit mit Oberman – ich wusste, dass die Frau korrupt war, konnte aber nichts dagegen tun. Es hat in mir gegärt, und plötzlich sah ich eine Möglichkeit, einen zumindest halbwegs anständigen Job zu machen, ohne dass sie etwas davon mitbekommt. Ich habe ihn nie offiziell als Informanten geführt. Ich habe weder ihr noch sonst jemandem etwas von ihm erzählt. Ich habe ausgenutzt, dass er mir dankbar war, und diese Quelle immer wieder angezapft. Er hatte ein unglaubliches Moralgefühl entwickelt und mir immer irgendwelches Zeug, das er von Duff wusste, erzählt. Die meisten dieser Infos konnte ich benutzen, und obwohl es meist um irgendwelche Kleinigkeiten ging, haben wir uns beide deshalb ziemlich gut gefühlt.«

»Ich schätze, dass ihm das geholfen hat«, bemerkte Peabody. »Dass es ihm wie das Kochen etwas gegeben hat. Auf diese Weise hat er Wiedergutmachung geleistet.«

»Könnte sein. Sie wissen, dass er sich sein Gang-Tattoo entfernen lassen wollte. Er hat mir ganz stolz gezeigt, wie weit er schon gekommen war, auch wenn es ziemlich langsam ging, weil die Entfernung teurer als das Stechen ist. Außerdem hat er mich seinem Mentor vorgestellt.«

Strong atmete geräuschvoll aus. »Ich sollte Ihnen vielleicht sagen, dass ich in den letzten Wochen öfter mit Matt Fenster ausgegangen bin.«

»Okay.«

»Ich will einfach ganz offen sein. Haben Sie ihm bereits mitgeteilt, dass Lyle ermordet worden ist?«

»Nein.«

»Würden Sie mich das machen lassen? Sicher ist es besser, wenn er es von mir erfährt. Es wird ihm furchtbar zusetzen, Lieutenant, denn er war wirklich stolz auf

Lyle und sie hatten im Lauf der Zeit eine enge Verbindung zueinander aufgebaut.«

»Haben Sie ihn schon erreicht, Peabody?«

»Ja. Ich habe ihn gefragt, ob er vorbeikommen kann, und er meinte, er würde sofort losfahren. Den Grund für meine Bitte habe ich ihm nicht genannt.«

»Dann reden Sie zuerst mit ihm, Detective.«

»Danke, das ist nett.« Etwas beruhigt trank Strong den nächsten Schluck Kaffee. »Auch nachdem die blöde Ziege Oberman und die anderen korrupten Leute von der Drogenfahndung endlich hochgenommen worden waren, habe ich erst mal niemandem vom Lyle erzählt. Ich wollte zuerst ein Gefühl für unseren neuen Boss und all die anderen neuen Leute kriegen, aber als ich dann vor ein paar Wochen dank der Infos, die mir Lyle gegeben, und der Sachen, die ich selbst herausgefunden hatte, einen ziemlich großen Drogendeal verhindern konnte, habe ich ihn informiert.« Sie hielt kurz inne.

»Wir haben drei Bangers, die zwei Käufer, die die Drogen für irgend so ein Trust-Fund-Arschloch auf Long Island haben wollten, und das Arschloch selber hochgenommen, auch wenn das Arschloch dann im Rahmen eines Deals sofort wieder entlassen worden ist. Das hat mir wieder mal gezeigt, dass man mit Geld fast alles kaufen kann.« Strong runzelte erbost die Stirn.

»Ich habe von den Festnahmen gehört. Das haben Sie sauber hingekriegt. Haben sie nicht den Trust-Fund-Arsch zu einer halbjährigen Reha irgendwo verknackt?«

»Das war ein schwacher Trost. Die Bangers haben sie jeweils zu zehn Jahren verdonnert und dem Arschloch klopfen sie nur auf die Finger, aber immerhin. Ich dachte eigentlich, ich hätte Lyle so gut geschützt, dass niemand wusste, dass er meine Quelle war, doch was ist, wenn …«

»Es war seine eigene – mutige – Entscheidung, Ihnen diese Sachen zu erzählen. Nehmen Sie ihm das nicht weg.«

»Ich muss in diesem Fall mit ermitteln, Dallas«, meinte Strong. »Er war mein Informant, deswegen muss ich helfen, herauszufinden, wer ihn jetzt aus dem Verkehr gezogen hat.«

»Ich dachte eigentlich, das wäre klar.«

Eve kannte Strong als taffe Frau, deshalb war sie besorgt, als sie die plötzlich feuchten Augen des Detective sah. »Okay, hören Sie zu …«

Strong aber winkte ab und kämpfte gegen die in ihren Augen aufgestiegenen Tränen an. »Sie kriegen die Kopien der Akten aller Fälle, in denen er mein Informant war. Wie haben sie ihn erwischt?«

Eve klärte sie mit ein paar knappen Sätzen auf und wartete kurz ab, als Strong um Fassung rang.

»Das stimmt, er hätte Dinnie auf alle Fälle hereingelassen, auch wenn ich nicht mitbekommen habe, dass sie jemals in seiner Wohnung war. Zumindest hat er nie etwas davon erzählt. Manchmal hat sie ihn auf der Straße abgepasst, wenn er nach Hause kam oder zur Arbeit ging. Und manchmal stand sie vor dem Restaurant, wo er gekocht hat, doch in letzter Zeit hat er sie immer seltener gesehen und hatte mitbekommen, dass sie mit einem anderen Banger namens Bolt zusammen war.«

»Das stimmt.«

»Er ist ein wirklich übler Bursche, Dallas. Der Kerl,

Riot und Tank – ein Weib mit einem Körper wie ein Panzer, das im Gegensatz zu allen anderen Frauen bei den Bangers keine Bitch, sondern Soldatin ist – haben nicht ohne Grund die Lieutenant-Positionen in der Gang besetzt.«

Stirnrunzelnd trank sie einen weiteren Schluck Kaffee.

»Wahrscheinlich hat sich Duff an Bolt herangemacht, um einen höheren Status in der Gang zu kriegen, und vielleicht hat er sie losgeschickt, damit sie Lyle um Hilfe bittet, damit er sie in die Wohnung lässt, selbst wenn er ihr nur ein paar Dollar geben wollte, damit sie sich etwas zu essen kaufen kann.«

»Sie glauben also nicht, dass wieder etwas zwischen ihnen lief?«

»Dann hätte er seine Bewährung, seinen Job und das gesamte neue Leben, das er sich so mühsam aufgebaut hatte, riskiert und das hätte er nie getan. Sie tat ihm einfach leid, denn sie war immer noch in dem Kreislauf aus Gewalt und Drogen gefangen, dem er selbst entkommen war. Vor allem hatten sie eine gemeinsame Geschichte, deshalb hätte er ihr sicher geholfen.«

Es klopfte an der Tür und Eve machte Santiago auf.

»Verzeihen Sie die Störung, Lieutenant. Aber draußen steht ein Matthew Fenster und behauptet, Sie hätten ihn einbestellt.«

»Das stimmt. Bitten Sie ihn, kurz zu warten. Peabody, Sie gucken, ob es einen leeren Verhörraum gibt, wo Strong mit Fenster sprechen kann. Sie melden sich nach Ende des Gesprächs, Detective«, wandte Eve sich abermals an Strong. »Machen Sie schnell, damit ich danach selbst mit ihm sprechen kann.«

Nachdem die anderen Frauen den Raum verlassen hatten, sah sich Eve das Passfoto von Dinnie Duff an ihrer Tafel an.

Weswegen hätte Duff den Ex, der immer für sie da gewesen war, verraten sollen? Als Junkie brauchte sie natürlich immer Geld für Stoff und offensichtlich hatte Lyle ihr regelmäßig ein paar Scheine zugesteckt.

Außerdem verrieten Junkies jeden, wenn es ihnen nützlich war.

Wobei sich Lyle geweigert hatte, wieder etwas mit ihr zusammen einzuwerfen, mit ihr abzufeiern und mit ihr ins Bett zu gehen. Das alles waren grundlegende Bedürfnisse für jemanden wie Duff, die nicht von ihm befriedigt worden waren.

Zwar hatte er ihr hin und wieder etwas Geld gegeben, aber von dem Sex und von den Partys wollte er nichts wissen.

War er deswegen eine ganz normale Zielperson für sie gewesen? Nein. Natürlich hatte Dinnie ihn im Auftrag der anderen ins Visier genommen, aber sicher wollte sie sich nebenher auch dafür, dass sie einfach von ihm fallen gelassen worden war, an ihm rächen.

So könnte es gewesen sein.

»Warst du angefressen, Dinnie? Ja, bestimmt. Das Arschloch hielt sich plötzlich für was Besseres mit seinem anständigen Leben und dem langweiligen Arschloch-Job. Und dafür hast du dich gerächt.«

Vielleicht, vielleicht aber auch nicht. Vor allem dann nicht, wenn aus der Wohnung nichts verschwunden war.

Sie bat Rochelle mit einer kurzen Textnachricht, sich

möglichst bald mit ihr zusammen in der Wohnung umzusehen.

Dann meldete sich Strong, und Eve marschierte los und fragte ihre Partnerin: »Wo haben Sie die beiden hingesetzt?«

»Verhörraum B.«

»Sie bleiben hier und informieren Dinnies nächste Angehörige. Und fragen Sie sie auch, wann sie sich zum letzten Mal gesehen oder gesprochen haben und das ganze andere Zeug. Dann gucken Sie, ob in dem Tagebuch von Lyle etwas über Duff, Detective Strong oder die Bangers steht, und danach fahren wir noch mal zu der Wohnung von Rochelle.«

Sie ging den Korridor hinab und öffnete die Tür des Raums, in dem Detective Strong mit einem Mann mit einem wirren Schopf karottenroter Haare, einem Silberknopf im linken Ohr, einer langen, spitzen Nase, einem langen, dünnen Hals, der seinen Schädel riesig wirken ließ, und tränenfeuchten grünen Augen saß.

»Das ist Lieutenant Dallas, Matt.«

Der dünne Kerl sprang auf und reichte Eve die Hand. »Ich hoffe, dass ich Ihnen helfen kann, Lieutenant.«

»Vielen Dank, dass Sie so schnell vorbeigekommen sind, Mr. Fenster.«

»Bitte nennen Sie mich einfach Matt.«

Sie nahm ihm gegenüber Platz. »Es tut mir leid. Ich weiß, dass Sie und Lyle sich nahestanden. Können Sie mir sagen, wann Sie ihn zum letzten Mal gesehen oder gesprochen haben?«

»Donnerstag. Wir waren bei einem unserer Treffen, danach sind wir noch zusammen ins Café hinübergegangen. Wir haben uns einfach unterhalten so wie jede Woche, weil uns die Verbindung wichtig war.«

»Worüber haben Sie gesprochen?«

»Über unsere jeweilige Arbeit, wie es zwischen mir und Lilah – dem Detective – läuft, seine Familie, Sport.« Hilflos warf er die Hände in die Luft und ließ sie wieder fallen. »Wir waren Freunde und wir standen uns sehr nah.«

»Hat er auch Dinnie Duff erwähnt oder dass er in Sorge wegen irgendwelcher Gangmitglieder war?«

»Nicht letzten Donnerstag. Ich fand nicht gut, dass er dem Mädchen immer wieder was von seinem schwer verdienten Geld gegeben hat. Das war des Öfteren Thema, und ich habe jedes Mal versucht, ihm zu verstehen zu geben, dass er ihre Sucht durch seine Freundlichkeit noch unterstützt.«

»Das heißt, dass er noch immer an ihr hing«, bemerkte Eve.

»Er hatte diese irre Hoffnung, dass sie endlich eine Reha machen oder mal zu einem unserer Treffen kommen würde, denn obwohl er wusste, dass sie sich nur selbst retten könnte, wollte er sie retten.«

»Weil er noch etwas für sie empfunden hat.«

»Seine Gefühle waren nicht romantischer Natur, aber er hat ihre Beziehung irgendwie romantisiert, falls Sie verstehen, was ich damit sagen will.«

Eve nickte knapp. »Okay.«

»Am Ende habe ich mich aus der Sache herausgehalten, weil er die Entscheidung selbst treffen musste und es mir so vorkam, als ob er begonnen hätte, diese Angelegenheit aus meinem Blickwinkel zu sehen. Sie hätte ihn nie freigegeben, deshalb musste er sich selbst befreien. Ich glaube, dass ihm das am Ende auch gelungen wäre, aber …«

Er ergriff Strongs Hand und blickte vor sich auf den Tisch. »Ich habe es nicht kommen sehen. Ich wusste, dass sie Ärger machte, aber nicht auf diese Art. Und jetzt sind beide tot.«

»Das ist nicht deine Schuld, Matt.«

»Deine auch nicht«, sagte er zu Strong und presste ihrer beider Hände gegen seine Brust. »Du kannst noch weniger dafür als ich, Lilah. Ich hatte sie einmal verwarnt.«

»Erzählen Sie mir davon.«

»Lyle hat mich vor zwei Wochen angeschrieben und gefragt, ob ich ihn nach der Arbeit treffen kann.«

»War das normal?«, erkundigte sich Eve.

»Es war auf jeden Fall nicht unnormal. Ich rufe selbst meinen Mentor an, wenn's mir aus welchem Grund auch immer dreckig geht. Zur Unterstützung«, fügte er hinzu. »Manchmal kommt man alleine einfach nicht zurecht, dann ist die Gefahr von einem Rückfall groß.«

»Verstehe.«

»Also bin ich zu dem Restaurant gegangen, um ihn zu unserem Treffen abzuholen, und da stand sie vor der Tür. Sie wusste, dass Lyle ihr nichts geben würde, wenn ich in der Nähe bin, deshalb hat sie ihr Glück bei mir versucht.«

Strong starrte ihn entgeistert an. »Mein Gott.«

Mit einem gleichmütigen Achselzucken fuhr er fort. »Sie hat behauptet, dass sie ihre Miete nicht bezahlen kann, und wenn Lyle ihr nichts geben sollte, müsste eben ich die Kohle rüberwachsen lassen – wofür sie mir einen blasen würde, wenn ich wollte.«

»Das hast du mir bisher nicht erzählt«, murmelte Strong.

»Weswegen hätte ich dir das erzählen sollen? Oder Lyle? Ich habe sie gefragt, ob ich die Bullen rufen soll, denn schließlich ist es nicht erlaubt, zu betteln oder sexuelle Dienste anzubieten, ohne dass man die Lizenz dafür besitzt. Und vielleicht würde ich dann auch noch erwähnen, dass sie ihren Ex-Freund stalkt. Dann haben wir uns gegenseitig ein paar wenig schmeichelhafte Sachen an den Kopf geworfen und schließlich ist sie abgehauen. Zum Schluss hat sie noch gesagt, dass sie Lyle zurückbekommen würde, wenn er nicht urplötzlich schwul geworden wäre und es sich von mir besorgen lassen würde, und in dem Fall könnte ich zur Hölle fahren.«

»Das hättest du mir sagen sollen, Matt.«

»Ach Schätzchen, wenn ich jedes Mal erzählen würde, wenn ich mich mit einem Junkie streite, hätten wir kein anderes Thema mehr. Auf alle Fälle hat sie sich verzogen und ich bin mit Lyle zu diesem Treffen und danach noch rüber ins Café gegangen. Er hat gesagt, er wäre etwas down und froh, dass er mit mir darüber reden kann.«

»Weshalb war er down?«, erkundigte sich Eve.

»Es war der Jahrestag des Selbstmords seiner Mum. Er hat davon erzählt, und mir kam es so vor, als hätte es so sein sollen, dass Dinnie an dem Tag von mir vor dem Lokal vertrieben worden ist, denn schließlich ging es ihm auch so schon schlecht genug.«

»Hatten Sie sonst mal Streit mit ihr oder mit jemand anderem aus der Gang?«

Er schüttelte den Kopf. »Ich halte mich von ihrem Territorium fern, aber ich weiß, dass Slice mal in dem Restaurant war, kurz nachdem Lyle dort mit der Arbeit angefangen hat. Die beiden kannten sich schon, seit sie kleine Jungen waren, und offenkundig dachte Slice, er könnte Lyle dazu bewegen, wieder in den Schoß der alten Gang zurückzukehren. Als Lyle gesagt hat, dass er dieses Leben nicht mehr wollte, kam's zum Streit. Doch Lyle zufolge hat sein alter Kumpel irgendwann klein beigegeben, ihm gesagt, dass er zur Hölle fahren soll, und sich getrollt.«

»Kam er danach noch einmal wieder?«

»Wenn es so war, hat Lyle mir nichts davon erzählt, aber das hätte er bestimmt getan.«

Da er anscheinend die Verbindung brauchte, griff er wieder nach Strongs Hand. »Nach Slices Besuch hat Lyle mich damals angerufen und mir von dem Streit erzählt. Er hat darüber auch mit seinem Bewährungshelfer und mit seinem Boss gesprochen, die haben ihn beide unterstützt. Auch ein paar andere Bangers sind am Anfang in dem Laden ein- und ausgegangen und haben ihn herausgefordert, aber er ist nicht darauf eingegangen und hat sie so gut wie möglich ignoriert.«

Matt fuhr sich mit der freien Hand durch das Gesicht. »Es ist nicht leicht, das alte Leben und die Menschen, die ein Teil von diesem Leben waren, einfach über Bord zu werfen und nicht rückfällig zu werden, wenn die anderen einen in Versuchung führen, aber er hat es geschafft.«

So sah es wirklich aus, sagte sich Eve.

»Was ist mit dem Seelenklempner aus dem Knast?

Auch den hat Lyle doch ab und zu getroffen. Kennen Sie ihn?«

»Na klar.«

»Hätte Lyle ihm vielleicht irgendwas erzählt, wovon Sie selbst oder Detective Strong nichts wussten?«

»Keine Ahnung. So wie ich Lyle kannte, wollte er wahrscheinlich einfach den Kontakt auch weiter aufrechterhalten, weil Ned ihm während der Jahre im Gefängnis eine große Hilfe war.«

Matt beugte sich ein wenig vor und sah Eve ins Gesicht.

»Süchtige sind Lügner, Lieutenant, und nachdem ich selbst jahrelang geraucht, gesoffen und diverse Sachen eingeworfen und deshalb gelogen habe, bringe ich inzwischen einen großen Teil von meiner Zeit mit anderen Leuten zu, die das alles noch immer tun oder versuchen, diesen Kreislauf zu durchbrechen, deshalb erkenne ich ziemlich gut, wenn jemand nicht die Wahrheit sagt. Und wenn mir Lyle erzählt hat, welche Dinge ihn belastet, welche ihm geholfen, welche ihn geängstigt oder welche ihn mit Stolz erfüllt haben, weiß ich, dass er ehrlich war. Es hat ihn stolz gemacht, ein Informant der Polizei zu sein, auch wenn er das im Grunde nur geworden ist, weil dieser arme Junge so brutal zusammengeschlagen worden ist. Bevor er mit der Polizei gesprochen hat, hat er mich in die Sache eingeweiht.«

Mit einem schmalen Lächeln fügte er hinzu: »Ich wollte ihm den Rücken stärken, also habe ich gesagt, er wäre früher vielleicht selbst auf diesen armen Jungen losgegangen, einfach nur, weil es ihm möglich war. Das Schicksal dieses Jungen hätte ihn vor seiner Zeit im

Knast nicht einmal ansatzweise interessiert. Weswegen hatte sich der Junge auch in Bangers-Angelegenheiten eingemischt? Im Grunde hatte er darum gebeten, dass sie ihn vermöbeln, oder nicht? All diese Dinge konnte ich nur deshalb zu ihm sagen, weil ich wusste, dass er sie inzwischen anders sah.«

»Okay. Wenn Ihnen noch etwas anders einfällt, rufen Sie mich bitte an. Detective Strong, ich melde mich, sobald es Arbeit für Sie gibt.«

Sie alle standen auf. »Ist es in Ordnung, wenn ich Lyles Familie treffe?«, fragte Matt. »Ich kenne sie, weil seine Grandma mich Thanksgiving eingeladen hat, und würde sie jetzt gern besuchen, denn ich würde wirklich gerne irgendetwas tun.«

»Das ist für mich in Ordnung, aber bitte sagen Sie noch nichts davon, dass er ein Informant der Polizei war.«

Eve holte ihren Mantel und trat an den Schreibtisch ihrer Partnerin. »Lyles Mentor wirkt sehr ausgeglichen und solide, bei unserer Unterhaltung wurde klar, dass die Beziehung zwischen ihnen irgendwann zu einer echten Freundschaft wurde, die genauso ausgeglichen und solide war.«

»Wie hält sich Strong?«

»Sie wird auch weiter ihre Frau stehen. Haben Sie Duffs Mutter kontaktiert?«

Peabody nickte. »Es war, als hätte sie den Anruf schon seit Jahren erwartet. Sie war resigniert und traurig, aber nicht einmal ansatzweise überrascht.«

Auf dem Weg in Richtung Lift berichtete die Partnerin von dem Gespräch. »Sie hat gesagt, dass sie mit ihrer Tochter schon seit über einem Jahr nicht mehr gesprochen hat. Damals stand Dinnie vor der Tür und hat erzählt, dass sie in Schwierigkeiten wäre und zu Hause wieder auf die Beine kommen müsste und den ganzen anderen Schmu. So hatte sie es vorher schon des Öfteren gemacht, nur diesmal kam die Mutter ein paar Tage später von der Arbeit, und die Tochter war mit ihrem Fernseher, dem Modeschmuck und Bargeld, das im Haus gelegen hatte, abgehauen.«

»Auch das hat ihre Mutter doch bestimmt nicht wirklich überrascht«, bemerkte Eve, als sie in die Garage fuhren.

»Nicht wirklich«, stimmte Peabody ihr zu. »Die Mutter hatte sie gewarnt, dass sie sie nicht noch einmal in die Wohnung lassen würde, wenn sie es auch dieses Mal verbockte. Deswegen hat sie alle Schlösser ausgetauscht und ihre Nachbarinnen aufgefordert, umgehend die Polizei zu rufen, falls sie ihre Tochter in der Gegend sähen. Genau das hat sie auch der Tochter selbst auf die Mailbox ihres Telefons gesprochen, damit sie am besten gar nicht erst auf die Idee käme, noch mal heimzukehren.«

Peabody fuhr fort: »Außerdem hat sie mir noch erzählt, dass ihre Tochter keine Freundinnen oder Freunde hatte, sondern immer nur mit irgendwelchen Losern oder Saukerlen abgehangen hat. Und immer waren die anderen schuld, wenn etwas schiefgegangen ist. Mit vierzehn hat sie dann die ersten Drogen eingeworfen, war danach tagelang verschwunden, kehrte heulend wieder heim, es tat ihr alles furchtbar leid, sie versprach, dass alles anders würde, aber dann fing's jedes Mal von vorne an. Doch als sie sich mit den Bangers eingelassen hat, hat ihre Mutter rotgesehen und ihr erklärt, solange sie mit solchen Typen durch die Gegend liefe, wollte sie sie nicht mehr sehen. Wobei sie keine Ahnung hatte, mit wem sie genau zusammen war. Sie kannte nur den Männertyp und den Namen der Gang.«

Auch das ergab ein ziemlich klares Bild. »Okay.«

»Und was das Tagebuch angeht«, fuhr Peabody auf ihrem Weg zum Wagen fort. »Darin sind Duff und Slice und ein paar andere Mitglieder der Gang, Strong und sein Mentor zwar erwähnt, doch auf den ersten Blick findet sich nichts darüber, dass er Informant der Polizei war.«

»Das hat er also nicht einmal in seinem Tagebuch erwähnt. Aber schließlich war das Buch auch nicht gesichert, weil die Schwester sehen sollte, dass er nichts vor ihr verbirgt, und vielleicht wollte er ja nicht riskieren, dass jemand in die Wohnung einbricht, das Buch klaut und etwas über seine Spitzelarbeit liest.«

»Im Gegensatz zu seinen Gedanken über Duff. Am Anfang war er ihretwegen noch im Zwiespalt und hat aufgeschrieben, dass sie Hilfe braucht und er ihr vielleicht helfen kann. Vor ein paar Tagen aber hat er dann notiert, weshalb er sich jetzt endlich vollkommen von ihr gelöst hat und wie das Gespräch mit ihr gelaufen ist.«

»Das passt zu dem, was Fenster mir erzählt hat«, meinte Eve. »Was war der Grund für diesen Sinneswandel?«

»Dass ihm endlich klar geworden wäre, dass sein Mentor, der Gefängnispsychologe, die Familie, sein Boss und die Bedienung bei der Arbeit recht hätten und jeder Dollar, den sie von ihm kriegt, sie noch in ihren Süchten unterstützt. Wobei sein Boss nicht wirklich um den heißen Brei herumgeredet hat. Er hat gesagt, sie wäre eine Junkie-Hure und auch wenn Lyle nicht mehr mit ihr in die Kiste ginge, würden sie ihn ficken und er würde noch dafür bezahlen.«

»Das klingt, als ob der Boss den vollen Durchblick hätte. Trotzdem hat Lyle sie hereingelassen, als sie wieder bei ihm auf der Matte stand.«

»Dem Tagebuch nach war sie offenbar sein wunder Punkt«, bemerkte Peabody. »Die Zeugin hat gesagt, sie hätte vor sich hin geschnieft und ihn um Hilfe angefleht. In seinem Tagebuch schreibt Lyle, er hätte ihr gesagt, sie könnte zu ihm kommen, wenn sie sich helfen lassen wollte. Dann würde er sie mit zu seinen Treffen nehmen und seinen Mentor bitten, für sie da zu sein. Ansonsten sollte sie in Zukunft bleiben, wo der Pfeffer wächst, und wenn sie sich noch einmal zugedröhnt beim Restaurant oder bei seiner Wohnung blicken ließe, würde er die Polizei rufen.«

»Also steht sie vor seiner Tür, heult herum und sagt, dass er ihr helfen soll. Er kauft ihr diese Masche ab und macht ihr auf. Drinnen muss sie dafür sorgen, dass er in die Küche geht, damit sie die drei Schläger in die Wohnung lassen kann. Wahrscheinlich heult sie weiter, zittert und erklärt, dass sie erst einmal ein Glas Wasser braucht. Also geht er in die Küche, zieht sein Smartphone aus der Tasche, um bei seinem Mentor oder sonst wem anzurufen, und das war's.«

Eve trommelte mit ihren Fingern auf das Lenkrad

und ging das Geschehen in Gedanken durch. »Aber wie schafft die Junkie-Hure es, genau zur rechten Zeit dort aufzutauchen und ihn lange genug abzulenken, um die Schläger hereinzulassen, und weswegen bleibt sie, wenn sie selbst hinter diesem Anschlag steckt, nicht da, um zuzusehen, wie er stirbt? Wenn sie sich an ihm rächen wollte, weil er nichts mehr von ihr wissen wollte, weshalb war sie dann nicht bis zum Schluss dabei?«

»Hätte sie nicht bleiben wollen, um zu sehen, ob alles läuft, wie's laufen soll? Und woher hatte sie die Drogen oder die erforderliche Kohle für das Zeug?«, erkundigte sich Eve, als Peabody nachdenklich das Gesicht verzog.

»Die Fragen sind durchaus berechtigt, und trotzdem wissen wir, dass es so abgelaufen ist.«

»Wir wissen nur, dass Lyle erst sie und sie danach die Killer hereingelassen hat. Das alles deutet darauf hin, dass sie der Köder war. Kann sein, dass auch sie selbst ihn tot sehen wollte – aber weshalb ist sie dann schon vorher abgehauen?«

»Sie wollte vielleicht nicht mit eigenen Augen sehen, wie er stirbt.«

Eve winkte ab. »Das heißt, sie hätte ehrliche Gefühle haben müssen, und die hatte sie ganz sicher nicht. Ich denke, sie ist abgehauen, weil ihr Job erledigt war. Sie hatte das getan, was ihr von einem der höheren Banger-Tiere – von dem auch die Drogen kamen – befohlen worden war. Wobei es nicht um Rache, sondern … ums Geschäft gegangen ist. Wenn sie sich an ihm rächen oder es ihm zeigen gewollt hätten, hätten sie ihn auch noch ordentlich vermöbelt, aber so haben sie ihm nur etwas gespritzt.«

»Der Mord war schlecht geplant und schlampig ausgeführt, trotzdem ging es ums Geschäft. Sie haben Duff als Köder eingesetzt und sie, als sie sie nicht mehr brauchten, ebenfalls entsorgt.«

»Wobei man manche Köder mehr als einmal nutzen kann.«

»Egal.« Inzwischen waren sie in Tribeca angekommen, und Eve hielt vor dem Haus, in dem die Wohnung von Rochelle und ihrem Bruder lag.

»Sie haben recht. Und vielleicht hat ja Duff mit ihrem Gejammer, dass Lyle nichts mehr von ihr wissen wollte, überhaupt erst jemanden auf die Idee zu diesem Mord gebracht. Denn schließlich hatte Lyle nicht nur die Freundin, sondern alle Bangers abserviert. Dann konnte man die blöde Dinnie, die den Mund nicht halten konnte, benutzen, um den Kerl aus dem Verkehr zu ziehen, und ihr danach selbst das Maul auf eine Weise stopfen, die nach einem Bandenkrieg schreit. Jones hat gesagt, ihm läge nichts an einem Krieg, aber vielleicht will er ja doch noch ein paar Häuser billig kaufen oder einer oder mehrere von seinen Lieutenants planen einen Coup.«

»Weil sie mit seiner Führung unzufrieden sind. Das könnte sein. Oder vielleicht sah Jones darin ja einen Weg, seine Autorität zu zementieren.« Am besten würde Eve noch gründlicher darüber nachdenken.

Inzwischen hatten sie das Haus erreicht und nahmen die Treppe in den zweiten Stock. »Wobei der Tod von einem Ex-Mitglied und einer Bangers-Bitch kein echtes Opfer ist.«

»Die beiden kommen mir wie die sprichwörtlichen Bauernopfer vor.«

Eve dachte kurz darüber nach und nickte zustimmend. »Das heißt, dass es nicht um die beiden, sondern eigentlich um etwas ganz anderes geht.«

Bei ihrer Ankunft stand Rochelle bereits im Flur und wurde dort von ihrer Nachbarin umarmt. Ein Stückchen weiter stand ein junger Mann und sah verlegen auf den Boden, als Miss Gregory ausrief: »Es tut mir furchtbar leid, Ro, echt. Wenn ich daran denke, dass ich diese schlimmen Leute noch in deine Wohnung gehen sah …«

»Wenn du sie nicht gesehen hättest, wüssten wir vielleicht noch gar nicht, was geschehen ist. Das heißt, dass ich dir wirklich dankbar bin.«

»Er war ein guter Junge, als er bei dir eingezogen ist«, fügte die Nachbarin hinzu. »Gib mir Bescheid, wann die Gedenkfeier sein soll, damit ich kommen kann.« Sie nickte Eve und Peabody kurz zu und meinte seufzend: »Lass mich wissen, falls du irgendetwas brauchst, auch wenn ich jetzt erst mal zur Arbeit muss.«

»Falls ich noch kurz mit Ihnen sprechen dürfte?«, meinte Eve und wandte sich an ihre Partnerin: »Sie gehen bitte schon einmal mit Rochelle und ihrem Bruder hinein.«

»Die Sache macht mich einfach krank«, behauptete die Frau, als sie allein mit Eve vor ihrer Wohnung stand.

»Ich wollte nur noch einmal nachhaken. Sie haben also die junge Frau im Flur gesehen.«

»Das habe ich und habe auch gehört, wie sie bei Lyle geklopft, geheult und ihn gerufen hat.«

»Was genau hat sie gesagt?«

»Sie hat ihre Krokodilstränen vergossen und gesagt,

dass sie so nicht mehr weitermachen kann und er ihr helfen muss.«

»Sie hat gesagt, dass sie so nicht mehr weitermachen kann?«

»Auf alle Fälle etwas in der Art. Und dass er ihr versprochen hätte, ihr zu helfen. Aber wie ich gestern bereits sagte, war ich auf dem Weg zum Müllcontainer, deshalb habe ich nur einen Teil gehört.«

»Das stimmt. Aber Sie haben auch die drei anderen gesehen, die sie dann reingelassen hat. Durch den Spion in Ihrer Tür. Und Sie sind sich ganz sicher, dass das alles Männer waren?«

»Ich konnte sie zwar nur von hinten sehen, aber sie waren alle ziemlich groß und muskulös, so sind Frauen normalerweise nicht gebaut.«

Eve dachte an die Frau mit Namen Tank. Wenn man sie *Panzer* nannte, hatte sie wahrscheinlich die entsprechende Statur.

»Ist Ihnen irgendetwas an ihnen aufgefallen, egal, was? Irgendwas, was sie gesagt haben, eine Geste, irgendwas an ihren Kleidern oder so?«

»Ich habe nur ganz kurz nach draußen in den Flur geschaut. Da haben sie nichts gesagt. Sie standen einfach da mit schwarzen Hoodies und mit Schlabberhosen und ich konnte nichts …«

Sie runzelte die Stirn, schob nachdenklich die Unterlippe vor, zupfte daran herum und plötzlich fiel ihr ein: »Der eine sah so aus, als ob er Ameisen im Hintern hätte.«

»Ameisen im Hintern?«

»Tja, er konnte irgendwie nicht stillstehen.« Sie

wippte mit den Schultern, tänzelte auf ihren Füßen hin und her, streckte die Arme aus und schnipste mit den Fingern erst der einen, dann der anderen und dann wieder der ersten Hand. »Es war, als würde er Musik hören oder so. Dann hat dieses Weibsbild ihnen aufgemacht, die drei sind reingegangen und sie ist abgehauen. Ich weiß nicht, ob Ihnen das weiterhilft.«

»Das tut es ganz bestimmt. Falls Ihnen sonst noch etwas einfällt, melden Sie sich, ja?«

»Das mache ich auf jeden Fall. Doch jetzt muss ich allmählich losgehen. Ich hatte heute Morgen frei, doch jetzt muss ich zum Dienst.«

»Noch einmal vielen Dank.«

Miss Gregory lief eilig los, und Eve ging in die Wohnung, wo es immer noch nach Tod und nach den Chemikalien der Spusi roch.

»Ich wüsste nicht, dass hier etwas fehlt«, meinte Rochelle und wandte sich an Eve. »Die Wohnung sieht wie immer aus. Auch in der Küche. Tut mir leid. Dies ist mein Bruder Walter. Walt, das hier ist Lieutenant Dallas.«

Er hatte kurz geschorenes Haar, war glatt rasiert und schaute Eve aus müden, schwerlidrigen Augen an, wie sie auch die Schwester hatte.

»Ich habe das Icove-Buch gelesen und den Film gesehen«, erklärte er und reichte ihr die Hand. »Ich hoffe, Sie sind tatsächlich so gut, wie es dort ausgesehen hat.«

»Walter«, wies Rochelle ihn sanft zurecht und legte eine Hand auf seine Schulter.

»Das war nicht als Beleidigung gemeint«, verteidigte er sich.

»Warum gehen wir nicht noch den Rest der Wohnung durch?«, schlug Eve den beiden vor. »Rochelle, in Ihrem Zimmer kennen Sie sich am besten aus. Deshalb fangen wir dort an.«

Sie gingen einen zweiten, schmalen Flur hinab.

»Es sieht noch ganz genauso aus, wie als ich gestern Abend weggegangen bin.«

»Warum werfen Sie nicht trotzdem einen kurzen Blick in Ihren Schrank, in die Kommode und die Schreibtischschubladen?«

»In Ordnung, obwohl es dort nichts von Wert zu klauen gibt. Ich habe immer zwanzig Dollar für den Notfall in der Tasche dieser Jacke hier. Die sind noch da. Ich sehe wirklich nicht …«

Genau, sagte sich Eve. »Was sehen Sie nicht?«

»Ich wollte sagen, dass nichts fehlt, aber meine rote Handtasche ist nicht mehr da. Eine uralte rote Tasche, die ich schon seit Jahren habe und die immer hier an diesem Haken hängt. Die hat Gram für mich gekauft, nachdem ich meinen ersten Job bekommen hatte, kannst du dich erinnern, Walt? Sie hat gesagt, Rot brächte Glück. Ich benutze diese Tasche immer noch manchmal. Aber jetzt ist sie nicht mehr da.«

»Können Sie sie mir beschreiben?«

»Sie ist aus leuchtend rotem Kunstleder, im Grunde nichts Besonderes. Sie hat eine Silberkette, an der man sie sich über die Schulter hängen kann, und einen Magnetverschluss. Ich glaube, dass man diese Dinger Umschlagtaschen nennt. Knapp dreißig Zentimeter lang und … ich weiß nicht … zwanzig Zentimeter hoch. Sie ist im Grunde kaum was wert.«

»Leuchtend rot mit einer Silberkette. So was fällt ins Auge«, meinte Eve. »Fehlt sonst noch was?«

Rochelle presste eine Hand an ihre Schläfe. »Nein. Ich habe diese blöde Tasche echt geliebt.«

Mit tränenfeuchten Augen riss sie eine Lade der Kommode auf. »Sie haben meinen Bruder umgebracht, und ich rege mich auf, weil sie in meinem Zimmer waren und mein Zeug begrapscht haben.«

Ihr Bruder rieb ihr sanft den Rücken und erklärte mitfühlend: »Das ist total normal.«

»Im Augenblick ist nichts normal.« Sie entnahm der Lade eine lange, schmale schwarze Schachtel, nahm den Deckel ab und rang erstickt nach Luft. »Oh, Walter, sie haben Mamas Brosche mitgenommen. Diese grauenhafte, schrille alte Anstecknadel. Und, oje, die Ohrringe, die Wilson mir zum Valentinstag geschenkt hat, und, oh Gott, den Armreif, den ich mir mal selbst an einem Straßenstand gekauft habe. Natürlich hat das Ding im Grunde keinen Wert, aber sie haben es trotzdem eingesteckt.«

»Haben Sie Bilder von den Sachen, die sie haben mitgehen lassen?«

»Ich ... mein Gott.« Rochelle warf sich die Hände vors Gesicht. »Mein Hirn ist völlig leer. Als ich die Ohrringe bekommen habe, habe ich ein Selfie von mir selbst und Wilson zur Erinnerung an diesen Tag gemacht, das immer noch auf meinem Smartphone abgespeichert ist.«

Da ihre Finger zitterten, nahm Walter ihr das Smartphone ab. »Ich werde es schon finden, Ro. Setz du dich erst mal hin.«

»Ich brauche eher Bewegung«, widersprach sie ihm und stapfte in dem kleinen Zimmer auf und ab. »Die

Brosche habe ich im Grunde nie getragen. Wie gesagt, sie war nichts wert und furchtbar bunt, aber sie hat meiner Mum gehört, deswegen habe ich sie aufbewahrt.«

»Gram hat ein Bild von ihr, auf dem sie diese Brosche trägt.«

Rochelle blieb stehen und starrte ihren Bruder an. »Natürlich. Stimmt. Das habe ich total vergessen.«

»Können Sie mir das Bild besorgen?«

»Klar«, sagte Walter ihr zu und hielt Rochelle das Smartphone hin. »Meintest du dieses Bild?«

»Genau das ist es. Diese Ohrringe sind wirklich hübsch.«

Und sicher jede Menge wert, erkannte Eve, als sie die goldenen Anhänger mit den kristallenen Tropfen und den herzförmigen roten Steinen sah.

»Peabody.«

Die Partnerin gab Walter ihre Nummer und bekam von ihm eine Kopie der Aufnahme geschickt.

»Ich glaube nicht, dass es ein Foto von dem Armreif gibt.«

»Beschreiben Sie ihn mir.«

»Vielleicht drei Zentimeter breit mit drei Reihen glatt geschliffener violetter, bernsteinfarbener und grüner Steine. Er ist tatsächlich kaum etwas wert, aber ich mochte ihn.«

»Sehen Sie sich bitte weiter um.«

Rochelle zog auch die anderen Laden auf und schüttelte den Kopf. »Ich glaube nicht, dass sonst noch etwas fehlt.«

»Dann sehen wir uns jetzt im Zimmer Ihres Bruders um.«

Rochelle nahm Walters Hand, bevor sie in das andere Zimmer ging.

»Die Spardose war mindestens halb voll.« Sie zog die Schranktür auf. »Seine guten knöchelhohen Turnschuhe sind nicht mehr da. Wegen des Bratfetts und so hat er sie nie zur Arbeit angezogen, sondern immer nur, wenn er mal ausgegangen ist oder bei Martin oder ab und zu mit Gram am Sonntag in der Kirche war.«

»Er hat sich seine Punkte echt verdient«, murmelte Walt und lächelte die Schwester an.

»Das stimmt. Mit den Besuchen in der Kirche hat er sich bei Gram lieb Kind gemacht, aber das hatte er verdient. Es waren schwarze Lightning-Turnschuhe mit weißen Blitzen oberhalb der Fersen. Größe ... zehn.«

Mit einem Blick auf die Kommode meinte sie: »Ich habe keine Ahnung, was er da drin aufbewahrt hat, also wird es sicher schwierig festzustellen, ob dort irgendetwas fehlt.«

»Vielleicht ist Ihnen ja mal irgendetwas aufgefallen, was Sie jetzt nicht mehr sehen. Was Glitzerndes so wie Ihr Schmuck, etwas, was einem so wie Ihre rote Handtasche ins Auge fällt, oder was Nützliches wie seine Schuhe«, fragte Eve.

»Ich habe wirklich keine ...«

»Was ist mit Lyles Kopfhörern?«, mischte sich Walter ein. »Er hatte sie normalerweise immer in der Tasche, und wenn er geduscht oder sich umgezogen hat, hat er sie hier auf der Kommode abgelegt.«

»Wir haben keine Kopfhörer gefunden.«

»Sie waren wirklich gut. Martin und Clara haben sie ihm letztes Jahr zu Weihnachten geschenkt, Bodell-

Knöpfe, schwarz. Die hat er echt geliebt. Und sie sind durchaus etwas wert.«

Eve ließ ihn danach suchen, aber ihr war bereits klar, dass auch die Kopfhörer verschwunden waren.

»Wir werden die verschwundenen Gegenstände suchen«, sagte sie Rochelle und Walter zu. »Falls sie versuchen, etwas davon zu versetzen, finden wir das heraus. Das hilft uns wirklich sehr.«

»Aber ich verstehe nicht …« Rochelle fuhr sich mit einer Hand durch das Gesicht, ihr Haar und über das Genick. »Warum haben sie die Sachen mitgehen lassen, wenn es aussehen sollte, als hätte Lyle sich selbst diesen Dreck gespritzt? Jetzt wissen wir, dass wir zu allem Überfluss auch noch bestohlen worden sind.«

»Was hätten Sie gedacht, was aus dem Schmuck geworden ist, wenn Sie angenommen hätten, Lyle hätte sich diese Überdosis selbst gespritzt?«

Rochelle stieß einen müden Seufzer aus. »Dass er das Zeug verhökert und das Geld für Drogen ausgegeben hat. Wenn ich geglaubt hätte, er wäre rückfällig geworden, hätte ich gedacht, *er* hätte meinen Schmuck geklaut. Aber beides ist nicht wahr.«

»Genau. Das heißt, wir haben eine zusätzliche Spur. Sie können jetzt wieder in der Wohnung bleiben, wenn Sie wollen.«

»Tatsächlich packe ich nur ein paar Sachen ein. Ich werde erst einmal bei Wilson bleiben und versuchen, für meine Familie da zu sein. Wir fahren nachher zusammen los, um Lyle noch einmal zu sehen.«

»Dann fangen Sie ruhig schon an zu packen, wenn Sie wollen«, meinte Eve und wandte sich an Walt. »Warum kommen Sie nicht mit uns und warten vorn, bis Ihre Schwester fertig ist?«

»Ist das für dich in Ordnung, Ro?«

»Ja, klar. Geh du ruhig mit. Ich komme hier auch allein zurecht.«

Er nahm sie in den Arm, hielt sie kurz fest und ließ sie dann alleine, um mit Eve und Peabody ins Wohnzimmer zu gehen.

9

»Ich gucke kurz im Kühlschrank, ob Ro irgendwas zu trinken hat. Möchten Sie auch was?«

»Gern.«

Obwohl er sich Rochelle zuliebe bisher wirklich gut gehalten hatte, brauchte er jetzt einen Augenblick für sich, erkannte Eve und ließ ihn in die Küche gehen.

»Es gibt vor allem Smoothies, aber das Zeug ist mir einfach zu gesund. Und ein paar Flaschen Cola, denn seit Lyle das Trinken aufgegeben hatte, waren die sein neues Gift.«

»Ich hätte gerne einen Smoothie«, meinte Peabody.

»Okay, aber auf eigene Gefahr. Ich nehme eine Cola.«

»Ich auch.« Eve lehnte in der offenen Tür und sah, dass er nicht suchen musste, sondern genau wusste, wo in dieser Küche was zu finden war. »Übernachten Sie hier auch manchmal?«

»Ich habe hier gewohnt, bevor mein Studium angefangen hat. Ro hatte die Wohnung hier gemietet, nachdem sie ihren ersten Job bekommen hatte, und weil sie ein freies Zimmer hatte, hat sie mich gefragt, ob ich nicht zu ihr ziehen will. Inzwischen habe ich ein Zimmer auf dem Campus, aber hin und wieder schlafe ich hier auf der Couch, seit Lyle …«

Er brach ab und stützte sich mit beiden Händen auf der Arbeitsplatte ab. »Rochelle hält sich echt tapfer, auch wenn sie noch immer alle paar Minuten weinen muss. Sie ist richtig taff.«

»Ich finde, dass Sie sich genauso tapfer halten«, meinte Eve.

»Trotzdem wird sie sich in dieser Wohnung niemals wieder wohlfühlen. Aber das ist okay, sie sollte sowieso etwas Besseres, Sichereres finden, und seit sie den neuen Job hat, kann sie eine solche Bude auch bezahlen. Im Augenblick ist ihr der neue Job total egal, aber ich weiß, dass sich das wieder ändern wird.«

Er schenkte ihnen ein. »Obwohl Lyle zu dem Zeitpunkt schon clean war, wusste ich am Anfang nicht, ob ich es gut fand, dass Rochelle ihn bei sich einziehen ließ.«

»Es braucht nun einmal Zeit, Vertrauen wieder aufzubauen.«

»Ich hatte einfach Angst, weil ich nicht wusste, was passieren würde, falls er einen Rückfall hätte und sie dann ganz alleine mit ihm wäre.«

Er blickte Eve aus Augen, die den Augen seiner Schwester zum Verwechseln ähnlich waren, an. »Ich konnte sehen, dass er clean war, aber trotzdem hätte er aus meiner Sicht nicht derart schnell aus der betreuten Wohngemeinschaft hierher umziehen sollen. Rochelle wollte davon nichts wissen, und sie hatte recht, denn das Zusammenleben hier mit ihr hat ihm echt gutgetan. Das hat er selbst zu mir gesagt. Er meinte, dass es eine Riesenhilfe für ihn wäre, dass sie für ihn da ist, an ihn glaubt und immer zuhört, wenn er jemanden zum Reden braucht.«

Er reichte Eve ein Glas mit Cola und hielt Peabody kopfschüttelnd einen bräunlich grünen Smoothie hin. »Sagen Sie nicht, ich hätte Sie nicht ausreichend gewarnt.«

Er kam ins Wohnzimmer zurück und setzte sich dort auf die Couch. »Sie wollen sicher wissen, wann ich selbst zum letzten Mal mit Lyle gesprochen habe, also fange ich da an. Er hat mich kurz vor seinem Tod noch angeschrieben, dass er auf dem Heimweg von der Arbeit sei, einen freien Abend habe, unsere Gram besuchen und sich freuen würde, mich zu sehen, falls ich Zeit und Lust habe. Aber ich musste lernen und habe abgesagt.«

»Wie oft haben Sie beide sich gesehen oder gesprochen?«, fragte Eve.

»Wir haben alle paar Tage entweder gesprochen oder uns zumindest irgendwelche Nachrichten geschickt. Er wollte immer wissen, wie's mir geht, und manchmal, wenn ich Zeit hatte, kam er vorbei und wir haben zusammen abgehangen oder einen Film geguckt. Ab und zu, wenn wir gequatscht haben und es mal wieder spät wurde, hat er bei mir gepennt.«

»Das heißt, dass Sie sich nahestanden«, stellte Peabody mit einem mitfühlenden Lächeln fest. »Ich habe auch Geschwister, deshalb weiß ich, wie das ist.«

Er starrte grüblerisch in sein Getränk. »Wir standen uns nicht immer nahe, aber seit er wieder draußen war, waren wir auf einem guten Weg. Vielleicht, weil er mir Dinge sagen konnte, über die er mit den beiden anderen – mit Ro und Martin – nicht gesprochen hat, denn Martin sieht die Dinge oft schwarz-weiß.«

»Und worum ging es dann?«, erkundigte sich Eve. »Um Dinnie Duff?«

»Ja klar. Er fühlte sich für sie verantwortlich. Sie hing schon an der Nadel, als sie sich zum ersten Mal getroffen haben, aber als sie dann zusammen waren, wurde die Arbeit auf der Straße einfacher für sie und sie kam leichter an den Stoff heran. Wenn sie keinen Bock auf Arbeit hatte, hat er sie versorgt. Dadurch geriet sie immer tiefer in den Sumpf, aber im Grunde hatte er sie wirklich gern. Sie hatten viel gemein, weil sie von ihrem Alten ebenfalls geschlagen und mit sechzehn sogar einmal vergewaltigt worden war, deshalb …«

Als Eve die Hand hob, brach er ab. »Als Dinnie sechzehn war, saß der schon längst im Kahn.«

»Aber sie hat ihm erzählt …«

»Süchtige lügen nun einmal.«

»Das ist mir klar.« Erschüttert fuhr sich Walter mit der Hand über das Haar. »Das ist mir klar, aber das alles hat sie ihm nun mal erzählt und er hat ihr geglaubt. Sie hat ihm auch erzählt, dass ihre Mutter saufen und betrügen würde und sie selbst auf der Straße leben musste, wenn die Alte wieder einmal im Gefängnis saß.«

»Ihre Mutter arbeitet als Haushaltshilfe, saß nie im Gefängnis und hat auch kein Alkoholproblem. Und Duffs älterer Bruder führt ein anständiges Leben in Atlanta.«

»Das heißt, sie hat dem armen Lyle die ganze Zeit was vorgemacht. Und er hat ihr geglaubt. Er hat mich nicht belogen, als er mir davon erzählt hat, Lieutenant. Er hat ihr geglaubt und sie hat ihm unendlich leidgetan.«

»Das ist mir klar.«

»Sie hat getan, als ob sie hilflos und verletzlich wäre«, fügte Peabody hinzu. »Als ob sie selbst ein Opfer wäre so wie er. Könnte es sein, dass er die Wahrheit herausgefunden hat?«

»Ich weiß es nicht. Ich habe keine Ahnung. Ich weiß nur, dass er ihr endlich nichts mehr geben und sich ihr Gejammer nicht mehr anhören wollte. Ich schätze, dass er ziemlich angefressen war, aber er hat mit keinem Wort gesagt, dass er herausgefunden hätte, dass die Sachen, die sie ihm erzählt hat, Schwachsinn waren. Ich war nur froh, dass er endlich nichts mehr von ihr wissen wollte, deswegen habe ich nicht wirklich nachgefragt.«

Er fuhr sich mit den Händen durchs Gesicht. »Er hat gesagt, er hätte endgültig die Nase voll von all dem Scheiß, den sie verzapft, und deshalb endlich einen sauberen Schnitt gemacht. Hat sie ihn deshalb umgebracht?«

»Wir gehen verschiedenen Spuren nach.«

»Trotz allem hat sie ihm gefehlt – nicht nur der Sex, sondern sie selbst. Er hätte gerne jemanden gehabt. Natürlich auch den Sex«, gab Walter lächelnd zu. »Er hat gesagt, er hätte gerne wieder eine Freundin, aber dafür wäre er noch nicht bereit. Ich weiß, es war nicht leicht für ihn, sie ein ums andere Mal zurückzuweisen. Schließlich hätte er auch mit ihr in die Kiste steigen und dann weitermachen können, als wäre nichts geschehen – aber das wollte er anscheinend nicht riskieren.«

»Hat er auch von der Gang gesprochen?«, fragte Eve.

»Am Anfang, als er aus dem Knast kam, öfter, aber in den letzten Monaten nicht mehr. Da er und Slice sich schon als Kinder kannten, ist es ihm nicht leichtgefallen, ihn nicht mehr zu sehen. Ich glaube, dass die Trennung von der Gang als solcher leichter für ihn war, weil er Familie hatte und deshalb nicht alleine war. Aber die Trennung von den einzelnen Personen ist ihm alles andere als leichtgefallen. Slice war ihm über Jahre mehr ein Bruder als ich selbst oder Martin und er wollte Lyle als seinen Stellvertreter in die Gang zurückholen.«

»Das hat er ihm gesagt?«, erkundigte sich Eve.

»Oh ja, und zwar direkt, als Lyle aus dem Gefängnis kam, und dann noch einmal ein paar Wochen später, als er diesen Job als Koch bekommen hat. Lyle hatte mich gebeten, unserer Schwester nichts davon zu sagen, also habe ich darüber Stillschweigen bewahrt. Es ist ihm schwergefallen, Nein zu sagen, weil er früher eine ziemlich große Nummer bei den Bangers war. Auch danach war er noch sehr gut angesehen, weil er bei dem Verfahren, bei dem sie ihn verurteilt haben, niemanden verpfiffen hat. Er wusste also, dass sie ihn mit offenen Armen wieder aufgenommen hätten und er alle Frauen und alle Drogen, die er haben wollte, hätte kriegen können und ihm die Leute auf den Straßen mit Respekt und Furcht begegnet wären. Aber das alles wollte er nicht mehr.«

Nach einem großen Schluck aus seinem Glas fuhr Walter fort: »Stattdessen ist er zu Rochelle gezogen, hatte einen Job als Koch und ging zu seinen Treffen statt in irgendwelche Clubs. Statt die Kohle aus den illegalen Geschäften seiner alten Kumpel einzustreichen, hat er lieber sein Gehalt gespart.«

In seinen Augen stiegen Tränen auf und seine Stimme wurde rau. »Er war ein gottverdammter Held. Finden Sie heraus, wer das getan hat, denn ich weiß genau, dass Dinnie ihn ganz sicher nicht allein erledigt hat. Finden

Sie heraus, wer meinem Bruder diesen Dreck gespritzt hat, gegen den er jeden Tag gekämpft hat, damit niemand denkt, er hätte diesen Kampf verloren.«

»Das hätte er ganz sicher nicht. Er war auf einem wirklich guten Weg.«

Als Rochelle in der Tür erschien, stand Walter eilig auf und nahm ihr den kleinen Koffer ab.

»Wir können Sie fahren«, bot Eve ihr freundlich an.

»Nein, danke. Wir bringen meine Sachen schnell zu Wilson und dann holen wir die anderen ab und fahren zu Lyle.«

»Wir bleiben in Verbindung«, versprach Eve und wandte sich zum Gehen.

Auf dem Weg zurück zum Wagen meinte Peabody: »Die Bilder von der Brosche und den Ohrringen und die Beschreibungen von den anderen Sachen, die sie mitgehen lassen haben, gehen gleich raus. Dass sie so dämlich wären, ihr Opfer auch noch zu beklauen, hätte ich beim besten Willen nicht gedacht.«

»Der Mord war eben schlecht geplant und schlampig ausgeführt. Außerdem sind der Nachbarin von gegenüber jetzt noch ein paar Einzelheiten eingefallen.«

Eve wiederholte die Beschreibung eines der drei Killer und die Partnerin schrieb eifrig mit. »Das klingt, als ob er auf Entzug gewesen wäre.«

»Könnte sein. Auf alle Fälle reden wir auch noch einmal mit Crack. Rote Handtasche und Glitzerschmuck. Das ist doch etwas, was ins Auge fällt.«

»Die Typen sind die reinsten Elstern.«

»Was?«

»Elstern sind Vögel, die begeistert alles klauen, was glänzt, um es in ihren Nestern zu verbauen.«

Eve wusste selbst, was eine Elster war, denn schließlich hatte Roarke ihr während ihrer Zeit in Irland einmal so ein Tier gezeigt. »Das heißt, zumindest einer von den dreien liebt Glitzerkram«, murmelte sie. »Und diese Schuhe und die Kopfhörer haben sie geklaut, weil jemand sie gebrauchen kann. Natürlich kann man diese Sachen auch verkaufen, aber meiner Meinung nach will irgendwer sie selbst benutzen oder gegen irgendetwas anderes tauschen, was er brauchen kann. Schicken Sie die Bilder und Beschreibungen auch an Zutter und an Norton. Vielleicht taucht ja etwas von dem Zeug dort in der Gegend auf.«

Obwohl es erst am Abend im Down and Dirty richtig voll wurde, musste Eve nach einem freien Parkplatz suchen, den sie erst zwei Häuserblocks weiter fand.

Sie stiegen aus, und Peabody hob ihr Gesicht zur Sonne und erklärte: »So fühlt es sich an, wenn's endlich warm und sonnig ist. Der Winter ist vorbei! Jetzt ist er endgültig vorbei!«

»Beschreien Sie es nicht, wenn es nicht morgen noch mal schneien soll.«

Tatsächlich aber fühlte es sich einfach herrlich an, den Bürgersteig hinabzulaufen, ohne dass man permanent in irgendeine Pfütze trat und einem ein eisiger Wind entgegenblies.

»Wie wäre es mit einem Soja-Dog? Der geht auf mich.«

Obwohl Eve als die Ehefrau von Roarke inzwischen deutlich Besseres gewohnt war, hatte sie die – widerlichen – Dinger immer schon geliebt, deswegen sagte sie: »Ich nehme meine Wurst mit allem Drum und Dran.«

»Wie sonst?« Peabody tänzelte in ihren pinkfarbenen Stiefeln auf die Würstchenbude zu. »Und dazu nehme ich ein Mineralwasser. Der Smoothie war zwar durchaus fein, aber ich werde den Geschmack von dem Spinat nicht los.«

»Ein Mineralwasser klingt gut«, pflichtete Eve ihr bei, denn ihre Freude an dem Pseudokaffee, wie man ihn an einem solchen Stand bekam, hatte sich dank des echten Roarke'schen Kaffees gelegt, den es zwischenzeitlich für sie gab.

Mit den dick beladenen Soja-Dogs setzten sie den Weg zum Sexclub ihres Freundes fort.

»Was denken Sie, wie ernst es Crack mit Rochelle ist?«

»Geht Ihnen diese Frage ernsthaft durch den Kopf?«

Mit vollem Mund erklärte Peabody: »Ich finde das total romantisch und vor allem haben wir jetzt Frühling.«

»Was hat denn die Jahreszeit damit zu tun?«

»Der Frühling ist die Zeit der Liebe.« Strahlend leckte Peabody ein bisschen Senf von ihrem Daumen ab. »Da sind die Leute noch romantischer als sonst.«

»Ich dachte immer, dass der Winter eher dafür geeignet ist, weil man sich aneinander wärmen kann.«

»Ich rede von Romantik, nicht von Sex. Obwohl man jetzt im Frühling Sex auf einer Blumenwiese haben kann, was echt romantisch ist.«

»Vor allem, wenn man von Insekten, Bienen und Schlangen in den nackten Arsch gepikst oder gebissen wird.«

Da Frühling war, fuhr Peabody entschlossen fort. »Er hat ihr diese hübschen Ohrringe zum Valentinstag geschenkt. Das zeigt, dass er es ernst zu meinen scheint.«

»Im Augenblick verbindet dieser Schmuck genauso wie die Frau, die ihn von ihm bekommen hat, den armen Kerl mit unseren Mordfällen«, meinte Eve und schob sich noch den letzten Rest ihres verfrühten Mittagessens in den Mund. »Das ist das Einzige, was mich an dieser Sache interessiert.«

Das Down and Dirty war nach Aussage seines Eigentümers eine Kneipe und genau das sollte es auch sein. Es machte ordentlichen Umsatz mit dem bunt gemischten Publikum aus zwielichtigen Gestalten, staunenden Touristen, die mal was riskieren wollten, ehe es nach Hause in ihr Kuhkaff ging, aus geilen Böcken, die dafür bezahlten, sich mit einer der Damen in ein Separee zurückzuziehen, und den grüblerischen Typen, denen es genügte, sich mit dem hier angebotenen Billigfusel zu betrinken und den praktisch nackten jungen Frauen und Männern, die die Gläser füllten, auf die Brüste oder sonst wo hinzusehen.

Eve hatte ihren Junggesellinnenabschied hier gefeiert, zugesehen, wie ihre Freundinnen sich betrunken hatten, und mit Mühe einen Anschlag auf ihr Leben durch eine korrupte Polizistin abgewehrt.

Die guten alten Zeiten, ging es ihr mit einem Hauch von Wehmut durch den Kopf.

Jetzt trat sie durch die Tür und sah die Holo-Band, die vorne auf dem Podium einen Song zum Besten gab. Die Sängerin war aufwendig bemalt, und es sah aus, als bohre ihr ein Tiger seine Zähne in die Brüste, während gleichzeitig ein großer Vogel – wahrscheinlich ein Falke – seine Krallen in ihrem Schritt vergrub und eine Reihe anderer Raubtiere auf ihrem Bauch, dem Rücken, ihren Armen und den Beinen in wilde Beißereien verwickelt waren.

Die anderen Mitglieder der Band trugen nur Stringtangas und Stiefel bis zum Schritt, und die zwei echten Tänzerinnen, die gelangweilt ihre Hüften kreisen ließen, waren, abgesehen von dem Glitzer, den ihr Schweiß in Strömen über ihre Körper rinnen ließ, vollkommen nackt.

Die Sängerin schrie den Refrain des Songs, den sie zum Besten gab: »Ich bin ein geiles Weib und pumpe dir die Seele aus dem Leib.«

Romantisch, dachte Eve und ging in Richtung Bar.

Der muskulöse Barkeeper spielte irgendwas auf seinem Handcomputer, und Eve fragte sich, ob er vielleicht die gleichen Monster jagte wie der Türsteher im Bangers-Hauptquartier. Doch ganz egal, womit, vertrieb er sich die Zeit, bis einer von der Handvoll Gäste, die um diese Zeit bei ihm am Tresen hockten, um das nächste Glas mit Billigfusel bat.

»Ist Crack im Haus?«

»Der hat zu tun«, erwiderte der Barkeeper, ohne aufzusehen. »Entweder ihr trinkt was oder ihr haut wieder ab.«

Da dieser durch und durch charmante Umgangston im Down and Dirty üblich war, hielt Eve ihm unauffällig ihre Marke hin.

»Sag ihm, dass Dallas mit ihm sprechen will.«

Jetzt hob er doch den Kopf, bedachte sie mit einem kalten Blick und fragte knurrig: »Warum haben Sie das nicht gleich gesagt?«

»Jetzt habe ich es ja gesagt.«

»Moment. Ich gehe kurz zu ihm nach hinten ins Büro.«

Wegen seiner tonnenschweren Muskeln stand er schwerfällig von dem Hocker auf und stapfte durch die Tür hinter der Bar.

Versonnen blickte Peabody auf seinen blauen Zopf, der ihm von dem ansonsten kahlrasierten Schädel auf den Rücken hing. »Wie baut man solche Muckis auf? Stemmt der Typ pausenlos Gewichte, schaufelt kiloweise Proteine in sich rein oder bringt er regelmäßig irgendeiner alten Gottheit Ziegenopfer dar?«

Eve lachte leise auf.

»Ich bin nur froh, dass Ian nicht so viele Muskeln hat, denn solche Körper sind zwar heiß, aber sie machen mir auch Angst.«

Bevor sie weitersprechen konnte, erschien Crack, der unter seinem zur Abwechslung einmal zugeknöpften, beinah seriösen blauen Hemd genauso muskulös wie der inzwischen ebenfalls zurückgekehrte Barkeeper war.

»Habt ihr das Pack erwischt?«

»Noch nicht. Können wir reden?«

»Ja.« Er führte sie zu einem freien Tisch, und obwohl Eve zusammenzuckte, widersprach sie nicht, als er eine durchsichtige Kuppel herunterfuhr, die ihn von den anderen Tischen trennte. Zumindest wurde dadurch auch der Lärm der Sängerin, die vorne auf der Bühne kreischte, angenehm gedämpft.

»Inzwischen hat's auch Dinnie Duff erwischt.«

»Verdammt. Was ist passiert?«

»Sie haben sie zusammengeschlagen, mehrfach vergewaltigt und erwürgt und dann in der neutralen Zone zwischen Bangers-Land und Dragons-Territorium liegen lassen«, klärte Eve ihn nüchtern auf.

»Ich habe in den Nachrichten gehört, dass eine Leiche dort gefunden wurde, aber den Namen haben sie nicht genannt.«

»Jetzt werden sie ihn bringen, denn inzwischen haben wir ihre Mutter informiert.«

»Sie haben sie umgebracht, damit sie nicht mehr reden kann. Um das zu wissen, brauche ich kein dürrer Cop zu sein. Und wie wollt ihr die drei Hurensöhne jetzt noch finden?«

»Dadurch, dass der dürre Cop jetzt weiter seine Arbeit macht.«

Mit einem bösen Blick in ihre Richtung fügte Peabody hinzu: »Genau wie ich, denn auch wenn ich nicht dürr bin, bin ich schließlich ebenfalls ein Cop.«

»Du bist vielleicht nicht dürr, aber dafür echt gut gebaut, Mädel.« Crack lächelte sie an, dann aber wurde seine Miene sofort wieder ernst. »Ich mache mir Gedanken um Ro und die Familie, denn vor allem Miss Deborah hat die ganze Sache furchtbar zugesetzt.«

»Der Großmutter?«

»Genau, sie war überglücklich, dass auch der verlorene Enkel endlich wieder heimgekommen war. Und jetzt … sie sehen ihn sich heute noch mal an und das wird ganz bestimmt nicht leicht für sie. Trotzdem dachte ich, ich halte mich erst mal zurück und lasse sie dort als Familie hinfahren. Aber jetzt weiß ich nicht, ob ich vielleicht doch mitgehen soll.«

»Ich finde es richtig, dass du sie erst mal alleine fahren

lässt«, bemerkte Peabody. »Sie brauchen diese Zeit für sich, und wenn sie wiederkommen, bist du für sie da.«

»Eben war sie mit ihrem Bruder Walter in der Wohnung und hat ein paar Sachen eingepackt.«

Er nickte knapp. »Sie hat gesagt, dass sie sich mit euch trifft und später zu mir kommt. Ihr Bruder Martin hat in seiner Wohnung keinen Platz, aber ich lasse ganz bestimmt nicht zu, dass sie wieder in ihre eigene Wohnung zieht. Sobald sie wieder halbwegs bei sich ist, werden wir drüber reden, wie es weitergehen soll.«

»Sie hat gesagt, dass ein paar Sachen aus der Wohnung fehlen.«

»Das heißt, dass sie auch noch bestohlen worden ist.« Sein auch schon vorher harter Blick wurde steinern. »Was haben diese Typen alles eingesackt?«

»Sie haben Lyles Spardose geleert und seine guten Schuhe und die Kopfhörer geklaut. Wobei ich noch bei seiner Arbeit fragen werde, ob er die Kopfhörer dort vielleicht vergessen hat.«

»Das hätte er niemals. Weil sie echt teuer und vor allem weil sie ein Geschenk von Martin waren, der Lyle gegenüber länger als die anderen auf Distanz geblieben war. Er hat am Anfang nicht geglaubt, dass Lyle es wirklich ernst meint. Die Kopfhörer waren seine Art, zu zeigen, dass auch er ihm jetzt wieder vertraut und für ihn da sein will. Deswegen hätte Lyle die Dinger niemals einfach auf der Arbeit liegen lassen.«

»Und Rochelle hatte eine rote Handtasche, die ebenfalls verschwunden ist.«

»Das alte, kleine Ding?«, erkundigte sich Crack verblüfft und zeigte Eve mit seinen Pranken das Format der

Tasche, die zwar hübsch, doch nichts Besonderes gewesen war. »Waren da irgendwelche Scheine oder sonst was drin?«

Eve schüttelte den Kopf.

»Aber das ergibt nicht den geringsten Sinn.«

»Vielleicht ja doch, denn schließlich haben sie auch die Brosche ihrer Mutter, die in einer Schachtel auf Rochelles Kommode lag, und einen Armreif eingesteckt.«

»Das kann ich eher nachvollziehen. Das Zeug ist zwar nichts wert, aber vielleicht haben die Schwachmaten ja gedacht, dass man für diese Sachen etwas kriegt. Die Brosche hat für Ro zwar keinen finanziellen, aber einen ideellen Wert, deswegen hoffe ich, ihr findet dieses Ding.«

»Neben diesem Schmuck fehlen auch die Ohrringe, die sie von dir zum Valentinstag bekommen hat.«

»Verdammt.« Er rief die Speisekarte auf. »Ich brauche einen Drink. Wie steht's mit euch?«

»Wir möchten nichts. Die Brosche und der Armreif waren Modeschmuck und nicht viel wert, aber die Ohrringe sind echt, nicht wahr?«

Crack nickte knapp. »Das habe ich ihr aber nicht erzählt. Wahrscheinlich hätte sie sich sonst geweigert, sie zu nehmen, oder sich zumindest nicht getraut, sie anzuziehen.«

»Sind sie versichert?«

»Klar.« Er trommelte mit einer seiner Pranken auf den Tisch. »Sehe ich aus wie ein Idiot?«

»Du siehst aus wie ein großer, muskulöser schwarzer Mann, der hoffnungslos in eine junge Frau verschossen ist.«

Er runzelte die Stirn, doch unerschrocken fügte Eve hinzu: »Wenn diese Ohrringe versichert sind, liegt der Versicherung doch sicher die Beschreibung der verarbeiteten Steine vor. Es sind Diamanten und Rubine, stimmt's?«

»Diamanten und Rubine«, seufzte Peabody, und als die beiden anderen sie böse ansahen, meinte sie: »Ich bitte euch. So was kriegt eine Frau nicht jeden Tag geschenkt.«

»Es sind nur kleine Steine«, meinte Crack. »Ich fand sie einfach hübsch, sonst nichts.«

»Wie hoch sind die Ohrringe versichert?«

»Mit zehn.«

»Zehn ... tausend?«, quietschte Peabody.

»Ich brauche die Beschreibung, weil sie diese Ohrringe bestimmt versetzen wollen. Es war ein dummer Fehler, dort Sachen zu klauen, die derart einfach wiederzuerkennen sind. Wenn diese Typen denken, dass wir Cops so dämlich sind, zu glauben, dass der Tod von Lyle ein Unfall war, denken sie wahrscheinlich auch, wir gehen davon aus, dass er das Zeug gestohlen und verhökert hat. Wobei mir diese Handtasche was anderes sagt. Peabodys Elster-Theorie.«

»Sie haben alles mitgehen lassen, was geglitzert hat«, bemerkte Crack und endlich rutschte die von ihm bestellte Flasche aus dem Schlitz des Serv-O-Mats. »Vielleicht wollen sie das Zeug ja nicht verscherbeln, sondern selbst behalten oder ihren Schlampen schenken.«

»Und wenn wir eine von den Bangers-Bitches mit Rubinen und Diamanten an den Ohren herumspazieren sehen, sind sie dran. Das heißt, wir haben eine zusätzliche Spur. Außerdem ist der Nachbarin von gegenüber noch was eingefallen. Einer von den dreien hatte Schwierigkeiten, stillzustehen. Es war, als hätte er die ganze Zeit Musik im Kopf, denn er war ständig in Bewegung wie die Elektroniknerds auf unserem Revier. Wobei der Nachbarin vor allem dieses nervtötende Fingerschnipsen aufgefallen ist.«

»In deiner Kneipe hängen jede Menge zwielichtige Gestalten ab, und da das Territorium der Bangers in der Nähe ist, ist dir ja vielleicht schon mal so ein Typ hier aufgefallen«, sagte Eve zu Crack.

»Ich würde es euch sagen, wenn ich so jemanden kennen würde, und ich werde meinen Leuten sagen, dass sie ihre Augen offen halten sollen«, sagte er ihr zu. »Die Leute können hier tun und lassen, was sie wollen, aber wenn sie Ärger machen …« Er tat so, als ließe er zwei Schädel aneinanderknallen. »Das wissen auch die Bangers, die hier ab und zu was trinken, deshalb gab's mit ihnen bisher keine sonderlichen Scherereien.«

Er trank den ersten großen Schluck von seinem Bier. »Ich weiß, wie gut ihr beide eure Arbeit macht und dass ihr mir bestimmt noch sagen wollt, dass ich nichts unternehmen soll, wenn ich hier eine Tussi mit den Ohrringen von meiner Liebsten oder einen Fingerschnipser sehe, aber das könnt ihr euch sparen. Ihr habt den Schweinehund, der mir meine Alicia genommen hat, aus dem Verkehr gezogen, und dasselbe werdet ihr jetzt mit den Schweinehunden tun, die den kleinen Bruder von Rochelle ermordet haben. Vor allem würde Ro bestimmt nicht wollen, dass ich selbst etwas unternehme, nicht einmal, wenn ich der Meinung wäre, dass das richtig ist.«

Er lächelte. »Wenn ich was unternehmen würde, wärt ihr beide sauer und Rochelle wäre von mir enttäuscht. Und da ich euch nicht sauer machen und sie nicht enttäuschen möchte, lasse ich das sein. Vor allem, weil ich die Absicht habe, sie zu bitten, bei mir einzuziehen.«

»Du willst mit ihr zusammenziehen?«, vergewisserte sich Eve und klang nicht weniger verblüfft als Peabody, als es um die geschenkten Ohrringe gegangen war.

»Ich hatte bereits jede Menge toller Frauen.« Crack lehnte sich auf seinem Stuhl zurück und lenkte seinen Blick zur Decke, als ob alle diese tollen Frauen dort zu sehen wären.

»Und keine dieser Frauen würde je behaupten, dass sie jemals schlecht von mir behandelt worden ist. Als ich dann zum ersten Mal mit Ro zusammensaß, war mir sofort bewusst, dass sie nicht einfach eine dieser tollen Frauen, sondern etwas ganz Besonderes ist. Es gibt nicht viel, wovor ein Typ wie ich im Leben Bammel hat, doch die Erkenntnis hat mich … nachdenklich gemacht. Genau, sie hat mich nachdenklich gemacht.«

»Das ist total romantisch«, schwärmte Peabody.

»Nicht wahr?« Er strahlte wie ein Honigkuchenpferd. »Ich habe nachgedacht und mir gesagt, dann soll es wohl so sein. Wobei ich's erst mal langsam angegangen bin, denn das hat sie verdient. Ich wollte sie schon länger fragen, ob sie bei mir einziehen will, doch mir war klar, sie wollte sich auch weiterhin um ihren kleinen Bruder kümmern. Deswegen hatte ich schon überlegt, ob ich mir eine andere Wohnung suchen soll, in die sie beide einziehen könnten, aber jetzt … wie dem auch sei, sie zieht auf keinen Fall zurück in das Apartment, in dem Lyle ermordet worden ist.«

Er trank den nächsten Schluck von seinem Bier. »Dann hole ich jetzt mal das Zeug von der Versicherung.«

»Okay. Wobei ich dir noch eine letzte Frage stellen muss. Hat Lyle dir gegenüber mal erwähnt, dass er von Dinnie nichts mehr wissen wollte und ihr mit den Cops gedroht hat, falls sie noch mal bei ihm auf der Matte steht?«

Crack schüttelte den Kopf. »Wir kamen prima miteinander aus, aber von solchen Sachen hätte er mir nichts erzählt. Hat er ihr wirklich mit den Cops gedroht?«

»Sieht ganz so aus.«

»Ich bin auch so schon total angefressen von der ganzen Sache, aber wenn sich herausstellt, dass er deshalb tot ist, weiß ich gar nicht mehr, wohin mit meinem ganzen Angefressensein. Trotzdem würde es mich freuen, wenn es ihm gelungen wäre, einen endgültigen Schlussstrich unter die Geschichte mit dem blöden Weib zu ziehen. Ein Mann muss wissen, wo er seine Grenzen hat«, erklärte er und fügte, als er Eves erboste Miene sah, beschwichtigend hinzu: »Ihr Frauen müsst das natürlich auch wissen. Also bepisst euch nicht.«

»Du hast mir meinen Text geklaut. Normalerweise sage ich den Leuten, dass sie sich gefälligst nicht bepissen sollen. Wir bleiben in Kontakt«, gab Eve zurück und zeigte auf die Kuppel über ihrem Tisch.

Er machte ihnen wieder auf und Peabody erhob sich. »Wahrscheinlich kommt es dir so vor, als ob du keine große Hilfe wärst. Aber du bist für deine Freundin da, was eine große Hilfe ist. Und falls du noch was anderes machen willst, was man mit Händen greifen kann, könntest du ihr und der Familie was zu essen bringen lassen, damit niemand sich ums Kochen kümmern muss. Dann wäre einfach etwas da.«

»Gute Idee. Das mache ich.«

Die beiden Frauen wandten sich zum Gehen, und während auf der Bühne immer noch die Sängerin vom Ficken brüllte und die Tänzerinnen ihre Hüften kreisen ließen, starrte er mit grüblerischer Miene in sein Bier.

»Das war ein guter Vorschlag«, meinte Eve, als sie mit Peabody zu ihrem Wagen zurücklief. »Auf diese Weise hat er was zu tun.«

»Er sah so traurig aus. Er wirkte angefressen, doch vor allem sah er furchtbar traurig aus. Er liebt sie wirklich, und, mein Gott, er hat ihr Ohrringe mit echten Diamanten und Rubinen zum Valentinstag geschenkt. Was habe ich gesagt? Der Frühling ist die Zeit, in der's romantisch wird.«

»Wobei der Valentinstag im Winter war. Und wenn man teuren Glitzerkram verschenkt, bekommt man dafür manchmal Sex und der wärmt einen in der kalten Jahreszeit so richtig auf. Also …«

»Verdammt, Sie haben recht. Das heißt, ich habe eine bessere Idee.« Begeistert reckte Peabody den Zeigefinger in die Luft. »Romantik ist etwas, was keine Jahreszeiten kennt.«

»Mal sehen, ob Sie weiter so romantische Gefühle hegen, wenn es gleich ins Leichenschauhaus geht.«

»Auch dort wird schließlich weiter Frühling sein.«

10

Für Dinnie spielte es keine Rolle mehr, dass Frühling war.

Genauso wenig spürte sie den kalten Stahl des Tischs, auf dem sie mit dem von Morris sorgsam aufgeschnittenen und genauso sorgsam wieder zugenähten Oberkörper lag.

Im Augenblick saß er vor einer Arbeitsplatte, doch als Eve und Peabody in den Sektionssaal kamen, stand er auf und wandte sich den beiden Frauen zu.

»Und wieder kommen wir drei uns hier entgegen, wenn auch ohne Donner, Blitz und Regen.«

»Das kenne ich«, erklärte Peabody und reckte einen Zeigefinger in die Luft. »Das ist von Shakespeare, stimmt's?«

»Leicht abgewandelt, aber ja.« Mit diesen Worten trat er an den Tisch, auf dem das tote Mädchen lag. »Auch wenn der armen jungen Duff ein anderes Schicksal als dem schottischen Macduff beschieden war.«

Was zur Hölle, dachte Eve und wandte sich der Leiche zu. »Die Todesursache steht fest?«

»Zwar hätten auch ein paar der anderen Verletzungen, wenn sie nicht behandelt worden wären, zum Tod geführt, aber gestorben ist sie letztendlich an einem

Schädelbruch. Ihr Schädel wurde wiederholt auf den Betonboden geknallt, in den Wunden waren Beton und Stückchen von dem Kies, der dort gelegen hat. Auch ihre Nase und die Wangenknochen sind gebrochen, ihre Netzhaut hat sich abgelöst, die gebrochenen Rippen haben die Lunge perforiert und die Hämatome rund um ihren Hals weisen auf wiederholtes Würgen hin.«

»Das heißt, sie haben sie gewürgt, gewartet, bis sie wieder zu sich kam, und sie dann abermals gewürgt. Wahrscheinlich, während sie von ihnen vergewaltigt worden ist.«

»Ich kann Ihnen nicht sagen, wie viele es waren, denn die Kerle haben sich geschützt, auf alle Fälle aber sind sie mehrfach und gewaltsam in sie eingedrungen, auch noch, als sie nicht mehr am Leben war.«

»Was für kranke Schweine.«

»Stimmt, obwohl die kranken Schweine vielleicht gar nicht mitbekommen haben, dass sie zu dem Zeitpunkt schon verstorben war. Ich schreibe gerade den Bericht, aber falls Sie keinen Wert auf Fachbegriffe legen, kann ich Ihnen sagen, dass sie sie brutal zusammengeschlagen, vergewaltigt und dann ihren Schädel derart fest auf den Betonboden gedonnert haben, dass er wie die Schale eines rohen Eis zersprungen ist.«

»Aber sie haben sich geschützt.« Ein bisschen hatte Eve gehofft, die Täter hätten Spuren hinterlassen, als sie in das Mädchen eingedrungen waren. »Das heißt, sie waren zumindest schlau genug, um keine DNA zu hinterlassen und sich keine ansteckenden Krankheiten bei ihr zu holen. Aber hat sie sich vielleicht gewehrt, sodass es irgendwelche Spuren von den Kerlen an ihrem Körper gibt?«

Auf Morris' Zeichen sahen sie sich die Tote auf dem Tisch genauer an. »Sehen Sie die blauen Flecken an den Armen und den Beinen – vor allem in Höhe ihrer Knöchel?« Er wies auf die Körperstellen.

»Sie deuten darauf hin, dass sie von zwei der Typen festgehalten wurde, während der Dritte sie vergewaltigt hat.«

Er fuhr fort: »Und obwohl man es wegen all der blauen Flecken im Gesicht nicht ohne Mikrobrille sieht, hat jemand eine Hand auf ihren Mund gelegt, damit sie nicht um Hilfe schreien kann. Ich kann die Zahl der Täter nicht genau bestimmen, aber meiner Meinung nach waren sie mindestens zu dritt.«

»Ich gehe jede Wette ein, dass es dieselben drei waren wie bei Lyle«, murmelte Eve.

»Laut Tox-Bericht war sie auf Zoner und auf Funk, wobei es keinen Hinweis darauf gibt, dass sie gewohnheitsmäßig Funk genommen hat.«

»Sie sollte sich nicht wehren«, überlegte Eve. »Vielleicht haben sie ihr weisgemacht, es wäre das Gemisch, das sie sonst immer nahm.«

»Die Mengen von dem Zeug, das sie genommen hatte, waren winzig, das bedeutet, dass sie sich nicht wehren, aber alles mitbekommen sollte, was mit ihr passiert. Obwohl sie geschützt waren, konnte ich an Dinnies Leiche ein paar Haare und verschiedene Fasern sicherstellen. Die DNA des Haars ist zwar nicht in der Datenbank, aber ich habe die entnommenen Proben vorsorglich der Königin der Haare und der Fasern geschickt.«

Nachdem die tote Dinnie ihr nichts mehr zu sagen hatte, kehrte Eve dem Tisch den Rücken zu. »Die Mörder waren in beiden Fällen unnötig brutal. Das heißt, es ging um etwas Persönliches. Auch wenn der Mord an Dinnie in der Unterführung und die Tatsache, dass sie sie dann dort haben liegen lassen, gleichzeitig als Kriegserklärung von den Bangers an die Dragons oder andersherum gesehen werden kann, ging es vor allem um etwas Persönliches.«

»Das hat die arme todgeweihte Frau wahrscheinlich ebenso gesehen. Sie haben sie nach den ersten Schlägen eine Stunde leiden lassen, und ich nehme an, dass das die längste Stunde ihres Lebens war«, stimmte Morris ihr zu und blickte mitfühlend auf Duffs geschundenes Gesicht.

»Im Grunde war sie bereits tot, als Lyle sie reingelassen hat, aber Sie haben recht.«

Als sie aus dem Leichenschauhaus auf die Straße traten, atmete Eves Partnerin tief durch. »Es ist noch immer Frühling, auch wenn der Besuch bei Morris meiner guten Laune einen Dämpfer aufgesetzt hat und ich nur hoffen kann, dass wir jetzt nicht noch mal zum Hauptquartier der Bangers fahren.«

»Erst mal behalten die Kollegen dort vor Ort das Haus im Blick, und wir versuchen, alles über diesen Bolt herauszufinden, mit dem sie am Schluss zusammen war, denn wer auch immer sie aus dem Verkehr hat ziehen lassen, wollte, dass sie vergewaltigt und geschlagen wird und elendig krepiert. Das heißt, es ging auf jeden Fall um was Persönliches.«

»Ich werde gucken, was ich über diesen Typ finde«, sagte Peabody ihr zu und gab, sobald sie neben Eve im Wagen saß, den Namen in ihren Handcomputer ein.

»Okay, ich habe ihn. Er ist ein wirklich schlimmer Finger und er heißt mit bürgerlichem Namen Kenneth Jorgenson. Fünfundzwanzig Jahre, ledig, kinderlos. Die Mutter, Pauline Grant, hat sich nach elf Jahren von seinem Vater Oliver Jorgenson scheiden lassen, als der wegen Untreue, Betrug und Geldwäsche verurteilt worden war. Eine Schwester, Jessica, die achtundzwanzig ist. Sie hat den Namen ihrer Mutter angenommen, ist mit achtzehn zur Armee gegangen und augenblicklich in Nevada stationiert.«

»Und was ist mit der Mutter?«

»Die lebt wechselweise in Palm Beach und in Bar Harbor, Maine. Seit sieben Jahren verheiratet mit Humphrey Merkle, einem Selfmademilliardär. Bertinili's Tiefkühlpizza, davon haben Sie doch bestimmt schon gehört.«

»Das ist doch dieser widerliche Fraß, den man nur in die Mikrowelle schieben muss.«

»Weshalb er sich so gut verkauft. Sie haben auch Pasta und verschiedene andere Sachen im Programm. Wie dem auch sei, Merkle macht jede Menge Geld mit diesem Zeug.«

»Das heißt, der Banger stammt aus einem wohlhabenden Elternhaus.«

»Ja, auch wenn's erst mal bergab ging, als der Vater eingefahren ist. Um die Familie zu ernähren, hat die Mutter bei Bertinili's angefangen und sich dort hochgearbeitet, bevor sie irgendwann die Frau des Chefs geworden ist. Bis dahin hatte sie anscheinend alle Hände voll mit dem missratenen Sohn zu tun. Oder damit, ihm so gut wie möglich aus dem Weg zu gehen. Was von beidem, weiß ich nicht.«

»Was hat er denn als Junge angestellt?«

»Das kann ich Ihnen sagen, weil die Akte nämlich nicht versiegelt ist. Es ging um Schuleschwänzen, die Zerstörung fremden Eigentums, Ladendiebstahl, Einbruch, den Besitz von Drogen, ein Messer mit zu langer Klinge und tätlichen Angriff mit dem Ding.«

Peabody zog die Brauen hoch. »Und das alles, bevor er dreizehn war.«

»Das klingt nicht gut, wobei ich mir nicht vorstellen kann, dass es dabei geblieben ist.«

»Da haben Sie recht. Am Ende hat die Mutter ihn auf eine Militärschule geschickt, die ihn dann aber schon nach ein paar Wochen rausgeworfen hat. Dann kommen weitere tätliche Angriffe, diverse Einbrüche, Drogenbesitz sowie die weitere Zerstörung fremden Eigentums, bevor er sechzehn war, dazu.«

»Das heißt, es ging auf alle Fälle mit ihm weiter steil bergab«, schloss Eve.

»Auf jeden Fall. Als Nächstes ging's um Vergewaltigung, wobei das Opfer seine Anzeige dann urplötzlich zurückgezogen hat. Anscheinend war er zu der Zeit schon Gangmitglied.«

Eve bog in die Garage des Reviers und Peabody las weiter vor. »Aber hallo, Dallas, kurz vor seinem achtzehnten Geburtstag ist er dann auf seine Mutter losgegangen, wofür die Schwester ihn vermöbelt hat. Das hat sie gut gemacht.«

»Besorgen Sie mir den Bericht. Ich brauche die Details.«

»Die kriegen Sie. Er ist auch mehrmals eingefahren und saß insgesamt für vier Jahre im Knast, auch wenn es ihm dazwischen ab und zu gelungen ist, sich herauszuwinden, wenn er festgenommen worden ist.«

»Er ist zwar Lieutenant bei den Bangers, aber vielleicht reicht ihm das ja nicht. Vielleicht will er ja einen höheren Rang und die damit einhergehende Macht. Besorgen Sie mir alles, was es über diesen Typ gibt.«

»Mein Gott, Dallas.« Durch das Lesen von Bolts Akte hatte sich die gute Frühlingslaune von Eves Partnerin gelegt. »Er ist auf seine eigene Mutter losgegangen. Was, wenn die Schwester in dem Augenblick nicht da gewesen wäre, um ihm eine reinzuhauen? Das zeigt mir, dass er tatsächlich ein mehr als übler Bursche ist. Ich meine, wenn man seine eigene Mutter schlägt.«

»Hat man ganz sicher kein Problem damit, das Mädchen umzubringen, von dem man es sich gerade noch hat besorgen lassen.«

Eine Frau mit säuerlicher Miene und winterweißem Haar bestieg den Lift und fauchte: »Achten Sie auf Ihre Ausdrucksweise, junge Dame!«

»Habe ich mich unverständlich ausgedrückt?«, erkundigte sich Eve.

»Sind Sie Polizistin?«

»Allerdings.«

Sie pikste Eve mit einem langen, rot lackierten Fingernagel an.

»Lassen Sie das.«

Sie pikste ihr noch einmal in die Brust. »Ich zahle Ihr Gehalt und ich erwarte eine ordentliche Ausdrucksweise, junge Frau.«

Noch während sie dies sagte, schoben sich zwei Streifenpolizisten in den Lift und unterhielten sich mit lauten

Stimmen über den verdammten, blöden Wichser, der von ihnen festgenommen worden war.

Mit einem lauten »Pfff« schob sich die Frau an Eve vorbei und stapfte hocherhobenen Hauptes durch die Tür des Fahrstuhls, ehe die sich wieder schloss.

»Anscheinend war sie noch nicht oft auf einem Polizeirevier«, bemerkte Eve und rieb sich ihre Brust, bevor sie selbst ein Stockwerk höher aus dem Fahrstuhl stieg.

»Besorgen Sie die Akten über Jorgenson«, befahl sie Peabody, als sie mit ihr zusammen auf ein Gleitband stieg. »Er ist nicht wirklich groß, und unsere Zeugin hat darauf bestanden, dass es lauter große Kerle waren. Das heißt, er war beim Mord an Lyle nicht selbst dabei. Aber als Lieutenant hat er wahrscheinlich Zugang zu den Drogen, die im Bangers-Hauptquartier gelagert sind, und hat vielleicht die Menge abgezwackt, die sie Lyle gespritzt und in der Wohnung liegen lassen haben.«

»Genauso wie den Dreck, den Dinnie Duff bekommen hat.«

»Das könnte durchaus sein.«

»Aber hätte er das alles durchziehen können, ohne dass der Captain etwas davon mitbekommt?«

Eve rief sich den Besuch im Hauptquartier der Bangers und die Reaktion von Jorgenson auf ihr Erscheinen in Erinnerung. Er hatte Jones bedrängt, sich nichts gefallen zu lassen und den Bullen zu zeigen, wo der sprichwörtliche Hammer hing.

»Am besten finden wir das heraus.«

Sie ging in ihr Büro, brachte die Tafel auf den neuesten Stand, nahm mit einem vollen Kaffeebecher in der Hand in ihrem Schreibtischsessel Platz und dachte nach.

Bisher sah alles danach aus, als würden sie die Mörder innerhalb der Gang finden, wobei die eigentliche Zielperson Lyle Pickering gewesen war. Das Vorgehen und die Inszenierung dieses Mords als zufällige Überdosis sollten es so aussehen lassen, als ob er rückfällig geworden wäre, was bei einem Ex-Junkie nicht wirklich überraschend wäre.

Vor allem aber hatte irgendjemand offenbar persönlich einen Groll gegen das frühere Gangmitglied gehegt, um ihn in seiner eigenen Wohnung und auf diese Art zu töten, statt ihm einfach eines Abends nach der Arbeit auf der Straße aufzulauern. Was ein denkbares Vorgehen gewesen wäre, wenn es nur darum gegangen wäre, ihn aus dem Verkehr zu ziehen.

Doch weshalb hatte man ihn überhaupt umgebracht? Ging's dabei um verletzten Bangers-Stolz? Er hatte sich von der »Familie« losgesagt und wollte sich sein Gang-Tattoo entfernen lassen.

Das hätte vielleicht als Motiv gereicht, um ihn zusammenzuschlagen, aber nicht für einen Mord. Oder dafür, so viel von dem teuren Zeug, das sie verkauften, abzuzwacken, um den Mord als von dem Opfer selbst gesetzten goldenen Schuss zu tarnen.

Doch was, wenn jemand aus der Gang herausgefunden hatte, dass Lyle Pickering Strongs Informant gewesen war?

Wobei er dann wahrscheinlich eher zusammengeschlagen und anschließend hingerichtet worden wäre, statt ihm eine Überdosis zu verpassen, denn die wäre eine viel zu zahme Strafe für Verrat.

Er hatte die Familie verraten und mit dem Feind kollaboriert. Für dieses Vorgehen hatte er den Tod verdient – auch wenn der ziemlich schmerzlos vor sich gegangen war.

Weil das von ihm begangene Verbrechen nicht so wichtig wie die Tarnung dieses Mords als Selbstmord war?

Mit einem Seufzer stand sie auf und stapfte hinter ihrem Schreibtisch auf und ab.

Dann tat sie etwas, was sie sich normalerweise streng verbot, und rief privat bei Dr. Charlotte Mira an.

»Eve.«

»Es tut mir leid. Es geht um was Berufliches, aber ich dachte, wenn Sie gerade eine Sitzung hätten, würden Sie sonst nicht drangehen.«

»Ich wollte gerade Feierabend machen, weil ich zum Zahnarzt muss. Aber es ist nur ein Routinecheck, ich hoffe also, es kommt nichts dabei heraus.«

»Viel Glück«, wünschte Eve ihr, wobei sie sich mit ihrer Zunge über die eigenen Zähne fuhr. »Es geht um die zwei Morde in Zusammenhang mit dieser Gang. Ich habe Ihnen die Berichte schon geschickt, aber wahrscheinlich hatten Sie noch keine Zeit, um sie sich anzusehen.«

»Ich habe sie bisher nur überflogen, weil Sie nicht dazugeschrieben haben, dass es eilig ist, aber nach dem Treffen mit Rochelle wollte ich sehen, ob ich Ihnen vielleicht helfen kann. Warum komme ich nicht auf einen kurzen Sprung in Ihr Büro? Ich habe noch ein bisschen Zeit, bis ich zum Zahnarzt muss.«

»Das wäre super. Vielen Dank.«

»Das lenkt mich wenigstens von dem Besuch beim Zahnarzt ab. Ich bin in fünf Minuten da.«

Eve nutzte diese Zeit, um die Verbindungen zwischen Opfern und Verdächtigen, den anderen Mitspielern und Zeuginnen und Zeugen herzustellen.

Die waren wirklich zahlreich, dachte sie und hängte das von ihr erstellte Schaubild an der Tafel auf.

Dann hörte sie das Klackern hoher Absätze und öffnete die Tür.

Anscheinend war auch Mira glücklich, weil jetzt endlich Frühling war. Das zeigten Eve ihr maßgeschneidertes Kostüm in einem warmen Sonnengelb, das bunte Blumenmuster auf den hochhackigen Schuhen und die blassblaue Jacke über ihrem Arm.

»Danke, dass Sie sich die Zeit nehmen.«

»Kein Problem.« Die Psychologin legte ihre Jacke vorsichtig auf den Besucherstuhl. »Ich mag Rochelle und mir tut es leid, was sie jetzt durchzumachen hat.«

Sie schaute sich die Bilder an der Tafel an. »Haben Sie ihr schon erzählt, dass er Strongs Informant war?«

»Noch nicht. Falls das der Grund für diesen Mord ist, sollte erst mal niemand etwas davon erfahren.«

»Glauben Sie, er hat noch anderen als seinem Mentor etwas davon erzählt?«

»Eher nicht. Zwar habe ich sein Tagebuch bisher nur überflogen, aber es sieht nicht so aus, als hätte er das dort erwähnt. Und wenn er nicht einmal in seinem Tagebuch davon geschrieben hat und auch die Schwester keine Ahnung hatte, kann ich mir nicht vorstellen, dass er andere ins Vertrauen gezogen hat. Was allerdings nicht heißt, dass niemand es herausgefunden oder etwas in der Art vermutet hat.«

»Wenn jemand es herausgefunden hätte, hätten sie

ihn doch wahrscheinlich als Verräter hingerichtet, oder nicht?«

»Wer hat den Mord geplant, befohlen und die drei Täter ausgesucht? Ich glaube nämlich nicht, dass Dinnie Lyle hat ermorden lassen, denn schließlich wurde sie nur ein paar Stunden später selbst umgebracht. Vor allem hatte sie kein Standing in der Gang. Sie hatte nichts zu sagen und als Hardcore-Junkie hatte sie ganz sicher keinen Zugang zu den Drogen, die die Gang vertickt. Vor allem hätte sie ganz sicher nicht freiwillig zur Vertuschung dieses Mordes etwas von dem Zeug in der Wohnung liegen lassen, sondern alles eingesackt. Wobei sie wirklich sauer auf ihn war, denn schließlich hatte Lyle zu ihr gesagt, dass er die Bullen rufen würde, wenn sie noch einmal bei ihm auf der Matte steht. Bestimmt hat sie deshalb bei irgendwelchen anderen Bangers-Bitches und vor allem bei diesem Kerl hier herumgejammert«, meinte Eve und zeigte auf das Bild von Jorgenson. »Mit dem war sie am Ende öfter in der Kiste dafür, dass er sie dann bei sich übernachten lassen hat.«

»Sie hätte also ein Motiv gehabt, zu helfen, wenn sie Pickering bestrafen wollten«, pflichtete Mira ihr bei. »Aber ein Mord wäre doch ziemlich krass gewesen, wenn sie selbst oder die anderen keine Ahnung hatten, dass er Informant der Polizei war.«

Eve tippte auf die Aufnahmen von Slice und Bolt. »Die beiden hier sind meine momentanen Hauptverdächtigen. Jones ist aktuell der Captain von den Bangers und er kannte Pickering, seit sie zusammen in der Schule waren. Sie kommen aus ähnlichen Verhältnissen, waren früher echte Freunde, und wenn Pickering nach seiner

Zeit im Knast zu ihnen zurückgekommen wäre, hätte er ihn angeblich zu seinem Stellvertreter machen wollen.«

»Zu seinem Stellvertreter?«, hakte Mira nach und lehnte sich behutsam an Eves Schreibtisch. »Das heißt, er hat ihn wirklich wertgeschätzt, ihn respektiert und ihm vertraut.«

»Genauso sehe ich das auch. Wenn er plötzlich mitbekommen hätte, dass Lyle mit der Polizei kollaboriert, hätte sein Ehrgefühl ihn gezwungen, ihn aus dem Verkehr zu ziehen. Aber hätte er es dann wie eine Überdosis aussehen lassen, statt den elenden Verräter vor Gericht zu stellen und hinzurichten, wie's in solchen Fällen üblich ist?«

»Es wäre durchaus möglich, dass er gerade wegen der gemeinsamen Geschichte einen anderen Weg gegangen ist. Vielleicht wollte er ihn zusätzlich erniedrigen, indem er es so aussehen ließ, als hätte Pickering der ganzen Welt was vorgemacht. Auf diese Weise hätte er ihn selbst und gleichzeitig seine Familie zusätzlich bestraft.«

Eve nickte zustimmend. »Das stimmt. So könnte es gewesen sein. Wobei es cleverer gewesen wäre, ihn woanders abzupassen, ihm das Zeug zu spritzen und ihn dann mit weiteren Drogen in den Taschen dort zurückzulassen, oder nicht?«

»Jones kommt mir alles andere als dumm vor«, fügte sie hinzu. »Und außerdem ist er ein Killer. Das sieht man ihm an.«

»Das stimmt. Man sieht's an seinem Blick. Das ist nicht immer so. Aber dieser Kerl ist stolz darauf, dass er ein Killer ist.«

»Da haben Sie recht. Er hat nur so lange überlebt,

weil er dazu auch noch was auf dem Kasten hat. Neben dem, was er mit seiner Gang verdient, macht er noch jede Menge Geld mit Immobilien. Zusammen mit zwei Partnern außerhalb der Gang, mit denen ich noch reden muss. Das heißt, er hat sich einen Notfallplan zurechtgelegt, damit er weiterhin ein gutes Leben hat, wenn er mal nicht mehr Boss der Bangers ist.«

Statt auf die Tafel blickte Mira jetzt auf Eve. »Sie glauben nicht, dass er den Mord an Pickering befohlen hat.«

»Es wäre einfacher, wenn er dahinterstecken würde«, gab Eve unumwunden zu. »Er ist ein Killer und stolz darauf, deswegen würde ich ihn gern bis ans Ende seines Lebens hinter Gitter bringen. Aber nein, ich glaube nicht, dass er den Mord an Pickering befohlen hat. Es passt ganz einfach nicht.«

»Ach nein?«

»Als er vom Mord an Pickering erfuhr, war er vor allem empört. Natürlich war er auch geschockt, aber vor allem empört. Er ist ein guter Lügner, keine Frage, aber die Empörung habe ich ihm abgekauft.«

»Weil jemand über seinen Kopf hinweg einen Ex-Banger hat umbringen lassen. Weil jemand die Befehlskette missachtet hat.«

»Genau.« Eve schlug sich auf den Oberschenkel. »Ganz genau. Wenn einer meiner Leute über meinen Kopf hinweg entscheidet, trete ich ihm dafür in den Arsch. Genau das habe ich Slice an dem Abend angesehen. Die Vorstellung, dass jemand über seinen Kopf hinweg entschieden hat, hat ihn total erbost. Deshalb hat er auch mit dem Mord an Dinnie nichts zu tun. Der mit dem ersten Mord zusammenhängt. Sie hatte ihre Schuldigkeit getan, und früher oder später hätte sie wahrscheinlich ihre Klappe nicht mehr halten können, also haben sie verhindert, dass sie redet.«

»Der andere? Jorgenson? Sie gehen davon aus, dass er dahintersteckt.«

»Er ist auf jeden Fall im Rennen und im Augenblick führt er das Rudel an. Er ist ein Hitzkopf, als wir bei ihnen waren, hat er Jones dazu gedrängt, sich mit uns anzulegen und zu zeigen, wer das Sagen hat. Außerdem hat er ein ellenlanges Vorstrafenregister und ist als Gewalttäter bekannt.«

Sie schaute sich noch einmal sein Foto an. »Trotzdem muss ich noch verschiedene Sachen überprüfen und versuchen, ein Gefühl auch für die anderen Lieutenants oder aufstrebenden Gangmitglieder zu bekommen. Dazu muss ich versuchen, herauszufinden, ob die Infos, die Lyle Strong gegeben hat, dazu geführt haben, dass jemand aus der Gang verhaftet wurde, und dann …«

Eve sah auf ihre Uhr. »Sie müssen doch wahrscheinlich langsam los.«

»Ein paar Minuten habe ich noch Zeit. Fahren Sie fort.«

»Okay. Ich kann verstehen, dass Duff, so schnell es ging, aus dem Verkehr gezogen wurde. Nur war das der totale Overkill. Sie haben sie brutal zusammengeschlagen, mehrfach vergewaltigt und gewürgt. Dagegen haben sie Pickering erst ein Beruhigungsmittel und dann jede Menge anderen Dreck gespritzt. Wahrscheinlich hat er nach dem ersten Piks schon nichts mehr gespürt.«

»Der Grund dafür ist vielleicht schierer Frauenhass«,

warf Mira ein. »Das alte Gangmitglied – ein Mann – hat seinen Kampf gekämpft, ist für die anderen eingefahren und trug das Gang-Tattoo, deshalb bekommt es einen leichten Tod. Aber die Frau, die nicht mehr nützlich ist und hauptsächlich als Sexobjekt gedient hat – wofür es auch noch genügend andere Frauen gibt –, wird schwer misshandelt und missbraucht. Das zeigt, dass sie für sie nur eine Hure war.«

Die Psychologin kreuzte ihre wohlgeformten Knöchel und verschränkte ihre Arme vor der Brust. »Nach dem, was ich bisher gelesen habe und an Ihrer Tafel sehe, und nach unserem Gespräch gehe ich erst mal davon aus, dass die Person, die hinter diesen Morden steckt, ein überzeugter Banger ist, für den die Gang, egal worum es geht, an erster Stelle kommt. Ein ehrgeiziger Mensch, der einen gewissen Einfluss hat. Genug, um drei von seinen Leuten – oder, wenn er selbst dabei war, zwei – und Duff dazu zu bringen, seinen Befehlen zu gehorchen. Genug, um an den Stoff zu kommen, der Pickering gespritzt und obendrein bei ihm zurückgelassen worden ist. Aber er ist auch impulsiv. Er hat nicht gründlich genug nachgedacht, um zu erkennen, wo die Schwachstellen des Mordplans sind. Er hatte das Verlangen, den abtrünnigen Banger zu bestrafen, zu erniedrigen und seinen hart zurückerkämpften guten Ruf und das Vertrauen, das die anderen wieder in ihn hatten, zu zerstören.«

»Wenn er nicht der Boss ist und es bleiben will, hat er auf jeden Fall die Absicht, es zu werden. Wenn also nicht der Boss dahintersteckt, dann jemand, dem es neben allem anderen darum ging, dass Pickering ein alter Freund des Bosses war.«

»Weil er Unruhe stiften will.«

»Genau. Vor allem mit dem zweiten Mord, denn der war unnötig brutal und dazu fand er direkt auf der Grenze zwischen Bangers-Land und Dragons-Territorium statt. Er sorgt für Unruhe und hilft danach, den Ärger zu bekämpfen, den er selbst heraufbeschworen hat. Genauso wie ein Brandstifter, der dann der Feuerwehr beim Löschen hilft.«

»Auf diese Art rückt er sich bei den anderen in ein positives Licht.«

Eve nickte zustimmend. »Wir wissen, dass er ehrgeizig, brutal und impulsiv ist und dass ihm die Bangers über alles gehen. Falls also nicht der aktuelle Boss hinter den Morden steckt, ist es auf alle Fälle jemand, der es selbst auf die Position des Captains abgesehen hat. Frauen benutzt er einfach, wann und wie er will. Vielleicht hat er als Junge mitbekommen, wie sein eigener Vater oder eine andere männliche Autoritätsperson die Mutter dergestalt missbraucht oder erniedrigt hat. Wenn sie das hingenommen hat, ist sie nichts anderes als eine Hure, und falls sie sich aufgelehnt hat, ist sie eine Bitch.«

»Vor Jahren ist Jorgenson einmal auf seine Mutter losgegangen, aber die Schwester, die beim Militär ist, hat ihm eine reingehauen und ihn gestoppt.«

Die Psychologin hob die Brauen. »Das ist auf alle Fälle interessant und passt genau ins Bild. Die eigene Mutter anzugreifen, bis ihn die eigene Schwester aufhält. Das heißt, er hat auf jeden Fall ein wirklich schiefes Frauenbild.«

Mit unverhohlenem Widerwillen stieß Mira sich vom Schreibtisch ab. »Ich hoffe sehr, es bleibt beim Zahnarzt beim versprochenen Routinecheck und ich bin bald zurück, um die Berichte, die Sie mir geschickt haben, gründlich durchzugehen.« Sie hängte sich die Jacke wieder über einen Arm und wandte sich zum Gehen. »Dann erstelle ich ein umfassendes Gutachten für Sie.«

»Das wäre nett. Und noch mal toi, toi, toi bei Ihrem Termin.«

»Ich nehme Ihre guten Wünsche mit. Und bitte richten Sie Rochelle mein Beileid aus, wenn Sie sie noch einmal sehen, und sagen Sie ihr, dass ich ihr eine gute Therapeutin empfehlen kann, auch wenn sie sicher eigene entsprechende Kontakte hat.«

»Das mache ich.«

Als Mira in den bunten Blumenschuhen das Büro verließ, wandte sich Eve erneut der Tafel zu.

Danach ging sie die Infos über Jorgenson, die Peabody gefunden hatte, durch und suchte in Strongs Akten nach Verbindungen in der Gang zu einer der Personen, die von ihr aufgrund von Infos, die Lyle ihr gegeben hatte, festgenommen worden war. Dann rief sie Detective Strong an und fragte sie nach den Befehlsstrukturen innerhalb der Gang.

Mit diesen Infos führte sie verschiedene Wahrscheinlichkeitsberechnungen durch, bis der Bericht von Harvo kam.

»Gesegnet sei die Königin der Fasern und des Haars!«

Sie führte ein paar kurze Telefongespräche, zog sich ihren Mantel an und stapfte los.

»Officers Shelby und Carmichael, Sie kommen mit. Auf geht's, Peabody. Harvos Untersuchung von den Fasern und den Haaren hat tatsächlich was gebracht.«

»Wir haben einen Namen?«

»Barry Aimes alias Fist. Reo beantragt schon den Haftbefehl. Eins von den Haaren bei Duff stimmt mit der DNA in seiner Akte überein. Aimes ist erst siebzehn, aber saß schon einmal eine Weile wegen irgendwelcher Schlägereien, die er in der Schule angezettelt hat. Und jetzt hat er ein Haar bei Duff verloren.«

Sie zeigte Peabody das Bild auf ihrem Link. »Sein Haar ist lang und rot gefärbt. Angeblich hat er einen Job und räumt in einem Minimarkt Regale ein. Dort fahren wir zuerst vorbei.«

»Siebzehn«, meinte Peabody, bevor sie die Arme in die Ärmel ihrer Jacke schob. »Trotzdem hat er schon zwei Menschen umgebracht.«

»Das heißt, dass er ein wirklich übler Bursche ist, aber ich habe mir schon einen Plan zurechtgelegt«, erklärte Eve und freute sich drauf, die Namen seiner beiden Komplizen aus ihm herauszuholen.

11

Eve hatte auch ansonsten kein Problem damit, den Wagen in der zweiten Reihe abzustellen, doch diesmal parkte sie den DSL aus gutem Grund und zum Ärger aller anderen Fahrer direkt neben einer Karre, die schon vor der Tür des Ladens stand.

Falls Aimes es schaffte, durch die Vordertür des kleinen Supermarktes abzuhauen, würde Peabody den Wagen nehmen, während sie den Kerl zu Fuß verfolgte, und falls er versuchte, durch den Hinterausgang zu verduften, würden ihn Shelby und Carmichael von der Trachtengruppe dort abfangen.

Sie hatte ihnen extra noch einmal eingeschärft, sich vorzusehen, denn Aimes war hundertzwanzig Kilo schwer, fast 1,90 Meter groß, hatte eine Vorliebe für Messer und würde nicht zögern, eine solche Waffe zu benutzen, wenn ihm jemand in die Quere kam.

Der Laden hatte ungefähr die Größe ihres Kleiderschranks und bot der Kundschaft abgepacktes Junkfood und Konserven, Süßigkeiten und Kondome, eine Auswahl billigen Make-ups und Haarfärbemitteln an. Wahrscheinlich war er einzig deshalb noch nicht pleite, weil es nebenher unter dem Ladentisch verbotene Lose für verschiedene Lotterien und Rauchwaren vom Schwarzmarkt gab.

Statt Aimes sah Eve nur einen älteren Mann mit einem im Genick zusammengebundenen Kopftuch, der mit säuerlicher Miene eine junge Frau bediente, die mit einem Baby vor dem Bauch und einem verbeulten Einkaufskorb in einer Hand am Tresen stand.

Eve gesellte sich dazu und schaute sich die eher bescheidene Auswahl an Süßigkeiten an, die in einer abgeschlossenen Vitrine lagen.

Der Alte sah sie fragend an. »Was wollen Sie?«

»Wir suchen Barry Aimes.«

»Ach ja?« Jetzt wirkte er noch säuerlicher als zuvor. »Wenn Sie ihn finden, sagen Sie mir, wo er steckt, damit ich ihn rausschmeißen kann. Der faule Sack ist jetzt schon seit zwei Tagen nicht mehr aufgetaucht.«

Er hatte in der Zeit zu viel damit zu tun, zwei Menschen umzubringen, dachte Eve, laut aber fragte sie: »Ist das normal für ihn?«

»Es ist auf jeden Fall nicht unnormal. Sie beide sind von der Bullerei?«

Eve legte ihre Marke auf den Tisch. »Es scheint Sie nicht zu überraschen, dass die Polizei nach Ihrem Angestellten sucht.«

»Angestellte kommen zur Arbeit, oder nicht? Ich habe diesen faulen Sack nur übernommen, weil er der Neffe der Cousine meiner Frau ist und sie mir die Ohren vollgejammert hat. Was hat er diesmal angestellt?«

»Haben Sie eine Ahnung, wo er vielleicht steckt?«

»Verdammt.« Mit einem abgrundtiefen Seufzer schob er sich das Kopftuch aus der Stirn. »Wahrscheinlich ist er wieder einmal drauf oder schläft seinen letzten Rausch zu Hause aus. Er lebt bei seiner alten Dame, die im

Gegensatz zu ihm tatsächlich jeden Tag zur Arbeit geht. Wenn Sie ihn finden, richten Sie ihm von mir aus, dass er sich hier nicht mehr blicken lassen braucht. Nachdem er das letzte Mal im Laden war, haben sechzig Dollar aus der Kasse gefehlt. Ich will ihn nicht mehr sehen, und wenn seine Arschloch-Kumpels von den Bangers was dagegen haben, sollen sie zur Hölle fahren.«

»Bezahlen Sie den Bangers Geld für ihren zweifelhaften Schutz?«

»Der Laden ist zwar nichts Besonderes, aber er ist alles, was ich habe, deshalb werden Sie dazu von mir nichts hören. Aber das heißt noch lange nicht, dass ich mir auch von diesem faulen Sack Barry alles bieten lassen muss.«

»Okay. Könnte ich Ihren Namen haben?«

»Haben Sie keinen eigenen?«, fragte er zurück und grinste über seinen Witz. »Hoobie. Kent Hoobie.«

»Mr. Hoobie, falls er ins Geschäft kommt oder Sie ihn sonst irgendwo sehen, erzählen Sie ihm bitte nichts von unserem Besuch, sondern rufen Sie mich umgehend an.«

Sie hielt ihm eine Karte hin, und Hoobie wollte sie in seine Tasche stecken, sah sie sich dann aber aus zusammengekniffenen Augen an und fragte: »Mord? Mein Gott, der dumme Junge hat doch wohl niemanden umgebracht?«

»Wir müssen mit ihm sprechen«, meinte Eve und wandte sich zum Gehen.

Auf der Straße rief sie die Kollegen von der Streife an und bat sie vor das Haus. »Peabody, haben Sie herausgefunden, wo die Wohnung seiner Mutter liegt?«

»Sie liegt im fünften Stock und geht nach Osten auf die schmale Gasse zwischen diesem und dem Nachbarhaus.«

»Okay.« Eve wandte sich den beiden Streifenhörnchen zu. »Er ist die letzten beiden Tage hier nicht aufgetaucht, deswegen nehmen wir uns jetzt die Wohnung seiner Mutter vor.«

Auch ein paar Häuserblocks weiter, auf der Grenze zwischen Bangers-Territorium und solider Mittelklassegegend, stellte Eve den Wagen in der zweiten Reihe ab.

Das Haus, in dem Aimes bei der Mutter lebte, wurde hauptsächlich von Leuten, die nicht wirklich gut betucht waren, bewohnt, aber die Haustür war mit einer, wie es aussah, funktionierenden Überwachungskamera bestückt. Eve schickte die Kollegen in den schmalen Durchgang zwischen diesem und dem Nachbarhaus und öffnete die Tür mit ihrem Generalschlüssel.

Statt einen der beiden Lifte, deren dunkelgrüne Türen in die beige gestrichenen Wände eingelassen waren, nahm Eve den Weg durchs Treppenhaus.

»Fünf Etagen«, murrte ihre Partnerin und munterte sich gleichzeitig auf: »Zumindest sorge ich auf diese Art dafür, dass meine Hose weiter locker sitzt. Die Mutter ist Verkäuferin bei Trendy in der Sky Mall. Das bedeutet, dass sie einen ziemlich weiten Weg zur Arbeit hat.«

»Wahrscheinlich nimmt sie den in Kauf, weil hier die Mieten ziemlich günstig sind.«

Sie hörten hier und da Musik, gedämpfte Stimmen aus verschiedenen Fernsehern und irgendwo die wilden Schreie eines Babys, das von einem Rudel Wölfe attackiert zu werden schien, doch davon abgesehen war alles ruhig. Das hieß, die meisten Leute, die hier lebten, gingen einer Arbeit nach und waren noch nicht wieder heimgekehrt.

»Apartment 516«, erklärte Peabody ein wenig atemlos, nachdem sie oben angekommen waren.

Sie traten vor die Tür, die ebenfalls mit einer Kamera und einem zusätzlichen Schloss versehen war.

Eve klopfte an und spitzte angestrengt die Ohren, aber in der Wohnung blieb es ruhig.

Sie klopfte noch einmal lauter an, worauf die Tür der Wohnung gegenüber aufgezogen wurde und ein Teenie mit bei Mädchen ihres Alters angesagter halb gelangweilter und halb genervter Stimme fragte: »Was geht hier ab? Die Leute sind nicht da, aber es gibt andere, die in Ruhe ihre Hausaufgaben machen wollen.«

»Wir suchen Barry Aimes. Hast du ihn in der letzten Zeit gesehen?«

Das Mädchen streckte seinen Kopf mit jeder Menge sanft gewellter, blau gesträhnter brauner Haare noch ein bisschen weiter durch die Tür. »Weswegen sollte ich den sehen wollen? Wenn er zu Hause wäre, würde er so laut Musik hören oder fernsehen oder beides, dass ich meine Hausaufgaben nur erledigen könnte, wenn ich Watte in den Ohren hätte. Das heißt, er ist nicht da. Vielleicht ist er ja bei der Arbeit, obwohl ich mir das nicht vorstellen kann.«

»Wann hast du ihn zum letzten Mal gesehen oder gehört?«

»Ich schätze, das ist jetzt schon eine ganze Weile her. Meine Mom denkt, dass er ausgezogen ist. Ich hoffe es. Ich soll ihm nie die Tür aufmachen, selbst wenn sie zu

Hause ist. Sie sagt, dass er nur Ärger macht. Was wollen Sie denn von ihm?«

»Er macht tatsächlich Ärger«, meinte Eve und hielt dem Mädchen ihre Marke hin.

»Oh Mann, warum muss meine Mutter immer recht haben? Aber wenn Sie von der Polizei sind, warum haben Sie dann so einen heißen Mantel und die andere so coole Stiefel an?«

»Und warum bist du nicht in der Schule, wenn du angeblich noch Hausaufgaben machen musst?«

»Die Schule ist seit *Stunden* aus«, klärte der Teenie sie mit einem theatralischen Augenrollen auf.

»Meine Mom sagt, Mrs. Aimes rackert sich ab und hat so einen nichtsnutzigen Kerl wie Barry als Sohn nicht verdient. Sie meint, er würde früher oder später im Gefängnis landen, und wenn Sie ihn ins Gefängnis bringen, hat sie schon wieder recht gehabt.«

Eve hielt ihr eine ihrer Karten hin. »Wenn er zurückkommt, ruf mich an. Sprich nicht mit ihm, und tu, was deine Mutter sagt, halt dich von ihm fern.«

»Ich spreche nie mit ihm, und wenn meine Mutter wüsste, wie der Typ mich manchmal anguckt, würde sie wahrscheinlich ausflippen.« Sie blickte mit zusammengekniffenen blauen Augen von der Karte auf. »Sind Sie tatsächlich Mordermittlerin? Dann gebe ich am besten meiner Mom Bescheid. Sie ist noch bei der Arbeit, aber ich will nicht, dass sie allein nach Hause kommt, falls dieser kranke Hirni jemanden ermordet hat.«

»Dann ruf sie jetzt gleich kurz an, doch davon abgesehen behalt die Angelegenheit für dich. Weißt du, wann seine Mutter von der Arbeit kommt?«

»Normalerweise gegen sieben oder acht. Außer am Freitag und am Samstag, weil sie da die Spätschicht hat und meist erst gegen elf nach Hause kommt. Sie arbeitet bei Trendy in der Sky Mall und sie bringt mir ab und zu Rabattgutscheine mit. Sie ist echt nett, aber jetzt muss ich meine Mom anrufen, weil sie sich bestimmt gleich auf den Heimweg macht.«

»Wie heißt du überhaupt?«

»Carrie Dru.«

»Also, Carrie, wir haben einen Haftbefehl für Aimes und werden deshalb jetzt in diese Wohnung gehen.«

»Ist das erlaubt?«

Eve tippte ihre Marke an. »Natürlich ist es das. Du gehst jetzt besser wieder rein und bleibst in eurer Wohnung, bis wir fertig sind.«

Das Mädchen trat wortlos einen Schritt zurück, drückte die Wohnungstür ins Schloss und sperrte vorsichtshalber noch von innen ab.

Eve wandte sich erneut der Tür der Aimes'schen Wohnung zu und schaltete ihren Rekorder ein. »Lieutenant Eve Dallas und Detective Delia Peabody betreten jetzt die Wohnung des Verdächtigen.«

Sie zückte ihre Waffe, öffnete die Tür mit ihrem Generalschlüssel, trat ein und stellte fest: »Der Flur ist leer. Vielleicht hat er sich irgendwo versteckt oder liegt noch im Bett und pennt.«

Das Wohnzimmer war aufgeräumt und sauber, ordentlich möbliert, und neben einem Fernseher hingen an der Wand diverse Fotos – unter anderem von Barry Aimes als süßem kleinem Jungen.

Die Küche war genauso aufgeräumt und sauber, also

hatte Carrie recht, denn wenn ein mörderischer Teenie in der Wohnung wäre, hätte sich dort sicher jede Menge schmutziges Geschirr getürmt.

Dem ordentlichen Schlafzimmer der Mutter gegenüber sah Eve eine Tür mit angeschraubtem Schloss und einem handgeschriebenen Schild.

Bleib raus aus meinem Zimmer!

»Heute nicht.«

Eve schloss die Tür mit ihrem Schlüssel auf, und der Geruch, der ihr entgegenschlug, bewies, dass Barrys Mutter dem Befehl des Sohnes nachgekommen war. Es stank nach kaltem Zoner von den Kippenresten, die auf einem kleinen Teller lagen, nach Männerschweiß und nach den Essensresten, die sie zwischen einem Haufen Schmutzwäsche, diversen leeren Coladosen und zwei leeren braunen Billigfuselflaschen auf dem Boden liegen sah.

Das fleckenübersäte Bettzeug hätte in den Sondermüll gehört, und Peabody stieß würgend aus: »Ich weiß nicht, ob das möglich ist, aber wenn ja, besteht die Luft in diesem Raum vor allem aus den Fürzen, die der Kerl im letzten halben Jahr ausgestoßen hat.«

Auch Eve atmete vorsichtshalber nur noch durch den Mund. »Natürlich ist das möglich, denn es gibt bestimmt nichts anderes, was so stinkt.«

Widerstrebend trat sie vor den schmalen Schrank, zwängte die Tür mit einem Ellenbogen auf und sah die leuchtend rote Tasche, die an einer Silberkette an einem Haken hing.

»Haben Sie das Untersuchungsset dabei?«

Peabody schüttelte den Kopf, dann aber meinte sie: »Zumindest habe ich an das Versiegelungsspray gedacht«, hielt ihr die Dose hin und eilig sprühte sich Eve die Hände ein.

»Sieht aus, als hätte er den größten Teil von seinen Kleidern, falls sie jemals hier im Schrank gehangen haben, mitgenommen, aber diese Tasche hat er zurückgelassen.«

»Vielleicht pennt er ja anderswo, vielleicht sogar im Bangers-Hauptquartier, und wollte nicht, dass irgendwer die Tasche sieht«, schlug Peabody ihr vor.

»Das könnte sein. Mal sehen, ob Reo uns dort noch einmal Zutritt verschaffen kann. Doch selbst wenn wir den Typ dort erwischen, würden dadurch gleichzeitig die anderen beiden und der Drahtzieher gewarnt. Vielleicht ist Aimes tatsächlich dort, aber vielleicht ist er auch abgetaucht oder inzwischen selbst tot.«

Sie nahm die Tasche in die Hand, klappte sie auf und stellte fest: »Was haben wir denn da?«

Auch Peabody sah sich die Ohrreifen aus goldenem Plastik an und stellte fest: »Mein Gott, er hat nicht mal das Blut entfernt.«

»Ich weiß, dass diese Dinger Duff gehören, aber trotzdem schicken wir sie auch noch ins Labor. Und wenn Sie außer dieser Spraydose nichts in den Taschen haben, laufen Sie jetzt noch mal runter und holen das Untersuchungsset.«

»Auf meine weiten Hosen«, meinte Peabody und stapfte los.

»Und sagen Sie den Streifenhörnchen, dass sie weiter hier die Stellung halten sollen«, rief Eve ihr hinterher und schaute sich den Modeschmuck genauer an.

Tatsächlich klebte nicht nur Blut, sondern auch Haut und Fleisch daran, das hatte Aimes anscheinend nicht gestört.

Er hatte die Vorliebe für Glitzersachen, dachte sie und schaute sich noch einmal im Zimmer um. Weswegen also hatte diese mörderische Elster das Glitzerzeug zurückgelassen, als sie abgehauen war?

Auf dem Boden lagen Schmutzwäsche und zwei zerrissene T-Shirts, aber Schuhe sah sie nicht.

Mit der Tasche in der Hand hockte sich Eve neben das Bett und sah dort weitere Kleider, jede Menge Dreck und Staub und einen weiteren Teller mit den schimmeligen Überresten einer Mahlzeit, die nicht mehr als solche zu erkennen war.

Doch keine Schuhe.

Sie zog die erste Lade der Kommode auf und fand dort ein paar schmutzstarrender Socken, die nicht auf dem Fußboden gelandet waren.

Bevor sie weitersuchen konnte, kehrte Peabody zurück. »Ich habe aufgegeben und den Lift genommen, weil das einfach schneller geht.«

»Der Schmuck kommt wieder in die Tasche und dann tüten Sie die Tasche ein«, wies Eve sie an. »Ich sehe keine Schuhe hier im Raum.«

»Vielleicht hat er ja nur ein Paar und das hat er jetzt an«, bemerkte Peabody, bevor sie die ihr überlassene Tasche in den Asservatenbeutel schob und diesen ordentlich beschriftete.

»Kann sein. Ich werde Ihnen sagen, wie wir weitermachen«, meinte Eve. »Wir setzen die beiden Cops von gestern Abend, Zutter und Norton, auf die Wohnung an. Sie sollen uns informieren, sobald sich Aimes hier blicken lässt. Bestellen Sie sie ein, und wenn Sie schon mit ihnen sprechen, fragen Sie sie, ob sie wissen, wer der Fingerschnipser ist. Vielleicht haben sie ja einen Namen, der uns weiterbringt.«

Sie lief im Zimmer auf und ab und dachte nach. »Er hat bestimmt ein Smartphone und ist siebzehn Jahre alt. Das heißt, dass er das Ding benutzen wird, solange er am Leben ist. Am besten setzen wir die elektronischen Ermittler darauf an. Sie sollen versuchen herauszufinden, wo er steckt. Den Anruf übernehme ich. Sie finden währenddessen heraus, wer von unseren Leuten gerade keinen heißen Fall hat, und bringen die Leute auf den neuesten Stand. Sie sollen zur Sky Mall fahren und mit der Mutter reden.«

»Wenn das Mädchen recht hat, könnte sie schon auf dem Heimweg sein.«

Eve sah auf ihre Uhr und meinte: »Mist. Sie haben recht. Und sie hat einen weiten Weg. Also kommen sie besser her und reden mit der Frau, wenn sie nach Hause kommt. Sie war seit Wochen nicht mehr in diesem Raum, wahrscheinlich nicht, seit Barry seine Zimmertür mit einem zusätzlichen Schloss versehen hat. Wahrscheinlich hat sie keine Ahnung, wo er steckt, aber vielleicht weiß sie ja irgendwas Brauchbares.«

»Mein Gott, wer kann in einem solchen Saustall und mit so einem Geruch leben?«

Naserümpfend trat Eve in den Flur und ließ die Tür in ihrem Rücken offen stehen.

Draußen ging sie zu den beiden Streifenhörnchen, um sie heimzuschicken, doch Carmichael bot ihr an:

»Wir können bleiben, bis die anderen kommen. Es ist ein durchaus schöner Abend, um hier draußen herumzustehen, nicht wahr, Shelby?«

»Auf jeden Fall. Außerdem haben wir die Beschreibung des Verdächtigen auf unseren Links. Die können wir den Leuten in der Gegend zeigen, wenn Sie wollen.«

»Noch nicht. Bestimmt gibt's irgendjemanden hier in der Gegend, der ihn nicht für einen faulen Sack und einen elendigen Fiesling hält, und falls er einfach irgendwo hier abhängt, würde er dann vielleicht aufgeschreckt. Sie bleiben erst mal, wo Sie sind.«

Auf ihrem Weg zurück zur Wache rief sie bei den elektronischen Ermittlern an.

»Ich muss ein Smartphone finden, Feeney.«

»Und ich brauche jetzt ein Bier, mit dem ich mir das Spiel im Fernsehen angucken kann. Verdammt, ich habe heute meinen freien Abend, denn meine Frau ist mit den anderen Mädels unterwegs. Deswegen werde ich mir auf dem Weg nach Hause auch noch eine Pizza mit Anchovis holen.«

»Dann setz McNab auf diese Suche an. Auch Peabody ist noch im Dienst, deshalb ist er ganz sicher noch auf dem Revier. Oder gib mir jemand anderen, der dieses Smartphone für mich sucht. Das Ding läuft auf den Namen Barry Aimes.« Sie gab ihm die Adresse durch. »Oder vielleicht auf den von seiner Mutter. Die heißt …«

»Denkst du ernsthaft, dass ich nicht allein den Namen von der Mutter dieses Arschlochs finden kann? Damit verschwendest du nur meine Zeit. Anchovis«, wiederholte er verträumt. »Die darf ich mir nicht holen, wenn meine Frau zu Hause ist. Der Junge wird sich bei dir melden, wenn er was gefunden hat.«

»Wir sollten auch mal einen Mädelsabend machen«, sagte Peabody zu Eve. »Am besten gehen wir in einen Club oder ganz schick in eine Bar mit einem Klavierspieler, bestellen uns ausgefallene Cocktails und ...«

»Sie denken doch wohl nicht im Ernst, ich würde mich mit einer Horde Frauen, die irgendwelche ausgefallenen Cocktails schlürfen wollen, in eine Kneipe setzen, wo ein Typ – am besten noch im Frack – an einem Klavier sitzt und irgendwelche rührseligen Schnulzen spielt? Wen haben Sie auf die Mutter angesetzt?«

»Santiago und Carmichael, also wird Carmichael von der Trachtengruppe gleich – hihi – von unserer Carmichael abgelöst. Zutter und Norton sprechen wegen der Beobachtung des Bangers-Hauptquartiers gleich noch mit ihrem Lieutenant, denken aber, dass er sicher damit einverstanden ist. Und Zutter meint, er hätte diesen Fingerschnipser schon des Öfteren gesehen. Sie haben keinen Namen, und sie glauben nicht, dass er ein offizieller Banger ist, aber anscheinend hängt er öfter mit ein paar der kleinen Lichter aus der Truppe ab. Ein großer Kerl, zwischen 1,85 Meter und 1,90 Meter groß und um die hundertzwanzig Kilo schwer. Schwarz und neunzehn, zwanzig Jahre jung. Sie haben angeboten, sich ein bisschen umzuhören, und gesagt, sie wüssten, wie man das am besten macht.«

Ein zweiter Killer, der noch nicht erwachsen war, sagte sich Eve.

»Das heißt, dass wer auch immer hinter diesen Morden steckt, die jungen, dummen Gangmitglieder dafür nimmt. Den Typ, der tut, was man ihm sagt, weil er sich noch beweisen will. Doch diese drei sind jung und unerfahren und deshalb haben sie geschlampt.«

Inzwischen standen sie vor dem Revier. »Schreiben Sie alles auf, und wenn McNab das Smartphone findet, kriege ich sofort Bescheid. Wenn nicht, fahren Sie mit ihm noch bei dem Restaurant vorbei, befragen dort Lyles Boss und die Kollegen und dann fahren Sie heim.«

»Fahren Sie auch nach Hause?«

»Vorher suche ich noch einen schmierigen, geschassten Anwalt auf.«

»Ich kann auch gerne mitkommen, wenn Sie wollen.«

»Ich finde sicher jemanden für Sie, der solche Typen kennt, wenn Sie sich dafür interessieren. Bis dahin schreiben Sie Ihren Bericht und schicken auch eine Kopie an Mira, denn vielleicht steht ja was drin, was ihr bei der Erstellung der Profile unserer Täter weiterhilft.«

»Okay. Ich kann auch gern noch Reo fragen, ob sie uns nicht für den Fall der Fälle die Erlaubnis eines Richters besorgen kann, uns noch mal bei den Bangers umzusehen.«

»Das wäre sicher nicht verkehrt. Und jetzt steigen Sie aus.«

Eve gab die Anschrift des geschassten Rechtsverdrehers in ihr Navi ein, fuhr wieder los und rief bei ihrem Gatten an.

»Lieutenant. Ich bin gerade auf dem Weg nach Hause, aber du anscheinend nicht.«

»Noch nicht. Wir haben einen der drei Killer identifiziert.«

»Na, das ging aber schnell.«

»Wie man es nimmt«, gab sie zurück und brachte ihn mit ein paar Sätzen auf den neuesten Stand.

»Da hattest du mal wieder alle Hände voll zu tun«, bemerkte er. »Und trotzdem machst du immer noch nicht Schluss?«

»Ich brauche noch etwas, was die Erinnerung an die in einem Raum gefangenen Jungenfürze des vergangenen halben Jahres löscht.«

»Ich weiß nicht, ob ich dankbar dafür bin, dass du diese besondere Erfahrung mit mir teilst.«

»Glaub mir, davon erzählt zu kriegen, kommt nicht einmal annähernd an die Erfahrung selbst heran. Aber wie dem auch sei, wir haben Aimes zur Fahndung ausgeschrieben und ich folge jetzt noch einer anderen Spur. Warum machst du nicht einen kurzen Umweg und begleitest mich?«

Er lächelte sie an. »Wo geht's denn hin?«

»Zu Samuel Cohen, Jones' Geschäftspartner im Immobilienbereich.«

»Ah ja, der ehrgeizige und geschäftstüchtige Gangster. Der Gedanke ruft eine gewisse Wehmut in mir wach.«

»Das glaube ich, und deshalb dachte ich, du wärst bei dem Gespräch mit seinem Partner vielleicht gern dabei.«

Sie überholte einen schwerfälligen Maxibus und scherte direkt vor ihm wieder ein.

»Ich habe dir doch schon von diesem Ex-Anwalt erzählt. Der eine halb so alte Stripperin als Freundin hat.«

»Vielleicht macht das ja wieder wett, dass ihm die Zulassung entzogen worden ist.«

»Wahrscheinlich sehen das die meisten Männer so.«

»Das ist sexistisch, Schatz. Ich bin mir sicher, dass es

auch diverse wundervolle Lesben gibt, die dieser Meinung wären.«

»Okay, das stimmt. Moment.«

Eve fädelte sich zwischen einem in der zweiten Reihe abgestellten Lieferwagen und Bauarbeitern, die die Straße aufrissen, hindurch. Und schoss, nur einen Augenblick bevor das Meer der Fußgänger sich auf den Fahrbahnen ergoss, über die Ampel, die bereits auf Rot gesprungen war.

»Wie dem auch sei …«

»Gelten die lauten Flüche dir?«

»Vielleicht. Der Kerl und diese Stripperin haben eine Wohnung in der Lower East Side.«

»Gib mir die Adresse, dann treffe ich dich dort.«

»Okay. Am besten kehrst du dort den Furcht einflößenden, schwerreichen Bastard raus.«

»Was sonst? Bis gleich.«

Sie kämpfte sich durch den wieder einmal schrecklichen Verkehr und dachte an die langen Wege, die Aimes' Mutter bis zur Arbeit und nach Hause fuhr. Wahrscheinlich mit dem Bus und jedes Mal war sie wahrscheinlich eine gute Stunde unterwegs.

Und während Mom sich ihre Füße platt stand, um die Kundschaft zu bedienen, und nach einem Tag im Einkaufszentrum – für den sie alleine bereits Schmerzensgeld bekommen sollte – müde wieder heimfuhr, saß der Sohn auf seinem fetten Arsch in seinem vollgefurzten Zimmer, rauchte Zoner und ließ seine Essensreste auf dem Boden liegen, wenn er loszog, um brutale Morde zu begehen.

Wie würde sie wohl reagieren und was würde sie wohl

denken, wenn sie heute Abend von der Arbeit kam und dort die Polizei vor ihrer Tür stehen sah?

Abwehrend, resigniert, in Tränen aufgelöst?

Das alles wäre möglich, doch schockiert wäre sie nicht.

Am besten suchte sich die Frau eine kleine Wohnung in der Nähe ihres Arbeitsplatzes für sich alleine, wobei Eve selbst sich eher erschießen würde, als in einen von den Vororten zu ziehen. Doch wenn der Junge erst mal hinter Gittern säße – und dort würde er auf alle Fälle landen, wenn er nicht zuvor zu Tode käme –, könnte seine Mutter sich die Mühe einer weiten Fahrt zur Arbeit und von dort nach Hause sparen, um sich weiter ein Apartment mit zwei Schlafzimmern zu leisten, damit ihr nichtsnutziger Sohn dort hausen und ihr mehr als deutlich zu verstehen geben könnte, dass sie in dem Raum, für den sie jeden Monat Miete zahlte, nicht willkommen war.

Aber das war nicht ihr Problem, deswegen tat sie den Gedanken ab und schaute sich nach einem freien Parkplatz um.

Am Straßenrand stand eine fahrbereite Limousine, und entschlossen ging sie in die Vertikale und verfolgte aus der Höhe, wie der übertrieben vorsichtige Fahrer zentimeterweise hin und her rangierte, bis er endlich aus der Lücke war.

Umgehend setzte sie den DSL dort ab, und während ihr der Fahrer eines SUV, der ebenfalls gewartet hatte, böse Blicke zuwarf, stieg sie lächelnd aus und lief im Strom der Fußgänger den Bürgersteig hinab. Es war ein milder Abend, und die Leute schlenderten in dünnen Jacken oder hemdsärmelig an einem Restaurant mit offener

Eingangstür vorbei, aus dem es einladend nach Fleischspießen und Gyros roch. Die Tische links und rechts der Tür waren schon besetzt, und wer etwas zu trinken hatte, prostete den anderen freundlich lächelnd zu.

Die Gegend war etwas völlig anderes als die Handvoll Häuserblocks rund um das Bangers-Hauptquartier.

Ein Lieferwagen brachte den Verkehr zum Stocken, und während die Fahrer wütend hupten, hasteten zwei Frauen an Eve vorbei und sprachen auf dem Weg in eine Bar, wo sie nach Feierabend einen Wein trinken wollten, über einen Typ namens Julio, der der Ansicht war, Gott hätte ihn der Menschheit zum Geschenk gemacht.

Ein Kid mit einem unheimlichen Grinsen schoss auf einem Airboard dicht an ihr vorbei, doch schließlich war die Chance, dass den Fahrer hier in dieser Gegend eine Gruppe Straßenratten von dem Luftbrett holte, um dann damit abzuhauen, auch eher gering.

Vor Cohens Haus blieb sie kurz stehen. Es war ein hübscher roter Backsteinbau mit weißen Türen, in dem es vier anscheinend gut gesicherte Apartments gab, deren Fenster ausnahmslos mit Sichtschutz versehen waren.

Die beiden linken Wohnungen gehörten Cohen und Vinn. In dieser beinah noblen Gegend hatten sie dafür wahrscheinlich eine ordentliche Stange Geld bezahlt.

Noch während Eve dies dachte, sah sie Roarke. Natürlich fiel er auch den anderen Passanten auf und eine Frau stieß ihre Freundin mit dem Ellenbogen an und griff sich theatralisch an die Brust.

Das konnte Eve verstehen, weil schließlich auch ihr eigenes Herz bei seinem Anblick schneller schlug.

Dann trat er auf sie zu, nahm ihre Hand und gab ihr, ehe sie ihn daran hindern konnte, einen Kuss.

»Ich bin im Dienst.«

»So siehst du auch aus. Ein wunderbarer Abend, um Verdächtige zu grillen, findest du nicht auch?«

»Dafür ist jeder Abend gut, aber ich sehe Cohen bisher eher als Bindeglied. Wenn er mit Jones verbandelt ist, macht er ja vielleicht auch Geschäfte mit der Gang. Ich wüsste einfach gerne, was er alles weiß, deswegen lohnt sich das Gespräch mit ihm bestimmt. Im Übrigen gehören ihm beide Wohnungen auf dieser Seite des Gebäudes.«

Sie trat vor die Tür und drückte auf den Klingelknopf.

Sekunden später hörte sie ein Summen, bevor eine gut gelaunte Frauenstimme sagte: »Aber hallo, Jimmy, das ging ja schnell. Bin sofort da.«

»Das ist wahrscheinlich Vinn«, bemerkte Eve. »Die Stripperin.«

»Bist du geflogen oder was? Ich hätte ... oh.«

Sie hatte die entsprechende Figur für ihren Job und ihre Rundungen wurden von dem engen schwarzen Tanktop und den kurzen schwarzen Leggings, die sie trug, noch vorteilhaft betont. Das rötlich braune Haar trug sie in einem Pferdeschwanz und ihr im Augenblick Make-up-freies Gesicht wurde von einem braunen Augenpaar beherrscht.

Die Nägel ihrer nackten Zehen waren leuchtend grün lackiert und sie sah jung, taufrisch und ... leicht verwundert aus.

»Es tut mir leid, ich dachte, Sie wären Jimmy, der das Essen vom Chinesen bringt.«

»Ich bin Lieutenant Dallas und bei der New Yorker Polizei.«

Stirnrunzelnd sah Eldena sich Marke an, die Eve ihr zeigte. »Was kann ich …« Sie brach ab und riss die auch schon vorher riesengroßen Augen auf. »Oh! Sie sind Eve Dallas. Aus dem Film. Und Roarke. Mein Gott, ich habe mir den Icove-Film dreimal im Kino angesehen. Man sollte meinen, dass ich Ihnen nie begegnen würde, und jetzt stehen Sie plötzlich hier vor meiner Tür. Das ist noch besser als die Nudeln aus dem Roten Drachen und die sind echt fein. Wollen Sie nicht reinkommen?«

»Tatsächlich würden wir das gern.«

»Es tut mir leid, ich war mit meiner Choreografie beschäftigt, deshalb sehe ich so schrecklich aus. Ich bin Tänzerin. Kommen Sie doch rein und nehmen Sie Platz. Ich nehme Ihnen erst mal Ihre Mäntel ab. Wollen Sie etwas trinken?«

»Danke, nein. Miss Vinn …«

»Ach, bitte, nennen Sie mich doch einfach El.«

»Wir würden gern mit Ihnen und Mr. Cohen sprechen, El. Es geht um polizeiliche Ermittlungen.«

»Oh, sicher. Tut mir leid, ich bin ein bisschen aus dem Gleichgewicht. Sam ist in seinem Arbeitszimmer hinten, doch ich kann ihn gerne holen. Sind Sie sich sicher, dass Sie nichts zu trinken wollen?«

»Ganz sicher«, meinte Eve.

»Dann fühlen Sie sich wie zu Hause. Ich bin sofort wieder da.«

Kopfschüttelnd sah Eve ihr nach, als sie mit wildem Wippen ihres Pferdeschwanzes aus dem Zimmer lief. »Siehst du? Was habe ich gesagt? Der Oscar macht es nur noch schlimmer. Ich stehe bei den Leuten vor der Tür und alle reden von dem ach so tollen Film. Mein Gott.«

Roarke tätschelte ihr aufmunternd den Rücken und erklärte mit gespieltem Mitgefühl: »Das ist natürlich echt brutal.«

»Ach, leck mich doch«, murmelte sie und sah sich um.

Im Grunde hätte sie erwartet, dass die Wohnung einer Stripperin und eines schmierigen, geschassten Rechtsverdrehers voller Kitsch und Nippes war. Die bunten Blumendrucke aber, die an den in einem gedämpften Grün gestrichenen Wänden hingen, und die vielfarbigen Rüschenkissen auf der schlichten, doch geschmackvollen breiten cremefarbenen Couch sahen hübsch und fröhlich aus und die Designersessel griffen auf dezente Art das Grün der Wände und den Ton des Sofas auf.

Die Möbel und die Farben waren vielleicht ein bisschen übertrieben sorgsam aufeinander abgestimmt, im Grunde aber sah das Wohnzimmer wie das ... normaler Durchschnittsmenschen aus.

»Eigentlich sehen Lasterhöhlen anders aus«, bemerkte Roarke und lächelte sie an. »Ich nehme an, du bist etwas enttäuscht.«

Sie schüttelte den Kopf. »Ich finde es vor allem interessant, dass alles so gewöhnlich ist.«

Bevor sie weitersprechen konnte, kam die Stripperin in wuscheligen Hausschuhen zurück. »Er ist am Telefon, aber er hat gesagt, dass er gleich kommt. Bitte setzen Sie sich doch.«

Sie selbst nahm auf dem Sofa Platz. »Gibt's irgendwas, wobei ich Ihnen helfen kann? Ich hoffe, es gab keinen Ärger in der Nachbarschaft. Den gab's bisher noch nie.«

»Es geht um die geschäftlichen Beziehungen zwischen Ihnen und Marcus Jones.«

»Wer soll das sein?«

»Vielleicht kennen Sie den Mann ja unter seinem Spitznamen Slice.«

»Ich glaube, nicht. Vor allem habe ich als Tänzerin zu niemandem geschäftliche Beziehungen«, erklärte sie verwirrt, doch gleichzeitig bemüht, das Missverständnis aufzuklären.

»Ich habe bei Ermittlungen zu einem aktuellen Fall die Unterlagen eingesehen. Natürlich haben Sie geschäftliche Beziehungen zu Marcus Jones, denn schließlich haben Sie und Mr. Cohen mit ihm zusammen verschiedene Immobilien in New York gekauft.«

Sie lachte auf. »Ganz sicher nicht. Es tut mir leid, aber wir haben keine Immobilien. Ich wünschte mir, wir hätten welche!«

Das meinte sie tatsächlich ernst, erkannte Eve. Auch das war wirklich interessant. Sie rief die Dokumente auf dem Handcomputer auf und zeigte sie der Frau. »Ist das hier Ihre Unterschrift?«

»Ich … es sieht auf jeden Fall so aus.«

Eve rief den Kaufvertrag für ein anderes Gebäude auf. »Und das hier?«

»Ich verstehe nicht. Das ist …« Sie blickte Eve aus großen Augen an, doch offenbar war sie nicht dumm, denn eilig bat sie: »Erklären Sie mir, was das alles zu bedeuten hat. In was für einem Fall ermitteln Sie?«

»Es geht um Mord, Miss Vinn. Zweifachen Mord.«

Eldena wurde kreidebleich. »Um Mord? Wer wurde umgebracht? Und wie? Und was haben ich und Sam damit zu tun? Ich weiß nicht, was das alles zu bedeuten hat.«

In diesem Augenblick kam jemand durch den Flur geeilt. »Also, Süße, welchen Überraschungsgast willst du mir präsentieren?«

Sam Cohens breites Lächeln erstarb in dem Augenblick, in dem sein Blick auf ihre Gäste fiel, nur mühsam setzte er es wieder auf. »Du hättest sagen sollen, dass die Polizei im Haus ist, El.«

»Ich dachte, dass das eine tolle Überraschung für dich ist, wenn du zwei von den Hauptpersonen aus dem Icove-Film hier sitzen siehst.« Sie starrte ihn aus aufgerissenen, plötzlich goldfarbenen Augen an.

12

Obwohl er weiterhin sein Lächeln beibehielt, war ihm das Unbehagen deutlich anzusehen. Er war gut 1,75 Meter groß, mit einem leichten Bauchansatz unter dem blauen Sportsakko und weißen Hemd. Die goldenen Haare hatte er sich aus der hohen Stirn gekämmt und seine blauen Augen sahen ängstlich und berechnend aus.

»Haha.« Dann hatte er sein Gleichgewicht zurückerlangt, kam in den Raum marschiert und wandte sich an seine Partnerin. »Warum sagst du nicht der Hausdroidin, dass sie unseren Gästen einen Kaffee kochen soll?«

»Wir sind nicht zum Kaffeetrinken hier.«

Bei diesem Satz geriet er wieder etwas aus dem Gleichgewicht, sein Ton aber blieb jovial. »Tja dann. Lassen Sie uns in mein Arbeitszimmer gehen.«

»Warum bleiben wir nicht hier? Wir sind gekommen, Mr. Cohen, weil wir mit Ihnen über die geschäftlichen Beziehungen zwischen Marcus Jones und Ihnen sprechen wollen.«

»Dann geht es also ums Geschäft. Entschuldige uns, El.«

»Sie bleibt«, bestimmte Eve. »Da auch ihr Name auf den Kaufverträgen für die Immobilien steht, die Ihnen und Mr. Jones gehören, betrifft die Angelegenheit sie ebenfalls.«

»Genau. Was hat das alles zu bedeuten, Sam?«, mischte Eldena sich aufgebracht ein. »Wie kommt es, dass wir Immobilien besitzen, und ich mich an fünf Abenden die Woche ausziehen muss, um die verdammte Miete für die Wohnung zu bezahlen?«

»Das ist ein bisschen kompliziert, Schätzchen, das ist ein bisschen kompliziert. Ich habe unser Geld in diese Immobilien gesteckt. Ich sorge für die Zukunft vor. Ich …«

Bevor er weitersprechen konnte, schnitt sie ihm das Wort mit einer Geste ab, als ob sie sich selbst mit einem Messer über ihre Gurgel führe.

»Du hast gesagt, wir könnten uns nur dann so eine anständige Wohnung leisten, wenn ich weiterarbeite, bis die Beratungsfirma läuft, die du gründen willst. Und jetzt besitzen wir plötzlich zusammen mit einem Kerl, von dem ich nie zuvor etwas gehört habe, Immobilien, und meine Unterschrift ist auf den Kaufverträgen, ohne dass ich etwas davon weiß.«

»Wir werden über alles reden, Schätzchen, keine Angst.« Als er versuchte, ihre Hand zu tätscheln, zog sie den Arm zurück und er wandte sich an Eve. »Was haben Sie für ein Problem? Es ist schließlich nicht verboten, Häuser zu kaufen.«

»Der Miteigentümer dieser Immobilien, Marcus Jones, ist Anführer von einer Gang mit Namen Bangers, die ihr Geld mit Drogenhandel, Identitätsdiebstahl, Prostitution und Schutzgelderpressung macht.«

»Meine Güte, Sam«, rief El entsetzt. »Mein Gott.«

»Zudem ist Jones möglicherweise in zwei Mordfälle verstrickt.«

»Ich habe nichts mit alledem zu tun.« Cohen fuchtelte mit seinen Händen durch die Luft, als wischte er Eves Worte aus. »Ich bin für potenzielle Straftaten einer Person, die einen geringen Anteil an von mir erworbenen Immobilien hat, nicht verantwortlich.«

»Einschließlich des Hauses, in dem die Gang ihr Hauptquartier bezogen hat.«

»Ich glaube, mir wird schlecht.« Eldena wurde leichenblass und griff sich an den Bauch.

»Sei einfach still!«, fuhr Cohen sie ungehalten an.

Sie stemmte ihre Hände in die Hüften und die Blässe ihrer Wangen machte einer heißen Zornesröte Platz. »Entschuldige? Ich höre wohl nicht recht.«

»Hier geht es um Juristerei«, erklärte er in strengem Ton. »Am besten hältst du also deinen Mund. Außerdem klingelt gerade jemand an der Tür.«

Statt aufzustehen, verschränkte sie die Arme vor der Brust.

»Also gut. Dann mache ich eben an deiner Stelle auf.«

»Ich komme mit«, erklärte Roarke und stand mit einem kalten Lächeln auf den Lippen auf. »Nur für den Fall, dass Sie auf die Idee kommen, frische Luft schnappen zu wollen.«

»Machen Sie sich doch nicht lächerlich.«

Als Cohen aus dem Zimmer stürmte, schlenderte Roarke ihm gemächlich hinterher.

»Ich weiß von alledem nichts.« Eldena streckte flehend ihre Hände aus. »Das schwöre ich.«

»Ich glaube Ihnen«, sagte Eve.

»Aber, aber, aber …« Sie kniff kurz die Augen zu und schlug sich mit den Fäusten an die Brust. »Ich habe die Verträge unterschrieben, ohne sie zu lesen, was mich zur Idiotin macht. Sam kümmert sich um unsere Steuern und Versicherungen und den ganzen Krempel und sagt mir dann einfach, wo ich unterschreiben soll. Mein Gott.«

Bei diesen Worten kam er wieder in den Raum gestürmt und ließ einige Tüten mit Essen auf den Couchtisch fallen. »Eldena, diesen Leuten geht's nicht darum, was für dich das Beste ist. Lass mich das regeln, und dann unterhalten wir uns über alles, wenn wir wieder alleine sind.«

»Woher kennen Sie und Marcus Jones sich überhaupt?«, fragte Eve ihn.

»Über einen Mandanten.«

»Über einen ehemaligen Mandanten, weil man Ihnen schließlich Ihre Zulassung entzogen hat.«

In seinen Augen blitzte heißer Zorn. »Das tut hier nichts zur Sache, und ich werde dafür sorgen, dass man mir die Zulassung wieder erteilt. Die Beziehung zwischen mir und Jones ist rein geschäftlicher Natur. Er wollte eine Immobilie kaufen, und da ich selbst auch etwas investieren wollte, haben wir das Haus gemeinsam erworben. Weiter nichts.«

»Wussten Sie über seine kriminelle Vergangenheit und seine Mitgliedschaft in dieser Gang Bescheid?«

»Das tut hier nichts zur Sache«, wiederholte er und winkte wieder ab. »Es ging dabei nur ums Geschäft.«

»Natürlich tut es etwas zur Sache, dass er das in diese Immobilien investierte Geld auf kriminelle Art erlangt hat.«

»Dann beweisen Sie ihm das und nehmen Sie ihn fest.«

»Wann haben Sie Mr. Jones zum letzten Mal gesehen oder gesprochen?«

»Es besteht keine Notwendigkeit zur Kommunikation, außer wenn es um die Immobilien geht, die wir gemeinsam besitzen.«

»Das beantwortet meine Frage nicht.«

Er blickte auf die Wand. »Ich kann mich nicht erinnern.«

»Sie können sich nicht erinnern, wann Sie zum letzten Mal mit einem Geschäftspartner gesprochen haben, mit dem Sie Immobilien im Wert von mehreren Millionen Dollar besitzen?«

»Mehrere Millionen?«, stieß Eldena mit erstickter Stimme aus.

»Das steht so nur auf dem Papier, mein Schatz. Du weißt ja nicht, wie diese Dinge laufen. Das Privatleben von Mr. Jones geht mich nichts an, und da ich Ihnen nicht weiterhelfen kann, glaube ich nicht, dass es noch irgendetwas zu bereden gibt.«

»Versuchen wir's mal anders. Wo waren Sie gestern Abend zwischen sechs und zehn Uhr?«

»Das ist ja wohl der Gipfel! Aber wenn Sie's wissen möchten: Ich war hier, zusammen mit El.«

»Von sechs bis acht war er tatsächlich hier, doch gegen acht bin ich dann selbst gegangen, weil ich zur Arbeit musste, *um die Miete zu bezahlen*. Aber bis acht war er auf alle Fälle hier.«

»Wann sind Sie zurückgekommen, Miss Vinn?«

»Das muss so gegen drei gewesen sein. Sam lag wie immer schon im Bett, als ich nach Hause kam, nachdem ich mich in der verdammten Kneipe für die blöden Wichser ausgezogen habe, weil Sam mir gesagt hat, dass das Geld sonst nicht reicht.«

»All das wird bald ein Ende haben«, versprach er ihr.

»Das ist für Sie natürlich sehr bedauerlich. Denn schließlich ziehen Sie sich in einer Kneipe aus, die, wie wir herausgefunden haben, Ihrem Partner, Mr. Jones und Ihnen selbst gehört«, wandte sich Eve Eldena zu und drehte so das Messer in der Wunde noch einmal um.

»Du …« Eldena fuhr sich mit der Hand über die Brust, als ob sie ihre Lunge mit Gewalt dazu bewegen müsste, weiter ihrer Arbeit nachzugehen. »Wie *konntest* du das tun? Wie konntest du das tun?«

»Ich werde dir das alles erklären, Schatz.«

»Dann haben Sie für die Zeit von acht bis drei also kein Alibi?«, erkundigte sich Eve und Cohen funkelte sie böse, aber gleichzeitig auch panisch an.

»Ich war zu Hause und vor allem brauche ich kein Alibi.«

»Denken Sie besser noch einmal darüber nach«, empfahl Eve ihm.

»Es ist natürlich interessant, dass jemand, der einmal selbst ein, wenn auch schlechter, Anwalt war, mit jemandem Geschäfte macht, den er angeblich gar nicht oder fast nicht kennt«, bemerkte Roarke im Plauderton. »Ein solcher Mensch ist entweder ein Lügner oder ein verdammter Narr.«

»Er könnte doch auch beides sein.«

»Auch das ist möglich. Außerdem könnte dieser Mensch natürlich auch an anderen – kriminellen – Geschäften dieses anderen Kerls beteiligt sein.«

»Jetzt reicht es mir endgültig«, brauste Cohen auf. »Falls Sie noch einmal mit mir sprechen wollen, dann nur über meinen Anwalt.«

»Garantiert.« Auch Eve stand auf und hielt Eldena eine Karte hin. »Falls Ihnen noch etwas einfällt, rufen Sie mich einfach an.«

»Das mache ich auf jeden Fall. Ich bringe Sie an die Tür.«

»Du brauchst die zwei nicht extra an …«

»Ach, sei doch still.«

Im Hausflur legte Roarke die Hand auf ihren Arm. »Der Lieutenant ist nicht befugt, Ihnen einen Rat zu geben, aber ich empfehle Ihnen dringend, einen eigenen Rechtsbeistand einzuschalten, und zwar einen möglichst guten.«

»Vielen Dank. Das tue ich auf jeden Fall.«

Im Gehen blickte Eve auf Roarke. »Die letzten Worte, die du an Cohen gerichtet hast, die waren wirklich gut getimt. Und die Verachtung, die dabei in deiner Stimme lag, war absolut toll.«

»Weil sie von Herzen kam.« Er blieb bei ihrem Wagen stehen. »Du sagst doch oft, dass du mir etwas schuldig bist, wenn ich dir einen Gefallen tue.«

»Stimmt.«

»Dann hätte ich jetzt gern, dass du mir auch einen Gefallen tust.«

»Ach ja?«

»Ich würde mir das Arschloch gern genauer ansehen und ihm dafür an den Karren fahren, wie er mit seiner Freundin umgeht. Er hat bestimmt noch andere Sachen auf dem Kerbholz, und wenn ich die finde, hilft dir das vielleicht bei deinem Fall. Doch selbst wenn es nicht hilft, will ich so tief wie möglich graben, und obwohl ich die nicht registrierte Kiste meiner Meinung nach nicht dafür brauche, werde ich sie nutzen, wenn es nötig ist. Also tu mir bitte den Gefallen, dann kurz wegzusehen.«

»Wenn du sie nutzen musst, gib mir Bescheid. Denn ich muss überlegen, wie ich damit umgehe, wenn du etwas findest, was für die Ermittlungen von Bedeutung ist.«

»Okay. Du fährst, damit ich sofort anfangen kann.«

Da er schon seinen Handcomputer aus der Tasche zerrte, nahm sie selbst hinter dem Lenkrad Platz und hing während der Fahrt nach Hause ihren eigenen Gedanken nach.

Ihr war bewusst, dass Cohen ein Dreckskerl war, ein Lügner und Betrüger, der bestimmt auch Steuern hinterzog. Deswegen wäre sie nicht im Geringsten überrascht, wenn sie erführe, dass er auch an Einkünften der Gang beteiligt war.

Wobei die Frage war, wie tief er in alles verstrickt war. Ging es einzig ums Geschäft? Und hätte er, um das Geschäft zu schützen, Beihilfe geleistet, als zwei Menschen kaltblütig ermordet worden waren?

Weshalb hatte er den Namen seiner Freundin in die Kaufverträge schreiben lassen? Vielleicht könnte Roarke ihr diesbezüglich weiterhelfen, doch der führte gerade seine eigenen Recherchen durch und außerdem hatte sie schon eine Theorie.

Auf allen Immobilien lagen Hypotheken. Hatten sie Eldenas Namen vielleicht nur in die Verträge geschrieben, damit alle Schulden an ihr hängen blieben, falls die Sache in die Hose ging?

Sie wollte wissen, wohin Cohen ging, falls er das Haus verließ, deswegen rief sie auf der Wache an und stellte zwei von ihren Leuten für die Überwachung seiner Wohnung ab.

»Die Partnerschaft mit Jones umfasst auch eine Firma«, meinte Roarke. »Sie nennt sich CoJo Corp. Auf ihren Konten gehen die Mieten ein und Steuern und Versicherungen gehen davon ab. Das alles wirkt total normal, offiziell streicht jeder von den beiden jeden Monat einen kleinen Prozentsatz von den Mieteinnahmen ein.«

»Wobei das noch nicht alles ist«, bemerkte Eve und bog in ihre Einfahrt ein.

»Das stimmt. Ich habe bereits zwei versteckte Konten ausfindig gemacht und das auf einem kleinen Handgerät. Was echt erbärmlich ist, denn eigentlich hätte ich gerne wieder einmal mit dem nicht registrierten Kasten, der in meinem Arbeitszimmer steht, gespielt. Aber Cohen ist einfach nicht gut genug, als dass sich diese Mühe lohnt.«

»Vielleicht bist auch du selbst einfach zu gut, als dass du dir die Mühe machen musst.«

Nachdem sie ausgestiegen waren, kam er an ihre Seite und nahm ihre Hand. »Ich wünschte mir, ich wüsste nicht, dass auch du selbst alles, was du von mir vorgelegt bekommst, blind unterschreibst.«

»Zumindest überfliege ich die Sachen«, meinte sie, obwohl sie das die meiste Zeit vergaß. »Außerdem bin ich ein Cop und weiß, wie ich dich dafür bezahlen lassen könnte, wenn du je auf den Gedanken kommen solltest, mich über den Tisch zu ziehen. Ich könnte beispielsweise deinen Wein mit einem Schlafmittel versetzen, dir dann eine Windel anziehen, dich vor deinen Computer setzen und das Bild an deine Unternehmen schicken.«

»Es sieht so aus, als hättest du dir schon einen genauen Plan zurechtgelegt.«

»Ich denke einfach ab und zu zum Spaß in meiner Freizeit über solche Dinge nach.« Sie drückte seine Hand, zog ihre dann zurück und legte sie an sein Gesicht. »Im Grunde war es nicht verkehrt, dass sie dem Mann vertraut hat, den sie liebt – denn es muss wahre Liebe sein. Er ist nicht reich, nicht mächtig und sieht nicht einmal gut aus. Sie hat sich einfach in den falschen Mann verliebt. Ich nicht.«

»Tja nun«, murmelte er und gab ihr einen sanften, süßen Kuss.

»Falls du der Falsche wärst, hätte ich auch noch einen anderen Plan. Ich würde alle deine Boxershorts mit einer biologischen Substanz beschmieren, von der du faustgroße Eiterbeulen an den Kronjuwelen kriegst.«

Das war ein Bild, das ihn zusammenfahren ließ. »Mein Gott, du hast eindeutig zu viel freie Zeit.«

»Ich habe eine ganze Liste«, meinte sie und folgte ihm ins Haus. »Genauso wie für ihn«, fügte sie noch hinzu und wies auf Summerset.

Der Butler hob die Brauen an. »Wir scheinen eine Glückssträhne zu haben, denn Sie sind noch immer unverletzt.«

»Ich würde ihm den Stock, den er im Arsch hat, rausholen lassen, damit er wie die Lumpenpuppe eines leichenfressenden Dämons in sich zusammenklappt.«

Mit diesen Worten ließ sie ihren Mantel wie gewohnt über den Treppenpfosten fallen. »Und du hast viel zu viel damit zu tun, deine Eiterbeulen zu versorgen, um dafür zu sorgen, dass ihn irgendwer reanimiert.«

»Fragen Sie nicht«, wandte sich Roarke an Summerset, als Eve mit Galahad die Treppe in den ersten Stock erklomm, und folgte ihr.

»Ich hätte gern noch eine halbe Stunde«, sagte er. »Und du willst sicher deine Tafel aufstellen.«

»Genau.«

Zwei Morde, dachte sie, und bisher hatte sie in ihrem Arbeitszimmer nicht einmal die Tafel aufgestellt.

Jetzt aber hängte sie die Bilder daran auf, nahm hinter ihrem Schreibtisch Platz und machte sich Notizen zu dem Besuch bei Cohen und Vinn.

Als Roarke aus seinem eigenen Arbeitszimmer kam, reckte sie einen Zeigefinger in die Luft. »Ich brauche noch ein paar Minuten.«

»Währenddessen bringe ich schon einmal das Essen auf den Tisch.«

Er schlenderte in ihre kleine Küche, und bis Eve die Arbeit abgeschlossen hatte, standen eine Flasche Wein und zwei mit Wärmeglocken abgedeckte Teller auf dem Tisch.

»Im Gegensatz zu Vinn hat er mich nicht gefragt, wer überhaupt ermordet worden ist.«

»Das ist mir auch aufgefallen.« Roarke nahm die Wärmeglocken von den Tellern ab und schenkte ihnen beiden von dem Rotwein ein.

»Das heißt, dass er beteiligt war, gehört hat, was passiert ist, oder dass Jones ihn nach einem unserer Besuche kontaktiert und sich von ihm beraten lassen hat.« Sie setzte sich und kippte jede Menge Salz und Butter über den Kartoffelbrei.

»Das wäre alles möglich.«

»Vielleicht.« Sie kostete von dem Püree, empfand es offenbar als gut und schnitt in eins der drei dazu servierten Schweinemedaillons. »Wobei die eigentliche Frage ist, wie lange und wo er einfahren wird, nicht ob.«

»Ich kann dir Steuerhinterziehung bieten.«

»Jetzt schon?«

Roarke trank den ersten Schluck von seinem Wein. »Inzwischen tut es mir wirklich leid, dass ich einen Gefallen von dir eingefordert habe, aber um es noch einmal rückgängig zu machen, ist es jetzt zu spät. Die Strohfirmen sind derart schlecht getarnt, dass sie mit bloßem Auge zu durchschauen sind. Ich gehe davon aus, dass er zumindest eine andere Identität benutzt, wenn er an eins der sechs Konten will.«

»Er hat sechs versteckte Konten?«

»Neben seinen offiziellen Konten und den Konten, die auf seinen und Jones' Namen eingetragen sind. Zumindest ist er schlau genug, sich wenigstens nach außen innerhalb des finanziellen Rahmens zu bewegen, den Eldenas Einkünfte ermöglicht haben, und die Steuern dafür abzuführen. Wobei die anderen, versteckten Einkünfte erheblich höher sind. Zum Beispiel sind die Mieteinkünfte aus den Häusern deutlich höher, als die beiden Männer angegeben haben, was bedeutet, dass du meiner Meinung nach auch Jones wegen Steuerhinterziehung drankriegen kannst. Außerdem gehört ihm noch das Haus, in dem er selber mit Eldena wohnt und in dem er ordentliche Mieten von den Leuten in den beiden anderen Wohnungen und natürlich von Eldena selbst bezieht.«

»Das hatte ich mir beinah gedacht. Wobei ich hoffe, dass ihr Name auch in dem Fall mit im Grundbuch steht.«

»Das tut er, aber Jones hat nichts damit zu tun. Außerdem ist das Haus genau wie alle anderen Immobilien noch mit einer Hypothek belastet. Also braucht Cohen das Geld, das sie verdient, um die Kredite zu bedienen. Nur sind die Mieteinnahmen deutlich höher als die Summen, die er selbst jeden Monat zahlen muss, und was übrig bleibt, kassiert er ein. Der Schweinehund kassiert den Großteil von dem Geld, das sie verdient, und macht ihr weis, dass er davon die Miete und die Nebenkosten zahlt, in Wahrheit aber sackt er selbst die Kohle ein. Ich werde dir auch noch konkrete Zahlen nennen, aber für den Augenblick genügt's vielleicht zu sagen, dass er alles andere als knapp bei Kasse ist.«

An seiner Stelle brach an diesem Abend Eve ein Brötchen in der Mitte durch und hielt ihm eine Hälfte hin.

»Okay, Betrug und Steuerhinterziehung sind schon mal ein guter Anfang und vor allem eine Möglichkeit, andere Informationen aus ihm herauszuholen. Ich glaube ihm, dass die Verbindung zwischen ihm und Jones durch einen ehemaligen Mandanten, als er noch als Anwalt tätig war, zustande kam. Doch er weiß mehr als das, was ihre Immobilien betrifft. Er hätte nach den Morden fragen und wenigstens so tun sollen, als wäre er geschockt.«

Roarke füllte ihre Gläser noch einmal auf, denn

schließlich hatten sie sich den Rotwein am Abend rechtschaffen verdient. »Nachdem ich seine Konten derart mühelos gefunden habe, muss ich sagen, dass er nicht besonders clever ist. Er sieht sich selbst als Schlaumeier und seine Straftaten als Kavaliersdelikte an, aber in Wahrheit ist er ein Idiot. Im Grunde ist er einfach gierig und gewieft genug, die Sache einzufädeln, aber gleichzeitig ist er zu dumm, um sie erfolgreich durchzuziehen. Und warum bindet er sich an jemanden wie Jones?«

Ehrlich überrascht von einem solchen Maß an Dummheit, trank Roarke kopfschüttelnd den nächsten Schluck von seinem Wein. »Er arbeitet mit einem brutalen Gangster zusammen, der bereits mit den Gesetzen in Konflikt geraten ist. Es ist doch logisch, dass die Bullen anfangen zu graben, wenn sich Jones noch einmal etwas zuschulden kommen lässt, und dass auch Cohen dann am Haken ist. So blöd kann man doch gar nicht sein.«

Eve sah ihn forschend an. »Bist du so angefressen, weil's so leicht war oder weil du die nicht zugelassene Kiste nicht benutzen kannst?«

»Das macht mich ebenfalls ein bisschen traurig, aber nein. Es geht mir um Eldena Vinn. Der Kerl hat ihr den Kopf getätschelt und erklärt, er würde sich um alles kümmern, während er sie schamlos ausnutzt und gnadenlos bestiehlt. Das ist zwar nicht dasselbe, wie zu hören, dass jemand, den man liebt, gestorben ist, aber man konnte sehen, wie ihre Welt bei unserem Besuch zerbrochen ist. Sie ist zerbrochen, weil sie selbst ihm nie so wichtig war wie das verdammte Geld, das sich mit ihr verdienen lässt.«

»Trotzdem ist es besser, dass sie es jetzt weiß«, gab Eve zurück. »Wir werden sehen, was sie mit diesem Wissen anfängt. Ich glaube kaum, dass sie am Besuchstag mit einem Kuchen in den Händen und einem Lächeln im Gesicht bei ihm im Knast auftauchen wird, denn schließlich weiß sie jetzt, dass er nicht nur ein schmieriger, geschasster Anwalt, sondern obendrein ein Lügner und Betrüger ist. Doch hat er auch mit meinen Mordfällen zu tun?«

»Stellst du diese Frage mir oder dir selbst?«

»Ich stelle sie uns beiden, und ich hätte gern, dass du als Erster eine Antwort darauf gibst.«

Roarke schob sich einen weiteren Bissen seines Essens in den Mund und dachte nach. »Er ist ein kleines Licht und hat sich als Betrüger langfristig ein leichtes Opfer ausgesucht, das ihm vertraut, weil es ihn liebt. Wobei ein Teil von ihm sich diese Masche selbst glaubt und denkt, dass er sich kümmert und es ihnen beiden deshalb besser geht.«

Er lehnte sich auf seinem Stuhl zurück und prostete Eve zu. »Er hatte Glück, weil eine junge, attraktive Frau auf ihn hereingefallen und er dazu noch in Kontakt mit jemandem wie Jones gekommen ist, und er gibt den beiden, was sie von ihm brauchen oder haben wollen.«

»Und das wäre?«

»Seiner Freundin gegenüber ist er aufmerksam, charmant, bringt ihr wahrscheinlich regelmäßig irgendwelche netten kleinen Geschenke mit und gibt ihr das Gefühl, etwas Besonderes zu sein, während er gleichzeitig mit ihren Hoffnungen für die Zukunft spielt. Wenn sie ihm jetzt emotional und finanziell unter die Arme greift, damit er wieder auf die Füße kommen kann, bekommt sie später alles von ihm, was sie will. Aber natürlich findet er es schrecklich, sie darum zu bitten und sie derart zu belasten, und natürlich ist ihm selbst klar, dass sie einen viel Besseren als ihn verdient.«

»Dadurch wird sie noch in dem Gefühl bestärkt, etwas Besonderes zu sein. Weil er ihr beweisen muss, dass er ihrer tatsächlich würdig ist.«

»Wahrscheinlich könnte Mira dir erklären, warum sie auf ihn hereingefallen ist, aber es sieht so aus, als hätte sie ihn tatsächlich geliebt. Und gegenüber Jones hat er den Profi herausgekehrt. Den Anwalt und den schlauen Kerl. Dass ihm die Zulassung entzogen wurde, war ein Fehler, denn er kennt sich schließlich aus, er kennt die Hintertüren und weiß, wie man es machen muss. Und falls mal jemand aus der Gang kleine juristische Probleme hat, ist er zur Stelle und erklärt ihm, wie er damit umgehen muss. Außerdem gibt er Jones die Möglichkeit, etwas Eigenes zu besitzen, sich die Häuser anzusehen und sich zu sagen: Die gehören mir. Das stärkt sein Machtgefühl und das Gefühl, dass er etwas Besseres als die anderen ist.«

Mit Roarke zu sprechen, war ihr immer eine Hilfe, dachte Eve. Er kannte sich einfach mit allem aus.

»Auch dabei geht's nicht nur um das Geschäft und darum, dass sich Jones und Cohen die Kosten und Gewinne teilen«, griff sie den Faden auf. »Auch dabei geht es um Vertrauen. In Cohen hat Jones einen Anwalt, jemanden mit Beziehungen, der ihm hin und wieder hilft und den nicht interessiert, woher die Kohle kommt, die er einstreicht. Also ist Cohen mit von der Partie, und wenn Jones untergeht, geht Cohen mit. Das schafft Vertrauen.«

»Auch das kann Mira dir wahrscheinlich besser erklären, aber dieser Art von Bindung würde Jones aus meiner Sicht am ehesten vertrauen. Wenn man dazu noch den Profit und all die Häuser bedenkt, die sie zusammen haben, bildet Jones sich vielleicht ein, dass Cohen als sein Anwalt zu Verschwiegenheit verpflichtet ist.«

»Das kann ich mir gut vorstellen. Wobei es mich genauso wenig überrascht, dass wir mal wieder einer Meinung sind. Cohen weiß von diesen Morden, wobei wir bisher nicht sicher wissen, ob er auch aktiv darin verwickelt ist.«

Aber das würde sie, verdammt noch mal, herausfinden.

»Wie schnell kannst du mir sichere Zahlen geben?«

»Bald.«

»Und sie auf eine Art zusammenstellen, dass mir ein Richter die Erlaubnis zur Durchsuchung seiner Räumlichkeiten und Beschlagnahmung seiner Unterlagen gibt?«

Er zog die Brauen hoch. »Du willst so etwas wie einen Bericht?«

»Es reicht, wenn ich was habe, was ich Reo schicken kann.« Sie lächelte ihn an. »Wofür ich dir dann noch einmal etwas schuldig bin.«

»Ich werde mir in Zukunft gründlich überlegen, was für eine Gegenleistung ich für irgendwelche Dienste von dir will. Doch den Bericht kriegst du umsonst. Ich will, dass ihr den Bastard drankriegt, und es ist Befriedigung genug für mich, wenn er dank meiner Hilfe hinter Gitter kommt.«

Bevor er weitersprechen konnte, klingelte ihr Link.

»Moment«, bat sie und nahm den Anruf an.

»Hier spricht Officer Trace. Cohen ist mit einem kleinen Koffer aus dem Haus gekommen und mit einem Taxi weggefahren, wir sind noch dran.«

»Verfolgen Sie ihn weiter, und sobald Sie wissen, wohin er will, geben Sie mir noch einmal Bescheid.«

»Zu Befehl, Ma'am.«

»Sie hätte ihm bereits viel eher den Laufpass geben sollen«, bemerkte Roarke nach Ende des Gesprächs. »Doch besser spät als nie.«

»Ich frage mich schon immer, was das heißen soll. Wofür braucht jemand einen Pass, wenn er verschwinden soll? Auf alle Fälle ist er in Bewegung, also fahren wir am besten auch mit unserer Arbeit fort. Ich rufe Reo an und gebe ihr Bescheid, dass sie deinen Bericht bekommt.«

»Okay.« Auch Roarke stand auf und runzelte die Stirn. »Ich glaube, damit ist so etwas wie der Schrieb gemeint, wenn jemandem gekündigt wird. Du weißt schon, du bist fertig, also lauf am besten los und such dir etwas anderes.«

»Aber warum spricht man dann von einem Pass?«, beharrte Eve auf ihrer Position. »Gekündigt wird doch meist mit einem Brief. Das heißt, dass sie ihm einen Laufbrief geben sollte. Und warum soll man laufen, statt normal zu gehen? Wobei das auch blödsinnig wäre, weil Cohen schließlich mit dem Taxi weggefahren ist.«

Er schenkte sich noch einmal nach und lächelte sie an. »Ach Eve, ich liebe dich.«

»Schon gut. Lauf du erst mal nach nebenan und schreib deinen Bericht.«

13

Am Schluss fuhr Cohen nur zehn Blocks weiter, stieg aus und ging in ein Hotel.

Offenbar wollte er nicht laufen, nachdem El ihm den sprichwörtlichen Laufpass gegeben hatte, und hatte sich kurzerhand ein Taxi herangewinkt.

Jetzt galt es abzuwarten, während sich die Räder in Bewegung setzten, indem Roarke an Reo schrieb, die Staatsanwältin an den Richter und der Richter an sie.

Mit einem Kaffee nahm sie hinter dem Schreibtisch Platz, legte die Stiefel auf der Platte ab und sah sich ihre Tafel an.

Es gab eine ganz simple Theorie, und zwar, dass Pickering sich gegenüber irgendjemandem verraten hatte und als Spitzel aufgeflogen war. Das hieße, er hatte nicht nur mit der Gang gebrochen und sich sein Tattoo entfernen lassen, wöchentlich an lahmen Treffen teilgenommen und obendrein auf rechtschaffene Art sein Geld mit einem beschissenen Knochenjob verdient, sondern seine eigenen Brüder und vielleicht auch Schwestern bei den Bullen angeschwärzt.

Was wirklich ätzend war.

Statt ihm den Prozess zu machen, ihn zusammenschlagen und ihm dann die Kehle aufschlitzen zu lassen, hatte Jones beschlossen, einen anderen Weg zu gehen. Für ihn als Anführer der Bangers hatte es sich ganz bestimmt nicht gut gemacht, dass die Familie ausgerechnet von Lyle Pickering, dem alten Freund aus Kindertagen, an die Cops verraten worden war. Also hatte er erst Duff und dann drei kleine Nummern aus der Gang zu ihm geschickt, die es so aussehen lassen sollten, als hätte Lyle sich selbst einen goldenen Schuss gesetzt. Auf diese Weise hätte er ihn erniedrigt, nachdem er von ihm erniedrigt worden war.

So könnte es gelaufen sein. Zwar dachte Eve, dass Jones gewiefter war, doch so könnte es durchaus gelaufen sein.

Was war dann mit Duff? Womöglich hatte sie gejammert oder Forderungen gestellt und ihm damit gedroht, zur Polizei zu gehen. Dann hätte er sie ebenfalls aus dem Verkehr ziehen müssen, wahrscheinlich hätte er dieselben Killer wie auf ihren Ex-Freund auf sie angesetzt und ihnen erlaubt, noch Spaß mit ihr zu haben, während sie ihre Arbeit erledigten.

Sie fragte sich, weshalb die drei sie ausgerechnet auf der Grenze zwischen Bangers-Land und Dragon-Territorium liegen ließen, doch davon abgesehen könnte es so abgelaufen sein.

Das Bauchgefühl sagte ihr jedoch, dass jemand anderes als Marcus Jones für diese beiden Morde verantwortlich war.

»Wenn du's nicht bist, wer dann?« Sie blickte auf das Bild von Kenneth Jorgenson alias Bolt.

Sie spürte, dass er viel eher als Drahtzieher infrage kam.

Der Kerl war schon als Jugendlicher kriminell gewesen, seit sein Vater wegen Unterschlagung eingefahren und die Familie daran zerbrochen war.

Ein Kind aus reichem Elternhaus, dem kein Wunsch abgeschlagen worden war. Die Schule hatte er nur dann besucht, wenn ihm der Sinn nicht nach etwas anderem stand, und wenn er sich dort blicken ließ, hatte er die Mitschüler nach Lust und Laune schikaniert.

Doch plötzlich war sein Vater in den Knast gewandert, seine Mutter musste sich nach einer Arbeit umsehen und er hatte seinen Status als Sohn von reichen Eltern eingebüßt.

Noch einmal sah sich Eve sein Foto an und dachte, ja genau, er könnte es gewesen sein.

Er hatte sich als Teenie mit den Bangers eine neue Familie gesucht, die mehr nach seinem Geschmack war. Dann gab es jede Menge echten Ärger, aber das sagte ihm anscheinend durchaus zu.

Schließlich hatte er die eigene Mutter angegriffen, wofür ihm die eigene Schwester in den Arsch getreten hatte. Diese ganz besondere Kränkung saß wahrscheinlich tief.

Inzwischen war er Lieutenant unter Jones, doch das genügte ihm anscheinend nicht. Auch wenn sie noch mit Mira sprechen müsste, ging Eve davon aus, dass er noch immer nach dem Status suchte, der durch die Verurteilung seines alten Herrn verloren gegangen war.

Dinnie hätte die Befehle, die er gab, auf jeden Fall befolgt, denn schließlich hatte sie ihm auch freiwillig Sex dafür geboten, dass er sie in seiner Bude übernachten ließ.

Noch während Eve das dachte, kam Roarke wieder aus dem Nebenraum.

»Ich habe Reo den Bericht geschickt, das heißt, dass meine Arbeit jetzt erledigt ist. Obwohl ich gerne zusehen würde, wenn du Cohen aufs Revier holst und dort in die Zange nimmst.«

»Das würde ich zwar gerne sofort machen, aber es ist schlauer, wenn wir ihn noch ein paar Stunden schwitzen lassen. Bis ich den Haftbefehl bekomme und ihn abholen und in eine Zelle bringen lasse, findet sich bestimmt kein Richter mehr, der ihn gegen Kaution sofort wieder entlässt. Statt also im Hotel die Minibar zu plündern, sich gemütlich einen Porno reinzuziehen und in Selbstmitleid zu aalen, wird er sich in einer Zelle des Reviers in Selbstmitleid ergehen und versuchen herauszufinden, wie er den Kopf noch aus der Schlinge ziehen kann.«

»Neben seinen Anteilen an den verschiedenen Immobilien hat er auf seinen Konten knappe vier Millionen gehortet.«

Eve schüttelte den Kopf. »Die nützen ihm jetzt auch nichts mehr, weil das Geld aus illegalen Geschäften stammt. Das heißt, dass er von dieser Kohle weder die Kaution noch einen Anwalt bezahlen kann. Selbst wenn etwas von dem Zaster rechtmäßig verdient ist, wird es dauern, herauszufinden, welcher Teil legal ist, deshalb sitzt er erst mal fest«, erklärte Eve und sprach ein anderes Thema an.

»Ich glaube nicht, dass Jones hinter den Morden steckt. Er passt ganz einfach nicht ins Bild. Ich tippe eher auf Jorgenson, denn er ist ein gemeiner, skrupelloser Hurensohn. Aber wenn Jones mit diesen Morden nichts zu tun hat, wo kommt Cohen dann ins Spiel? Denn ich bin mir ganz sicher, dass er irgendetwas weiß.«

Sie drehte sich im Kreis, deswegen meinte Roarke: »Lass uns spazieren gehen.«

»Du willst mit mir *spazieren* gehen?«

»Ich würde gern ein Stückchen gehen und möchte nicht, dass mir irgendwer den Laufpass gibt. Es ist zwar nicht mehr ganz so warm, aber noch immer herrlich mild.«

»Und dunkel«, fügte sie nach einem Blick durchs Fenster stirnrunzelnd hinzu.

»Dafür haben wir draußen Lampen installiert. Und ein Spaziergang ist sehr hilfreich, wenn man einen klaren Kopf bekommen will.«

»Ich warte auf den Haftbefehl und …«

»Warum nimmst du dein Link nicht einfach mit? Lass uns ein Stückchen gehen und schauen, wie weit sie mit dem Teich gekommen sind.«

Natürlich könnte sie ihr Smartphone – und die Marke und den Stunner – mit nach draußen nehmen, aber weshalb sollte sie im Dunkeln durch die Gegend tappen? »Du willst draußen im Dunkeln herumlaufen, um dir ein Loch im Boden anzusehen?«

»Genau.« Um sie vorübergehend von der Tafel und ihren Gedanken abzulenken, nahm Roarke ihre Hand und zog sie Richtung Tür. »Denn schließlich ist das unser Loch.«

Da sie tatsächlich angefangen hatte, sich im Kreis zu drehen, ließ Eve sich ohne große Gegenwehr nach unten ziehen.

»Warum hängt Summerset die Sachen abends immer in den Schrank und morgens wieder heraus?«, erkundigte sie sich, als Roarke die Mäntel aus dem Flurschrank nahm.

»Er hat nun mal eine ordentliche Seele.«

»Summerset hat eine Seele?«

Roarke glitt mit dem Finger über die Vertiefung in der Mitte ihres Kinns und zog sich seinen eigenen Mantel an. »Am besten gehen wir an der Seite raus.«

Das Haus verfügte über unzählige Räume und Eve ließ sich durch die Küche und dann weiter durch den Wintergarten mit den weichen Sofas und den hübschen Pflanzen führen.

Dann blieb sie plötzlich stehen und wies auf einen kleinen Baum. »Sind das Limetten?«

»Meiner Meinung nach sind das Zitronen, die noch reifen müssen.«

»Wir haben einen Baum im Haus, an dem Zitronen wachsen?«

»Ich bezweifle, dass sie die New Yorker Winter draußen überstehen.«

Er öffnete die Tür, die in die Glaswand eingelassen war, und führte sie in den bereits erhellten Park.

»Bei all den Lichtern, die hier brennen, kann man das Haus wahrscheinlich noch vom Mars aus sehen.«

Statt einer Antwort nahm er wieder ihre Hand. »Ich wollte eigentlich schon vor dem Abendessen nach dem Teich sehen, aber da hatten wir ja noch zu tun.«

Okay, es war nicht schlecht hier draußen, kühl, doch alles andere als kalt, und dank der Lampen, deren Licht durch die noch kahlen Bäume fiel, erschien der Park ihr wie ein faszinierendes Relief. Dünne Wolken wehten sanft vor einem halben Mond, der über ihrem Kopf am Himmel schien, doch die Geräusche von New York, die wie ein leises Murmeln klangen, bestärkten Eve in der beruhigenden Gewissheit, dass sie hier nicht auf dem Land inmitten eines fremdartigen Waldes, sondern mitten in der Großstadt waren.

»Was war das erste Haus, das du gekauft hast?«, fragte sie.

»Ein kleines, schmuddeliges Hotel in Dublin. Eine echte Bruchbude, die ich nach Meinung meiner Kumpel hätte niederbrennen sollen. Aber ich wollte dieses Haus haben. Ich sah seine Struktur und was sich mit Interesse, etwas Überlegung und genügend Kohle daraus machen ließ.«

»Woher hattest du das Geld für dieses Haus?«

»Aus dem Verkauf von einer dreireihigen Perlenkette mit Rubinverschluss. Die hatte ich gestohlen, ich bin damit zu jemandem nach Liverpool gefahren, der sie für mich verhökert hat, und habe von dem Geld dann das Hotel bezahlt. Nur leider hat die Kohle für den Umbau nicht mehr gereicht.«

»Aus dem Verkauf einer gestohlenen Perlenkette«, wiederholte Eve.

»Einer gestohlenen, wirklich hübschen Perlenkette«, fügte er hinzu. »Dann bin ich mit Summerset zu dem Hotel gefahren und habe ihm erzählt, was ich daraus machen will. Danach ist er zur Bank gegangen, hat sich Geld besorgt und es mir geliehen. Nach acht Monaten haben wir das Green dann aufgemacht. Ein kleines, elegantes Haus, in dem Touristen, die es eher persönlich haben wollten, abgestiegen sind.«

»Wie alt warst du damals?«

»Sechzehn, siebzehn«, meinte Roarke. »Nach zwei Jahren hatte ich genug zusammen, um Summerset sein

Geld zurückzugeben, aber davon wollte er nichts hören. Das heißt, dass uns das Green zusammen gehört.«

»Ihr habt es noch?«

Er sah sie aus im Licht der Lampen leuchtend blauen Augen an. »Egal, was ich in meinem Leben schon gekauft und wieder abgestoßen habe, es gibt nur diesen einen ersten Kauf. Als ich dort zum ersten Mal herumgelaufen bin, nachdem ich es erstanden hatte, kam mir das wie eine Offenbarung vor. Die Wände waren feucht, die Fensterscheiben eingeschmissen, doch zum ersten Mal in meinem Leben gab es etwas, was mir gehörte und was ich verändern und verbessern konnte«, klärte er sie lächelnd auf.

»Aber die Kette war gestohlen«, rief Eve ihm in Erinnerung.

»Ich habe sie gestohlen und etwas daraus gemacht. Doch jetzt genug davon. Jetzt gucken wir uns erst mal unser Loch im Boden an.«

Inzwischen hatten sie den Rand des zukünftigen Teichs erreicht. Er war oval mit einem Durchmesser von vielleicht sieben Metern und drei Meter tief.

»Hier wäre Platz für jede Menge Leichen«, meinte Eve und abermals mit einem Lächeln legte Roarke den Arm um sie.

»Ich hatte eher an Wasserlilien gedacht. Ich denke, dass uns dieser Teich durchaus einmal gefallen wird, wenn die Zeit für einen Spaziergang bleibt.«

»Wo haben sie die ganze Erde hingeschafft?«

»Die nutzen wir für ein paar andere Projekte«, klärte Roarke sie auf. »Da fällt mir ein, dass auch die Umbaumaßnahmen in Nebraska jetzt fast abgeschlossen sind.

Ich muss dir unbedingt die neuesten Bilder zeigen, wenn wir wieder drinnen sind.«

Er drehte sie zu sich herum und gab ihr einen Kuss. »Und keine Angst, ich habe nichts gestohlen, um dieses ganz besondere Projekt zu finanzieren.«

»Auch wenn der Hof in keinem besseren Zustand als die Bruchbude in Dublin war.«

»Das macht den Spaß an diesen Projekten aus«, gab er zurück und küsste sie ein zweites Mal. Noch während sie die Arme hob, um sie ihm um den Hals zu schlingen, klingelte ihr Smartphone und sie trat einen Schritt zurück.

»Reo. Sagen Sie mir, dass ich mich in Cohens Bude umsehen und den Kerl verhaften lassen darf.«

Sie durfte, merkte Roarke, als Eve zwei Meter vor ihm auf und ab lief und noch ein paar Sätze mit der Staatsanwältin sprach.

Er lauschte nur mit halbem Ohr und stellte sich den Teich vor, wie er einmal aussehen würde, als sie nach dem Gespräch mit Reo die auf Cohen angesetzten Streifenhörnchen anwies, ihn aus dem Hotel auf das Revier zu bringen und dann heimzufahren.

Wasserlilien, vielleicht eine Trauerweide, deren Äste bis ins Wasser hingen, und dazu noch eine Bank. Dann drehte er den Kopf, sah auf das schlossähnliche Gebäude, das in den dunklen Himmel ragte, und erinnerte sich an den Jungen von sechzehn Jahren, der in dem Wissen, dass es ihm gehörte, stolz und glücklich durch ein altes, hoffnungslos verfallenes Hotel gelaufen war.

Und an die Freude und den Stolz beim ersten Rundgang durch das hier von ihm erbaute Haus.

Doch diese Freude und der Stolz waren nichts im Vergleich zu dem Moment gewesen, in dem die Frau, die er von ganzem Herzen liebte, bei ihm eingezogen war. Sie waren nichts verglichen mit dem Leben, das er mit ihr führte, und dem Wissen, dass sie ihm gehörte und er ihr.

»Sie bringen ihn aufs Revier.«

Er wandte sich ihr zu und blickte in die ruhigen bernsteinbraunen Augen seines Cops. »Es gab nicht einen Cop, der diesen jungen Perlendieb für diese Tat oder irgendeine andere je erwischt hätte. Sie konnten mich verdreschen, aber hinter Gitter bringen konnten sie mich nicht. Doch seit wir beide uns kennen, frage ich mich öfter, wer von uns den Kampf gewonnen hätte, wenn wir uns schon eher begegnet wären.«

»Natürlich hätte die Gerechtigkeit gesiegt«, erklärte sie in selbstgerechtem Ton. »Ich hätte dich auf jeden Fall erwischt.«

Sie hätte die Verfolgung niemals aufgegeben, das wusste er. Und dafür liebte und bewunderte er sie sogar noch mehr.

»Ich hätte mich trotz allem in dich verliebt, genauso wie du dich in mich.« Er nahm sie wieder in den Arm. »So hat das Schicksal es vorgesehen.«

»So fühlt es sich auf alle Fälle an und deshalb hätte ich dich auch mit einem Kuchen und mit einem Lächeln im Gesicht im Knast besucht.«

Lachend küsste er ihr Haar. »Das war ein schöner Gang und auch das Loch gefällt mir durchaus gut. Doch jetzt musst du zurück zu deiner Arbeit, stimmt's?«

»Ich muss Peabody noch berichten, wie's bei Cohen war und dass er festgenommen wird. Außerdem muss ich warten, bis mir die Kollegen von der Trachtengruppe melden, dass er auf der Wache angekommen ist.«

»Das habe ich mir schon gedacht«, bemerkte Roarke, nahm ihre Hand und schlenderte mit ihr zurück zum Haus.

Am nächsten Morgen wurde sie alleine wach. Das hieß, im Grunde war sie nicht alleine, denn der fette Kater schmiegte sich gemütlich an sie. Es war noch früh, und leicht benommen überlegte sie, weswegen Roarke und Galahad sie immer in die Mitte nehmen mussten, obwohl in dem Bett genügend Platz für sieben Menschen und dazu noch vierzehn Katzen war.

Aus welchem Grund auch immer hatte sie eigentlich nichts dagegen, derart eingequetscht zu sein.

Nachdem ihr Hirn die Arbeit aufgenommen hatte, rollte sie sich aus dem Bett, trat vor den AutoChef und zog sich bei ihrem ersten Kaffee Joggingschuhe, eine kurze Hose und ein Tanktop an.

Bevor sie Cohen in die Zange nehmen würde, wollte sie sich anständig bewegen und fuhr mit dem Fahrstuhl in den Fitnessraum.

Sie wollte in den Tropen laufen, wählte aber statt des flachen Strandes eine anstrengende Hügellandschaft aus und ignorierte das Gewimmer ihrer gerade erst erwachten Muskeln, während sie die erste halbe Meile lief. Dann ging es einen Berg hinauf in eine Art Regenwald, in dessen feuchter, schwüler Luft exotisch bunte Blumen und unheimliche Grünpflanzen gediehen.

Sie lief ein bisschen schneller und gelangte irgendwann an einen Wasserfall, der sich in einen leuchtend blauen Fluss ergoss. Ein weißer Vogel mit der Flügelspanne eines Maxibusses stürzte sich kopfüber in die Fluten und kam mit einem Fisch in seinem langen, spitzen Schnabel wieder hoch.

Sein Blick war mörderisch, weshalb sie eilig weiterlief.

Sie atmete erleichtert auf, als sie den weißen Sandstrand sah, und während hoch am blauen Himmel Vögel in denselben Farben wie die Blumen flogen, setzte sie den Weg in gleichmäßigem Tempo fort. Dann rannte sie die letzte halbe Meile, bis der Schweiß genauso unaufhaltsam wie das Wasser von den Pflanzen auf den Hügeln über ihren Körper rann.

Am Ende lief sie langsam aus, trank einen halben Liter Wasser, stemmte eine Viertelstunde lang Gewichte, dehnte sich und lief durch Roarkes Version von einem Regenwald zum hauseigenen Pool.

Sie zog sich aus, schwamm ein paar abschließende Bahnen, drehte sich gemächlich auf den Rücken und dachte an Cohen, während sie sich treiben ließ. Zwar hatte er sich anfänglich geweigert, den Beamten aufzumachen, aber gegen die Verhaftung hatte er sich nicht gewehrt. Er hatte etwas von Bürgerrechten, einer Klage gegen die New Yorker Polizei, die Cops persönlich und selbst gegen das Hotel gefaselt, aber sonst auch nichts.

Officer Trace zufolge hatte er den ganzen Weg bis zum Revier und bis in seine Zelle weiter herumgejammert und am Ende sogar seine Uhr und das gesamte Bargeld, das er in der Tasche hatte, angeboten, wenn sie ihn noch einmal gehen ließen, also käme jetzt noch der Versuch, Beamte zu bestechen, zu den ganzen anderen Anklagen dazu.

Er hatte einen Anruf frei gehabt, doch wer auch immer ihm nach der Verhaftung beistehen sollte, war nicht auf der Wache aufgetaucht, weshalb es nach den Faseleien und dem Gejammer noch zu einer kurzen Heulerei gekommen war.

Eve ginge jede Wette ein, dass er Eldena angerufen und um Hilfe angebettelt hatte, denn nach einem Gespräch mit seinem Anwalt brach ein Mann ganz sicher nicht in Tränen aus.

Officer Trace zufolge war der Kerl ein Weichei und so was verspeiste Eve zum Frühstück, also stieg sie zuversichtlich, dass sie ihn im Handumdrehen knacken würde, aus dem Becken, trocknete sich ab und zog sich einen Morgenmantel an.

Im Schlafzimmer hielt Roarke ihr einen zweiten Becher Kaffee hin.

»Du bist früh auf den Beinen«, meinte er.

»Du warst noch früher auf als ich, aber schließlich wollte ich auch nur trainieren und nicht die Weltherrschaft erringen«, gab sie zurück und hob den Becher an den Mund. »Ich war fünf Meilen in einem Dschungel mit Killervögeln und mit Pflanzen unterwegs, die so aussahen, als ob sie kleine Säugetiere fressen würden. Wahrscheinlich war ich deswegen so schnell.«

»Dann hast du dir dein Frühstück rechtschaffen verdient.«

»Erst dusche ich noch rasch.«

Nach ihrer Rückkehr aß sie Obst und Waffeln und so etwas wie gebratenen Speck, der zwar kein echter Speck, doch wirklich lecker war.

»Ich nehme an, du bist für Cohen bereit«, sagte

Roarke, als sie sich einen Liter Ahornsirup über ihre Waffeln goss.

»Erst muss ich kurz mit Whitney sprechen, weil ich dieses Arschloch wegen der Steuersachen in die Zange nehmen will, obwohl die Angelegenheit des Bundes sind. Und ich will auch die elektronischen Geräte von dem Typen sehen, bevor sie sie beschlagnahmen.«

»Nutz doch das Holo und ruf ihn von hier aus an«, schlug Roarke ihr vor. »Das ist persönlicher als ein normales Videogespräch und danach kannst du sofort losfahren und Cohen in den Verhörraum holen.«

»Tja nun …«

»Auf diese Art verlierst du nicht unnötig Zeit.«

Sie sagte sich, sie hätte einfach nicht an diese Möglichkeit gedacht, weil die Funktion ihr noch nicht so geläufig war.

»Das stimmt.« Entschlossen stand sie auf und tippte ein paar kurze Textnachrichten in ihr Smartphone ein. »Ich schreibe Peabody, dass sie zu Cohens Haus kommen und McNab mitbringen soll. Ich glaube nicht, dass Feeney etwas dagegen hat. Vorher rufe ich noch schnell von hier aus Whitney an. Dann habe ich mir, ehe er das FBI verständigt, Cohens Computer und das andere Zeug schon angesehen. Genauso machst du selbst es schließlich auch in deinem Streben nach der Weltherrschaft.«

»Soll ich dir bei dem Holo-Anruf helfen?«, bot er lächelnd an.

»Weswegen solltest du das tun? Ich komme auch … okay, das wäre nett.« Sie nahm noch einmal Platz, schob sich den nächsten Waffelbissen in den Mund und sah sich suchend um. »Wo steckt Galahad überhaupt? Wir haben so was wie Schinken auf dem Tisch und trotzdem schleicht er hier nicht in der Hoffnung herum, dass etwas für ihn abfällt.«

»Wahrscheinlich hat er erst mal ausgeschlafen und schlägt sich den Bauch jetzt unten in der Küche voll. Obwohl er sicherlich enttäuscht sein wird, dass er den Schinken hier verpasst. Wirst du Eldena vorher wissen lassen, dass ihr kommt?«

»Weswegen sollte ich riskieren, dass sie es sich vielleicht noch einmal anders überlegt und doch weich wird? Auch wenn sie gestern Abend ziemlich angefressen war, sieht sie die Sache heute Morgen ja vielleicht in einem anderen Licht. Willst du immer noch zusehen, wenn wir Cohen grillen?«

»Gib mir Bescheid, wenn's so weit ist. Dann sehe ich, ob's zeitlich klappt.«

»Okay.«

Nach ihrem Frühstück ging sie Richtung Schrank, und obwohl langsam Frühling wurde, wollte sie gemein aussehen und zog deswegen eine schwarze Hose zu einem schwarzen T-Shirt sowie eine dünne schwarze Lederjacke an.

Mit schwarzen Stiefeln und mit einer bösen Miene wäre der gemeine Look perfekt.

Als sie nach ihrem Waffenholster griff, bemerkte Roarke: »Du machst keine Gefangenen, nicht wahr?«

»Genau.« Sie schnappte sich ihr Link, auf dem inzwischen Whitneys Antwort eingegangen war. »Er schreibt, ich solle mich in zehn Minuten melden. Mist.«

»Das kriegen wir problemlos hin.« Auch Roarke stand auf und ging mit ihr ins Büro.

»Du willst wahrscheinlich stehen.«

»Na klar.«

»Und wo?«

»Tja nun …«

»Am besten baust du dich vor deinem Schreibtisch auf. Das zeigt, dass du im Arbeitsmodus bist. Als Erstes rufst du die Programme auf. Natürlich könnte ich das für dich machen, aber es bleibt besser hängen, wenn du diese Sachen selbst machst.«

»Ja, ja. Programme«, wies Eve den Computer an.

Mit einem leisen Summen fuhr der Computer hoch.

»Ich nehme an, dass Whitney zu Hause ist?«

»Es ist schließlich noch früh.«

»Dann ruf die Holo-Option auf, danach die Uhrzeit, wann es starten soll, und dann den Ort, mit dem du dich verbinden willst.«

Das war zu schaffen, dachte Eve und machte sich ans Werk.

»Okay, und da der Mann dein Vorgesetzter ist, sag dem Gerät noch, dass es warten soll, bis von seiner Seite die Verbindung steht. Wenn du auch noch mit anderen Leuten sprechen wolltest, bräuchtest du nur noch die Namen und die Orte anzugeben und zu sagen, wann genau du sie in das Gespräch einbeziehen willst.«

»Okay. Computer, warte, bis Commander Whitney sich mit mir verbindet, und eröffne dann die Holo-Kommunikation.«

»Das hast du gut gemacht«, erklärte Roarke und gab ihr einen Kuss. »Wenn du es schaffst, elektronische Gerätschaften als Werkzeuge statt als Feinde anzusehen, würde dir das vieles leichter machen.«

»Sie können Werkzeuge und gleichzeitig auch Feinde sein.«

»Tja dann. Ich bin in meinem Arbeitszimmer, falls du Hilfe brauchst. Wenn du fertig bist, sag dem Computer einfach, dass er herunterfahren soll.«

»Okay. Ich danke dir.«

Als Roarke ins Nebenzimmer ging, sah sie sich abermals die Bilder an der Tafel an und baute sich, als der Computer ihr erklärte, dass Commander Whitney sich mit ihr verbinden wollte, wieder vor dem Schreibtisch auf.

Sie hatte das Gefühl, als würde er ihr wirklich gegenüberstehen. Der schiefergraue Anzug, der die starken, breiten Schultern vorteilhaft zur Geltung brachte, und sogar die grauen Strähnen in den kurz geschnittenen dunklen Haaren wirkten völlig echt.

»Vielen Dank, Commander, dass ich Sie zu dieser frühen Stunde sprechen kann.«

»Ich wüsste wirklich gerne, wie ein Anwalt, dem die Zulassung entzogen wurde und dem jetzt Betrug und Steuerhinterziehung vorgeworfen werden, mit den Morden an zwei Gangmitgliedern in Verbindung steht, Lieutenant.«

»Genau um das herauszufinden, muss ich Cohen sprechen, bevor die Sache an das FBI verwiesen wird. Ich gehe davon aus, dass die Beziehung zwischen Cohen und Jones nicht nur geschäftlich ist, und habe den Verdacht, dass Cohen für Jones, obwohl er keine Zulassung mehr hat, auch weiterhin als Rechtsberater tätig ist und deshalb vielleicht etwas über diese Morde weiß.«

Obwohl ihr Vorgesetzter bereits den schriftlichen Bericht bekommen hatte, führte Eve die Theorie, die sie entwickelt hatte, noch einmal mündlich aus.

»Es steht außer Frage, dass die Morde miteinander in Verbindung stehen, Sir. Falls Cohen etwas darüber weiß, werden die gegen ihn erhobenen Vorwürfe uns helfen, ihn zu knacken, außerdem werden seine Kenntnisse der Organisation der Bangers eine Hilfe bei den aktuellen Ermittlungen wegen deren illegalen Geschäften, Identitätsdiebstahl, Schutzgelderpressung sowie anderen Straftaten sein.«

»Die Gang ist eine echte Plage«, stellte Whitney fest. »Verglichen mit der Größe, die sie vor zehn Jahren hatte, ist die Gruppe heutzutage zwar eher klein, doch eine Plage ist sie immer noch. Wenn ich auf die Wache komme, kontaktiere ich das FBI und gebe diese Infos an sie durch.« Er sah auf seine Uhr. »Bis dahin haben Sie noch knapp zwei Stunden, um sich Cohens Unterlagen und Geräte anzusehen, und danach vielleicht noch eine weitere Stunde, bis das FBI Cohen selbst haben will. Nutzen Sie die Zeit.«

»Das werde ich.«

»Und alle Unterlagen oder Infos in Zusammenhang mit Steuerhinterziehung gehen an die Steuerfahndung, Lieutenant.«

»Selbstverständlich, Sir. Vielleicht wäre Special Agent Teasdale eine passende Kontaktperson für uns beim FBI.«

»Das wäre sie auf jeden Fall.« Mit einem knappen Nicken meinte er: »Na los«, bevor sein Bild verblasste und verschwand.

»Okay.« Sie wandte sich zum Gehen, dann aber fiel

ihr ein, dass sie noch etwas machen sollte. Doch was, verdammt? Ach ja, genau. Sie sollte den Computer wieder herunterfahren.

»Computer aus.«

Der Bildschirm wurde schwarz.

»Das war nicht wirklich schwer«, bemerkte sie und suchte Roarke in dessen Arbeitszimmer auf.

»Wir sprechen sofort weiter, Petersby«, erklärte Roarke dem Mann, mit dem er sich per Videoschalte unterhalten hatte, schickte ihn vorübergehend in die Warteschleife, wandte sich an Eve und sah sie fragend an. »Geschafft?«

Sie nickte knapp. »Ich wollte dir noch einmal für deine Hilfe danken, doch jetzt muss ich los.«

»Nichts zu danken«, meinte er, dann aber winkte er sie noch zu sich heran und augenrollend neigte sie den Kopf und gab ihm einen Kuss.

»Ich melde mich, wenn ich bereit bin, ihn mir vorzuknöpfen«, sagte sie ihm zu.

»Das wird bestimmt ein Heidenspaß. Ich hoffe, dass ich kommen kann, um zuzusehen. Falls nicht, pass gut auf meine Polizistin auf und tritt dem Blödmann in den Arsch.«

»Das mache ich.«

Um diese Uhrzeit herrschte auf den Straßen noch nicht allzu viel Verkehr, und da sie ampeltechnisch auch noch eine grüne Welle hatte, kam sie deutlich früher, als sie Peabody geschrieben hatte, in der Lower East Side an.

Um keine Zeit mit Warten zu verlieren, stellte sie den Wagen zwei Blocks weiter ab und lief zu Cohens Haus.

Der Sichtschutz an den Fenstern war in Betrieb, sicher lag Eldena noch im Bett und schlief. Sehr gut, sagte sich Eve, denn schließlich war es manchmal durchaus hilfreich, bei den Leuten aufzutauchen, ehe ihr Gehirn dank einer ersten Dosis Koffein in Schwung gekommen war.

Sie drückte auf die Klingel und beobachtete einen Jungen, der mit drei kurzbeinigen Kläffern, deren lange Ohren in der morgendlichen Brise flatterten, spazieren ging.

Dann ging die Haustür einen Spalt weit auf und irgendjemand starrte sie aus rot unterlaufenen grünen Augen an.

»Wissen Sie, verdammt noch mal, wie spät es ist?« Die Stimme klang verschlafen und genauso wütend wie der Blick, mit dem die fremde Frau sie maß.

»Das weiß ich allerdings.« Eve hielt der anderen ihre Marke hin. »New Yorker Polizei. Ich habe die Erlaubnis eines Richters, mich hier in der Wohnung umzusehen.« Sie hielt den Ausdruck des Durchsuchungsbefehls hoch.

»Oh, Mann, genügt der Ärger nicht, den El mit diesem Arschloch hat? Weswegen machen Sie ihr auch noch Scherereien?«

Die Tür ging etwas weiter auf und zeigte eine Frau mit wild zerzaustem blauem Haar und knitterigem T-Shirt mit dem Aufdruck STRIPPERIN A.D.

»Ich will dem Arschloch Scherereien machen, mit dem El den ganzen Ärger hat.«

»Anscheinend funktioniert Ihr Flurfunk nicht. Das Arschloch sitzt im Knast.«

»Ich weiß, denn schließlich habe ich ihn selbst dorthin gebracht.«

»Dann sind Sie vielleicht doch nicht so verkehrt.« Das T-Shirt, das nur knapp ihr Hinterteil bedeckte, rutschte in die Höhe, als die junge Frau die Faust in ihre Hüfte stemmte, doch zumindest trat sie endlich einen Schritt zurück und winkte Eve an sich vorbei ins Haus. »El hat mich gestern Abend angerufen, weil sie Unterstützung brauchte, und ich habe ihr zum Trost zwei Flaschen Rotwein mitgebracht. Sie hat die Klingel nicht gehört und schläft wahrscheinlich noch. Was suchen Sie denn überhaupt?«

»Das weiß ich erst, wenn ich es finde, und falls Ihre Freundin in dem Zimmer schläft, das sie mit Cohen geteilt hat, muss ich sie jetzt leider aufwecken.«

»Verdammt.«

»Dürfte ich Ihren Namen haben?«

»Meinen? Auf der Bühne heiße ich Tequila, doch im wahren Leben bin ich Lisa Killagrew.«

»Miss Killagrew, wenn Sie so freundlich wären, Miss Vinn zu informieren, dass ich hier bin, um mich in der Wohnung umzusehen, bringen wir die Angelegenheit so schnell wie möglich hinter uns.«

»Sollte sie, ich weiß nicht, ihren Anwalt herbestellen?«

»Hat sie denn einen Anwalt eingeschaltet?«

»Ja. Den netten Pete. Der hat uns vor zwei Jahren für den Junggesellenabschied seines Bruders engagiert und ihr gesagt, dass sie – ich sollte Ihnen wahrscheinlich nicht erzählen, was er ihr geraten hat.«

»Mit wem redest du da, Leese?«

Unglaublich jung und bleich in einem kurzen, durchsichtigen schwarzen Nachthemd mit strategisch günstig aufgedruckten roten Herzen tauchte El am Kopfende der Treppe auf.

Sollten diese Herzchen vielleicht irgendetwas verbergen?, überlegte Eve.

Eldena starrte sie mit großen Augen an und fragte sie mit einem erstickten Schluchzer: »Meine Güte, sind Sie etwa hier, weil Sie mich auch verhaften wollen?«

»Nein. Ich bin …«

Sie brach in Tränen aus und nahm ermattet auf der Treppe Platz. »Es tut mir leid. Ich bin ein Wrack.«

»Hör auf zu heulen«, wies Lisa sie mit strenger, mütterlicher Stimme an und wirklich stellte El das Schluchzen ein. »Hat Pete dir nicht gesagt, es würde alles gut?«

»Ich komme mir so dämlich vor.«

»Wenn du dir schon so vorkommst, führ dich jetzt nicht auch noch dämlich auf. Du brauchst erst einmal einen Kaffee, genau wie ich. Wollen Sie auch einen?«, wandte Lisa sich an Eve und reckte plötzlich einen Finger in die Luft. »Verdammt. Sie sind Eve Dallas.«

Eve bedachte sie mit einem ausdruckslosen Blick.

»Natürlich hat El mir alles erzählt, aber mein Hirn ist irgendwie noch nicht ganz wach. Ich und El haben uns den Film im Kino angesehen. Ich fand es einfach toll, wie Sie auf diese Schweinehunde losgegangen sind. Jetzt setze ich erst einmal den Kaffee für uns auf. Du weißt hoffentlich noch, was wir uns vorgenommen haben, El?«

Auch wenn Eldena wieder leise schniefte, nickte sie und wiederholte: »Ich bin taff und stark und hundsgemein. Wobei das mit Wein ein bisschen leichter war.« Mit einem halben Lächeln schaute sie zu ihrer Freundin auf, die die Treppe hochkam.

Lisa tätschelte ihr kurz die Schulter und erklärte: »Niemand trampelt auf uns herum, denn schließlich sind wir keine Fußmatten.«

Dann ging sie weiter und Eldena wandte sich erneut an Eve. »Ich habe sie gebeten, zu mir zu kommen, und dann haben wir beide bei der Arbeit blaugemacht und Rotwein in uns reingekippt. Ich habe Sam gleich, als Sie gestern Abend weg waren, vor die Tür gesetzt. Ich habe ihm gesagt, ich bräuchte erst einmal Zeit zum Nachdenken. Wir haben uns deshalb fürchterlich gestritten, aber ich bin hart geblieben und ich habe ihm gesagt, dass er verschwinden soll. Dann hat Pete – mein Anwalt – mir gesagt, das wäre gut. Und dass ich neue Schlösser einbauen lassen soll.«

»Da hat er völlig recht.«

Eldena fuhr sich mit den Händen durchs Gesicht, stand auf und kam in den Flur herunter. »Ich habe schon für heute Morgen einen Schlosser bestellt. Sam hat mich angerufen und gesagt, dass er verhaftet worden ist und ich ihm helfen muss. Ich müsste die Kaution für ihn bezahlen und ... ich habe ihm gesagt, er kann mich mal.«

»Das haben Sie gut gemacht.«

»Ich war so wütend und ich hatte all den Wein getrunken, und Leese hat mir dabei geholfen, dass ich weiter wütend blieb. Sollte ich jetzt vielleicht Pete anrufen? Vielleicht schläft er um die Uhrzeit noch.«

»Das können Sie natürlich tun. Ich werde Ihnen sagen, was ...« Bevor Eve ihren Satz beenden konnte, klingelte es an der Tür. »Ich schätze, das sind meine Partnerin und einer unserer elektronischen Ermittler.«

»Oh mein Gott.«

»Wir haben die Erlaubnis eines Richters, uns hier umzusehen und alles mitzunehmen, was für die Ermittlungen von Bedeutung ist.«

Eldena kniff die Augen zu, doch schließlich nickte sie und öffnete die Tür.

Bei ihrem Anblick quollen McNab die Augen aus dem Kopf – zumindest fiel ihm nicht auch noch die Zunge aus dem Mund.

»Dies sind die Detectives Delia Peabody und Ian McNab, der sich die elektronischen Geräte ansehen wird. Falls Sie die Passwörter zu den Geräten haben, würde uns das Zeit und Arbeit sparen.«

»Ich habe außer meinem Smartphone nur noch einen Handcomputer und das Extra-Tablet für die Arbeit an den Choreografien. Sie haben keine Passwörter und die von Sams Geräten sind mir nicht bekannt. Es tut mir leid.«

»Schon gut. Detective Peabody, warum gehen Sie nicht mit Miss Vinn nach oben und holen die Geräte, während sie sich anzieht und mit ihrer Freundin, die hier übernachtet hat, in Ruhe einen Kaffee trinkt?«

»Ja klar. Miss Vinn?«

»Okay, das heißt, das Tablet ist in meinem Studio, aber alles andere ist im Schlafzimmer. Obwohl es noch früh ist, kontaktiere ich jetzt vielleicht besser erst mal Pete.«

»In Ordnung«, meinte Eve. »Dann fangen wir beide schon einmal hier unten an, McNab.«

»Okay. Allerdings ist Sams Arbeitszimmer abgeschlossen. Und den verdammten Zugangscode hat er mir nie verraten, was nach allem, was ich in der Zwischenzeit erfahren habe, nicht wirklich überraschend ist.«

»Ich habe einen Generalschlüssel.« Eve wandte sich erst an McNab, als El mit Peabody verschwunden war. »Wenn Sie nicht sofort aufhören zu sabbern, warte ich ganz sicher nicht, bis Peabody zurückkommt, sondern trete Ihnen selbst in den Arsch.«

McNab fuhr sich mit einer Hand über den Mund, behielt aber sein breites Grinsen bei.

»Gucken ist ja wohl noch erlaubt. Aber okay, wo soll ich anfangen?«

»Im Arbeitszimmer.« Das, wenn sie sich recht entsann, im hinteren Bereich der Wohnung lag.

In Airboots, gelber Schlabberhose und leuchtend blauer Jacke tänzelte der elektronische Ermittler neben ihr den Flur hinab.

»Ich weiß bereits von She-Body, worum es geht. Sie denken, dieser Kerl hat irgendetwas mit den beiden Mordfällen zu tun, und wollen ihn jetzt auch noch wegen Betrugs und anderer Scheiße drankriegen.«

»Wobei es meiner Meinung nach bestimmt noch jede Menge anderer Scheiße gibt«, bemerkte Eve und blickte durch die Tür des Studios mit seinen Spiegelwänden, einem keinen Tisch und einem Regal voll Wasserflaschen und zusammengerollter Handtücher.

»Das Tablet liegt da vorne auf dem Tisch. Aber das nehmen wir uns später vor.«

Sie trat vor die verschlossene Tür des Nebenzimmers und schob ihren Generalschlüssel ins Schloss.

Der Computer auf dem Schreibtisch hatte sicher einiges gekostet, dachte sie, genauso wie der AutoChef, der Kühlschrank und der große Wandbildschirm. Hinter einer offenen Tür sah sie ein angrenzendes Bad.

Auch der Kollege sah sich um und stellte fest: »Er hat hier viel mehr Platz als sie in ihrem Studio.«

»Auch das zeigt mir, dass er ein Arschloch ist. Sie machen sich hier unten an die Arbeit und ich sehe mich ein bisschen in der oberen Etage um«, beschied ihm Eve und wandte sich zum Gehen.

14

Auf dem Weg nach oben traf sie Peabody.

»Sie zieht sich gerade an«, erklärte ihre Partnerin. »Und ihre Freundin hat gesagt, dass sie ihr dabei hilft.«

»Hat sie den Anwalt schon kontaktiert?«

»Sie hat gesagt, sie würde sich erst anziehen, dann einen Kaffee trinken und etwas gegen ihren Kater nehmen. Da oben gibt's ein großes Schlafzimmer, ein kleines Wohnzimmer, ein zweites Bad, ein Gästezimmer, die Küche und den Essbereich. Die Wohnung ist echt hübsch.«

»Auf jeden Fall. Bringen Sie McNab das Zeug, und durchsuchen Sie das Arbeitszimmer, während er dort mit den elektronischen Gerätschaften beschäftigt ist. Wir müssen uns beeilen.«

»Bin schon dabei.«

Eve ging hinauf und schaute durch die Tür des kleinen Wohnzimmers. Den leeren Weinflaschen und Gläsern und den Überresten des am Vorabend vom Chinesen gebrachten Essens nach zu urteilen, hatte Eldena sich vergangene Nacht in diesem Raum bei Lisa ausgeweint.

Die anderen Zimmer waren, abgesehen von der Küche, in der Lisa den Kaffee für sich und ihre Freundin zubereitet hatte, geradezu erschreckend aufgeräumt.

Am Ende trat Eve vor die Tür des Schlafzimmers und klopfte an.

»Kommen Sie rein.«

Eldena saß in Leggins, einem losen Top und einem ordentlich gebundenen Pferdeschwanz auf einem Stuhl und trank Kaffee, den von ihrer Freundin mitgebrachten Bagel rührte sie aber nicht an.

Auch Lisa hatte sich inzwischen eine Jogginghose angezogen, hockte neben ihr und biss von ihrem eigenen Bagel ab.

»Ich werde gleich bei Pete anrufen, aber sehen Sie sich ruhig trotzdem schon mal um, denn schließlich haben Sie die Erlaubnis eines Richters, das zu tun. Nächste Woche ist die Miete fällig, und obwohl Sam sich bisher immer um diesen ganzen Kram gekümmert hat, reicht mein Erspartes aus, um sie zu zahlen. Ich muss nur noch herausfinden, wohin sie geht.«

Eve beschloss, sich besser einen Augenblick Zeit zu nehmen, um ihr zu sagen, dass es deshalb keinen Grund zur Sorge gab. »Eldena, wenn Sie Ihren Anwalt sprechen, sollten Sie ihm vielleicht sagen, dass die Wohnung hier auf Cohens und auf Ihren Namen eingetragen ist.«

»Verzeihung, was?«

»Das heißt, dass Ihnen die Hälfte dieser Wohnung und des ganzen Hauses gehört«, erklärte Eve. »Was Cohen Sie an Miete hat zahlen lassen, hat er auf einem versteckten Konto für sich selbst angelegt. Genauso wie die Miete von den anderen Leuten hier im Haus. Falls dieser Anwalt, den Sie haben, etwas taugt, sollte er dafür sorgen, dass die Wohnung Ihnen jetzt zur Gänze überschrieben wird.«

Eldena hob die Hand und rang nach Luft. »Wollen Sie damit sagen, dass mir dieses Haus gehört?«

»Cohen hat den Kredit für das Haus nur deswegen bekommen, weil er Ihren Namen und Ihr Einkommen in den Formularen angegeben hat.«

»Oh Gott. Dann hat mir dieser elendige Lügner also die ganze Zeit etwas vorgemacht.« Jetzt sprang sie auf und stapfte durch den Raum. »Er hat gesagt, ich müsste mich noch etwas länger in dem Club ausziehen, damit er unsere Miete und die ganzen anderen Sachen bezahlen kann. Ich hatte mir etwas völlig anderes erträumt und habe für ihn drauf verzichtet, denn ich habe diesen gottverdammten Hurensohn *geliebt*. Ich bin zweimal in *Swing* am Broadway aufgetreten. Hatte es bis zu *Swing* geschafft, doch dann hat er gesagt, dass ich mehr Geld verdienen muss.«

Sie streckte ihre Hände aus und atmete tief durch. »Und dieses Haus könnte tatsächlich mir gehören?«

»Reden Sie mit Ihrem Anwalt. Es wird sicher nicht besonders schwierig sein, zu beweisen, dass die Raten des Kredits von Ihrem Geld beglichen worden sind. Am besten richten Sie ihm aus, dass wir ihm gerne die erforderlichen Unterlagen überlassen, wenn es möglich ist.«

»Vielen Dank.« Sie richtete sich kerzengerade auf. »Jetzt gehen wir nach unten, Lisa, dann kontaktiere ich Pete und lasse Lieutenant Dallas tun, was nötig ist.«

»Genauso machen wir es, El.«

Mit immer noch gestrafften Schultern wandte El sich abermals an Eve. »Sam wird für all das im Gefängnis sitzen, nicht wahr?«

»Ich gehe sicher davon aus.«

»Trotz allem kann ich immer noch nicht glauben, dass er dazu fähig ist, deshalb muss ich wissen, ob er in den Tod von diesem jungen Mann und der jungen Frau verwickelt ist. Na komm, Leese, lass uns runtergehen.«

Erhobenen Hauptes trat sie in den Flur, und ihre Freundin schnappte sich die Kaffeebecher und die Bagels, folgte ihr und sagte im Vorbeigehen zu Eve: »Ich hoffe doch, Sie treten diesem Dreckskerl kräftig in den Arsch.«

Das hatte Eve auf alle Fälle vor.

Eve sah sich oben um und war nicht wirklich überrascht, dass Cohen offenbar nur mithilfe irgendwelcher Pillen einen hochbekam. Das aber war für die Ermittlungen nicht von Belang, weshalb sie, als sie sonst nichts fand, wieder nach unten ging.

Im Arbeitszimmer war McNab auf eine Goldader gestoßen und erklärte gut gelaunt: »Er hat genauestens über alles Buch geführt und die Dateien nicht einmal versteckt. Man sollte meinen, dass er wenigstens versucht hätte, noch irgendetwas zu löschen, als er von ihr rausgeworfen worden ist.«

»Wahrscheinlich dachte er, dass sie ihn spätestens in ein paar Tagen wieder einziehen lässt. Oder sie hat ihn so schnell vor die Tür gesetzt, dass keine Zeit mehr für das Löschen der Dateien blieb. Er wollte sicher später wiederkommen und dieses Zeug entsorgen. Er hält Eldena für ein weiches und naives Dummchen und hat nicht erkannt, dass eigentlich er selbst der Dumme ist.« Eve lachte.

»Kopieren Sie alles, damit wir ihm schon mal Feuer unterm Hintern machen können, bevor er dann vom FBI geröstet wird«, bat Eve.

»Ich habe das Wichtigste schon kopiert.«

»Sehr gut. Dann hauen wir jetzt ab, und auf dem Weg zur Wache will ich alles hören, was es über Jones oder die Bangers auf den Geräten zu finden gibt.«

Da Eve und Peabody als Partnerinnen vorne saßen, setzte er sich in den Fond des DSL und fragte hoffnungsvoll: »Kann ich mir einen Kaffee holen?«

»Während Sie Bericht erstatten.«

»Vinn hat mit Jones anscheinend nichts zu tun. Oh, vielleicht sollte ich noch sagen, dass ich mir auch ihr Tablet angesehen habe. Sie ist wirklich gut.« Er grinste nur, als Peabody ihm einen kühlen Blick zuwarf. »Ich meine nicht nur ihre sexy Moves, denn die hat meine She-Body genauso drauf.«

Eves Augenlid fing an zu zucken, und sie warnte ihn mit barscher Stimme: »Hören Sie auf.«

»Sie hat noch andere Sachen aufgenommen. Ballett, Stepptanz und verschiedenes anderes Zeug. Und sie ist alles andere als dumm. Auf ihrem Handcomputer habe ich ein kleines Konto, das allein auf ihren Namen läuft, entdeckt. Es sieht so aus, als hätte sie ihr Trinkgeld dort gespart.«

»Sehr gut. Können Sie uns vielleicht auch etwas über irgendwelche Straftaten erzählen?«

»Auf jeden Fall. In seinem Terminkalender waren regelmäßig Treffen zwischen ihm und Jones vermerkt. Einmal im Monat. Die Treffen stimmen zeitlich mit den Einzahlungen auf seinen privaten Konten überein. Nach jedem Treff mit Jones hat er etwas eingezahlt.« Er trank einen Schluck Kaffee.

»Sie haben gesagt, ich sollte mich beeilen, deswegen

habe ich mir erst mal einfach einen groben Überblick verschafft. Aber es sieht so aus, als hätte er verschiedenes illegales Zeug für Jones bewegt.«

»Ach ja?«

»Wie ich schon sagte, er hat wirklich über alles Buch geführt. Für mich sieht es so aus, als hätte Jones einen Teil von den Drogen, die die Gang verhökert, abgezwackt und Cohen übergeben, der das Zeug dann seinerseits vertickt hat. Am Schluss haben sie sich den Gewinn geteilt. Wobei diese Art Geschäft irgendwann geendet hat.«

»Und wann?«

McNab trank den nächsten Schluck Kaffee. »Vor acht, neun Monaten. Die ihm von Jones besorgten Mengen wurden immer kleiner, also ging auch der Gewinn für ihn zurück. Obwohl man ihm die Zulassung als Rechtsanwalt entzogen hat, hat er noch immer eine ganze Reihe von angeblichen Mandanten und auf dieser Liste steht auch Jones. Das Geld aus dem Verkauf der Drogen führt er dort als Zahlung für erbrachte Rechtsberatungen auf. Vor circa einem halben Jahr tauchte ein weiterer Mandant mit Namen Bang-Two auf dieser Liste auf, mit dem er offenbar den gleichen Deal am Laufen hat. Im kleineren Stil, aber das macht er dadurch wett, dass er auch noch ins Sexgeschäft mit eingestiegen ist.«

»Dann kriegt er also einen Anteil von den Einnahmen der Frauen?«, fragte Eve.

»Nicht ganz. Für mich sieht's eher so aus, als würde Cohen die Frauen vertreten, wenn sie festgenommen werden, denn solange diese Frauen wissen, dass er nur als Rechtsberater statt als Anwalt mitkommt, ist das tatsächlich erlaubt. Dafür wird er dann von diesen Frauen bezahlt. Das Ganze ist etwas verworren, Dallas, aber er hat alles sorgfältig notiert.«

»Pickering wird nirgendwo erwähnt?«

»Ich habe nach dem Namen im Schnelldurchlauf gesucht und nichts entdeckt.«

»Okay.« Inzwischen hatten sie die Tiefgarage des Reviers erreicht. »Ich will, dass Sie das alles noch einmal durchgehen, während wir mit Cohen sprechen, und sobald Sie etwas finden – egal was –, bekommen wir Bescheid.«

»Das ist jede Menge Arbeit. Vielleicht sollte ich den Captain fragen, ob er selbst oder Callendar mir helfen kann.«

»Tun Sie, was nötig ist.«

Auf dem Weg zum Lift legte sie sich ihr Vorgehen im Vernehmungsraum zurecht. »Lassen Sie ihn heraufbringen, Peabody. Er kann auch im Verhörraum schwitzen, während ich mir überlege, wie ich ihn zum Reden bringen kann. Außerdem muss ich noch Whitney auf den neuesten Stand bringen. McNab, Sie schicken mir Kopien von allem.«

»Schon erledigt.«

»Damit haben Sie sich Ihren Kaffee rechtschaffen verdient.« Da ihr der Fahrstuhl wieder einmal zu langsam fuhr, stieg sie nach zwei Etagen wieder aus, um mit dem Gleitband weiterzufahren, und eilig trottete die Partnerin ihr hinterher.

Vom Büro aus rief sie Whitney an und schrieb im Anschluss eine kurze Textnachricht an Roarke.

Sie wünschte sich, sie könnte alles, was McNab bei seiner Suche ausgegraben hatte, wenigstens kurz überfliegen, doch die Zeit lief ihr davon.

Bang-Two. Anscheinend hatte Cohen bei den Bangers einen zweiten Partner oder vielleicht auch Mandanten akquiriert, jemanden mit Ehrgeiz, der es auf Jones' Posten abgesehen hatte und bereit war, dafür sogar einen unliebsamen Ex-Banger aus dem Verkehr zu ziehen.

Kenneth Jorgenson. Dem traute sie ein solches Vorgehen zu.

Und nachdem Jones begonnen hatte, Cohen abzusetzen, hatte Cohen kein Problem damit gehabt.

Aber zwei Menschen umzubringen, damit der bisherige Captain ins Visier der Polizei geriet? Das war schon ziemlich krass. Ob Cohen wusste, was genau geschehen war?

Sie stellte eine ordentliche, dicke Akte fürs Verhörzimmer zusammen, nahm sich die Zeit für einen weiteren Kaffee und ging gemächlich los.

»Na los, jetzt packen wir ihn bei den Eiern, Peabody.«

Die Partnerin bedachte sie mit einem treuherzigen Welpenblick. »Muss ich den guten Cop rauskehren?«

»Bei unserer heutigen Vernehmung gibt es keine guten Cops.«

»Juhu! Der Kerl sitzt in Verhörraum A.«

»Wahrscheinlich regt er sich gleich erst mal künstlich auf, weil er zu Unrecht festgenommen und von uns schikaniert wird oder so«, bemerkte Eve im Gehen. »Wenn wir mit den Fragen anfangen, wird er uns erzählen, dass das alles nur ein großes Missverständnis ist und wir zu Unrecht davon ausgehen, dass er irgendetwas verbrochen hat, nur weil er Jones und vielleicht auch noch irgendwelche anderen Bangers kennt.«

»Aber er hat etwas verbrochen.«

»Allerdings.« Eve blieb vor dem Verhörraum stehen. »Und wenn ihm aufgeht, dass wir ihm die Steuerhinterziehung, den Betrug und die Profite aus verbotenen Geschäften mühelos beweisen können, wird er hoffen, dass wir uns auf einen Deal einlassen.«

»Und wir werden ihm erklären, dass er das vergessen kann.«

»Das kommt darauf an.«

Bei diesen Worten trat die Partnerin frustriert von einem auf den anderen Fuß. »Also bitte, Dallas.«

»Das FBI wird dafür sorgen, dass er wegen dieser Steuerscheiße hinter Gitter kommt. Wir nutzen dieses Wissen nur, damit er uns erzählt, was er über die beiden Morde weiß.«

»Verstehe! Also werden wir ihn mit der Steuerhinterziehung und seinen Betrügereien in die Zange nehmen.« Peabody nickte und vollführte einen kleinen Freudentanz. »Wir stellen ihm einen potenziellen Deal dafür in Aussicht, dass er uns den ganzen Rest erzählt.«

»Genau, wir halten ihm den Deal wie einen Schokoriegel vor die Nase.«

»Einem Esel hält man eher Karotten hin, damit er sich bewegt.«

»Aber welcher Mensch will eine Möhre, wenn er einen Schokoriegel haben kann? Reo ist auf dem Laufenden und auf dem Weg hierher. Dann wollen wir doch mal sehen, wie schnell der Kerl zusammenklappt.«

Tatsächlich war er nach der Nacht in der Zelle bereits

ziemlich angeschlagen, und die blassen, eingefallen Wangen wurden von dem leuchtenden Orange des Overalls, in dem er steckte, wenig vorteilhaft betont.

»Rekorder an. Lieutenant Eve Dallas und Detective Delia Peabody beginnen das Verhör von Samuel Cohen.«

Während sie die Aktenzeichen vorlas, wurde sie von Cohens Geschimpfe übertönt.

Er war empört! Er wollte ihre Vorgesetzten sprechen! Für die Unverschämtheit, ihn auf das Revier zu zerren, würde sie den Job verlieren!

»Halten Sie die Klappe!«, herrschte Peabody ihn derart ungehalten an, dass ihm vor Überraschung und vor Schreck die Augen aus dem Kopf quollen.

»Was meinen Sie, wer Sie sind?«, stieß er mit rauer Stimme aus.

»Ich bin Detective Delia Peabody.« Sie nahm ihm gegenüber Platz. »Und wenn wir beide durch sind, werden Sie sich wünschen, dass Sie mir niemals begegnet wären.«

Obwohl Eve in Gedanken mit den Augen rollte, hatte diese souveräne, angefressene Antwort Cohen offenbar noch stärker aus dem Gleichgewicht gebracht.

Auch Eve nahm Platz, legte den Aktenordner auf den Tisch und sprach im Gegensatz zu Peabody in ruhigem, kühlem Ton. »Mr. Cohen, hat man Sie schon über Ihre Rechte aufgeklärt?«

»Ich lasse mich bestimmt nicht von zwei kleinen Handlangerinnen verhören. Ich will mit Ihrem Vorgesetzten sprechen und ich reiche eine förmliche Beschwerde ein.«

»In Ordnung. Samuel Cohen, Sie haben das Recht, zu schweigen.«

Auch während der Belehrung fiel ihr Cohen ein ums andere Mal ins Wort. Doch sie sprach einfach weiter und am Ende blickte sie ihn fragend an. »Haben Sie verstanden, Mr. Cohen?«

»Ich werde schikaniert. Sie haben meinen Ruf geschädigt und ich habe die vergangene Nacht in einer *Zelle* zugebracht!«

»Fürs Protokoll: Mr. Cohen weigert sich zu antworten. Deshalb wird das Verhör verschoben, und der zu Vernehmende wird abermals in die Arrestzelle gebracht, bis die psychiatrische Begutachtung ergibt, ob er vernehmungsfähig ist.«

»Bis zur Begutachtung wird's etwas dauern, richtig, Peabody?«

»Die Psychologin hat tatsächlich wieder einmal alle Hände voll zu tun«, erklärte die und lächelte ihr Gegenüber grimmig an. »Es wird wahrscheinlich zwei, drei Tage dauern, bis sie ihn sich vornehmen kann.«

Die beiden Frauen standen auf, doch Cohen verschränkte trotzig seine Arme vor der Brust und stellte fest: »Ich weiß genau, was für ein Spiel Sie spielen, aber ich werde nicht noch einmal in diese Zelle zurückgehen.«

Eve klatschte ihre Hände so laut auf den Tisch, dass er zusammenfuhr. »Die Frage war ganz einfach, aber trotzdem machen Sie uns jetzt schon Scherereien. Wenn Sie mir keine Antwort geben, lasse ich Sie wieder in die Zelle bringen, wo Sie sitzen werden, bis die Psychologin Zeit hat, Sie sich anzusehen.«

»Natürlich habe ich verstanden. Ich bin schließlich Anwalt«, fauchte er sie an.

»Haben Sie Marcus Jones alias Slice und/oder irgendeinem anderen Mitglied seiner Gang mit Namen Bangers im Austausch gegen Dienstleistungen, Waren oder Geld juristische Ratschläge erteilt?«

Er runzelte gespielt empört die Stirn. »Reden Sie doch keinen Unsinn.«

»Aber Sie sind mit Marcus Jones bekannt? Sie beide sind Geschäftspartner und Ihnen gehören zusammen verschiedene Immobilien?«

Anscheinend hatte er die Nacht genutzt, denn die Empörung und die Ungeduld, die er jetzt zeigte, waren sorgsam einstudiert.

»Die – lockere – Beziehung zwischen mir und Jones ist rein geschäftlicher Natur. Das habe ich doch schon erklärt, aber Sie haben die Tatsachen verdreht und so meiner Verlobten Angst gemacht.«

»Dafür, dass Sie beide nur eine *lockere* Beziehung haben, haben Sie aber ganz schön viel Geld gemeinsam mit einem Gangmitglied, das schon einmal gesessen hat, in die von Ihnen erworbenen Immobilien investiert.«

»Geschäftsbeziehungen zu charakterlich fragwürdigen Personen sind nicht illegal.«

»Das stimmt. Genauso wenig, wie das Geld von Ihrer – was Sie vielleicht noch nicht wissen – *Ex*-Verlobten zu benutzen, um diese geschäftliche Beziehung zwischen Ihnen und Jones zu finanzieren. Es sei denn, Sie wären auf betrügerischem Weg an dieses Geld gekommen, und das ist eindeutig der Fall. Außerdem haben Sie noch Strohfirmen gegründet und das Geld, das diese

Unternehmen abgeworfen haben, auf versteckten Konten angelegt, um Steuern und Gebühren zu hinterziehen, die auf die gemeinsamen Geschäfte zwischen Jones und Ihnen angefallen wären.«

»Das ist doch einfach lächerlich! Eldena hat die Dokumente und Verträge alle selbst unterschrieben.«

»Das ist bestimmt etwas, worüber sich der Anwalt, den sie sich genommen hat, mit Ihnen unterhalten will.«

Er schnappte wie ein Fisch an Land nach Luft, und lächelnd fügte Eve hinzu: »Denn schließlich gibt's auf den Verträgen für die Strohfirmen und die versteckten Konten keine Unterschrift von ihr.«

Er lenkte seinen Blick an ihr vorbei auf den von außen durchsichtigen Spiegel an der Wand. »Ich weiß nicht, wovon Sie reden.«

»Sie haben sehr gründlich Buch geführt«, erklärte Peabody und warf ihm abermals ein ebenfalls sorgfältig einstudiertes böses Grinsen zu. »Doch leider waren Sie so dämlich, diese Bücher auf der Kiste, die in Ihrem Arbeitszimmer steht, zu führen.«

Wieder mimte Cohen den Empörten, obwohl ihm zugleich der Schweiß ausbrach. »El hätte Ihnen nicht erlauben dürfen, sich in meinem Arbeitszimmer umzusehen. Ich werde mich ...«

Bevor er den Satz beenden konnte, klappte Eve den Ordner auf und schob ihm den Durchsuchungsbefehl hin. »Wir durften uns durchaus dort umsehen. Wir werden es Eldenas Anwalt überlassen, Schritte einzuleiten, weil Sie die Frau betrogen haben, die so dumm war, Ihnen zu vertrauen. Aber zusätzlich haben wir auch noch ...« Sie ging die Unterlagen in dem Ordner durch.

»… genau … verschiedene geheime Konten, die von Ihnen zum Zweck der Steuerhinterziehung angelegt und auch verwendet worden sind.«

»Es ist durchaus legal, sein Geld an Orten anzulegen, wo man Steuern sparen kann.«

»Das stimmt. Doch Ihnen müsste klar sein, Sam, dass die Verwendung falscher Namen und falscher Anschriften verboten ist. Und dafür wird das FBI Ihnen an den Karren fahren.«

Auf seiner Oberlippe bildeten sich neue Schweißperlen. »Sie brauchen doch ganz sicher nicht das FBI in diese Angelegenheit einzubeziehen«, versuchte er, sie zu beschwichtigen. »Ich bin mir sicher, dass sich das auch anders regeln lässt.«

Eve lehnte sich auf ihrem Stuhl zurück und wandte sich mit hochgezogenen Brauen an ihre Partnerin. »Was halten Sie von einem Deal?«

»Es geht dabei um jede Menge Geld.«

»Ich bin bereit, Sie zu entschädigen, falls diese Sache – die sich eindeutig in einer Grauzone bewegt – unter dem Teppich bleibt.«

»Entschädigen?«

»Wie wäre es mit fünf Prozent?«

»Von allem Geld auf allen diesen Konten?«, vergewisserte sich Peabody. »Wenn wir das FBI nicht informieren und wegen des Betrugs wegsehen?«

Mit einem schmalen Lächeln breitete der Kerl die Hände aus. »Wir würden alle davon profitieren.«

»Es wäre also einfach ein Geschäft«, bemerkte Eve. »Nur dass das irgendwie ein bisschen nach … Bestechung klingt, oder wie sehen Sie das, Peabody?«

»Ich finde schon. Genauso hat er's letzte Nacht auch schon bei der Beamtin versucht, die ihn festgenommen hat.«

»Das ist ein Missverständnis! Sie verstehen mich falsch.«

»Ich glaube nicht, denn schließlich haben Sie sich klar und deutlich ausgedrückt. Fürs Protokoll: Das ist das zweite Mal, dass Cohen versucht, Beamtinnen zu bestechen. Dabei haben wir uns noch nicht darüber unterhalten, dass Sie selbst und Jones zusammen mit den Bangers auch noch jede Menge anderer Sachen auf dem Kerbholz haben, denn schließlich listen Sie in Ihren wirklich gut geführten Büchern die Prozente auf, die aus den illegalen Geschäften dieser Gang in ihrem Club im Untergrund, Prostitution, Schutzgelderpressung und Identitätsdiebstahl an Sie geflossen sind.«

»Ich habe nichts mit alledem zu tun! Das sind lediglich die Gebühren für juristische Beratungen. In irgendwelche Straftaten bin ich nicht involviert.«

»Aber Sie wissen über diese Straftaten Bescheid, haben davon profitiert und es versäumt, die Taten anzuzeigen.«

»Ich ... ich war als Rechtsberater für die Bangers tätig und deshalb zu Stillschweigen verpflichtet.«

»Schwachsinn!« Peabody sprang auf und beugte sich zu Cohen vor. »Sie haben gar keine Zulassung als Anwalt mehr.«

»Das ist ein Missverständnis, das ich korrigieren werde. Ich bin ein integrer Bü ...«

Als Peabody ihn packte, musste Eve ein Lachen unterdrücken, aber da sie ihre Rolle kannte, sprang sie auf und zerrte ihre Partnerin zurück. »Immer mit der Ruhe, ja?«

»Dieses Stück Scheiße redet von Integrität? Er nimmt Prozente von dem Geld, das diese Gang mit dem Verkauf von Stoff an Junkies und an *Kinder* macht! Geld, das sie Leuten abpresst, die im Grunde einfach nur in Ruhe einen Laden führen wollen und Angst haben, im Krankenhaus zu landen oder dass ihr Laden abgefackelt wird, wenn sie nicht regelmäßig zahlen. Ganz zu schweigen von den beiden Menschen, die ermordet worden sind.«

Mit gefletschten Zähnen wandte sie sich wieder Cohen zu. »Wie hoch war die Gebühr, die du dafür bekommen hast, du Arsch? Was haben sie dir für den jungen Kerl und für das Mädchen abgedrückt, die im Leichenschauhaus liegen?«

»Ich habe damit nichts zu tun, ich kenne diese Leute nicht einmal. Sie haben den Verstand verloren. Sie … haben mich bedroht. Ich habe Ihnen nichts mehr zu sagen und ich werde einen Anwalt engagieren.«

»Und wovon bezahlen Sie den Anwalt?«, erkundigte Eve sich. »Wir haben schließlich Ihre Konten eingefroren.«

»Das können Sie nicht machen!«

»Doch, das können wir. Aber da Sie einen Anspruch darauf haben, stellen wir Ihnen gerne einen Pflichtverteidiger.«

»Das nehme ich nicht hin. Das nehme ich nicht hin, denn schließlich habe ich das Recht auf einen ordentlichen Rechtsbeistand. Ich habe immer noch Kontakte, und Sie müssen mir erlauben, selbst einen Rechtsbeistand zu engagieren.«

»Da wünsche ich viel Glück. Aber wen auch immer Sie vor Ihren Karren spannen wollen, lassen Sie ihn wissen, dass es neben einer Reihe anderer Verbrechen auch um Beihilfe zum Mord, und zwar gleich in zwei Fällen, geht. Das Verhör wird unterbrochen, damit der Verdächtige sich einen Anwalt suchen kann.«

Mit diesen Worten trat sie in den Flur und ließ Cohen in seine Zelle zurückführen.

»Bin ich zu weit gegangen?«, fragte Peabody, als sie alleine waren. »Ich dachte eigentlich, ich hätte einen Lauf, und habe nicht damit gerechnet, dass der Kerl mit einem Mal nach einem Rechtsbeistand ruft.«

»Sie haben Ihre Sache wirklich gut gemacht und früher oder später hätte er auf alle Fälle einen Anwalt verlangt. Am Anfang dachte er, er könnte sich allein herausreden, aber dadurch hat er sich nur immer tiefer hineingeritten, das hat er irgendwann gemerkt.«

Detective Strong und Reo kamen aus dem Nebenraum. Ein breites Grinsen auf den Lippen, pikste Strong Peabody mit dem Zeigefinger an und stellte anerkennend fest: »Sie haben mir eben richtiggehend Angst gemacht.«

»Das ist sehr nett, dass Sie das sagen.«

»Es wird Cohen auch nicht weiterhelfen, wenn er einen Anwalt findet, der genauso schleimig ist wie er. Nur leider wird das FBI bestimmt schon auf der Matte stehen, bevor ich ihn noch einmal sprechen kann. Sie schaffen es hoffentlich, sie noch ein bisschen hinzuhalten«, wandte Eve sich Reo zu.

»Sie haben mir dafür die perfekte Munition geliefert, also kriege ich das sicher hin. Wir liefern ihnen jede Menge Zeug, deswegen müsste ich es schaffen, sie so lange hinzuhalten, bis Sie auch noch ein paar Namen in Zusammenhang mit diesen Morden bekommen, denn wenn Sie es schaffen, ihn zu brechen, bekommt schließlich auch das FBI noch jede Menge Material.«

»Ich werde Cohen knacken«, sagte Eve ihr zu, denn schließlich hatte sie bereits die ersten Risse in der aufgeblasenen Fassade dieses Kerls gesehen.

»Nur braucht das leider etwas Zeit, weil dieser Typ vollkommen irre ist. Er glaubt den Schwachsinn, den er uns erzählt. Es ging nur ums Geschäft, er hat nichts mit irgendwelchen Straftaten zu tun, das Geld, das er kassiert hat, war nur die Gebühr für irgendwelche Rechtsberatungen. Am besten spielen wir noch ein bisschen mit und bringen ihn dann mit all dem Unsinn zu Fall, den er uns erzählt. Zum Beispiel werde ich ihn danach fragen, welcher Banger sich wegen der Morde erst an Pickering und dann an Duff von ihm hat beraten lassen.«

Sie blickte wieder Reo an. »Und wenn ihm aufgeht, dass er seinen Kopf jetzt nicht mehr aus der Schlinge ziehen kann, fragt er bestimmt nach einem Deal.«

»Ich will, dass er für seine Rolle bei dem Mord an Lyle und auch an dem an Dinnie hinter Gitter kommt«, beharrte Strong auf ihrer Position.

»Das wird er auch«, versicherte Eve ihr und wandte sich erneut der Staatsanwältin zu. »Was meinen Sie, wie weit das FBI dem Kerl entgegenkommen wird? Wenn er die Gangmitglieder an den Haken hängt und sie deshalb die Hauptakteure bei den ganzen anderen Sachen drankriegen?«

»Dallas ...«

»Ich weiß, was ich zu tun habe«, fiel sie Detective Strong ins Wort. »Nur brauche ich dafür ein bisschen Raum. Das Arschloch hat jetzt schon zum zweiten Mal versucht, Beamtinnen zu bestechen. Obwohl währenddessen der Rekorder lief. Aber so denkt er nun einmal. Er denkt offenbar im Ernst, er kann uns entschädigen. Deswegen würde ich ihm gerne auch etwas anbieten. Verdammt.«

Sie riss ihr Smartphone aus der Tasche und nahm den dort eingehenden Anruf an.

Hier Zentrale, Lieutenant Dallas. In der Forsythe 21 gibt es einen Toten mit dem Namen Barry Aimes. Kollegen sind bereits vor Ort.

»Ich fahre sofort los. Verdammt. Verdammt.« Stirnrunzelnd steckte sie ihr Smartphone wieder ein. »Reo, Sie reden mit dem FBI. Inzwischen hat sich die Zahl der Toten auf drei erhöht. Wollen Sie dabei sein, Strong?«

»Auf jeden Fall.«

»Dann kommen Sie mit.«

»Die Forsythe liegt in Chinatown«, bemerkte Peabody, als sie zusammen mit den beiden anderen Frauen in Eves Wagen stieg.

»Ich weiß.«

»Das heißt, wir haben einen toten Bangers-Mitläufer auf Dragon-Territorium.«

»Sieht aus, als wollte jemand einen Bandenkrieg heraufbeschwören«, bemerkte Eve, weil es im Grunde wirklich einfach war. »Und zwar jemand, der zwei Fliegen mit einer Klappe schlagen will. Erst hat er Duff aus dem

Verkehr gezogen und im Grenzgebiet der beiden Banden liegen lassen und jetzt dringt er ganz auf das Gebiet der Konkurrenten vor. Er schlägt die Kriegstrommel, und das ist dumm von ihm, weil wir jetzt nur noch dem Geräusch zu folgen brauchen, bis wir wissen, wer er ist.«

»Lieutenant«, mischte sich Detective Strong von hinten ein. »Ich käme nie auf den Gedanken, Ihnen je zu widersprechen.«

»Aber?«, fragte Eve.

»Lyle war mein Informant und hat Gerechtigkeit verdient. Nach allem, was ich eben während der Vernehmung mitbekommen habe, und nach allem, was wir Cohen beweisen können, denke ich, dass man auf einen Deal mit ihm verzichten kann.«

»Wir haben auch noch zwei andere Tote, und falls diese Sache sich zu einem Krieg ausweitet, weiß der Himmel, wie hoch die Zahl der Toten dann wird. Mit Deals kennt Cohen sich aus, und wenn das FBI zu einem Deal bereit ist, wird er mir im Gegenzug erzählen, was ich wissen muss.«

Eve blickte in den Rückspiegel und sah, dass Strong erbost und alles andere als glücklich war.

»Peabody, wir arbeiten inzwischen eine halbe Ewigkeit zusammen«, wandte sie sich an die Partnerin. »Habe ich mich während all der Jahre je für einen Deal verwendet, durch den einem der Opfer die Gerechtigkeit versagt geblieben ist?«

Peabody schüttelte den Kopf und wandte sich an Strong. »Das habe ich noch nie erlebt.«

»Ich hätte Sie auch weiter gern an Bord und werde Ihnen sagen, wie es laufen soll«, erklärte Eve.

Sie legte Strong die Strategie, die sie entwickelt hatte, dar und kämpfte sich durch den Verkehr nach Chinatown, vorbei an den Touristen, die das schöne Wetter nutzten, um auf Einkaufstour zu gehen und Videos zu drehen.

Um keine Zeit mit der Parkplatzsuche zu verlieren, stellte sie den DSL ins Parkverbot und schaltete das Blaulicht ein.

Ein Stückchen weiter war die Polizeiabsperrung, hinter der die Gaffer neugierig die Hälse reckten, um zu sehen, was geschehen war.

Eve sah auch einen wirklich dreisten Taschendieb, der sich durch das Gedränge schob und unauffällig nach den Geldbeuteln der Leute griff.

»Um Himmels willen.« Sie stapfte los und packte ihn, bevor er sie entdeckt hatte, am Kragen seines Hemds.

Er machte eine schnelle Drehung, streifte ihr Gesicht mit seiner Faust, und leicht verärgert, weil er beinah einen Treffer gelandet hätte, trat sie ihm die Beine weg und rammte ihm das Knie ins Kreuz, als er am Boden lag.

Als er vernehmlich auf Chinesisch fluchte, kreischte eine Frau mit britischem Akzent: »Zu Hilfe! Diese Frau hat den jungen Mann hier angegriffen! Polizei!«

»Ich bin die Polizei.« Eve zerrte ihre Dienstmarke hervor, und als der Taschendieb sich aalgleich auf dem Boden wand, verstärkte sie den Druck ihres Knies und wandte sich an einen Mann, der direkt vor ihr stand. »Statt mich zu filmen, stecken Sie am besten erst mal Ihren Geldbeutel vernünftig ein.«

Er tastete nach der Gesäßtasche seiner Jeans und runzelte die Stirn. »Margo! Dieser junge Bursche wollte mich bestehlen! Mein Gott, wie aufregend. Können Sie mir vielleicht Ihren Namen nennen und irgendetwas Offizielles sagen, Officer?«

Ihr fielen jede Menge Dinge ein, die sie besser nicht laut sagen würde. »Ich brauche einen Kollegen, der mir diesen Typ abnimmt, Peabody.«

»Strong gibt den anderen schon Bescheid.«

Noch immer schrie der Junge irgendetwas auf Chinesisch und versuchte, sich ihr zu entwinden, also legte Eve ihm Handschellen an und zog ihn hoch.

Inzwischen nahmen auch ein paar andere Leute den Moment für ihre Freundinnen und Freunde oder die sozialen Medien auf, bis endlich ein Beamter kam und ihnen befahl, sich zu zerstreuen. Dann sah er auf den jungen Mann und schüttelte den Kopf. »Du bist hier in New York geboren, Charlie, also kreisch auf Englisch, wenn du kreischen musst. Danke, Lieutenant, ab hier übernehme ich. Dies ist ein Tatort, Charlie, du Idiot. Den Block hinunter und dann in der Gasse links, Ma'am.«

»Anscheinend hat er Sie erwischt«, bemerkte Peabody.

»Nicht ganz«, gab Eve zurück und schob den Unterkiefer hin und her. Er hatte sie tatsächlich nur gestreift und trotzdem tat es höllisch weh.

15

Am Gasseneingang nahm Detective Strong sie in Empfang.

»Das Restaurant gehört einer Familie, die in der oberen Etage wohnt. Die Mutter der Familie, Suzan Ho, wollte den Müll rausbringen und hat geschrien, als sie die Leiche hinter dem Container liegen sah. Die Nachbarin von gegenüber, Mae-Ling Jacobs, hat zum Fenster rausgeguckt, die Leiche ebenfalls gesehen und einen Notruf abgesetzt. Die beiden Kollegen, die zuerst vor Ort waren, haben erst den Tatort abgesperrt und dann den Toten identifiziert.«

Eve schaute sich kurz um. »Der Name Ho ist weit verbreitet, aber es ist ganz bestimmt kein Zufall, dass die Leiche gerade hier gelandet ist. Jones hat die ganze Zeit von einem Fan Ho geredet, der der Anführer der Dragons ist.«

»Wahrscheinlich haben Sie recht. Ich hatte zwar noch nicht direkt etwas mit ihm zu tun, aber den Namen kenne ich und bin mir ziemlich sicher, dass das Restaurant seiner Familie gehört.«

Sie gingen weiter bis zur Leiche, die eher schlecht als recht versteckt hinter dem Müllcontainer lag.

Mit durchgeschnittener Kehle und offenem Mund, als

würde es ihn überraschen, dass er hier in Chinatown gelandet war, lag Aimes auf einer Plastikplane, die genauso blutverschmiert war wie der breit grinsende Totenkopf auf seinem Shirt.

»Wenn sie ihn hier ermordet hätten, müssten auf der Plane eine große Blutlache und Spritzer sein«, bemerkte Eve. »Das heißt, sie haben ihn woanders umgebracht, halbherzig in die Plane eingewickelt und hierhergebracht.«

Peabody nickte zustimmend. »Wie es aussieht, haben sie ihn das letzte Stück gerollt, wobei die Plane aufgegangen ist.«

Es musste schnell gehen, dachte Eve, denn schließlich sollte niemand sie beim Ablegen der Leiche sehen.

»Peabody, Sie übernehmen Ho, und Strong, Sie sprechen mit der Nachbarin. Ich selbst sehe mir erst mal die Leiche an. Und Peabody, Sie sagen den Kollegen von der Trachtengruppe, dass sie sich schon einmal in der Gegend umhören sollen. Sie brauchten ein Transportmittel, um eine derart große, schwere Leiche herzubringen. Finden Sie heraus, bis wann das Restaurant gestern geöffnet war und wann zum letzten Mal jemand hier draußen bei den Müllcontainern war. Und Strong, bestellen Sie die Spusi und den Leichenwagen ein.«

Mit eingeschaltetem Rekorder und eingesprühten Händen hockte Eve sich neben Aimes, identifizierte ihn noch einmal offiziell und nahm seine Daten, den Fundort und die Namen der Zeuginnen auf.

Sie setzte eine Mikrobrille auf, um sich die Wunde anzusehen. »Ein tiefer, glatter Schnitt, bei dem anscheinend nicht gezögert worden ist. Das Fehlen von Blutspritzern und einer Blutlache am Fundort deutet darauf hin, dass Aimes nicht hier gestorben ist. Die Leiche wurde hier nur abgelegt. Die Schwellungen und Risse an den Handknöcheln sehen so aus, als wären sie mindestens einen Tag alt. Womöglich rühren sie noch daher, dass er Dinnie Duff zusammengeschlagen hat.«

Aimes' Taschen waren leer, und die Schuhe, die er an den Füßen trug, sahen ausgelatscht und wertlos aus.

»Das Loch in seinem linken Ohrläppchen ist leer. Ein derart großer, muskulöser Kerl hätte sich doch bestimmt gewehrt, wenn ihm bewusst gewesen wäre, was passiert. Der Position der Schnittwunde zufolge dürfte er von vorne angegriffen worden sein. Das heißt, er hat den Angreifer gekannt und hat sich nicht von ihm bedroht gefühlt. Und wo zum Teufel ist sein Messer? Er hatte doch sicher eins dabei.«

»Todeszeitpunkt 1.15 Uhr. Das heißt, du warst nicht auf der Flucht, Barry. Wahrscheinlich hast du irgendwo gehockt und was geraucht. Vielleicht hast du ja mit den beiden Morden angegeben oder Forderungen gestellt. Deshalb musstest du weg. Und dann haben sie deine Leiche absichtlich hier vor der Tür des Anführers der Dragons abgelegt. Weil sie Idioten sind«, stellte sie angewidert fest. »Und denken, dass wir denken, eure Konkurrenten hätten einen von euch umgebracht.«

Selbst wenn sie es so aussehen lassen wollten, als ob der Mord an Aimes auf das Konto der Rivalen ginge, hätten sie ihn einfacher an einem anderen Ort entsorgen können. Aber irgendjemand hatte Wert darauf gelegt, den Anführer der Dragons in die Sache hineinzuziehen.

Sie setzte sich auf ihre Fersen, kniff die Augen zu und stellte sich die Szene bildlich vor.

»Der Angriff kam von vorn. Wobei vielleicht noch jemand anderes von hinten kam und dich ein paar Sekunden festgehalten hat. Die Kehle hat man jemandem in wenigen Sekunden aufgeschlitzt.«

»Hatten sie die Plastikplane schon dabei und sich schon überlegt, wie sie es machen wollen, oder haben sie dich spontan hierhergeschafft? Das spielt für dich natürlich keine Rolle mehr, nicht wahr, Barry?« Sie sah die leeren jugendlichen Züge ihres jüngsten Opfers an und wandte sich gedanklich den Tätern zu.

»Auf alle Fälle wickelt ihr ihn in die Plane ein, weil ihr ihn noch mit einem Auto oder einem Van an einen anderen Ort verfrachten müsst. Wenn ihr dieses Transportmittel gestohlen hättet, hättet ihr euch diese Mühe sicher nicht gemacht.« Sie richtete sich wieder auf. »Das heißt, ihr habt ein Gefährt, in dem ihr keine Blutspuren hinterlassen wollt. Dafür reicht euer bisschen Grips anscheinend noch aus.«

Auf ihre Bitte drehten zwei Kollegen Aimes behutsam um und sie sah ihn sich noch von hinten an. Dann packte sie die Untersuchungsinstrumente wieder ein und wollte gerade gehen, als Strong erschien.

»Miss Jacobs und Miss Ho sind Freundinnen und Jacobs arbeitet bei ihr im Restaurant. Auch ihr Sohn, ein Teenager, hilft an den Wochenenden dort aus. Ihre drei Kinder waren schon auf dem Weg zur Schule, und der Mann, ein Laborant, war auf dem Weg zur Arbeit, als sie ihre Freundin plötzlich schreien hörte und zum Fenster lief. Dann sah sie Ho neben der Leiche, rief ihrer Freundin zu, dass sie ins Haus zurückgehen solle, und verständigte die Polizei.« Strong sah auf ihre Notizen.

»Gestern Abend war sie selbst nur bis zehn im Restaurant, aber die anderen Angestellten haben danach noch eine Stunde aufgeräumt. Sie und ihr Mann sind gegen Mitternacht ins Bett gegangen und die drei Kinder waren ebenfalls daheim und schliefen schon.«

Strong blickte auf das Fenster, durch das Jacobs ihre Freundin bei der Leiche stehen sehen hatte.

»Sie denkt, sie hätte Leute in der Gasse streiten hören, aber sie weiß nicht, wann genau das war. Sie glaubt, es wäre vielleicht gegen zwei gewesen, aber sicher ist sie nicht, weil sie dann sofort wieder eingeschlafen ist.«

»Okay.«

»Danach habe ich sie auch noch auf die Dragons angesprochen, aber bei dem Thema war sie ziemlich zugeknöpft. Sie hat gesagt, ihr Sohn, der in dem Restaurant aushilft, würde sich auf die Schule konzentrieren, weil er Medizin studieren will, und hätte niemals irgendwelche Scherereien gemacht. Genauso wenig wie die beiden Mädchen. Sie sind elf und vierzehn Jahre alt. Aber ich bin sicher, dass sie mir etwas verschwiegen hat.«

»Bestimmt, denn wenn die Mutter von Fan Ho mit ihr befreundet und dazu noch ihre Chefin ist, bekommt sie doch bestimmt das eine oder andere mit. Am besten hören wir uns erst einmal an, was Peabody herausgefunden hat.«

Sie gingen durch die Hintertür ins Haus und hinauf zur Wohnung der Familie Ho.

»Ich habe Jacobs Sohn kurz überprüft. Er ist tatsächlich ein unbeschriebenes Blatt.«

»Es geht um das Restaurant. Das müsste die Verbindung sein.«

Sie klopfte an die Tür, und als sie aufging, sah sie der Verbindung direkt ins Gesicht.

Sie schätzte ihn auf Anfang zwanzig. Muskulös mit schwarzem Haar und einem harten Blick in dem attraktiven, kantigen Gesicht. Das Haar trug er in einem kurzen Zopf und auf dem rechten Bizeps war ein feuerspeiender rot-goldener Drache tätowiert.

»Lieutenant Dallas und Detective Strong.« Sie hielt ihm ihre Marke hin. »Sind Sie ein Mitglied dieses Haushalts?«

»Allerdings. Ich bin Fan Ho. Reicht es nicht aus, wenn dieser andere Cop mit meiner Mutter spricht, die wegen der Leiche hinter unserem Müllcontainer völlig fertig ist?«

»Ich kann mich auch mit Ihnen unterhalten, wenn Ihnen das lieber ist.«

Mit einem gleichmütigen Achselzucken meinte er: »Die andere Bullentussi sitzt mit meiner Mutter in der Küche. Meine Großeltern, die in der Wohnung gegenüber wohnen, sind auch dabei, damit sie nicht alleine mit ihr sprechen muss.«

Eve blickte sich kurz um. »Dann ist die Wohnung also gerade leer?«

Er nickte knapp.

»Dann lassen Sie uns hinübergehen. Detective Strong, Sie geben Detective Peabody Bescheid, dass ich mit Mr. Ho rübergegangen bin.«

»Ja, Ma'am.« Da sie verstanden hatte, gab Detective Strong auf ihrem Weg nach hinten schon einmal den Namen Fan Ho in ihren Handcomputer ein.

Ho selbst ging durch den Flur und öffnete die andere Wohnungstür.

Die Wohnung roch nach Blumen und nach Kräutern, mit all dem Gold und all den Farben strahlte sie Gemütlichkeit und Wärme aus.

Neben Fotos der Familie waren eine Reihe dickbäuchiger Buddhastatuen im Wohnzimmer verteilt, doch Ho lief achtlos an dem Nippes vorbei, warf sich auf die rot-goldene Couch und bot Eve lässig einen der beiden Sessel an.

»Ich habe schon dem anderen Cop gesagt, dass ich geschlafen habe und mein Zimmer auf der anderen Wohnungsseite liegt. Das heißt, ich habe nichts gehört, bis meine Mutter angelaufen kam. Sie hat mich wach gerüttelt und gesagt, dass unten in der Gasse eine Leiche liegt.«

»Was haben Sie daraufhin gemacht?«

»Ich bin aufgestanden, in die Küche gegangen und habe durchs Fenster rausgesehen. Es ist niemand, den ich kenne, also hat diese Sache nichts mit mir zu tun. Dann habe ich einen Tee für meine Mutter aufgesetzt, weil sie noch immer völlig fertig war. Das war es dann auch schon.«

»Arbeiten Sie auch im Restaurant Ihrer Familie?«

Wieder hob er gleichmütig die Schultern an. »Ich springe manchmal ein, aber im Grunde geht der Laden mich nichts an.«

»Wo waren Sie zwischen Mitternacht und drei Uhr heute früh?«

»Ich war mit Freunden unterwegs, gegen halb eins war ich zurück. Mein Vater war noch wach und hat den Steuerkram oder etwas in der Art erledigt.«

Sein knapper Ton verriet, dass er schon oft genug vernommen worden war, um zu wissen, dass man besser nie zu viel verriet.

Doch hinter seiner äußeren Gelassenheit empfand er einen kaum verhohlenen Zorn, denn irgendjemand hatte ihm die Bullen auf den Hals gehetzt. Und er war sicher nicht der Typ, der so etwas einfach durchgehen ließ.

Obwohl die Antwort bereits feststand, fragte sie: »Haben Sie irgendwen gesehen, der sich hier in der Gasse herumgetrieben hat?«

»Ich habe nichts gesehen und weiß nicht, was passiert ist. War's das?«

»Nein. Welche Position haben Sie bei den Dragons?«

Lässig lehnte er sich auf der Couch zurück, legte sein linkes Bein aufs rechte Knie und sah sie fragend an. »Wer sagt, dass ich ein Dragon bin?«

»Das klingt, als würden Sie sich schämen oder hätten Angst, mir gegenüber zuzugeben, dass Sie Mitglied dieser Bande sind«, lockte Eve ihn aus der Reserve und er funkelte sie tatsächlich wütend an.

»Sehe ich so aus, als ob ich Angst vor einer Bullenschlampe hätte?«

»Also schämen Sie sich für den Ärger und die Schande, die Sie dadurch der Familie machen«, stellte Eve mit ruhiger Stimme fest.

Sie sprangen beide gleichzeitig auf und nahmen eine kämpferische Pose ein.

»Es wäre falsch, hier auf mich loszugehen. Dies ist die

Wohnung Ihrer Großeltern und Ihre Mutter ist auch so schon völlig durch den Wind. Ich fände es deshalb nicht gut, wenn ich ihr sagen müsste, dass ihr Sohn von mir verhaftet worden ist.«

»Von Ihnen?« Er lachte bellend auf. »Passen Sie auf, sonst habe ich gleich Ihren Stunner in der Hand und Sie bekommen von mir eine mit dem Ding verpasst.«

Mit einem kalten Blick legte sie ihre linke Faust in ihre rechte Hand und wechselte zum Zeichen dafür, dass sie ihn nicht ernst nahm, kurzerhand zum Du. »Versuch, mir meinen Stunner abzunehmen, und wir setzen diese Unterhaltung auf der Wache fort.«

Obwohl oder vielleicht auch weil sie ihn herausgefordert hatte, war ihm das Verlangen, auf sie loszugehen und ihr Schmerzen zuzufügen, überdeutlich anzusehen.

Dann aber ließ er sich erneut aufs Sofa fallen und winkte lässig ab. »Das sind Sie nicht wert.«

Er hatte also ein gewisses Maß an Selbstbeherrschung, dachte Eve. Und vielleicht hatte er ein Mindestmaß Respekt vor seiner Mutter und den Großeltern, auf deren Couch er gerade saß. Vor allem aber war er wütend und erregt, wegen der Leiche, die vor seiner Tür gelandet war.

»Wenn du, wie du behauptet hast, zum Fenster herausgeschaut hast und nicht blind bist, hast du doch bestimmt gesehen, dass die Leiche eine Bangers-Tätowierung hat. Und wenn du kein Idiot bist, muss dir klar gewesen sein, dass die Cops dich fragen, wo du dich zur Tatzeit herumgetrieben hast und ob das Opfer dir bekannt ist oder nicht.«

»Sie denken doch wohl nicht, ich hätte einen von den

Bangers-Dreckskerlen umgebracht und dann an einer Stelle liegen lassen, an der meine eigene Mutter darüber stolpert, wenn sie ihren Müll hinausbringt? An einer Stelle, die unweigerlich die Bullen zu mir führt?«

»Das denke ich tatsächlich nicht«, erklärte sie, und als er sie mit einem argwöhnischen Blick bedachte, fügte sie hinzu: »Ich denke, dass du weißt, dass eine Tote auf der Grenze zwischen Bangers-Land und Dragon-Territorium gelegen hat, und wenn du dich für diesen Bruch der Regeln rächen wolltest, hättest du dich dafür auf das Territorium der Bangers vorgewagt. Ich denke, dass jemand genau das will, denn dadurch käme es zu einem ausgewachsenen Bandenkrieg.«

»Wenn die Bangers Krieg wollen, werden sie ihn kriegen.«

Dieser Kerl und Jones waren ganz eindeutig aus demselben Holz geschnitzt.

»Ich habe nicht gesagt, dass die Bangers Krieg wollen. Doch irgendwer will Krieg, und wenn du diesen Köder schluckst, bekommt er, was er will. Und dann wird deine Mutter anderes zu beklagen haben als den fremden Toten, den sie heute Morgen hinter ihrem Haus gefunden hat.«

»Ich kann auf mich aufpassen.«

»Aber du hast doch sicher noch Cousins und Freunde, deren Mütter um sie trauern würden, oder nicht? Und dann ist da auch noch das Restaurant. Und wenn du diesen Krieg zu weit gehen lassen würdest, würde es vielleicht am Ende abgefackelt. Du selbst bist mir scheißegal. Es geht mir um die unschuldigen Opfer der Gewalt, und dir sollte es wenigstens um deinen Ruf, um die Geschäfte, die du machst, und um die Sicherheit deiner Familie gehen.«

»Ich bin ein Dragon«, meinte er und klopfte auf sein Gang-Tattoo. »Und wenn uns irgendwer nicht den gebührenden Respekt erweist, wird er dafür bezahlen.«

»Das haben sie absichtlich gemacht. Sie fordern dich heraus, damit du dein eigenes und das Blut deiner Familie vergießt. Lass mich meine Arbeit machen, damit wer auch immer es auf dieses Blutvergießen abgesehen hat, hinter Gitter kommt.«

»Ich soll Sie Ihre Arbeit machen lassen?«, fragte er, um Spott bemüht, wobei der Zorn die Oberhand gewann. »Sie haben hier nichts zu melden, und wer immer unser Blut vergießen will, wird erleben, wie sein eigenes Blut vergossen wird.«

Sie ging zur Tür, blieb dort aber noch einmal stehen. »Du interessierst mich heute nicht. Aber früher oder später habe ich dich wieder auf dem Schirm, und wenn du dann nicht schon im Leichenschauhaus liegst, bringe ich dich in den Kahn.«

Mit diesen Worten trat sie auf den Flur, und als sie gegenüber klopfte, überlegte sie, wie lange es wohl dauern würde, bis sie wieder bei Fan Hos Familie klopfen musste, um den Leuten mitzuteilen, dass ihr Sohn getötet worden war.

»Die Leute sind echt nett, Dallas«, bemerkte Peabody auf der Rückfahrt zum Revier. »Freundlich, liebevoll und fleißig. Das erkennt man auf den ersten Blick. Als Miss Ho den toten Aimes dort liegen sah, war ihre erste Angst, dass Fan den Kerl ermordet hat. Sie hat versucht, es zu verstecken, aber sie hat große Angst um ihn. Ich frage mich, warum ein junger Mann mit einem so soliden Hintergrund ein solches Leben führt.«

»Das fragen Sie am besten Mira«, meinte Eve. »Ich selbst weiß nur, dass er vielleicht nicht Aimes, aber auf jeden Fall schon einmal irgendwen ermordet hat.«

»Eigentlich heißt er George«, mischte sich Strong in ihr Gespräch. »Aber er nennt sich Fan, was auf Chinesisch *tödlich* heißt. Er hat bereits in jungen Jahren immer wieder Scherereien gemacht. Hat fremdes Eigentum zerstört, Schlägereien angefangen, in der Schule blaugemacht und einmal hat er einer Lehrerin mitten im Unterricht eine geklebt. Da war er elf.«

Eve nickte, alles andere als überrascht. »Man muss nicht Mira sein, um zu erkennen, dass er, auch wenn er vielleicht seine Mutter und die Oma liebt, nicht viel von Frauen hält und keinerlei Respekt vor Autoritätspersonen hat.«

»Mit Drogen hat er offensichtlich nichts zu tun«, las Strong von ihrem Handcomputer ab. »Wahrscheinlich hatte ich ihn deshalb bisher noch nicht auf dem Schirm. Er wird hier als Captain von den Dragons geführt. Als Jugendlicher hat er mal gesessen, aber die Verfahren, die danach kamen, wurden alle eingestellt.«

»Er hasst die Polizei«, bemerkte Eve. »Was mich nicht wirklich überrascht. Frauen sind für ihn im Grunde keine echten Menschen und die Bangers sind für ihn der reinste Dreck. In seinem Inneren brodelt es, auch wenn er sich durchaus beherrschen kann. Wir müssen einfach hoffen, dass er sich zusammenreißt, bis der Fall abgeschlossen ist.«

»Geboren in New York – genau wie seine Eltern und die Großeltern. Aber hier steht, dass er noch eine Schwester hat. Anscheinend war sie mal mit einem Typ zusammen, mit dem sie in der Schule war. Hugh Lanigan, ein Weißer, der an einem Abend, nachdem er sie heimgebracht hat, überfallen worden ist. Sie haben ihm den Kiefer und den Arm gebrochen, was das Ende seiner Football-Karriere war. Er konnte oder wollte seine Angreifer nicht identifizieren, aber danach hat er mit der Schwester Schluss gemacht und seinen Schulabschluss online gemacht.«

»Wie lange ist das her?«, erkundigte sich Eve und parkte ihren Wagen in der Tiefgarage des Reviers.

»Drei Jahre. Auch das Sportstipendium für den Jungen war danach passé. Er ist auf einem College in Miami und die Schwester in Seattle.«

»Vielleicht reichen ein paar Tausend Meilen Entfernung und drei Jahre aus. Weswegen rufen Sie den Jungen nicht mal an und hören, ob er sich vielleicht inzwischen doch an irgendwas erinnern kann? Fan Ho gehört auf alle Fälle weggesperrt.«

»Das wäre wirklich schön.«

»Peabody und ich knöpfen uns Cohen noch einmal vor. Wollen wir doch mal sehen, ob er tatsächlich einen Rechtsbeistand gefunden hat und ob die zwischenzeitlich dritte Leiche ihn vielleicht ein bisschen durcheinanderbringt.«

»Kann ich einen Ihrer Schreibtische benutzen?«, fragte Strong, als sie zusammen mit den beiden anderen zum Fahrstuhl lief. »Dann werde ich versuchen, den Ex der Schwester dazu zu bewegen, dass er mir etwas erzählt.«

»Na klar.«

»Ich nehme an, der Kaffee, den es bei Ihnen gibt, ist auch nicht besser als bei uns.«

»Ganz sicher nicht«, log Eve.

Mit einem Seufzer stieg Strong in den Lift. »Was soll's? Das Zeug bringt mich bestimmt nicht um.«

»Sie schreiben erst mal den Bericht, Peabody«, meinte Eve. »Ich muss mit Reo sprechen, dann bringe ich die Tafel auf den neuesten Stand.«

Oben angekommen, holte Strong sich mutig einen Kaffee aus dem Automaten, während Eve in ihr Büro ging und mit Reo sprach.

»Ich bin noch auf der Wache und kann kurz vorbeikommen, wenn Sie wollen«, bot die Staatsanwältin ihr an.

Eve sagte Ja und hängte ein paar neue Tatortfotos neben einem Foto von Fan Ho und Aufnahmen der Zeuginnen an ihrer Tafel auf.

»Ich brauche erst mal einen Kaffee«, meinte Reo und Eve hielt zwei Finger in die Luft.

»Hat Ihre Leiche etwas mit den beiden anderen zu tun?«

»Er war einer von den dreien, die Pickering und Duff ermordet haben. Sie haben ihn in der Gasse hinter dem Familienrestaurant und dem Apartment der Familie des Dragon-Captains abgelegt.«

»Das ist nicht unbedingt subtil.« Die Staatsanwältin drückte Eve einen Kaffeebecher in die Hand und lehnte sich in dem Bewusstsein, dass man sich auf dem Besucherstuhl den Rücken brach, an ihren Schreibtisch. »Inzwischen war ein Anwalt hier, der kurz mit Cohen gesprochen hat, dann aber wieder abgehauen ist. Das heißt, dass Cohen sich auch weiter selbst vertritt.«

»Ich denke, dass uns das die Arbeit leichter machen wird. Was ist mit dem FBI?«

Selbstgefällig bauschte Reo sich die bereits aufgebauschten Haare auf. »Dank meiner legendären Überredungskünste und nach kurzem Hin und Her hat ihnen Ihr Plan tatsächlich zugesagt. Sie waren nicht unbedingt begeistert, aber sie sind einverstanden, und das reicht.«

»Dann lassen sie Eldena also außen vor?«

Mit einem Lächeln wiederholte Reo: »Ich kann eben wirklich überzeugend sein. Sie wollen eine Aussage von ihr, aber ihr Anwalt meint, sie wäre sogar ganz versessen darauf, alles zu erzählen, was sie weiß. Ich nehme an, dass die Agenten gerade jetzt bei ihr zu Hause sind, um Cohens elektronische Geräte zu beschlagnahmen und mit ihr zu reden.«

»Gut. Auf diese Art sind sie beschäftigt, während Cohen von mir von dem dritten Toten hört. Der Typ.« Sie zeigte auf das Bild von Aimes. »Er hat zwei Menschen umgebracht und war an der Misshandlung und der Vergewaltigung der Frau beteiligt, die beim ersten Mord noch mit von der Partie war. Er hat ihre Ohrringe, an denen noch ihr Blut und Hautfetzen von ihr zu finden waren, in einer Handtasche versteckt, die er nach Lyles Ermordung bei Rochelle gestohlen hat.«

Auf seinem Passbild hatte Aimes noch jung und trotzig ausgesehen, doch auf den Aufnahmen vom Tatort waren seine Züge jung und leer. »Die Analyse hat bestätigt, dass das Blut und auch die Haut an diesen Ohrringen von Dinnie stammen, und wenn er nicht ermordet worden wäre, wäre er dafür bis an sein Lebensende eingefahren.«

Sie fuhr sich mit der Hand über das Genick und holte zischend Luft. »Jetzt muss ich zwei Cops und einen Psychologen in die gottverdammte Sky Mall schicken, um der Mutter zu erklären, dass man ihm die Kehle durchgeschnitten hat, weil es mir nicht gelungen ist, ihn vorher wegzusperren.«

»Denken Sie, dass Jones dahintersteckt?«

»Wenn Jones herausgefunden hätte, dass Aimes hinter seinem Rücken auf Befehl von jemand anderem Pickering und Duff ermordet hatte, hätte er ihn hingerichtet, aber sicher hätte er die Leiche dann nicht vor der Tür des Dragon-Captains abgelegt.«

Sie winkte Reo kurz mit ihrem Kaffeebecher zu. »Jones ist nicht echt. Er rührt die Bangers-Trommel, aber nebenher zieht er die anderen Mitglieder der Gang über den Tisch, denn er zwackt einen Teil der Einnahmen für sich selbst ab und geht eine Partnerschaft mit einem Typen außerhalb der Gruppe ein, weil er dadurch noch mehr verdienen kann. Er wollte also weder ins Visier der Polizei noch in das der anderen Mitglieder der Gang geraten, aber genau das haben die beiden schlampig ausgeführten Morde jetzt bewirkt.«

»Und als er Cohens Anteile an seinen Einnahmen zurückgefahren hat …«

»… ist Cohen vielleicht eine Partnerschaft mit jemand anderem eingegangen«, beendete Eve den Satz. »Mit jemandem, der in der Position ist und den notwendigen Ehrgeiz hat, um Captain bei der Gang zu werden, wenn sich Jones dort nicht mehr halten kann.«

Eve zeigte auf das Bild von Jorgenson. »Der hier. Er will den Bandenkrieg, weil er die Führung übernehmen will.«

»Warum bringt er Jones nicht einfach um?«

»Das ist nicht so einfach, aber trotzdem könnte es passieren.« Sie trank den Rest ihres Kaffees. »Also. Zeit, noch mal in den Vernehmungsraum zu gehen.«

Vor ihrem Büro gingen sie getrennter Wege, und Detective Strong, die Truehearts Schreibtisch übernommen hatte, während der mit Baxter auf dem Weg zur Sky Mall war, bat Eve noch kurz an ihren Arbeitsplatz.

»Ich weiß, dass Sie zu Cohen wollen, aber inzwischen habe ich den Ex-Freund von Hos Schwester kontaktiert. Er hat bisher den Mund gehalten, aber jetzt war er bereit zu reden, denn inzwischen sind seine Eltern nach South Carolina umgezogen und sein kleiner Bruder hat ein Studium in Harvard angefangen, was mir zeigt, dass er ein wirklich schlauer Bursche ist.«

»Wahrscheinlich werden Sie mir gleich erzählen, Ho hätte die Familie bedroht und deshalb hätte er bisher nicht gegen diesen Typ ausgesagt.«

»Sie sollten Detektivin werden«, feixte Strong, fuhr dann aber mit ernster Stimme fort. »Halt dich von meiner Schwester fern, sonst bist du tot. Und wenn du zu den Bullen gehst, ist dein kleiner Bruder tot. Und he, du willst doch bestimmt nicht, dass deiner hübschen Mutter was passiert.«

»Und jetzt denkt Lanigan, dass sie weit genug von New York weg sind und er endlich reden kann.«

»Er ist bereit, Ho anzuzeigen, eine Aussage zu machen und zu tun, was nötig ist, damit er hinter Gitter kommt. Vor ein paar Tagen hat er deshalb seine Eltern und den kleinen Bruder angerufen und sie unterstützen ihn. Er musste erst noch etwas Mut sammeln, um diesen Schritt zu gehen.«

»Reo wird bei Cohens Verhör zusehen. Gehen Sie in den Observationsraum und besprechen Sie alles Weitere mit ihr.«

Nickend stand Strong auf. »Wenn alles glattläuft, können wir gleichzeitig den Bangers und den Dragons einen Riesenschlag versetzen. Zwar werden sie dadurch nicht ausgelöscht, aber zumindest tut es ihnen wirklich weh.«

Das wäre eine durchaus positive Nebenwirkung, dachte Eve und wandte sich an Peabody. »Na los, jetzt machen wir das Arschloch fertig.«

»Unbedingt. Was ist mit dem FBI?«

»Die kümmern sich erst mal um Vinn.«

Als sie in den Verhörraum kamen, war Cohen tatsächlich noch blasser als am Vormittag. »Rekorder an. Lieutenant Dallas und Detective Peabody fahren mit dem Verhör von Samuel Cohen fort. Wo ist Ihr Anwalt, Sam? Sollen wir ihn für Sie abholen?«

»Ich habe noch mal nachgedacht und den Entschluss gefasst, mich gegen diese Hexenjagd auch weiter selbst zu verteidigen.«

»Fürs Protokoll: Sie verzichten offiziell auf einen Rechtsbeistand?«

»Ich bin selbst Anwalt.«

Eve nahm schweigend Platz und sah ihn reglos an.

»Meinetwegen, ich verzichte offiziell auf einen Rechtsbeistand.«

»Okay. Und ebenfalls fürs Protokoll: Jetzt geht's auch noch um Beihilfe zu einem dritten Mord.«

»Wie bitte? Das ist einfach lächerlich. Das ist ... das ist totaler Schwachsinn!«

»Barry Aimes. Er war noch keine achtzehn Jahre alt.« Eve tat, als schnitte sie sich ihren Hals mit ihrem Finger durch. »Er war eins der Arschlöcher, die Sie beauftragt hatten, Pickering und Duff aus dem Verkehr zu ziehen. Wissen Sie, was Schwachsinn ist? Dass es unter Dieben so etwas wie Ehre gibt. Und unter Mördern gibt's die noch weniger.«

»Ich kenne diesen Menschen nicht einmal.«

Lässig lehnte sich Eve auf ihrem Stuhl zurück. »Wissen Sie, ich glaube Ihnen, dass Sie keine Ahnung hatten, wie er hieß. Sein Name war total egal. Es ging alleine darum, dass er tut, was man ihm sagt. Aber den Namen des Bangers, der mit Ihrer Hilfe all das inszeniert hat, kennen Sie. Ich will den Namen haben, Sam, und selbst ein schlechter Anwalt würde Ihnen raten auszupacken, wenn es um drei Morde geht.«

»Selbst einem schlechten Cop wäre bewusst, dass ich vergangene Nacht in einer Zelle saß und deshalb wohl kaum dabei war, als dem Mitglied einer Gang die Kehle durchgeschnitten worden ist.«

»Also bitte, Sam, vielleicht haben Sie den Mord ja mit Ihrem Komplizen geplant. Am besten gucken Sie noch mal in Ihren Büchern aus dem Studium nach, was der Begriff der Beihilfe alles umfasst. Und das ist noch nicht alles, denn der jüngste Tote war an der Verabredung zum Mord an Pickering und Duff beteiligt, und das ist der Grund, weswegen er jetzt ebenfalls ermordet worden ist.«

»Also geben Sie uns den verdammten Namen«, verlangte Peabody. »Denn selbst der dümmste Mordverdächtige muss wissen, dass der Täter, der als Erster auspackt, auch den besten Deal bekommt.«

Als Eve sie daraufhin mit einem bösen Blick bedachte, stellte sie mit einem gleichmütigen Achselzucken fest: »Ich bitte Sie, so dämlich, darauf nicht von alleine zu kommen, kann er doch nicht sein.«

»Was bieten Sie mir an?«, erkundigte sich Cohen, ehe er sich eines Besseren besann. »Nein, nein, ich will es gar nicht hören, weil ich schließlich nichts von diesen Morden weiß. Bei meiner Partnerschaft mit Marcus Jones ging's ausschließlich um Immobilien. Und wie er an das von ihm investierte Geld gekommen ist, geht mich nichts an. Wenn er ein Krimineller ist, nehmen Sie ihn fest!«

»Vielleicht setzen wir ihn ja in Ihre Zelle«, überlegte Peabody. »Nachdem wir ihm und allen anderen aus der Gang erzählt haben, weshalb Sie von uns festgenommen worden sind.«

»In diesen Zellen kommt es ab und an zu wirklich schlimmen Unfällen«, fügte Eve hinzu und wandte sich an ihre Partnerin. »Und außerhalb der Zellen auch. Wenn beispielsweise jemand auf Kaution herauskommt und sich herumspricht, dass er mit den Cops gesprochen hat …«

»Das können Sie nicht tun!«

Eve sah ihn fragend an: »Was können wir nicht tun? Wir reden schließlich einfach nur.«

»Ich habe Ihnen nichts gesagt und diese Leute sind gewalttätige Kriminelle.«

»Daran hätten Sie am besten schon gedacht, bevor

Sie sich mit diesen Typen eingelassen haben. Und tischen Sie uns bloß nicht wieder irgendwelche Märchen auf. Wir haben schließlich Ihre Bücher, und die zeigen die Prozente, die aus den von Jones und seiner Gang getätigten verbotenen Geschäften über Monate an Sie geflossen sind. Wenn der Anwalt, den er engagiert, nicht völlig dumm ist, wird er herausfinden, woher die Infos, die wir haben, stammen, denn schließlich hat der Mann ein Recht auf Akteneinsicht, falls Ihnen das etwas sagt.«

»Alleine dafür wird ein Typ wie Jones ihm sicher alle Knochen brechen«, mischte Peabody sich ein. »Außer, wenn wir es so drehen, dass er ihn nicht erreichen kann. Doch weshalb sollten wir das tun?«

»Sobald wir Jones aufgrund der Taten, die in Cohens Büchern stehen, verhaftet haben, war es das.« Eve hob die Schultern an und ließ sie wieder fallen. »Die Gefahr von schlimmen Unfällen nimmt im Knast sogar noch zu.«

In Cohens Augen stiegen Tränen auf. »Sie sprechen hier von meinem Leben.«

»Und was ist mit den Leben der drei Leute, die im Leichenschauhaus liegen?«, fragte Eve in barschem Ton. »Und mit den ganzen Leben, die aufgrund der kriminellen Machenschaften Ihres Partners, die auch Ihnen jede Menge Geld gebracht haben, verpfuscht oder beendet worden sind?«

»Ich brauche was zu trinken. Brauche ein Glas Wasser. Und ein bisschen Zeit zum Nachdenken.«

»Dallas und Peabody verlassen den Vernehmungsraum. Wir holen Mr. Cohen etwas zu trinken und geben ihm zehn Minuten Zeit zum Nachdenken. Vernehmungspause«, sagte Eve und schaltete ihren Rekorder aus.

»Ich kann das Wasser für ihn holen«, bot Peabody ihr an. »Wollen Sie einen Kaffee?«

»Eine Pepsi«, meinte Eve und drückte ihr die Münzen dafür in die Hand. »Aber benutzen Sie nicht meinen Code, wenn die Maschine nicht was anderes ausspucken soll.«

»Ich dachte eigentlich, er würde schneller reden.«

»Erst mal mussten wir ihn von der Überzeugung abbringen, dass er sich noch rauswinden kann. Das haben wir geschafft.«

Als Peabody in Richtung des Getränkeautomaten lief, sah Eve, dass Roarke aus dem Observationsraum kam.

»Ich wusste gar nicht, dass du hier bist.«

»Ich bin auch gerade erst gekommen, das heißt, ich habe euren dritten Mord, den größten Teil eures Verhörs und offenbar noch etwas anderes verpasst«, erklärte er, bevor er mit dem Finger über ihren leicht geschwollenen Kiefer glitt.

Sie hatte vollkommen vergessen, dass der blöde Taschendieb bei der Verhaftung auf sie losgegangen war. »Also bitte, davon ist doch kaum etwas zu sehen.«

»Ich kenne eben jeden Zentimeter deines reizenden Gesichts. Hattest du eine Schlägerei mit einem Verdächtigen?«

»Ich habe einen Taschendieb verhaftet, der dann einen Glückstreffer gelandet hat.« Jetzt, da sie wieder daran dachte, war sie mindestens so sauer wie in dem Moment, in dem der Blödmann auf sie losgegangen war. »Der Spaß hört offenbar nie auf.«

»Und über all dem Spaß hast du bestimmt nicht dran gedacht, dass du mal wieder etwas essen solltest, stimmt's?«

»Ich war beschäftigt und die Sachen aus den Automaten hier sind einfach widerlich.«

Kopfschüttelnd schnipste er ihr Grübchen an. »In deinem eigenen AutoChef gibt's jede Menge Sachen, die du magst.«

»Stimmt. Das hatte ich vergessen, aber schließlich kann ich mir dort noch etwas holen, wenn wir diesen Hurensohn geknackt haben. Du bist bestimmt vor allem hier, weil Vinn dir leidtut, aber sie ist wirklich zäh. Inzwischen hat sie einen Anwalt, arbeitet freiwillig mit dem FBI zusammen und hat anscheinend eine Freundin – eine andere Stripperin –, die ihr zur Seite steht und sich von niemandem ins Bockshorn jagen lässt.«

»Das freut mich zu hören. Peabody«, sagte er zu ihrer Partnerin, als die mit den Getränken kam. »Sie sehen reizend, aber gleichzeitig auch furchteinflößend aus.«

Mit einem Blitzen in den Augen hielt sie Eve die Pepsi-Dose hin. »Das ist nett, dass Sie das sagen. Schließlich war das heute bisher auch ein ziemlich aufregender Tag.«

»Der längst noch nicht zu Ende ist.« Eve machte ihre Dose auf. »Wir nehmen schließlich auch noch einen Dragon-Captain wegen schwerer Körperverletzung und Bedrohung fest. Und Jones nehmen wir wegen einer ganzen Fülle von Straftaten hoch. Eine ganze Fülle. Das klingt wirklich gut.«

Sie kippte einen Teil der Pepsi in sich hinein. »Und wenn der blöde Cohen gleich den Mund aufmacht, geht auch noch irgendwer für die drei Morde in den Kahn.«

»Das heißt, ihr habt weiter alle Hände voll zu tun«, bemerkte Roarke. »Ich hoffe, dass ich euch begleiten kann. Ich habe jetzt noch eine Stunde Zeit, bevor ich mich um ein paar Dinge kümmern muss. Gib mir Bescheid, wenn ihr euch auf den Weg macht, ja?«

Mit diesen Worten zog er einen Schokoriegel aus der Tasche, brach ihn in der Mitte durch und hielt den beiden Frauen jeweils eine Hälfte hin. »Damit euch die Energie nicht ausgeht.«

»Weite Hosen oder Schokolade? Schokolade«, meinte Peabody, bevor sie nach dem halben Riegel griff.

Im Gegensatz zu ihr bedachte Eve die Süßigkeit mit einem argwöhnischen Blick. »Stammt die etwa aus meinem Büro?«

»Natürlich nicht. Die habe ich euch extra mitgebracht, weil ich mir sicher war, dass du seit unserem Frühstück nichts mehr in den Bauch bekommen hast.«

»Ich hatte einen Mini-Hafer-Müsli-Energieriegel«, gab Peabody verlegen zu. »Wobei mir dieser Schokoriegel deutlich besser schmeckt.«

Eve untersuchte das Papier, in das der Riegel eingewickelt war, doch die Markierung, mit der sie den kleinen Notvorrat in ihrem Büro versehen hatte, war nicht zu sehen. Trotzdem würde sie sich nachher vergewissern, dass ihr Schokoversteck weiter unentdeckt war.

Jetzt aber aß sie erst einmal ihren Teil des Schokoriegels, trank den Rest von ihrer Pepsi und drückte Roarke mit dem Gedanken, dass der Energieschub ihr durchaus gelegen kam, die leere Dose in die Hand. »Bis dann.«

»Ich würde euch ja Glück mit Cohen wünschen, aber

nach dem bisschen, was ich mitbekommen habe, ist das nicht erforderlich.«

Sie würde Cohen auf alle Fälle dazu bringen, den verdammten Namen auszuspucken, dachte Eve und ging in den Vernehmungsraum zurück.

»Rekorder an. Dallas und Peabody fahren mit dem Verhör von Cohen fort.«

Sie nahm ihm gegenüber Platz und sah, dass er noch blasser als zuvor war und seine Augen leicht gerötet waren. Anscheinend hatte er vor Angst geweint.

Mit einem Schluck trank er die Hälfte seines Wassers aus.

»Jetzt hatten Sie Ihr Wasser und ein bisschen Zeit zum Nachdenken.«

»Ich … rein hypothetisch. Falls ich Infos über kriminelle Taten oder Unternehmen hätte und sie Ihnen geben würde, sähen Sie dann von einer Strafverfolgung wegen meiner möglichen versehentlichen Verbindung zu besagten Taten oder Unternehmen ab?«

»Ob wir von einer Strafverfolgung absehen? Ist das Ihr Ernst?«

»Indem ich Ihnen – hypothetisch – diese Infos gäbe, brächte ich mein Leben in Gefahr. Und ohne Strafverfolgung könnte ich an einen Ort umziehen, an dem ich sicher bin.«

Er war tatsächlich durch und durch ein Gauner, dachte Eve. Doch genau darauf hatte sie gebaut. »Sie werden ins Gefängnis gehen. Vergeuden Sie nicht meine Zeit.«

»Aber die Infos könnten zur Verurteilung verschiedener Gewaltverbrecher führen«, führte er mit Verzweiflung in der Stimme aus. »Ich bin mir sicher, dass die Staatsanwaltschaft sich für diese Infos interessieren wird. Wenn sie davon absehen würde, mich für meine eigenen Geschäfte – die vielleicht ein bisschen schmutzig, aber sicher nicht verboten sind – zu belangen, bekäme sie von mir die Munition, um gegen eine der berüchtigtsten New Yorker Banden vorzugehen.«

Eve lehnte sich auf ihrem Stuhl zurück und runzelte die Stirn. »Weder die Staatsanwaltschaft noch das FBI wird Sie sich durch die Lappen gehen lassen, so wichtig sind die Bangers ihnen nicht.«

»Aber Sie wollen doch bestimmt die Leute haben, die für die drei Morde verantwortlich sind.«

Sie runzelte erneut die Stirn, als ob sie zwischen Widerwillen und Pflichtgefühl hin- und hergerissen wäre, bevor das Pflichtgefühl am Schluss die Oberhand gewann.

»Ich kann natürlich geltend machen, dass Sie kooperationsbereit sind, vor allem, wenn das zur Verhaftung und Verurteilung der Täter führt, aber Immunität bekommen Sie deshalb nicht. Sie haben Steuern hinterzogen, Sam. Das sehen die Behörden gar nicht gern.«

Er fuhr sich mit dem Handrücken über den Mund. »Wenn ich wüsste, wo die Bangers ihre Drogen und Geräte für Identitätsbetrug und für die Herstellung von falschen Pässen lagern, würde sie das doch wahrscheinlich etwas milder stimmen, oder nicht?«

Eve trommelte mit ihren Fingern auf den Tisch. »Vielleicht, aber Immunität bekämen Sie trotzdem nicht.«

Peabody flüsterte ihr derart laut etwas von »Zeugenschutz« ins Ohr, dass er es mitbekam.

Eve trommelte erneut mit ihren Fingern auf den Tisch, flüsterte etwas zurück und Peabody stand nickend auf.

»Detective Peabody verlässt vorübergehend den Vernehmungsraum«, erklärte Eve. »Je nachdem, was Sie für Infos haben, wären vielleicht ein paar der Anklagen vom Tisch. Geben Sie zu, dass Sie Eldena Vinn getäuscht haben, damit sie die Verträge unterschreibt, dass Miss Vinn von Ihren Betrügereien und von Ihrer Steuerhinterziehung keine Ahnung hatte und von Ihnen ausgenommen worden ist? Wenn nicht«, erklärte Eve, als keine Antwort kam, »... wird sie vom FBI vernommen, und ich bin mir sicher, dass die Aussage von Ihrer Ex-Verlobten Sie noch zusätzlich belasten wird.«

»Das wird nicht nötig sein. Ich räume ein, dass ich für die Finanzen unseres Haushalts ganz allein zuständig war.«

»Das reicht nicht, wenn ich mich für Sie verwenden soll.«

»Sie war vollkommen ahnungslos. Ich habe mich auch um ihr Geld gekümmert«, gab er widerstrebend zu.

Mit ausdrucksloser Miene beugte Eve sich zu ihm vor. »Wenn Sie nicht alles sagen, Cohen, werde ich jetzt gehen, um Jones auf das Revier zu holen, und das war es dann für Sie.«

»Schon gut, schon gut. Ich habe sie benutzt, das hätte ich nicht machen sollen. Aber im Grunde ist es ihre eigene Schuld, wenn sie die von mir vorgelegten Dokumente und Verträge nicht liest.«

»Sie haben sie getäuscht. Sie haben die Miete und das Haushaltsgeld, das Sie sie haben zahlen lassen, auf Ihr eigenes Konto eingezahlt, und ihr Einkommen angegeben, ohne dass sie etwas davon wusste, damit Ihnen die Bank die Immobilienkredite gibt.«

»Sie hatte bei mir ein sehr gutes Leben«, fing er an und Eve stand auf.

»Okay, ich gebe zu, ich habe sie belogen und ich habe hinter ihrem Rücken ihre Einkünfte benutzt, um diese Immobilien zu finanzieren. Aber ich habe über das Geld von ihr genau Buch geführt und kann ihr alles wiedergeben. Abzüglich natürlich all der Kosten, die sie währenddessen selbst verursacht hat.«

Als Eve sich immer noch nicht wieder setzte, stiegen in seinen Augen frische Tränen auf. »Sie kann auch alles haben! Sie kriegt alles von mir wieder, wenn sie will. Das alles spielt jetzt schließlich keine Rolle mehr. Ich gebe Ihnen auch noch andere Infos, wenn Sie wollen. Ich werde Ihnen alles sagen, was ich weiß. Doch dafür will ich in den Zeugenschutz.«

Bevor Eve etwas sagen konnte, traten wie aufs Stichwort Peabody und Reo durch die Tür.

16

»Detective Peabody betritt mit Staatsanwältin Reo den Vernehmungsraum.«

In ihrem hübschen perlgrauen Kostüm nahm Reo Platz und stellte einen Becher duftenden Kaffees aus Eves Büro neben den von ihr mitgebrachten Aktenordner auf den Tisch.

Sie lächelte, als ob sie einer Freundin während eines schicken Mittagessens gegenübersitzen würde, und mit ihrer zierlichen Figur, den jugendlichen, glatten Zügen und den sorgfältig toupierten blonden Haaren sah sie aus, als gäbe sie für jemanden wie Cohen ein leichtes Opfer ab.

Erst wenn sie zubiss, nahm man ihre spitzen Zähne wahr.

»Ich bin Staatsanwältin Reo, Mr. Cohen«, stellte sie sich vor. »Man sagte mir, Sie hätten Infos über die verbotenen Geschäfte einer Gang und wären an einem Deal interessiert.«

Blind für ihre Zähne, forderte er: »Ich will Immunität.«

»Oje.« Sie klimperte mit ihren hübschen Wimpern und erklärte: »Hier liegt offenbar ein Missverständnis vor, denn die kann ich Ihnen nicht gewähren. Lieutenant, ich bin gerade wegen einer völlig anderen Sache hier auf dem Revier und habe keine Zeit für Mr. Cohens Fantastereien. Geben Sie mir Bescheid, wenn er begriffen hat, worum es geht.«

»Moment!«

Mit einem neuerlichen Lächeln wandte sie sich wieder Cohen zu. »Natürlich ist mir klar, dass Ihre Lage brenzlig ist, aber der Tag hat nun einmal nur vierundzwanzig Stunden, und ich kann es mir nicht leisten, hier unnötig Zeit zu verlieren.«

»Warten Sie!«

Genauso hatte er am Vorabend Eldena angefahren, inzwischen hätte ihm bewusst sein sollen, dass er damit auf taube Ohren stieß.

Die Staatsanwältin schaute auf die Uhr, bedachte ihn mit einem kalten Blick und stellte fest: »Sechzig Sekunden. Die Zeit läuft.«

Anscheinend hatte er den ersten Biss der Reißzähne gespürt, denn plötzlich klang er nicht mehr herrisch, sondern einfach nur noch jämmerlich.

»Mit meiner Hilfe kriegen Sie die Bangers dran. Sie könnten Drogen, Waffen und Gerätschaften im Wert von Hunderttausenden von Dollar konfiszieren, aber dafür müssen Sie verhindern, dass ich ins Gefängnis komme. Ich brauche Zeugenschutz, weil ich im Knast nicht sicher bin.«

»Mr. Cohen, das Zeugenschutzprogramm ist Angelegenheit des Bundes, aber ich bin Staatsanwältin in New York.«

»Aber Sie können sich für mich verwenden. Können dafür sorgen, dass ich einen Deal bekomme, und wenn meine Immobilien und mein Geld beschlagnahmt werden, kann es Ihnen doch egal sein, ob ich ins Gefängnis gehe oder nicht. Vor allem, wenn ich Ihnen dafür deutlich größere Fische als mich selbst liefern kann. Ich bin ein kleiner Rechtsberater, weiter nichts.«

Sie trank den ersten Schluck Kaffee und schaute ihn aus großen Augen an. »Wie ein Consigliere bei der Mafia?«

»Richtig. Das heißt, nein.« Er fuhr sich mit der Hand über den Mund. »Ich gebe Rechtsberatung, weiter nichts.«

»Und als Rechtsberater haben Sie Kenntnisse, die zur Verhaftung und Verurteilung von Mitgliedern der Bangers führen könnten?«

»Allerdings.«

»Zum Beispiel?«

»Was ist mit dem Deal?«

Sie sah erneut auf ihre Uhr. »Ticktack. Also, bekomme ich ein Beispiel oder nicht? Beweisen Sie mir, dass Sie etwas über die Geschäfte dieser Typen wissen, denn wenn nicht ...«

»In Broome gibt's einen Elektronikladen – oder gab's. Als die Besitzer sich geweigert haben, höheres Schutzgeld zu bezahlen, hat Jones jemanden mit Molotowcocktails hingeschickt. Der Betreiber war noch drinnen, als die Dinger durch die Tür geflogen sind. Er wurde zwar nur leicht verletzt, aber der Laden selbst und die Waren waren hin.«

»Woher wissen Sie das?«

»Das haben sie mir erzählt, nachdem es schon geschehen war. Natürlich hätte ich von der Zerstörung fremden Eigentums und der Gefährdung anderer Leben abgeraten, aber nach dem Anschlag wurde einer aus der Gang – ein Rufus Miller – festgenommen, denn eine Zeugin hatte angeblich gesehen, wie er die Brandsätze geworfen hat. Danach hat er mich mandatiert.«

»Wann hat dieser Anschlag stattgefunden?«

»Im November letzten Jahres.«

Reo gab die Stichworte in ihren Handcomputer ein. »Tja nun. Hier steht, dass diese Zeugin ihre Aussage zurückgenommen hat. Angeblich wurde ihre Tochter kurz nach Millers Festnahme auf dem Heimweg von der Schule abgefangen und ein paar Stunden festgehalten, ohne dass sie später sagen konnte, wer sie gekidnappt hat.«

Sie lächelte und wieder blitzten ihre wirklich scharfen Zähne auf. »Wollen Sie etwa behaupten, dass das ein Zufall war?«

Verlegen blickte Cohen vor sich auf den Tisch und zog nervös am Kragen seines Overalls. »Ich weiß nur, dass die Zeugin ihre Aussage zurückgezogen hat.«

Die Frauen sahen ihn schweigend an.

»Okay, okay. Auch die Entführung hat Jones befohlen. Aber sie haben der Kleinen nicht wehgetan und ein paar Stunden später haben sie sie heimgebracht. Jetzt haben Sie Ihr Beispiel, doch bevor Sie auch noch andere, größere Sachen von mir kriegen, will ich einen Deal.«

»Größer als ein Brandanschlag, als Kidnapping und Einschüchterung einer Zeugin? Aber hallo. Also gut, fürs Protokoll: Ich beziehe Special Agent Teasdale als Vertreterin des FBI in das Gespräch mit ein. Wollen wir doch mal sehen, was sie zu alledem sagt.«

Gespielt verärgert legte sie ein Tablet auf den Tisch, im Grunde aber hatten sie und Eve schon vorher abgesprochen, Teasdale auf den Plan zu rufen, weil sie aus Erfahrung wussten, dass der Frau zu trauen war.

Jetzt rief die Staatsanwältin Teasdales Bild auf ihrem Tablet auf.

»Staatsanwältin Reo.«

»Special Agent Teasdale, guten Tag. Wir sitzen hier mit Mr. Cohen im Vernehmungsraum, und es sieht so aus, als ob er uns tatsächlich ziemlich viel über die Bangers und von ihnen begangene Straftaten erzählen kann.«

»Im Augenblick gehen zwei von unseren Agenten Mr. Cohens Unterlagen durch, und diese Unterlagen zeigen, dass er selbst diverse Straftaten begangen hat.«

»Verstehe. Trotzdem ...«

Während Reo tat, als würde sie mit Teasdale diskutieren, lobte Cohen jammernd Namen, Daten, Orte aus.

Eve wollte wissen, ob sie Cohen am Ende vielleicht eine großzügige Leibrente spendieren und eine gottverdammte Villa auf Tahiti kaufen sollten, während Peabody verächtlich über lebenslange Ferien sprach.

Dann stürmte Eve gespielt erbost hinaus, marschierte in ihr Dezernat und wies die Leute, die dort saßen, an: »In einer halben Stunde seid ihr alle im Besprechungsraum.«

»Was steht denn an, Lieutenant?«

»Wir nehmen uns die Bangers und die Dragons vor, und alle, die nicht gerade irgendwelche anderen heißen Fälle haben, sind dabei. Detective Strong, kommen Sie mit in mein Büro.«

Zuerst holte sie sich einen Kaffee und bedeutete der anderen, es ihr gleichzutun.

»Stellen Sie ein Team zusammen und schnappen Sie sich Ho.«

»Danke.«

»Diese Festnahme haben Sie verdient. Sie haben eine halbe Stunde, also machen Sie sich sofort an die Arbeit, ja? Ich muss noch kurz mit Whitney sprechen und das SEK an Bord holen.«

»Hat er Ihnen gesagt, wer Lyle ermordet hat?«

»Das wird er noch, aber er hat uns schon genug von Jones erzählt, damit ich mir den Typ schnappen kann. Mal sehen, wen er noch alles verpfeift. Machen Sie sich an die Arbeit, Strong.«

Eine Viertelstunde später stapfte Eve in den Vernehmungsraum zurück. Inzwischen ging es um die Einzelheiten eines Deals und Cohen hatte wieder etwas Farbe im Gesicht.

»Ich möchte mir selbst aussuchen, wo ich leben will.«

»Auf keinen Fall«, erklärte Teasdale ihm in strengem Ton. »Auch wenn der Lieutenant und Detective Peabody das offenbar so sehen, ist der Zeugenschutz kein Urlaub, und wenn sich die Infos, die Sie für uns haben, als korrekt erweisen und zur Festnahme bestimmter Individuen führen, ziehen Sie unter neuem Namen an einen von uns bestimmten Ort und werden sich an die Bedingungen der Übereinkunft halten, wenn man Sie nicht wieder aus dem Zeugenschutz entlassen soll.«

»Aber …«

»Wenn Ihnen das nicht passt, können Sie sich auch einfach für zehn bis zwanzig Jahre Knast entscheiden.«

»Geben Sie mir das schriftlich.«

»Kein Problem. Staatsanwältin Reo, würden Sie ihm die Papiere von mir übergeben, da ich gerade anderswo beschäftigt bin?«

»Natürlich. Und ich werde Ihnen alle Infos schicken, die Mr. Cohen uns gibt.«

»Ich danke Ihnen für die Zusammenarbeit. Sie kriegen die Papiere schnellstmöglich von mir geschickt«, verabschiedete sich die Frau vom FBI und Reo blickte Cohen fragend an.

»Haben Sie alles verstanden, Mr. Cohen?«

»Ja.« Inzwischen saß er wieder kerzengerade und mit selbstzufriedener Miene am Tisch. »Ich bin Anwalt und verstehe diesen Deal durchaus.«

»Ihnen ist auch klar, dass dieser Deal vom Tisch ist, wenn die Infos, die wir nach dem Abschluss dieses Deals bekommen, uns nichts nützen oder wenn Sie nicht vollkommen ehrlich sind?«

»Das ist mir klar, okay? Und jetzt hätte ich gerne eine Cola und ein Sandwich.«

Reo starrte ihn mit großen Augen an. »Sie wollen *was*?«

»Ich habe schließlich kaum etwas gegessen, seit ich festgenommen worden bin.«

»Detective Peabody, würden Sie Mr. Cohen ein Sandwich holen?«

»Und eine Cola«, fügte er hinzu.

»Um Himmels willen«, knurrte Eve, als Peabody mit bösem Blick den Raum verließ. »Detective Peabody verlässt vorübergehend den Vernehmungsraum. Vielleicht wollen Sie ja auch noch ein paar Plätzchen oder so?«

Er grinste breit. »Da würde ich nicht Nein sagen.«

»Treiben Sie's nicht zu weit«, warnte die Staatsanwältin ihn.

Eve drehte ihren Kopf, sah auf die Spiegelwand und fragte sich, ob Roarke noch nebenan war, um bei der Vernehmung zuzusehen. Wahrscheinlich nicht, denn schließlich saßen sie bereits seit über einer Stunde hier, und obwohl alles wie am Schnürchen lief, tat ihr von all dem Hin und Her der Schädel weh. Nur gut, dass sie bald wieder in Bewegung sein würde, dachte sie.

»Agentin Teasdale ist sehr effizient«, bemerkte Reo, als das Piepsen zeigte, dass die Unterlagen bei ihr eingegangen waren. Sie überflog sie, nickte, nickte abermals und druckte sie dann aus.

»Lesen Sie sich alles gründlich durch und setzen Sie dann auf jede Seite Ihre Initialen, Mr. Cohen. Agentin Teasdale hat das schon getan. Lieutenant Dallas, Sie und ich werden bezeugen, dass die Unterschrift am Schluss von Mr. Cohen stammt.«

Eve sagte nichts, und wenig später kehrte Peabody zurück, warf eine Coladose und ein Sandwich auf den Tisch und nahm noch immer wütend wieder Platz.

Cohen wickelte das Sandwich aus, und obwohl er nach dem ersten Bissen angewidert das Gesicht verzog, aß er entschlossen weiter, während er von Reo einen Kugelschreiber und die Dokumente vorgelegt bekam. Mit vorgeschobener Unterlippe las er sich die Unterlagen durch, versah sie mit seinen Initialen und unterschrieb das letzte Blatt.

»Sieht so aus, als hätte alles seine Ordnung«, stellte er mit einem selbstzufriedenen Lächeln fest.

»Sehr gut.« Die Staatsanwältin setzte ihren Namen unter den Vertrag und widerstrebend unterschrieb auch Eve.

»Jetzt scanne ich das Dokument noch schnell für Special Agent Teasdale ein. Das Original bekommt sie nach dem Ende des Verhörs von mir geschickt, doch vorher ziehe ich sie abermals zu dem Gespräch hinzu. Sie, ich selbst, der Lieutenant sowie der Detective werden Ihnen Fragen stellen und Sie, Mr. Cohen, werden sie beantworten. Egal, was wir Sie fragen, müssen Ihre Antworten und Aussagen für uns von Wert und ehrlich sein.«

»Moment, verdammt.« Eve schlug mit einer ihrer Hände auf den Tisch. »Ich stehe hier bestimmt nicht herum, während diese Tussi von den Feds mit diesem Arschloch über den Transport von Drogen oder irgendwelchen finanziellen Blödsinn spricht. Erst will ich einen Namen haben. Eine Frage, eine Antwort, Cohen. Wer hat die Morde an Lyle Pickering und Dinnie Duff befohlen?«

»Ich habe keinen Namen und will betonen, dass ich mit Nachdruck davon abgeraten habe und nicht wusste ...«

»Eine Frage, eine Antwort«, wiederholte Eve. »Wer hat Pickering und Duff ermorden lassen?«

»Jones.« Er blickte fort und presste kurz die Lippen aufeinander, doch dann sagte er noch einmal: »Marcus Jones.«

»Warum?«

»Er ... es ist ihm sauer aufgestoßen, dass sein alter Kumpel nach der Zeit im Kahn ein neues Leben angefangen hat. Er wollte ein Exempel statuieren und ihn erniedrigen. Durch den Mord an diesem Mädchen wollte er die Dragons reizen, seine Position als Captain bei den Bangers stärken, Territorium zurückgewinnen und die Bangers wieder dorthin bringen, wo sie einmal waren.«

Er wandte sich Eve wieder zu, doch es gelang ihm nicht, ihr ins Gesicht zu sehen.

»Ich habe ihm gesagt, dass das totaler Wahnsinn ist, und dachte eigentlich, er würde auf mich hören. Danach habe ich mich nicht getraut, das Thema noch einmal anzusprechen, denn ich hatte Angst, dann würde er mich vielleicht auch noch umbringen. Sie müssen diesen Typ hinter Gitter bringen. Er ist brandgefährlich, also sperren Sie ihn ein.«

»Sie wussten also, dass zwei Menschen sterben würden.«

»Ich habe ihm mit Nachdruck davon abgeraten.«

»Und Sie wussten, dass mit Barry Aimes auch noch ein dritter Mensch ermordet werden sollte.«

»Nein. Das schwöre ich.« Jetzt blickte er sie flehend an. »Zumindest wusste ich es nicht genau. Vielleicht hat er davon gesprochen, dass er Fan Ho Ärger machen will, aber wie, hat er mir nicht gesagt.«

»Kommen Sie, Peabody. Ich habe endgültig genug von diesem Arsch. Dallas und Peabody verlassen den Vernehmungsraum.«

Mit schnellen Schritten lief die Partnerin ihr hinterher.

»Das mit Jones ist eindeutig gelogen«, meinte Peabody auf ihrem Weg in den Besprechungsraum.

»Auf jeden Fall. Das haben Sie gut erkannt.«

»Das war nicht wirklich schwer, weil er im Grunde nicht mal gut gelogen hat. Aber weswegen hat er das getan und sich auf diese Weise selbst um den Deal gebracht?«

»Er ist nun mal ein schmieriger und nebenher noch schlechter Anwalt, dem man garantiert zu Recht die Zulassung entzogen hat. Im Grunde ist ihm gar nicht klar, worauf er sich mit dieser Übereinkunft eingelassen hat. Ihm geht es nur darum, nicht einzufahren. Er denkt, dass Jones nach allem, was er uns über ihn erzählt hat und auch Teasdale noch erzählen wird, auf alle Fälle hinter Gittern landen und ihm niemand glauben wird, wenn er bestreitet, dass er hinter den drei Morden steckt. Und warum sollten wir uns noch die Arbeit machen, weiter zu ermitteln, nachdem Cohen uns den Mörder frei Haus geliefert hat?«

»Besorgen Sie mir für das Briefing alles über das Bangers-Hauptquartier und die verschiedenen Mitspieler«, bat Eve die Partnerin und fügte noch hinzu: »Strong soll Ihnen alles geben, was sie zu den Dragons hat.«

»Wird sofort erledigt. Was ist mit den Drogen und Geräten für Identitätsbetrug, die laut Cohen angeblich außerhalb des Hauptquartiers gelagert sind?«

»Für die ist Teasdale zuständig.«

Peabody holte zischend Luft. »Ist es okay, wenn ich deshalb ein bisschen angefressen bin?«

»Das ist es, aber schlucken Sie den Ärger trotzdem runter«, meinte Eve. »Denn schließlich nehmen wir dafür einen Haufen wirklich übler Burschen fest.«

Als Peabody sich an die Arbeit machte, kontaktierte Eve den Boss der elektronischen Ermittler, und er meinte: »Du hast Glück. Ich wollte nämlich gerade gehen.«

»Ich hoffe doch, du hast ein bisschen Zeit und bringst

noch drei von deinen Leuten mit. Wir schlagen in den Hauptquartieren der Bangers und der Dragons zu und brauchen zwei von deinen Teams, wenn wir dort richtig Party machen wollen.«

»Dann setze ich sofort mein Partyhütchen auf.«

»Wir treffen uns in Konferenzraum zwei.«

Sie legte auf und schrieb noch eine kurze Textnachricht an Roarke.

In einer Stunde geht es los. Das Briefing fängt in zehn Minuten an.

Als Nächstes rief sie Whitney an, und während sie noch sprachen, ging bereits die Antwort ihres Mannes ein.

Ich bin dabei, Lieutenant.

»Das hatte ich mir schon gedacht«, murmelte sie und hängte die von Peabody herausgesuchten Fotos an der Tafel auf. Sie schaute sich die Aufnahmen von Jones, Ho und ihren Lieutenants an und hängte sie noch einmal um.

»Auf den hier müssen wir besonders achten«, meinte sie und tippte eins der Fotos an.

»Wer ist das?«, fragte Peabody, bevor sie auf den Namen sah. »Kenneth Jorgenson?«

»Aus meiner Sicht ist er der Typ, der hinter allem steckt.«

»Warum gerade er?«

»Duff war ein jämmerlicher, ausgebrannter Junkie, den er bei sich wohnen ließ, obwohl es jede Menge andere Bangers-Bitches gibt, die nicht so fertig sind wie sie. Beziehungen, Peabody. Sie war mit Pickering zusammen, bevor der eingefahren ist, und offensichtlich hatte er sie auch noch gerne, als er wieder draußen war.«

»Trotzdem hat er sich am Ende von ihr losgesagt.«

»Dafür wollte sie sich wahrscheinlich an ihm rächen.«

»Wir können sie nicht mehr fragen, ob es so war. Aber wahrscheinlich haben Sie recht.«

»Jorgenson hat vielleicht über unseren Kumpel Cohen Wind davon bekommen, dass Jones etwas von den Einnahmen der Gang in seine eigene Tasche wirtschaftet und abseits von der Gang noch eigene Geschäfte macht. Als Jones Cohen ausgebootet hat, hat der sich jemanden gesucht, der für die Infos dankbar ist, die er ihm geben kann, und der bereit ist, Jones aus dem Verkehr zu ziehen. Natürlich nicht direkt, denn dafür ist Jones' Einfluss immer noch zu groß. Aber wenn man ihm die Bullen auf den Hals hetzt, rüttelt man an seinem Thron. Und wenn man einen Krieg anfängt und Jones bis dahin nicht verhaftet ist, wird er eben ein Opfer dieses Kriegs.«

»Und dann tritt Jorgenson an seine Stelle, denn er hat den Vorteil, dass er weiß, wo Jones sein Geld vergraben hat.«

»Und Cohen gehören die Immobilien plötzlich ganz allein. Das heißt, dass er durch den Führungswechsel nur gewinnen kann.«

»So könnte es gelaufen sein«, sinnierte Peabody, »denn Cohen lügt und betrügt, wie andere Leute Luft holen. Das ist bei ihm ein ganz natürlicher Reflex. Wobei Pickering vielleicht ermordet wurde, weil sie herausgefunden haben, dass er einer von Strongs Leuten war. Und dann ...«

Als Strong hereinkam, brach sie ab.

»Ich habe fünf von meinen Leuten einbestellt, und für den Fall, dass einer von den Kerlen so tut, als würde er kein Englisch sprechen, nehme ich noch einen Übersetzer mit. Ich habe lauter grundsolide Leute ausgewählt.«

»Sehr gut. Sie kriegen noch einen vom SEK und zwei von unseren elektronischen Ermittlern mit und gehen mit Peabody noch einmal die verschiedenen Zielpersonen durch. Als Erstes fahren Sie zum Dragon-Hauptquartier, und falls der Kerl nicht dort ist, nehmen Sie sich seine Wohnung vor.«

Als Nächstes tauchte Baxter auf. »Trueheart gibt schnell noch seiner Mom Bescheid, dass sie erst später mit uns rechnen soll.«

Als Eve ihn fragend ansah, fügte er hinzu: »Wir sind bei ihr zum Essen eingeladen und sie kocht echt gut.«

Mit einem leisen Seufzer holte er sich einen widerlichen Kaffee aus dem Automaten, der in der Ecke stand, und schaute sich die Fotos an der Tafel an. »Lauter böse Buben und ein böses Mädchen – auch wenn sie ein echter Brummer ist. Das heißt, dass es wahrscheinlich wirklich lustig wird.«

Je mehr von ihren Leuten kamen, umso stärker roch es nach dem bitteren Kaffee, den es auf der Wache gab. Als Jenkinson sich setzte, fiel Eves Blick auf seinen leuchtend grünen Schlips mit wilden pinkfarbenen Tupfen, und um eine dauerhafte Schädigung der Netzhaut zu vermeiden, wandte sie sich eilig ab.

Dann kamen McNab und Callendar zusammen mit zwei anderen Elektronikfuzzis, die wie Zirkusclowns gekleidet waren, durch die Tür getänzelt, und obwohl sie abermals, so schnell es ging, in eine andere Richtung schaute, hatten sich ihr all die grellen Farben bereits unauslöschlich ins Gehirn gebrannt.

Dann schlurfte Feeney, angenehm in knitteriges Beige und Braun gekleidet, durch die Tür und hinter ihm erschien Commander Whitney mit dem Chef des SEK. Sie wartete kurz ab, bis alle saßen, trat dann vor die Tafel und fing mit dem Briefing an.

»Wir schlagen gleichzeitig an zwei verschiedenen Orten zu. Detective Strong leitet das Team, das dieses Individuum festnehmen soll. George *Fan* Ho ist Captain bei den Dragons und wird wegen schwerer Körperverletzung und verschiedenen anderen Delikten aufs Revier geholt. Das SEK und zwei der elektronischen Ermittler werden Strong und ihrem Team zur Seite stehen. Das ganze Team trägt volle Kampfmontur, weil dieses Individuum hochgefährlich ist. Wir müssen davon ausgehen, dass er selbst und alle, die mit ihm zusammen sind, bewaffnet sind.«

»Peabody, zeigen Sie uns das Dragon-Hauptquartier.«

Sie legte Positionen und das Timing fest und gab Detective Strong drei erfahrene Beamte von der Trachtengruppe mit.

»Wollen Sie noch etwas hinzufügen, Detective Strong?«

»Ich hätte wirklich noch etwas zu sagen, Ma'am.«

Als Strong zum Ende kam, kam Roarke herein, lehnte sich hinten an die Wand und hörte sich den Rest des Briefings an.

»Mein Team nimmt sich das Bangers-Hauptquartier und dieses Individuum vor. Marcus *Slice* Jones. Er ist der Anführer der Gang. Bei ihm geht es um die Entführung einer Minderjährigen, Einschüchterung eines Zeugen, die Zerstörung fremden Eigentums, versuchten Mord durch einen Brandanschlag auf dieses Eigentum, während noch jemand im Gebäude war, und eine Reihe anderer Anklagen. Daneben suchen wir auch noch nach einem anderen Mann von unbestimmtem Alter und unbestimmtem Aussehen, der mit den Fingern schnipst.«

»Der mit den Fingern schnipst?«, erkundigte sich Reineke verblüfft.

Eve demonstrierte es, indem sie mit den Fingern schnipste und dabei die Arme links und rechts von ihrem Körper hängen ließ. »Mehr wissen wir bisher nicht über ihn. Außer, dass er ein Verdächtiger in unseren drei Mordfällen ist. Die fünf hier«, fügte sie hinzu und zeigte auf vier Männer und auf eine Frau. »Das sind die Lieutenants dieser Gang, die holen wir ebenfalls auf das Revier. Und den hier, Kenneth Jorgenson alias Bolt. Ich denke, dass er hinter den Morden steckt. Jones, Jorgenson und alle anderen sind gefährlich, wir gehen davon aus, dass sie bewaffnet sind. Deswegen wird auch meinem Team vom SEK und von elektronischen Ermittlern assistiert.«

Auf ihr Nicken rief die Partnerin das Hauptquartier der Bangers auf dem Bildschirm auf.

»Jetzt erkläre ich euch, wie es laufen soll.«

Roarke lauschte fasziniert, wie generalstabsmäßig sie den Einsatz und das Timing plante, ihre Truppen sorgfältig platzierte und nicht einen Schritt dem Zufall überließ.

Obwohl sie keine Ahnung von den unzähligen Möglichkeiten ihres eigenen Computers hatte, machte ihr beim Planen und der Durchführung eines Einsatzes niemand etwas vor.

Ihre Leute lauschten wie gebannt, und Feeney nickte

zustimmend, als wollte er ihr sagen: Ja, genauso ziehen wir die Sache durch.

Dann sah sich Roarke die Bilder vorne an der Tafel an. Eve wollte Jones aus vielen Gründen, aber nicht für die drei Morde, deretwegen ihre Truppen hier versammelt waren.

Als Geschäftsmann stimmte er ihr zu, denn Kriege konnten durchaus profitabel sein, durch einen Bandenkrieg zu diesem Zeitpunkt aber würden vielleicht die Geschäfte zwischen Jones und Cohen auffliegen. Der Bangers-Captain wollte, dass der Status quo erhalten blieb, doch durch die Morde und die Fehde mit den Dragons geriet alles aus dem Gleichgewicht.

Ein ehrgeiziger und womöglich blutrünstiger Lieutenant aber würde alles tun, um dieses Gleichgewicht zu stören.

Eve hatte Jorgenson im Blick, denn dafür, dass sich Dinnie von ihm hatte vögeln lassen, hatte er das Bett mit ihr geteilt und obendrein behauptet, dass sie an dem Abend, als man sie ermordet hatte, ihrer Arbeit nachgegangen war.

Das heißt, er hatte mit der Frau zu tun gehabt, die mitgeholfen hatte, Pickering zu töten, kurz bevor sie selbst auf brutale Art ermordet worden war.

Eine simple Gleichung führte oft zu einem simplen Resultat.

»Lieutenant Lowenbaum?«

Der Mann vom SEK stand auf und wies mit einem Laserpointer auf die Grundrisse der Hauptquartiere beider Gangs. »Meine Leute werden an den beiden Einsatzorten hier an diesen Stellen Position beziehen.«

»Captain Feeney«, meinte Eve. »Auch Sie teilen Ihre Leute bitte auf.«

»Das habe ich bereits getan. Ich selbst nehme Callendar und Stipper mit nach Chinatown, und Roarke, McNab und Marley kommen mit dir in die Bowery. Bevor ihr reingeht, geben wir euch die genaue Anzahl der Leute, die sich in beiden Häusern aufhalten, und deren Standorte durch.«

»Okay. Falls irgendwer noch Fragen hat, stellt er die bitte jetzt. Danach ziehen alle ihre Westen und die Helme an. Die Teams versammeln sich auf Ebene fünf der Tiefgarage. Also los, jetzt treten wir den Gangstern in den Arsch.«

Die Leute zogen los und Peabody trat neben Eve. »Die Zaubermäntel zählen auch als Westen, richtig?«

»Aber knöpfen Sie zur Vorsicht Ihren Mantel zu und legen Sie zu Ihrem Schulter- noch ein Knöchelholster an.«

»Dann bereiten wir uns also auf das Schlimmste vor?«

»Die Kerle sind brutal und einige von ihnen sind dazu auch noch erschreckend dumm. Wahrscheinlich haben sie ein Protokoll für die Durchsuchung ihres Hauptquartiers, und meiner Meinung nach steht darin nicht, dass sie sich ohne Gegenwehr ergeben sollen.«

»Also bereiten wir uns auf das Schlimmste vor.«

»Holen Sie sich einen Helm und eine zweite Waffe«, wiederholte Eve.

»Sie brauchen doch wahrscheinlich auch was?«

»Einen Helm«, bat Eve, auch wenn sie Helme einfach schrecklich fand. »Die zweite Waffe und das Knöchelholster habe ich bereits. Und bringen Sie auch für unseren zivilen Berater einen Helm und eine Waffe mit. Wir nehmen meinen DSL und treffen die anderen dann am Einsatzort.«

Eve ging zu Roarke. »Du hilfst den elektronischen Ermittlern, aber trotzdem trägst du bitte einen Helm. Peabody bringt dir einen und dazu noch eine Waffe mit.«

Roarkes hochgezogene Augenbrauen machten deutlich, dass er schon bewaffnet war.

»Benutz den Polizei-Stunner, wenn's nötig ist. Das ist einfacher. Und lass auf alle Fälle deinen Mantel an.«

»Und du?«

»Ich hole meinen Mantel jetzt.«

»Dann komme ich noch mit in dein Büro.«

»In Ordnung, aber du fährst mit McNab. Wir treffen euch dann dort.«

»Ich habe nur den letzten Teil des Briefings mitbekommen, aber offenbar habt ihr aus Cohen alles herausbekommen, was ihr wissen wolltet.«

»Er hat gelogen und für diese Lüge wird er hinter Gitter gehen. Er hat gesagt, dass Jones hinter den Morden steckt, aber das ist nicht wahr.« In ihrem Büro zog sie sich ihren Mantel an und lief entschlossen wieder los. »Denn Jones will weder einen Krieg noch ins Visier der Polizei geraten, aber diese Morde haben sowohl die Dragons auf den Plan gerufen als auch uns.«

»Wahrscheinlich hast du recht. Indem er Jones ans Messer liefert, zieht er ihn als seinen Geschäftspartner aus dem Verkehr. Vielleicht hofft Cohen ja, dass er noch einen Teil von seinen Geldern und von seinen Immobilien retten kann.«

Um Zeit zu sparen, nahmen sie den Lift. »Er war erstaunlich schwer zu knacken, denn anscheinend kauft er sich den ganzen Schwachsinn, den er uns erzählt hat, selbst ab. Er denkt im Ernst, dass Vinn durch ihn ein gutes Leben hatte und dass er in ihrer beider Zukunft investiert und sich um sie gekümmert hat. Die Beziehung zwischen ihm und Jones war aus seiner Sicht rein geschäftlicher Natur. Er hat niemanden umgebracht und hat ihn nur beraten, denn das ist schließlich sein Job. Wir mussten ganz schön bohren, bevor das erste Blut gekommen ist.«

Inzwischen war der Lift so voll mit anderen Cops und Angestellten des Reviers, dass sie nur noch mit Mühe Luft bekam.

»Ich weiß nicht, ob ihn das zu einem Soziopathen oder einfach nur zu einem guten Schwätzer macht.«

»Er könnte beides sein«, bemerkte eine der an ihrer Seite eingequetschten Frauen. »Ich war drei Jahre, sieben Monate und vierzehn Tage lang mit einem verheiratet. Er kann also auf alle Fälle beides sein.«

Eve nickte zustimmend und wandte sich an Roarke. »Du musst hier aussteigen. Wir sehen uns dann vor Ort.«

»Trink einen Proteinshake aus dem AutoChef in deinem Wagen. Der vertreibt dein Kopfweh und verleiht dir zusätzliche Energie«, bat er und küsste ihre Stirn.

Dann stieg er aus und die an Eve gedrängte Frau blickte ihm seufzend hinterher. »Nicht einmal in drei Jahren, sieben Monaten und vierzehn Tagen hat das Arschloch sich derart um mich gesorgt. Doch gegen all das Kopfweh, das ich seinetwegen hatte, hätte so ein Proteinshake wahrscheinlich sowieso nicht gewirkt. Sie haben wirklich Glück.«

Oh ja, das hatte sie, auch wenn sie sich im Dienst nicht gerne von ihm küssen ließ.

Dann hatte endlich auch sie selbst ihr Ziel erreicht, sah sich die Waffen, die im Kofferraum ihres Wagens lagen, an und steckte zu den beiden Stunnern, die sie bereits trug, noch ein Messer ein.

Sie wartete kurz, bis Peabody in ihren Cowgirlstiefeln angetrottet kam, und dann ging's endlich los.

17

Um ein Gefühl für die Umgebung zu bekommen, parkte Eve den DSL am Rand des Bangers-Territoriums und lief mit Peabody im Schutz der anbrechenden Dunkelheit zu Fuß zum Van der elektronischen Ermittler, der dem Hauptquartier der Bande direkt gegenüberstand.

Die Läden machten langsam zu, und während die Besitzer vor den Türen die Stahlrollos herunterließen, gingen die Neonlichter der diversen Kneipen und die Lichter in den selbst in höheren Etagen ebenfalls mit Stahlgittern geschützten Wohnungen an.

Das Treiben auf der Straße aber würde erst in ein paar Stunden losgehen. Zu dieser Zeit war praktisch niemand draußen unterwegs.

Eve klopfte an die Tür des Lieferwagens und McNab machte ihr auf.

»Wir bereiten gerade alles vor. Roarke verschafft Ihnen die Ohren und Marley nimmt den Hitzesensor in Betrieb.«

Mit ihrer Haut wie Schokoladenmousse, den langen rabenschwarzen Ringellöckchen mit den rosa Spitzen und der schreiend roten Latzhose mit blauem Zickzacksaum und einem engen Shirt mit großäugigen Kätzchen wirkte Marley wie ein zwölfjähriges Mädchen, und als sie auch noch ihr Kaugummi zu einer großen violetten Blase aufblies, war der Teenie-Look perfekt. »Aber hallo. Wenn sie solche Filter haben, müssen sie in Kohle schwimmen. Trotzdem …«

»Marley meint, sie hätten richtig gute Filter und …«

»Schon gut«, fiel Eve McNab ins Wort.

»Geschafft.« Begeistert klatschte Marley in die Hände. »Jetzt schnaufe ich erst einmal kurz durch. Was ist mit deinen Ohren, Sahneschnittchen?«

»Gleich.« Roarke lächelte sie an. »Auch die Akustikfilter sind nicht übel, aber auch nicht wirklich toll.«

»Das stimmt. Es gibt Besseres.«

McNab nahm auf dem Hocker vor der kurzen Arbeitsplatte Platz, betätigte verschiedene Hebel und verfolgte konzentriert die ausschlagende Linie auf dem Monitor. »Dann fahren wir die Ohren mal ein bisschen rauf.«

»Das haben Sie wirklich sauber hingekriegt«, lobte Roarke ihn und wandte sich an Eve. »Jetzt kommen ein paar Geräusche herein. Mit einem tragbaren Gerät vor Ort würden wir natürlich mehr bekommen, aber wenn wir den Empfang verstärken, hörst du vielleicht irgendetwas, das dir nützlich ist.«

»Horch in das Zimmer rein, wo wir mit Jones gesprochen haben«, bat sie ihn.

»Das tue ich bereits.« Er tippte gegen seinen Kopfhörer. »Es klingt, als würde irgendjemand Basketball im Fernsehen sehen. Wahrscheinlich sollte ich die Hintergrundgeräusche etwas herauffahren«, fügte er hinzu und drehte mit geschlossenen Augen einen Knopf. »Jetzt höre ich noch ein paar Stimmen und Musik. Entweder ist sie wirklich leise oder ziemlich weit entfernt.«

»Jetzt funktionieren auch die Augen«, mischte sich die mädchenhafte Marley ein. »Ein Typ sitzt vorne an der Tür und einer geht nach oben in den ersten Stock, in dem schon jede Menge anderer Leute sind. Sieht aus, als würden sie dort eine Party feiern oder so.«

Auch Eve betrachtete die Aufnahmen der Wärmekameras. »Das ist das Wohnzimmer. Da hängt ein gutes Dutzend Leute ab.«

»Die zwei da vorne – aber hallo, Leute, was geht ab? Da haben zwei tatsächlich Sex. Dann haben wir drei leere Räume und danach jemanden, der pennt.«

Sie klapperte das ganze Stockwerk ab und kam auf fünfzehn einzelne Personen, die dort auf die eine oder andere Art beschäftigt waren. Dann nahm sie sich das nächste Stockwerk vor und zählte sechs.

»Die ersten beiden scheinen ebenfalls zu pennen, die anderen vier sind bei der Arbeit oder essen gerade was. Auf alle Fälle sitzen sie, wobei die Hände in Bewegung sind. Der nächste Stock ist leer. Das heißt …« Sie hob die Hand und wackelte mit ihrem Zeigefinger hin und her. »Das ist natürlich echt gewieft. Sie haben dort einen zusätzlichen Filter installiert. Moment. Dem Marlimator-Röntgenblick entgeht ihr trotzdem nicht. Genau, da haben wir euch. Drei Typen, die anscheinend in Bewegung sind. Das war's. Vom Erdgeschoss bis in den dritten Stock haben wir es mit fünfundzwanzig Individuen zu tun.«

»Ich bräuchte Ohren in dem Raum ganz oben«, sagte Eve.

»Bin schon dabei«, gab Roarke zurück, »obwohl die Filter wirklich gut sind und es zusätzlich noch einen

Schallschutz gibt. Ich wette, auch die Türen und die Wände sind zusätzlich verstärkt. Da kommt tatsächlich kaum etwas durch. Am besten fahren Sie die Mikros noch ein bisschen herauf, McNab.«

»Aye, aye, Captain, ich hole aus den Dingern raus, was möglich ist.«

Lachend wandte sich Roarke an Eve: »McNab ist ein totaler *Star-Trek*-Fan.«

»Er ist kein echter Anführer. Inzwischen ist es allerhöchste Zeit, dass wir uns dran erinnern, wer die Bangers sind.«

Gemurmel und dann plötzlich: »Mach das Arschloch fertig, Bolt.«

»So ist es gut. Bleibt weiter dran.« Eve trat einen Schritt zurück und nahm Verbindung zu den anderen Teamleadern auf. »Wir haben fünfundzwanzig Individuen hier im Haus. Eins an der Tür, fünfzehn im ersten Stock, im zweiten sechs und oben unterm Dach noch einmal drei. Strong?«

»Wir sind auf Position und haben achtzehn Individuen im Haus. Vier sind gerade herausgekommen.«

»Dann gehen Sie so schnell wie möglich hinein. Helm auf, Peabody.«

»Hier ist Ihrer«, meinte ihre Partnerin und drückte ihr den Kopfschutz in die Hand.

»Auch alle anderen, Helme auf«, wies Eve die elektronischen Ermittler an. »Bleibt auch weiter wachsam, denn falls irgendwelche von den Kerlen es schaffen, aus dem Haus zu kommen, und den Lieferwagen sehen, versuchen sie vielleicht, sich ihn zu holen und damit abzuhauen.«

Marley klopfte auf den Latz ihrer Hose, unter dem sie eine Waffe trug. »Wir kommen schon klar.«

Eve nickte knapp und wandte sich an Roarke. »Dann gehen wir jetzt rein.«

Er bat sie stumm: »Pass gut auf meine Polizistin auf«, und sah ihr hinterher, als sie, die Waffe in der Hand, zum Hauptquartier der Bangers lief und dort dem SEK das Zeichen für die Stürmung des Gebäudes gab.

Der Wachmann – trotz des Veilchens und der aufgesprungenen Lippen unverkennbar der vom ersten Abend – ließ erschrocken seinen Handcomputer fallen und tastete nach dem Stunner, als die Tür in seinem Rücken aus den Angeln flog.

»Wenn du die Waffe ziehst, bist du ein toter Mann. Halt deine Hände so über den Kopf, dass ich sie sehen kann«, befahl Eve ihm. »Und zwar sofort! Ihr kümmert euch um ihn«, wies sie die anderen an und nahm die Treppe in den ersten Stock.

»Sie übernehmen die beiden Turteltauben«, sagte sie zu Peabody. »Und Baxter, Sie und Trueheart nehmen sich die anderen Zimmer hier in diesem Stockwerk vor. Die anderen kommen mit.«

Im nächsten Augenblick kam jemand durch die Tür des Wohnzimmers gestürmt, Eve erwiderte das Feuer und gab ihren Leuten Deckung, bis sie oben waren.

»Marcus Jones, hier ist die Polizei! Wir haben das Haus umstellt. Werfen Sie und Ihre Leute die Waffen weg und kommen Sie langsam mit erhobenen Händen heraus.«

Als Antwort brüllte irgendwer: »Ihr könnt uns mal«, und feuerte erneut. Zur gleichen Zeit kam ein Idiot mit einem Messer unter lautem Kriegsgeheul herausgerannt und brach zusammen, als er einen Strahl aus einem Stunner in den Bauch bekam.

»Was für ein Trottel«, stellte Jenkinson verächtlich fest.

Als Nächstes flog ein selbstgebauter Sprengsatz durch die Tür, Eve aber fing ihn auf und warf ihn kurzerhand zurück.

Er explodierte und sie rannten durch den Rauch und durch die Schreie der Verletzten in den Raum. Im allgemeinen Durcheinander zielte Eve mit ihrem Stunner auf zwei Kerle, bahnte sich den Weg an einer praktischerweise nackten, laut kreischenden Bangers-Bitch vorbei und wich dem Messer eines dritten Typs aus.

Dann stürzte plötzlich eine Frau mit Oberarmen wie Baumstämmen und einem Baseballschläger in den Händen auf sie zu.

Tank, dachte sie, ein Weib wie ein Mann.

Als Eve mit ihrem Stunner auf sie zielte, spürte die Frau das kaum und ging, noch während Eve dem Messerschwinger gegen das Knie trat, um ihn so zu Fall zu bringen, mit dem Knüppel auf sie los.

Obwohl das Holz von ihrem Helm abprallte, klingelten Eve von dem Schlag die Ohren, und als sie ihre Faust nach vorne schießen ließ, spuckte die Gegnerin zwar Blut, ging aber sofort wieder grinsend auf sie los.

Der Name *Panzer* passte wirklich gut zu ihr. Sie hatte jede Menge Muskeln, dachte Eve, und obendrein war sie auf Zeus und dadurch unempfindlich gegen Schmerz.

Eve stützte sich mit einer ihrer Hände auf dem Boden ab und trat nach hinten aus. Der Tritt ließ ihre Widersacherin zumindest weit genug nach hinten fliegen, dass sie selber wieder auf die Füße springen und mit ihrem Stunner auf die Frau zielen konnte, um dann mit den Fäusten auf sie loszugehen.

Eve selbst kassierte eine ganze Reihe Schläge ein, zumindest aber raubten ihre Hiebe und die beiden Stunner-Schüsse Tank einen Teil ihrer Kraft. Entschlossen rammte Eve dem Weib ihren behelmten Schädel in den Bauch und trat ihr mit dem Absatz des Stiefels auf den Fuß.

Der Baseballschläger streifte ihre Schulter, und obwohl die Kraft der Schläge nachließ, spürte Eve den Schmerz bis in die Fingerspitzen, als sie eine Drehung machte, rückwärts sprang und wieder schoss.

Sie schmeckte Blut, zumindest aber hatte sie es geschafft, dass Tank jetzt zitternd auf dem Boden lag.

»Ich habe auf das Weib gezielt, nur leider war mir immer irgendwer im Weg.« Carmichael von der Trachtengruppe, der ein dickes Veilchen hatte, legte Tank zur Vorsicht zwei Paar Handschellen an und richtete sich wieder auf.

»Was ist mit Jones?«

»Da drüben, auf sechs Uhr.«

Nachdem inzwischen sieben von dem Dutzend Leuten aus dem Zimmer auf dem Boden lagen, ging sie durch das Chaos, das im Wohnraum herrschte, in das Nebenzimmer, das mit seinem großen Tisch, den Stühlen und den großen Wandbildschirmen wohl so etwas wie ein Konferenzraum war.

Der Nachtwind wehte durch ein Fenster, das weit offen stand. Sie bedeutete Carmichael, stehen zu bleiben, ging mit immer noch gezücktem Stunner in die Hocke, rollte sich durch die Tür, und dort stand Jones und schrie: »Du bist erledigt, Bitch.«

Sie spürte einen kurzen Schlag und ein Gefühl von Hitze, denn anscheinend hatte er den Stunner auf die höchste Stufe eingestellt und direkt auf ihr Herz gezielt.

Natürlich war er davon ausgegangen, dass der Treffer sie aus dem Verkehr ziehen würde, und er riss schockiert die Augen auf, als er stattdessen selbst nach einem Schuss von ihr zu Boden ging.

»Sieht aus, als wäre er erledigt und nicht Sie«, stellte Carmichael fest. »Warum erzählen Sie mir nicht, wo's diese tollen Mäntel gibt?«

Eve kehrte in den Flur zurück, wo Baxter ihr aus einem der Schlafzimmer entgegenkam. »Sie bluten aus der Nase, Lieutenant«, meinte er nach einem kurzen Blick auf ihr Gesicht.

»Zumindest ist sie nicht gebrochen.«

»Das tut sicher trotzdem ziemlich weh. In einer Badewanne saß ein nacktes Mädchen, der arme Trueheart ist ganz rot geworden, aber trotzdem hat er sie dort herausgeholt und schafft sie gerade aus dem Haus.«

»Sehr gut.«

»Wir haben auch oben etwas ausgeholfen, weil es dort mehr Ärger gab als hier. Inzwischen sind die drei von oben verhaftet und wir haben jede Menge Zeug sichergestellt. Ein bisschen Bargeld, die Geräte für die Herstellung von falschen Pässen, Waffen und genügend Drogen, um zwei Jahre durchgehend drauf zu sein.«

»Auch das ist gut. Haben wir alle fünfundzwanzig festgenommen?«

»Das kann ich nicht sicher sagen. Wir haben acht der Kerle festgesetzt.«

»Und Jorgenson?«

»War einer von den dreien, mit denen es den Ärger oben gab. Inzwischen aber macht er keinen Ärger mehr, weil er in einem von unseren Transportern sitzt.«

»Sehr gut.« Sie wischte sich das Blut, das immer noch aus ihrer Nase lief, aus dem Gesicht. »Dann lassen Sie uns erst mal zählen. Wo ist Peabody?«

»Ich komme.«

Mühsam und mit Schnittwunden und Kratzern im erschreckend kreidigen Gesicht kam ihre Partnerin die Treppe heraufgehumpelt, mit einem leisen »Aua« stürzte Baxter los und legte stützend einen Arm um sie.

»Was zur Hölle ist passiert?«

»Ein Treppensturz – zusammen mit einem nackten Kerl, der gerade voll zugange war. Er ist vollkommen durchgedreht. Ich habe ihm die Beine weggetreten, dann hat er mich im Fallen mitgezerrt. Aber ich habe ihn erwischt. Ich habe diesen nackten Kerl erwischt.«

»Mein Gott.«

»Nur leider habe ich auch selbst ein bisschen etwas abgekriegt. Aber Sie auch.«

»Haben Sie sich was gebrochen?«

»Nein, ich glaube, nicht.«

»Ich glaube, sie hat einen Schock, Dallas.«

Eve nickte Baxter zu, tastete die Arme und die Beine ihrer Partnerin ab und atmete erleichtert auf, weil offenkundig wirklich nichts gebrochen war. »Sie warten hier.«

Mit schnellen Schritten kehrte sie ins Wohnzimmer

zurück. »Jenkinson und Reineke, Sie holen sich ein Team und vergewissern sich, dass niemand mehr im Haus ist. Santiago und Carmichael, Sie schaffen die letzten Typen, die wir festgenommen haben, hinaus.«

»Ein paar der Kerle brauchen einen Arzt, Lieutenant.«

»Den rufen wir, wenn alle draußen sind.« Sie griff nach ihrem Funkgerät und kontaktierte Lowenbaum. »Wir sind hier durch.«

»Verstanden. Wir haben fünf der Typen abgegriffen, als sie aus dem Haus gerannt sind. Zwei von ihnen wollten sich den Lieferwagen schnappen und damit verschwinden, aber das hat nicht geklappt.«

Dann waren also fünf der Kerle draußen festgenommen worden, dachte Eve. Baxter hatte von acht anderen erzählt und hier im Wohnraum lagen sieben Typen herum.

»Das haben wir sauber hingekriegt. McNab, wir brauchen ein paar Sanitäter, denn ein paar der Kerle sind verletzt und Peabody sieht auch ein bisschen mitgenommen aus. Wir bringen sie zu Ihnen raus.«

Sie legte ebenfalls den Arm um ihre Partnerin, um sie zusammen mit Baxter vorsichtig ins Erdgeschoss zurückzuführen, wo ihnen McNab entgegenkam.

»Mein Gott«, entfuhr es ihm, als er das Blut und die diversen Schürf- und Schnittwunden im kreidigen Gesicht seiner Liebsten sah. »Hast du etwa einen Treffer abbekommen?«

»Es war ein Treppensturz, ich bin direkt aufs Gesicht geknallt.«

»Auf das Gesicht von meinem liebsten Schatz.«

»Aua.«

»Ich kümmere mich um sie«, erklärte er und legte einen Arm um sie. »Marley hat die Rettungswagen schon bestellt. Ich kümmere mich um sie.«

»Sie gehen wieder hinauf und stellen dort mit Trueheart und den anderen alles auf den Kopf, Baxter. Ich spreche kurz mit Strong und mit den Leuten aus dem Van und helfe Ihnen dann.«

Eve folgte ihrer Partnerin, die sich von ihrem Schatz nach draußen führen ließ, und riss verblüfft die Augen auf, als die Bohnenstange Ian seine Freundin hochhob und den Rest des Weges trug.

»Strong«, sprach sie in ihr Funkgerät. »Können Sie Bericht erstatten?«

»Das kann und werde ich. Ho und acht andere sind verhaftet und wir haben ein paar blaue Flecken, aber keine ernsthaften Verletzungen kassiert. Wie sieht's bei Ihnen aus?«

»Wir haben alle eingesackt und ebenfalls ein bisschen etwas abbekommen«, meinte Eve, während McNab die Partnerin zu einem der Krankenwagen trug. »Sie haben gute Arbeit abgeliefert, Strong. Durchsuchen Sie jetzt noch das Haus, dann sehen wir uns auf dem Revier.«

Sie lief zum Van, wo jemand von der Trachtengruppe gerade einen der zwei Bangers, die in Handschellen auf dem Boden lagen, auf die Füße zog. Den anderen würde man wahrscheinlich tragen müssen, denn er sah erschreckend elend aus.

Als sie bemerkte, dass der Typ, der wieder auf den Füßen stand, mit seinen auf dem Rücken festgebundenen Fingern schnipste, lächelte sie breit.

Sie winkte einen der Kollegen von der Streife heran,

gab ein paar Anweisungen und setzte ihren Weg in Richtung Lieferwagen fort.

»Peabody«, sagte Roarke, der hinten aus dem Wagen stieg.

»Hat ziemlich etwas abbekommen, aber McNab bringt sie zum Rettungswagen und die Sanitäter sehen sie sich an. Hattet ihr Probleme hier?«

Jetzt sprang auch Marley aus dem Van, sie und Roarke klatschten begeistert ab. »Nicht wir hatten Probleme, sondern die beiden Kerle, die den Wagen klauen wollten. Wir haben ihnen ordentlich den Arsch versohlt. Die Trottel dachten, dass sie mit dem Van abhauen könnten. Das hat natürlich nicht geklappt. Der Süße hier hat wirklich einen harten Schlag!« Sie fuhr zusammen und stellte fest: »Wie's aussieht, haben Sie selbst ein paar Schläge einkassiert.«

»Und noch mehr ausgeteilt. Bestellen Sie schon mal die Spusi ein und lassen Sie die Drogen, Waffen und Gerätschaften zum Herstellen von falschen Ausweisen beschlagnahmen.«

»Das mache ich. Bye, Sahneschnittchen, auf ein nächstes Mal.«

»Das hoffe ich, Detective Wunderbar.«

Als Marley wieder in den Wagen hüpfte, zeigte Eve auf den Fingerschnipser. »Ist er einer von den beiden, denen du und Marley ein paar reingehauen habt?«

»Allerdings. Wobei der größte Teil des Jobs von Marley und McNab erledigt worden ist. Der Typ da dachte ernsthaft, dass er unseren Wagen kapern kann. Ein Fausthieb hat gereicht, damit er in die Knie ging. Er sieht wie höchstens sechzehn aus.«

»Wir werden herausfinden, wie alt er ist. Guck dir die Hände von dem Typen an«, bat sie mit einem neuerlichen Lächeln, als sie ihn auf seinem Weg zu einem der Gefangenentransporter weiter mit den Fingern schnipsen sah.

»Aber hallo. Plötzlich tut es mir leid, dass er nur eine von mir reingehauen bekommen hat. Ihr habt tatsächlich jede Menge Leute festgenommen, das heißt, du wirst auch weiterhin beschäftigt sein, Lieutenant. Aber bevor du weitermachst, gehe ich kurz zu Peabody und schaue, wie's ihr geht.«

»Einer von den Kerlen hat sie mitgerissen, als sie ihn am Kopf der Treppe stolpern lassen hat. Sie ist direkt aufs Gesicht geknallt, aber vollkommen klar, und es sieht nicht so aus, als ob sie sich irgendetwas gebrochen hat.«

»Und du?«

»Die meisten blauen Flecken stammen von einer Frau mit Armen aus Beton. Sie nennen sie nicht umsonst Tank, den Panzer. Doch sie sieht deutlich schlimmer aus als ich.« Was Eve als ausnehmend befriedigend empfand. »Ist das da vorne nicht Louise?«

Roarke blickte auf die Frau, die eine kühlende Salbe auf den Wangen von Eves Partnerin verstrich. »Sieht ganz so aus. Das heißt, dass unsere Peabody in wirklich guten Händen ist.«

Beim Krankenwagen angekommen, beugte Roarke sich über Peabody und küsste ihr die Stirn. »Wie geht es unserem Mädchen?«

»Louise hat mir ein paar wirklich tolle Pillen gegeben.«

»Stimmt. Und dieser Arm kommt in eine Schlinge, bis noch einmal jemand mit dem Heilstab drüberfährt. Sie hat zwar nichts gebrochen, aber trotzdem nehme ich sie wegen der verrenkten Schulter und des stark geprellten Knies am besten mit ins Krankenhaus.«

Sie drehte den Kopf und blickte Eve aus kühlen grauen Augen an. »Und jetzt sind Sie dran.«

»Mir geht's gut.«

»Wer von uns beiden hat Medizin studiert?«

Eve fand es klüger, nicht auf diese Frage einzugehen. Stattdessen fragte sie zurück: »Was machen Sie hier überhaupt?«

»Es hat sich herumgesprochen, dass es hier zahlreiche Verletzte gegeben hat. Setzen Sie sich hin, damit ich ...«

»Später. Sie bringen Peabody ins Krankenhaus, McNab«, erklärte Eve und wandte sich zum Gehen.

Entschlossen packte Eve den Arm einer jungen Frau, die auf dem Weg zu einem der Gefangenentransporter war.

»Woher hast du das Armband da?«

»Du kannst mich mal!« Die Tussi funkelte sie zornig an und bleckte aggressiv die Zähne, aber leider war ihre dicke Mascara derart verschmiert, dass sie im Grunde nicht bedrohlich, sondern nur jämmerlich aussah.

»Bei der hier geht's um Beihilfe zum Mord, und zwar gleich in drei Fällen«, wandte Eve sich dem Beamten zu, der das Mädchen festhielt.

»Was?« In dem Versuch, sich loszureißen, zuckte sie so hektisch hin und her, dass man noch mehr von ihrer linken Brust und der dort tätowierten schwarzen Rose sah. »Ich habe nichts gemacht!«

»Das Armband«, wiederholte Eve.

»Was zur Hölle? Das war die Bezahlung dafür, dass der Arsch sich einen von mir hat blasen lassen.«

»Wie heißt dieser Arsch? Ich brauche einen Namen oder du bist wegen Beihilfe zu den drei Morden dran.«

»Ticker. Das ist alles, was ich weiß. Er ist noch nicht lange dabei.«

»Moment«, bat Eve den Streifenpolizisten und ging einen Asservatenbeutel holen. »Das Armband ist gestohlen.« Sie nahm der jungen Frau das auffällige Schmuckstück mit den großen, bunten Steinen ab und tütete es ein. »Wann und wo hat Ticker dir das Ding geschenkt?«

»Das ist doch alles Schwachsinn.«

»Ich kann dich auch noch wegen illegaler Sexgeschäfte drankriegen.«

»Letzte Nacht nach meiner Arbeit.«

»Wann genau?«

»So gegen drei. Er kam mir vor dem Haus entgegen, und meinte, dass er mir für einen Blowjob dieses blöde Armband gibt. Was habe ich damit zu tun, wenn er das Ding gestohlen hat? Woher sollte ich das wissen?«

Kopfschüttelnd kehrte Eve zu Roarke zurück und hielt den Beutel hoch.

»Das ist das Armband von Rochelle.« Er sah sie fragend an.

»Es passt auf jeden Fall zu der Beschreibung, die sie uns gegeben hat, und war am Arm von einer Bangers-Bitch, die einem Neuen namens Ticker einen dafür geblasen hat. Ich bin mir sicher, dass auch er unter den Festgenommenen ist. Das heißt, ich habe sie. Ich muss sie nur noch festnageln.«

Roarke sah sich unter den Gefangenen um, die verladen oder noch behandelt wurden. Auch Polizisten ließen sich behandeln oder schwärmten innerhalb und außerhalb des Hauses aus. Die Leute aus der Gegend drängten sich gegen die in einiger Entfernung aufgestellten Barrikaden und der eine oder andere Hubschrauber mit Journalisten kreiste über ihren Köpfen, damit sie den Leuten zeigen konnten, was geschah.

Und bei Detective Strong in Chinatown passierte wahrscheinlich Ähnliches.

»Willst du sie dir heute Nacht noch vorknöpfen?«

Das wäre schön, sagte sich Eve, doch laut erklärte sie: »Wir brauchen erst die Listen mit den ganzen Sachen, die wir hier beschlagnahmen, und es wird sicher eine Weile dauern, bis die Personalien von den ganzen Typen aufgenommen worden sind. Als Erstes will ich sehen, was in dem Zimmer mit den Extrafiltern los ist. Ich nehme an, dass Jorgenson dort oben mit dem Fingerschnipser und dem Typ zusammen war, der sich von diesem Mädchen einen hat blasen lassen.« Sie überlegte. »Ich muss herausfinden, wer dieser Ticker ist, mich noch mit Strong besprechen, den Bericht schreiben und dann werden wir weitersehen.«

»Irgendwann dazwischen brauchst du einen Heilstab und vielleicht noch einen Kühlakku für dein Gesicht.«

»Irgendwann dazwischen«, stimmte sie ihm zu.

»Und was in den Bauch.«

Sie dachte kurz darüber nach. »Ich könnte wirklich etwas zu essen brauchen, aber vorher sehe ich mich oben um. Warum fährst du nicht heim?«

»Wer kümmert sich dann um diesen Heilstab, um den

Coolpack und darum, dass du etwas in den Bauch bekommst?«

»Das kriege ich auch alleine hin.« Sie grinste breit und nahm den leichten Schmerz in ihrer aufgesprungenen Lippe gern dafür in Kauf. »Du Sahneschnittchen.«

Lächelnd meinte er: »Dann sehen wir uns jetzt erst mal oben um und tun, was sonst noch hier im Haus erledigt werden muss. Danach komme ich mit aufs Revier und dort werden wir weitersehen.«

Sie hätte ihn tatsächlich gern auch weiterhin dabei, deshalb ging sie mit ihm zurück zum Haus, wo Baxter ihr im Flur entgegenkam.

»Der größte Teil des Hauses ist der reinste Schweinestall«, erklärte er. »Vor allem die sogenannten Schlafzimmer. Bisher haben wir Drogen, Messer, Baseballschläger und nicht registrierte Stunner eingepackt. Wie geht es Peabody?«

»Dimatto nimmt sie mit ins Krankenhaus. Die Spusi ist inzwischen auf dem Weg, das heißt, dass Sie und Trueheart jetzt zu seiner Mutter fahren und ihr feines selbstgekochtes Essen genießen können«, antwortete Eve.

»Im Ernst?«

»Um halb acht morgen früh findet ein Briefing statt und danach wechseln wir uns im Verhörraum ab. Wahrscheinlich wird es Stunden dauern, bis die Personalien von den Typen aufgenommen und die ganzen Sachen, die hier lagern, eingesammelt sind.«

»Sie selbst bleiben noch hier?«, erkundigte er sich, als sie in Richtung Treppe ging.

»Ich will mich nur noch einmal umsehen«, antwortete sie in dem Bewusstsein, dass auch Baxter nicht nach Hause fahren würde, wenn sie selbst noch blieb.

»Okay. Dann sehen wir uns morgen früh. Das war ein super Einsatz, Boss. Das haben wir wirklich sauber hingekriegt.«

Noch besser würde es ihr gefallen, drei Leute wegen Mordes dranzukriegen, aber das bekäme sie ganz sicher auch noch hin.

Im ersten Stock stieß sie auf Jenkinson und Reineke, der eine aufgesprungene Lippe hatte wie sie selbst, und während sie mit ihnen sprach, schlenderte Roarke voraus. Tatsächlich war das Haus der reinste Schweinestall, denn über den zerbrochenen Möbeln, umgeworfenen Tischen, Gläsern und dem allgemeinen Chaos, das die Folge ihres Kampfes mit den Bangers war, hing der Geruch von ungewaschenen Körpern, schmutzigen Klamotten, Sex und all dem Zoner-Rauch, der im Verlauf der Jahre in die Wände eingedrungen war.

Roarke hatte selbst mehr als genügend Zeit an solchen und noch schlimmeren Orten zugebracht, doch schon als junger Bursche hatte er den Aufenthalt dort begrenzt, denn schließlich hatte Summerset ihm Sauberkeit, Ordnung und die Einhaltung von Mindeststandards beigebracht.

Dann hatte er Jones' Schlafzimmer erreicht. Es war erheblich sauberer als die anderen Zimmer und es gab ein anständiges Bett. Da er vergessen hatte, sich die Hände und die Schuhe einzusprühen, rührte er nichts an und blickte einfach in den offenen Schrank, der voll neuerer und recht guter Kleidung hing.

Dann wanderte er in den Flur zurück zu Eve.

»Ich glaube, in dem Kleiderschrank von Jones gibt's eine falsche Wand. Und nein, ich habe dort nichts angefasst«, kam er den Vorwürfen zuvor.

»Ich brauche einen Untersuchungsbeutel«, meinte Eve, ging in das Schlafzimmer und sah genau wie vorher Roarke den kleinen Spalt sowie den kleinen Keypad in der rückwärtigen Wand des Schranks.

Sie riss den ihr von Reineke gebrachten Untersuchungsbeutel auf und sprühte sich die Hände ein, bevor sie Roarke die Dose gab.

»Sprüh deine Hände ein und öffne diese Wand. Weswegen sollte ich für diese Arbeit extra Marley rufen, wenn du schon zur Stelle bist?«

»Versuch es mal mit neunzehn, zwölf, neun, drei und fünf«, schlug er ihr vor.

»Warum?«

»Sein Spitzname ist Slice und so wie alle Bangers ist er ein Idiot. Versuch es also erst mal mit den Buchstaben des Alphabets, die für den Namen stehen.«

Sie gab die Zahlen ein und lautlos glitt die Rückwand auf und gab den Blick auf einen kleinen Computer frei.

»Er ist tatsächlich ein Idiot«, stimmte sie ihrem Gatten zu. »Was wollen wir wetten, dass auf dieser Kiste sämtliche Geschäfte, die er nebenher gemacht hat, und auch die Geschäfte von den Bangers abgespeichert sind?«

»Wenn ich dagegen wetten würde, würde ich auf jeden Fall verlieren.«

»Reineke, Sie nehmen den Computer für die elektronischen Ermittler mit und sagen den Kollegen von der Spusi, dass sie auch nach anderen falschen Wänden suchen sollen. Aber diese Kiste hier ist wirklich wichtig, deshalb sagen Sie den Elektronikleuten, dass sie sie sich gleich vornehmen sollen. Danach fahren Sie und Jenkinson nach Hause und kommen morgen um halb acht fürs nächste Briefing wieder auf die Wache.«

Erfüllt von neuer Energie, marschierte sie in den besonders gut geschützten Raum, wo sie Carmichael und Santiago traf.

Carmichael, die ein blaues Auge hatte, stemmte ihre Hände in die Hüften und sah dem Kollegen zu, als der versuchte, ein Regal von einer Wand zu ziehen.

»Lassen Sie mich Ihnen helfen«, bot Roarke an, Carmichael aber winkte ab.

»Er hat den Macker raushängen lassen und mit mir gewettet, dass er es alleine schafft.«

»Mein Gott, Santiago«, stellte Eve kopfschüttelnd fest. »Sie haben echt ein Problem.«

»Ich kriege das ganz sicher hin.«

Mit einem lauten Quietschen schrappte das Regal über den Boden und man sah die Narben dort, wo es zuvor verschoben worden war.

»Sie haben hier Geräte für die Herstellung von falschen Pässen«, fuhr Carmichael fort, während Santiago sich weiter quälte. »Die Computer haben wir schon für die elektronischen Ermittler in den Flur gestellt. Dann haben wir die Macken dort im Fußboden gesehen. Verdammt, selbst ein betrunkener, einäugiger Absolvent der Polizeiakademie hätte die Kratzspuren gesehen. Und als Detectives haben wir uns gesagt, da ist bestimmt was hinter dem Regal versteckt.«

»Gleich habe ich's geschafft«, stieß der Kollege zähneknirschend aus.

»Apropos Augen«, meinte Roarke, bevor er einen Coolpack aus der Tasche zog.

»Hey, vielen Dank.« Carmichael legte ihn sich aufs Gesicht. »Haben Sie diese Dinger immer bei sich?«

»Heute Abend schon.«

»Verstehe. Sehen Sie?«

Carmichael kniff ihr noch gesundes Auge zu und stieß ein dumpfes Stöhnen aus. »Aber hallo. Du bist wirklich stark.«

Santiago klopfte sich mit seinem Mittelfinger unters Kinn. »Hier ist ein Keypad in der Wand.«

»Er hat wahrscheinlich einen anderen Code als der von Slice. Das Ding ist nicht für Jones persönlich, sondern für die ganze Gang. Der Code muss also simpel sein, damit auch der Dümmste ihn sich merken kann. Wie wäre es mit *Faust*, denn die ist schließlich ihr Symbol.«

Sie begann, die Stellen des Alphabets an ihren Fingern abzuzählen, aber lächelnd meinte Roarke: »Sechs, eins, einundzwanzig, neunzehn, zwanzig. Dieser Code ist wirklich einfach und ich habe ihn als junger Mann des Öfteren selbst benutzt.«

Die Zahlen stimmten, merkte Eve, als das Paneel zur Seite schwang und sie den halbwegs aufgeräumten Raum dahinter sah. In einer Ecke türmten sich die Drogen, in der nächsten die Geräte für die Ausweisfälschung, in der dritten ein paar Bündel Scheine, in der vierten sicher irgendwo gestohlene Tablets sowie Handcomputer und dazwischen Waffen, Schmuck und Armbanduhren.

»Die Drogen haben höchstens einen Wert von fünf-, sechstausend, also sind sie wahrscheinlich eher für den persönlichen Gebrauch oder für ein paar schnelle Deals gedacht«, stellte Santiago fest.

»Das heißt, dass es noch einen anderen Ort als Lager und für die Verteilung an die Dealer gibt. Doch das ist Angelegenheit des FBI. Hier haben sie irgendwelche Sachen deponiert und dann haben die Lieutenants sie verteilt.«

Carmichael schüttelte den Kopf. »So dämlich kann man doch nicht sein, denn selbst wenn wir uns hier nur oberflächlich umgesehen hätten, hätten wir die Sachen entdeckt. Und sicher finden wir auch Abdrücke und DNA. Jetzt gehen die Arschlöcher für ihre Dummheit in den Kahn.«

»Ich glaube, dass sie früher schlauer waren. Sichern Sie die Sachen und dann fahren Sie heim«, wies Eve die beiden Detectives an. »Morgen früh halb acht findet das nächste Briefing statt. Santiago, ist das Ihr eigenes Blut, das an Ihren Schuhen klebt?«

»An meinen Schuhen klebt Blut? Verdammt. Die sind fast neu. Aber zumindest ist es nicht von mir. Wie geht's übrigens Peabody? Wir haben gehört, dass sie was abbekommen hat.«

»Es geht ihr gut. Halb acht«, erklärte Eve noch mal, bevor sie nach Roarke den Raum verließ. »Es stimmt, sie sind Idioten. Selbst ein Rudel wilder Hunde hat wahrscheinlich mehr Verstand als sie.«

Sie sprach noch mit den Leuten von der Spusi, die in ihren Overalls und Überschuhen wie Gespenster aussahen, und sagte sich, am besten würde sie noch mal am nächsten Tag vorbeikommen, wenn im Gebäude keine anderen Cops mehr bei der Arbeit wären.

»Ich muss noch ein paar Dinge überprüfen«, sagte sie zu Roarke. »Das heißt, du fährst.«

»Wir hatten wirklich Glück, dass Louise gerade in der Nähe war. Du weißt genauso gut wie ich, dass Peabody bei ihr in guten Händen ist.«

»Das stimmt, doch es gibt auch noch ein paar andere Dinge, die ich überprüfen muss.«

Als Erstes kontaktierte sie trotzdem McNab.

Nach dreimaligem Läuten kam er an den Apparat und nie zuvor im Leben hatte sie ein solches Maß Erleichterung aus einem kurzen »Hi« herausgehört. »Sie hat tatsächlich keine inneren Verletzungen, nichts gebrochen, und sie braucht auch keine Schlinge für den Arm, obwohl ihr die Schulter sicherlich noch ein paar Tage wehtun wird. Am schlimmsten hat's ihr Knie erwischt. Louise hat es behandelt und gibt uns noch irgendeine Salbe dafür mit, trotzdem muss sie ein paar Tage eine Schiene tragen, was ihr kein bisschen gefällt. Nur gut, dass sie den Helm getragen hat. Das Arschloch, das sie mitgerissen hat, hat eine Schädelprellung und sie haben seinen Kopf mit zwölf Stichen genäht. Außerdem ist sein Ellenbogen zertrümmert, was echt schade ist, nicht wahr?«

»In Ordnung, gut. Halb acht findet ein Briefing statt. Falls sie dann noch nicht wieder auf den Beinen ist …«

»Sie kommt auf jeden Fall, weil sie die Angelegenheit zu Ende bringen muss. Der Sturz, tja nun, er hat etwas an ihrem Stolz gekratzt.«

»Das ist ja wohl total absurd. Dann sehen wir uns also morgen früh.«

Nach Ende dieser kurzen Unterhaltung atmete sie

selbst erleichtert auf, und Roarke drückte ihr aufmunternd die Hand, bevor er sich hinter das Lenkrad ihres Wagens schwang und eine Packung Schmerztabletten aus der Tasche zog.

»Auf keinen Fall.«

»Du bist noch nicht mit deiner Arbeit fertig und die Schmerzen und das Unbehagen lenken dich nur ab.«

»Sie lenken mich nicht ab, sondern sie treiben mich noch stärker an.«

Dann rief sie, angetrieben von den Schmerzen und dem Unbehagen, ihren Vorgesetzten Whitney an.

18

In ihrem Büro trat sie als Erstes vor den AutoChef, und während sie sich einen Kaffee holte, drückte Roarke bereits den Knopf für Pizza.

»Mein Gott, das ist der wunderbarste Duft, seit es Düfte gibt.«

»Sieh zu, dass du diese Pizza nicht nur riechst, sondern auch isst, und leg dir eins von diesen Dingern aufs Gesicht«, empfahl Roarke ihr und reichte ihr zwei Coolpacks.

»In Ordnung, ja. Willst du was von der Pizza abhaben, bevor du fährst?«

»Ich fahre nicht nach Hause, sondern gehe zu den elektronischen Ermittlern hinauf. Ich wette, Feeney, Callendar und meine neue Freundin Marley sind schon da. Das heißt, ich werde dort etwas zu essen für uns bestellen. Gib mir Bescheid, wenn du hier fertig bist und Feierabend machen willst.«

Bevor sie sich in ihren Schreibtischsessel setzte, nahm er behutsam ihr Gesicht zwischen seine Hände, küsste sie zärtlich auf den Mund und hielt sie einfach fest.

Da sie verstand, wie es ihm ging, lehnte sie sich sachte an ihn. »Wahrscheinlich sieht's viel schlimmer aus, als es tatsächlich ist.«

»Von all den Frauen, die ich in meinem Leben je getroffen habe, hätte keine andere darauf verzichtet, im Spiegel zu gucken, wie sie zugerichtet worden ist.«

Sie zog die Achseln hoch und nahm bereits bei dieser winzigen Bewegung überall im Körper Schmerzen wahr. »Wenn ich in den Spiegel gucken würde, würde das nichts ändern, oder?«

Sachte strich er mit der Hand über ihr wirres Haar. »Iss erst mal deine Pizza, ja?«

»Auf jeden Fall.«

Als er gegangen war, nahm sie die erste Scheibe Pizza in die Hand, biss davon ab und fing mit einem Seufzer an zu kauen. Dann trank sie den Kaffee, den sie wirklich dringend brauchte, und erinnerte sich daran, dass es hier in ihrem AutoChef auch Pepsi gab.

Da sie im Dienst kein Bier und keinen Wein zur Pizza trinken konnte, müsste eben eine Pepsi reichen, aber schließlich schmeckte die fast genauso gut.

Beim Essen rief sie Reo an, die sofort an den Apparat kam.

»Grundgütiger! Sie sehen wirklich furchtbar aus! Wie schlimm sind Sie verletzt?«

»Das ist im Grunde kaum der Rede wert.« Im Gegensatz zu ihr sah Reo alles andere als furchtbar aus. Selbst ungeschminkt wirkte sie jugendlich und frisch. »Wir haben fünfundzwanzig Personen festgenommen und Strong noch einmal neun. Ich bin mir sicher, dass die beiden, die Pickering, Duff und Aimes ermordet haben, sowie der Auftraggeber dieser Morde noch am Leben sind, und ich halte morgen um halb acht ein Briefing ab. Sie werden jede Menge Anklagen erheben können.«

»So, wie Sie aussehen, unter anderem, weil jemand eine Polizeibeamtin angegriffen hat.«

»Das stimmt. Und zwar ein lebender Panzer, der mit einem Baseballschläger auf mich losgegangen ist.«

»Hat dieser Panzer auch einen Namen?«

»Bestimmt.«

»Dann finde ich den heraus.«

»Auch Jones können wir wegen des versuchten Mords an einer Polizeibeamtin drankriegen, weil er mit einem voll aufgedrehten Polizei-Stunner auf mich geschossen hat. Was meiner Meinung nach die Kirsche auf der fetten Sahnetorte ist. Wir haben Drogen, Waffen, Diebesgut, Geräte für die Herstellung von falschen Ausweisen und jede Menge anderes Zeug gefunden, die elektronischen Ermittler sehen sich gerade die verschiedenen elektronischen Geräte an, die wir beschlagnahmt haben.«

»Dann gebe ich am besten meinem Boss Bescheid.«

Eve schob sich einen letzten Bissen der ersten Pizzaecke in den Mund, bevor sie sofort nach der nächsten griff. »Und wie sieht es mit Cohen aus?«

»Er hat gesungen wie ein Kanarienvogel. Sicher wollen Sie noch mit Teasdale sprechen, aber ich kann Ihnen schon mal sagen, dass das FBI inzwischen das Gebäude, in dem diese Gang ihr Lager hatte und in dem auch ein paar Pferdchen von den Bangers bei der Arbeit waren, durchsucht hat, und dass dieses Haus rein zufällig dem Captain der Gang, Cohen und Vinn gehört. Sollte ich auch Detective Strong über all diese Dinge informieren?«

»Es reicht, wenn Sie das morgen tun. Ich schätze, dass

das Aufnehmen der Personalien von den ganzen Typen sowieso noch eine Weile dauern wird.«

»Dann spreche ich noch kurz mit meinem Boss, hole mir meinen Schönheitsschlaf und komme morgen aufs Revier. Sie haben diese Einsätze echt gut geplant und durchgezogen, Dallas, aber kühlen Sie jetzt erst mal Ihr Gesicht.«

»Das mache ich.«

Nach Ende des Gesprächs betastete sie ihren Kiefer, und es kam ihr vor, als bohrten ihre Fingerspitzen sich geradewegs ins Hirn. Ein bisschen Eis wäre wahrscheinlich wirklich gut.

Doch vorher würde sie noch die zweite Ecke der Pizza aufessen.

Sie sprach mit Teasdale, und bevor sie anfing, den Bericht zu schreiben, dachte sie zufrieden über eine dritte Pizzaecke nach und hob den Kopf, als sie ein Klopfen an der Tür vernahm.

»Officer Shelby. Warum sind Sie noch auf dem Revier?«

»Ich habe die Personalien von den Typen aufgenommen, Ma'am. Officer Quirk hat herausgefunden, wie der Kerl heißt, den er vom Rest der Bande trennen sollte. Er nennt sich Snapper, doch im wahren Leben heißt er Denby Washington.«

»Okay.«

»Er hatte Ohrringe dabei, die aussehen wie die, die aus der Wohnung von Lyle Pickering geklaut wurden.«

»Verdammt, Sie machen Witze, Shelby.«

»Nein, mache ich nicht. Außerdem hatte er noch schwarze Bodell-Kopfhörer an.«

»Damit schnappt die Zellentür für Jahre hinter Snapper zu.«

Ein Lächeln huschte über Shelbys bisher grimmiges Gesicht. »Ich habe auch die Personalien eines gewissen Ticker aufgenommen. Er heißt Burke Chesterfield und hatte so eine Brosche dabei, wie sie aus der Wohnung von Lyle Pickering verschwunden ist. An den Füßen trug er …«

»… knöchelhohe Lightning-Turnschuhe mit weißem Blitz in Größe zehn«, nahm Eve den Faden auf.

»Genau. Wir haben ihre Jacken ins Labor geschickt, und wie es aussieht, stimmen die Fasern mit denen an Duffs Leiche überein. Ich habe auch die DNA von Washington gesichert, die bisher noch nirgendwo gespeichert war. Ich habe ihn gefragt, ob er etwas trinken will, und dann die leere Coladose ins Labor geschickt.«

Eve lehnte sich zurück, ging alles in Gedanken durch, und als sie Shelby nach der Pizza schielen sah, bot sie ihr an: »Greifen Sie zu.«

»Danke, Lieutenant, aber ich will Ihnen bestimmt nichts wegessen.«

»Ich habe schon genug gefuttert. Also hauen Sie rein.«

Mit einem nochmaligen Dank griff Shelby zu und nach dem ersten Bissen wirkte sie genauso froh und dankbar wie Eve nach dem ersten Stück. »Das ist eindeutig keine Tiefkühlpizza«, stellte Shelby begeistert fest.

»Sie könnten es eindeutig zum Detective bringen, Officer.«

»Nett, dass Sie das sagen, aber danke. Ich trage die Uniform gern und Officer Carmichael bringt mir jede Menge bei. Das heißt, dass ich sehr dankbar bin, dass ich mit ihm zusammenarbeiten darf. Er ist ein grundsolider Cop.«

»Das stimmt. Wenn Sie wieder gehen, Shelby, geben Sie doch bitte noch im Zellentrakt Bescheid, dass Washington und Chesterfield auf keinen Fall zusammensitzen sollen. Genauso wenig wie mit Jones und Kenneth Jorgenson.«

»Das mache ich sofort. Und nochmals danke für das leckere Pizzastück.«

»Nehmen Sie das letzte Stück ruhig mit.«

»Aber das ...«

»Ich esse sowieso nichts mehr«, erklärte Eve und schob ihr kurzerhand den Teller hin. »Na los, langen Sie zu. Das war sehr gute Arbeit, Shelby.«

»Danke, Lieutenant.« Lächelnd wandte die Beamtin sich zum Gehen und nach einer kurzen Pause arbeitete Eve am Computer weiter.

Unter Schmerzen fertigte sie den Bericht, und als sie damit durch war, schrieb sie an Harvo im Labor, dass sie sich die zwei Jacken umgehend ansehen sollte, und an deren Chef, den Sturschädel, damit er sich die DNA genauso schnell vornahm.

Statt ihn wie üblich zu bestechen, schickte sie in diesem Fall als stumme Drohung die Mail auch dem Commander zu.

Dann schickte sie die Namen der Verdächtigen an Reo und bat sie, dafür zu sorgen, dass auch Chesterfield trotz seines jungen Alters als Erwachsener behandelt würde, weil er nicht besser als die anderen war.

Am Ende stand sie mühsam auf und brachte ihre Tafel auf den neuesten Stand, legte die erforderlichen Unterlagen für das Briefing auf den Tisch, reservierte einen Besprechungs- sowie sämtliche Vernehmungsräume, teilte ihre Leute für die anstehenden Verhöre ein und überlegte, ob sie Crack anrufen sollte, kam dann aber zu dem Schluss, dass sie für diese Unterhaltung besser zu ihm führe, und schob den Besuch noch etwas auf.

An seiner Stelle kontaktierte sie Nadine.

Im Gegensatz zu Reo war Nadine noch vollständig geschminkt, denn sicher hatte sie bis eben vor der Kamera gestanden und wahrscheinlich wartete noch heute Nacht die nächste Kamera auf sie, denn schließlich hatte die New Yorker Polizei die Hauptquartiere zweier brutaler Gangs gestürmt, durchsucht und über dreißig Gangmitglieder festgesetzt.

»Ich gebe noch kein Statement ab.«

»Also bitte, Dallas, schließlich haben wir die Story schon gebracht. Ich gratuliere. Das ist eine wirklich große Sache, und Sie haben mich extra angerufen, weil Sie wollten, dass ich live berichte, was passiert. Das habe ich getan, und wenn ich jetzt noch ein Statement kriege …«

»Später«, fauchte Eve und Nadine sah sie forschend an.

»Wie schlimm sind Sie verletzt?«

»Mir geht es gut. Im Gegensatz zu Peabody.«

»Was ist mit ihr? Wo ist sie? Was …«

Obwohl Eve wusste, dass Nadine als Freundin und nicht als Journalistin fragte, fiel sie ihr erneut ins Wort.

»Louise hat sie verarztet und inzwischen ist sie wieder auf dem Damm. Doch deshalb rufe ich nicht an. Sie kriegen heute Nacht kein anderes Statement als das unseres Pressesprechers, weil der Einsatz noch nicht abgeschlossen ist. Bereiten Sie sich schon einmal auf morgen vor, und was ich Ihnen jetzt erzähle, bleibt erst einmal unter uns.«

»Okay.«

»Dies war ...« Sie brauchte einen klaren Kopf und fuhr sich mit den Händen durchs Gesicht.

»Soll ich zu Ihnen kommen? Kann ich irgendetwas tun?«

»Nein, nein. Dies war ein Einsatz der New Yorker Polizei zusammen mit dem FBI.«

»Dem FBI? Wie eng war die Zusammenarbeit und wer ...«

»Moment, Nadine. Wir haben gemeinsam Dutzende von Gangmitgliedern festgenommen und Drogen, Waffen und verschiedene andere Sachen konfisziert. Das alles können Sie bringen.«

»Okay.«

»Außerdem hat die New Yorker Polizei verschiedene Gegenstände sichergestellt, die die Täter nach dem Mord an Pickering aus dessen Wohnung mitgehen ließen. Diese Sachen haben wir bei Denby Washington und bei Burke Chesterfield, achtzehn und siebzehn Jahre jung, entdeckt und drängen darauf, dass auch Chesterfield bei den Vernehmungen und vor Gericht wie ein Erwachsener behandelt wird.«

»Haben Sie die Kerle schon vernommen?«

»Morgen«, meinte Eve. »Und morgen werden Sie auch von mir hören, dass außer gegen Washington und Chesterfield noch gegen einen dritten Mann, Ken Jorgenson, wegen der Morde an Lyle Pickering, an Dinnie

Duff, die Beihilfe zum Mord an Pickering geleistet hat, und Barry Aimes, der diese beiden Morde mitverübt hat, Anklage erhoben wird. Ein vierter Mann, Samuel Cohen, wird wegen Beihilfe zu diesen Morden vor Gericht gestellt.«

»Dann ging es bei den Einsätzen also um diese vier? Warum haben sie verabredet, den Bruder von Rochelle aus dem Verkehr zu ziehen?«

»Das muss ich erst noch herausfinden. Und Sie ...«

»Statt lange um den heißen Brei herumzureden, sagen Sie mir einfach, was ich machen soll.«

»Es geht um nichts Persönliches. Das heißt, natürlich tut es das«, verbesserte sich Eve und atmete tief durch. »Lyle Pickering war nämlich ein Informant der Polizei.«

»Das heißt, er war Ihr Mann?«

»Oh nein, ich hatte nichts damit zu tun. Aber Sie müssen bitte Ihre Arbeit machen. Sie müssen die Geschichte dieses jungen Mannes bringen. Müssen erzählen, wie er ganz aus eigener Kraft sein Leben wieder in den Griff bekommen und durch harte Arbeit das Vertrauen seiner Familie zurückgewonnen hat, nachdem er abgestürzt war. Wie er trotz der Gefahr für Leib und Leben mit der Polizei kooperiert hat und so weiter und so fort. Sie wissen schon, wie Sie es angehen müssen.«

»Allerdings, das weiß ich und werde den Bericht so bringen, dass ihm Gerechtigkeit widerfährt.«

Das würde sie, wusste auch Eve. Das würde sie.

»Ich kann nicht sicher sagen, wann ich Ihnen morgen die Erlaubnis geben kann, das ganze Zeug zu bringen.«

»Bis dahin gibt es jede Menge anderer Sachen, über die ich sprechen kann. Ich werde mit dieser Angelegenheit zu meinen Rechercheuren gehen, Sie wissen ja, dass man ihnen trauen kann. Ich will so viel wie möglich über diesen Jungen herausfinden und auch mit der Familie reden, sobald Sie sagen, dass ich mit den Leuten reden kann. Außerdem muss ich noch so viel wie möglich über diese Kerle herausfinden, von denen er ermordet worden ist.«

»Auch über Marcus Jones. Ich glaube, mit den Morden hat er nichts zu tun, aber trotzdem wird er genau wie die anderen Typen ins Gefängnis gehen. Für heute Abend ist das erst mal alles, und bevor ich morgen mit der Arbeit weitermache, fahre ich jetzt heim.«

»Sehr gut. Und kühlen Sie dort Ihr Gesicht.«

»Sie denken doch wohl nicht, Sie wären die Erste, die mir das geraten hat?«

Eve legte auf und lehnte sich zurück. Sie sollte zu den elektronischen Ermittlern gehen und gucken, was sie herausgefunden hatten, aber dazu fehlte ihr die Energie.

Sie war total erledigt, deshalb packte sie ihr Zeug zusammen und schrieb eine Textnachricht an Roarke, dass sie in der Garage auf ihn warten würde, um mit ihm zusammen heimzufahren.

Sie kam tatsächlich vor ihm unten an, stieg in den DSL, legte den Kopf zurück und schloss ihre Augen. Am liebsten wäre sie an Ort und Stelle eingeschlafen, um den Fall für ein paar Stunden zu vergessen und dann wieder aufzuwachen und mit klarem Kopf zu tun, was nötig war.

Denn die Erschöpfung, die sie spürte, war nicht körperlicher Art.

Obwohl sie ihre Augen weiterhin geschlossen hielt,

als sich ihr Mann hinter das Steuer schwang, erklärte sie: »Ich bin noch wach. Hast du etwas für mich, was ich gebrauchen kann?«

Er sah sie forschend an, und da sie offenbar die Coolpacks nicht verwendet hatte, drückte er ihr eine Schmerztablette in die Hand. »Hier, wirf die ein. Und widersprich mir nicht.«

Sie wollte aus Prinzip ablehnen, aber da das einfach lächerlich wäre, schob sie sich die Pille in den Mund. »Was habt ihr herausgefunden?«

»Jede Menge Zeug, für das das FBI sich ohne jeden Zweifel interessieren wird. Wir haben noch nicht alles, was sie auf den Kisten abgespeichert haben, wollten aber trotzdem erst mal Feierabend machen, als du mich angetextet hast. Morgen setzen Feeney und die anderen die Arbeit dann in aller Frühe fort. Die Kerle haben es uns erschreckend leichtgemacht. Ihre Dateien aufzuspüren, war das reinste Kinderspiel. Das heißt, die meisten Kinder hätten die Dateien wahrscheinlich gründlicher versteckt als sie.«

Im Fahren sah er sie noch einmal von der Seite an und drückte ihr die Hand. »Erzähl mir, was dir auf der Seele liegt.«

Sie schüttelte den Kopf. »Wie sieht es mit Jones' Computer aus?«

»Wie du bereits vermutet hattest, ist dort wirklich alles drauf. Die Einnahmen und Ausgaben aus seiner Partnerschaft mit Cohen, wie viel er von den Bangers-Drogen für sich abgezwackt hat und was Cohen aus den Geschäften an Prozenten eingestrichen hat. Auch über die Deals der Gang hat er dort Buch geführt. Drogen,

Schutzgeld, Brandanschläge, Überfälle, Einbrüche, der ganze Dreck. Und es sieht so aus, als wollte er von hier verschwinden. Auf alle Fälle hat er sich schon mal verschiedene Immobilien auf Aruba angesehen.«

»Dann hat er also seine eigene Gang beschissen, weil er sich ein Häuschen in den Tropen kaufen wollte. Dieser verdammte Heuchler.«

»Ich nehme an, dass die Heuchelei die kleinste seiner Sünden ist.«

»Ist das dein Ernst? Die anderen Delikte sind doch alle Teil von dieser gottverdammten Heuchelei.«

Inzwischen wieder wütend, drehte sie sich zu ihm um. »In Dublin warst du selbst Mitglied von einer Gang.«

»Nur lose, im Grunde haben wir uns nicht als Gang gesehen, aber wahrscheinlich hast du recht.«

»Hättest du die anderen für Geld verraten oder einen von den anderen betrogen, um Gewinn daraus zu ziehen?«

»Auf keinen Fall, und meine Kumpel hätten mich genauso wenig übers Ohr gehauen, aber vielleicht war ja das der Grund, warum wir keine echte Gang, sondern im Grunde eher so was wie eine Clique waren.«

»Die Mitglieder von einer Gang schwören sich Loyalität.«

»Wogegen man in einer Gruppe von Freunden auf so einen Schwur verzichten kann.«

Kopfschüttelnd lehnte sie sich gegen ihren Sitz. »Jones' heimliche Geschäfte waren der Grundstein für die ganzen anderen Sachen, die geschehen sind. Er war ein schlechter Captain und für seine schlechte Führung sollten wir ihm dankbar sein, weil sie wahrscheinlich deshalb längst nicht mehr so mächtig sind, wie sie es einmal waren. Er hat Auseinandersetzungen mit anderen Gangs vermieden und hat nicht versucht, das Territorium der Bangers auszudehnen, um die Macht der Bande zu vergrößern, denn ihm ging es vor allem um den eigenen Profit und darum, dass er in die Tropen ziehen wollte.«

»Also hat jemand, der die Macht der Bangers ausbauen wollte, einen Plan geschmiedet, um ihn abzusetzen und die Führung selbst zu übernehmen.«

»Da kommt Pickering ins Spiel. Ein alter Freund von Jones. Jemand, der Loyalität geschworen hat und jetzt ausgestiegen ist. Vielleicht ist auch durchgesickert, dass er Informant der Polizei ist, aber wenn das herausgekommen wäre, hätte es wahrscheinlich nicht gereicht, ihn umzubringen und zu versuchen, es so zu drehen, als hätte er sich selber einen goldenen Schuss gesetzt, um Jones und allen anderen zu zeigen, dass sein alter Kumpel ein Versager ist.«

»Du denkst, dass es beim Mord an Pickering um Jones gegangen ist?«

»Auf jeden Fall zum Teil. Zusätzlich hat man ihn für seinen Ausstieg aus der Gang bestraft, aber vielleicht gleichzeitig auch sichergestellt, dass er es sich nicht noch mal anders überlegt und doch noch einmal wiederkommt.«

Wie immer konnte Roarke Eves Überlegungen problemlos nachvollziehen. »Denn vielleicht hätte er es dann ja selbst auf die Führungsrolle abgesehen.«

»Genau. Das zeigt die Art und Weise, wie sie Duff ermordet haben, und der Ort, an dem sie sie haben liegen lassen. Sie haben damit die Lunte für den Bandenkrieg gezündet, und als es dann nicht zur Explosion kam, haben sie auch noch Aimes getötet und die Leiche im Territorium der Dragons abgelegt.«

Er wollte, dass sie weitersprach, weil sie jetzt nicht mehr elend, sondern einfach zornig war. »Dann denkst du also, Jorgenson wollte Duff von Anfang an ermorden lassen, schon bevor er sie erpresst, bestochen oder überredet hat, zu Pickering zu gehen, damit er ihr die Tür aufmacht.«

»Es gibt eine Verbindung zwischen Pickering und Jones und eine zwischen Duff und Pickering. Das heißt, sie sollte von Beginn an sterben. Im Grunde war der Mord an Lyle nichts weiter als ein Denkzettel für Jones. Wir Cops sind ihrer Meinung nach Idioten, wir sollten den Tod von Pickering als Überdosis sehen und zu den Akten legen. Dagegen hat der Mord an Duff für einiges an Aufsehen gesorgt. Nach dieser Sache wollte Jorgenson die Truppen hinter sich versammeln, nach dem Motto, wenn die Dragons eine unserer Bitches ficken, machen wir sie platt.«

Eve schloss abermals die Augen, als Roarke in ihre Einfahrt bog.

»Du weißt, wie du es morgen angehen und welche Knöpfe du bei diesen Typen drücken musst.«

»Das weiß ich allerdings.«

Er hasste es, wie entmutigt diese Antwort klang, ging aber nicht noch einmal auf das Thema ein.

Dann hatten sie das Haus erreicht und trafen trotz der vorgerückten Stunde im Foyer auf Summerset.

»Sie wissen, wo Sie das Verbandszeug und Medikamente finden«, sagte er zu Roarke.

»Ja, danke.«

»In den Medien kamen zahlreiche Berichte über die Durchsuchungen und Festnahmen, die Sie heute Abend vorgenommen haben«, sagte Summerset zu Eve.

»Deswegen waren wir schließlich dort. Wir wollten endlich mal wieder ins Fernsehen kommen«, erwiderte sie barsch und ließ den Mantel wie gewohnt über den Treppenpfosten fallen.

»Ich schätze, dass in diesen Gegenden sehr viele Menschen leben und Geschäfte haben, Menschen, die nach den Berichten besser schlafen werden«, fügte er hinzu.

Dann wartete er ab, bis sie verschwunden war, bevor er ihren Mantel nahm, um ihn sich aus der Nähe anzusehen.

Natürlich war er voller Blut, und wie es aussah, stammte wenigstens ein Teil davon von seiner Trägerin. Nur gut, dass er inzwischen wusste, wie man Blutflecken aus Leder herausbekam. Er nahm den Mantel mit in sein Quartier, um sich darum zu kümmern, so wie Roarke um Eve oben im Schlafzimmer.

Der Kater lag schon auf dem Bett, doch als sein Herrchen und sein Frauchen kamen, blinzelte er Eve aus seinen zweifarbigen Augen an, sprang auf und rieb den Kopf an ihren Waden, während er ihr kläglich maunzend um die Beine strich.

Sie bückte sich nach ihm, und dabei schrien ihre Muskeln trotz der Pille, die sie eingeworfen hatte, leise auf.

»Ich werde noch kurz duschen.«

»Warum nimmst du nicht ein heißes Bad und trinkst dabei gemütlich ein Glas Wein?«

»Vielleicht. Das heißt, genau das mache ich.«

Sie ließ das Wasser in die Wanne ein, und als sie sich auszog, brachte Roarke ihr den versprochenen Wein, nahm eine Glasdose aus dem Regal und fügte ihrem Badewasser eine Handvoll blaues Badesalz hinzu.

»Das hilft gegen die Prellungen. Genau wie diese Dinger hier«, erklärte er und legte ein paar Coolpacks auf ihr übel zugerichtetes Gesicht.

»Hast du auch so ein Ding auf deine Hand gelegt, nachdem du diesem Fingerschnipser den Kinnhaken gegeben hast?«

»Er hatte einen Kiefer wie ein Marshmallow. Stell die Düsen nicht auf volle Kraft, okay?«

»Ja, Doktor.«

Er gab ihr einen sanften Kuss, und als er sich zum Gehen wandte, sprang der Kater leichtfüßig auf einen Hocker, um darauf zu achten, dass sie während ihres Bades nicht ertrank.

Eve zog sich noch die letzten Kleidungsstücke aus und schaute sich im Spiegel die zahlreichen Blessuren an. Sie hatte ganz schön etwas abgekriegt und neben den Rippen taten ihr auch beide Arme weh. Doch all das war nicht so schlimm wie ihr Gesicht.

»Du weißt, dass es mir schon viel schlimmer ging, nicht wahr?«, erkundigte sie sich bei Galahad. »Sie nennen die Frau nicht grundlos Tank. Sie hat Arme wie Beton. Und einen Baseballschläger«, fügte sie hinzu, als sie die gleichmütige Miene ihres Katers sah.

»Du kannst mich mal.«

Sie glitt behutsam in die Wanne, schaltete die Düsen ein und trank den ersten Schluck von ihrem Wein.

Als sie zurückkam, hatte Roarke den teuren Anzug gegen mindestens genauso teure Freizeitkleidung ausgetauscht und saß in einer wattewölkchenweichen Baumwolljogginghose und einem dünnen, weiten Kaschmirpulli auf der Couch.

Auch er trank Wein und hatte einen Handcomputer hochgefahren, denn sicher hatte er noch irgendwelche Arbeit nachzuholen. Als Eve erschien, hob er den Kopf, sah sie durchdringend an und nickte zustimmend. »Okay, es geht dir etwas besser. Setz dich trotzdem neben mich, damit ich dich verarzten kann.«

Er zog einen Heilstab aus dem Kasten auf dem Tisch und widerstrebend nahm sie Platz.

»Sie ist mit einem Baseballschläger auf mich losgegangen. Das habe ich vielleicht noch nicht erwähnt.«

»Im Gegensatz zu ihren Armen aus Beton.«

»Ich kann dir gern ein Foto von ihr zeigen, wenn du mir nicht glaubst.«

»Ich habe schon ein Bild von ihr gesehen. Deswegen denke ich, du hast zwei Gläser Wein verdient.«

Er füllte ihr Glas, bevor er mit dem Heilstab über ihre Stirn und die Wangen glitt. »Ich mag dieses Gesicht, deswegen hoffe ich doch sehr, dass sie von dir genauso übel zugerichtet worden ist wie du von ihr.«

»Sie wird sich unters Messer legen müssen, wenn sie ihre Nase wieder geradekriegen will. Aber die Stunner-Schüsse hat sie einfach abgeschüttelt, also war sie neben allem anderen bestimmt auch noch auf Zeus.«

»Sie hatte also einen Baseballschläger, Arme aus Beton und war auf Zeus. Dreh dich mal ein bisschen. So ist's gut.«

»Aber der Zaubermantel hält, was er verspricht. Jones hatte seinen Stunner auf die höchste Stufe eingestellt und direkt auf mein Herz gezielt. Das heißt, er ist auch wegen des Mordversuchs an einer Polizeibeamtin dran. Vielleicht kommt nur versuchter Totschlag dabei heraus, aber wir fangen mal hoch an. Wenn Reo ihre Sache gut macht und wir noch die ganzen anderen Delikte bedenken, fährt er mindestens für fünfundsiebzig Jahre ein. Das heißt, dass er auf alle Fälle im Gefängnis sterben wird.«

»Dann ist der Tropentraum für ihn jetzt also ausgeträumt.«

»Auf jeden Fall.«

Nach der Behandlung mit dem Heilstab legte Roarke die Hand unter ihr Kinn und zwang sie sanft, ihm ins Gesicht zu sehen. »Na los, Eve, sprich mit mir.«

»Ich spreche doch die ganze Zeit. Ich sondere ohne Pause Wörter ab. Ich kann es selbst hören.«

Er sah ihr weiter ins Gesicht und nahm dabei die rätselhafte Traurigkeit in ihren Augen wahr.

»Du hast zwei Einsätze geplant und so erfolgreich durchgeführt, dass es vielleicht zwei Banden weniger in New York gibt. Diverse Mitglieder von diesen Banden werden hinter Gittern landen und der Captain einer der Gangs wird bis ans Ende seines Lebens ins Gefängnis gehen. Morgen knackst du noch die Mörder von Lyle Pickering, von Dinnie Duff und Barry Aimes. Warum also bist du so traurig?«

»Ich bin nicht traurig. Ich bin … ich weiß auch nicht, was das ist.«

Stirnrunzelnd stand sie auf und lief in einem Morgenmantel in der Farbe reifer Aprikosen vor dem Sofa auf und ab.

»Wir haben die Bangers ausgehoben, weil sie eine Horde dummer, nachlässiger, schlecht geführter Kerle sind. Ein Haufen Vollidioten. Warum also haben wir sie nicht bereits viel eher erwischt? Ich weiß es nicht. Vielleicht, weil sie im Grunde nicht mehr wirklich mächtig waren, vielleicht, weil wir niemals zur rechten Zeit am rechten Ort sind, oder vielleicht, weil keins von ihren Opfern sich bei uns gemeldet hat.« Sie seufzte.

»Ich weiß es nicht. Ich weiß es einfach nicht. Vielleicht war der Zusammenhalt der Gang noch besser, bevor Jones mit seinen eigenen Geschäften angefangen hat.«

Sie griff nach ihrem Glas und nahm es mit, als sie erneut durchs Zimmer lief. »Die meisten Kriminellen sind dumm. Die *meisten*«, wiederholte sie, als Roarke die Brauen anhob. »Sie machen irgendwelche dummen Fehler oder handeln impulsiv. Wenn irgendwelche Arschlöcher beschließen, ihre Frauen umzubringen, werden sie fast ausnahmslos dabei erwischt. Und diese Ärsche, die ich morgen in die Zange nehme, sind sogar noch dümmer, als die Polizei erlaubt. Sie sind Idioten, Schwachköpfe, sind dumm wie Brot.«

»All das«, pflichtete Roarke ihr bei.

»Trotzdem haben wir jetzt drei Tote, die Familie eines dieser Menschen, lauter anständige Leute, wird sich niemals ganz von diesem Schock erholen und zwei Mütter haben keine Kinder mehr. Sie sind weder verrückt noch der Teufel und vor allem nicht brillant. Sie sind gemeine, bösartige kleine Schweinehunde, trotzdem haben wir nicht verhindert, dass es ihretwegen jetzt drei Tote gibt.«

Roarke schwieg, weil sie jetzt endlich mit ihm sprach und ihm erzählte, was ihr auf der Seele lag.

»Und weißt du noch etwas?« Sie winkte ihm mit dem Weinglas zu, trank einen großen Schluck und fuhr mit rauer Stimme fort. »Die Chance, dass jemand durch den Knast geläutert wird, geht gegen null. Man sperrt die Leute ein und weiß, die meisten fahren nach der Entlassung mit dem alten Leben fort. Und bei jemandem wie Lyle Pickering, der ein Gangster wie sein Vater war, der im Knast gestorben ist, und gleichzeitig ein Junkie wie die Mutter, die sich selbst umgebracht hat, ist die Chance auf Läuterung gegen null gegangen. Bei so einem Typen ist davon auszugehen, dass er früher oder später wieder einfährt, während eines Kampfes auf der Straße oder irgendwann an einer Überdosis stirbt. Ich hätte keinen Cent darauf verwettet, dass ein solcher Typ sein Leben ganz alleine wieder auf die Reihe kriegt.«

»Aber er hat sein Leben wieder hingebogen. Hat sich gegen die Statistik durchgesetzt und etwas aus sich gemacht. Verdammt!«, stieß sie mit Trauer und Empörung in der Stimme aus.

»Wir beide wissen, dass das alles andere als einfach ist. Er hatte auf den rechten Weg zurückgefunden, Roarke. Er hat ganz allein das Ruder herumgerissen, und jetzt ist er tot, weil irgend so ein Hurensohn Karriere machen wollte.«

»Ich habe mir bisher immer gesagt, dass das System gut funktioniert. Verbrechen, Strafe, Rehabilitierung. Aber bei Lyle Pickering hat es versagt. Und wir haben mit versagt.«

Das war die Wurzel ihrer Traurigkeit, erkannte Roarke.

Und diese Wurzel könnte er versuchen auszugraben, um ihr einzupflanzen, wie er selbst diese Dinge sah.

»Das ist nicht wahr, denn das System hat ihn gerettet«, widersprach er ihr, und als sie etwas sagen wollte, hob er abwehrend die Hand. »Hör bitte zu. Ich bin nicht unbedingt der größte Fan dieses Systems und habe einen großen Teil meines Lebens damit zugebracht, es zu umgehen, deswegen sehe ich die Dinge vielleicht eher wie Lyle als wie du.« Er lächelte.

»Setz dich am besten erst mal wieder hin, und hör dir die Geschichte aus der Perspektive eines Mannes an, der das System, das dir bisher so wichtig war, die meiste Zeit verachtet hat.«

»Es hat ihn umgebracht«, erklärte sie, nahm aber widerwillig Platz.

»Er war ein Junkie und ein gewaltbereiter Mensch und dafür ist er eingefahren, aber die Zeit nach der Entlassung bis zu seinem Tod hat er genutzt. Er hatte sich entschieden, noch mal ganz von vorne zu beginnen, und es war das System, das ihm die Möglichkeit dazu gegeben hat. Wo hat er seine Kochlehre gemacht und festgestellt, wie glücklich das Kochen ihn macht? Wer stand ihm mit Rat und Tat zur Seite, während er seine Süchte überwand? Wer hat ihm zugehört und ihm geholfen, herauszufinden, wie er auf den falschen Weg geraten ist? Mein Gott, wer hat ihn weggesperrt und vor die Wahl gestellt, entweder Hilfe anzunehmen oder mit dem alten Leben fortzufahren?« Roarke sah sie an.

»Er hat sich frei entschieden, Eve, nachdem das System ihm die Möglichkeit dazu gegeben hat. Und wenn du denkst, er wäre vom System im Stich gelassen worden, würdigst du den anstrengenden Weg herab, den er gegangen ist.«

Er glitt mit seinen Fingern über ihr geschundenes Gesicht.

Du hast für ihn gekämpft, ging es ihm durch den Kopf, und wirst auch weiterhin für andere wie ihn kämpfen. Ein ums andere Mal.

»Fünf Menschen sind für seinen Tod verantwortlich«, rief er ihr in Erinnerung. »Zwei von ihnen haben dafür mit ihrem eigenen Tod bezahlt. Du und dein System, ihr werdet dafür sorgen, dass auch die verbliebenen drei bezahlen und Lyle Gerechtigkeit widerfährt. Das wird seine Familie trösten, und sie werden sich an ihn als den erinnern, der er im Gefängnis wurde, nicht als den, als der er damals eingefahren ist.«

»Ich habe das Gefühl, als ob ... glaubst du das wirklich?«

»Ob ich diese Dinge glaube? Ich bin schließlich selbst der lebende Beweis dafür, dass es so ist.« Er streichelte ihr sanft das Haar, bevor er seine Hand in ihren immer noch verspannten Nacken wandern ließ. »Glaubst du, ich helfe dir und der New Yorker Polizei nur zum Vergnügen regelmäßig aus? Wobei der Spaß natürlich auch nicht zu verachten ist. Doch obwohl ich die Grenzen vielleicht ab und zu verschiebe, habe ich durch dich gelernt, was das System, wenn's richtig angewendet wird, bewirken kann. Daran teilzuhaben, zeigt mir ein ums andere Mal, dass ich etwas bewirken und vielleicht die eine oder andere irgendwann von mir begangene dunkle Tat auf diese Art wettmachen kann.«

Er küsste ihr noch immer stark geschwollenes Gesicht.

»Ich kenne das System natürlich auch, wenn es versagt, so wie bei mir als kleinem Jungen und, mein Gott, bei dir, als du ein kleines Mädchen warst. Aber das hast du für dich selbst, für andere und für mich geändert. Das System, für das du einstehst, hat Lyle nicht im Stich gelassen, Eve. Und es lässt ihn auch weiter nicht im Stich.«

Sie lehnte ihren Kopf an seine Schulter und merkte, dass er ihr gegeben hatte, was ihr trotz der guten Arbeit auch in diesem Fall versagt geblieben war. Die Überzeugung, dass erst das System, das sie vertrat, Lyle Pickering die Möglichkeit gegeben hatte, seinem Leben eine neue Richtung zu verleihen, und jetzt dafür sorgen würde, dass ihm auch im Tod Gerechtigkeit widerfuhr.

»Ich werde morgen an die Dinge, die du mir gesagt hast, denken, wenn ich diese Typen fertigmache«, sagte sie ihm zu.

»Es tut mir leid, dass ich dabei nicht zusehen kann, doch …«

»Irgendwer muss schließlich dafür sorgen, dass die Wirtschaft weiterhin floriert.«

»Genau. Und jetzt verarzten wir auch noch den Rest von dir. Am besten legst du dich aufs Bett, damit ich gucken kann, was für Blessuren meine Polizistin noch bei ihrem Zusammenstoß mit diesem aufgeputschten Panzer mit dem Baseballschläger und den Armen aus Beton davongetragen hat.«

»Es ist nicht wirklich schlimm. Tatsächlich nicht«, versicherte sie ihm, als er sie auf die Füße zog.

»Das werden wir ja sehen.« Er führte sie zum Bett, fuhr mit dem Zeigefinger durch die Luft und wies sie an: »Zieh deinen Morgenmantel aus und leg dich hin.«

»Du willst doch ganz bestimmt nur irgendwelche Doktorspielchen spielen.«

»Die spiele ich tatsächlich gern.« Zu Galahads Verärgerung hob er das Tier vom Bett und legte es vor den Kamin, in dem ein schwaches Feuer glomm.

Eve ließ den Bademantel fallen und setzte sich aufs Bett. »Siehst du, es ist gar nicht so schlimm. Die Rippen hat sie nur mit ihrer Faust erwischt, mit dem Schläger hat sie mir nur einmal auf den Helm gehauen und ist dann von meiner Schulter abgeprallt.«

»Mmm-hmm.« Als Erstes zog er mit dem Heilstab die Konturen ihrer grünlich violett verfärbten Schulter nach. »Hast du auch noch mit irgendjemand anderem gekämpft?«

»Mit ein, zwei anderen, doch von denen habe ich im Grunde keine echten Treffer einkassiert. Reineke hat leicht geblutet und Carmichael hat ein blaues Auge, doch das war es dann auch schon. Am schlimmsten hat's auf unserer Seite Peabody erwischt. Wobei es einer ganzen Reihe von den Kerlen noch deutlich schlechter geht als ihr. Einer von den Typen hat tatsächlich eine Handgranate in den Flur geschmissen«, fiel ihr urplötzlich wieder ein.

Bei diesen Worten setzte kurzfristig sein Herzschlag aus. »Und niemand hat dabei etwas abgekriegt?«

»Auf ihrer Seite schon, denn ich habe sie zurückgeworfen und dann ist sie mitten unter ihnen explodiert. Das heißt, sie hatten Glück, dass es so eine kleine Bombe war.« Bei diesen Worten drehte sie den Kopf und lächelte Roarke an. »Ich fühle mich tatsächlich schon viel besser.«

»Gut. Ich habe auch noch eine Salbe, die Summerset mir empfohlen hat. Am besten schmieren wir dir die ins Gesicht, aber der Rest sieht wirklich besser als befürchtet aus.«

»Es geht mir schon deutlich besser«, wiederholte sie. »Und ich bin nackt.«

Er sah sie an. »Das ist mir bereits aufgefallen, doch es wäre unmoralisch, meine Position als Sanitäter auszunutzen.«

»Ach.« Sie zerrte ihn entschlossen neben sich aufs Bett, rollte sich über ihn und stellte fest: »Ich habe diese Pille eingeworfen, mein Gesicht gekühlt und die Behandlung mit dem Heilstab über mich ergehen lassen. Also habe ich den Sex auf jeden Fall verdient.«

»Wenn du es so ausdrückst.«

»Das tue ich.«

Sie griff nach seinen Händen, legte sie auf ihre nackten Brüste und er blickte lächelnd zu ihr auf. »Auf alle Fälle fühlst du dich so an, als würde es dir wieder besser gehen.«

»Auf jeden Fall. Und du siehst wieder mal fantastisch aus. Ich bin echt froh, dass niemand dir die Nase eingeschlagen hat.« Sie glitt mit ihren Lippen über sein Gesicht. »Mein Sahneschnittchen.«

»Ich bin bereits Marleys Sahneschnittchen. Denk dir also einen eigenen Namen für mich aus.«

»Da fällt mir sicher etwas ein. Aber bis dahin …« Eilig schob sie den Pullover über seinen Kopf und glitt mit ihren Händen über seinen exzellenten Torso, seine Brust und seine Schultern in sein Haar. Dann presste sie ihm sanft die Lippen auf den Mund und gab ihm einen langen, sanften Kuss, der Balsam für die Seele war. Zwar hatte dieser Fall ihr psychisch mehr als physisch zugesetzt, doch seine Worte und vor allem sein Vertrauen hatten sie getröstet und jetzt wärmte sie die zärtliche Verschmelzung ihrer Lippen und Zungen, brachte sie ins Gleichgewicht und die Erinnerung an die Gewalt fiel vollends von ihr ab.

Er fuhr mit seinen Händen über ihren Körper und in der von der Liebe angefachten Wärme, die sich in ihr ausgebreitete hatte, stoben erste Funken des Verlangens auf.

Als er die Lippen auf das Hämatom an ihrer Schulter, eine Kriegsverletzung seiner tapferen Soldatin, presste, fiel auch noch der Rest der Anstrengung und Anspannung des Tages von ihr ab.

Er rollte sich mit ihr herum, zog seine Hose aus und schnupperte an ihrem Fleisch, das nach dem Bad nach Waldgeheimnissen roch. Begierig küsste er sie auf den Hals und sog den Duft ihrer Haut, die Schläge ihres Pulses und ihr Leben in sich auf.

Auf Gälisch raunte er: »Mein Ein und Alles«, und während ihr Puls bei diesen Worten schneller schlug, nahm sie ihn langsam und behutsam in sich auf.

Er füllte sie zur Gänze aus, und während ihre Herzen wie so oft im selben Rhythmus schlugen, glitt er mit den Händen über ihren Körper bis zu den Hüften und umfasste sie.

In ihrem Innern wogte ein Gefühl von grenzenloser Freude auf, denn sie war alles, was er war.

Während sie einander langsam nahmen, zog er sie auf sich herunter und sie suchte mit den Lippen seinen Mund.

Als sie ihren Kopf zurückwarf, sah die weiße Mondsichel am dunklen Himmel durch das Oberfenster zu und war so wunderschön und rein wie dieser Augenblick.

Mit ihm und nur mit ihm ließ sie sich völlig gehen.

Als sie sich am Schluss im Dunkeln an ihn schmiegte, stellte sie mit einem Lächeln auf den Lippen fest: »Du könntest ja mein ganz privater Dr. Sexy sein.«

»Ich glaube nicht, dass dieser Name …«

»Nur für heute Nacht.«

»Und dann nie wieder.«

Er streichelte sie, bis sie schlief, und als er spürte, dass der Kater sich wie jeden Abend von der anderen Seite an sie presste, küsste er noch einmal zärtlich ihre Stirn und schloss selbst die Augen.

19

Als sie erwachte, war es noch erschreckend früh und ihr tat alles weh. Roarke stand bereits mit einer Tasse Kaffee neben dem Kamin und sah im Fernsehen einen Bericht von irgendeinem Ort, an dem es wegen der bekloppten Rotation der Erde bereits ein paar Stunden später war.

Verschlafen dachte sie, dass er in einem Anzug fast so gut aussah wie nackt. Was sicher alles andere als einfach war.

Sie machte Anstalten, sich aus dem Bett zu rollen, und als sie dabei leise stöhnte, dreht Roarke sich nach ihr um und sah sie forschend an.

»Wie fühlst du dich?«

»Geht so.«

»Dann nehme ich mir dich noch einmal mit dem Heilstab vor und lege dir einen neuen Coolpack aufs Gesicht.«

»Mal sehen.« Sie schob sich langsam aus dem Bett, marschierte auf direktem Weg ins Bad und linderte die Schmerzen schon einmal dadurch, dass sie heißes Wasser auf ihren geschundenen Körper prasseln ließ.

Die Dusche half genauso wie der Kaffee, den sie nach der Rückkehr aus dem Bad zusammen mit einer Schmerztablette in die Hand gedrückt bekam. »Die

Schwellungen sind schon zurückgegangen«, meinte Roarke, während er sanft mit einem Finger über ihren Kiefer fuhr. »Und auch die blauen Flecken leuchten nicht mehr so. Trotzdem wären eine weitere Runde mit dem Heilstab und ein bisschen Kälte fürs Gesicht bestimmt nicht schlecht.«

»Es schadet sicher nicht, wenn man bei den Verhören nachher sieht, wie diese Furie während der Verhaftung auf mich losgegangen ist.«

»So kann man es natürlich auch sehen.«

Trotzdem setzte er sich mit ihr auf die Couch, glitt mit dem Heilstab über ihr Gesicht, hielt ihr die Coolpacks hin und forderte sie auf: »Und jetzt zeig mir den Rest.«

Sie sparte sich die Mühe, ihm zu widersprechen, klappte ihren Morgenmantel auf und ließ ihn mit dem Heilstab über die Schulter, den Brustkorb und die Arme fahren.

»Du solltest heute irgendwann mal eine Pause machen und diese Behandlung wiederholen«, empfahl Roarke ihr.

»Die Schweinehunde kleinzukriegen, ist für mich die beste Medizin.«

»Gib mir doch bitte zwischendurch Bescheid, wie's läuft«, bat er und nahm die Wärmeglocken von den Frühstückstellern ab.

Es gab gebratenen Speck und Rührei, süße Brötchen, Marmelade sowie jede Menge frisches Obst. Nicht übel, dachte Eve.

»Das mache ich.«

»Wie sieht dein Schlachtplan aus?«

»Nach dem Briefing nehme ich mir erst den Typ vor,

dem du eine reingehauen hast. Falls der Sturschädel die DNA bis dahin noch nicht hat und Harvo sie deshalb noch nicht mit der des Haars, das wir bei Duff gefunden haben, abgeglichen hat, setze ich Whitney auf ihn an. Der Fingerschnipser ist das Arschloch, das Lyles Kopfhörer und Rochelles Ohrringe in seinen Taschen hatte, wenn ich ihn knacke, kriege ich auch alle anderen dran. Cohen bringe ich dazu, mir alles zu erzählen, auch wenn der schwachsinnige Deal mit ihm inzwischen nicht mehr gilt.«

»Weshalb sagst du, dass der Deal Schwachsinn war?«

»Habe ich dir das nicht erzählt?« Eve nahm sich eins der süßen Brötchen und bestrich es derart dick mit Butter und Marmelade, dass man von dem Brötchen selbst kaum noch etwas sah. »Das FBI war einverstanden, Cohen Zeugenschutz zu geben, wenn er keine Dummheiten erzählt, *nachdem* er seine Strafe wegen der von uns bewiesenen Beihilfe zu diesen Morden und zu anderen kriminellen Handlungen abgesessen hat. Er würde also an die fünfzig Jahre sitzen und danach als Horace Schweinebacke sonst wohin ziehen.«

»Und damit war er einverstanden?«

»Allerdings, weil er auch schon ein schlechter Anwalt war, bevor ihm seine Zulassung entzogen worden ist, und darauf verzichtet hat, sich auch das Kleingedruckte anzusehen.« Sie biss von ihrem dick bestrichenen Brötchen ab. »Oder vielleicht hat er's auch gelesen und ganz einfach nicht kapiert.«

»Das heißt, er ist genauso ein Idiot wie all die anderen.«

»Allerdings, und da er pathologisch lügt, hat er auch

wegen Jones gelogen und damit ist der gesamte Deal vom Tisch. Das heißt, dass er bis an sein Lebensende sitzen wird, denn wenn wir mit ihm fertig sind, kriegt das FBI ihn noch wegen Steuerhinterziehung dran. Das hat die gute Reo wirklich sauber hingekriegt.«

Im Rührei war Spinat, der aber unter all dem Käse und den vielen Kräutern kaum herauszuschmecken war.

»Danach nehme ich mir diesen Ticker vor. Das Haar und auch die DNA an Dinnies Leiche sind ganz bestimmt von ihm.«

»Das heißt, du hebst dir Jorgenson ganz bis zum Ende auf.«

»Weil ich ihn ganz besonders hart drankriegen will. Neben den Verhören, die ich selbst führe, muss ich mich noch mit den Teams, die sich die anderen Bangers vornehmen, und mit Strong und ihren Leuten absprechen.«

»Das wird ein großer Tag für euch.«

»Wir haben sie festgenommen und jetzt bringen wir sie vor Gericht.« Sie aß genüsslich weiter, während Roarke den Kater mit erhobenem Zeigefinger davor warnte, bäuchlings näher an den Tisch zu robben, worauf dieser innehielt und tat, als säuberte er sein Bein.

Dabei reckte er das Bein wie einen gestreckten Mittelfinger in die Luft und leckte daran.

»Was hast du selbst für den Tag geplant?«, erkundigte sich Eve bei ihrem Mann.

»Ich überlege gerade, ob ich eine neue Galaxie erstehen soll.«

»Haha.« Nach einer kurzen Pause fügte sie hinzu: »Nicht wirklich, oder?«

Lächelnd gab er irgendetwas in sein Tablet ein. »Ich

kümmere mich noch ein bisschen um ein anderes Projekt, das mir am Herzen liegt.«

Der Wandbildschirm sprang an und zeigte Eve ein großes weißes Haus mit blauen Friesen, das inmitten ausgedehnter Felder und eines noch nicht ganz fertig angelegten Gartens lag. »Was ist das?«, fragte sie.

»Geliebte Eve, das ist der Bauernhof im Nirgendwo, der dir gehört.«

Wie zur Hölle hatte er es angestellt, dass aus dem baufälligen Kasten ein so hübsches Anwesen geworden war? Inmitten all der Ländereien machte es ihr zwar noch immer etwas Angst, doch wenn sie ehrlich war …

»Die Innenarbeiten sind noch nicht abgeschlossen, aber sie neigen sich inzwischen ebenfalls dem Ende zu. Was die anderen Gebäude angeht …« Neben einer roten Scheune sah sie einen Silo, eine Reihe weiterer Gebäude und verschiedene eingezäunte Areale, die wahrscheinlich Weiden oder Koppeln waren.

»Das hat doch sicher jede Menge Geld gekostet.«

»Natürlich hat es neben der Vision und ein paar talentierten Handwerkern auch Geld gebraucht, und wie ich bereits sagte, ist die Renovierung noch nicht abgeschlossen, doch inzwischen kann man sehen, wie es mal werden soll. Obwohl dieser Hof noch gar nicht auf dem Markt ist, habe ich, das heißt, im Grunde hast du, bereits zwei Angebote für das Anwesen bekommen, die deutlich höher liegen, als mich selbst der Kauf mit allen Umbauten gekostet hat.«

»Die Leute sind einfach verrückt.« Versonnen schob sie sich den nächsten Bissen Rührei in den Mund. »Nimmst du eins der Angebote an?«

»Diese Entscheidung liegt bei dir, wobei ich dir empfehlen würde, noch zu warten, bis die Arbeiten beendet sind.«

»Das macht dir Spaß, nicht wahr?«

Jetzt teilte Roarke den Bildschirm, damit Eve auf einer Seite die von ihm in ihrem Namen erstandene Ruine und daneben das mit Liebe renovierte Farmhaus sah. »Warum auch nicht?«

Sie dachte kurz darüber nach und meinte dann: »Ich danke dir.«

»Für diesen Hof?«

»Ganz sicher nicht, denn der Kauf war vollkommen verrückt. Für deine Worte gestern Abend, obwohl ich nicht weiß, warum mich diese Sache derart mitgenommen hat. Ich habe schließlich bereits deutlich Schlimmeres erlebt und werde auch in Zukunft deutlich Schlimmeres erleben, vielleicht morgen schon. Wer weiß? Auch ist mir klar, dass du mich immer unterstützt, genauso wie ich dich. Denn das gehört sich zwischen Eheleuten schließlich so.«

»Und du legst selbstverständlich immer großen Wert darauf, zu tun, was sich gehört.«

»Genau wie du, wenn du dir irgendwas davon versprichst. Aber wie dem auch sei, es geht nicht nur darum, dass du mich gezwungen hast, meinen Problemen ins Gesicht zu sehen, weil man das als Ehemann so macht. Es geht vor allem darum, dass du mich, mein Team und Feeney trotz der ganzen Arbeit, die du sowieso schon hast, bei unserer Arbeit unterstützt.«

Sie wandte sich ihm zu. »So habe ich das bisher nie gesehen. Doch das ist wichtig, denn auch wenn die

Grenzen, die wir beide haben, durchaus unterschiedlich sind, verfolgen wir dasselbe Ziel, und das ist es, was zählt. Deswegen habe ich es ernst gemeint, als ich gesagt habe, ich würde daran denken, was du mir gesagt hast, wenn ich nachher im Verhörraum meinen Job mache.«

Er legte ihr die Hände ans Gesicht und gab ihr einen Kuss.

»Wobei das noch nicht alles ist. Vielleicht solltest du selbst daran denken, dass du Dochas nicht gebaut hast, weil sich das gehört, sondern weil du der bist, der du bist. Genauso machst du es jetzt auch mit An Didean. Das hast du einfach in dir drin. Das ist dein eigenes System, das wirklich super funktioniert.«

»Du machst mich sprachlos, Eve.«

Sie griff nach seiner Hand, hob sie an ihr Gesicht und stellte fest: »Jetzt habe ich dir den ganzen Honig, den ich habe, um dein hübsches Maul geschmiert.«

»Wenn du so weitermachst, bekomme ich noch einen Zuckerschock.«

»Da hast du Glück, denn ich muss langsam los.« Sie stand vom Sofa auf und blickte Richtung Schrank. »Verdammt. Ich will möglichst gemein aussehen, vielleicht könntest du mir ausnahmsweise etwas zum Anziehen holen, was dazu passt.«

Auch er stand auf und stellte grinsend fest: »Dann suche ich mal etwas für dich raus, worin du hundsgemein und arrogant und furchtlos rüberkommst.«

»Au ja.«

Sie folgte ihm zum Schrank, doch als sie dort auf sein Geheiß nach einer schwarzen Lederhose griff, wehrte er ab. »Nicht die da, sondern die.«

Sie wollte fragen, was, verdammt noch mal, die beiden Hosen voneinander unterschied, doch dann sah sie es selbst. Die Knöpfe aus Metall statt eines Reißverschlusses und die extrabreiten Gürtelschlaufen wirkten ganz besonders taff.

»Dazu ziehst du keinen Pulli an, sondern ein Hemd. Kein schwarzes oder weißes, sondern dieses hier.«

Sie runzelte die Stirn, als sie die metallfarbene Bluse und die von Roarke dazu ausgewählte schwarze Weste sah, die statt Knöpfen ebenfalls metallene Haken hatte.

»Vertrau mir«, bat er sie. »Statt einer Jacke ziehst du diese Weste an, weil man darunter während der Vernehmungen die ganze Zeit dein Waffenholster sehen kann. So siehst du hundsgemein und arrogant, furchtlos und vor allem wirklich furchteinflößend aus.«

Als Letztes wählte er noch knöchelhohe schwarze Schnürstiefel im Military-Look und einen schwarzen Nietengürtel aus.

»Mit diesem Look machst du den Kerlen eine Heidenangst«, versprach er ihr.

Sie sagte sich, dass sie's nicht anders haben wollte, als sie in dem von ihm gewählten Outfit vor den Spiegel trat. »Okay. Okay, du hast es wirklich drauf.«

Er legte ihr von hinten seine Hände auf die Schultern. »Mach sie fertig, Lieutenant.«

»Was wohl sonst?«

»Und pass vor allem gut auf meine Polizistin – und auf deren Nase – auf.«

Sie nickte ihm im Spiegel zu. »Das mache ich.«

Dann machte sie sich auf den Weg, und Roarke bemerkte, dass der Kater, während seine Leute abgelenkt waren, zum Tisch geschlichen war und dort mit seiner Zunge über die inzwischen leeren Teller fuhr.

»Ich sollte sie zurückrufen, damit sie dich verhaftet.«

Mit einem ungerührten Rülpser setzte Galahad sich hin und leckte sich die Marmelade von den Pfoten ab.

Auch dieses Mal kam Eve dem morgendlichen Wahnsinn auf den Straßen zuvor. Im Gedanken an den abendlichen Einsatz machte sie noch einen Umweg, um bei Jacko's einen Haufen Plunderteilchen und vor allem Zimtbrötchen für ihre Leute zu erstehen. Sie hatte diese Brötchen bei vorangegangenen Ermittlungen probiert und wusste, dass sie einfach köstlich waren.

Trotz dieser kurzen Unterbrechung kam sie rechtzeitig zur Vorbereitung des für halb acht anberaumten Briefings aufs Revier. Als Erstes ging sie in die Asservatenkammer, ließ sich ein paar Gegenstände, die sie brauchen würde, geben, und da widerlicher Automatenkaffee nicht zu den von ihr gekauften Brötchen passte, trug sie kannenweise echten Kaffee aus ihrem Büro in den Besprechungsraum.

Als Erster erschien Jenkinson mit einem mit bunten Schmetterlingen aufgepeppten leuchtend blauen Schlips. »Lieutenant, Reine ...« Schnuppernd brach er ab. »Das ist doch echter Kaffee. Und dazu noch süße Brötchen? Heißt das, dass auch Roarke zu unserem Briefing kommt?«

»Nein.«

Mit bereits vollem Mund erkundigte er sich: »Dann hat er dieses Zeug also geschickt? Das ist echt nett von ihm.«

»Er hat die Brötchen nicht geschickt.« Es tat ihr wirklich weh, dass der Detective ihr selbst so eine großzügige Geste nicht zuzutrauen schien. »Aber er ist schließlich nicht der Einzige, der an so etwas denken kann.«

»Das stimmt, und schließlich haben wir den besten Lieutenant, seit es Lieutenants gibt«, lenkte er eilig ein. »Wie geht es Peabody?«

»Soweit ich weiß, nimmt sie an unserem Briefing teil, das heißt, am besten fragen Sie sie selbst.«

Dann tauchte Reineke mit ein paar Bechern widerlichen Automatenkaffees auf. Er schnupperte genau wie Jenkinson, als der hereingekommen war, stellte seine Becher achtlos auf den Tisch und schenkte sich begeistert einen echten Kaffee ein, bevor er in ein süßes Brötchen biss.

»Das ist echt nett von Roarke!«

»Verdammt, die Brötchen und der Kaffee sind von mir!«

»Das ist echt nett von Ihnen«, meinte Reineke mit vollem Mund.

Als Nächstes traten Baxter und der junge Trueheart durch die Tür. »Aber hallo! Wo ...«

»Das-has-le-fas ist-tist-le-fist nicht-icht-le-ficht von-on-le-von Roarke-ork-le-fork«, warnte Jenkinson ihn.

»Wie soll das dämliche Gewäsch ein Mensch verstehen?«, erkundigte sich Eve genervt und schenkte erst einmal sich selbst einen Kaffee ein.

Dann tauchten auch die anderen auf, bedienten sich bei Kaffee und Gebäck und gaben ihre Kommentare über Roarke als den vermeintlich edlen Spender ab.

Erst als McNab mit Peabody den Raum betrat, nahm das Interesse an den Köstlichkeiten ab.

Sie hinkte leicht, bemerkte Eve, und hatte ein paar Schürfwunden und Schnitte im Gesicht, doch davon abgesehen wirkte sie okay. Und als die anderen mit ihr abklatschten, wurde sie sogar etwas rot.

Eilfertig brachte Trueheart ihr ein Stück Gebäck und einen Becher süßen Kaffees und McNab zog einen zweiten Stuhl für ihr kaputtes Bein heran.

»Die Ärztin hat gesagt, sie soll so viel wie möglich sitzen und das Bein hochlegen.«

»Okay.« Eve würde dafür sorgen, dass die Partnerin so lange saß, bis ihr Knie wieder in Ordnung war, aber diese Anweisung bekäme sie erst von ihr, wenn sie alleine waren. »Dann fangen wir jetzt langsam an, denn schließlich haben wir heute alle Hände voll zu tun.«

Während sich nach Peabody auch alle anderen setzten, tauchte der Commander auf und zog die Brauen hoch, als er die letzten Zimtbrötchen und Plunderteilchen sah. »Sind die von Jacko's?«, fragte er. »Roarke hat es einfach drauf.«

Jenkinson räusperte sich leise und erklärte: »Den echten Kaffee und das köstliche Gebäck haben wir Lieutenant Dallas zu verdanken, Sir. Sie ist nicht nur ein zäher Knochen, sondern hat es auch in anderer Hinsicht drauf.«

Die anderen klatschten laut.

»Genug geschleimt«, beschied Eve ihrem Team. »Pflanzt eure zähen Hintern auf die Stühle und hört zu.«

»Bevor Sie anfangen, Lieutenant – und auch ich bedanke mich für das Gebäck und den Kaffee –, würde ich gerne etwas sagen.«

Whitney sah die Leute an, die im Raum versammelt

waren. »Als Erstes sollen Sie wissen, dass Chief Tibble heute selbst an dem Briefing teilnehmen wollte, nur leider ist er in East Washington auf einer Konferenz. Wir haben ihn trotzdem über alles informiert und jetzt richte ich Ihnen seinen Dank und seinen Glückwunsch für die Einsätze von gestern Abend aus. Sie haben Ihre Sache wirklich gut gemacht. Das sehe ich genau wie er. Sie haben gestern Abend den gesetzlosen Verbrechern, die diese Stadt tyrannisiert haben, einen schweren Schlag versetzt. Durch Ihren Einsatz und aufgrund vorangegangener Ermittlungen haben Sie die Verdächtigen in drei brutalen Mordfällen und andere Gewaltverbrecher, die gesetzestreue Bürger unserer Stadt bedroht und eingeschüchtert haben, festgesetzt. Ich habe keinen Zweifel daran, dass die Arbeit, die Sie heute leisten werden, New York auf Dauer von den über dreißig Dutzend Individuen, die hier Angst und Schrecken verbreitet haben, befreien werden, und bin wirklich stolz auf Sie.«

Er wandte sich an Eve. »Am besten halte ich Sie jetzt nicht länger von der Arbeit ab, die Sie noch zu leisten haben, doch wenn Chief Tibble wieder da ist, geben er, ich selbst, Special Agent Teasdale als Vertreterin des FBI, Staatsanwältin Reo, Sie als die Ermittlungsleiterin, Detective Peabody, Detective Strong und Captain Feeney für die elektronischen Ermittler eine Pressekonferenz.«

Er lächelte Eve an. »Das ist der Preis der guten Tat, Lieutenant. Kyung wird Sie wissen lassen, wann Sie dort erscheinen sollen.«

»Ja, Sir.« Sie nickte knapp.

»Jetzt lasse ich Sie weiter Ihre Arbeit machen, aber nehme mir noch eins von diesen feinen Brötchen mit«, erklärte er. »Die Köstlichkeiten haben Sie sich alle rechtschaffen verdient, denn schließlich haben Sie alle einen ganz hervorragenden Job gemacht. Fahren Sie damit fort«, bat er und ging.

»Den Worten des Commanders ist nichts mehr hinzuzufügen«, meinte Eve, als er verschwunden war. »Deswegen fasse ich jetzt nur noch einmal kurz zusammen, wie es gestern Abend abgelaufen ist, und weise dann den zu vernehmenden Individuen verschiedene Teams aus jeweils zwei Personen zu. Wir wechseln uns bei den Verhören ab und Staatsanwältin Reo wird bei jedem der Verhöre zur Verfügung stehen.«

Die Staatsanwältin hob die Hand. »Ich selbst und zwei Kollegen sind die ganze Zeit im Haus. Wie der Commander sagte, ist dies eine wirklich große Sache, und wir haben die feste Absicht, möglichst alle Festgenommenen vor Gericht zu stellen. Wir gehen die Akten aller, die bei diesen Einsätzen verhaftet wurden, noch mal gründlich durch und werden den vernehmenden Beamten zur Verfügung stehen.«

»Wenn wir hier durch sind, lassen wir sie raufbringen. Okay, ich fasse noch einmal kurz zusammen, wie es laufen wird«, ergriff jetzt wieder Eve das Wort und teilte ihre Teams für die Verhöre ein.

»Officer Carmichael, wenn Sie jetzt den ersten Schwung der Typen heraufbringen lassen, fangen wir an. An alle: Gehen Sie die Vorstrafenregister und die letzte Nacht erhobenen Anklagen gegen die Individuen durch und nageln Sie sie fest. Auf geht's.«

Als sie sich einen Kaffee holen wollte, waren die Kannen wenig überraschend alle leer. Aber egal.

»Haben Sie nichts zu tun, McNab?«

»Ich wollte Peabody nur noch zu ihrem Schreibtisch bringen.«

»Heißt das, Sie können nicht alleine laufen?«, wandte Eve sich an die Partnerin.

»Doch, Ma'am. Kein Problem.« Als Peabody versuchte aufzustehen, bedeutete Eve ihr zu warten und bedachte Peabodys Schatz mit einem kühlen Blick. »Sie können gehen.«

»Okay. Dann sehen wir uns später. Aber denk daran ...«

Jetzt sah auch Peabody ihn zum einen streng, doch gleichzeitig auch flehend an.

»Okay, bis dann.«

Als er nach einem letzten Blick zurück den Raum verlassen hatte, setzte Eve sich neben ihre Partnerin. »Okay, wie geht es Ihrem Knie? Und erzählen Sie mir keinen Scheiß. Ich frage das als Ihre Vorgesetzte, und ich werde auch Louise noch kontaktieren, also erzählen Sie mir keinen Scheiß.«

»Er ist einfach ein Schatz«, erklärte ihre Partnerin und fuhr zusammen, als Eves kalter Blick sie traf. »Es geht. Ich muss für ein paar Tage oder vielleicht auch ein bisschen länger eine Schiene tragen und zur Physiotherapie gehen, auch wenn's nur eine starke Zerrung ist. Die ist nicht wirklich schlimm«, beharrte sie auf ihrer Position. »Es ist nicht so, dass sie mich operieren müssten oder so. Ich brauche nur die Schiene, was zum Kühlen, die Physio und soll das Bein so oft wie möglich hochlegen.«

»Und was macht Ihre Schulter?«

»Der geht's schon viel besser, wirklich. Louise meinte,

dass sie ein paar Tage ziemlich wehtun würde und ich sie erst mal nur eingeschränkt bewegen könnte, doch die Übungen, die sie mir gezeigt hat, tun mir wirklich gut. Auch der geprellten Hüfte geht es schon viel besser, und um's von der positiven Seite zu betrachten, habe ich sie mir wahrscheinlich nur so stark geprellt, weil die Diät erfolgreich war und kaum noch Fett auf meinen Hüften ist.«

»Und sonst?«

»Nur ein paar Schürfwunden und blaue Flecke, ehrlich. Fragen Sie Louise. Vor allem sehen Sie selbst viel schlimmer aus als ich.«

»Mir hat schließlich auch ein Panzer mit Betonarmen, der auf Zeus war, eine reingehauen. Ich sehe also vielleicht nicht gut aus, aber im Gegensatz zu Ihnen muss ich nicht erst mal den ganzen Tag am Schreibtisch sitzen, bis ich wieder richtig laufen kann.«

»Aber ...«

»Gut, dass Sie auch im Verhörraum sitzen können. Da schränkt Ihr Knie Sie nicht bei Ihrer Arbeit ein. Doch wenn wir diese Typen festgenagelt haben – und das werden wir –, schieben Sie für den Rest der Woche oder bis Louise Sie wieder vollständig gesundschreibt, Innendienst.«

»Ich hatte mir bereits gedacht, dass Sie das sagen würden«, murrte Peabody.

»Dann hatten Sie ja auch schon genügend Zeit zum Schmollen. Und jetzt versprechen Sie mir noch, dass Sie mir sagen, wenn Sie eine Pause brauchen, ja? Wir haben heute jede Menge vor, und wenn Sie während eines der Verhöre eine Pause brauchen, nehmen Sie sich die.«

»Aber ich lege mein verdammtes Bein bestimmt nicht im Verhörraum hoch.«

»Das hätte ich auch nicht gedacht. Also nehmen Sie sich diese Pausen, wenn es nötig ist.«

»In Ordnung, abgemacht. Versprochen. Ohne Scheiß.«

»Dann fangen wir jetzt an. Als Erstes sprechen wir mit Washington.«

»Mit Snapper. Dessen Akte habe ich gelesen«, meinte Peabody.

»Ich brauche Sie erst mal als guten Cop. Sobald wir ein Gefühl für ihn bekommen haben, passen Sie sich an den Rhythmus der Vernehmung an, aber als Erstes kehren Sie die Mitfühlende raus.«

»Das heißt, ich soll ihn einlullen. Alles klar.«

Eve blieb noch einmal vor dem Verhörraum stehen, als Charlotte Mira ihr im Flur entgegenkam.

»Ich habe meinen Terminkalender freigeschaufelt, um bei den Verhören zuzusehen und Ihnen zu helfen, wo ich kann«, erklärte die Profilerin.

»Sehr gut.«

»Viel Glück.«

Zusammen mit Peabody ging Eve in den Vernehmungsraum. »Rekorder an. Lieutenant Eve Dallas und Detective Delia Peabody beginnen das Verhör von Denby Washington zu den Fällen mit den Aktenzeichen …« Sie schlug ihren Aktenordner auf und las die Nummern daraus ab.

»Ihr Cops seht alle ganz schön fertig aus«, stellte er grinsend fest.

Er war beinah so muskulös wie Aimes, denn offensichtlich brachte er den größten Teil seiner Zeit in irgendeiner Muckibude zu. Wahrscheinlich hoffte er, mit all den Muskeln taff und furchteinflößend auszusehen, aber das tat er nicht.

Neben den roten Spitzen seiner kurzen Dreadlocks und den Aknenarben auf der dunklen Haut fiel Eve besonders sein infolge des gezielten Schlags von Roarke noch immer stark geschwollener Kiefer auf.

Er wirkte jünger als die achtzehn, die er seinem Pass nach war, doch Verbitterung und Gemeinheit waren ihm deutlich anzusehen.

»Du auch, Denby«, gab Eve zurück und nahm ihm gegenüber Platz.

»Ihr Bullen habt mich misshandelt, und sobald ich die Gelegenheit dazu bekomme, zeige ich euch an.«

»Ach ja? Das ist ein bisschen seltsam, denn die Aufnahmen beweisen, dass du die Verletzung beim versuchten Diebstahl eines Polizeifahrzeugs davongetragen hast, bei dem du obendrein auch noch bewaffnet warst. Das ist eine von den Anklagen, die gegen dich erhoben werden.«

»Erzähl doch keinen Quatsch.«

Die Worte, die er ausstieß, wurden durch das gleichmäßige Schnipsen seiner Finger untermalt.

»Ich habe nur versucht, die Leute in dem Van zu warnen, weil sie dort nicht sicher waren, und dann hat dieser blöde Arsch mir einfach eine reingehauen.«

»Das heißt, du wolltest sie mit dem von uns aufgenommenen Satz«, noch einmal schlug sie ihre Akte auf, »›Verschwindet aus dem Van, ihr Arschlöcher, sonst bringe ich euch um‹, nur warnen? Ich finde, dass das eher wie eine Drohung klingt.«

»Das war ich nicht. Das hat jemand anderes geschrien.«

»Da draußen herrschte in dem Augenblick ein fürchterliches Chaos«, mischte Peabody sich ein.

»Genau. Da draußen war die Hölle los, deswegen wollte ich die Leute warnen. Ich kam dort gerade zufällig vorbei und plötzlich war die Hölle los.«

»Du warst in dem Gebäude«, klärte Eve ihn tonlos auf. »Das haben wir ebenfalls auf Band. Du verlogener Drecksack warst im Haus, und als dadrin die Hölle losbrach, bist du feige weggerannt.«

»Ich bin kein Feigling, Bitch.« Jetzt klatschte er die Fäuste auf den Tisch und funkelte sie hasserfüllt aus seinen dunklen Augen an. »Nimm mir die Handschellen ab, dann werden wir ja sehen, wer von uns der Feigling ist.«

»Mr. Washington«, bat Peabody ihn sanft. »Wir versuchen lediglich zu klären, was geschehen ist. Versuchen Sie also am besten, ruhig zu bleiben, ja?«

Er wandte sich ihr zu und sprach direkt mit ihr. »Ich bin ins Haus gerannt, um nachzusehen, was zur Hölle drinnen los ist, und dann bin ich wieder rausgerannt, weil ich die Leute warnen wollte. Weiter nichts.«

»Sie wollten also einfach helfen.«

»Genau.« Er lenkte seinen Blick zurück auf Eve. »Niemand nennt Snapper einen Feigling. Ich laufe vor nichts und niemandem davon.«

»Sind Sie ein Mitglied einer Bande, die den Namen Bangers trägt?«, wechselte jetzt auch Eve zum Sie.

»Scheiße, ja. Wir Bangers lassen uns von niemandem etwas gefallen. Auch nicht von euch Bullen und schon gar nicht von zwei Bullentussis, die so übel zugerichtet sind wie ihr.«

»Waren Sie als Mitglied dieser Gang an irgendwelchen Straftaten beteiligt?«

»Wir leben einfach unser Leben, weiter nichts.«

»Gehören zu diesem Leben der Besitz und die Verteilung sowie der Verkauf verbotener Substanzen?«

»Davon weiß ich nichts.«

»Wir haben verbotene Substanzen mit einem Verkaufswert von mehreren Tausend Dollar in dem Haus beschlagnahmt, das als Hauptquartier der Bangers dient.«

»Das habt ihr Bullen dort deponiert.«

»Haben wir auch die Geräte für die Herstellung von falschen Ausweisen und für Identitätsdiebstahl dort deponiert?«

»Auch davon weiß ich nichts.«

»Haben Sie, als Mitglied dieser Gang, Bewohner und Geschäftsinhaber in der Gegend Ihres Hauptquartiers mit unter Druck gesetzt und ihnen mit Schlägen oder der Zerstörung ihres Eigentums gedroht, wenn sie kein Schutzgeld an Sie zahlen wollten?«

»Oh nein, die Leute zahlen uns Geld dafür, dass wir sie schützen. Ihr Bullen seid doch nie da, wenn man euch braucht, deswegen sorgen wir für Sicherheit.«

Eve lehnte sich auf ihrem Stuhl zurück. »Aber jetzt sitzen Sie im Knast und unsere Beamten nehmen die Aussagen der Menschen auf, die Sie bedroht und eingeschüchtert haben, damit sie Sie für Ihren sogenannten Schutz bezahlen.«

»Das ist gelogen.«

»Wenn's Ihnen wirklich um die Sicherheit der Leute ging, werden die doch wohl dafür dankbar sein und das auch sagen«, mischte Peabody sich wieder ein.

»Das werden sie, wenn sie nicht ganz verblödet sind.«

»Was wirst du machen, Arschloch, wenn sie uns erzählen, wie es wirklich war?«, wechselte Eve abermals zum Du.

»Ich mache jedem Ärger, der mir Ärger machen will, kapiert? Und wenn's jetzt in den Knast geht, komme ich auch wieder raus.«

»Ach ja?« Eve legte ihm die Asservatentüten mit Rochelles Ohrringen und mit den Kopfhörern von deren Bruder hin. »Wo hast du die Sachen her?«

»Die Knöpfe für die Ohren habe ich gekauft.«

»Und wo?«

»Von einem Typen auf der Straße.«

»Seltsam, denn die Fingerabdrücke auf diesen Dingern stammen ausnahmslos von dir und von Lyle Pickering.«

»Ich kenne keinen Pickering. Ich habe diese Kopfhörer gekauft.«

»Und wann?«

»Letzte Woche.«

»Bist du echt so blöd, wie du dich gibst? Ich habe dir doch eben erst erzählt, dass Pickerings Abdrücke auf diesen Dingern sind. Und es gibt mindestens ein halbes Dutzend Zeugen dafür, dass er diese Kopfhörer am Tag, als er ermordet wurde, noch getragen hat.«

»Die Zeugen lügen, denn ich habe diese Kopfhörer vor einer Woche einem Typen auf der Straße abgekauft.«

»Und was ist mit den Ohrringen? Hast du die auch bei diesem Kerl gekauft?«

Er überlegte, was die beste Antwort war, und stieß mit rauer Stimme aus. »Die Teile habe ich noch nie gesehen.«

»Sie waren in deiner Tasche, als du festgenommen worden bist. Aber tu mir bitte den Gefallen und belüg mich weiter«, bat Eve ihn.

»Was interessieren Sie diese Dinger überhaupt?« Unbewusst nahm er das Fingerschnipsen wieder auf. »Ich habe sie gefunden. Es ist schließlich nicht verboten, irgendwelche Kleinigkeiten, die man auf der Straße findet, zu behalten.«

»Nur dass du die Ohrringe nicht auf der Straße, sondern in der Wohnung von Lyle Pickering gefunden hast. Und zwar nachdem du in die Wohnung eingedrungen warst, um ihn zu töten. Und ich schätze, du weißt selbst, dass, jemand anderen zu ermorden, streng verboten ist. Das ist etwas, wofür du elendiger Feigling bis zum Ende deines jämmerlichen Lebens hinter Gittern sitzen wirst. Und zwar in einem extraterrestrischen Knast.«

»Ach, leck mich doch«, fuhr er sie an. »Ich habe niemanden ermordet und ich kenne keinen Pickering. Ich habe diese Ohrringe gefunden und die Kopfhörer gekauft. Sie können nicht beweisen, dass es anders ist.«

»Wie kommen deine Fingerabdrücke dann in die Wohnung von Lyle Pickering?«

»Wir haben dort keine Spuren hinterlassen. Schließlich haben wir uns unsere Hände eingesprüht.«

Sie waren ein Haufen von Idioten, dachte Eve, und dieser war vielleicht noch dümmer als die anderen, wenn er derart leicht auf sie hereingefallen war.

»Ihr habt euch also eure Hände eingesprüht, bevor ihr mit der Absicht, Pickering zu töten, in die Wohnung eingedrungen seid. Wer hat ihm die Spritze in den Arm gerammt?«

Er schnipste immer schneller mit den Fingern, was ihr zeigte, dass er aus dem Gleichgewicht geraten war.

»Das ist wichtig, Denby«, klärte Peabody ihn ernst und beinah freundlich auf. »Wenn du ihm diese Spritze nicht gesetzt hast, könnte das bei der Verhandlung wichtig sein.«

»Ich weiß nicht, wovon Sie reden, und ich muss auch nicht mit Ihnen sprechen.«

»Du verlogener Feigling.« Eve stand auf und nahm den Zorn und Stolz in seinen harten Augen wahr. »Ihr habt Dinnie Duff benutzt, um in die Wohnung reinzukommen, drinnen habt ihr Pickering dann angegriffen und ihm was gespritzt, damit er sich nicht wehren kann, weil ihr zu feige wart, es mit ihm aufzunehmen. Dann habt ihr ihm eine Überdosis Go gespritzt, weil ihr nicht damit klargekommen seid, dass er was Besseres war als ihr.«

Als er sich auf sie stürzen wollte, hielten ihn die Fesseln, die er trug, zurück. »Der Hurensohn war ganz bestimmt nichts Besseres als ich. Er hat seiner *Familie* den Rücken gekehrt. Er hatte keinen Grund und nicht das Recht, zu leben, und weil Slice zu schwach war, ihn aus dem Verkehr zu ziehen, hat Bolt gesagt, dass wir die Sache übernehmen sollen.«

»Dann hat euch also Bolt alias Kenneth Jorgenson befohlen, Lyle Pickering zu töten?«, fragte Eve.

»Du blöde Bullenfotze willst mir etwas anhängen? Ich habe nur getan, was nötig war. Ich bin kein Feigling, und ich nehme es mit jedem, der mir krumm kommt, auf«, fuhr er sie an. »Und wenn ich dich erwische, werden wir ja sehen, wer von uns den Kürzeren zieht.«

»Hat Bolt euch auch gesagt, wie ihr es machen sollt? Wie ihr tun sollt, was nötig ist? Barry Aimes, Burke Chesterfield und du?«

»Fist und Ticker«, klärte Peabody ihn auf.

»Die beiden mussten sich beweisen, wenn sie echte Bangers werden wollten. Mussten zeigen, dass sie's wert sind, Mitglieder von unserer Gang zu sein.«

»Indem sie Pickering ermorden.«

»Wir haben ihn kaltgemacht, denn schließlich hatte sich der Kerl von der Familie abgewandt. Ich habe keine Angst, zu sagen, wie es war.«

»Dinnie Duff hat Aimes, Chesterfield und dir die Tür der Wohnung aufgemacht.«

»Sie hat als Bangers-Bitch getan, was ihr befohlen worden ist.«

»Hat sie euch auch geholfen, Pickering zu töten?«

»So was kriegen wir auch ohne Hilfe einer blöden Fotze hin. Wenn ich dich kriege, wirst du sehen, was wir mit blöden Fotzen machen«, drohte er Eve an und beugte sich fingerschnipsend zu ihr vor.

Inzwischen hatte sie den Kerl bei seinem hasserfüllten Stolz gepackt und fuhr entschlossen fort: »Das heißt, ihr habt sie rausgeschickt. Nur du, Chesterfield und Aimes habt Pickering ermordet.«

»Nicht ermordet, sondern hingerichtet«, klärte er sie auf. »Das musste sein.«

»Wo war Pickering, als ihr in das Apartment kamt, um ihn dort hinzurichten?«

»In der Küche. Fist hat ihn gepackt und Ticker hat ihm dann das Zeug zum Runterkommen gespritzt. Ich habe noch gesagt, dass das totaler Schwachsinn ist und wir ihn lieber ordentlich vermöbeln sollen, aber Bolt, er hat gesagt, wir sollten es wie eine Überdosis aussehen lassen. So, als hätte er der ganzen Welt nur etwas vorgemacht.«

»Und woher hattet ihr die Drogen, die ihr in der Wohnung deponiert habt?«

»Bolt kriegt alles, was er will. Der Mann sollte der Anführer der Bangers sein. Er hat gesagt, dass wir den Dreck im Zimmer dieses blöden Arschs verstecken sollen, und das haben wir gemacht.«

»Was habt ihr aus seinem Zimmer alles mitgehen lassen?«

»Nur ein paar Münzen, Mann. Er hätte sich ja nichts mehr davon kaufen können«, führte er mit einem leisen Kichern aus.

»Und wo waren die Kopfhörer?«

»In seiner Tasche. Aber schließlich hat er die nicht mehr gebraucht.«

»Und aus dem anderen Schlafzimmer?«

»Ein bisschen Glitzerkram, aber wen interessiert das schon? Fist hat die rote Tasche mitgehen lassen, weil er dachte, dass er damit eine von den Bitches in die Kiste kriegt. Der Typ ist einfach dumm wie Scheiße.«

»Warum habt ihr dann Dinnie noch umgebracht?«

Als er nur mit den Fingern schnipste, fügte Eve hinzu: »Sie hat euch schließlich in die Wohnung reingelassen und geholfen, das zu tun, was nötig war.«

»Bolt hat gesagt, sie würde herumjammern und sagen, dass sie keine Ahnung hatte, weshalb sie uns in die Wohnung lassen sollte. Und dass sie vielleicht Slice oder den Cops erzählen würde, wie es abgelaufen ist. Und zu den Bullen zu gehen, obwohl sie eine von den Bangers-Bitches war? Das geht nicht, Mann.«

»Das heißt, Sie mussten Dinnie aufhalten, bevor sie Bolt oder den Bangers in den Rücken fallen konnte«, bemerkte Peabody.

»Die blöde Fotze war andauernd high und konnte ihren Mund nicht halten, deshalb meinte Bolt, dass wir auch sie aus dem Verkehr ziehen sollen.«

»Dann war es also Bolts Idee, sie auf der Grenze zwischen Bangers-Land und Dragon-Territorium zu vergewaltigen und brutal zusammenzuschlagen.«

»Wir haben sie nicht vergewaltigt. Schließlich hat die blöde Bitch für jeden ihre Beine breit gemacht. Wir haben uns nur genommen, was sie auch schon vorher allen angeboten hat.«

»Und dann habt ihr sie totgeschlagen.«

Er hob gleichmütig die Achseln an. »Slice hatte nicht die Eier, um sich mit den Dragons anzulegen und verlorenes Gebiet zurückzuholen. Wir dachten, es gibt einen Bandenkrieg, wenn ihre Leiche dort gefunden wird. Aber selbst dazu hat ihm der Mut gefehlt. Das heißt, dass er der Feigling ist.«

»Also musstet ihr noch weitergehen«, erklärte Eve. »Aber weswegen Fist? Weshalb habt ihr ihn umgebracht?«

»Er hatte einfach Pech. Bolt dachte nicht, dass er das Zeug zum Banger hat, weil er dafür zu faul und viel zu dämlich war. Also haben Ticker, ich und Bolt ihn plattgemacht und seinen faulen Arsch dann direkt vor der Tür von diesem blöden Sack Fan Ho platziert. Das war's.«

Mit einem stolzen Zähneblecken fügte er hinzu: »Bisher hat niemand sich getraut, sich direkt mit dem Typen anzulegen. Aber wir haben es gewagt.«

Sie holte alle Einzelheiten zu dem dritten Mord und zum Transport der Leiche aus ihm heraus, und schließlich lehnte er sich selbstzufrieden auf dem Stuhl zurück und fragte sie verächtlich: »Also, wer ist jetzt der Feigling, Bitch?«

»Ich glaube, dass dir das nach zwei Jahren auf Omega bewusst wird. Denby Washington, gegen Sie wird Anklage wegen dreifachen Mordes und verschiedener anderer, damit in Verbindung stehender Straftaten erhoben, und bis zur Verhandlung bleiben Sie in Untersuchungshaft. Dallas und Peabody verlassen den Vernehmungsraum. Rekorder aus.«

»Denkt ihr, ich hätte Angst?«, rief er den beiden Frauen hinterher. »Ich fürchte mich vor nichts und niemandem.«

Als Eve nach zwei Beamten winkte, die den Kerl zurück in seine Zelle bringen sollten, holte Peabody geräuschvoll Luft.

»Er hat uns alles auf dem Silbertablett serviert. Dabei haben wir ihn praktisch mit Samthandschuhen angefasst.«

»Weil er erschreckend dumm und auch noch stolz auf seine Taten ist. Er hat uns auch die anderen geliefert, ohne dass es ihm auch nur bewusst war. Er denkt, dass sie genauso stolz auf all das sind. Und jetzt legen Sie eine kurze Pause ein.«

»Es geht mir gut. Im Ernst.«

»Sie machen trotzdem eine Pause, bis wir Ticker raufbringen lassen, und ich gucke währenddessen, wie die Aktien bei den anderen stehen und ob schon was zur DNA aus dem Labor gekommen ist.«

Sie sagte sich, das erste Arschloch hätten sie geknackt, und stapfte los, um zu erfragen, wie es bei den anderen Teams gelaufen war.

20

Auch mit Burke Chesterfield waren sie in weniger als einer Stunde durch. Auch er war groß und muskulös, mit einem strohfarbenen Iro, einer tätowierten Träne unterhalb des rechten Auges und anfangs mit einem breiten Grinsen im Gesicht.

Wahrscheinlich hatte er den Namen Ticker wegen der in seinen Hals gestochenen Zeichentrickbombe, die jeden Moment hochzugehen schien.

Sein Blick war nicht verbittert, sondern völlig leer, wie es die Blicke von eiskalten Mördern häufig waren.

»Nach unseren Infos sind Sie noch kein Mitglied bei den Bangers«, fing Eve an.

»Sie haben ja keine Ahnung«, fauchte er.

»Okay. Wann hat die Gang Sie aufgenommen?«

»Sobald ich aus dem Drecksloch hier heraus bin, ist es so weit.«

Eve las sich weiter ihre Akte durch. »Das heißt, Sie werden niemals Mitglied werden, weil man Sie aus diesem Drecksloch direkt in ein anderes verfrachten wird, aus dem Sie bis an Ihr Lebensende nicht mehr herauskommen.«

»Sie haben keinerlei Beweise gegen mich. Ich komme hier noch heute wieder raus.«

Eve zeigte ihm ein Bild des toten Aimes.

»Wie gut kannten Sie Barry Aimes alias Fist?«

»Wer soll das sein?«

»Das heißt, Sie kannten ihn nicht gut, als Dinnie Duff Sie selbst, ihn und Denby Washington alias Snapper in die Wohnung von Lyle Pickering gelassen hat, damit der dort von Ihnen ermordet werden konnte?«

In seinen leeren Augen blitzte Überraschung auf, weil sie zu wissen schien, dass er bei diesem Mord dabei gewesen war.

»Ich habe diesem Typen nichts getan. Ich und Snapper waren auf dem Baseballplatz, als dieser Kerl ins Gras gebissen hat.«

»Oh, Sie waren also mit Mr. Washington zusammen«, griff Peabody die Antwort auf.

»Genau das habe ich gesagt. Sie können ihn fragen, wenn Sie wollen.«

»Das haben wir bereits getan«, klärte Peabody ihn jetzt lächelnd auf. »Wir haben Mr. Washington bereits verhört. Er hat noch jemand anderen erwähnt …« Stirnrunzelnd las sie in der Akte nach. »Ja, richtig. Einen Kenneth Jorgenson.«

»Das stimmt.« Ein neuerliches Grinsen huschte über sein Gesicht. »Bolt war dabei. Wir haben zu dritt gespielt.«

»Ach ja? Detective Peabody, gehen Sie doch bitte mal zu dem Teil des Verhörs von Mr. Washington zurück, in dem er uns erzählt, wo er und Mr. Chesterfield zu dieser Zeit waren und was sie dort gemacht haben.«

»Ja klar. Moment.«

Peabody schaltete den Minibildschirm ein.

Als Chesterfield verfolgte, wie der andere Einzelheiten der Tat nannte und noch damit angab, stieg ihm eine heiße Zornesröte ins Gesicht, doch dann wurde er bleich.

»Er lügt.«

»Weswegen sollte er das tun? Weswegen hätte er uns nicht erzählen sollen, dass er mit Ihnen und mit Jorgenson zusammen auf dem Sportplatz war?«

»Weil er ein Lügner ist.«

»Dann hat er uns also erzählt, er hätte Pickering ermordet, weil er bis ans Lebensende ins Gefängnis will?«

»Ich habe keine Ahnung, was der Kerl gemacht hat. Er hat mich gebeten zu behaupten, dass wir zu der Zeit zusammen auf dem Sportplatz waren, und das habe ich getan.«

»Und jetzt behaupten Sie, dass auch Sie selbst gelogen haben und er gar nicht auf dem Sportplatz war.«

»Ich wollte ihm damit einen Gefallen tun.«

»Weshalb hätte er behaupten sollen, Sie waren dabei, nachdem Sie ihm derart gefällig sind?«

»Weil er ein durchgeknalltes Arschloch ist.« Er schien sich für das Thema zu erwärmen, pikste mit dem Finger auf den Bildschirm und erklärte: »Und weil er mich hasst. Weil er mich in die Scheiße reiten will.«

Eve nickte nachdenklich. »Dann hasst er Sie also und will Sie in die Scheiße reiten, aber trotzdem geben Sie dem Kerl ein Alibi für einen Mord? Dann sind Sie offenbar ein wirklich großherziger Mensch. So großherzig, dass Sie Lyle Pickering, um sich als guter Banger zu erweisen, eine Überdosis Go gespritzt haben und dann noch seine Lightning-High-Tops mitgehen ließen, als Sie aus der Wohnung abgehauen sind.«

»Das sind meine Schuhe. Die habe ich mir letzte Woche selbst gekauft.«

»Da haben sich die Typen letzte Woche aber ganz schön viele Sachen zugelegt«, wandte sich Eve an Peabody. »Kopfhörer und Schuhe – voll mit Fingerabdrücken von Pickering.«

Bei diesen Worten kam ihm eine – wie er sicher dachte – ausgezeichnete Idee. »Ich habe diese Schuhe Snapper abgekauft.«

»Genau, dem Typen, der Sie in die Scheiße reiten will und dem Sie trotzdem gern einen Gefallen tun.«

»Mit diesen Schuhen hat er mich dafür bezahlt.«

»Verstehe. Also haben Sie die Schuhe doch nicht, wie Sie ursprünglich behauptet haben, letzte Woche irgendwo gekauft.«

»Ich habe sie getauscht. Gefallen gegen Schuhe.«

»Das klingt, als wollten Sie jetzt Snapper in die Scheiße reiten«, bemerkte Peabody. »Aber auf den Schuhen sind nur Abdrücke von Ihnen und Lyle Pickering.«

»Ich nehme an, sein Großmut und sein Mitgefühl sind zwischenzeitlich einfach aufgebraucht«, erklärte Eve. »Er hatte zwar kein Mitgefühl, als Dinnie Duff von ihm, Washington und Aimes zusammengeschlagen, vergewaltigt und ermordet wurde und als er Barry Aimes die Kehle durchgeschnitten hat, doch davon abgesehen ist er offenbar ein echter Menschenfreund.«

»Ich habe nichts von alledem getan. Snapper will mich reinreiten, sonst nichts. Ich habe nichts von alledem getan und jeder, der was anderes behauptet, lügt.«

»Wir haben keinen Grund, zu lügen, und wir sagen, dass Sie all das getan haben.«

»Dann steht mein Wort gegen das von Snapper.«

»Eher steht Ihre Dummheit gegen die von Snapper, und aus meiner Sicht stehen die sich in nichts nach. Wie sehen Sie das, Peabody?«

»Für mich sieht es nach einem Kopf-an-Kopf-Rennen aus.«

»Ich bin nicht dumm. Ihr Bullenschlampen seid die Dummen.«

»Dann wollen wir doch mal sehen«, schlug Eve ihm vor. »Sie hatten eine Brosche aus der Wohnung von Lyle Pickering in Ihrer Tasche, und Sie hatten seine Schuhe an, als Sie von uns verhaftet worden sind.«

»Das heißt, er führt das Rennen erst mal an«, schloss Peabody.

»Dazu haben wir die Aussage der Frau, die Ihnen im Tausch gegen ein Armband, das Sie ebenfalls aus Pickerings Wohnung mitgehen ließen, einen geblasen hat.«

»Ich weiß nicht mal, was eine gottverdammte Brosche *ist*! Und Yolanda, diese Schlampe, lügt, wenn sie den Mund aufmacht.«

»Eine Brosche ist so was wie eine Anstecknadel.« Eve schob ihm ein Foto hin. »Und ich habe den Namen der Frau, die dieses Armband hatte, nicht erwähnt. Dazu haben wir Ihre DNA von Dinnies Leiche abgenommen. Sie werfen offenkundig jede Menge Sachen ein, um einen hochzukriegen, doch Ihre DNA und Ihre Haare bleiben immer gleich.«

»Jeder Mensch hat Haare.«

»Meine Güte, rede ich chinesisch, oder was? Jeder Mensch hat sein ganz eigenes Haar und seine eigene DNA.«

Als er verächtlich das Gesicht verzog, verriet das Zittern seiner Unterlippe, dass er sich inzwischen nicht mehr ganz so sicher war. »Sie haben keine DNA von mir, denn meine Alte war zu schlau, um die zu registrieren.«

»Nur leider haben Sie die Klugheit Ihrer Mutter nicht geerbt. Sie haben gestern hier eine Cola getrunken und wir haben Ihre DNA auf dieser Dose mit dem Haar verglichen, dass an Dinnies Leiche war. Und an dem Messer, das wir Ihnen abgenommen haben, klebt das Blut von Barry Aimes.«

»Außerdem ist da auch noch das blutverschmierte T-Shirt, das in seinem Zimmer lag«, bemerkte Peabody. »Wahrscheinlich ist das Blut nur so gespritzt, als er dem armen Kerl die Kehle durchgeschnitten hat.«

»Das Shirt gehört nicht mir und auch das Messer und die Brosche habe ich gefunden.«

»Wo?«

»Auf der Straße«, stieß er aus und riss erschreckt die Augen auf. »Das heißt, in Snappers Bude. Diese Sachen lagen dort herum.«

»Sie wollen uns also glauben machen, dass Sie zwar ein Dieb, aber kein Mörder sind? Warum weisen das Messer und die Brosche dann nur Ihre, aber nicht die DNA von Snapper auf? Das können Sie mir nicht erklären«, raunzte Eve ihn an. »Sie schaffen es nicht, schnell genug zu lügen, und vor allem hat Ihr Kumpel uns bereits genau erzählt, wie's abgelaufen ist. Bolt hat gesagt, um euch als Bangers zu beweisen, müsstet ihr erst Pickering die Spritze setzen, danach Dinnie Duff zusammenschlagen, vergewaltigen und auf der Grenze zwischen Bangers-Land und Dragon-Territorium liegen lassen und am Ende auch noch Aimes den Hals durchschneiden, ihn nach Chinatown verfrachten und die Leiche vor dem Restaurant der Mutter von Fan Ho abladen, weil dann garantiert ein Bandenkrieg ausbricht.«

»Ich war nur dort.« Über der tätowierten Träne füllten seine Augen sich mit echten Tränen. »Ich habe nichts gemacht. Ich war nur dort. Ich war vollkommen high. Bolt hat gesagt, wir müssten diese Dinge tun.«

»Erzählen Sie mir genau, was Bolt gesagt hat, was Sie machen sollen.«

Danach holte Peabody aus einem der Getränkeautomaten Mineralwasser für sich und Eve.

»Ich weiß nicht, wie es Ihnen geht, aber ich bin vollkommen dehydriert. Ich dachte, wenn wir diese beiden festgenagelt hätten, wäre ich euphorisch«, bemerkte sie, bevor sie einen ersten Schluck aus ihrer Dose nahm. »Im Grunde aber war es einfach jämmerlich. Ich meine, Gott, er hat die letzte Viertelstunde durchgeheult. Es war nicht seine Schuld, denn er war high. Er konnte nichts dafür, weil er von Bolt dazu gezwungen worden ist.«

»Also knöpfen wir uns Bolt als Nächsten vor.« Auch Eve rieb sich die Augen und die Stirn. »Vorher sprechen Sie noch mit den Leuten, die den Van, mit dem sie Aimes nach Chinatown verfrachtet haben, abholen sollten, und erkundigen sich bei der Spusi, ob sie schon etwas gefunden hat. Und danach legen Sie Ihr Bein ein bisschen hoch.«

Auf dem Weg in ihre eigene Abteilung sahen sie, dass Rochelle mit Crack auf einer der im Flur stehenden Bänke saß.

»Ich spreche mit den beiden«, sagte Eve zu ihrer Partnerin. »Sie holen währenddessen schon mal die Erkundigungen zu dem Lieferwagen ein.«

»In meiner Pause kann ich fragen, wie es bei den anderen Teams gelaufen ist«, bot Peabody ihr an. »Das kann ich schließlich auch im Sitzen tun.«

Eve nickte knapp und wandte sich den beiden anderen zu, die inzwischen aufgestanden waren.

»Wilson kann nichts dafür«, erklärte Rochelle ihr. »Er ist nur hier, weil ich darauf bestanden habe herzukommen. Ich habe in den Nachrichten von den Festnahmen gehört ... Sie sind verletzt.«

»Das gehört zu den Gefahren meines Jobs.«

»Das dünne weiße Mädchen ist ein zäher Knochen«, fügte Crack hinzu.

»Das stimmt. Am besten gehen wir in den Pausenraum«, erklärte Eve und zeigte auf die Tür.

»Ich weiß, dass Sie beschäftigt sind und dass ich Ihnen Ihre Zeit nicht stehlen soll, aber ich dachte, falls Sie mir was sagen können ...«

»... kommen Sie persönlich her, damit ich Sie nicht einfach so abwimmeln kann.«

»Genau«, gab Rochelle widerstrebend zu.

Da praktisch alle anderen Cops mit den Verhören oder dem Transport der Festgenommenen beschäftigt waren, ging Eve voran in den fast leeren Pausenraum. »Der Kaffee hier ist grauenhaft.«

»Ich will sowieso nichts trinken.« Rochelle umklammerte Cracks Hand und nahm Eve gegenüber Platz. »Ich hoffe nur, dass Sie mir irgendetwas sagen können.«

Sie wirkte so erschöpft, als hätte sie seit Tagen nicht

geschlafen, dachte Eve, und brauchte dringend irgendetwas, um sie aufzubauen.

»Wir geben später eine Pressekonferenz, deshalb behalten Sie die Dinge, die ich Ihnen sage, bitte erst einmal für sich. Es kann die Ermittlungen behindern, wenn zu früh etwas davon nach außen dringt.«

»Gibt's irgendetwas, was ich meiner Gram und meinen Brüdern sagen kann?«

»Nicht solange nicht die Polizei ein offizielles Statement abgegeben hat.«

»Okay.«

»Von den drei Mördern Ihres Bruders haben wir zwei verhaftet, sie werden wegen Mordes vor Gericht gestellt. Den dritten haben sie selbst umgebracht.«

»Das heißt, Sie haben sie.« In Rochelles Augen stiegen Tränen auf. »Sie haben sie.«

»Wir haben auch noch ein viertes Individuum festgenommen, das gleich von uns vernommen wird. Wir gehen davon aus, dass er den Mord nicht persönlich mit durchgeführt, doch die drei anderen dazu angestiftet hat.«

Jetzt ließ Rochelle den Tränen freien Lauf. »Hat Marcus Jones den Mord an Lyle befohlen?«

»Nein. Ich werde Jones für eine ganze Reihe anderer Verbrechen hinter Gitter bringen, aber mit dem Mord an Ihrem Bruder hat er nichts zu tun. Wir haben die Gegenstände, die die Täter aus der Wohnung mitgenommen haben, sichergestellt, und Sie bekommen sie zurück, wenn die Ermittlungen abgeschlossen sind. Die Drogen, die im Zimmer Ihres Bruders waren, haben seine Mörder dort platziert. Wir haben ihre Geständnisse auf Band.«

»Dann ist er also nicht noch einmal rückfällig geworden.« Rochelle atmete erleichtert auf. »Das wusste ich schon vorher, aber trotzdem hilft es, dass jetzt auch die Polizei das weiß. Dass alle Welt es wissen wird.«

»Rochelle, Ihr Bruder ist nicht rückfällig geworden und er hatte auch nicht wieder was mit seiner alten Gang zu tun. Er hat Sie nicht belogen. Er hat vielleicht ein paar Dinge nicht erzählt. Zum Beispiel, dass er Informant der Polizei war.«

Rochelle presste ihre freie Hand vor den Mund. »Er hat der Polizei geholfen? Ihnen?«

»Nein, nicht mir. Ich werde dafür sorgen, dass Sie auch mit der Beamtin sprechen können, deren Informant er war. Er konnte Ihnen nichts davon erzählen, aber seine Infos haben zur Verhaftung einer Reihe Straftäter geführt und so die Leben unschuldiger Menschen sicherer gemacht. Er hat die zweite Chance, die das System ihm geboten hat, mehr als genutzt, Sie können wirklich stolz auf Ihren Bruder sein.«

»Das bin ich auch. Ist das der Grund … haben sie das herausgefunden und ihn deshalb umgebracht?«

»Das kann ich noch nicht sagen. Bitte geben Sie uns noch ein bisschen Zeit und behalten Sie alle diese Dinge erst einmal für sich.«

»Das mache ich. Versprochen.« Während eine Hand auch weiterhin in der von Crack lag, griff sich Rochelle mit ihrer anderen ans Herz. »Er hat der Polizei geholfen und dadurch die Schmerzen, die er anderen Menschen zugefügt hat, wiedergutgemacht. Bitte sagen Sie der Polizistin, die ihn angeheuert hat, dass ich ihr dankbar bin. Ich bin ihr mehr als dankbar für die Chance, die sie ihm gegeben hat.«

»Das mache ich. Und jetzt muss ich zurück in den Vernehmungsraum.«

»Dürfen wir noch kurz hier sitzen bleiben, bis ich mich gesammelt habe?«, bat Rochelle.

»Sie können hier so lange sitzen bleiben, wie Sie wollen«, bot Eve ihr im Aufstehen an.

Im Flur blieb sie noch einmal stehen, als Crack nach ihr rief.

»Ich will dich sicher nicht noch länger aufhalten, doch eine Frage gäbe es da noch.«

»Ich bin bereits so weit gegangen, wie es möglich war.«

»Es geht um etwas anderes. Ich wollte einfach wissen, ob du diesen Arsch, der dein Gesicht so übel zugerichtet hat, verhaftet hast.«

Ein selbstzufriedenes Lächeln huschte über ihr Gesicht. »Na klar. Ich habe diese Ärschin festgenommen und auch ihr Gesicht sieht ziemlich mitgenommen aus.«

»Da bin ich aber froh.« Damit ließ er sie gehen, doch als sie weiterlief, rief er ihr hinterher: »Ich kenne jede Menge dünner weißer Mädchen, aber keins von denen ist so hübsch wie du.«

Sie ging in ihr Büro, in dem die Staatsanwältin mit einem Becher ihres echten Kaffees in der Hand in ihrem Schreibtischsessel saß.

»Es tut mir leid, ich brauchte einfach einen kurzen Augenblick für mich.«

Als Reo ihr den Sessel überlassen wollte, meinte Eve. »Schon gut. Ich wollte mir nur selbst schnell einen Kaffee holen.«

»Dann kann ich Ihnen ja währenddessen kurz erzählen, dass Donita Havers alias Tank, die Frau, die mit dem Baseballschläger auf Sie losgegangen ist, den Mordversuch an Ihnen gestanden hat.«

»Wie bitte? Augenblick. Sie hat gesagt, dass sie mich umbringen wollte?«

»Sie ist echt stolz darauf, wie sie Sie zugerichtet hat, und hat gesagt, sie hofft, dass sie Sie irgendwann noch mal erwischt, um Sie dann endgültig aus dem Verkehr zu ziehen. Sie war zwar schlauer als die meisten von den Typen und hat einen Pflichtverteidiger verlangt, doch den hat sie dann kurzerhand k.o. geschlagen, als er davon anfing, dass sie keine Ahnung hatte, dass Sie Polizistin sind, und auf vermindert schuldfähig plädieren wollte.«

Zum Zeichen, dass sie noch nicht fertig war, hob Reo einen Finger in die Luft und ging ihre Notizen durch. »Wörtlich hat sie gesagt: Ich wusste, dass die Fotze von den Bullen ist, und ohne den verfickten Helm hätte ich ihr den verfickten Schädel eingeschlagen und ihr Hirn geschlürft. Wenn sie mir noch mal irgendwo über den Weg läuft, ist sie dran.«

Nachdenklich trank Eve den ersten Schluck Kaffee. »Ist ihr bewusst, dass es dafür hier in New York wahrscheinlich lebenslänglich gibt?«

»Das scheint ihr vollkommen egal zu sein. Sie meint, es gäbe keinen Knast, in dem man sie auf Dauer einsperren kann, und wenn sie wieder draußen wäre, würde sie Sie jagen, um Ihr Hirn zu fressen, wie sie es schon gestern machen wollte. Dann haben wir eine kurze Pause eingelegt, nachdem ihr Anwalt einen Arzt verlangt und sie gesagt hat, dass sie keinen verfickten Rechtsverdreher braucht, dann haben Baxter und der süße Trueheart sie dazu gebracht, dass sie auch noch zwei andere tätliche Angriffe, den Totschlag eines Drogendealers – und zwar mit den bloßen Fäusten – und verschiedene andere Straftaten gestanden hat. Das heißt, sie geht bis an ihr Lebensende in den Knast, und zwar nicht hier, sondern auf Omega. Was meiner Meinung nach noch jede Menge Jahre sind, weil sie erst vierundzwanzig ist.«

»Sehr gut.«

»Vergessen Sie das bitte nicht, denn um so weit zu kommen, haben wir ein paar kleineren Nummern beider Banden Zugeständnisse gemacht.«

»Und wenn sie wieder rauskommen, fahren sie für irgendwelche anderen Sachen ein. So laufen diese Dinge nun einmal«, erklärte Eve und schränkte in Gedanken an Lyle Pickerings erstaunliche Verwandlung ein: »Auch wenn's der eine oder andere hinkriegt und sein Leben nach so einer Karriere wieder in den Griff bekommt.«

»Einige der Typen wurden vorher schon per Haftbefehl gesucht, das heißt, die fahren auf alle Fälle ein. Jenkinson und Reineke haben die Adresse einer Wohnung, in der noch mehr Sexarbeiterinnen sind. Sie waren da gerade im Verhör, deshalb hat Whitney ein paar Leute hingeschickt. Und Strong bearbeitet jetzt gerade Ho. Sie hat mit zwei von seinen Untergebenen angefangen und eine schöne dicke Akte gegen diesen Kerl zusammengestellt, auch wenn dafür ein Deal mit diesen Typen nötig war.«

»Werden deren Aussagen ihr helfen, dieses Arschloch in den Kahn zu bringen?«

»Bestimmt. Er hat zwar einen Anwalt eingeschaltet, doch ich wüsste nicht, wie der ihm jetzt noch helfen soll. Jorgenson hat einen Pflichtverteidiger, der wegen eines

Deals zu mir gekommen ist.« Die Staatsanwältin untersuchte ihre Fingernägel und erklärte lächelnd: »Doch ich habe nur gekichert und gefeixt.«

»Gekichert und gefeixt?«

Die Staatsanwältin gluckste damenhaft und dann stieß sie ein dumpfes, böses Lachen aus.

»Hervorragend.«

»Das habe ich auch jahrelang geübt. Mit dem, was Sie von Washington bekommen haben, brauchen wir mit diesem Kerl ganz sicher keinen Deal.«

»Vor allem, da uns Chesterfield die Aussage bestätigt und uns weitere Details gegeben hat.« Eve sah auf ihre Uhr. »Dann lasse ich den Typ jetzt mal raufbringen.«

»Und ich gebe dem Pflichtverteidiger Bescheid.«

»Behalten Sie den Schreibtisch. Ich muss noch ...«

Bevor Eve den Satz beenden konnte, drangen feste, gleichmäßige Schritte an ihr Ohr und zeigten ihr, dass Kyung im Anmarsch war.

Er war ein großer, eleganter schwarzer Mann und wirklich nett, obwohl er Pressesprecher war.

»Lieutenant, Staatsanwältin Reo, tut mir leid, dass ich Sie stören muss.«

»Der Commander hat gesagt, die Pressekonferenz ist erst am Nachmittag. Bis dahin ist ja wohl noch Zeit.«

»Aber nicht viel. Ich habe gerade mit dem Chief gesprochen, der inzwischen auf dem Rückweg ist. Er würde gern um vier Uhr vor die Presse treten, aber wenn Sie etwas mehr Zeit brauchen, kann und werde ich ihm sagen, dass er den Termin nach hinten schieben soll.«

Eve wusste, dass es kein Entrinnen für sie gab, und rechnete kurz nach. Sie wollte die Vernehmungen von

Jorgenson, von Jones und Cohen vorher noch zum Abschluss bringen, deswegen meinte sie: »Ich gebe Ihnen spätestens um drei Bescheid, okay?«

»Das passt. Bis dahin habe ich ein Statement vorbereitet«, meinte Kyung, und als Eve etwas sagen wollte, hob er abwehrend die Hand. »Sie sollen es nur absegnen, damit wir sicher sind, dass alle Fakten stimmen. Sie können sich in Ihrer Redezeit darauf beziehen, wenn Sie wollen. Mir ist bewusst, dass Sie auf Schminke keinen großen Wert …«

»Vergessen Sie's. Ich werde mich ganz sicher nicht …«

Er hob erneut die Hand. »Genau das hatte ich gehofft. Ich wollte darum bitten, dass Sie genau so vor die Presse treten wie sonst auch. Die Leute sollen sehen, aus welchem Holz die Polizei geschnitzt ist und was sie in Kauf nimmt, wenn es um den Schutz der Bürgerinnen und Bürger geht.«

Eve trank den Rest ihres Kaffees und stellte den Becher fort. »Damit beweisen Sie mir wieder mal, dass Sie kein Arschloch sind.«

»Ich danke Ihnen für das Kompliment. Falls ich noch kurz mit Ihnen sprechen dürfte«, wandte er sich Reo zu.

»Am besten unterhalten Sie sich hier«, bot Eve den beiden an, nahm selbst vorn an Baxters Schreibtisch Platz, bestellte Jorgenson in den Vernehmungsraum und schrieb noch eine kurze Textnachricht an Roarke.

Die ersten beiden Runden gingen an uns. Jetzt läuten wir die dritte Runde ein.

Die Antwort ließ nicht lange auf sich warten.

Macht sie fertig, Lieutenant.

»Was denn sonst?«

»Ich habe hier die Liste der inzwischen vorgenommenen Verhöre, der Anklagepunkte und der abgeschlossenen Deals«, erklärte Peabody von ihrem Platz aus.

»Schicken Sie mir alles auf den Handcomputer«, meinte Eve und wollte aufstehen, als Baxter kam, der aber schüttelte den Kopf und lehnte sich an seinen Schreibtisch.

»Wir legen gerade eine kurze Pause ein und auf mein Anraten schnappt Trueheart draußen etwas frische Luft.«

»Warum?«

»Weil unser letzter Banger gerade einmal vierzehn ist. Die Mutter und jemand vom Jugendamt waren bei dem Verhör dabei, und seine Mutter hat uns angefleht, dass wir ihr selbst und ihrem Jungen helfen sollen. Sie sagt, vor zwei Jahren wären ein paar Bangers bei der Schule aufgetaucht und hätten Mitglieder für ihre Bande geworben.«

»Wir wissen, dass das stimmt.«

»Das wissen wir. Sie haben dort Drogen verschenkt und lauter Müll geredet, und die Mutter sagt, der Junge hätte wochenlang versucht, den Typen aus dem Weg zu gehen. Als sie eines Abends von der Arbeit heimkam, wurde sie vergewaltigt und geschlagen, und da sie die Sache angezeigt hat, wissen wir, dass sie uns keinen Quatsch erzählt. Sie wusste nicht, von wem sie überfallen worden war. Genauso wenig wusste sie, dass danach zwei von diesen Kerlen den Jungen abgepasst und ihm erklärt haben, dass sie den nächsten Überfall vielleicht nicht überlebt, wenn er nicht für die Bangers arbeitet. Und wenn er seiner Mutter oder sonst jemandem etwas davon sagen würde, wäre sie auf alle Fälle tot.«

»Was hat er gemacht?«

»Er hat getan, was sie verlangt haben. Hat den Kurier für sie gespielt. Hat Drogen ausgeliefert und das Schutzgeld einkassiert. Bis dahin war er ein recht guter Schüler, doch ab da ging es mit seinen Leistungen bergab, und er hat furchtbar abgenommen, weil er kaum noch was gegessen hat. Selbst im Verhörraum hat er anfangs keinen Ton gesagt. Das Kind hat Todesangst, Lieutenant, das ist ihm deutlich anzusehen.«

»Was hat er gestern Abend im Bangers-Hauptquartier gemacht?«

»Er hat bei Jones ein Päckchen abgeliefert. Trueheart hat sich Zeit genommen und ist total behutsam mit ihm umgegangen, doch am Ende hat er alles aus ihm rausgeholt.«

»Kann er die Kerle identifizieren, die ihn bedroht haben?«

»Das kann er und er hat es schon getan. Die beiden nehmen wir uns als Nächste vor. Aber er hat gesagt, er musste sich einmal die Woche bei Jones melden und Jones hätte ihm gesagt, sie bräuchten anständiges frisches Blut wie ihn, und auch wenn es in Ordnung wäre, dass er seine Mutter schützen wollte, wären sie jetzt seine Familie, und wenn er das jemals vergessen sollte, würde seine Mutter dafür zahlen.«

»Ich will, dass Mira mit dem Jungen spricht.«

»Wir haben sie schon informiert.«

»Lassen Sie den Jungen und seine Mutter überwachen, denn wir wissen nicht, wie viele von den Arschlöchern noch draußen sind. Haben sie noch andere Verwandte?«

»Ihre Eltern leben in Brooklyn und die Schwester lebt in Queens.«

»Dann sollten sie zu ihren Eltern oder zu der Schwester ziehen, sobald Mira die Erlaubnis dazu gibt.«

»Auch das haben wir den beiden schon gesagt. Nach Aussage des Jungen zwingen diese Typen Mädchen seines Alters, für sie anschaffen zu gehen. Entweder Mädchen, die schon auf der Straße leben, oder Mädchen, die sie wie ihn unter Druck setzen.«

Bei diesen Worten nahm das Kopfweh, das Eve schon den ganzen Morgen hatte, weiter zu. »Wir haben eine Wohnung ausfindig gemacht, in der sechs Sexarbeiterinnen waren. Falls sie noch andere solche Wohnungen vielleicht mit jungen Mädchen haben, finden wir auch die. Sprechen Sie das Thema bei den weiteren Verhören an und geben Sie auch den anderen Vernehmungsteams Bescheid. Machen Sie Druck.«

»Die Pause ist vorbei, Peabody. Jorgenson wird gerade raufgebracht.«

»Ich bin bereit. Verdammt, ich bin bewaffnet und bereit.«

Er sah nicht wie ein potenzieller Captain aus, sagte sich Eve, als sie in den Verhörraum kam. Knapp 1,74 groß, kompakt, mit feuerroten Stachelhaaren über einem blassen Mondgesicht.

Er hatte seine Arme vor der Brust verschränkt und anders als die aufgeregte Miene seines Anwalts drückten seine wässrig grünen Augen Langeweile aus.

»Seit über sechzehn Stunden wartet mein Mandant darauf, dass Sie ihm sagen, was ihm vorgeworfen wird. Nach dem Gesetz …«

»Moment. Rekorder an. Lieutenant Eve Dallas und Detective Delia Peabody beginnen das Verhör von Kenneth Jorgenson in Anwesenheit von seinem Pflichtverteidiger. Bitte nennen Sie uns Ihren Namen, Sir.«

»Paul Quentin.«

Die beiden Frauen nahmen Platz, und Eve gab die diversen Aktenzeichen, derentwegen Jorgenson ihr gegenübersaß, in den Rekorder ein.

»Noch einmal. Mein Mandant …«

»… musste so lange warten, bis er an der Reihe war«, griff Eve den Faden auf. »Mr. Jorgenson …«

»Ich werde für ihn sprechen«, meldete sich abermals der Pflichtverteidiger zu Wort. »Und muss Sie bitten, meinen Mandanten Bolt zu nennen, denn den anderen Namen hat er schon vor Jahren abgelegt.«

»Ach ja?«

Der Anwalt wirkte geradezu erschreckend bieder und vor allem völlig unerfahren, dachte Eve. Ein dürrer Kerl mit einer Haut wie Milchkaffee in einem Anzug und mit sorgfältig gebundenem Schlips. Wahrscheinlich jung genug, um idealistisch an die Sache heranzugehen.

»Sie wissen, was Ihrem Mandanten vorgeworfen wird?«

»Natürlich, und natürlich weist er alle Vorwürfe zurück und kann zwei Zeugen dafür nennen, wo er sich aufgehalten hat, während Lyle Pickering ums Leben kam.«

»Das spielt keine Rolle, denn schließlich werfen wir ihm vor, dass er den Mord an Mr. Pickering befohlen, und nicht, dass er ihn selbst ermordet hat.«

Mit einem Blick auf Jorgensons noch immer ausdruckslose Miene fügte Eve hinzu: »Uns ist bewusst, dass er die Drecksarbeit nicht selbst macht.«

»Tatsächlich hatte mein Mandant zu dem Verstorbenen keinerlei Verbindung. Weshalb also hätte er ihn umbringen lassen sollen? Aber vielleicht hat mein Mandant Informationen über die Person, die Mr. Pickering getötet hat. Die können Sie haben, wenn dafür von einer Strafverfolgung wegen weniger gravierender Taten wie Körperverletzung, dem Besitz von Drogen, dem Besitz von …«

»Seien Sie still.«

Dem Anwalt fiel die Kinnlade herunter. »Bitte?«

»Seien Sie still.« Eve sagte sich, am besten zeigte sie dem jungen Burschen gleich zu Anfang, wo der Hammer hing. »Falls Ihr verficktes, mörderisches Arschloch von Mandant sich einbildet, er könnte Marcus Jones für diesen Mord ans Messer liefern, kann er sich die Mühe sparen. Und falls Sie wirklich glauben, was das Arschloch Ihnen erzählt hat, halten Sie als Pflichtverteidiger nicht lange durch.«

»Ich verbitte mir, dass Sie in einem solchen Ton über mich selbst oder meinen Mandanten …«

»Seien Sie still«, befahl Eve ihm zum dritten Mal. »Die beiden anderen haben dich reingeritten, Bolt. Snapper und Ticker – falls du auf den lahmen Gangnamen bestehst. Sie haben dich reingeritten und die Scheiße steht dir bis zum Hals.«

Bolt raunte seinem Pflichtverteidiger etwas ins Ohr und Quentin nickte knapp. Dann räusperte er sich und fing erneut zu reden an. »Uns ist bewusst, dass Polizeibeamte während der Vernehmung lügen dürfen, und das tun Sie offenbar, denn auch wenn mein Mandant die beiden anderen Individuen nicht näher kennt, hat er zum Zeitpunkt der Ermordung von Lyle Pickering mit ihnen zusammen Basketball gespielt, was ja wohl nicht verboten ist. Das heißt, dass er durch ihre Aussagen nicht reingeritten, sondern eindeutig entlastet worden ist.«

»Interessant – wie sehen Sie das, Peabody?«

»Auf jeden Fall ist das interessant. Ich meine, sicher haben die beiden Trottel ausgesagt, dass sie mit ihm zusammen auf dem Sportplatz waren, doch ein paar andere Einzelheiten haben uns gezeigt, dass das gelogen war.«

»Tatsächlich sind es immer die Details, durch die ein Lügner sich verrät«, pflichtete Eve ihr lächelnd bei. »Und da es gerade um die kleinen Dinge geht ... ich wette, Chesterfield, Washington und Aimes haben Ihrem Mandanten nicht erzählt, dass sie verschiedene Kleinigkeiten aus der Wohnung von Lyle Pickering entwendet haben, als sie auf seinen Befehl dort waren, um Pickering mit einer Überdosis Go aus dem Verkehr zu ziehen.«

»Sie können nicht beweisen, dass ...«

Bevor der Anwalt seinen Satz beenden konnte, fügte Eve hinzu: »Wie diese leuchtend rote Tasche aus dem Schrank der Schwester des Ermordeten, die in Aimes' Schweinestall von Zimmer lag. In der Tasche waren Ohrringe mit Blutspuren und Hautfetzen von Dinnie Duff.«

»Mein Mandant ist ja wohl kaum verantwortlich dafür, wenn je ...«

»Ich bin noch nicht am Ende«, unterbrach Eve ihn erneut und stellte fest, dass es ihr durchaus Freude machte, ihm ins Wort zu fallen. »Auch Snapper hatte ein paar Ohrringe dabei, als er verhaftet wurde.« Sie legte Bolt ein Foto hin. »Die hat er bei Rochelle Pickering geklaut. Ich meine, Himmel, hättest du nicht ein paar Typen auswählen können, die nicht ganz so dämlich sind? Auch Ticker ist nicht wirklich schlau, denn schließlich hat er das Armband hier, das ebenfalls Rochelle gehört, schon einen Abend später gegen einen Blowjob eingetauscht. Und als wir ihn verhaftet haben, hatte er die Brosche in der Tasche, die genau wie dieses Armband Rochelle Pickering gehört. Dazu trug er Schuhe, die er aus dem Schrank von ihrem Bruder mitgehen ließ.«

»Selbst wenn das stimmt, hat mein Mandant mit diesen Diebstählen nichts zu tun.«

»Ich wette, dass er deshalb trotzdem ziemlich angefressen ist«, bemerkte Eve, als Bolt die Zähne aufeinanderbiss. »Ich meine, meine Güte, schließlich sollten sie nur einen simplen Auftrag ausführen und dann verschwinden. Sie sind zu dritt, und wenn man Duff mitzählt, sogar zu viert dort aufgetaucht, um Lyle Pickering aus dem Verkehr zu ziehen und die Drogen dort zu deponieren. Doch statt dann sofort zu verduften, haben sie erst noch ein paar Glitzersachen eingesackt.«

»Wobei sie noch einen anderen Auftrag von ihm hatten«, mischte Peabody sich ein. »Denn schließlich sollten sie auch Dinnie Duff ermorden, nachdem Lyle erledigt war.«

»Das stimmt. Zwei Jobs an einem Tag. Das kriegt nur jemand hin, der multitaskingfähig ist. Und auch den zweiten Auftrag haben sie vermasselt, denn als sie Dinnie vergewaltigt haben, haben sie Haar und Faserspuren an ihrem Körper hinterlassen und ihr obendrein die Ohrringe herausgerissen, die von uns bei Aimes gefunden wurden. Ich kann verstehen, weshalb sie sterben musste, denn sie hätte dich verpfeifen können, und vor allem sollte sie dadurch, dass die Mörder die Leiche auf der Grenze zum Gebiet der Dragons liegen ließen, einen Bandenkrieg heraufbeschwören. Aber was war das Motiv bei Pickering? Warum hast du ihn töten lassen, Bolt?«

»Mein Mandant hat nichts mit der Ermordung von Lyle Pickering zu tun.«

»Genauso wenig wie mit dem Mord an Barry Aimes und dem Transport der Leiche auf das Dragon-Territorium in Chinatown? Ich hatte bisher angenommen, du wärst der Hellste aus der ganzen Truppe, Bolt, denn Washington und Chesterfield sind wirklich dümmer, als die Polizei erlaubt, aber die Leiche mit dem Van deines Cousins nach Chinatown zu fahren und vor dem Restaurant von Hos Familie abzuladen?«

»Chesterfield hat uns erzählt, wo wir die Kiste finden, im Moment sieht die Spusi sich das Innere des Wagens an.«

Bolt stieg die Zornesröte ins Gesicht und abermals sprach er mit seinem Pflichtverteidiger.

»Zahlreiche Leute wissen, wo der Lieferwagen steht, und hätten ihn benutzen können, um eine Straftat zu begehen.«

»Ach ja? Und wie viele von diesen Leuten haben auch den Zugangscode für die Garage, wo der Lieferwagen stand, oder die Schlüssel für den Wagen selbst? Und wie erklären Sie die Fingerabdrücke Ihres Mandanten überall im Van?«

Als Bolt erneut mit seinem Anwalt sprechen wollte, herrschte sie ihn augenrollend an: »Mein Gott, jetzt spuck es einfach aus, wenn du nicht den ganzen Abend hier sitzen willst.«

»Mein Mandant hilft seinem Cousin gelegentlich bei Lieferungen aus, deswegen ist es ganz normal, dass seine Fingerabdrücke im Innern des Vans zu finden sind. Und wenn Sie keine handfesten Beweise gegen meinen Mandanten haben, Lieutenant, machen wir jetzt besser langsam Schluss.«

»Ach ja? Tatsächlich wäre da noch eine Sache«, widersprach Eve ihm und wandte sich an ihre Partnerin. »Spielen Sie das Zeug mal ab.«

21

Eve lehnte sich auf ihrem Stuhl zurück und grimmig lächelnd spielte Peabody die Ausschnitte der anderen Verhöre ab.

Erst wurde Jorgenson von Washington belastet, danach wurde seine Aussage von Chesterfield bestätigt und schließlich andersherum.

So ging es immer hin und her, und als der arme Quentin etwas sagen wollte, streckte Eve den Zeigefinger aus und sagte: »Still.«

Am Ende sagte Chesterfield noch aus, dass Jorgenson den Lieferwagen zu dem Platz gefahren hatte, wo sie angeblich mit Aimes etwas rauchen und dann ein paar Körbe werfen wollten.

Weil ich und Snap nicht Auto fahren können, ist Bolt gefahren, dann haben ich und Snapper Fist hinter das Restaurant geschleppt und hinter der Mülltonne abgelegt. Danach hat Bolt den Van zurückgebracht, weil sein Cousin nichts merken sollte, schließlich haben wir uns umgezogen, denn die Sachen, die wir anhatten, waren voller Blut. Dann habe ich das Armband bei Yolanda gegen einen Blowjob eingetauscht, bevor Bolt uns zum Essen eingeladen hat.

Peabody drückte den Pausenknopf und Eve sagte zu Bolt: »Ich kann verstehen, dass das Aufschlitzen von irgendwelchen Hälsen und das Auslösen von Bandenkriegen hungrig macht. Ich habe zwei von unseren Leuten in das Restaurant geschickt, in dem ihr an dem Abend wart. Wir werden dir beweisen, dass du dort warst, und zwar zusammen mit den Ärschen, die du für die Morde angeheuert hast. Außerdem ist da noch eine andere Kleinigkeit. Sieht ganz so aus, als hätte dein Cousin seit ein paar Wochen ohne deine Hilfe auskommen müssen, denn sonst hättest du doch sicher etwas von der Überwachungskamera gewusst, die er in der Garage hatte einbauen lassen.«

Eve ließ den Zeigefinger kreisen, wies damit auf Jorgenson und meinte gut gelaunt: »Erwischt.«

»Ich muss mit meinem Mandanten sprechen.«

»Das kann ich verstehen. Dallas und Peabody verlassen den Vernehmungsraum. Rekorder aus.«

Mit einem kalten Lächeln stand Eve auf und wandte sich zum Gehen.

»Kontaktieren Sie die Spusi«, bat sie Peabody im Flur. »Ich rufe in der Zeit die Officers Shelby und Carmichael an.«

»Okay. Ich hole mir nur schnell noch eine Limo und ich bringe Ihnen gerne eine Pepsi mit.«

Eve nickte einfach knapp und rief Carmichael von der Trachtengruppe an.

Sie hörte ihm kurz zu und plötzlich sah ihr Lächeln nicht mehr kalt und drohend, sondern rundherum zufrieden aus.

Mit diesem Lächeln ging sie in den Nebenraum, wo

Reo mit einem frischen Kaffeebecher in den Händen saß, um die verschiedenen Verhöre auf verschiedenen Bildschirmen durchzugehen. Sie schaltete auf stumm und stellte fest: »Sie haben Mira knapp verpasst, aber sie kommt auf jeden Fall noch einmal zurück. Wir sind uns beide einig, dass Sie diesen Typ bei den Eiern haben, obwohl Mira die letzten paar Minuten der Vernehmung nicht mehr mitbekommen hat.«

»Wobei das noch nicht alles ist. Ich habe Zeugen aus dem Restaurant, in dem er in der Nacht mit Washington und Chesterfield gegessen hat.«

»Sie haben jemanden, der sie dort zusammen gesehen hat?«

»Ich habe sogar zwei. Der Koch und eine der Serviererinnen haben ausgesagt, dass alle drei dort gegen 3.30 Uhr eingelaufen sind. Und eine gute Stunde vorher hat die Nachbarin der Hos Stimmen in der Gasse bei den Mülltonnen gehört. Von dort aus mussten sie erst noch den Van in die Garage zurückfahren und sich umziehen, nachdem dieser Trottel Chesterfield sich für das Armband einen hatte blasen lassen. Aber das hätte zeitlich sicher hingehauen. Dazu hat die Serviererin noch ausgesagt, Bolt hätte für die anderen beiden mitbezahlt und ihnen erklärt, sie hätten sich das Essen rechtschaffen verdient.«

»Das heißt, er ist zumindest angezählt. Sein Anwalt wird auf einem Deal bestehen. Rufen Sie mich rein, wenn er das tut. Es wird mir eine Freude sein, die Träume dieses Typs zu zerstören.«

In diesem Augenblick kam Peabody herein. »Hi, Reo.«

»Setzen Sie sich hin und legen Sie Ihr Bein hoch«, befahl Eve in barschem Ton.

Die Partnerin nahm Platz und hievte ihr kaputtes Bein auf einen von Reo hingestellten zweiten Stuhl. »Okay, dann kann ich jetzt erzählen, dass die Spusi zwar noch nicht mit ihrer Arbeit durch ist, aber trotzdem schon Fingerabdrücke von Jorgenson gefunden hat, und zwar am Lenkrad, an der Fahrer- und der Hintertür des Vans. Und wenig überraschend hat sie auch die Abdrücke der beiden anderen Schwachköpfe gefunden. Die Neuigkeit ist das entdeckte Blut. Sie waren wenigstens so schlau, die Leiche einzuwickeln, aber trotzdem haben sie Blutspuren hinterlassen, auch wenn die mit bloßem Auge nicht zu sehen waren. Die Spusi gleicht sie gerade mit dem Blut des Opfers ab. Ach ja, der Cousin ist total sauer, denn angeblich hat er Jorgenson die Nutzung seines Lieferwagens schon im Winter untersagt. Er sagt, Bolt hätte ihn beklaut und seinen Van für Ausflüge und Sex benutzt, deswegen hätte er die Kamera in der Garage installiert.«

»Warum hat er den verdammten Zugangscode nicht ausgetauscht?«

»Er sagt, das hätte er getan, und danach wäre auch nichts mehr passiert. Er hätte Jorgenson einmal auf einer Aufnahme gesehen, als er versucht hat, an den Van heranzukommen, aber danach wäre nichts mehr passiert. In den letzten Wochen hat er sich die Aufnahmen dann kaum noch angesehen, denn schließlich gab es keinen Ärger mehr. Erst heute früh hat eine seiner Fahrerinnen zugegeben, dass sie Bolt den neuen Zugangscode gegeben hat. Er hat sie unter Druck gesetzt, deshalb hat sie sich nicht getraut, es zu erzählen, aber als die Polizei kam, ist es aus ihr herausgeplatzt.«

»Das heißt, er hat diesen Mord von langer Hand geplant und einer von den dreien sollte von Beginn an sterben.«

»Wobei ihm seine Mordlust schließlich schon von Weitem anzusehen ist«, stellte die Staatsanwältin fest.

Eve trank den ersten Schluck von ihrer Pepsi und marschierte vor den beiden anderen auf und ab. »Er hätte besser alles selbst gemacht. Er hätte sich von Duff die Tür der Wohnung öffnen und Lyle Pickering dann selbst umbringen sollen, obwohl das vielleicht nicht so leicht gewesen wäre, und deshalb hat er die drei anderen die Arbeit machen lassen. Trotzdem hätte er es selbst erledigen und auch Dinnie eigenhändig ermorden sollen. Und wenn er dann noch unbedingt jemand anderen hätte töten müssen, um die Leiche auf dem Territorium der Dragons abzulegen, hätte er auch das wahrscheinlich ohne Hilfe hingekriegt. Stattdessen engagiert er diese drei Idioten. Weil er die Gefolgschaft braucht und was zu sagen haben will. Wahrscheinlich hat er absichtlich drei so kleine Lichter ausgesucht, weil er die leicht manipulieren kann. Und weil er sie, wenn sie für ihn getötet haben, vollends in der Tasche hat. Dadurch, dass er sie das schwächste Glied der Kette töten lässt, hat er sie endgültig im Sack. Zumindest hat er das wahrscheinlich so gesehen. Er wollte einen Bandenkrieg auslösen und ihn nutzen, um den bisherigen Captain abzulösen und dann selbst Chef zu sein.«

Sie trank den nächsten Schluck und fuhr mit ihrer Dose durch die Luft. »Er bildete sich tatsächlich ein, dass diese

Typen für ihn sterben und ihn niemals verraten würden, weil er arrogant ist und sich selbst für unersetzlich hält. Doch jetzt hat einer von den anderen ausgepackt, weil er der Ansicht ist, dass diese Morde sie zu Helden machen und sie plötzlich alle große Nummern sind.«

Peabody nickte zustimmend. »Sicher glaubt der Kerl im Ernst, dass Jorgenson das ganz genauso sieht.«

»Genau. Danach packt der Zweite aus, weil er genauso dumm und dazu noch ein Schisser ist. Er bricht zusammen, wenn man ihm seine Drogen und die Kumpel wegnimmt.«

»Ich finde, dass es Jorgenson an Führungsqualitäten fehlt«, warf Reo ein.

»Da haben Sie recht. Und jetzt gehen wir zurück und sprechen über Jones«, wandte sich Eve an ihre Partnerin. »Über das abgezwackte Geld, die Partnerschaft mit Cohen, den ganzen Kram. Das wird ihm sicher ziemlich sauer aufstoßen.«

»Echt schade, dass es hier kein Popcorn gibt«, stellte die Staatsanwältin fest.

»Das kann man ändern«, meinte Eve und sah sich um, als einer der Kollegen von der Trachtengruppe in der Tür erschien.

»Jorgensons Anwalt meint, es könnte weitergehen, Ma'am.«

»Danke, Officer. Na los, Peabody, machen wir den Wichser platt.«

Eve ging zurück in den Vernehmungsraum, nahm wieder Platz und schaltete auch den Rekorder wieder ein.

»Wir gehen davon aus, dass mein Mandant Ihnen bei den Ermittlungen helfen kann, Lieutenant.«

»Wir sind ganz Ohr, nicht wahr, Peabody?«

»Allerdings.«

»Wenn mein Mandant mit Ihnen spricht, muss er sich sicher sein, dass er nicht selbst wegen krimineller Handlungen, die bei unserem Gespräch zur Sprache kommen, belangt wird, denn er hat von diesen Handlungen erst im Nachhinein erfahren, nachdem sie schon geschehen waren.«

»Das sind aber ganz schön viele Worte, um mir mitzuteilen, dass er auf einen Deal aus ist.«

»Lieutenant, nachdem mein Mandant die Aussagen von Washington und Chesterfield gehört hat und ihm aufgegangen ist, dass sie ihn in drei Morde reinziehen wollen, ist er bereit, der Polizei zu helfen, diese Fälle aufzuklären.«

»Sie machen wieder ganz schön viele Worte, um zu sagen, dass er ganz schön in der Patsche sitzt und einen Ausweg sucht.«

Der Pflichtverteidiger bedachte sie mit einem, wie er sicher hoffte, strengen Blick. »Sie sind verpflichtet, einen Staatsanwalt hinzuzuziehen, wenn mein Mandant Informationen hat, die helfen können, Straftäter vor Gericht zu stellen.«

»Sie machen wirklich jede Menge Worte«, meinte Eve und ging zur Tür. »Officer, würden Sie Staatsanwältin Reo informieren, dass einer der Verdächtigen auf einen Deal aus ist?«

»Natürlich, Ma'am.«

Eve ging zurück zum Tisch, nahm wieder Platz und hielt dem durchdringenden Blick von Jorgenson so lange stand, bis er in eine andere Richtung sah.

Dann wurde Reo in den Raum geführt und Eve sprach in das Aufnahmegerät. »Staatsanwältin Cher Reo betritt den Vernehmungsraum.«

»Paul Quentin«, stellte sich der Anwalt vor. »Ich bin der Pflichtverteidiger von Mr. Jorgenson.«

»Da haben Sie aber wirklich Pech.« Trotz dieser Worte drückte sie kurz seine ausgestreckte Hand und nahm ihm gegenüber Platz. »In Ordnung, worum geht's?«

Er leierte den Eve bereits bekannten Text herunter und am Ende seiner Rede faltete die Staatsanwältin ihre Hände und erklärte: »Nein.«

»Miss Reo, ich bin sicher, dass die Staatsanwaltschaft jemanden für diese Morde ins Gefängnis bringen will, und mein Mandant kann Ihnen bei der Erreichung dieses Ziels behilflich sein.«

»Washington und Chesterfield haben die Beteiligung an diesen Morden umfänglich gestanden und dazu noch unabhängig voneinander ausgesagt, dass Ihr Mandant sie nicht nur dazu angestiftet hat, sondern selbst daran beteiligt war. Das heißt, es gibt ganz sicher keinen Deal.«

»Mein Mandant behauptet, dass er von diesen Verbrechen erst im Nachhinein erfahren hat. Und die Informationen, die er Ihnen geben kann, werden Ihnen bei den weiteren Ermittlungen helfen, zur Verurteilung der Täter beitragen und Ihnen die Identifizierung anderer Tatbeteiligter ermöglichen.«

»Es waren also auch noch andere in die Morde involviert?«, erkundigte sich Reo interessiert.

»Das ist totaler Schwachsinn«, protestierte Eve.

»Vielleicht, vielleicht aber auch nicht. Ich werde Ihnen sagen, wie es laufen wird. Falls Ihr Mandant uns wirklich etwas liefert, was zur Festnahme von anderen Beteiligten an diesen Morden führt, sprechen wir über einen Deal.«

»Wir wollen Straffreiheit in allen Punkten.«

»Also bitte, Mr. Quentin, wenn Sie Ihren Job schon länger machen würden, wüssten Sie, dass das ganz sicher nicht infrage kommt. Aber geben Sie uns eine Kostprobe der Infos, die Sie für uns haben«, wandte Reo sich an Jorgenson. »Vielleicht können wir dann im Mord an Barry Aimes darauf plädieren, dass Sie die Straftat, die von anderen begangen wurde, lediglich vertuschen wollten. Mehr ist nicht drin, denn schließlich wissen wir, dass Sie den Van, mit dem Aimes' Leiche transportiert wurde, besorgt und selbst gefahren haben. Zumindest fahren Sie dafür dann nicht lebenslänglich, sondern nur für ein paar Jahre ein.«

»Ist es zu viel verlangt, dass Sie hier einfach Ihre Arbeit machen, Reo?«, fauchte Eve.

Die Staatsanwältin wandte sich ihr zu, bedachte sie mit einem kühlen Blick und stellte fest: »Genau das tue ich. Erzählen Sie mir etwas, Mr. Jorgenson, dann spreche ich mit meinem Boss.«

Als Quentin etwas sagen wollte, streckte Reo warnend einen Zeigefinger aus.

»Ich will, dass er es mir erzählt. Mit seinen eigenen Worten, nicht durch Sie.«

»Die zwei sind bei mir aufgetaucht«, fing Bolt mit einem gleichmütigen Achselzucken an. »Ihre Klamotten waren voller Blut.«

»Ich brauche Namen.«

»Snapper und Ticker. Sie sind bei mir aufgetaucht und

haben gesagt, die Dragons hätten ihnen aufgelauert und Fan Ho hätte Fist kaltgemacht.«

»Da haben uns die beiden aber unabhängig voneinander etwas ganz anderes erzählt.«

»Ich sage nur, was sie zu mir gesagt haben. Sie haben gesagt, sie hätten mitbekommen, wie Slice sich mit Fan Ho darauf geeinigt hätte, nach dem Mord an Dinnie Duff erst mal zu tun, als wäre nichts geschehen. Das fanden sie natürlich ätzend und sie haben sich deswegen furchtbar aufgeregt. Sie dachten, vielleicht hätte Slice ihnen deshalb die Dragons auf den Hals gehetzt, und wollten unbedingt, dass Fist auf Dragon-Territorium gefunden wird, denn schließlich hatten die Dragons ihn kaltgemacht. Ich habe nur den Van besorgt und den Transport organisiert.«

»Statt also wegen einem Mord zur Polizei zu gehen, haben Sie eine Leiche vom Tatort weg hinüber auf das Dragon-Territorium geschafft?«

»Ein Banger geht nicht zu den Bullen«, klärte er die Staatsanwältin trotzig auf. »Wir nehmen die Dinge selbst in die Hand.«

»Uh-huh. Und es kam Ihnen nicht ein bisschen seltsam vor, dass die zwei Männer, die zusammen mit Aimes von Dragons angegriffen worden waren, keinerlei Verletzungen davongetragen haben, während Aimes getötet worden ist?«

»Ich habe doch gesagt, ihre Klamotten waren blutverschmiert.«

»Aber das war das Blut von Aimes.«

Mit einem neuerlichen Achselzucken fragte er: »Woher hätte ich das wissen sollen? Blut ist Blut.«

»Und dämliches Geschwätz ist dämliches Geschwätz. Nach dem Transport der Leiche haben sich die beiden anderen erst mal umgezogen und Sie konnten deutlich sehen, dass sie nicht verwundet waren, aber trotzdem haben Sie sie erst einmal zum Essen eingeladen, statt zu fragen, wie das möglich ist. Auch Aimes war schließlich, abgesehen von der durchgeschnittenen Kehle, völlig unverletzt.«

»Ich sage nur, was sie mir gesagt haben, okay? Wahrscheinlich haben sie mit Slice zusammengearbeitet und wollten mich in eine Falle locken.«

»Weil?«

»Weil ich viel schlauer und viel stärker bin als er und bald die Führung bei den Bangers übernehmen werde.«

»Du?« Eve richtete sich lachend auf. »Du denkst im Ernst, dass du viel schlauer bist als Jones, der seit drei Jahren immer wieder Kohle von der Gang abzwackt? Schlauer als Jones, der Eigentümer des Gebäudes ist, in dem ihr wohnt, und der sich von euch Miete dafür zahlen lässt?«

»Sie sind eine verdammte Lügnerin.«

»Bitte, Mr. Jorgenson«, warnte sein Pflichtverteidiger.

»Samuel Cohen. Der Name sagt dir doch bestimmt etwas. Wahrscheinlich sollte er dich hier vertreten und war deiner Vermutung nach nicht zu erreichen, weil er schon versucht, die anderen Bangers, die dich in die Scheiße reiten wollen, rauszuhauen. Aber Cohen und Jones haben dich und die gesamte Gang gemeinsam übers Ohr gehauen. Um Himmels willen, sie haben zusammen jede Menge Immobilien gekauft. Natürlich wollte Jones uns abwimmeln, denn schließlich sollte sich die Polizei nicht gründlicher mit seinen ganzen Reichtümern befassen. Er hat inzwischen locker zwei Millionen auf verschiedenen Konten angelegt und dazu noch die ganzen Häuser, die ihm selbst und Cohen gehören.« Sie lachte.

»Und was macht Cohen? Er geht zu dir, als Jones den Anteil am Geschäft mit Drogen, Sexarbeit und Schutzgeld, den er ihm bezahlt hat, plötzlich runterfährt. Bestimmt hat er dir eingeredet, dass du selbst der bessere Captain wärst.«

Jetzt stand sie auf, ging um den Tisch und sah auf Jorgenson herab. »Hat Cohen dir eingeredet, dass du Jones absetzen sollst? Bestimmt hat er gesagt, dass er dir hilft, wenn du ihm dafür einen Anteil an den Einnahmen überlässt. So war es doch, nicht wahr? Doch keine Angst, er hat dich nicht im Stich gelassen, weil er einen Deal für Jones aushandeln will. Er sitzt jetzt gerade selbst in einem Vernehmungsraum und redet mit dem FBI. Es geht um Steuerhinterziehung, um Betrug und jede Menge anderer Sachen und natürlich hofft er selbst auf einen Deal. Und wenn er dich dafür verpfeifen muss, nimmt er das billigend in Kauf.«

»Die beiden sind tot.«

»Mr. Jorgenson ...«

»Halt's Maul, du nutzloses Stück Scheiße. Halt dein gottverdammtes Maul.«

»Würdest du die beiden selbst umbringen, wenn du sie erwischen könntest, Bolt? Oder würdest du so wie bei Pickering, bei Duff und Aimes zwei hirnlose Idioten dafür engagieren?«

»Die vier sind tot. Slice, Cohen, Snapper, Ticker. Sie sind jetzt schon tot.«

»Du nimmst den Mund echt voll dafür, dass deine eigene Schwester dich einmal vermöbelt hat.«

»Halt dein verdammtes Maul.«

»Wussten Sie, Quentin, dass Ihr Mandant einmal auf seine Mutter losgegangen ist und seine Schwester ihn dann ordentlich verdroschen hat? Sie sitzen hier, weil die Familie ihn damals rausgeschmissen hat und er sie jetzt nicht wegen Geld für einen Anwalt anhauen kann.«

»Sie wissen gar nichts«, knurrte Jorgenson und holte aus, die Länge seiner Fesseln aber reichte nicht für einen Schlag in Eves Gesicht.

»Anscheinend hast du deinen alten Jähzorn immer noch nicht abgelegt«, bemerkte Eve. »Ich hatte ein Gespräch mit deiner Schwester, Bolt, das heißt, ich weiß sogar genau Bescheid. Oh, und sie hat extra noch gesagt, dass ich dich bloß nicht grüßen soll.«

»Sie ist eine verlogene Bitch, genau wie meine Alte.«

»Anscheinend hat er ein Problem mit Frauen«, wandte Eve sich Reo zu. »Wahrscheinlich machen sie ihm Angst. Du hast es nicht einmal geschafft, den Junkie, der mit dir das Bett geteilt hat, selbst aus dem Verkehr zu ziehen, nicht wahr? Du hast den anderen gesagt, dass sie sie vergewaltigen und totschlagen und dann an einer Stelle liegen lassen sollen, die Slice nicht einfach ignorieren kann.«

»Nicht ich bin der, der Angst hat, sondern Slice«, stieß er mit zornbebender Stimme aus.

»Wenn der Kerl Eier hätte, wären Fan Ho und die gesamte Drecksbande jetzt tot. Aber die hat er nun mal nicht.«

»Sie haben Dinnies Leiche also absichtlich in der neutralen Zone abgelegt, doch Slice hat diesen Köder nicht geschluckt. Hattest du schon vor, sie zu benutzen und dann umbringen zu lassen, als du etwas mit ihr angefangen hast?«

»Gehen Sie darauf nicht …«

»Halt's Maul!«, schrie er den Anwalt an. »Ihr denkt doch nicht, ich hätte es der Junkie-Bitch besorgt und mir ihr elendes Gejammer angehört, weil mir so was gefällt?«

»Ganz sicher nicht.« Eve ging zurück zu ihrem Platz. »Du hast sie in dein Bett geholt, weil sie dir doppelt nützlich war. Indem sie Pickering dazu gebracht hat, seine Wohnungstür zu öffnen, und danach durch ihren eigenen, brutalen Tod. Das kann ich nachvollziehen. Aber was ich nicht verstehe, ist der Mord an Pickering. Warum er? Er hat doch gar nicht mehr zur Gang gehört. Er war keine Bedrohung, und ich wüsste nicht, inwieweit dir sein Tod geholfen hat.«

»Slice hat ihn einfach gehen lassen, als wäre er was Besseres als wir. Doch niemand kehrt der Gang einfach den Rücken zu. Ich habe Slice gesagt, Pick müsste einen Preis dafür bezahlen, aber der hat Nein gesagt. Er hat gesagt, dass niemand dieses Arschloch anrühren darf, weil er ein wirklich guter Lieutenant war und wiederkommen wird, wenn er genug von seinem langweiligen Spießerleben hat.«

»Das heißt, dass Slice ihn dir noch immer vorgezogen hat. Und wenn er tatsächlich zurückgekommen wäre, hätte er wahrscheinlich einen höheren Rang gehabt als du.«

»Ich habe ihm gesagt, wie scheiße ich das finde, aber trotzdem hat Slice diesen elenden Verräter manchmal sogar in dem Restaurant besucht, als ob sie weiter Freunde wären. Slice wollte Freunde außerhalb der Gang? Ich habe ihm gezeigt, was dann passiert.«

»Also hast du den Mord an Pickering befohlen, weil du ein Exempel statuieren wolltest und damit die Cops bei Slice herumschnüffeln.«

»Ihr seid schließlich auch gekommen, oder nicht? Obwohl Cohen meinte, dass man es wie einen Unfall aussehen lassen muss.«

Eve nahm wieder ihm gegenüber Platz und sah ihn fragend an. »Ach ja?«

»Ich wollte dieses Schwein abstechen und das Messer dann Slice unterschieben, aber Cohen hat gesagt, es sollte aussehen, als hätte Pickering sich selbst einen goldenen Schuss verpasst. Die Cops würden trotzdem kommen und Slice stünde dann wie ein Schwächling da. Also habe ich den Arschlöchern gesagt, wie sie es machen sollen, aber haben sie auf mich gehört? Natürlich nicht. Sie mussten ja noch irgendwelchen Scheiß dort mitgehen lassen«, regte er sich auf.

»Und danach hast du ihnen erklärt, was sie mit Dinnie machen sollen.«

»Sie mussten sie so zurichten, dass uns ihr Tod was nützt. Cohen meinte, dass wir es noch mal so machen sollten wie bei Pick, aber ich habe ihm erklärt, dass eine angebliche Überdosis in dem Fall nicht reicht.«

»Er wusste also, dass sie vergewaltigt und dann totgeschlagen werden sollte?«

»Scheiße, ja. Er hat gesagt, sie sollten sich auf jeden

Fall die Hände einsprühen und Kondome nehmen, damit kein Saft von ihnen in ihr zu finden ist.«

»Trotzdem hat Slice nach dem Tod von Dinnie nicht die Kriegstrommeln geschlagen.«

»Der Kerl hat einfach keinen Mumm und keine Ehre. Er hat seine eigene Familie beklaut.«

»Und warum Aimes? War von Beginn an klar, dass er das dritte Todesopfer wird?«

»Er war ein Vollidiot und meistens total zugedröhnt. Er und Dinnie haben ständig rumgejammert, weil sie Stoff brauchten. Aber ich habe die beiden nicht umgebracht. Dass könnt ihr mir nicht anhängen.«

Eve lehnte sich auf ihrem Stuhl zurück. »Wer ist jetzt der Idiot?« Dann läutete sie eine Pause ein ... und nahm sich vor, noch einmal den Roarke zu spielen.

Als sie mit den Vernehmungsprotokollen hinter ihrem Schreibtisch saß, roch sie den Duft der Pizza, noch bevor das Trampeln ihrer Partnerin an ihre Ohren drang.

»Ich habe Ihnen ein Stück Pizza mitgebracht. Die Leute vorne wollen wissen, wie es Ihnen geht.«

»Es geht mir gut. Warum?«

»Weil's nach den süßen Teilchen heute früh jetzt auch noch Pizza für uns alle gibt.«

»Das liegt an den besonderen Umständen. Am besten richten Sie den anderen aus, dass sie sich nicht an so etwas gewöhnen sollen.«

»Als schlauen Cops ist ihnen das bestimmt bewusst. Hatten Sie Kontakt zu Teasdale?«

»Ja. Ich habe ihr auch das Vernehmungsprotokoll geschickt und denke, Cohen wird sehr traurig sein, wenn er jetzt keinen Zeugenschutz bekommt.«

»Weil er inzwischen in drei Fällen wegen Beihilfe zum Mord verurteilt werden wird.«

»Wobei ich mich dafür verwenden werde, dass er nicht nach Omega verfrachtet wird.«

Die Partnerin bedachte sie mit einem überraschten und enttäuschten Blick. »Warum denn das?«

»Ich glaube, dass es für den Hurensohn hier unten noch viel schwerer wird. Vor allem kommen Jorgenson und seine Schwachköpfe auf jeden Fall nach Omega, und wenn sie ihn dort oben in die Finger kriegen würden, wäre er ein toter Mann. Aber ich will, dass er noch viele Jahre im Gefängnis sitzt. Und jetzt gehen Sie los und essen Sie was, bevor das Rudel Wölfe nur noch ein paar Pizzakrümel für Sie übrig lässt.«

»Sie sind echt nett zu mir und haben gesagt, dass ich als Erste etwas von der Pizza nehmen darf. Geben Sie mir Bescheid, wenn Sie sich Jones vorknöpfen wollen.«

»Das mache ich.« Eve ließ die müden Schultern kreisen und schrieb eine Textnachricht an Roarke.

Inzwischen steht es drei zu null für mich.

Sie lächelte, als sie die Antwort las.

Was sonst? Ich hoffe, spätestens um vier bin ich auf dem Revier, falls du bis dahin noch nicht fertig bist.

Sie holte Luft.

Um vier ist diese blöde Pressekonferenz. Ich selbst schnappe mir noch Jones und überlasse Cohen dem FBI. Jorgenson hat mir den Blödmann praktisch auf dem Silbertablett serviert.

Dann schaffe ich es hoffentlich zuzusehen, wenn du ganz New York erklärst, dass die Stadt ein sicherer Ort geworden ist. Sieh zu, dass du was isst.

Sie wollte ihm erklären, dass sie Pizza hatte kommen lassen, aber sicher würde er sie dann daran erinnern, dass sie jetzt am zweiten Tag in Folge Pizza aß.

Ich muss jetzt Schluss machen. Bis dann.

Sie sah auf ihre Uhr, aß ihre Pizza und trank Wasser und Kaffee, während sie weiter in den Protokollen las.

Dann wählte sie Nadines Nummer.

»Kann ich das Zeug jetzt bringen? In zwei Stunden muss ich aufs Revier zu Ihrer Pressekonferenz kommen.«

»Es gibt tatsächlich etwas, was Sie schon vorher bringen können«, antwortete Eve. »Jorgenson, Washington, Chesterfield und Cohen kommen wegen dieser Morde vor Gericht.«

Sie ging die Anklagen, die gegen sie erhoben würden, durch, während sie weiteraß. »Am besten fragen Sie noch mal bei Reo nach, aber ich nehme an, sie werden heute noch dem Richter vorgeführt. Sie können auch bringen, dass auch das FBI gegen Cohen ermittelt, doch die Details sprechen Sie besser vorher noch mit Special Agent Teasdale ab. Wenn Sie noch eine halbe Stunde warten, können Sie auch bringen, dass Pickering ein Informant der Polizei war. Nur will ich, dass Jones mir bis dahin im Verhörraum gegenübersitzt. Ich will nicht, dass er etwas davon mitbekommt und das Verhör vielleicht dadurch vermasselt wird.«

»Okay.«

»Und bitte tun Sie mir noch den Gefallen und geben Kyung vorher Bescheid. Dann wird er sich vielleicht ein bisschen ärgern, doch am Ende wird er es verstehen.«

»Sie wollen ihm nicht an den Karren fahren, alles klar.« Nadine sah kurz von ihren Notizen auf. »Wir werden dafür sorgen, dass dem Bruder von Rochelle Gerechtigkeit widerfährt, Dallas.«

»Auf jeden Fall. Ich gebe ihr Bescheid, dass der Bericht gleich kommen wird.«

Sie legte auf und kontaktierte Crack. »Ist Rochelle in deiner Nähe?«

»Ja. Wir sind bei ihrem Bruder und ich helfe der Familie bei der Planung der Gedenkfeier für Lyle.«

»Gut. Dann sag ihr, dass sie der Familie erzählen kann, was sie von mir erfahren hat. Und schaltet Nadines Sender ein. In einer halben Stunde bringt sie einen Bericht über den Fall.«

»Heißt das, dass ihr sie habt?«

»Die Täter, die noch leben, werden bis ans Lebensende hinter Gitter gehen. Crack, ich werde noch mit Lyles Kontaktbeamtin reden, weil ihr die Geschichte furchtbar auf der Seele liegt, aber du kannst der Familie schon mal sagen, dass er nicht ermordet worden ist, weil er der Polizei geholfen hat. Sie wussten nicht, dass er ein Informant war. Sie wollten ihn dafür bestrafen, dass er bei den Bangers ausgestiegen ist, und wollten Jones eins auswischen, weil er ihn einfach gehen ließ. Ich muss jetzt weiter meine Arbeit machen und du schaltest bitte die Glotze an.«

»Ich werde ihnen sagen, was du mir erzählt hast. Danke, dünnes weißes Mädchen.«

»Nichts zu danken, großer schwarzer Mann.«

Sie aß den letzten Bissen ihrer Pizza, trank den letzten Schluck Kaffee und saß dann einfach da und blickte ihre Tafel an.

So viele Leben waren ruiniert, vergeudet und zerstört,

nur weil zwei Männer von der Gier nach Geld zu schlimmen Taten angestachelt worden waren und weil das Ego und der Jähzorn eines dritten Kerls auf Krieg und Blutvergießen aus waren.

Sie ging nach vorn, wo ihre Leute über leeren Pizzakartons saßen, und als sie ihr applaudierten, meinte sie: »Schon gut. Jetzt habt ihr euch die Bäuche vollgeschlagen, fahrt bitte mit der Arbeit fort. Peabody?«

»Soll ich Jones in den Verhörraum bringen lassen?«

»Gleich.« Sie ging zum Schreibtisch ihrer Partnerin. »Ich habe Teasdale kontaktiert, die Cohen gleich die schlechte Botschaft überbringen wird.«

»Trotz all der Arbeit, die wir selbst haben, wünschte ich, wir könnten dabei zusehen, wenn er es erfährt.«

»Wir nehmen ihn uns morgen selbst noch mal vor. Teasdale und ich haben uns überlegt, wie wir es angehen wollen. Wir weisen ihm die Beihilfe zu den drei Morden nach, und da er sie geleistet hat, um seine Steuerhinterziehungen, die anderen Betrügereien und die Beteiligung an dem Geschäft mit Drogen und mit Schutzgeld fortzusetzen, kriegt das FBI ihn auch noch wegen dieser Dinge dran. Das heißt, wir bringen ihn hinter Gitter und das FBI schließt ihn dort ein und wirft den Schlüssel weg.«

»Klingt fair.«

»Und jetzt zu Jones. Ich sage Ihnen, wie es laufen wird.«

Als Eve der Partnerin erklärte, wie sie die Vernehmung angehen würden, tauchte Mira auf.

»Es tut mir leid, dass ich vorhin nicht warten konnte, bis Sie fertig waren. Ich wollte Ihnen sagen, dass die zahlreichen Verhöre ungeheuer lehrreich sind. Das Studium der verschiedenen Vorgehensweisen, Rhythmen, Reaktionen, wenn zwei Gemeinschaften in einem begrenzten Raum und über einen begrenzten Zeitraum miteinander in Kontakt stehen, ist sehr aufschlussreich.«

»Wir standen also miteinander in Kontakt?«

»Natürlich war es eher eine Auseinandersetzung, doch auch das ist eine Art Kontakt. Und jetzt, Peabody, gucke ich erst mal nach Ihrem Knie«, erklärte sie und wies auf ihren Arztkoffer.

»Wir wollen eigentlich in den Vernehmungsraum zurück.«

»Es wird wahrscheinlich etwas dauern, bis Jones oben ist«, bemerkte Eve und stellte Baxters Schreibtischstuhl für Mira hin.

»Danke.« Mira setzte sich und fügte noch hinzu: »Natürlich habe ich auch vorher schon bei zahllosen Verhören zugesehen, nur haben wir's in diesem Fall mit einer abgeschlossenen, eigenen kleinen Welt zu tun.«

Behutsam nahm sie Peabody die Schiene ab und schob das Hosenbein bis übers Knie hoch. »Das bietet sich als Thema für einen Fachartikel an. Was macht das Knie?«

»Wenn ich es nicht bewege, ist es gut. Beim Laufen tut es ziemlich weh, aber ich sitze meistens herum.«

»Sehr gut. Ein bisschen Kühlung tut wahrscheinlich trotzdem gut.«

Auch wenn das Knie im Sitzen kaum noch wehtat, war es violett verfärbt und stark geschwollen.

Ein klarer Fall von ein paar Tagen Innendienst, sagte sich Eve und stellte fest: »Ich hätte Sie das Arschloch in die Zange nehmen lassen sollen, das Sie bei seinem Sturz die Treppe runter mitgerissen hat.«

»Schon gut. Ich finde, Jenkinson und Reineke haben ihre Sache wirklich gut gemacht. Haben Sie vielleicht noch etwas Zeit, um auch etwas für mein Gesicht zu tun?«, wandte sich Peabody der Ärztin zu.

»Natürlich«, sagte Mira zu und blicke kurz auf Eve. »Und auch für das von Ihrer Partnerin.«

»Aber erst nach der Pressekonferenz, denn schließlich sollen die Leute sehen, was so ein Cop einstecken kann.«

Mit einem zustimmenden Nicken kümmerte sich Mira erst mal weiter um das Knie. »In Ihrem Outfit heute sehen Sie aus, als würden Sie bei Weitem nicht so häufig einstecken wie austeilen.«

»Genau so soll es sein.«

22

Sich Jones als Letzten vorzunehmen, hatte Eve nicht nur erlaubt, drei Mordfälle zu lösen und drei Täter festzunehmen, bevor sie ihre Arbeit morgen damit krönen würde, Cohen klarzumachen, dass seine Aufnahme ins Zeugenschutzprogramm nicht mehr infrage kam, da er selbst lebenslänglich kriegen würde. Es hatte ihr außerdem die Gelegenheit gegeben, den drei Männern, die genau wie Cohen lebenslänglich hinter Gittern landen würden, zusätzliche Infos zu entlocken, die ihr nützlich sein würden, wenn sie »Kontakt« zu Slice aufnahm.

Er saß allein am Tisch, als sie mit Peabody in den Verhörraum kam. Er fläzte lässig auf dem Stuhl, als scherte er sich einen Dreck darum, dass er verhaftet worden war, und lächelte gehässig, als er Eves und Peabodys zerschundene Gesichter sah.

»Ihr habt euch ganz schön Zeit gelassen, trotzdem habe ich euch nichts zu sagen.«

»Meinetwegen«, antwortete Eve und nahm ihm gegenüber Platz. »Das ist Ihr gutes Recht, und das kennen Sie, denn schließlich habe ich Sie persönlich über Ihre Rechte aufgeklärt. Sie können also hier sitzen und so still sein, wie Sie wollen. Wir kriegen trotzdem unser Geld.«

»Ich habe nichts zu sagen«, wiederholte er. »Und außerdem warte ich, bis mein Anwalt kommt.«

Eve blickte ihn mit großen Augen an. »Sie haben einen Rechtsbeistand verlangt und Ihr Anwalt ist noch nicht eingetroffen? Da hat er offensichtlich alle Hände voll zu tun.«

»So ist das eben, wenn man einen guten Anwalt hat.«

»Dann werden wir Sie besser noch mal in Ihre Zelle bringen lassen, bis Ihr Anwalt kommt. Wobei ... Sie haben nicht zufällig Samuel Cohen engagiert?«

»Das geht Sie einen feuchten Kehricht an.«

»Da haben Sie natürlich recht. Nur, falls Ihr Anwalt Cohen ist, werden Sie ... ewig warten müssen, weil er gerade selbst wegen jeder Menge Straftaten vom FBI vernommen wird.«

»Sieht wirklich übel für ihn aus«, bemerkte Peabody.

»Genau. Das FBI wird auch mit Ihnen sprechen, wenn wir hier fertig sind. Aber da Sie ja nichts sagen und auf Ihren Anwalt warten wollen, lassen wir Sie erst einmal in Ihre Zelle zurückbringen und geben der Kollegin von der Bundespolizei Bescheid.«

»Das ist doch totaler Schwachsinn.«

»Was? Bisher hat Cohen sich nicht bei Ihnen gemeldet, stimmt's? Wahrscheinlich liegt das daran, dass sein Link beschlagnahmt worden ist und er nicht mehr telefonieren kann. Im Gegensatz zu ihm haben wir selbst und das FBI Zugriff auf das Ding und haben es uns genau wie seine anderen elektronischen Geräte gründlich angesehen. Das FBI kann es inzwischen kaum erwarten, sich mit Ihnen zu unterhalten.«

»Bildet ihr euch etwa ein, ich hätte Angst vor einem

Haufen Anzugträger, die mich in die Zange nehmen wollen?«

»Sie sollten vor diesen Anzugträgern wirklich Angst haben, denn inzwischen hat Ihr Anwalt ausgepackt.«

»Dann bringt die Typen doch her.« Er wäre gerne aufgesprungen, aber seine Fesseln hielten ihn zurück. »Ich mache einen Deal mit den Feds, wenn sie Cohen haben wollen.«

»Erst mal haben Sie's mit uns zu tun, und wenn Sie nichts zu sagen haben, warten wir, bis sich das ändert oder bis Sie einen anderen Anwalt engagieren.«

»Dann braucht er einen Pflichtverteidiger«, bemerkte Peabody. »Denn an das Geld auf seinen eingefrorenen Konten kommt er nicht mehr ran.«

»Das ist nicht mein Problem«, erklärte Eve. »Genauso wenig wie die drei Mordanklagen gegen ihn.«

Die beiden Frauen standen auf und wandten sich zum Gehen.

»Was redest du da für ein Blech?«, ereiferte sich Jones, und als er abermals versuchte aufzuspringen, hielten ihn auch dieses Mal die Fesseln, die er trug, zurück. »Mit Mord habe ich nichts zu tun.«

»Sie müssen sich entscheiden, ob Sie schweigen oder reden wollen. Und ob Sie einen Rechtsbeistand verlangen oder nicht.«

»Ihr hängt mir keinen Mord an.«

»Also wollen Sie jetzt reden und verzichten Sie auf einen Anwalt, oder was?«

»Ich brauche keinen lahmen Pflichtverteidiger. Der reitet mich nur rein. Ich kann mich selbst verteidigen und Morde hängt mir niemand an.«

»Oh doch, und zwar der Anwalt, der Sie bis vor Kurzem noch vertreten hat.«

»Er ist ein blöder Arsch und lügt, wenn er den Mund aufmacht.«

Die Frauen nahmen wieder Platz. »In diesem Punkt sind wir uns einig, denn er ist tatsächlich ein verlogener Sack. Doch er hat detailliert von Ihrem Plan, Lyle Pickering zu töten, und von seinem Versuch, Sie davon abzubringen, erzählt und ich muss sagen, dass das ziemlich überzeugend klang.«

»Ich habe Pick nicht umgebracht. Wer das behauptet, lügt. Pick war für mich so etwas wie ein Bruder, und bevor Sie bei mir waren, um zu sagen, dass er tot ist, habe ich ihn Cohen gegenüber nie auch nur mit einem Wort erwähnt.«

»Aber danach haben Sie Cohen von Pick und von dem Mord erzählt.«

»*Danach.* Er war mein gottverdammter Anwalt, deshalb habe ich ihn angerufen und erzählt, dass ihr bei uns im Hauptquartier herumgeschnüffelt habt.«

»Das klingt vernünftig«, meinte Eve. »Und was hat er dazu gesagt?«

»Er hat gesagt, dass ich mir keine Sorgen machen soll und dass ihr seiner Meinung nach Picks Überdosis und den Tod von Dinnie einfach vorschiebt, um euch bei uns umzusehen.« Jones schlug mit seiner linken Faust in die rechte Handfläche. »Und jetzt versucht er, seinen Arsch zu retten, und hängt meinen dafür hin. Aber das kann ich auch, denn schließlich weiß ich jede Menge über diesen blöden Sack.«

»Das glaube ich und sicher wird sich auch das FBI

für die Geschäfte zwischen Ihnen beiden interessieren. Aber vorher ...«

Sie wies auf den Aktenberg, der vor ihr lag.

»Vorher geht es um drei Morde, Drogenhandel, Waffen und Zuhälterei, Schutzgelderpressung und den Sprengstoff, der in Ihrem Haus gelagert war, Körperverletzung, Brandanschläge, Kidnapping, Einschüchterung von Zeugen und versuchten Mord an meiner Wenigkeit.«

»Ich habe mich in dem Moment verteidigt.«

»Nein. Denn sehen Sie, wir hatten die Erlaubnis eines Richters, uns in dem Gebäude umzusehen, und Sie und Ihre Gäste oder Mieter oder sonst was wurden offiziell darüber informiert. Sie haben gewaltsam Widerstand geleistet und mit einem für Zivilpersonen nicht zugelassenen, auf die höchste Stufe eingestellten Polizei-Stunner auf mich gefeuert und gebrüllt ...« Nach kurzem Blättern las sie aus der Akte vor: »Du bist erledigt, Bitch.«

»Und warum sitzt du mir noch gegenüber, wenn der Stunner auf der höchsten Stufe stand?«

»Vielleicht, weil ich unsterblich bin?«, schlug Eve ihm vor. »Es geht also um drei Morde, um die ganzen anderen Sachen und den Mordversuch an mir. Und ich kann Ihnen sagen, die Gerichte sehen den Mordversuch an einer Polizeibeamtin gar nicht gern. Das weiß ich, weil ich Polizeibeamtin bin.«

»Ich habe weder Pick noch Dinnie noch dem Trottel Fist etwas getan. Ich habe selbst versucht herauszufinden, wer die drei erledigt hat.«

Peabody riss die Augen auf. »Erstaunlich, Dallas, finden Sie nicht auch? Er hat genau wie wir versucht herauszufinden, wer die drei erledigt hat.«

»Ich weiß nicht, was ich dazu sagen soll.«

»Ihr haltet euch wohl für besonders schlau.« Jetzt beugte Jones sich vor und klatschte wütend seine Hände auf den Tisch. »Ihr zwei seid nichts. Schafft mir jemanden her, von dem ich schriftlich kriege, dass ihr mir nicht an den Karren fahrt, wenn ich erzählen soll, was ich weiß.«

»Sie wollen einen Deal?«

»Ich will die Feds wegen des lächerlichen Kleinkrams, den ihr mir hier vorhaltet, vom Hals haben. Dafür bekommen sie von mir das Arschloch Cohen serviert. Und wenn ihr noch den Rest von diesem ganzen Quatsch vergesst, von dem ihr mir im Grunde sowieso kaum was beweisen könnt, liefere ich euch auch noch die Killer, die ihr sucht. Im Grunde ist es also ein ganz simples Tauschgeschäft.«

»Ein simples Tauschgeschäft«, meinte auch Eve und wandte sich an ihre Partnerin. »Der Kerl will einen Deal.«

»Als hätten wir das heute nicht bereits des Öfteren gehört.«

Die beiden Frauen fingen schallend an zu lachen, und als Peabody nach Luft schnappte und sich die Tränen aus den Augen wischte, drohte Jones mit zornbebender Stimme: »Für das dämliche Gegacker mache ich euch platt.«

»Es wird Ihnen nicht helfen, während der Vernehmung Polizeibeamtinnen zu drohen«, klärte Eve ihn seufzend auf und wechselte jetzt ebenfalls zum Du. »Aber Junge, endlich wieder mal zu lachen, hat echt gutgetan. Wie dem auch sei, ich erkläre dir Vollidiot noch einmal, dass du zwei Polizeibeamtinnen und gottverdammten Mordermittlerinnen gegenübersitzt. Und wenn du über deine Andeutung, wir könnten unsere Fälle nur mit deiner Hilfe abschließen, nicht lachen kannst, hast du anscheinend keinerlei Humor.«

»Wir haben die Mörder bereits festgenommen«, mischte Peabody sich ein. »Aber trotzdem danke für das großzügige Angebot.«

»Ihr habt behauptet, dass ich diese Morde begangen hätte.«

»Manchmal sind wir eben nicht ganz ehrlich«, gestand Eve mit einem gleichmütigen Lächeln ein. »Aber ein paar der Kerle, die wir wegen dieser Morde vor Gericht bringen werden, wollten uns tatsächlich weismachen, dass du dahintersteckst. Deswegen wüssten wir jetzt gern von dir, ob du die Kerle dazu angestiftet hast, denn schließlich wollen wir alle Seiten hören, damit alles seine Ordnung hat.«

»Wir wissen, dass Sie weder Pickering noch Duff noch Aimes ermordet haben. Deshalb sitzen Sie nicht hier«, versicherte Peabody ihm.

»Das stimmt«, bestätigte auch Eve ihm. »Wegen dieser Morde bringen wir drei von deinen Soldaten – wobei Aimes noch gar kein echter Banger war – und einen deiner Lieutenants vor Gericht. Und deinen Anwalt oder Ex-Anwalt, da man ihm schließlich seine Zulassung entzogen hat, kriegen wir wegen Beihilfe in allen drei Fällen dran. Direkt vor deiner Nase haben sie ihr eigenes Ding gemacht.«

»Ihr lügt, weil ihr mich gegen meine eigenen Leute ausspielen wollt. Fan Ho und seine Gang haben Pick und die zwei anderen umgebracht. Meine Leute sagen nicht mal Piep, wenn ich nicht damit einverstanden bin.«

»Ach nein? Dann laufen also keine Drogendeals, Schutzgelderpressungen und Sexgeschäfte ohne deine Zustimmung?«

»Ich bin der Boss, du blöde Fotze. Klar?«, stieß er verächtlich aus und beugte sich herausfordernd über den Tisch.

»Auf jeden Fall. Ich weiß, dass du der Captain bist, doch es sieht aus, als ob ein paar von deinen Jungs mit deinem Führungsstil nicht einverstanden gewesen wären.«

Peabody fügte hinzu: »Sie wollten Sie ein bisschen aufrütteln, damit Sie Ho und seiner Gang den Krieg erklären.«

Eve fuhr fort: »Du hast auch gegen Pickering nichts unternommen, obwohl er ausgestiegen ist, sein Gang-Tattoo entfernen ließ und ein langweiliges Spießerleben angefangen hat. Jemandem hat nicht gefallen, wie du damit umgegangen bist, und derjenige hat dann Duff benutzt, um an ihn ranzukommen und ihn aus dem Verkehr zu ziehen.«

»Lassen Sie ihn raten, wer das war«, bat Peabody. »Lassen Sie ihn raten, Dallas. Es sieht aus, als würde ihm allmählich dämmern, wer ihn in die Scheiße reingeritten hat.«

»Falls Bolt dahintersteckt, ist er ein toter Mann.«

Eve winkte ab. »Na klar. Ihr Jungs droht immer allen sofort mit dem Tod. Bolt selbst hat es auf Snapper und auf Ticker abgesehen, weil er von ihnen reingeritten worden ist. Die beiden haben die Morde ausgeführt, und zwar zusammen mit Fist. Der sicher nicht damit gerechnet hat, dass er am Ende selbst über die Klinge springen würde. Sie haben sich gegen dich gewendet, Jones. Selbst Dinnie Duff. Fist und Duff haben dafür bereits einen hohen Preis bezahlt. Doch jetzt hofft Bolt, dass er dich auch noch töten kann. Er wollte diesen Krieg anzetteln, damit du bei einer Auseinandersetzung mit den Dragons stirbst und er dann deine Rolle übernehmen kann, aber inzwischen hat er es nicht nur auf den Job des Captains, sondern auf dich ganz persönlich abgesehen.«

»Vielleicht ist uns ihm gegenüber herausgerutscht, dass Sie Gelder der Bangers unterschlagen und sich obendrein von Ihren eigenen Leuten Miete zahlen lassen. Huch«, gab Peabody mit einem alles andere als reumütigen Grinsen zu.

»Bei der Durchsuchung eures Hauptquartiers haben wir die dämlichen Geheimräume, in denen die Computer und die ganzen anderen Sachen standen, mühelos entdeckt und jetzt nimmt eine ganze Division von elektronischen Ermittlern der New Yorker Polizei die elektronischen Geräte auseinander und guckt sich das Zeug an, das darauf ist.«

»Das ist mein Privatcomputer. Und private Sachen sind geschützt. Die dürft ihr euch nicht ansehen. Damit verstoßt ihr gegen meine Grundrechte.«

»Hat dein Anwalt dir das erzählt? Das zeigt mal wieder, was man davon hat, wenn man sich Rat von einem Typen holt, der keine Zulassung mehr hat. Und der ein bisschen angefressen war und kurzerhand zu Bolt gewechselt ist, nachdem du seinen Anteil am Gewinn aus euren zwielichtigen Deals beschnitten hast. Sie wollten dich in eine Falle locken, nur dass wir eben erheblich schlauer sind als sie.«

»Was alles andere als schwierig ist. Aber für die Unterschlagungen bringen wir ihn nicht vor Gericht?«, fragte sich Peabody.

»Das überlassen wir dem FBI. Mit Ausnahme der Leute, die mit deinem Führungsstil nicht einverstanden sind, haben jede Menge Bangers ausgesagt, dass in der Gang tatsächlich nichts ohne dein Wissen und dein Einverständnis läuft. Das heißt, dass du auf jeden Fall daran beteiligt warst, wenn deine Fußsoldaten die Familien Minderjähriger bedroht, deren Mütter vergewaltigt und zusammengeschlagen haben, um die Kinder als Kuriere oder Mitglieder zu werben, wenn sie junge Mädchen auf den Strich geschickt oder die kleine Tochter der Zeugin eines Brandanschlags gekidnappt haben, damit die Mutter ihre Aussage noch einmal überdenkt.«

»Das alles könnt ihr nicht beweisen.«

»Doch, das können wir und haben's in den meisten Fällen schon getan.« Jetzt beugte Eve sich zu ihm vor und fragte ihn im Plauderton: »Weißt du, was die Durchsuchung der Quartiere zweier Gangs und die Berichte in den Medien darüber bringen? Sie bringen die Leute dazu, endlich auszupacken, weil sie wissen, dass ihr hinter Gittern sitzt und sie jetzt vor euch sicher sind. Und du bist in der Gegend eures Hauptquartiers anscheinend ziemlich unbeliebt.«

»Die Leute standen praktisch Schlange, um uns alles zu erzählen, und auch die Jungs, die ihr gezwungen habt, für euch zu arbeiten, packen so eifrig aus, dass wir inzwischen kaum noch hinterherkommen.« Peabody tat, als wischte sie sich Schweißperlen von der Stirn. »Mein Gott. Was für ein Tag!«

»Nur gut, dass uns das FBI bei den Vernehmungen und Verhören hilft.« Eve sah auf ihre Uhr. »Jetzt packt gerade Cohen aus. Wir sind nicht mehr auf deine Hilfe angewiesen, *Slice*. Das heißt, dass du erledigt bist. Du hast jetzt keine Immobilien, kein Geld und keine Leute mehr. Das war's mit deinem Traum von einem Haus am Tropenstrand.«

Er zitterte vor Zorn, weil er verraten worden war, und vor Verzweiflung über den Verlust, dann aber riss er sich zusammen und stieß schnaubend aus: »Es ist noch nicht vorbei.«

»Oh doch, denn obwohl wir dich wegen dieser drei Morde nicht belangen können, gibt es andere Morde, die du selbst begangen oder angeordnet hast«, erklärte Eve und klopfte auf den Ordner auf dem Tisch. »Hier steht alles drin. Die Namen, die Daten, die Methoden, die Motive. Das alles haben uns deine Leute freiwillig erzählt, als sie von uns erfahren haben, dass sie von dir bestohlen und betrogen worden sind.«

»Also.« Sie schlug den Ordner auf. »Wir werden über alle diese Morde reden. Über jeden Einzelnen.«

Da Peabody zum einen eine Pause brauchte und zum anderen Kyung anrufen sollte, damit der die Pressekonferenz auf siebzehn Uhr verschöbe, schickte sie sie hinaus und setzte das Verhör alleine fort.

Am Ende hatte Jones sich abermals auf seinen Stolz und seinen Zorn besonnen, auch wenn es ihn bestimmt frustrierte, dass es bei dem mordlüsternen Blitzen seiner Augen bleiben musste, weil er ihr gefesselt gegenübersaß, und er auch in Zukunft keine Chance mehr haben würde, einen Mord an einem unschuldigen Menschen zu begehen.

»Das war's«, bemerkte Eve, als sie ihn ins Gefängnis, das er niemals mehr verlassen würde, überstellen ließ.

»Die Pause hat mir wirklich gutgetan, doch ich bin froh, dass ich noch rechtzeitig, bevor Sie mit ihm fertig waren, zurückgekommen bin«, erklärte ihre Partnerin.

»Dann legen Sie jetzt noch mal eine kurze Pause ein, denn bis zur Pressekonferenz haben wir noch ein bisschen Zeit.«

»Er hat tatsächlich umfänglich gestanden«, stellte Peabody verwundert fest. »Ich hätte nicht gedacht, dass er das tut.«

»Im Grunde ist er aus demselben Holz wie Bolt und wie Fan Ho geschnitzt. Es macht ihn stolz, der Captain einer Gang zu sein, und seiner Meinung nach hat er nur getan, was nötig war.«

»Trotzdem hat er seine eigenen Jungs beklaut.«

»Er wollte niemals wie sein alter Herr mit einem Dachschaden in einer Zelle landen. Und wenn Bolt diese Sache wirklich durchgezogen und das Ruder übernommen hätte, hätte auch er wahrscheinlich früher oder später gedacht, er hätte einen größeren Anteil als die anderen verdient. Ich brauche einen Kaffee«, meinte Eve, als Roarke aus dem Observationsraum kam.

»Du bist tatsächlich noch gekommen.«

»Vor einer guten halben Stunde und es hat sich eindeutig gelohnt. Wie geht's meinem Mädchen?«, fragte er und küsste Peabodys lädierte Stirn.

»Okay.«

»Sie muss das Knie hochlegen und ich brauche einen Kaffee, bevor ich mit den verdammten Journalisten spreche.«

Roarke tätschelte Peabody aufmunternd den Arm und ging mit Eve in deren Büro.

»Wobei der Pressezirkus schon begonnen hat. Nadines Bericht ist wirklich gut. Es ist der Aufmacher des Tages und sie bringen immer wieder Ausschnitte daraus.«

»Sehr gut.«

Er ging zum AutoChef und Eve sah durch das kleine Fenster hinter ihrem Schreibtisch auf die Welt.

»Setz dich«, sagte Roarke und tätschelte jetzt ihr den Arm. »Mach eine kurze Pause und trink deinen Kaffee.«

»Ich sitze schon den ganzen gottverdammten Tag. Ich habe einen dieser blöden Wichser nach dem anderen verhört und meiner Meinung nach ist selbst ein Eimer Pisse schlauer und mehr wert als dieses elende Gesocks.«

»Und wo wird das Gesocks von jetzt an leben?«

»Hinter Gittern«, meinte sie und trank den ersten Schluck des Kaffees, der sie, wie sie hoffte, auch die nächste Phase ihres Arbeitstages überstehen ließ. »Ich muss noch mal mit Reo sprechen, doch aus meiner Sicht gehören Washington, Chesterfield und Jorgenson nach Omega, und Jones und Cohen in verschiedene Knäste hier. Ich möchte schließlich nicht, dass Jones die Zeit, die Cohen sitzt, dadurch verkürzt, dass er ihm an die Gurgel geht.«

»Das klingt durchdacht und trotzdem bist du immer noch ein bisschen traurig, stimmt's?«

»Darüber komme ich schon weg, denn das System hat letzten Endes doch auch diesmal funktioniert und die

Bewohner von zwei Vierteln sind jetzt sicherer. Meine Leute haben auch diesmal einen wirklich guten Job gemacht, und sämtliche Verhöre, deren Protokolle, ich mir bisher durchgelesen habe …« Wieder hob sie ihren Kaffeebecher an den Mund.

»Tja, sie haben ihre Sache wirklich gut gemacht, und Mira hat gesagt, sie würde überlegen, ob sie einen Fachartikel über die Verhöre schreibt.« Sie wandte sich Roarke zu und stellte fest: »Jetzt gibt es zwei Gangs weniger hier in New York. Sie haben ihre Anführer verloren, und wenn sich herumspricht – und das wird passieren –, dass ihnen ihre Ehre und die Treue, die sie von den anderen eingefordert haben, völlig schnuppe waren und sie die eigenen Leute angelogen und betrogen haben, dürften Slice und Bolt erledigt sein.« Sie schüttelte den Kopf. »Natürlich wird es irgendwelche neuen Banden geben, denn das ist der Lauf der Welt. Doch auch das System wird weiter funktionieren.«

Roarke gab ihr einen Kuss, denn obwohl sie sich das bestimmt nicht eingestand, tat ihr diese Geste gut.

Als Strong in diesem Augenblick den Raum betrat, wich sie verlegen einen Schritt zurück und meinte: »Oh, Entschuldigung.«

»Schon gut.« Roarke richtete sich lächelnd wieder auf. »Kaffee?«

»Ich, ah …«

»Wenn du das übernimmst, sehe ich selbst noch mal nach Peabody«, wandte sich Roarke an Eve, und als er ging, sah Strong ihm immer noch verlegen hinterher.

»Ich wollte ihn ganz sicher nicht verscheuchen.«

»Das haben Sie auch nicht getan.« Eve holte einen

Kaffee aus dem AutoChef und drückte Strong den Becher in die Hand.

»Danke. Ich wollte vor der Pressekonferenz noch kurz mit Ihnen sprechen.«

»Kein Problem. Sie haben Ho vernommen und Ihre Sache wirklich gut gemacht. Er ist zwar schlauer als die anderen, aber dafür furchtbar aufbrausend. Das haben Sie genutzt.«

»Er hat einen gewissen Schliff, doch hinter der Fassade ist er einer der gemeinsten Hurensöhne, die mir je begegnet sind. Wie dem auch sei, Sie haben die Mörder drangekriegt. Es waren Bolt, Snapper und Ticker, stimmt's? Auch Jones wird wegen Mordes hinter Gitter kommen, aber er …« Sie schaute sich die Bilder an der Tafel an. »Er hat nichts damit zu tun, dass Lyle ermordet worden ist.«

Eve schüttelte den Kopf. »Lyles Mörder kommen lebenslang nach Omega. Sie haben ihn nicht umgebracht, weil er Ihr Informant war.«

Strong setzte sich auf den Besucherstuhl und fuhr zu ihr herum. »Sind Sie sich sicher?«

»Ja. Sie wussten nichts davon, das heißt, Sie beide haben Ihre Sache wirklich gut gemacht. Ich habe ihnen jede Menge Köder hingeworfen, und die hätten sie, wenn sie gewusst hätten, dass Lyle sie bei der Polizei verpfiffen hat, auf jeden Fall geschluckt. Dann hätten sie zumindest ein Motiv gehabt und uns erklären können, dass es dabei ums Prestige gegangen wäre oder so. Aber so war es nicht.«

»Worum ging es dann?«

»Jorgenson hat diesen Mord befohlen, um Jones eins

auszuwischen und weil es ihn angekotzt hat, dass Lyle einfach damit durchkam, dass er bei den Bangers ausgestiegen ist. Die anderen haben nur getan, was er befohlen hat, um ihren Wert unter Beweis zu stellen. Warum lesen Sie nicht die Vernehmungsprotokolle? Da steht alles drin.«

»Das werde ich. Ich hätte damit leben müssen, wenn sie ihn ermordet hätten, weil er einer meiner Leute war, und habe mir bereits das Hirn zermartert, wie mir das gelingen soll.«

Sie starrte kurz in ihren Becher, blickte wieder auf und fügte noch hinzu: »Ich mochte ihn und hatte ehrlichen Respekt vor ihm. Ist es schlimmer, dass sie völlig grundlos auf ihn losgegangen sind? Dass er für nichts gestorben ist?«

Die Frage hatte Eve sich ebenfalls bereits gestellt.

»Damit haben wir als Polizistinnen jeden Tag zu tun«, wich sie einer Antwort aus, die sie selbst nicht hatte. »Seine Familie weiß inzwischen Bescheid, aber ich kann mir vorstellen, dass Sie selbst vielleicht noch mit ihnen reden wollen.«

»Das werde ich. Ich danke Ihnen, Lieutenant, dass Sie mir die Möglichkeit gegeben haben, diesen Fall mit aufzuklären.«

»Er war schließlich einer Ihrer Leute.«

»Ja, das war er.« Strong stand auf und wandte sich zum Gehen, blieb aber in der Tür noch einmal stehen. »Wir haben noch die Medaille, die er bekommen hat, als er zwei Jahre clean war. Glauben Sie, dass die Familie sich freut, wenn ich sie hübsch verpacke und sie ihnen mitbringe?«

»Auf jeden Fall. Ich rufe in der Asservatenkammer an, damit man Ihnen die Medaille gibt.«

»Okay. Dann sehen wir uns auf der Pressekonferenz.«

Eve nickte und trat abermals ans Fenster, um von dort aus auf die Welt zu sehen.

Die Pressekonferenz dauerte ewig, aber vielleicht kam es Eve so wie bei jeder Pressekonferenz auch nur so vor. Zuerst ergriff der Chief das Wort und dankte allen, die in die Verhaftungen involviert gewesen waren. Danach sprach Whitney und betonte wie zuvor schon Tibble, dass sie Fragen erst entgegennehmen würden, nachdem alle Statements abgegeben worden wären.

Als Dritte trat Eve mit ihrem Handcomputer ans Rednerpult. »Dank der harten Arbeit, der besonderen Fähigkeiten und des Muts ihrer Beamten sowie mit Unterstützung durch das FBI hat die New Yorker Polizei zahlreiche Verhaftungen vorgenommen und Drogen, Waffen, falsche Ausweise und die für deren Herstellung verwendeten Gerätschaften sichergestellt. Unsere elektronischen Ermittler haben auf den beschlagnahmten Computern Beweise für diverse Morde, die erzwungene Sexarbeit von Minderjährigen, Schutzgelderpressung, Drogenhandel, die Zerstörung fremden Eigentums, Betrug und andere Straftaten gefunden, die Mitglieder der Bangers und der Dragons, zwei berüchtigter New Yorker Gangs, verübt haben.« Eve hielt kurz inne.

»Auslöser der Ermittlungen war die Ermordung von Lyle Pickering. Die Medien haben anfangs nur am Rande über diesen Mord berichtet, weil er selbst einmal Mitglied bei den Bangers, drogensüchtig und an Straftaten beteiligt war. Doch seine Rehabilitierung war erfolgreich, denn er hatte sich von seiner Gang gelöst, die Drogen aufgegeben, einen Beruf erlernt, sich eine ordentliche Anstellung gesucht und seinen Lebensunterhalt auf anständige Art verdient. Aus diesen Gründen haben Mitglieder von seiner alten Gang beschlossen, dass er sterben muss.«

Eve räusperte sich. »Die Ermittlungen zum Mord an Pickering und zu den Morden an zwei anderen Personen, die in den ersten Mord verwickelt waren, haben zu verschiedenen Festnahmen geführt.«

Schließlich zählte Eve auf: »Kenneth Jorgenson wird wegen Mordes in drei Fällen, tätlichen Angriffs auf eine Polizeibeamtin und Waffenbesitz in zwei Fällen vor Gericht gestellt. Denby Washington wird wegen Mordes in drei Fällen, Vergewaltigung, Besitz gestohlener Waren in zwei Fällen und Drogenbesitzes angeklagt.«

Sie setzte diese Liste fort, und als die Journalisten anfingen, sie mit Fragen zu bestürmen, trat Chief Tibble mit erhobenen Händen neben sie, nahm sich der Medienmeute an, und Kyung fing ihren Blick auf und sagte leise: »Gut gemacht, Lieutenant.«

Vielleicht, sagte sie sich, vielleicht. Auch wenn sie immer noch ein bisschen traurig war.

Dann hatte sie es geschafft, bat Roarke zu fahren, stieg auf der anderen Seite ein und schloss abgrundtief erschöpft die Augen.

Er sagte nichts, denn sicher tat ihr die Stille gut, auch wenn sich ihre Traurigkeit dadurch nicht überwinden ließ.

Das schaffte er vielleicht auf andere Art. Als er anhielt und sie die Augen wieder aufschlug, meinte er: »Ich dachte mir, wir machen auf der Fahrt nach Hause einen kurzen Zwischenstopp.«

»Ich habe eigentlich auf ein Glas Wein gehofft.«

»Das kriegst du noch.«

Mit diesen Worten stieg er aus und wartete auf sie.

Sie hatte keine Ahnung, wie es ihm gelungen war, problemlos einen Parkplatz zu ergattern, aber das war eben typisch Roarke.

Dann trat sie zu ihm auf den Bürgersteig, und als der Nebel in ihrem Hirn sich lichtete, erkannte sie, wo sie gelandet waren.

Sie standen in Hell's Kitchen vor dem alten, aber dank der sorgfältig geschrubbten und dazu noch frisch verfugten steinernen Fassade eleganten, würdevollen Haus, durch dessen neue Fenster ohne Zweifel jede Menge Licht nach innen fiel.

Die alte Haustür war durch eine Flügeltür aus dickem Holz mit einem schlichten Messingschild ersetzt.

»An Didean. Das heißt ›Zufluchtsort‹, nicht wahr? Der Name passt.«

»Dann lass uns jetzt mal gucken, ob dir auch der Rest gefällt.«

Er öffnete die Tür, die selbstverständlich ganz hervorragend gesichert war, und Eve ging hinter ihm ins Haus.

»Ich weiß, dass du jetzt erst mal an die Mädchen denkst, die wir hier gefunden haben«, bemerkte er. »Die Mädchen, denen du Gerechtigkeit verschafft hast und die hoffentlich jetzt auch dadurch Frieden finden werden, dass in Zukunft anderen genau an diesem Ort geholfen wird.«

Sie erinnerte sich noch an das verfallene Innere des Hauses, die verschmierten Mauern und das Loch, das Roarke mit einem feierlichen Schlag mit einem Vorschlaghammer in die eine Wand geschlagen hatte.

Hinter der sie auf die Überreste eines Dutzend Teenager gestoßen waren.

Roarke machte Licht, und diesmal sah sie einen sauberen, frischen Raum mit warmen Wänden und mit offenen Bogentüren, durch die man in die anderen Räume kam.

»Du hast …« Sie breitete die Hände aus.

»… die Aufteilung verändert, ja. Ich wollte, dass es einladend und offen wirkt, und nebenher ist es auch praktischer. Da drüben haben wir einen Gemeinschaftsraum, in dem die Kinder abhängen und chillen können. Es wird dort einen Fernseher, bequeme Sofas, Spiele und eine Musikanlage geben, und weil's dort wahrscheinlich immer ziemlich laut sein wird, gibt's noch einen anderen Gemeinschaftsraum, in dem man lernen, seine Hausaufgaben machen oder lesen kann. Daneben sind im Erdgeschoss noch ein paar Klassenzimmer und Büros.«

Sie wanderte mit ihm zusammen durch die Räume, die mit ihren großen Fenstern, warmen Farben und den stuckverzierten Decken deutlich liebevoller als die Räume in den Heimen, die sie selbst durchlaufen hatte, hergerichtet waren.

In einem der Räume würden einmal die Computerkurse stattfinden, ein anderer würde ein Atelier werden, in einem würden Gruppentherapien angeboten und in einem kleineren Zimmer Einzeltherapien.

Es gab auch einen anständigen Fitnessraum mit Spinden und mit einzeln abgetrennten Duschen, was besonders wichtig war.

»Ich hatte dieses Haus viel kleiner in Erinnerung«, bemerkte sie.

»Deswegen haben wir die Räume bei der Renovierung anders aufgeteilt. Früher gab's hier jede Menge kleine Zimmer, aber jetzt ist alles offener und man fühlt sich nicht so eingeengt. Da vorne ist die Hauptküche.«

Eve riss die Augen auf. Natürlich hatte sie erwartet, dass er eine hochmoderne Küche einbauen lassen würde, aber trotzdem wirkte sie … gemütlich, was bestimmt nicht einfach an den Farben und dem neuen Grundriss lag. Roarke hatte gezaubert.

Ganz bestimmt.

»Wir haben auch eine Ökotrophologin eingestellt, doch die ist nicht so streng, dass es nicht manchmal auch etwas zu essen gibt, was einfach glücklich macht. Außerdem gibt es noch eine Lernküche, in der, wer möchte, selbst kochen lernen kann.«

Die zweite Küche war ein bisschen kleiner, doch auch sie verfügte über eine große Speisekammer und die wie schon in der ersten Küche hochmodernen Arbeitsinseln luden richtiggehend zum Kochen ein.

»Ich habe Summerset gefragt, ob er hier nicht hin und wieder Unterricht geben will.«

Eve fiel die Kinnlade herunter. »Du hast … Summerset?«

»Du weißt, wie gut er kochen kann. Und er hat Kinder gern.«

Kopfschüttelnd trat sie wieder in den Flur und nahm

die neue, breite Treppe mit dem sicheren, robusten Stahlgeländer in den ersten Stock.

Roarke zeigte ihr die Schlafzimmer mit den breiten Fenstern, Schränken und den eingebauten Schreibtischen, das Spielzimmer, den Raum für die Musik- und einen Raum für Tanzstunden.

Vollkommen überwältigt blieb sie stehen.

»Ich habe meine Schulzeit und vor allem die Zeit im Heim gehasst. Ich schwöre dir, ich konnte es vom ersten Tag an nicht erwarten, bis ich endlich damit fertig war. Natürlich ist mir rückblickend bewusst, dass nicht alles furchtbar war. Ich habe dort tatsächlich was gelernt und trotzdem habe ich die Jahre dort gehasst«, erinnerte sie sich.

»Es gab keinerlei Privatsphäre und keinerlei Empfinden für die eigene Person. Entweder man aß die Sachen, die es gab, und zwar, wenn man sie vorgesetzt bekam, oder man hatte Hunger, wenn man schlafen ging. Die Wände waren … sie hatten keine Farbe, und es gab dort nur zwei offene Duschbereiche, einen für die Mädchen und den anderen für die Jungs. Dort konnte einen immer jeder sehen. Wenn möglich, habe ich mich nachts dorthin geschlichen, wenn niemand anderes da war.«

»Ich konnte nicht erwarten, endlich dort herauszukommen«, wiederholte sie. »So wird's den Kindern hier ganz sicher nicht ergehen. Höchstens die besonders schweren Fälle werden hoffen, dass sie bald hier wegkommen. Du hast etwas Wichtiges geschaffen und gibst diesen Mädchen eine echte Chance.«

Er küsste ihre Hand, hielt sie dann weiter fest und zog sie auf das Dach.

Die überdachten Hochbeete waren schon mit Setzlingen bestückt. Verschiedene Bänke boten Gelegenheit zum Sitzen und zum Gucken oder Reden, und durch eine hohe, durchsichtige Glaswand konnte man die Großstadtlichter sehen.

»Wir pflanzen hier nicht nur Gemüse, sondern auch Blumen«, klärte Roarke sie auf. »Und bald wird auch der kleine Brunnen fertig sein. Dazu gibt's ein paar Zier- und ein paar Obstbäume und jede Menge Kräuter, und natürlich können unsere Schülerinnen bei der Gartenarbeit und der Ernte helfen, und die Küche wird verwenden, was hier wächst.«

Eve stellte sich den Garten, wenn er fertig wäre, vor. Die Stimmen und das Sonnenlicht, das Brunnenplätschern und den Duft der Blumen, der Kräuter, des Gemüses und des Obsts.

Oh nein, die Mädchen würden nicht, so schnell es ging, von hier verschwinden wollen.

Sie blickte auf die Steine, die im Gedenken an die toten Mädchen, die sie hier gefunden hatten, errichtet worden waren. Auch für das Mädchen, das sie Angel nannten, weil sie seinen Namen nicht herausgefunden hatten, gab es einen Stein.

»Es stimmt, man kann hier seinen Frieden finden«, meinte sie, nahm Roarkes Hand und setzte sich mit ihm auf eine Bank. »Dies ist ein guter Ort. Hier haben diese Mädchen eine Chance. Egal, woher sie kommen, bekommen sie hier eine echte Chance.«

Sie lehnte ihren Kopf auf seine Schulter. »Dies ist ein guter Ort. Lass uns hier noch kurz sitzen bleiben, ja?«

Er legte einen Arm um sie, und als sie auf die Großstadtlichter blickten und die Möglichkeiten sahen, die sich hier eröffnen würden, fiel der letzte Rest der Trauer von ihr ab.